VENTO BOOK PUBLISHER
BERLIN

ISIA
MEDIA

Виктор Ерофеев

ВЕЛИКИЙ ГОПНИК

РОМАН

Записки о живой
и мертвой России

2024

Памяти моей мамы

В руках его мертвый младенец лежал.
Erlkönig Johann Wolfgang von Goethe (1749 – 1832)

О наших временах нельзя будет
вспомнить без стыда за всех нас.
(из этой книги)

Часть первая

ПЕРПЕНДИКУЛЯРНЫЕ ОДИНОЧЕСТВА

1. ГОЛУБЧИК

И было ему видение. Женщина-доктор в белом халате поманила его, взяла за руку. Скосил на нее глаза. Знал, что она – фейк, вражеский фейк, вранье подлой газеты, занесенное в его сознание, испытание его власти и спортивного мужества.

– Голубчик мой, голубчик, голубчик, – увлекала его за собой простоволосая докторша с незатейливыми завитушками, – после одного из авиаударов к нам военные на носилках доставили двух тяжелых женщин.

– Это ваш авиаудар, ваш авиаудар, удар, ваш, – убежденно бормотал он, играя желваками.

– У одной женщины были разорваны ткани на ногах. Вторую звали Ника.

– Это из газеты, вражеской газеты, – Он не поддавался на провокацию. – Я знаю. Грязная стряпня.

– Голубчик, – хватала его докторша за руки, – голубчик мой, у Ники поврежденные осколками ноги, небольшая рана на животе. Пойдем-пойдем, я тебе покажу.

– Постановка, театральная постановка, – морщился он.

– Слушай меня, слушай, голубчик, не отворачивайся. Ника теряла сознание, падало давление. Тогда первый раз в подвале мы сделали кесарево сечение. Когда зашивали, закончилась солярка. Зашивали с телефонными фонариками.

– Обыкновенный неонацистский фейк, – убежденно бормотал он. – Не надо мне, перестаньте, неонацистский американский фейк. Слушайте, хватит.

– Нике 37 лет.

– Ну и что? – вдруг резко сказал он.

– Голубчик, первая, очень желанная беременность. Ты пойми, она лечилась от бесплодия. Девять месяцев лежала на сохранении. Ее еще не родившегося малыша застрелили.

– Вы сами и застрелили.

– Пойдем, пойдем, голубчик, подойдем к ней.

Они подошли.

– Ника, ты родила мальчика, весит он 3 700 гр. Он мертв.

– Я знаю, я поняла это сразу.

– Ты хотела бы на него посмотреть?

– Голубчик, голубчик мой, куда ты, стой…

Он усмехнулся.

– Татьяна Ивановна, – Ника ответила совершенно спокойно. Такое чувство, что в этом горе человек потерял способность плакать, он просто замер, обуглился, как весь город. – Я об этом думаю очень долгое время. Если я посмотрю на ребенка, то я просто сойду с ума. А если я на него не посмотрю, буду жалеть всю оставшуюся жизнь.

– Что за бред! – возмутился он.

– Ника, ты реши, как нам быть, что нам делать.

– Давайте так. Вы поднесите его мне быстренько, я на него посмотрю, но трогать руками не буду. Хорошо?

– Хорошо.

Татьяна Ивановна принесла ребенка, Ника посмотрела на него. Потом взяла его за ручку:

– Ой, какие пальчики.

Повернула его головку:

– Да он же похож на моего мужа.

Она прижала его к груди, подержала так, наверное, минут пять, а потом протянула ребенка ему.

– Вы же доктор, – сказала Ника.

Он стоял с мертвым ребенком в руках.

На выручку к нему пришла российская пресса. Она бесцеремонно ходила с автоматами. Журналисты брали интервью. Вот только тогда, когда журналисты подошли к ней, Ника сорвалась. Истерика.

Он стоял с мертвым ребенком в руках.

– Голубчик, я здесь… ты слышишь меня? – Мы очень долго приводили ее в спокойное состояние. Гуляю по красивому, солнечному Львову, вижу этих малышей, их мам. Они их держат за ручки, катят в коляске. Смотрю на них, а сердце рвется от боли и отчаяния, понимая, что там, в Мариуполе, многие детки остались лежать в таких же колясочках под завалами. Они спят вечным сном.

Он продолжал стоять с мертвым ребенком в руках.

– Голубчик… голубчик…

Он присмотрелся. Не кукла ли это? Ведь всякое может подбросить враг! Нет. Вроде не кукла.

Он встряхнул ребенка. Головка младенца неестественно отвалилась в сторону.

– Да, нет. – Он принюхался. – Не кукла. Все ясно. Вражеский

ребенок. – Он еще раз принюхался, томно щуря глаза. – Мертвяк! Ага, – догадался он, – они воюют уже с помощью мертвых детей. Им всё по хую. Ну, клоуны, ждите ответки. Мильонная мобилизация. Референдумы на освобожденных областях Украины: хотим в Россию. И атомная бомба! Вот вам! Ловите! Сотрем вас на хер с лица Земли.

У него на лице медленно выползала глумливая улыбка.

2. ЗАПАХ САМШИТА

– Государь!

Потомки аристократических русских фамилий, графья и князья Шереметевы, Шаховские, Трубецкие и другие, приглашенные на парижскую конференцию по случаю столетия Октябрьской революции, произносили слово «Государь!» таким зычным голосом, что казалось: Государь в соседней комнате пьет крепкий чай с лимончиком, звякает чайная ложка о серебряный подстаканник – но, отозвавшись на зов, в сапогах он войдет в зал, поднимется на трибуну и объявит бывшее не бывшим.

В конечном счете, объясняли потомки аристократических фамилий, похожие на больших крылатых гусей, Россия стала жертвой детоубийства. И дальше, сбиваясь на более свойственный им французский язык, добавляли, что в результате революции с 1917-го по 1953 год Россия не досчитались ста миллионов жителей, о чем, впрочем, пророчил и сам Федор Михайлович в книге «Бесы».

Вне конференции графья и князья делились на матерщинников, произносивших матерные слова не менее трубным слоновьим голосом, чем слово «Государь», и на ультра-патриотов, которые не покладая рук боролись с мировой русофобией и восхваляли мудрость нового султана.

– Причем тут султан! – возмутились матерщинники. – Это первый народный президент за всю историю России.

– Не зря в народе его называют Великим Гопником! – подхватили с уважением ультра-патриотические крылатые гуси. – Он зеркально отражается в народе, народ зеркально отражается в нем.

– Но гопник звучит не слишком позитивно, – усомнился я.

– Вы что! Гопники – это новое дворянство России.

– От слова двор, – не унимался я. – Докатились до дворни.

– Отщепенец! – разволновалась знать.

– Великий Гопник выдал нам всем русские паспорта, – воскликнули с душевной благодарностью князья-матерщинники.

– Народ в мистическом озарении хочет быть коллективным Великим Гопником, – добавили ультра-патриоты.

И дружно, все вместе:

– Один Великий Гопник, одна страна, одна победа! Слава России!

Благодаря конференции я поселился в Париже на улице Гренель в том самом особняке, в котором провел часть детства. Тогда посольство (теперь – резиденция русского посла) было для меня родовым гнездом, и мои умершие родители, казалось, по-прежнему гуляют по дорожкам сада или сидят у старого фонтана с золотыми рыбками, обложенного рассыпчатым, как рафинад, серым камнем. Благодаря давнишней дружбе с Послом я вернулся в детство и оказался в правом крыле особняка, где когда-то жил. Прежде чем *заселить*, Посол отвел меня в гараж резиденции и показал на асфальтированный, в масляных пятнах пол.

– Знаешь, сколько здесь трупов зарыто?

В детстве я вместе с посольскими детьми играл в этом гараже в прятки.

– Сами не знаем. Чекисты свозили сюда в 1920-е – 1930-е годы схваченных на парижских улицах, оглушенных хлороформом белогвардейских полковников и генералов, выволакивали из машины, добивали, закапывали.

Он нахмурился и вдруг истерически хохотнул. Взяв под руку, провел меня через двор к подъезду. Я вошел в щедро предоставленную мне квартиру, где останавливался во время своих визитов в Париж Никита Хрущев, подошел к высокому окну, по-французски упиравшемуся рамой в пол, открыл – погода той осенью в Париже была летней – и в нос мне ударил запах, который терзает меня всю жизнь.

Почти такой же зычный, как слово «Государь» – Государь, который нюхал самшит в своей Ливадии. И я понял, как-то обмякнув, что этот запах, в который я внюхивался повсюду, от Японии до Америки, от Польши до Испании, но которого мне так не хватало в Москве, вырвал меня, как страничку школьной тетради, из русского ненастья, низкого неба Октябрьской революции, продиктованной климатической тоской.

Вместе с платанами и каштанами набережных Сены и Люксембургского сада, самшит (для непосвященных он пахнет кошками или даже кошачьей мочой) утащил меня в другой мир, где революция казалась расстройством желудка, молчанием певчих птиц. Я никогда из-за этого сраного самшита не стал «своим», не оброс командой, уверенной в своих наблюдениях, не примкнул ни к власти, ни к ее врагам, которые мало чем по своим повадкам черни отличаются друг от друга.

Самшит – что по-английски звучит особенно привлекательно – выбил меня из колеи. Стоя перед открытым окном, вдыхая этот запах, который оказался сильнее меня, я понял: именно потому я снова здесь, на Гренель, что в детстве нанюхался до одури самшита. Только в детстве со всеми этими самшитовыми грезами я и не знал такого имени «самшит». Впрочем, нечем особенно гордиться, если ты всего лишь ставленник детского запаха, заложник стриженных кустов.

Наутро я снова слушал доклады, где у революции хотели отнять само ее имя и превратить в Октябрьский переворот. Одни отнимали, другие спорили.

И я тогда вспомнил, как мой отец в свои неполные 24 года был вызван в Москву из Стокгольма в 1944 году, где он работал у Коллонтай худеньким таким, нескладным атташе, и Молотов ему приказал быть личным переводчиком Сталина на французский язык. У прежнего переводчика случились проблемы с переводом авиационных терминов французских военных летчиков, и Сталин ему сказал:

– Кажется, я знаю французский лучше вас.

С тех пор переводчика больше не видели. На его место взяли моего папу. Молотов сказал, что Сталин хочет с ним познакомиться.

– Только имейте в виду, что Сталин не любит, когда его переспрашивают.

Папа отправился в Кремль. В огромном кабинете, где посередине стояла посмертная маска Ленина на этажерке, папа вытянулся, руки по швам, и представился. Вождь стоял слева от рабочего стола и набивал трубку. Он был маленький, со слабой левой рукой и весь в оспинах. Он посмотрел на моего тощего от молодости папу и задал первый вопрос.

К своему ужасу папа не понял, о чем его спрашивает Сталин. Кончалась война, Сталин был победителем, ему аплодировал мир, а папа не понял, что Сталин его спросил. Сталин говорил с сильным кавказским акцентом и тихо. Папа стал судорожно соображать, о чем его мог спросить Сталин. Красные уши, беда на лице. Что мог спросить вождь? И папа подумал, что скорее всего он спросил: где вы учились? Ну да, где вы учились? – это вполне логично. И папа, еще сильнее вытянувшись по струнке, выпалил:

– В Государственным Ленинградском университете, товарищ Сталин!

И вдруг со Сталиным случилось что-то невиданное.

Он схватился за живот здоровой правой рукой, наклонился, ну прямо скорчился и стал хохотать. Он хохотал так громко, так по-детски, что казалось, это какой-то веселый бог, а не товарищ Сталин. Папа понял, что его судьба решается в это мгновение. Еще продолжая хохотать, с глазами, полными хохочущих слез, Сталин, не разгибаясь, спросил моего папу:

– Так прямо в университете и родились?

Новый приступ хохота. И Сталин даже рукой махнул:

– Ой, не могу!

А когда немного пришел в себя, он сказал моему папе:

– Я так не смеялся со времен Октябрьского переворота.

И мой папа, задохнувшись, понял, что перед ним распахнулась заветная истина. Не революция, а переворот! Для всех революция, а для себя – переворот. Дуракам Великая Октябрьская, а богу – переворот.

И пока они оба приходили в себя, в дверь сталинского кабинета постучали, и вошли два человека, сверкая стеклами пенсне. Молотов и Берия. Они поняли, что в кабинете только что произошло что-то невероятное, но Сталин не удостоил их пораженные удивлением лица в пенсне каким-либо ответом. Он просто сказал:

– Ну приступим к работе.

Они приступили.

А я в Париже, стоя перед собравшимися на конференции по случаю юбилея революции, вдруг окончательно понял, что мы стали игрушками случайного переворота, который мог состояться, а мог провалиться, но он почему-то как тоже в свою очередь игрушка, игрушка истории, предпочел состояться, и от этого каприза погоды погибли сто миллионов человек и не только погибли, но и продолжают гибнуть. И дальше, и дальше.

И когда Украине тычут в лицо, что она – производное госпереворота, то спрашивается, кто это тычет, уж не госпереворотная Россия?

Единственное спасение – это запах самшита. И этот сад с золотыми рыбками, по которому кружат мои умершие родители. И их французские друзья. Папа в обнимку с Ив Монтаном, а мама – с Симон Синьоре. И ничего другого придумать нельзя. Только запах самшита. Трубный запах моего детства. Трубный и трупный. Зычный и дикий. Мой самшит.

3. **СОВЕТСКИЙ ЛОРД ФАУНТЛЕРОЙ**

Мальчиком я принимал парады на Красной площади. Это было продолжением моих оловянных солдатиков. Мы стоим с папой на трибуне.

Слева от мавзолея. Я с красным флажком на деревянной палочке. Возможно, на мавзолее был Сталин, но я его не заметил.

Чтобы попасть на Красную площадь, мы проходим несколько заграждений из грузовиков, папа показывает милиции свои документы и приглашение, проходим довольно легко, без всяких рамок, поднимаемся на Красную площадь по склону возле Александровского сада.

Ветерок бежит за ворот, –
чисто и звонко звучит на всю Москву. –
Шум на улицах сильней.
С добрым утром, милый город, –
Сердце Родины моей!

У меня от песни по коже бегут мурашки жизнелюбия.

На трибуне папа всем, со своей прекрасной, сосредоточенной улыбкой, пожимает руки. Мы почти всегда опаздываем на парад – ни разу не опоздали.

Я стою на трибуне в сером пальто и в берете.

Я принимаю парад.

Это матрица моей жизни.

Мимо меня скачут маршалы на конях. Маршалы отдают мне честь. Кони срут. Войска проходят, печатая шаг. Катятся, сильно воняя, катюши. Я машу им флажком.

Я принимаю парад.

Папа во время парада стоит тихо, держа меня ладонью за плечо.

Парад заканчивается, начинается демонстрация трудящихся, мы с папой *линяем* домой – демонстрация искусственных цветов нас не интересует. Я люблю солдатиков – не толпу.

Мамины приятельницы – среди них знаменитые советские актрисы – называли меня маленьким лордом Фаунтлероем. Несмотря ни на какой коммунизм, это был высший комплимент – лордом всегда быть приятно. Я понятия не имел, кем был этот Фаунтлерой и почему покрой его штанов был когда-то так моден.

Мне, принимавшему парад, мама в пример ставила других, куда более одаренных детей. Вот Милочка Ворожцова, дочка генерала-вертолетчика, красавица со времен детской коляски, она умела уже писать, Маринка, соседка по двору, умела далеко прыгать, а я вот и не писал, и не прыгал. Я был всего-навсего ранимым ребенком, которого задевали, царапали, мучили слова. Мама трагически переживала мою бездарность.

4. ЗАБЛУДИВШЕЕСЯ ПРЕДИСЛОВИЕ

Великий Гопник разбомбил мою книгу, как Украину.
Редкая удача!
Он заставил весь мир жить по его повестке.
Он превратил бытие в ничто.
Он сам не владеет своей загадкой.

Этот образ и так был прекрасен. И вдруг на тебе! Он собрал в кулак все страхи. Он готов на всё. Все замерли. Свободный мир заметался, как крыса. Великий Гопник потребовал вернуть ему Украину, как неверную шлюху. Он – герой нашего времени, герой России, чемпион мира. Он играет на пианино, он играет в хоккей. Принародно плачет, когда его переизбирают на новый срок. Великий Гопник – расплата за нашу тщедушную демократию.

Гопник – непереводимое русское слово, приблизительно означающее мелкого хулигана, дворовую шпану. По определению он не может быть великим. Но одному такому гопнику крупно повезло. Парадоксальным образом, мелкий стал великаном – я живу в его России уже больше двадцати лет и хочу ввести в международный оборот слово «гопник» как ключ для его понимания.

Все знают спутник – пусть теперь будет гопник.

Великого Гопника понимают и считают своим миллионы гопников России – он стал народной иконой.

Успехи развивают в нем мистические позывы самоубийства. Новейший Герострат, он убьет себя и весь мир.

5. АТОМНАЯ БОМБА В КОНЦЕ ТУННЕЛЯ?

В 1523 году русский православный монах псковского монастыря Филофей создал концепцию Москвы как Третьего Рима. После распада Римской империи, а затем – Византии, Москва должна была занять место мировой столицы, а иначе – конец света. Идеи Филофея до сих пор возбуждают российских националистов. Эти идеи все ярче проступают мечтах и действиях Кремля. Однако, на мой взгляд, псковский монах ошибся.

Москва заняла место не третьего Рима, а второй Золотой Орды. Жестокое и беспощадное татаро-монгольское иго, выразившееся, прежде всего, в глумлении над русским народом, издевательстве над князьями и бесчеловечным отношением к пленным женщинам, накрыло русские княжества Средневековья. В результате, московские князья, пугливые данники Золотой Орды, отчасти, говоря современным языком, коллаборационисты, заразились идеями своих властителей. Освободившись от ига, Московское царство, пропитавшись жестоким правлением Орды, стало последователем ее единовластия и воплотило в жизнь чудовищное отношение ко всем своим подданным, от бояр до холопов. Любовь и преданность царю превратились в единственную возможность социального лифта, но и эти качества не всегда спасали от мучительной казни. Глобальная жестокость породила наплевательское отношение как к чужой, так и своей жизни и создало реальную основу личного и общественного существования как потехи. Ты издеваешься, над тобой издеваются – все перемешивается в потешную игру.

Именно эта потешная игра стала нормой русской жизни.

Но подождите, скажите вы. Запад своими жесточайшими, невиданными санкциями приготовил русским тяжелую жизнь: повышение цен, дефицит сахара, ограничение в поездках за границу. Но простому народу все это по фигу. Они сажают по весне картошку и капусту. Помидоры и огурцы. У большинства нет заграничных паспортов, большинство в глаза не видели долларов и евро. Русский народ, настоянный на долготерпении, верит в свою исключительность, носит идеи Москвы как Третьего Рима у себя в подсознании.

Другая часть апокалипсиса – это борьба света Украины и Запада с силами тьмы русского мира. Здесь приходят в ужас от расстрелов в Буче и почти полного уничтожения Мариуполя. Я помню этот милый, портовый город. Смотреть на его развалины невыносимо.

Но российская пропаганда официально, на полном серьезе выдает эти трагические фотографии как постановочные, фейковые картины. Если этому верить, то до чего же изобретателен Запад! Каков его гениальный художественный вымысел и поразительное исполнение! Разложил трупы мирных жителей по улицам, закопал убитых в братские могилы, многие города разрушил… в фотошопе!!! Гопнические пропагандисты отрицают очевидное то равнодушно, то возмущенно, с холодными глазами. Невольно думаешь, что это самая боевая, непоколебимая часть русской армии.

Пропаганда… Она исходит из того, что Зеленский – клоун, у которого нет власти и который куплен украинскими неонацистами. Мы хорошо относимся к евреям, – утверждает телевизор, – но еврей, продавшийся нацистам – это позор. А кто поддерживает этих невидимых неонацистов? Европа! Как, вся Европа поддерживает неонацистов? Да! А Америка? Тоже! И Япония? Тоже! И Израиль? Тоже! Но почему они все поддерживают киевских неонацистов? А потому что они русофобы!! Ненавидят нашу страну и хотят ее уничтожить, поделить между собой ее богатства.

Убедительно?

Нет?

А ведь это голос русского апокалипсиса. Он сообщает в придачу, что украинцы кастрируют русских пленных солдат и отрезают им уши.

Два апокалипсиса представляют собой параллельные прямые, уходящие в бесконечность. Переговоры между двумя апокалипсисами – это странное явление. Оно противоестественно.

Война переходит в состояние замороженного конфликта. Граница в таком случае между Россией и Украиной будет гнилой и кровавой долгие годы.

Выдавливание русской армии из Украины? Такое положение приведет, однако, не к победе, а к решительным действиям Великого Гопника. Он терпеть не может поражения. Он зациклен на победе. Ему можно нарисовать победу, то есть выдать неудачную военную кампанию, которая должна была продолжаться считанные дни, если не часы, за триумф, но если он не клюнет на условную победу и обидится – тогда в конце военного тоннеля возникнет ядерный взрыв. Тактическое ядерное оружие. На порядок менее разрушительное, чем в Хиросиме. Но куда сбросить атомную бомбу? Почему бы не на Киев? Да, но ведь Киев в русском народе зовется матерью всех русских городов. Ну и что? Был матерью, а стал мачехой! Сбросать бомбу. Уничтожить эту хунту вместе с клоуном Зеленским!

И что потом?

Как Запад отреагирует на атомную бомбу Москвы?

Не сядет ли он от испуга в большую лужу?

А как будут относится к русским после войны?

Я помню, как в Варшаве в начале 1970-х годов относились к немцам. Я только что женился на польской девушке и видел своими глазами, что немцев очень не любили, хотя война кончилась 25 лет назад. Раз в компании варшавских студентов зашел разговор о войне.

– Если бы мне попался немец ночью на темной улице, я бы его убил, – сказал один из них.

– Восточный немец или западный? – наивно спросил я.

– Любой.

В этот раз через многие годы можно только надеяться на несовершенство человеческой памяти. Все закончится зыбким забытьем, но не покаянием.

Наши потомки Золотой Орды разбомбили Украину не хуже, чем англо-американская авиация уничтожила немецкие города в конце второй мировой войны. Короче, Украина – братская соседняя страна для России – стала абсолютным злом. Кто бы мог поверить! Зачем бомбите? Чтобы деморализовать население и принудить врага к позорном миру. Убито множество мирных людей. Восстановление Украины займет десятилетия, доброе отношение к русским не предвидится.

Русскими стратегами было сделано несколько роковых ошибок.

Генералы подготовились к войне прошлых десятилетий. Колонны танков оказались невероятно уязвимы благодаря новейшему противотанковому оружию.

Главного начальника обманули свои же люди. Рассказали, что освобожденные им украинцы будут встречать русские танки цветами и хлебом-солью.

Русская сказка хороша только для внутреннего использования. На внешний рынок ее можно вывести, но не продать.

Наконец, украинцы подготовились к войне и замотивировались.

Запад сыграл в этой военной истории двусмысленную роль.

Он слишком долго тянул резину – откладывая на долгие годы свое мнение об Украине и ее присутствии в Европе. Это выглядело отвратительно. На Западе метафизические ценности приняли уродливые формы задолго до нынешней войны. Мы помним западных маоистов. Со значками председателя Мао на груди. Они полагали, что Китай – это особая цивилизация и там можно устраивать культурную революцию, резать интеллигенцию, уничтожать проституток и отчаянно бороться с вредителями полей – воробьями. Мы помним обольщение Кубой. Оно еще до конца не прошло. Сколько молодых людей все еще носят куртки с изображением Че Гевары? А ведь он был реальным, маниакальным убийцей, он любил мучить и убивать. А Украина – это не Че Гевара. Она была Западу не интересна. Она мешала ему налаживать коммерческие отношения с Россией.

Запад спохватился только тогда, когда началось широкомасштабное уничтожение Украины. Здесь западная цивилизация вспомнила о правах человека, гуманитарных ценностях и проснулась. Говорят, что Запад един в отношении к русскому вторжению. Но интересно, почему бомбят Украину, но щадят Закарпатье, где проживают множество венгров. Не потому ли что Орбан имеет особые отношения с Москвой? Единство Запада еще более хрупко, чем экономика России, попавшая под санкции. Нам всем придется выживать в очень странном, корыстном и трусливом мире Европы. Россия же будет копать картошку.

6. МАЛЕНЬКИЙ НОЧНОЙ СТАЛИН

Я никогда не видел маму голой. Тело в нашей семье было запрещено. Но однажды, далеким московским летом, когда в переулках мечется тополиный пух и в домах отключают на месяц горячую воду, мама собралась помыть голову и попросила меня, тринадцатилетнего, полить ей водой из ковшика.

Мы жили в многоэтажном сталинском доме на улице Горького, возле Маяковки, в довольно большой квартире, но ванные комнаты в таких домах были скромны как предупреждение: нечего заниматься буржуйским гедонизмом! – а когда отключалась горячая вода, ванная, приняв хмурый вид, казалась созданной для мокриц.

– Эй, вы, кончайте со своей биографией! – раздался голос с акцентом.

Я постучал в дверь ванной, держа в руке большой чайник с горячей водой. Кровь билась в висках.

– Входи! – искаженный мамин голос.

Я явственно представил себе мамино тело, склоненное над ванной. Пальцы разжались – чайник чуть было не грохнулся об пол.Я слегка толкнул дверь плечом. Дверь поддалась, неожиданно скрипнув кошачьим «мяу».

– Он входит! –воскликнул невидимый кавказец. – Не видишь, что ли, я вернулся…

– Откуда? – удивился я.

Непонятный шум, как будто на улице Горького зашумела народная демонстрация. Времена смешались. Кричал на нашем дворе из раннего детства старьевщик:

– Старье берем! Старье берем!

Я боком вошел в нашу узкую ванную. В двери внизу провинчены три отверстия для примитивной вентиляции. Слева висит на стене, толстая, извивающаяся, как краковская колбаса, батарея. На «колбасе» белесые полотенца для тела. Я подползаю к отверстиям вентиляции на коленях, вижу, стуча зубами, первые волосатые треугольники. Домработницы догадываются, затыкают отверстия газетами. Прямо – хромированная вешалка с потрепанными полотенцами для лица.А справа, неподалеку от раковины, отдернув голубую занавеску, – мама. Склонилась, словно приготовилась к закланию.

Громко звякнуло разбившееся стекло.

– Спрашиваешь, откуда? Откопал себя саперной лопаткой, – мелькнул смешок.

Свет в ванной погас.

– Мы с папой ходили в мавзолей на вас смотреть, – признался я. – Вы с Лениным были первыми моими мертвецами.

– Повезло тебе, – хмыкнул грузин.

– Вас вынесли...

– Я далеко не уходил… Никита со мной не справился. Подлец! Пришлось, правда, поскитаться, попрятаться… Добрые люди помогли в беде.

Темно. Только голос.

– Ну так что? Мамка над ванной голая? Сиськи болтаются…

– Стоп! – оборвал я его. – Почему вы пришли ко мне?

– Пришел ко всем, – засмеялся человек, – достучусь до каждого. Включите свет! – потребовал он.

Свет тут же включили.

– Ну здравствуй! – Он сзади обнял меня за плечи, прижался. – Чего не радуешься? Ты знаешь, как меня правильно называть теперь?

– Как?

– Маленький ночной Сталин. У меня для тебя письмо. Держи!

Маленький ночной Сталин стал совать мне в руку конверт А4.

– Вы что, почтальон?

– Я – всё. И почтальон тоже, – снова хмыкнул он. – Держи: послание от закадычных друзей.

Меня передернуло. Маленький ночной Сталин распорядился моей дрожью, нежно укусил за ухо и вдруг дико, по-блатному, захохотал:

– Так я еще не смеялся со времен Октябрьского переворота! – давился от хохота.

Где я слышал эти слова? Они же часть нашей семейной хроники.

– А мамка-то твоя! Голая… Свесилась. Сиськи болтаются! Ха-ха-ха!

– Она в белье, – возмущенно пролепетал я.

– В каком-таком белье?

– Во французском! – Ничего лучшего я придумать не мог.

– Никакого белья. Вижу деревце под животом, ветвистое, как на гравюре. Всё вижу – белья не вижу.

– Оно телесного цвета!

7. РОЖДЕНИЕ ВЕЛИКОГО ГОПНИКА

Маленький ночной Сталин от хохота плюхнулся на унитаз – на передний план выдвинулась уборная. С бледно-розовой туалетной бумажкой на хлипком крепеже. Бледно-розовый дефицит. Про него ходил анекдот. Идет мужик по Москве, обвешанный рулонами туалетной бумаги. Его спрашивают – где купил? – Из химчистки несу.

Спроси меня – что такое Советский Союз. Как что? Туалетная бумага из химчистки. 15 рулонов на веревке, висящей на шее. 15 союзных республик.

Спущенные штаны съехали на сапоги. Горец стал тужиться, побагровел.

– Вы чего? – ужаснулся я.

– А что, не видно?

– Как вам не стыдно! – сказала мама, оглянувшись из ванны.

– Молчи, сука! – рявкнул горец.

– Как вы смеете… – в один голос сказали мы с мамой.

– Я рожаю!

– Что?

– Не что, а кого!

Он продолжал тужиться. Прошли считанные минуты. Роды! Роды! Вдруг из него со зловонием вышло что-то.

Он соскочил с унитаза. Наклонился, вытащил. Склизкая мужская куколка. Личинка на привязи пупа.

Маленький ночной Сталин исчез с куколкой, путаясь в штанах.

Мне эта куколка запомнилась.

Мы с мамой остались одни.

– Ну чего ты остолбенел? – сердито сказала она. – Вода не остыла? Перелей в ковшик. Вон он. Лей на голову!

Я никогда не видел маму голой.

8. **КТО УНИЧТОЖИЛ СОВЕТСКИЙ СОЮЗ?**

– Вы уничтожили Советский Союз!

Все уставились на меня.

– Я? Советский Союз?

– Вы!

– Как это? – пробормотал я.

Мы все мало что успеваем сделать в жизни. Идешь по кладбищу – повсюду тому подтверждение. Как же я мог уничтожить Советский Союз, если на карте мира он расположен от океана до океана, как туша быка на вертеле?

Я вижу быка на вертеле. В пьяной компании мы не однажды крутили его на берегу Черного моря, в Коктебеле, среди зреющих гранатов и абрикосов, под присмотром профиля Волошина, но не сбивайте меня с толку! У меня богатая жизнь, и ветер памяти охотно сдувает с темы. Вернемся к Советскому Союза, который я уничтожил.

В нем жили двести пятьдесят миллионов человек. Это была сверхдержава, ее боялся весь мир. Она хотела быть властелином человечества.

Хотела-то хотела – а я ее уничтожил!

Если это правда, скажет русский народ, то тебя надо распять принародно на Красной площади. В назидание всем врагам.

Пройдет еще триста лет, и все равно найдутся сторонники СССР. Будут рыдать по его кончине, рвать на себе волосы.

Только враги могут порадоваться за тебя, если ты уничтожил Советский Союз, только враги могут рукоплескать и поставить тебе серебряный обелиск где-нибудь в Вашингтоне. А еще тебе на шею бросятся поляки, ах, эти уж точно расцелуют тебя, а кроме них балты, да что говорить! Даже дюжая часть украинцев в своих вышиванках оближет тебя, вместе с русской оппозицией.

Хотя нет. Русская оппозиция не оближет. Она уверена, что она сама уничтожила Советский Союз, а ты здесь ни при чем. Это в лучшем случае, скажет оппозиция, глупая, неправомерная метафора. Да и *с каких хуев* ты мог уничтожить Советский Союз?

Ну что тут вам сказать?

Я подхожу к красной черте. Разочаруйся в людях – идиотах, быдле, хамах, обывателях, потребителях, – и всё. Зачем что-то делать ради них? – займись собой. Или нужно создать *нового человека* по формуле Ленина или Гитлера?

Как я радовался, когда однажды ночью спустили в Кремле, как будто штаны, главную символику мировой революции и как же дико смотреть на то, что все это говно возродилось! Но могло ли быть иначе, если реформаторы не знали, для кого реформируют? – надежды просвистели. В результате родился Великий Гопник – и мне нужно ради спасения моей младшей сестры О. идти на поклон к его пацанам через Красную площадь, от которой меня тошнит.

– Как?! – снова взорветесь вы. – Красную площадь любят все! Весь мир! Все на ней фоткаются, делают селфи, все ей восхищаются, она – еще больше, чем Пушкин – наше всё, и даже больше, чем всё!

– Нет, я в детстве любил Красную площадь…

– А что непонятно? – воскликнул бывший рыжий реформатор Межуев с председательского кресла. – Ваш подпольный альманах *Метрополь* в 1979 году нанес мощный идеологический удар по советской системе. Так?

Я кивнул.

– Лучшие писатели выступили против нее! Кто там у вас был?

Недавно я рассказывал в штаб-квартире технологий будущего у бывшего рыжего реформатора Межуева об альманахе *Метрополь*. Ему исполнилось 40 лет.

– Культура, по-моему, – это борьба с энтропией, – предположил я. – Наверное, это и есть назначение человеческого проекта в целом.

Зал будущих технологий настороженно слушал.

– В этом контексте *Метрополь*, – продолжал я, – объединивший двадцать с лишних настоящих писателей, стал реальной борьбой с энтропией, которую и олицетворял собой Советский Союз. *Метрополь* – это литературная атомная бомба.

Я рассказал собранию, как я придумал ее конструкцию в 1978 году, когда жил напротив Ваганьковского кладбища, как соблазнил Аксенова, Битова и Попова принять участие в ее разработке. Акция удалась. События развивались стремительно. Государство ударило по всем авторам альманаха. Но больше всего пострадал ни в чем не повинный мой папа – он потерял работу в Вене, где тогда был послом СССР при международных организациях.

– Ну, да, ведь литературный кружок Шандора Петёфи спровоцировал венгерскую революцию 1848 года. Все сходится. Я – провокатор перестройки, – усмехнулся я. – На эту роль меня выдвинул с враждебной стороны и главный палач *Метрополя*, тогдашний московский литературный начальник Феликс Кузнецов. Он и позже никак не мог успокоиться. Советский Союз уже давно развалился, а он позвонил на телеканал «Культура» и объявил, что я создал *Метрополь* по заданию ЦРУ. Впрочем, перед тем, как умереть, он захотел со мной повидаться, передал это через какого-то поэта, но я сказал поэту *нет*. Я не желал умиравшему палачу зла, но и видеться не захотел.

– После *Метрополя* советская система уже не смогла регенерироваться, – подчеркнул Межуев. – Она треснула! Она даже не смогла как следует наказать вас, никого не посадили, никого не убили. Досталось только вашему отцу. *Метрополь* стал предвестником перемен. Плюралистическим подходом к реальности. А кто придумал *Метрополь*?

– Ну я, – сказал я.

– Ну так вы и уничтожили Советский Союз!

Зал рассмеялся – шутка удалась. Я, может быть, и не уничтожил Советский Союз, но мне всегда хотелось это сделать.

9. **СПУЩЕННЫЕ ШТАНЫ**

Я стал невольным свидетелем последних минут Советского Союза. 25 декабря 1991 года я ужинал у моей американской подруги Найны в знаменитом Доме на Набережной (Москва-реки), когда-то построенном для сталинских министров и прочей советской знати – прямо напротив Кремля. Не помню уже как, но мы с Найной вылезли из-под пледа и припали к окну. Где-то без двадцати восемь я увидел, как медленно спускается огромный, красный флаг над Сенатским дворцом Кремля. В этом было что-то унизительное для державы. Как будто с нее, действительно, снимали штаны. И вот вознесся новый – трехцветный. Антибольшевистский символ демократии, с которым Белая армия в гражданскую войну воевала с режимом Ленина. Безумный сон и фейерверк надежд. Казалось, страна становится родной. С ней можно наконец обняться.

Что было в Кремле после спуска советского флага?

Передав министру обороны ядерные шрифты, Горбачев уже как бывший президент пошел ужинать в Ореховую гостиную вместе с пятью близкими людьми. Никаких других проводов Горбачева не состоялось.

Я вышел на вечернюю улицу. Уныло ездили среди снегов редкие машины, никто ничего не понял. Думали, наверное, что просто сменили вывеску – вместе СССР будет СНГ. Один черт.

10. **ИСТОКИ**

Пришел как-то раз ко мне французский просветитель с дикими глазами, говорящий по-русски.

Рассказывает: я с *ним* ужинал давным-давно, в Санкт-Петербурге, *он* еще портфель носил за начальником, накрыли стол на дюжину персон в честь французского образования, за столом оказались рядом.

Мы еще только-только познакомились, а *он* мне вдруг всю душу вывернул. Говорит, что любил одну, до умопомрачения любил, умолял выйти за него замуж, дарил французские духи, но она не в какую, вышла замуж за кого-то там. И я, говорит, в память о ней женился на ее подруге, без любви, просто в память.

Я слушал просветителя с крашеными черными волосьями на голове и думал: вот она где разгадка. Пожаловаться некому, кроме как незнакомому французу, сородичу тех духов. Одиночество кромешное. Навсегда. Нельзя доверять, вы чего, власть дико одинокому человеку. Сгорел *он* тогда. До основания выгорел. Осталось пепелище.

Мы кружимся на этом пепелище.

11. **ПЛОЩАДЬ ЗВЕЗДЫ**

Моя жизнь похожа на мегаполис. Самые разные районы и кварталы – веселые, сверкающие, заброшенные, исписанные граффити. Есть несколько тенистых парков, река, детские площадки, рестораны, ботанический сад с пальмами в кадках, зоопарк. Много обезьян. Климат города неясен. То солнце, то ливень. Даже дурной хозяин в такой ливень собаку на двор не выгонит.

В центре – Триумфальная Арка. Но мне ли не знать, что центр везде? Арка на ремонте. Сквозь серое покрывало проступают скульптурные изображения. Кому арка посвящена, какой победе, какому явлению, сразу не скажешь: изображения призрачны, символика загадочна. Ремонт арки затягивается. От нее разбегаются улицы. Она красива, когда в тумане.

Напоминает площадь Звезды в Париже? Едва ли. Мой город избыточно эклектичен, не берусь заниматься аналогиями. Он так рационален, как и абсурден. Здесь встретишь и Красную площадь, и Ниагарский водопад. Я расскажу об Африканской улице, где нас с Габи чуть не убили. Есть и японская улица Сюнга. А дальше – ну как теперь без

Китая? Я переплываю через Амур и вот он – северный китайский миллионщик. Улица Жар-Птицы тоже связана с Африкой. Впрочем, увидите сами.

Если все это – общественная метафизика, то параллельно есть частный извод. Вот запруженный повозками и каретами проспект под названием Три-С-Половиной-Жены. Есть темная аллея в честь моей анти-жены, Шурочки. Каждый отбрасывает тень. Мужья, жены. Тень жены – это и есть анти-жена. Об этой темной аллее нельзя умолчать. Детская улица. Итальянский бульвар. Там, среди прочих, живет моя чудная подруга Кьяра, на ней я чуть было не женился – но город разросся, нельзя рассказать обо всем.

Есть парк Моего Однофамильца. Там тянутся в небо апельсиновые деревья, ежевика в колючках.

Помимо радиальных улиц проложены кольцевые бульвары, есть проезды, переулки, сады, просеки, задние дворы с лопухами. Мусор убирается не регулярно. Румянцевские библиотеки, Ваганьковские кладбища.

В городе перемешались персонажи моих книг и живые люди. Одни, возможно, бессмертны, другие мчатся навстречу могиле.

Как-то мне пришло в голову: я в своей жизни подписал столько книг, что это – население целого города. Но население *моего* мегаполиса не складывается исключительно из читателей. Случаются пожары и наводнения. Случаются враги. Враги считают, что моя жизнь похожа на город-паутину, в которой запутались бабочки разных стран, а также и сам паук.

Кто управляет городом?

Я не градоначальник. Я оказываю влияние на городское управление, но не всегда. Я защищаю себя от разрушения, но порой по своей же вине разрушаюсь. На жизнь города оказывают давление далеко не самые симпатичные мне люди. Меня не раз пытались захватить, оккупировать. Приходится отбиваться.

С начала 21 века в моем городе стали прокладывать новый проспект. Ломали старые постройки. Пару домов взорвали вместе с жителями. Нагнали солдат для строительства. Проспект разрастался. Многим горожанам это нравилось. Сначала хотели назвать проспект Морем Спокойствия. Но что-то пошло не так. На проспекте все чаще перекрывают движение. Кто-то куда-то туда-сюда с мигалками мчится. Идут танки, оставляя следы от гусениц. Асфальт неровен. Неровен час. Меня не спросили. Мы живем под солнцем Великого Гопника.

12. **КАКОЙ НАРОД – ТАКИЕ И ПЕСНИ**

Сейчас Кремль изображает 1990-е годы как бандитский бардак, колонию Америки. Это – истерично. На самом деле мы обрели неслыханную свободу, но не знали, что с ней делать.

Нам не хватило нового Петра Первого, решительного реформатора, но с человеческим лицом. Вместо него мы получили ползучего Ельцина, который тоже не знал, что делать со свободой, и потому позорно запил. В поисках собственной безопасности Ельцин выбрал малоизвестного преемника.

На арене – Великий Гопник.

После того, как мэр Петербурга Анатолий Собчак проиграл выборы в 1996 году, бывший разведчик оказался безработным и подрабатывал частным извозом – работал неофициально таксистом. Теперь внимание! В 1999 году он становится премьер-министром огромной страны, а в марте 2000 года – ее президентом.

Есть такая болезнь водолазов – кесонная болезнь. Когда водолаза быстро поднимают со дна моря на поверхность воды у него буквально вскипает кровь. Нечто подобное испытал поднятый на мировой уровень Великий Гопник.

Я видел его на празднике в Кремле по случаю тысячелетия Христа, в том же 2000 году. Он выглядел озадаченным. Борис Немцов рассказывал мне, как он явился к Великому Гопнику с целой авоськой писем интеллигенции, протестующей против того, что президент решил снова ввести в оборот слегка измененный советский государственный гимн, Великий Гопник ответил ему по-пацански:

– Какой народ – такие и песни.

Немцов не нашелся, что возразить.

13. **О СУЩНОСТИ РУССКО-УКРАИНСКОЙ ВОЙНЫ**

С зазеркальной точки зрения моя младшая сестра О. так описала пружины военных действий:

Команда сильно устаревших богов под эгидой Христа отступила уже, считай, век назад, и с тех пор продолжает отступление, оставляя на обнажившемся месте множество разломов и дыр. Но по инерции мораль христианской команды еще продолжает существовать на Западе – а не в раздавленной извечным самодержавием Россией.

Вот война сил распада с силами полураспада. Силы распада, освобожденные от обязательств, обладают шокирующей бесчеловечностью. Их бесчеловечность настолько откровенна, что от нее стонут и кончают кремлевские героини распада. Силы полураспада обладают остатками подгнившей веры, но хватит ли ее на победу над силами распада, неясно. Короче, эта война – смертоносный знак тоски по новой команде пока еще неведомых богов.

14. ФИЛОСОФИЯ НЕНАСИЛИЯ

И снится Великому Гопнику сон. Вот уже много лет как он – президент, а друг, единственный друг, не идет.

Вдруг Ганди входит.

Такой милый, в очочках, бритоголовый, в этом своем белом прикиде через плечо. Дело происходит под Москвой, в резиденции. На ночной веранде. Туман клубится. Но вовсе не мистический, а такой предвесенний, вестник победы.

– Ну наконец, – Великий Гопник встречает Ганди своей особой застенчивой улыбкой.

Разговор идет по-русски. Ганди посмеивается.

– Я вам вот что скажу, – говорит Великий Гопник. – Я – ваш ученик. Из всех политических учений мира я выбрал вас ну как эталон.

Ганди посмеивается.

– Есть такая скульптурка Лаокоон. Вот и я так опутан. Только не змеями, а красными линиями. Я исповедую не только философию, но и практику ненасилия. Мне чужого не надо.

– Весь мир для тебя не чужой, – замечает Ганди.

– Красные линии сжимают мне горло, – Великий Гопник сдавил себе обеими руками горло. – Я с детства люблю справедливость. Но я не люблю, когда мне нагло врут, когда одну за другой уводят братские страны. Я предупреждал. Не лезьте с ракетами! Не слушают. Я им объяснял – это наша зона ответственности.

Туман клубится.

– Тебя дразнили в детстве? – сочувствует Ганди.

– Ну да, – неохотно кивает Великий Гопник.

– Как?

– Не важно.

– Но очень обидно?

– Не будем…

– Ты – кладбище детских обид.

– Не надо.

– Ты хотел жениться на одной, а женился на другой, на херовой копии.

– Ганди, я тебя…

– Знаю. Ты меня любишь.

– Ганди, красные линии душат, но мне трудно принять решение.

– Разве так уж тебе трудно?

Великий Гопник потупил глаза.

– Отправь им туда, за океан, ультиматум.

– Отправлял, – мотнул шеей. – Не помогает.

Ганди загадочно молчит.

– Понимаешь, в Киеве нас обязательно встретят с цветами.

– Тебя обманывают.

– Я знаю.

– Тебя обманывают *свои*.

– Да ну! – Чуть морщится. – У нас там все схвачено. Янукович на низком старте. Америкосы наложат в штаны. Это будет роскошный позор на весь мир! Клянусь!

– Дорогой друг, ты прав.

Когда-то Ганди называл *дорогим другом* совсем другого человека, тот мечтал о победе своей расы, но какая разница?

– Когда я подхожу к зеркалу, что я вижу? Я вижу наш великий народ.

– Народ и партия едины, – криво усмехается Ганди.

– Не веришь? Впервые в истории власть и народ реально – близнецы-братья. Это дает мне силы.

– Ну так чего ждешь? – восклицает Ганди. – Это будет самая миролюбивая война.

– Даже не война, а просто освобождение, – соглашается Великий Гопник.

15. **МОЯ СЕСТРА О.**

Я вздрогнул от неожиданности. Она вошла так тихо, так старательно неслышно подкралась на цыпочках, что я не заметил ее появления. Я сидел на родительской кухне, погруженный в какие-то свои мысли. Она зашла со спины и мягко положила мне руки на плечи.

– Мне нужна твоя помощь.

Через рубашку я почувствовал игривые сестрины коготки. Оглянулся. Красные губы, черная куртка, черные джинсы, укороченные, видны голые лодыжки, розовая футболка, на красивой груди черные буквы FIRST TIME. Черный, продолговатый берет.

– Ты меня испугала. FIRST TIME!

Она звонко рассмеялась.

– Что у тебя за берет?

– Из страны басков.

Моя младшая сестра О. никогда меня ни о чем не просила. Слишком гордая, чтобы просить. Харизматическая, глаза цвета горького шоколада, большие, как у новейших детских игрушек – она не нуждалась в просьбах.

В ее взгляде мелькнуло что-то презрительное – по отношению к себе. У меня возникло смутное беспокойство, что эта просьба мне дорого обойдется. О. перевела взгляд на подоконник с альпийскими фиалками, молча вглядывалась в цветы.

Мама любила альпийские фиалки. Она разводила их в небольших горшках на широком кухонном подоконнике. Фиолетовые, розовые, белые – с махровыми листьями. Они выглядели, как горный луг, как признание в любви к чему-то несбыточному.

Подоконник покрыт дешевой сине-белой клеенкой, запачканной выпавшей при поливках землей. Среди фиалок возвышается в старом горшке старое денежное дерево. Это даже не подоконник, а крышка встроенного ящика, куда, как в кулинарное бомбоубежище, прячутся кастрюли и сковородки.

Мы сидим с сестрой за темно-красным столом, на темно-красных стульях, которые вместе с другой темно-красной кухонной мебелью родители привезли из своих бесконечных командировок в Париж. В вечернем окне зажигаются две высотки: на Кудринской и Смоленской.

– Ты как-то сказал, что Москвы не существует, что она самый субъективный город в мире, живет только в нашем воображении.

– Москва только кажется…

– Вот будет весело, если меня посадят! – скривила рот О.

У нее на глаза навернулись слезы? Она смахнула их, потянулась ко мне, обняла. У сестры всегда были сложности с тактильностью, но тут она прикоснулась ко мне, прижалась сиськами FIRST TIME. Мы оба были смущены.

24 февраля

Чем отличается писатель от журналиста? Журналист ищет выход, писатель – вход.

16. КАМЕНЬ, НОЖНИЦЫ, БУМАГА, РАЗ, ДВА, ТРИ

Пришло наше время, и всё поглупело вокруг. Поглупели птицы, люди, старики, чиновники, спортсмены, воробьи. Поглупела русская интеллигенция, поглупели интеллектуалы, философы, юмористы. Поглупели и – провалились в могилу.

Поглупела наша страна, хотя никогда особенно умной она не была. Поглупела Англия, принявшая самое нелепое решение за всю свою неглупую историю. Поглупели Соединенные Штаты Америки, как-то избравшие своим президентом полного идиота. Поглупела милая Франция, где к власти рвутся антисемиты и ксенофобы. Поглупели и сами ксенофобы вместе с антисемитами.

Поглупели любители соцсетей, а также их враги. Поглупела и раскололась русская оппозиция. Поглупели парламенты и правительства многих стран. Поглупели улицы, сады, перекрестки, не нашедшие своего архитектора. Поглупели и сами архитекторы.

Поглупели тургеневские девушки и нимфоманки, плейбои, монахи, бандиты. Даже самые главные бандиты и то поглупели. Поглупела полиция со своими глупыми пытками. Поглупели тюрьмы и рабочий класс – он полностью вышел из строя и поглупел.

На глазах глупеют космонавты, бедняки, попрошайки, воры, банкоматы, олигархи.

Поглупела Бразилия буквально за один день.

Поглупели листья на деревьях. Вроде бы еще не зима, а они уже поглупели.

Поглупела моя любимая Польша с ее аистами на крышах, Польша, которой принялись править глупые, черносотенные люди.

Поглупело конкретно правительство моей страны. Поглупели армия и флот, киты и тигры, подводные лодки – все поглупели.

Поглупела тайга. Поглупели оленеводы, олени. Поглупели Мурманск и Архангельск. Поглупел Крым при новых хозяевах, хотя и прежние были не шибко умны. Поглупела далекая Гваделупа.

Поглупели проститутки, националисты, школьные учителя.

Поглупели ученики средних школ и воспитанники детских садов. Поглупели младенцы в яслях.

Поглупели акушеры и стоматологи.

Поглупела Венгрия, не принявшая иммигрантов, и Германия, щедро принявшая их, тоже мучительно поглупела. Поглупела человеческая память.

Поглупела Европа в целом, отказавшись от религии, поглупела религия, отказавшись от веры, поглупела вера, отказавшись от Бога, да и сам Бог, прости Господи, поглупел.

Разве нельзя было понять, что путь человечества, указанный Богом и его отсутствием, неизбежно ведет к глупости?

Определился, наконец, главный дар нашего времени – бездарность.

Расцвели ромашки бездарности на лесных полянах в лунную ночь на Ивана Купала. Ромашки бездарности. Любит – не любит, плюнет – обосрет.

Постойте, скажете вы, а вот как же все эти Биллы Гейтсы?

Ну, хорошо, вглядитесь, ромашки, в Билла – ведь он тоже за свою жизнь поглупел. А рядом с ним и другие разработчики, которых так любят поглупевшие люди.

– Ну, только идиоты могут выступать против компьютеров! – скажете вы, поглупевшие люди.

Это – да, поглупели читатели вместе с писателями, поглупели таланты, ромашки, поклонники, лютики. Нет, конечно, кто же против компьютеров – это все равно как выступить против автомобилей, но автомобили нередко убивают.

Поглупели книги, журналы, афиши, аэропорты. Поглупели Внуково, Шереметьево, Домодедово и одновременно с ними вся большая стая самолетов. Поглупели военная авиация, бомбардировщики, шпионы поглупели.

Генералы сильно поглупели.

Поглупели фильмы, а также режиссеры фильмов, актеры, сценаристы, художники по костюмам.

Поглупела эта страшная блядь – телевизор. Даже по сравнению с другими блядьми, телевизор отличается глупейшей блядовитостью. Поглупели тележурналисты вместе с террористами.

Поглупели друзья и враги народа, да и сам народ просел и смертельно поглупел.

Глупеют сосны. Глупеет лес, глупеет климат, залог небес – глупа поэзия, ссыт мудрец, проходит жизнь, уму конец.

Вот такая, можно сказать, хренотень.

Поглупела, завяла и сама эта хренотень.

Глупеют половые органы разных форматов. Глупеют руки и ноги разной величины. Глупеет лев – царь зверей. Всё глупеет.

Летим дальше. Рвем, вырываем ромашки.

Поглупели наши друзья, любовницы, шоферы и массажистки. Поглупели песенки и фотки. Поглупели резко слова, грамматика, фонетика, физика, язык поглупел, да и я сам глупею на ваших глазах.

Мы вступили в новое глупое время, время глупого опасного блефа, время мобилизации, время, когда глупеют ядерные ракеты и черные ящики президента, тонут большие посудины, глупеют кремлевские стены и – мавзолей ужасно поглупел.

Ну что сказать?

Вся надежда на вас, глупеющие читатели. Может быть, не оголим своей глупости до конца, останемся в нижнем белье бездарности, сохраним стринги здравого смысла. Аминь.

17. **СХОДИ В КРЕМЛЬ**

На родительской кухне, где на подоконнике цвели фиалки, мы с сестрой О. сидели, курили.

– Сходи в Кремль. Иначе меня посадят.

Я даже не стал спрашивать: к кому? Нет, я все-таки спросил. Чтобы не ошибиться в своей правоте.

– Ну да, к этому фрику…

Вся интеллигенция тогда ненавидела Ставрогина. Он был молодым отцом национальной перверсии. Ни о ком другом в стране интеллигенты и оппозиционеры не рассказывали бОльших мерзостей. Он был красив красотой *того* Ставрогина. В университете на втором курсе я написал курсовую работу *Религиозный идеал Достоевского в Бесах*, и мой научный руководитель Константин Иванович Тюнькин потупился: можно я поставлю вам четверку? Ну, я тоже потупился.

– Ты с ума сошла! Мало того, что он фрик! Выйти на него практически невозможно.

– Ну, пожалуйста…

– Пошли есть лимонный торт.

Мамин lemon pie – шедевр. В стране коммуналок, дощатых сортиров и пыток он звучал как вызов.

– Я попробую… – невнятно пообещал я.

О. задержалась у кухонной двери:

– Ну что ты все время споришь с мамой… Оставь ее в покое.

– Она меня бесит.

– Пожалей ее. Она старенькая.

– Я не хочу считать ее пациенткой.

В революционных терминах О. была большевиком, а я – меньшевиком. Мы боролись за общее дело, но если я был за софт-пауэр, то сестра била наотмашь. Она устроила выставку в Сахаровском Центре «Страна-порнография». Особенности русского порно для познания «нашего подсознательного». Мысль – лихая, но голые жопы, на мой меньшевистский взгляд, перевешивали.

Если в эпоху зрелого социализма я устроил скандал с альманахом *Метрополь*, то сестра во времена Великого Гопника ответила на это скандальной выставкой. Мы – квиты.

Она выставила порноматериалы так, что их нужно было подсматривать через дыры в простынях, которые от пола до полотка висели в выставочном зале. Посетители вставали на стулья или лезли на стремянки, занимались вуайеризмом – моя младшая сестра быласорви-головой.

Хотя экспонатов было не более сорока, выставка стала хлесткой пощечиной общественному вкусу. Официально в стране, вроде, не было цензуры, пиши и выставляй что угодно, но власти взбесились, увидев в выставке диверсию.

Почему я считал себя меньшевиком, а ее – большевичкой?

Различие в социальном темпераменте. Я знаю за собой дурную привычку заниматься «внутренним злом» человека. А настоящий революционер выталкивает из человека зло наружу и обвиняет во всем общественный строй. Ах, лучше будьте большевиками! Это опаснее, зато вы заняты делом. У большевика жизнь насыщеннее. Он прет. Весь в огне преображения. Он не отвечает за себя, за него в ответе революция. Он – близнец Че Гевары. И пусть революция унесет миллионы жизней, все равно она не потеряет свое обаяние, потому что это плод великой мечты.

Верьте в прекрасное будущее, боритесь за него! Как моя сестра О. Большевик – философия силы. Он вместе с *товарищами по борьбе*. А что меньшевик? Интеллигентный червь!

Я мечтаю о революции, но боюсь ее. Меньшевик обречен на сомнения, трусость. Подвергать человека слишком тщательному анализу и увидеть в нем бездну недостатков – прямая дорога в одиночество.

О. не уважала компромиссы.

– Революция – единственное, что интересно, – утверждала она. – Все остальное – тоска собачья! Богатство – тоска! Бедность – тоже! Комфорт, благополучие, сладкая жизнь – на какой-то момент да! Но потом *такая* тоска! Только революция делает жизнь безумной и осмысленной одновременно!

О. игнорировала каждодневную реальность, законы, трепыхания власти во главе с Великим Гопником. Она была на острие, головой в будущем, ее не было среди нас. Она жила внутри свободы. Я завидовал ее большевизму.

18. **ЧЕКИЗМ**

У нас в народе издавна любят чекистов, слагают о них легенды. Кто наши первые чекисты? – Три богатыря во главе с Ильей Муромцем, бережно охранявшие рубежи нашей Родины. Предки нашего дорогого Великого Гопника.

Гопничество не прошло мимо меня. Переходный возраст. Я в зимнем пионерлагере. Там взяли власть в свои руки братья Бондаревы – сыновья завхоза. Я тоже хочу быть, как они. Они дают мне задание: облить водой и поиздеваться над пионером Пашей Чудаковым. Он – сосед мой по комнате. Я выливаю ему в постель стакан воды и кричу, что он описался. Он боится меня – он плачет. Я выливаю второй стакан ему на голову – он закрывает лицо руками и скулит. Я рассказываю об этом братьям Бондаревым. Они хохочут, хлопают меня по плечу:

– В следующий раз зажми в кулаке его сраные яйца!

Я обещаю. Ах, этот дурманящий аромат безнаказанности! Братья в заграничных коричневых дубленках дают мне пострелять из пневматического ружья. Я стреляю в бездомную кошку. Убиваю кошку. Они снова хохочут и хвалят меня. Даже странно, почему я не стал пожизненным гопником.

Пограничные подвиги трех сказочных богатырей еще задолго до того, как пограничные войска стали подчиняться КГБ СССР, свидетельствовали: наши границы священны, враги – нечисть, она стремится к перерождению нашей сущности.

От Ильи Муромца до Штирлица, памятником которому можно было бы при всеобщем ликовании прикрыть зияющую пустоту в центре

Лубянки, простирается простор мифологического энтузиазма чекистской темы. Конечно, есть некоторое количество обиженных соотечественников, которые в той или иной степени пострадали от чекистских подвигов, но было бы наивным полагать, что внешний враг неспособен переродиться во внутреннего, который, в свою очередь, нуждается в искоренении.

Я не знаю, был ли когда-либо в Советской Союзе построен социализм (это вопрос к Марксу). Но тому, что Советский Союз мог выстоять столько лет, несмотря на враждебное окружение и грубое несоответствие советских ценностей основным требованиям человеческой природы, мы обязаны двум вещам: склонности нашего народа к утопии и институту чекистов. По сути дела, именно чекисты были наиболее последовательными государственниками внутри властных структур всесоюзной колыбели мировой революции. Пока партия бесконечно колебалась между идеологическими мифами и государственным строительством, чекисты уже с конца гражданской войны становятся умной организацией государственного порядка с гибкой кадровой политикой и многочисленными инициативными предложениями, которые попростому можно было бы обозвать провокациями. Огромное обаяние этой организации, сумевшей в 1920-е годы создать видимость экономической свободы (НЭП), подчинить себе или организовать эмигрантские центры, хорошо почувствовала на себе русская интеллигенция. Запугав (порой до смерти) непослушных, отправив философов за границу, чекисты нашли возможность работать с колеблющимися элементами, вступили в тесный контакт с творческой элитой. Со своей стороны, Горький, Маяковский, Бабель и сколько еще других писателей дружили с чекистским руководством. А как они любили вербовать жен наших писателей! Привет, Агранов! История подлинных взаимоотношений интеллигенции и чекистов еще не написана. Не написана и трагическая история самих чекистов, которые, отдав коммунистическому государству свои способности, разгромив Церковь и кулаков, были вынуждены пытать и убивать своих же товарищей в годы великого сталинского террора, а потом и сами шли под нож (тот же сука-Агранов). Однако, несмотря ни на что, чекисты создали о себе миф всевидящей и всезнающей карающей организации, который пережил распад СССР.

Потеряв утопию как основу национальной идеи, Россия сама себя привела к новой и единственно возможной идеологии. Имя ей –чекизм.

Чекизм является сегодняшней государственной крышей. Призвана вся чекистская рать – от курсантов до отставников. Остальные, как у

Достоевского в «Бобке», бесстыже обмениваются посмертными мнениями. Чекизм – это, сказал бы Ленин, последний клапан. Смысл этого явления неоднозначен. Он имеет исторические корни и в разных видах под разными лейблами опробован в государственной машине России, начиная с Ивана Грозного.

Народ сам по себе является ударной идеей чекизма, который стремится содержать народ как клиента, нуждающегося в постоянной опеке. Несмотря на то, что народ – архаическое и ложное понятие, в России у этой лжи еще не исчерпан ресурс и при умелом ведении дел им еще можно пользоваться.

Внешним врагом России легко сделать кого угодно – стоит только захотеть (опять же поляки!). Что касается внутреннего врага, то чекизм стремится к организации уникальной национальной ниши. Наша самобытность (что бы ни вкладывать в это слово) – конек чекизма. Нет, больше того: Первая Конная армия. Здесь чекизм и патриархия могут застыть надолго в скульптурной позе Мухиной. Коммунизм в России не продуктивен, а для капитализма не продуктивна Россия – все сходится.

Чекизм инстинктивно движется выполнить запросы простого народа. У нас не любят, если сосед (тем более, еврей, а нынче украинец) живет лучше нас. Богач – вор. Даже зажиточный человек – не наш. Слово «кулак» выдумал народ, а не коммунисты. Но мы зато охотно допускаем, что начальство может и даже отчасти должно жить лучше нас. Мы с детства ходили по Грановитым палатам и уважали роскошь начальства. Начальство для народа – неизбежное, сакральное зло, с которым надо мириться до поры. Рифмуется: возьмись за топоры.

Деньги власти мы уважаем больше, чем власть денег. Дары, подарки и дачи мы любим больше, чем свою работу. Чекизм (на уровне, прямо сказать, гениальности) выстраивает начальственную вертикаль: он дает возможность начальникам обогатиться (почти бухаринский ход), а догадливому богачу – влиться в послушное начальство. Чекизм пришел к тому, чтобы возглавить Россию на всех ступенях власти.

Понятно, что при таком казенном производстве мы далеко не уедем – но куда нам ехать? Простой народ удивительно неприхотлив. Главное: не дразнить. Мы останемся у себя дома и немного прикроем окна. Понадобится больше – прикроем еще больше. Идеально было бы либо окружить себя китайской стеной, либо завоевать весь мир.

Чекизм неотрывен от действительности и информирован лучше всех. Чекизм знает: достаточно придумать заговор декабристов и посадить сто человек – Россия замолкнет на годы. Тридцать лет молчала Россия при Николае Первом – идеальный пример. Тридцать лет – нормальный срок. Это ровно столько, сколько отделяет любого зрелого чекиста от заслуженной пенсии.

Конечно, чекизм будет стремиться к тому, чтобы обрасти какой-топодходящей идеологической шкурой. Голый чекизм, при всей его замечательной «фитнесси», может простудиться на сквозняках мировой истории. Если чекизм, с приятной горчинкой цинизма, имеет государственное право на безнаказанность, если он говорит то, что не думает, и делает все, что считает необходимым, ему нужна, по контрасту, красивая моральная ширма духовных и душевных оттенков.

Есть ли у чекизма реальные слабости?

Они заключаются лишь в отражениях. То на Западе подложат нам украинскую свинью, то в самой России какой-нибудь сбесившийся мошенник объявит себя борцом с нашей коррупцией.

Но с каждым днем крепчает наша хватка.

Цикличность, или сказочный круг, российской истории обещает, конечно, в будущем отмену крепостного права, пору реформ, революцию арктических цветов – но это потом. А сейчас чекизм – единственный гарант целостности России. Каратель, правда, не созидатель. Но фатализм есть фатализм есть фатализм.

19. **ВЕЧНЫЙ СКУНС**

Вот уже несколько месяцев, начиная с конца зимы, как мне снятся фантастические сны. Я живу на даче, работаю над новой книгой и каждую ночь я иду спать с каким-то тревожным чувством. Сначала я был просто в шоке, когда мне приснилось, что я сижу на японской свадьбе. Справа от меня – японская невеста, крепкая, с черными выразительными глазами, а слева – инспектор по японским налогам. Мы сидим молча и ничего не делаем, и так весь сон до конца.

Видимо, что-то во мне возмутилось против такого сна, потому что на следующую ночь мне приснилось большое черно-белое полосатое животное, хищник с когтями – скунс. Некоторым нравятся скунсы, из них даже делают шапки, но он меня насторожил с самого начала.

Он был не слишком разговорчивым, но говорящим. Наш первый разговор произошел у меня на дачной кухне. Я сидел, завтракал, ел яйцо всмятку и любовался в солнечном свете новым бледно-серым кухонным гарнитуром (давно мечтал о нем), а скунс поднял из-под стола свою голову и говорит:

– Возьми с меня клятву.

– Зачем это? – насмешливо спросил я.

– Возьми с меня клятву.

– Ну давай.

– Клянусь всем святым, что я буду верно тебя служить, выполнять все твои пожелания, поднимать твой престиж.

Скунс полностью вылез из-под стола, встал на задние лапы и отдал мне честь.

– Принято, – сказал я чуть менее насмешливо, ну просто потому, что не всякий раз животное клянется поднимать твой престиж.

– Взять тебя что ли в домашние животные? – предложил я.

– Помолчи! – заявил скунс. – Все не так просто. Во-первых, тебе изменяет жена.

– Откуда ты знаешь?

– Сам присутствовал. И самое интересное, что ты никогда бы не догадался, с кем она тебе изменяет. Это не мальчик. Не дядя, не ветхий старик.

– Так с кем же?

– Ты прекрасно знаешь эту особу.

– Не говори загадками. Впрочем, мне все равно.

Видимо, мое напускное равнодушие вывело его из себя, потому что он поднял пушистый хвост и со страшной силой выпустил заряд околоанальных желез. Я хотел было сказать ему, что эта чесночно-тухлояичная вонь никак не согласуется с клятвой служить мне, но стал давиться, закашлялся и проснулся.

Было серое, дождливое утро, мокрые ветки березы облепили окно спальни. Весь день я чувствовал вонь скунса из моего сна, и, когда ложился спать, я был готов увидеть во сне даже чужую японскую невесту, какую угодно, что угодно. Но не его.

Во сне мне приснился тот же полосатый черно-белый скунс. Правда, он подрос и поздоровел.

– У тебя сколько детей? – спросил скунс.

– Трое.

– Они тебя не любят.

– Почему ты так решил?

– Я слышал, как они смеялись над тобой.

Скунсы не метят свою территорию, поэтому я удивился, когда он предложил мне выйти на двор, чтобы он пометил участок. Участок у меня большой, с яблоневым садом, малинником, грядками, детской площадкой, качелями между сосен. Скунс деловито все это обошел и пометил, а затем подошел ко мне:

– А почему ты не изменишь жене с соседкой?

– Зачем?

– Это будет только начало. Женись на ней. Объедините участки.

Когда-то мои родители, в самом деле, продали часть нашего участка соседу, в частности, вишневый сад, потому что они постарели и не могли с этим садом сладить. Но сосед лет пять назад куда-то без вести пропал – осталась соседка. Летом она загорает голая под вишнями. У меня есть бинокль.

– Тебе не жаль вишневый сад? Одно название чего стоит.

– Название названием, но мне не нужна соседка.

– Но у нее такая красивая задница!

– Да, но на заднице я не женюсь.

– А ты не женился на твой жене из-за задницы? Теперь эта задница тебе изменяет. Друзья твои в курсе. Все дружно смеются над тобой. Женись на соседке!

– Зачем?

– А мне, – говорит скунс, – нужен вишневый сад! Ты же знаешь, что я зиму провожу в большой компании невест, а весной пойдут детишки. Кстати, твои дети не любят тебя. Тебя вообще никто не любит.

– Да ладно! – отмахнулся я.

– Никто! Женись на соседке! Не будь сопляком. Поклянись, что ты мне не будешь мешать жить в вишневом саду.

– Ладно, клянусь, – сказал я, чтобы он отстал.

Скунс тут же умчался договариваться с соседкой Алисой. Не знаю, что там у них произошло, но Алиса вдруг дико вскрикнула, ее начало рвать: скунс выпустил против нее свое биооружие. Я бросился к забору, чтобы задобрить Алису, но сам задохнулся от вони и проснулся.

На этот раз вонь не только не покидала меня целый день, но впилась во все мои органы чувств. Я трижды был в душе, долго мылся – едва отпустило к вечеру.

Ночью скунс пришел по мне и сказал, что я его предал. Вместо того, чтобы разобраться с Алисой, я захотел поддержать ее морально, и, если бы не сила его оружия, наша битва была бы проиграна.

– Но как я могу жениться на Алисе, если я женат?

– Но жена тебе изменяет. Вот так! – он встал в крутую похабную позу.

– Откуда ты знаешь?

– Видел! Вот этими глазами. Она кричала, она стонала, она так выла, как при тебе никогда не выла.

– С кем она мне изменяет? Чего молчишь? Признавайся!

– И дети тебе изменяют, и друзья, и коллеги смеются над тобой.

– Постой!

– Клянись, – с неприятным шипением сказал скунс, – что ты станешь моим и мы исправим положение.

Мне показалось, что он сейчас перднет своим зарядом, я испугался.

– Клянусь! – сказал я.

– Поклянись, что ты женишься на соседке.

– Клянусь!

– Или ты хочешь объясниться с женой?

– Почему нет? – обрадовался я передышке с клятвами.

– Слизняк ты, – презрительно сказал скунс. – Я таких ем без разбора.

В знак презрения он вонюче облегчился, задрав хвост.

Я стал блевать.

Проснулся весь облеванный.

Я уже слабо различал, где начинается явь, где кончается сон.

В полночь я шел в кровать не просто так, а сильно выпивши. Скунс ждал меня возле кровати.

– Поклянись, – сказал он, – что ты больше не будешь напиваться перед встречей со мной.

Мне было так дурно, что я поклялся.

Скунс выгнал меня на солнечный двор.

– Она под вишней, голая, иди и возьми ее.

– Где?

– Вон там, под вишней.

Как только я перелез через забор, следуя за скунсом, раздались новые крики Алисы. На весь поселок. Скунс выпустил свой снаряд и отступил от Алисиной задницы. Вернувшись на наш участок, он был отнюдь не удручен – напротив, полон огня.

– Прорвемся!– заявил он. – Ты женишься на ней!

– Но я же женат!

– Но жена тебе изменяет. Об этом знает весь мир! Вот тебе фотки!

– Да, это реально, – признал я.

Днем я трусливо оглянулся, сел в машину и рванул в город. На дачном перекрестке, где на старом красном щите висит красное противопожарное ведро без дна, стоял на задних лапах скунс.

– Клятвопреступник! – глумливо возопил он и так мощно выстрелил смрадом, что у меня заглох мотор.

Что было дальше, можно только догадываться.

20. **ГОЛГОФА**

Между тем, вязкое, тягостное следствие, как психотропная таблетка, разрушала сестру О. Я наивно продолжал удивляться тому, что за нее так серьезно взялись: ведь она всего лишь прикалывалась. Но еще Демокрит сказал: удивление – это отсутствие знания.

Конь власти скачет быстрее, чем тощая лошадь интеллигенции. Интеллигенции постоянно виден конский хвост и вываливающееся из-под хвоста говно власти.

Запоздалое удивление по поводу жестоких мер стало общей бедой разгромленной армии интеллигенции.

Но что такое русская интеллигенция?

Секта борцов за освобождение и счастье народа.

Кто разгромил интеллигенцию?

Ее неверные постулаты.

Это достойное течение русской мысли составляло неотъемлемую часть политического пейзажа и сложилось в кулак как ударная сила против вечного самодержавия. Но достаточно было промелькнуть куцей свободе, как секта прогорела. Народ как народ был полностью выдуман нашими образованными сектантами.

– У моего следователя, Николая Ивановича, в кабинете на стене висит, как сувенир, листовка РНЕ, – сказала О., остановившись по дороге к маминому лимонному пирогу.

– Он молодой?

– Высокий, худенький мальчик.

Ее действительно могли посадить. Но могли и не посадить. Могли дать условный срок. А могли и «закрыть». Русская тюрьма? Единственно *честный* диалог нашего государства с населением.

– Я не знаю на самом верху никого, – показал я глазами на потолок.

– Зато они тебя знают.

Мы усмехнулись похожими усмешками.

– А что толку? Я говорил с министром культуры.

– С этим мудаком!

«Ну как тут ее спасти? Она просит защиты у тех, кого презирает».

– И что? – нетерпеливо сказала она.

– Бесполезно.

За кулисами Вахтанговского театра после премьеры я встретил старого приятеля, бывшего дипломата, ставшего министром культуры и вместилищем православной веры. Мы обнялись, похлопали друг друга по спинам. Он считался моим поклонником.

– Ну как ты? – ласково спросил министр. – Что пишешь?

Поболтали.

– Слушай, – сказал я ему, – моя сестра О. оказалась в тяжелом положении. Ты можешь ей помочь?

Он посмотрел на меня чистым христианским взглядом. Он ездил в отпуск то на Афон, то в приволжские степи пить кумыс, и у него возник этот чистый, христианский взгляд.

– Твоя сестра должна пройти через Голгофу, – убежденно сказал мой приятель, министр культуры.

Услышав теперь от меня про Голгофу, сестра вся сжалась.

– Нет, они не мудаки, – покачала она головой. – Они живут в перевернутом мире, в своей капсуле, как у Босха. Мы их напрасно недооцениваем.

21. ЧЕЛОВЕК ИЗ ЛЮКСЕМБУРГА

Праздник проходил в майский вечер на Поварской – одной из самых московских улиц моего города. Господин посол Ганс фон Плетц сделал все, чтобы праздник удался. В его резиденции в качестве декорации выстроились бело-синие банки советской сгущенки – культового продукта тех старых времен. На праздник собралось множество гостей: культурная элита, послы.

Послы пришли к нам на праздник, потому что в последний момент их не позвали в Кремль на инаугурацию Великого Гопника на второй срок. Уже тогда стали подгнивать отношения Кремля с Западом. Мой папа тоже был на нашем празднике, несмотря на то, что родители отнеслись к книге «Хороший Сталин» резко отрицательно.

«Этой книгой ты убил отца второй раз», – сказала мама.

После праздника я через несколько дней улетел на книжную ярмарку в Варшаву, и там мне в первый раз за постсоветское время сделали политический втык. За то, что, имея в виду название книги «Хороший Сталин», время для моей презентации выбрано было неверно, если не сказать *провокационно*.

Это высказал мне руководитель делегации русских писателей, худой, как мыслящий тростник, литературный функционер высокого ранга, и добавил, что я поступил *непатриотично*.

Так я впервые услышал о патриотизме новой великогопнической эры и не поверил своим ушам – я недоверчиво смотрел на начальника, любящего детские книги. Постепенно для меня дошло, что в Кремле, видимо, Великий Гопник решил, что Хороший Сталин и он – близкие, если не идентичные, понятия.

На приеме в немецкой резиденции я назвал одного из федеральных чиновников либералом. Польский посол сказал, что это – поцелуй смерти.

Стефан Меллер впоследствии стал министром иностранных дел Польши, и, когда в этом его новом качестве мы встретились пообщаться в каком-то ночном баре Варшавы, я его спросил:

– Слушай, Стефан, ты теперь знаешь всех президентов, премьеров, министров иностранных дел в Европе и вообще. Среди них есть умные люди?

Стефан задумался. Он думал довольно долго. Потом сказал:

– Там есть один человек в Люксембурге…

24 февраля

Если бы какой-нибудь старый еврей, жертва Холокоста, вдруг публично заявил, что Гитлер был прав, приговаривая еврейский народ к уничтожению, а Гестапо работало в соответствии с международным правом, то все бы решили: старик выжил из ума. Но что сказать о половине нашего населения, уверенного в том, что Сталин не только положительный герой России XX века, но и вообще главная фигура русской истории?

Сталин поставил перед собой задачу огромного масштаба и выполнил ее. Только человек, чья юность связана с религией, мог осилить эту задачу. Сталин создал то, что не удалось создать Гитлеру: он вывел, как Мичурин – клубнику, новый сорт людей, которые готовы посвятить ему жизнь и смерть. Сталин, конечно, могучий садовод. Мы все – его фрукты и овощи.

Черепные коробки – все равно что грецкие орехи. Россией можно управлять только с позиции силы, по-сталински. Можно ли ей управ-

лять иначе, большой вопрос. Россия заразилась сталиновирусом. Россия – это как диван. Пропахший кошкиной мочой. Уже давно кошка сдохла, а диван всё воняет.

9 октября

Мой папа празднует свое 90-летие. Вокруг обеденного стола бегают его внуки и правнуки. Последний день рождения. Папа удивляется: столько детей! Откуда они взялись?

22. СЕМЕЙНЫЙ КВАРТАЛ

О. направилась в гудящий улей родительской столовой. Я – за ней, по коридору, заставленному пестрой библиотекой: собраниями сочинений, мемуарной литературой, книгами по дипломатии, пыльными атласами далеких лет, где Польша именуется зоной государственных интересов Германии, книгами с подписями друзей, вроде справочника по государству Мали, случайным книжным барахлом.

Я невольно остановился у порога, прислонясь к косяку стеклянных дверей.

За расставленном для праздничного обеда столом сидела вся наша семья. Вот мама, во главе стола, с прекрасной прической, большими коричневыми пятнами на лице, под абстрактной картиной Немухина, написанной красками оттепели. На другой стене, будто для контраста, большая неподвижная «Черепаха» Плавинского.

– Где вы пропали? – негодует мама, через плечо обращаясь ко мне.

– Мы курили, – О. обняла маму за плечи.

Уже закончена основная часть обеда. Мамино фирменное блюдо, курица под миндалем, полностью ликвидировано. Женщины помогают маме убирать со стола, готовясь к десерту. Я вижу их мелькающие локти.

– Мы вас заждались, – все еще негодующе говорит мама.

– Мы разговаривали, – улыбаюсь я.

Папа в легком голубеньком джемпере, справа от мамы, поднимает голову и понимающе кивает.

– Ну проходи, – говорит мне мама.

Но я завис у косяка. С некоторой тревогой я вижу, что за длинным столом порхают не одна, не две, а целых три с половиной моих жены – они до тех пор не пересекались. Моя первая жена говорит, собирая посуду, с явно выраженным польским акцентом – она у меня полька, из Варшавы.

Возле нее мой сын Олег, похожий скорее на своих польских родственников, чем на меня, ее покойный брат Дамян, с праздничным водочным блеском в глазах, приехавший навестить нас на неделю. Жена сына и моя внучка Каща – они теперь перебрались в Польшу, живут возле маленького города на Мазурских озерах, наслаждаются грибами и прогулками, редко бывают в Москве.

Говорят, природа отдыхает на детях, но в их случае дети отдыхают на природе. Веслава хочет подчеркнуть за столом, что она – моя главная жена, которую мама любит, и потому она говорит нервно и громко:

– Галина Николаевна, какие расставлять чашки для чая?

Мама, отвлекаясь от каких-то нахлынувших на нее мыслей, говорит:

– Голубые.

Мне кажется, что мои жены вот-вот вцепятся друг другу в волосы или наоборот вынесут мне общий страшный приговор, но ничего не происходит, все мирно собирают посуду.

На дальнем конце стола сидит полжены. С ней я прожил полтора года, с ней мы съездили на Аляску в эскимосский город Ном. По дороге назад она пропала в суматохе Франкфуртского аэропорта, вышла только к отлету самолета в Москву. Позже я понял, что она пропала, чтобы позвонить – она уже тогда головой сбежала от меня к профессиональному мойщику окон, который, как однажды рассказала мне в Париже моя многолетняя любовница Маша, в конце концов повесился на батарее.

Ее лица я не вспомнил, но вспомнил фотографию, которую сделал на Аляске: она возле бочки с горячей минеральной водой, голая, с разлетающимися в разные стороны сиськами, дерзким взглядом и возбужденными гениталиями – наверное, уже тоскует по мойщику окон.

А вот и та, которую мама терпеть не могла – в рваных колготках – с африканскими косичками. В Нью-Йорке она была поражена обилием губной помады. На любой вкус. В Гуггенхеймский музей отказалась пойти наотрез. Неинтересно! Сидела, несчастная, страдала в гардеробе. Но у нее хорошо получались фотопортреты гостей моей многолетней телепрограммы «Апокриф».

Наконец, моя третья жена, Катя, которой мама передала меня перед смертью, перепоручила. Я вижу двух моих дочек, несмотря на разницу лет они вместе бегают вокруг стола, играя в прятки и прячась за занавесками.

– Осторожно! – хочется крикнуть им: я боюсь, не встретится ли им за занавесками горизонтально болтающийся мойщик окон, но крик не проходит у меня через горло.

Помимо семьи я с удивлением обнаруживаю уходящий в никуда сонм гостей, ожидающих чая. Вот известная писательница Тамара, которая очень нравилась маме. Когда-то мы с ней начинали дружить, и мне было с ней интересно. Она как-то раз задержалась, мы ночь просидели на кухне, она съела и выпила весь холодильник – вот это витальность!

Она пришла с начинающим писателем Еремой. На тот момент длинноволосый, с косичкой, сторонник социальной справедливости, враг банкиров. Я слышу, как он выступает в защиту конспирологии:

– За дьяволом скрывается Бог, за Богом – дьявол, а за дьяволом снова Бог и так до бесконечности.

– Какой же ты умный! – восхищается им Тамара, впрочем, не без иронии.

Дальше я вижу французскую пару, посла Франции в Москве и его жену Полин, которых я сам привел в дом родителей, думая, что они друг другу понравятся, но мама рассердилась на меня, потому что я заранее ее не предупредил. Стас взволнован тем, что видит моего отца и спрашивает его, пригибаясь к столу:

– Сталин, по-вашему, был садистом?

Папа переводит разговор на свое юбилейное интервью для газеты «Труд»:

– Вы знаете эту газету? Я, хочу вам сказать, поддержал политику нашего президента. За ним сила. Он возродит суверенитет России.

– Что? Что? – врывается в разговор мама. – Какой еще суверенитет! Если бы я не была такой старой, я бы, знаете, что с ним сделала!.. – Она неожиданно взмахивает рукой, в которой держит воображаемый… паф-паф!

Никита Член бросается к ней:

– Галина Николаевна, вы… вы лучше всех! – Он берет ее руку с воображаемым не скажу чем и страстно целует. – Спасибо вам, – отрываясь от руки, – от всей нашей команды!

По своим взглядам Никита принадлежит к тайному обществу *антигопов*, радикальных противников Великого Гопника. Об этом знают все, кроме моей мамы.

– Никита, – назидательно говорит мама, аккуратно отбирая у него свою руку, – нельзя же в самом деле так слюняво целоваться!

– Галина Николаевна, ну зачем вы так! – конфузится антигоп.

Мама аккуратно вытирает руку салфеткой.

Я с удивлением вижу Борю Немцова. Боря – живой, глаз блестит, он рассказывает моему папе о *дедушке* – это Ельцин. Ельцин хочет сделать его президентом. Рядом с ним Хакамада, а с Хакамадой заигрывает мой друг Артур по прозвищу Горемыка. Боря громко спрашивает меня, стоящего у косяка:

– Имеет ли право политик врать?

– Спроси у папы, – отвечаю я.

Папа, естественно, говорит, что политик не должен врать, но имеет право недоговаривать. Я нетерпеливо машу рукой: банальность! Но я вижу папин взгляд и легкий джемпер, и мне становится ужасно жалко его, и я готов согласится с каждым его словом.

В Немцове, единственной тогда надежде на разумное управление Россией, была дурашливость, которая, казалось, оберегала его от тяжести будущей короны, и ненасытное женолюбие, которое раскрепощало и одновременно закрепощало его не слишком глубокую душу.

Неподалеку от папы сидит одногруппница Кати – Карина Хрусталева. Они обе учатся в РГГУ, на культурологическом, и Хрусталева пишет диплом об эстетических особенностях похорон Ленина. Обе были когда-то замкадными гопницами, но теперь превратились в интеллектуалок и больше не носят ярко-красные ногти и спущенные до лобка джинсы с грубым ремнем.

Моя сестра О. принялась что-то бурно обсуждать со своим женихом, Никитой Членом – это у него такая фамилия, он ее стесняется. Никита Член – непримиримый революционер, его даже сам Немцов побаивается. Он говорит возмутительные речи.

Стол гудит. Юбилейный ужин превращается в большой театр абсурда. Артур-Горемыка через стол клеит Хакамаду. Рядом с ним сидит его юная любовница Алина. Ей еще не хватает пары месяцев до совершеннолетия, и Артур (как он мне говорит в трезвом состоянии) терпит, уважает уголовный кодекс, хотя уже не раз восхвалял мне ее роскошно нестриженную *писю*. Что же он мне говорит в пьяном виде, я лучше не буду пересказывать.

Каждый несет свою застольную правоту.

С нижнего этажа на чай поднимается бывший начальник папы по секретариату Молотова, Борис Федорович Подцероб. Он – сталинист. Каждый раз, когда они встречаются с папой, он ругает последними словами Хрущева. При его появлении папа встает и подтягивается. Но Борис Федорович снисходительно машет рукой. За ним вплывает пухлым лебедем улыбчивая супруга, Софья Ивановна – она из дворянской семьи. Борис Федорович почтительно здоровается с Василием Филимоновичем Шаурой – тот уже долгое время руководит всей советской культурой, возглавляя соответственный отдел ЦК, ему подчиняется сама Фурцева. Он со студенческих пор влюблен в мою маму и к нам приходит в гости, зажав в ладони ее довоенную заколку.

– Когда ты закончишь аспирантуру, я возьму тебя в свой отдел. Но для этого надо вступить в партию. – Шауро жмет мне руку и грустно усмехается. – Я помогу.

Шауро всегда ходит с грустным лицом. Как Косыгин. По их лицам видно, что коммунизм строится нелегко.

– Ну чего ты там застрял? – говорит мне мама.

Я иду за стол. Я не вижу моего брата Андрюшу.

– А где Андрюша?

– Да вот он!

Андрюша разговаривает с О. Они бурно спорят.

– Твоего брата, – смеется О., – тошнит темой смерти.

– Ты знаешь, – говорит мне брат, – я теперь научился чувствовать людей, которые скоро умрут, и мысленно прощаюсь с ними.

О. смеется. Она всегда смеется, когда речь заходит о смерти. Брат быстро идет к выходу.

– Куда он? – спрашиваю маму.

– Он поехал писать статью, – отвечает мама с полным уважением к неведанной статье.

Мама стала резать свой коронный лимонный пирог с особой кислинкой. Я сел на свое место, возле отца.

– Кто это? – Папа показал глазами на О.

– Папа, – сказал я, – это твоя дочь О.

– У меня никогда не было дочери, – задумчиво сказал папа. – Сыновья есть, а дочери нет.

Я не стал настаивать.

– А что это за человек? – через минуту озабоченно спросил он, показывая на Никиту Члена.

– Жених моей сестры О.

– А… По-моему, она его не любит.

Никита интересовался глобальным падением интереса к чтению. Он был уверен, что литература свое отжила. На отцовском юбилее он подошел ко мне с вопросом:

– Вы же тоже в глубине души так думаете? Если нет, то не надо себя обманывать! Даже если вы меня выведете в качестве отвратного героя в какой-нибудь вашей книжке – неважно, прочтут только те, кому читать *бумагу* не надоело! Будьте последовательны. Посмотрите, как выросли акции поваров: они кормят мир. Надо искать только то, что человеку присуще от природы.

Однажды я с удивлением узнал, что тихоня Никита вместе с О. сняли крутой порнофильм. Теперь он завидовал О., потому что она попала под следствие, а он – нет. Антигопу хотелось посидеть в тюрьме, и он подбивал сестру вести себя дерзко и указать на него как на зачинщика. Мне уже пришлось как-то сказать Члену, чтобы он успокоился.

– Можно вас на минутку? – сказал Никита.

Мы подошли к окну.

– Вы, пожалуйста, никуда наверх не звоните, – взволнованно проговорил он. – Это стыдно! Им нельзя звонить. Честно говоря, я вам руку не подам после этого! Я и так-то вас, можно сказать, *полууважаю*. Хотите знать, почему я в вас разочаровался?

– Ну, конечно!

– Я готов сесть за О. Я ее люблю. Все меняется. Идет новое поколение. Оно перевернет Россию. Вы, старики, ничего в этом не смыслите. Мы – антигопы, мы – новые гуманисты, мы вас зароем!

– Отец опять упал сегодня! – объявила мама, обращаясь ко мне так, словно я его толкнул. – Разбил ладонь. Синяк на лбу.

Отец схватился за лоб.

– Ты написал «Жизнь с идиотом», – вот и напророчил.

23. **СТРАНА-ПОРНОГРАФИЯ**

Для меня О. была божественной, но я в упор не видел ее. Когда же она надломилась, я вдруг *что-то* почувствовал.

– Порно – искусство будущего. Не это тупое, механическое, быдлопорно. А великолепное порно! Я буду первой великой *режиссеркой* порно, – сказала О.

Мы опять курили с ней, теперь в коридоре.

– Ты *уже* стала великой, – со строгим видом кивнул я.

– Даже если мы во всем отстаем, то в порно будущего будем первыми. Никто нас не обгонит. Ни китайцы. Ни Европа. Ни Америка. Завоюем все золотые медали! У них там все запротоколировано. А у нас только наружный тоталитаризм, глазурь самодержавия. А внутри вечное беспокойство. У нас секс замешан на когнитивном диссонансе.

О. считала, что благодаря своим изысканиям она способна снять идеальный порнофильм, который раскроет характер России. В русском порно есть неизбывная интрига.

Выше знамя российского секса!

Он основан на стыде бесстыдства, на заливном смехе застенчивости, на преодолении комплексов и неуклюжести чувств, неумении владеть своим телом, непосредственном оргазме, душевных сиськах. И венец всего – кровосмешение, высокий уровень нарушения законов цивилизации. Наше порно любит *неуставные отношения*.

Как это ни странно, О. не пригласила меня на скандальный вернисаж. Впрочем, что тут странного? Она втайне считала, что всю жизнь находится в тени моей *славы* и хотела оторваться. Выставка *Страна-порнография* была ее звездным часом.

Через порно раскрылась вся страна. Страна-обман. Страна-растлитель. Страна-нелюбовь.

На выставку явились казаки. Их привел молодой писатель Ерема. Разгромили. Но во всем обвинили О. Началось следствие. Сестре попался следователь-парафашист. Он стал ей портить нервы. Взял подписку о невыезде.

Сестра О. курила и говорила:

– Наша порнография поощряет предательство. Об этом я написала в каталоге к выставке. Но его конфисковали. Впрочем, у меня где-то валяется пара экземпляров.

– Покажешь?

– Подарю! Иностранная порнография тоже затрагивает звериный аспект, – продолжала О. – Вместе с тем, это примирение полов, возрастов, соединение не соединимого в одетой жизни. По-моему, это скучная этика.

– По-твоему, порнография раскрывает человека лучше, чем другие нарративы?

– Наше порно ебется на скрипучих кроватях. Это круто! Так натурально! В нашем порно женщину унижают, это порно гопников, следи за мыслью, отсюда со скрипом рождается Великий Гопник, равный другому Великом Гопнику – нашему великому народу.

– Ничего себе! Значит, они равнозначны: он и народ?

– Нет. Великий Гопник – это народный идеал, народ тянется к идеалу, но не всегда дотягивается, а Великий Гопник дотянулся, отжался и стал царем.

– Они отражаются, как зеркало в зеркале…

– Да, – нетерпеливо согласилась О. – А какие среди наших русских героинь есть красавицы! Обалдеть! Разве что украинки могут составить им конкуренцию. Но даже в Украине порно не столько ретиво, как наше. Меньше моральных нарушений.

– Мне иногда кажется, – признался я, – что через порно можно вывести Бога. Ведь именно там включен на всю мощь божественный компьютер.

– Прав Райх, – кивнула О. – Чем дальше, тем больше понимаешь иррациональный момент. Вот ты скажи, откуда эта страсть раздвинуть телке булки, вывернуть наизнанку? И ты посмотри: сами женщины поражены этим видом, уставятся, раскрыв рот, на подружку, как на гавайский закат, весь в розовых шрамах.

В коридор заглянул Дэвид Саттер – американский журналист. Он только что приехал из Киева. Дэвид похож на Байрона, у него ресницы длинные и мягкие, как у девушки. Мы знакомы сто лет. Он настолько в ужасе от России, что никак не может из нее уехать. Он всем хорош, только жадный.

– Ну, привет, – говорит он своим протяжно-ленивым голосом.

– И ты здесь! – улыбаюсь я.

– Какое красивое застолье!

– Не застолье, а коллективное захоронение.

– Меня скоро вышлют из России. Я написал книгу о взрыве домов в 1999 году. Я написал, что это сделали силовики. Ты согласен со мной?

– Ты хочешь, чтобы меня тоже выслали?

– Ну что ты! Живи здесь! Я только теперь понял, когда стал жить в Киеве, как ты прав. Ты всегда говорил: у русских и американцев разные ментальности. У украинцев тоже своя ментальность.

О. скептически смотрит на Дэвида:

– И тебе понадобилось столько времени, чтобы понять такую простую вещь?

– Ты – герой! – говорит ей Дэвид. – Я не люблю порно. Но у тебя политическое порно! Вызов Кремлю! Take care.

24. **ХУЙНЯ ТОТАЛЬ**

Сидим-едим мамин lemon pie. А кто вон там, что за парочка с затемненными лицами? Словно из полицейской хроники. Параллельное существование моих родителей, о котором я почти ничего не знал.

О *них* было не принято говорить, но иногда маму прорывало. От бабушки я слышал, что папа любил другую женщину, но это было покрыто туманом. Родители время от времени настороженно посматривают в тот угол. Она – красавица-блондинка, лица не видно, но тело – модель для гурмана-художника. Он – в бабочке, хорошо сложен, европейские жесты, сразу и не скажешь, что из секретного ведомства. Впрочем, она – тоже из параллельного ведомства.

А кто это громче всех говорит за столом? Это – великий Александр Александрович Вишневский. Обжора! Легенда советской хирургии. Он по знакомству сам резал маму – аппендицит. Назвал на операцию кучу студентов. Мама сто лет после этого стеснялась. Да она и умрет в конце концов от стеснения.

Ко мне подходит полногрудая Шурочка, моя анти-жена. Она обнимает меня и что-то шепчет на ухо.

– Шурочка, я не понимаю!

Шурочка шепчет чуть громче. Я слышу слова «Красная площадь».

– Шурочка, причем тут Красная площадь?

– Тсс! Приходи ко мне попозже. Буду ждать.

Послы встают, прощаются. Вместе с ними Ирен – моя подруга с незапамятных времен, французская переводчица – спешит к двери. Тут я замечаю, что помимо нее уходит еще пара французов. У нас в семье всегда притяжение к французам. Журналист влиятельной газеты, в какой-то момент ее главный редактор, Даниэль, с женой.

В прихожей Ирен, я подаю ей пальто, говорит:

– Ты слышал новости? В Москве началась *эпидемия глупости*.

– Это что, начало анекдота? – хмыкаю я.

Даниэль смеется:

– Это – смертельная болезнь. Так мне объяснили. Она постепенно распространяется по миру.

– Тоже мне новость! – говорю я. – Глупость была всегда!

– Это ты первым назвал глупость *русской болезнью*.

– Ну да, – подхватывает Ирен. – Раньше до тебя русской болезнью считалось пьянство, но ты сказал, что нет, не пьянство, а глупость.

Я отмахиваюсь, но тут из-за моей спины возникает Ерема:

– Что! Русская болезнь! – от возмущения он начинает визжать. –Как вы смеете! Да наша глупость в сто раз умнее вашей умности!

Французы смолкают. Красная физиономия Еремы вызывает страх. На лацкане его пиджака военного покроя я вижу странную змейку – полусвастику (похожую на позднейшую букву Z). Несмотря на молодость, у Еремы завидные тиражи у нас и за границей. Еще пару лет назад он приставал ко мне с просьбой пообщаться на предмет того, что он *исписался* и не знает, что с собой делать. Его борьба за справедливость мало кого заинтересовала. Но как фашист он сразу стал интересен. В Париже на книжном Салоне за ним гонялись журналисты:

– Верно ли, что вы сами участвовали в расстрелах на Донбассе?

Ерема насмешливо молчал. Потом стал хохотать, как безумный. Вот и теперь он принялся дико хохотать. Французы глазели. Они потом будут о нем рассказывать. О его хохоте и элегантной змейке-полусвастике.

– Кончай! – разозлился я.

Но он меня уже давно перестал слушаться.

– Вы все такие смешные! – задыхаясь от хохота, глумился он.

На его хохот вышла в прихожую О.

– Как это он оказался у нас дома? – недоумевает она.

– Французы пригласили! – ерничает Ерема.

– Вон! Немедленно вон! – кричит О.

– Не уйду, – наглеет Ерема. – Я, может, по либералам соскучился. Пришел посмотреть, как вы тут живете. А то, что я разгромил с друзьями *твою* выставку, так это от возмущения! Я – человек принципиальный. Сидеть тебе в тюрьме!

Я хочу ударить Ерему, но при французах не хочется заниматься рукоприкладством.

– Иди за мной, – неожиданно говорит Ереме О. – Мне надо что-то тебе сказать.

– Надо будет с тобой разобраться, – хмурится Ерема.

Они исчезают на кухне.

– Мы остались с тобой в меньшинстве, – говорит мне Ирен. –У нас даже в посольстве есть люди, которые обожают Великого Гопника… Хуйня тоталь! В Москву с тайной миссией приехали израильские врачи. Они хотят с тобой встретиться, – шепчет Ирен.

25. **ЭМИГРАЦИЯ**

Когда гости ушли, мама обратилась к своей любимой застольной теме.

– Они хуже мертвых, – с ожесточением сказала она. – У мертвых хотя бы есть могилы.

Мама панически боялась, что я эмигрирую. С давних пор рассказывала ужасы о русской эмиграции. В ее рассказах эмигранты только и делали, что голодали, спивались, отчаивались, униженно просились на родину, стрелялись и вешались. В лучшем случае белые полковники становились ночными таксистами, графини – горничными, княжны – проститутками. Но затем и они, как и все остальные, стрелялись и вешались.

Моя антисоветчина началась с наглядных примеров. Наглядным примером была мама, которая пришла от Парижа в восторг на всю жизнь. Она считала французов высшей расой. Она во всем готова была брать с них пример: в одежде, еде, манерах. Она издалека любила и Россию, говорила, что в провинции живет много чистых, прекрасных людей. Но когда ее троюродный брат Геля в черном костюме и серой сорочке, с зачесанными назад волосами, приезжал к нам в Москву из Тамбова, она относилась к нему скептически. Наглядным примером был и мой папа, который работал на Советский Союз, но в душе тоже обожал Францию, правда, он был более молчалив.

Мы спорили с мамой до хрипоты.

24 февраля

Великий Гопник настежь открыл шлюзы народного счастья. Картонные фигуры русской культуры размякли и потекли.

Мама прожила в Париже с моим отцом много лет и пропиталась Францией насквозь. Папа занимал в Париже крупные должности. Одно время он был заместителем генерального директора ЮНЕСКО. Родители жили в элитном округе, на тишайшей, цветочной площади президента Митуара, если не шикарно, то привольно.

Они не слишком зависели от советского посольства, и папа гордился тем, что однажды увернулся от поцелуя взасос, которым его захотел наградить, вместе с орденом Дружбы Народов, известный целовальщик Брежнев. Отец как международный чиновник не имел права получать национальные ордена, даже награды своей страны. Брежнев, приехав с визитом в Париж, тайно вручал ему орден. Папа в последний момент подставил для поцелуя щеку. В свободное от работы время папа играл в теннис, а мама любила Францию.

Но чем больше мама любила Францию, родившую как будто специально для нее импрессионизм, простор Елисейских Полей, устриц и Кот д'Азюр, тем больше она боялась, что я эмигрирую. Да, я забыл добавить Матисса! Ах, как мама его обожала, особенно золотых рыбок и танец.

Чтобы как-то уравновесить свое обожание, она рассказывала нам в Москве за столом в тесной компании, что французы бывают ну такими глупыми… Вот, например, пожилая консьержка их барского дома, которая по совместительству убирала родительскую квартиру.

– Как-то раз я угостила ее кусочком черного хлеба, который привезла из Москвы. Она была в полном восторге, но при этом озабоченно спросила:

– Ах какой вкусный хлеб, он у вас всем доступный?

Мы радостно ржали в ответ.

Наши ужины в родительской квартире на улице Горького превращались в нескончаемый спор. Все начиналось с ерунды, случайного замечания или обмолвки. Но с чего бы это ни начиналось, мы фатально съезжали на тему эмиграции. Например, обсуждали модную в 1990-е тему гомосексуализма. Тогда всех знаменитостей записывали в геи без разбору.

– Для нас, русских, стать эмигрантом – это все равно что поменять половую принадлежность! – провозгласила мама.

И понеслось!

– Это не аргумент! – качал я головой.

Моя польская жена сдержанно улыбалась. Она обычно не участвовала в спорах из деликатности, но тут не выдержала:

– Галина Николаевна, – сказала она, волнуясь, и потому с большим, чем обычно, неискоренимым польским акцентом, – зачем при мне ругать эмиграцию, если я сама эмигрировала только не на запад, а к вам в Россию?

– Ну это другое дело! – отрезала мама.

– Что значит *другое*! – вскричал я.

– Но вы же можете ездить к себе домой в Варшаву!

– Да, может, – не унимался я. – Но живет-то она в нашем коровнике!

– Подумаешь, Польша! – мама презрительно махнула рукой.

Никита Член, со стоячим воротничком, верный кавалер моей младшей сестры О., оглядывал нас с нескрываемым страхом. Он, как я сказал, смертельно боялся моей мамы. Однажды, на ее ехидный вопрос, как звали Ленина, эрудит от страха выпалил:

– Василий Иванович!

Общий хохот. Студент выбежал из-за стола. Зацепился за ножку стула. Упал. Вместе со стулом. С ним случился припадок. Он забился в конвульсиях.

Отвернувшись от студента, мама возвращалась к спору со мной, постоянно усиливая градус антиэмиграции.

– Они хуже мертвых, – настаивала она. – У мертвых есть хотя бы могилы.

Когда я был маленьким, у меня сжималось сердце от этих рассказов. Мне было нестерпимо жаль эмигрантов. В детстве до двенадцати лет я жил вместе с родителями в Париже, и мне все время хотелось увидеть голодного русского эмигранта. Но когда я переехал в Москву учиться в советской школе и жить с бабушкой, то при этих рассказах меня стала душить злость:

– Но ведь они уехали из России из-за вас, коммунистов!

– Речь идет не о них, а о тебе, – возражала мама. – Тебе нельзя уезжать!

В отличие от меня О. никогда не перечила маме. Наши яростные ссоры с мамой были все-таки диалогом, в то время как моя младшая сестра считала диалог бесполезным. Обиднее всего было то, что с точки зрения здравого смысла мои родители были образцами порядочных людей. Но именно потому, что в них было свое собственное представление о культуре, наши отношения скатывались к абсурду. Будь они простыми, непритязательными людьми, мы бы нашли с ними общий язык. Но у них был и свой международный опыт, и свои жизненные установки, вкус, наконец, стриженные газоны на даче – все это мешало нашему взаимопониманию.

Градус антиэмигрантского настроения за столом у отца был гораздо ниже, чем у мамы. Казалось, что этот спор просто ниже его дипломатического достоинства, хотя скорее всего он, навоевавшись с Западом на работе, хотел мирного домашнего застолья.

Теперь, после его смерти прочитав его юношеские дневники, я не знаю, что и подумать: возможно, он бы и сам уехал, но его сдерживала верность присяге. Его аргументы в пользу жизни в России были блеклыми и приблизительными. Он пускался защищать нашу страну, исходя исключительно из солидарности с мамой. В 1990-е годы он вообще помалкивал. Он вышел из партии, но к Ельцину не испытывал больших симпатий и впал в политическую спячку.

Когда казалось, что семейное застолье уже окончательно испорчено, вдруг наступало перемирие. На стол подавались чайные голубые чашки дрезденского сервиза. Мама приносила на серебряном подносе из кухни высокий, того же сервиза чайник с бергамотовым чаем. Само разливание чая по чашкам примиряло спорщиков. Мама ставила на стол свой коронный лимонный пай – наступал мир.

Папа произносил тост за маму. Стоя. В этом тосте были слова о мамином уме, красоте и литературном таланте. Иногда тост затягивался:

– Она – человек, который…

– Володя, прекрати!

Тогда мы все просили, чтобы он продолжал. И все было бы хорошо, но тосты были каждый раз одни и те же, слово в слово. И когда наконец папа заканчивал тост, я чокался с мамой, как будто с ней вообще не спорил, и мама чокалась со мной вполне благодушно. В этот момент бабушка тоже поднимала бокал:

– И за бабушку! И за бабушку! – восклицала она раскрасневшись.

Все радостно бросались чокаться с бабушкой – ее призыв окончательно снимал напряжение и уводил абсурд в бесконечность.

26. **БАБУШКА. ПОЛДЕНЬ С ЗИНГЕРОМ**

– Вот уж кого не ожидал я здесь встретить, – сказал я, входя в конюшню, и дружески пошлепал его по колесу-колесику. Он скромно стоял в простенке. Он не откликнулся, но потянулся ко мне всем своим существом.

Вот уж кто семейное существо, так это ты! Семейный бог в сотнях тысячах лиц. Спаситель не хуже Иисуса Христа. Великий мистификатор. Что там у тебя за платиновые костыли? Где прячешь ты свою кощееву красную ртуть, которая нужна для грязной ядерной бомбы? Эту красную ртуть ищут всем миром спецслужбы и террористы.

Для бабушки ты был пожизненным кумиром. Ты строчил – она была счастлива. Я плохо знаю твою анатомию. Меня даже близко не подпускали к тебе, чтобы тебя не повредить. Ты был гениальным созданием, не хуже паровоза. Ты для нее был всем. Она играла на тебе, как на баяне. Она была верна тебе больше, чем Ивану Петровичу. Дед умер в 1951 году, не дожив, по ее словам, двух месяцев до получения ордена Ленина. Я бы этим орденом наградил тебя. Я так и не узнал никогда, как она с тобой познакомилась. Во всяком случае, это было в Серебряном веке. Она тебя расковычила, отряхнула и сделала одушевленным.

Когда я достиг переходного возраста, бабушка повела меня с собой в женскую баню в дачном поселке Чкаловское. Я там полностью оконфузился. Голые тетки орали на нее за то, что она привела в женское отделение возбужденного юношу.

– Вы только посмотрите! – кричали тетки. – О, ужас! У этого хулигана там всё стоит! Немедленно прекрати! – требовали они у меня.

– Что вы понимаете! Это у него такая конструкция! – Бабушка махала на теток руками и сиськами. – Пойдем отсюда, внучок!

На даче после бани мы продолжали выяснять с бабушкой отношения, и я так разозлился, что назвал ее *дурой*. Тогда ты, Зингер, соскочил со своего пьедестала и, обернувшись моим отцом, залепил мне пощечину. Я многое что забыл из тех времен, не до, не после отец не бил меня по щекам, но именно поэтому пощечина горит на моем лице до сих пор. Она дала мне возможность в конечном счете освободиться от всех обязательств по отношению к отцу, вообще к семье. Это была твоя, Зингер, пощечина.

С той пощечины начался закат нашей семьи. Ты понимаешь лучше меня, что семья похожа на корову. Верно? Корова пасется на лугу. Корова обмахивает себя хвостом. Лето. Вокруг нее летают омерзительные слепни. Они прикладываются к корове всем своим телом, но это не дружеское объятье, а поцелуй кровососа. Праздник кровопития! Летают мухи, деля пространство на геометрию. Мухи и комары норовят залезть в коровьи глаза. Словно хотят посмотреть на мир коровьими глазами и умереть. Смерть комара – это тоже несчастье. Трава высокая. Вкусная. Оттуда, из глаз, мух и комаров хвостом не отгонишь. Глаза коровы плачут. Вымя трясется. Жара. Мотыльки крутятся перед коровьим носом. Мотыльки – любимое слово Пушкина. Мотыльки хотят заглянуть корове в душу. Но есть ли у коровы душа? Рядом река. Слепни вновь лживо присягают на дружбу, но вместо этого кусают коровий прелый зад. Корова жует траву. Она счастлива. Солнце. Полдень. Корова похожа на семью.

У каждой семьи есть свой полдень.

Раздается выстрел – корова падает. Никто не хотел убивать корову, но она упала и сдохла.

– Вы будете жить у меня в конюшне, – сказал хозяин Кровати-и-Завтрака. Кровать-и-Завтрак находились на склоне горы. Итальянца спортивного вида звали совсем не по-итальянски Вальтером.

– Почему в конюшне, Вальтер? – чуть насмешливо спросил я.

С террасы его частного паркинга открывался вид на Лигурию. На ребристое, как бабушкина стиральная доска, море, на игрушечную железную дорогу, на такую же игрушечную автостраду с детскими машинками фирмы Динки-тойс. А еще на игрушечную церковь с белыми часами, на колокольню, которая отбивала время каждые четверть часа, и время испуганно вылетало из колокольни и кружило над морем, как серый самец-габбиано, а потом возвращалось на свое насиженное место.

Вальтер засмеялся бодрым смехом начинающего мелкого бизнеса:
– Сейчас увидите.

Щелкнул ключ. Мы с Шурочкой вошли. Из конюшни Вальтер сделал шикарный апартамент. На сводчатом потолке висели два ржавых крюка, как привет от старой конюшни. На них подвешивали сбесившуюся лошадь, чтобы она, сказал замысловато Вальтер, не чувствовала ногами землю и постепенно успокаивалась. Я стал предрекать его Кровати-и-Завтраку большое гостиничное будущее. Хозяйка по имени Алессандра с бежевыми бретельками лифчика, опавшими и висевшими у нее чуть повыше локтей, повторяла за мной беззвучно губами каждое сказанное мной слово. Ее трудно было заподозрить в глухоте или в дебилизме, но она шевелила губами с редким постоянством.

В простенке между дверью с белой занавеской и французским, в пол, окном с такой же кружевной занавеской стоял старый стул. А рядом со стулом на своем рабочем столике стоял ты, господинЗингер.

Певец столетий. Я обрадовался тебе, как родному человеку. Потому что ты – самая простая рифма к бабушкиной жизни, ну каккровь – любовь.

Кровь – любовь. Я подумал, что не зря я никогда не писал о Зингере, потому что он – такая банальность: антикварная многотиражная версия ностальгии, когда перехватывает горло, а рядом тебе говорят: «У тебя тоже перехватило горло?»

Но в этот раз на склоне горы, смотрящей на город-пряник, я не на шутку удивился точеной шейке Зингера и его штурвалу, который мне постоянно хотелось когда-то крутить, превращая Зингера то в яхту, то в пулемет, потому что Зингер строчил, как пулемет, но бабушка хмурилась и запрещала:

– Не трогай.

Это *не трогай* распадалось на кучу дополнительных банальностей.

– Зингер спас мне жизнь, – говорила Анастасия Никандровна. – В блокаду, когда твой дедушка уже не мог ходить от слабости, я всё строчила, строчила, строчила…

Ну да, мой милый Зингер, потом и я взялся строчить… когда страна еще строчила доносы, и продолжаю строчить. И страна уже снова строчит. Все сильнее и сильнее строчит.

Именно Зингер подарил мне мои первые джинсы, когда Москва бредила джинсами, и джинсы были почти как настоящие, из плотной синей ткани, простроченные красной крепкой ниткой, которая надевалась на этот вот твой изящный штырь.

Повторяю, Зингер был ее спутником более верным, чем дедушка, потому что дедушка все-таки раньше сломался и умер, а Зингер жил и жил. Когда бабушка присаживалась к Зингеру, она принимала сосредоточенный и умелый вид. Как женщина, входящая в соитие. Катушка надевалась на штырь. Она отдавалась ему целиком. Он ходил над ней не кругами, как допотопные любовники, а вверх-вниз. Она склонялась низко. К игле. Она любила его и дорожила, как миллионным состоянием. Иван Петрович должен был бы из ревности выбросить тебя, Зингер, из окна, но дед был, видимо, трусоват.

Когда Зингер оставался без работы, бабушка прятала его в ореховый гроб. Но ей было жалко, что Зингер исчезал из виду, и потому она часто оставляла ореховую покрышку на полу под пьедесталом и укутывала Зингера небольшим белым узорчатым покрывалом, как ребенка.

Зингер пережил советскую власть и в конце концов вышел на пенсию, но не потому что пошатнулось здоровье, а от вынужденного тунеядства. К нему все труднее и труднее было подобрать кощееву иглу, когда старая ломалась. Папа терпеливо возил эти иглы из-за границы. Потом и там они кончились.

Зингер пережил и свою возлюбленную, Анастасию Никандровну, которая умерла, в свою очередь пережив советскую власть, в девяносто пять лет, и Зингер перешел по наследству к нашей многолетней домработнице Клаве, которая приехала вместе с нашей семьей в Париж в середине 1950-х годов помогать моей маме по хозяйству.

Клава могла бы удовлетворить Достоевского и Толстого вместе взятых своей исключительной кротостью. Возможно, за это качество бог дал ей выжить, побороть неизлечимую болезнь, хотя кто эту болезнь нагнал на эту святую женщину и почему так ужасно преждевременно умерла ее дочка Маринка, сказать трудно.

Итак, мой Зингер-соловей, у каждой семьи – а каждая семья похожа на корову – есть свой полдень. У одной семьи это короткий северный миг, дождливый, ветреный, мурманский вздох, но все-таки это полдень. В других семьях это что-то средиземноморское, апельсино-оливковое. Семейный полдень – это когда в какой-то момент кажется, что все будет так, как есть, всегда. Минутное бессмертие, обморок, после которого снова начинают тикать часы и гнить мясо.

Где был полдень моих родителей?

Полдень не обещает гармонии всех составных частей. Анастасия Никандровна терпеть не могла мою маму. Мама простила ее только на кладбище, да и то вскользь. Бабушка была властной и слабо образованной. За ней числились четыре класса церковноприходской школы. Но в ней была ни с чем не сравнимая жизненная энергия. Зингер, она щедро поделилась ей, как ты делился с Анастасией Никандровной своей гениальностью, с моим папой, и со мной, и с моими дочками, которых она не застала. Слабая образованность и примитивная властность делали из нее неуправляемого человека. Она вздрагивала от каждой хлопающей форточки: это было блокадной памятью.О блокаде она с каждым годом рассказывала все с большим удовольствием самые страшные вещи. О том, как в ее окно влетела голова соседки, молодой женщины, тайной клиентки, которую ты, Зингер, тоже обшивал. Бабушка схватила голову за волосы и, воровато оглянувшись по сторонам, быстро выбросила ее во двор. Пережив блокаду, бабушка чувствовала свое избранничество, и блокада в конечном счете превратилась в полдень ее жизни. Под ручку с Зингером – непобедимым мужчиной.

А где затерялся полдень нашей семьи?

Моя мама страдала той страшной болезнью, которая называется: интеллигент первого поколения. Эта болезнь состоит из разных комплексов. С некоторыми из них она боролась и – победила. Некоторые сжирали ее. Она была не уверена в себе, как каждый, кто вышел из народа. В ней было что-то определенно восточное. Когда я разглядывал ее фотографии, сделанные после ее возвращения из Японии (где она служила в секретариате советского военного атташе во время войны), она мне казалась настоящей японкой, закутанной в славянские телеса.

Папу отправили работать в Париж в 1955 году, когда началась оттепель, а бабушка вместе с Зингером осталась в Москве.

Родители в Париже жили в советском посольстве на рю де Гренель – прекрасном особняке семнадцатого века, который превратился в советский гадюшник. Мы жили в тесной двухкомнатной квартирке на четвертом этаже с видом на внутренний сад, фонтан с золотыми рыбками и стремглавного пса нашего бровастого посла Виноградова, по кличке Черномор, который всем на удивление оказался сукой. Несмотря на то, что родители жили скромно, у них была служебная машина Пежо и возможность ездить по стране. И возможность одеваться. И возможность видеть лучших людей Франции, потому что папа был советником по культуре. Он ненавидел эту должность, считая, что истинный дипломат должен заниматься не досугом, который для него и был культурой, а политикой. Но из-за этого несчастья он познакомился с Пикассо, Арагоном, Ивом Монтаном, а также с нашими великими музыкантами, которые стали ездить на гастроли в Париж после сталинской многолетней зимы.

Мама преобразилась, стала носить желтые платья колоколом, модную прическу, темные очки, запахла по-французски. И папа тоже преобразился. Из московского молодого сталиниста он физически превратился во французского актера и наконец оценил маму. И, как Онегин – Татьяну, он стал склонять ее на скамью. Из мамы вышли газы туманной восточности, она полюбила Францию взахлеб. Мама расцвела. Семья двинулась к полдню.

Молчи, Зингер! Это не пастораль! Мои родители и в Париже все равно ссорились и тем самым действовали мне на нервы. Но в маме вдруг скопилась какая-то особенная мягкость. Она гуляла по Парижу, заходила в Лувр, а потом ложилась на кровать и мечтательно смотрела в потолок. В это время я отличился тем, что, когда родители уехали с закадычными советскими друзьями гулять в какой-то королевский загородный парк, я вместе с моим другом выкупал в ванне дочку соседа – соседями всегда звались гэбэшники, и когда те вернулись, она стояла в жалком виде, прижавшись спиной к горячей батарее.

Агент КГБ провел расследование: я был оправдан, хотя я и был виноват. Мои товарищи по играм, Юра и Ира, уже прожили свои жизни и умерли. Родители хотели меня наказать ремнем, но не наказали. Мама, однако, решила, что мое поведение – это поведение на всю жизнь, и ослабила навсегда любовь ко мне.

Но в июне 1956 года произошло знаменательное событие. Мама родила. Моего брата хотели назвать Алексеем, но поскольку он родился в Париже и французы не слишком хорошо разбираются в русских именах, его решили временно назвать Андреем, но имя прижилось, он так Андреем и остался.

Я помню этот миг, когда ко мне подбегает директорша нашего посольского пионерлагеря под Парижем:

– Ты знаешь, что у тебя родился брат?

А через неделю они приехали меня навестить: папа, мама и мой брат – был физкультурный праздник. Я был частью физкультурной пирамиды, с ромбом Д (Динамо) на моем парижском свитерке. Вся советская колония смотрела, как я стою в странной позе. И вот тут приехали мои родители. Увидели меня. И я, перестав быть частью пирамиды, рванул к ним. Они были молоды, брат родился, я только что был частью пирамиды – все сошлось. Светило французское солнце. Был полдень. Мы в этот миг стали гораздо менее случайной семьей, чем обычно. Казалось, это полдень навсегда, и мы будем любить друг друга вечно, потому что смерти для нас нет и не будет.

Зингер, так, конечно, сукин ты сын, и вышло. Все умерли. Кроме тебя, Зингер. А корова нашей семьи, в моей памяти, по-прежнему приветливо машет хвостом, отгоняя слепней-кровопийц.

24 февраля

Хотел ли я когда-нибудь быть таким, как Великий Гопник? Чтобы быть самым-самым богатым в мире? Чтобы весь мир подчинялся моей политической повестке? Чтобы все в России дрожали?И бегом бежали исполнять мои команды? Чтобы меня окружали в основном глупые одномерные люди? Чтобы мне вылизывали задницу бездарные льстецы, чьи лица похожи на животный мир? Чтобы я рассовывал ворованные деньги по карманам друзей детства? Чтобы девки отдавались мне не по любви, а по законам абсолютной власти? Чтобы с началом войны я сидел почти безвылазно в бункерах? Чтобы мысль о покушении на меня неустанно сверлила мозг? Чтобы я никому не доверял? Чтобы я, не совладев со временем, пустил страну по рельсам мобилизации и довел закономерно до войны? Кому какая жизнь интереснее?

27. **АПОЛОГИЯ РАННЕГО ГОПНИКА**

Я провалился в провал своей памяти. Увидел поразительные миры. Подвергся искушению дружбой с Великим Гопником. Вы знаете, он – создатель прекрасной эпохи! – не так уж и плох (между нами). Он начал с того, что дал нам (впервые в русской истории) свободу частной жизни. Хочешь – будь верующим, хочешь – атеистом, хочешь – коммунистом, хочешь – свингером, хочешь – аскетом, – хочешь просто развязной бабой. Только не мешай. С нижнего, полуподвального этажа он совершил прыжок на самый верх на многие, многие годы! Скачи – удивляй мир! Уникум. И в то же время он – наш, с приблатненной усмешкой. Стальной, родной, ничего не боится. В стране, где каждый мечтает стать гопником, но обычно остается дрожащей тварью, Великий Гопник – народный герой и лидер.

Свободу частной жизни он, подумав, сильно ограничил. С начала войны свел к нулю.

28. ПЕРВЫЕ ДЕНЬГИ

Свои первые деньги я сделал сам. И я бы никогда не сделал их в России, потому что в России деньги похожи на молочные зубы: сколько о них ни заботься, они обязательно выпадут. Но когда мне исполнилось восемь лет, мы с родителями переехали жить в Париж, и там я впервые понял силу денег.

Мы жили в советском посольстве, но это отнюдь не мешало мне заболеть денежной болезнью, потому что в Париже уже тогда, когда Париж отошел от своих военных унижений, все вещи превратились в красивые, солнечные игрушки, а детские лакомства от оловянных солдатиков и ковбоев, стреляющих в бесноватых индейцев, до почтовых марок с экзотическими рыбами и английской королевой вызывали дрожь первых оргазмов. Да и родители, погруженные по работе в борьбу с капитализмом, были настигнуты капитализмом сзади, он на них накинулся, повалил, и у них из рук покатились ко мне монеты стоимостью в 100 франков (в 1960 году франк укрупнился в 100 раз, и эта монетка стала равна одному франку).

Это была та сумма, которую мне стали выдавать в конце недели, если я себя примерно вел. То есть родители покупали мое поведение за 100 франков. Сумма – ничтожная, но гораздо лучше, чем ничего. Если же копить, то за месяц можно купить прекрасную машинку английской фирмы Динки-тойс: гоночную или даже пожарную, но я любил американские лимузины с клыками и задними крыльями, розовые и голубые или совсем белые, в общем разные. Я думал, что эти клыки, когда случается авария, выдвигаются и поражают противника насмерть. Я рассказывал об этом советским детям, жившим со мной в посольстве, и те верили, потому что от американцев уже тогда можно было ждать что угодно.

В добавление к 100 франкам мне на праздники или за особые детские заслуги выдавали еще и премию в размере до 300 франков, а это уже было целое состояние. Бонусы только разжигали мой денежный аппетит, и в то время, когда советские школьники радовались первому спутнику или еще какой-нибудь ерунде, я в своем Париже был убежден, что хорошая обувь важнее спутников, а почтовые марки важнее книг. Однажды моя мама в легком желто-сером французском платье колоколом и в черных французских очках вбежала в квартиру с известием о новом спутнике с собаками на борту, и я спросил: а куда в конечном счете денутся собаки? И она не только в ярости ударила меня по щеке, меня, который спросил о судьбе Стрелки и Белки, но и отказалась в конце недели выделить мне на детские нужды мою законную монету. С тех пор я уже не только фантазировал, но и врал с корыстной целью. Капитализм, как верно считают марксисты, развращает души людей, и раз лучше него ничего не придумано, то мы все обречены на большое и маленькое вранье.

Но, заболев в Париже золотой лихорадкой, я бы так и превратился в юного Плюшкина, сжимающего монеты в потной ладошке, если бы не одна счастливая случайность.

Летом советские дети, живущие в Париже, отправлялись в пионерский лагерь возле города Мант. Если вы когда-нибудь ездили из Парижа в Руан, где сожгли Жанну д'Арк, то вы непременно проезжали мимо белых, меловых скал, живописно стоящих у самой дороги – так вот там, не доезжая Нормандии, и находится этот милейший городок.

Советские сотрудники ездили туда на маевку, и я собственными глазами видел стадо напившихся в жопу людей, мужчин и женщин, сидящими отдельными пьяными кружками. И я помню, как мой папа говорил моей маме, что большего идиотизма придумать невозможно, потому что наши советские шпионы пили отдельной кучей и были видны всему миру даже без бинокля. А мы, пионеры в самодельных галстуках, потому что не у всех была возможность привести из Москвы настоящие алые галстуки, и у меня, например, галстук был похож на бордовый платок американского ковбоя, так вот мы отправлялись в Мант после конца учебного года, и Мант стал для меня символом земного блаженства.

Я там много чего познал. Я познал, например, радость чтения. Да, я смирился наконец с мамиными уговорами и стал читать запоем Жюль Верна. В Манте я узнал от Киры Васильевны, что у меня родился брат, но я соврал, потому что капитализм научил меня врать, что я это знаю и без нее. Кира Васильевна была директором советской начальной школы, которая располагалась возле Булонского леса, и она вызывала у меня первые нешкольные мысли своей какой-то бездумной красотой.

И вот в Манте, в пионерском лагере, случилось что-то невероятное: Кира Васильевна в банный день вместе с другой учительницей вымыла всех детей, а потом сама разделась, а про меня, наверное, забыла, я сидел в одной из ванн, или не забыла – об этом я никогда не узнаю, но я увидел всё и дальше больше. Кира Васильевна меня помыла: директор и ученик стояли голые друг перед другом, и я в первый раз… ну да ладно, я же сегодня о чем? О деньгах!

Так вот, Мант был настоящим раем. Огромная территория, сад, красные и желтые черешни, абрикосы, пораненные о деревья коленки, заборы, обвитые трубчатыми красными цветами, которых нет на родине, и в этих цветах-флейтах ползали с восторгом муравьи, а полосатые красно-черные насекомые-пожарники носились по замшелой парковой балюстраде.

Нас кормили преимущественно по-французски, на завтрак давали йогурты и круассаны, но были и русские вкрапления манной каши и гречки. Некоторые пионеры любили ярко-красные до неприличия французские сосиски, а другие – тефтели с рисом. Одни были обжоры, а другие малоежки, как Пушкин. Из этих пищевых неравенств и родилась моя гениальная идея.

Я, советский пионер, стал делать фальшивые деньги. Я рисовал их на бумаге в мелкую французскую клетку. Рисовал разными цветными карандашами, не копируя цвета настоящих купюр. Рисовал, как хотел, бумажные деньги достоинством в пятьсот, тысячу и даже десять тысяч франков. Я рисовал их, писал слова по-французски и подписывался на каждой купюре.

Моя валютная комбинация получила немедленное распространение в нашем лагере независимо от возраста детей. На мои фальшивые деньги можно было купить в столовой еду и напитки, которые были выставлены на продажу малоежками или теми, кого в тот день поносило. Сначала мои деньги шли исключительно на нужды аппетита. Но постепенно мой банк расширялся. На бумажки, подписанные мною, можно было выторговать игрушки, теннисные мячики слегка ядовитого зеленого цвета, прозрачные и разукрашенные шарики, которые тогда были в детской моде. Родители, как водится, привозили по воскресеньям всякие мелкие подарки, и они тоже вышли на рынок.

В конечном счете, те мальчики и девочки, у которых был дефицит моих денег, стали предлагать купить их за реальные франки, потому что хождение настоящих франков было запрещено той самой Кирой Васильевной, которая как-то очень тщательно и странно помыла меня в банный день. Этот банный день застрял у меня в памяти. Его картинки вперемежку с картинками из собрания сочинений Жюль Верна преследовали меня по ночам, не давали спокойно спать. Развитие капитализма в советском лагере в Манте привело к тому, к чему неминуемо должно было привести.

Во-первых, в моем банке появились реальная французская валюта, причем во взрослых размерах. Любовь к Жюль Верну, которая впоследствии переросла в порочную практику писательства, помешала мне во взрослой жизни стать миллиардером, собственником футбольных команд, золотых копий, алюминиевых заводов. Однако я понял механизм денежного счастья. У всех было мало денег, а у меня –много. Я мог в каждую минуту нарисовать новую купюру хоть в сто тысяч франков, но я уже понимал, что такое инфляция и старался держать себя в руках.

Капитализм, однако, поощряет не только учение Маркса, но и – Фрейда. Когда у меня появились детские деньги, я стал иначе посматривать на детишек, которые бегали по территории нашего лагеря. Разные резвые мысли крутились у меня в голове.

Наконец в какой-то июльский день, когда мы собирались идти купаться на Сену, недалеко от тех мест, которые изобразили импрессионисты, особенно Моне и Ренуар, ко мне подошла девочка по имени… господи, как ее звали? Вот имя Киры Васильевны я запомнил навсегда (и, может быть, она еще живет), а вот та девочка… у нее потом папа погиб на той самой автостраде, которая ведет из Парижа в Мант, уже в следующем году, но тогда… как ее звали? Кажется, Света, ну да, Света, и вот Света подходит и говорит: одолжи мне твои франки! Я хочу купить у подружки купальник. – Я говорю: – Сколько? – Она мне ужасно нравилась, эта Света. У нее папа работал в торгпредстве. –Пять тысяч! – Что? Так много! – А ты нарисуй! – Ты что, не знаешь законов рынка? – А мне и не надо. Дай пять тыщ! – Когда отдашь? –Как приедут родители. Настоящими, если хочешь. – У меня тоже настоящие. С моей подписью, – обиделся я.

Но деньги дал. Проходит воскресенье, погода прекрасная, черешни созрели, я поймал Свету за руку как настоящий банкир и говорю:

– Я с тебя даже проценты не беру. А ты даже в мою сторону не смотришь.

– А у меня нет денег, – говорит она. – Ни твоих. Ни родительских. Они не привезли. Нету денег.

– Ну ладно, – говорю я кисло, по-банкирски.

И пошел. Тут она меня догоняет. Глаза блестят черным блеском.

– А хочешь? – говорит. А дальше молчит.

Проклятый капитализм.

– Что хочешь?

– Не понимаешь? Пойдем в сад, рвать черешни.

– Пойдем.

– Дашь десять тыщ?

– Как это десять?

– Ну пять ты мне уже дал… Еще пять.

Я молчу.

– Чего молчишь?

– Ничего.

– Я тебе всё покажу.

– А если увидят?..

– Там трава высокая. Не увидят.

– Ну пошли.

Приходим к старой черешне с желтыми ягодами. Мы немножко порвали ягод. Я держал желтые ягоды в руках. Она была в джинсовых шортах и фиолетовой футболке. Пионерка в американских джинсах. Я говорю, оттягивая развязку:

– Какие у тебя клевые шорты. Американские! Любишь Америку?

– Ой да! И эта футболка – тоже американская!

– А я люблю американские машинки. С клыками. Они выдвигаются при аварии.

– Врешь!

– Честное слово. Я сам видел!

– Я, – говорит Светка, – за три тыщи снимаю футболку, а шорты с трусами – за семь.

– Договорились.

Она быстро сняла футболку.

– Но тут же ничего нет! – разочарованно сказал я.

– Уже чуть-чуть есть! – возразила она.

– Чуть-чуть не считается! – сказал я.

Она покрутила попой, сняла шорты, осталась в трусах. Тогда еще все носили белые трусы. Это сейчас одинаковых женских трусов не найти, даже стринги и то все совсем разные, а тогда были только белые трусы. И у мужчин тоже. Только не в СССР. Там, в стране летающих в космос собак, всё было устроено по-другому. Стоит Света в белых трусах в высокой траве и смотрит на меня. А я – на нее. Время идет. Летит время. Скоро охрипший горн позовет на обед. И вдруг она, не снимая трусов, говорит мне:

– А ты… ты меня любишь?

Я обалдел. Я еще никому не говорил, что – люблю. Я даже Кире Васильевне не признался в глубоком к ней чувстве. Я говорю:

– А что?

– Нет, ты меня любишь?

Я тогда начинаю догадываться, что любовь сильнее денег, что даже капитализм можно растопить любовью. А, кроме того, я начинаю понимать, что я, кажется, люблю Свету.

– Ну да, – выжал я из себя, мучаясь страшным смущением, потому что я был в то время очень стеснительным мальчиком.

– Докажи! – говорит мне Света, стоя передо мной в одних белых трусах.

– А как? – испугался я.

Какие-то странные мысли пролетели у меня в голове. Может, она хочет меня обмануть? Или… Может, она хочет, чтобы я от любви разделся? Или как? Может, как раз от любви и нужно раздеваться?А куда тогда девать деньги? Мы, тогдашние советские пионеры-атеисты, обладали только телами, душ у нас не было и поэтому жить было легко и трудно одновременно.

– Как доказать? – говорит Света. – Очень просто!

Она вдруг закрыла глаза:

– Поцелуй меня.

Желтые черешни выпали у меня из рук. Я тоже зажмурился и шагнул к ней. Шагнул в неведомое, как в космос шагнули Белка и Стрелка.

24 февраля

Я сидел и в одиночестве ел куриный суп в ресторане ЦДЛ. Ресторан был пуст, только за два столика от меня какие-то мужики в серьезных костюмах обедали. В какой-то момент один из их встал и пошел ко мне. Это был русский посол в Праге – перестроечные времена. Мы вот сидим с Сергеем Викторовичем, увидели вас и вспомнили вашу маму. Она написала очень критично о МИДе в своих мемуарах. Кажется, Нескучный сад? Да. В архивном управлении работала, верно? И обнародовала компромат на советское мидовское начальство. Смело! Ведь, правда, подонки? И мы вот с нашем министром Сергеем Викторовичем, – тот издалека кивнул мне – когда прочитали, сказали друг другу, что нам бы очень не хотелось, чтобы кто-то вот так резко, но справедливо когда-нибудь написал о нас, выставил бы нас подлецами. Я не пошел жать министерскую руку Сергею Викторовичу в пустом зале ЦДЛ. И он тоже не подошел к моему столику. Разминулись.

29. **ВЕЧНЫЕ КАНИКУЛЫ**

Вы меня спрашиваете: как я провел каникулы? И что мне ответить? Сказать, что вся моя жизнь состоит из каникул? Так, может, вы меня лучше спросите: как я провел жизнь?

Ну, да. Вся моя жизнь состоит из каникул. В ней ничего, кроме каникул, и нет. Как в том старом-престаром номере журнала Charlie Hebdo, который где-то у меня затерялся. Там на обложке плавал утопленник посреди намеренно скверно нарисованных рыб и водорослей, да и сам утопленник выглядел по-дурацки, и под ним – надпись: «Бессрочные каникулы. Утоните!»

Что я и сделал. Утонул в бессрочных каникулах. Вместе со своей жизнью. В те далекие времена Charlie Hebdo был всего лишь маргинальным анархистским журнальчиком. Он издевался над французским президентом, который болел раком, и над его женой с голыми сиськами. Это было лихо, по-авангардистски, и никто не думал, что пройдет пол моей жизни, и не французские буржуа, не администрация президента, а вовсе другие люди уничтожат команду весельчаков.

В общем, я сделал так, что ни разу в жизни не ходил на работу с девяти до пяти. Ложился спать, когда рабочий класс шел на работу, и просыпался тогда, когда пролетариат уже отобедал в столовой котлетой с волнообразным потемневшим пюре.

Вот это и были мои каникулы: все за город, а я – в город. Все в город, а я – на дачу. Всегда против движения, как и полагается человеку на каникулах. Да и общее каникулярное настроение я тоже обходил стороной.

Все толпятся в аэропортах, чтобы улететь в отпуск, а я уже возвращаюсь домой в пустом, как ночной трамвай, самолете. Все на пляжах, на водных велосипедах, на байдарках, на танцах – а я скрываюсь от каникул, как от мента или киллера. В ноябре все на месте, все ходят друг к другу на дни рождения, а я на пляже в каких-нибудь парагваях. Любил ли я людей? Интересный вопрос.

Но Россия стала для меня пожизненной командировкой. Вот тут и понимайте, как хотите. С одной стороны, бессрочные каникулы, с другой – командировка. Я бежал от семьи, от всех семейных обязательств, от комфорта, любви и перин – в командировку. Жена плачет. Дети в ужасе.

Папа уезжает. Куда?

В Арктику!

Зачем?

Ковыряться во льду. Это – страсть. Это сильнее всего. Сижу на льдине. Изучаю строение кристаллов льда. Мне больше ничего не надо. Не надо мне ни кофе, ни какао. Я так погружаюсь в лед, что ничего вокруг не замечаю. Я верю, что в частичках льда заложен код жизни. Это не командировка? Это – каникулы. Ведь командировка –это же не страсть! Нет, это борьба каникул с командировкой. Это пожирание каникулами командировки. Сижу в снегу. На северном полюсе. Небо сплющено. Ветер воет.

– Может, в этот раз останешься? – с надеждой спрашивает моя жена Катя, сошедшая с картины Боттичелли.

– Мне надо ехать.

Стоит наряженная елка. Под ней подарки. Я бегу из дома. Туда, в заполярье, в ночь, в мерзлоту, к белым медведям, туда, где даже раки не зимуют.

Я уже отморозил уши. Отморозил пальцы ног, щеки, руки по локоть. Проклятая Арктика! Дикость! Я отморозил задницу и едва не лишился того, чем обычно радую женщин.

Наконец, я много раз чуть не лишился себя самого. Утони в своей пожизненной командировке! В полярных широтах ломались льдины, уничтожая мою жалкую палатку, мой котелок, мое ружье, мои пожитки. Арктика не знает слова «собственность».

Но моя Арктика имела особенность раскаляться порой как русская печь. Вдруг под вечер начинались пляски моржей и белых медведей. Под северное сияние сбегались яркие северные женщины в национальных костюмах. Медвежьи оргии длились до утра. Стонали тюлени. Северные красавицы заполняли мою палатку и воображение.

Утром страшно болела голова. Знобило. Зуб на зуб не попадал. Но я не спешил домой. Связь с домой отсутствовала. Я скучал, но не возвращался. Я спал на льду, но мне не снились перины.

Ну и что? Я зря что ли провел жизнь в вечном отпуске? Я вернулся из отпуска отмороженный и счастливый. Я открыл закон избыточности жизни, который противоречит материализму и идеализму одновременно. Дайте мне это записать… Материализм не живет без идеализма, идеализм мертв без материализма. Две стороны жизненной медали. Мы лучше, чем думает о нас материализм. Мы хуже, чем считает нас идеализм. Мы в расщелине. Это наше призвание. Так говорят кристаллы льда.

30. ЕРЕМА

– Я не могу идти против своих убеждений, – сказал Ерема, стоя на кухне, возле маминых альпийских фиалок.

– Молодец, – съязвила О.

Их долго нет. И вот теперь она целуется с погромщиком! Более того, она готова выслушать от него совершенно не политкорректные заявления. Целуясь, он ей говорит:

– Я, конечно, женщин люблю, но я-то знаю разницу между мужчинами и женщинами. Минуточку! Слушай меня! Мужчина – это президент. Он спускает в женщину сперму, как начальник. А женщина – исполнительная власть. Она в лучшем случае премьер-министр. Она по заказу президента рожает. Ясно?

Сестра О. в ужасе слушает ахинею. Ахинея ее возбуждает.

«Ничего себе! О. просит меня ее спасти, толкает идти к Ставрогину, а сама целуется с врагом-громилой», – подумал я, и меня неожиданно охватил приступ ревности.

Да, я ревнивец! Я не показываю виду, но я ревнивец. Я сделал все, чтобы выдавить из себя ревнивца, подкладывал свою жену друзьям, ревность отползала, я ликовал, но потом ревность приползала снова.

31. МЕДОВЫЙ МЕСЯЦ

Полковник Диамант был любимцем детей и женщин. Был красавцем. Настоящим он был мужчиной. Был начальником нашей военной кафедры. Вывез он весь наш курс в тамбовские леса на сборы. Вывез к птицам, белым грибам, подосиновикам. Вывез в походный буфет с тетей Валей. Сережки, морковки, груди белые. Полковник Диамант.

Все офицеры его боялись. Он как крикнет – все обосрутся. Он так топнет – разрывы сердца. Только тетя Валя его не боялась, не обсиралась при взгляде его орлином. Меня же взял полковник Диамант на сборы сразу после свадьбы. Провести медовый месяц вместе с ним. Ловил я треску в ржавых ваннах. Вонь стояла на весь лагерь. Тридцать дней мы ели на ужин треску да треску.

Моя форма мне была узка и тесна. Я носил ее тугую, без удовольствия. Медовый месяц протекал в тесной форме. Пробегали мимо тети Вали голые курсанты мыться под душем. Мимо ее лавки. Жадно ловила взглядом курсантов тетя Валя. А потом полковник Диамант приходил к ней на разговор. На чай с конфетами. На шоколад «Аленка». На рюмку водки. Потом бежали голые курсанты назад. А тетя Валя провожала их мутным взором равнодушия и удовлетворенной тоски.

Я никак не мог застегнуть верхние две пуговицы гимнастерки. Шея не принимала пуговиц. Я давился, дыхания не хватало. Плюнул, решил ходить по военному лагерю расстегнутым. Увидел это дело полковник Диамант, настоящий мужчина, вид которого трудно перенести без того, чтобы не обосраться. Глаза его – выстрелы. Наповал убивают. Поймал меня взглядом, выгнал из строя.

– Три шага вперед.

Я шагнул.

– Это что?

Ткнул мне в шею.

А у меня на шее пластырь. Приклеил утром. Довольный хитростью, перед всеми ходил расстегнутый.

– Порез, товарищ полковник! – четким слогом ответил.

– Какой еще порез? – взревел настоящий полковник.

– Обыкновенный, товарищ полковник.

– Сорви!

– Не могу, товарищ полковник.

Полковник Диамант стал весь лиловый. Студентик сраный четвертого курса вогнал его в бешенство.

А тут еще американцы, как на зло, полетели на Луну. Радио сообщило. Тоже повод огорчиться полковнику Диаманту. Конечно, врут, что полетели. Но зачем наше радио вранье ихнее передает?

– В санчасть! – заорал на меня настоящий полковник.

Весь строй обосрался от его крика.

А я что? – у меня медовый месяц. В медовый месяц не сразу обосрешься. От свадебного стола оторвали на сборы в Тамбов.

Пошел в санчасть.

Чтобы дал военный врач подтверждение, что у меня там порез, а не так просто издеваюсь над армией.

Я эту армию, честно сказать, всегда за говно считал.

А тут еще капитан подоспел.

Как заорет.

– От меня до следующего столба шагом марш!

И я пошел.

А тут раздалась команда.

– Срочно кричать врагу через громкоговоритель, чтобы он сдавался.

Причем, кричать по-французски.

А враг – часть нашего курса – должен поднять руки и выходить.

Но громкоговоритель издал такой ультразвук, что все опять же обосрались.

Не выдержал наш армейский громкоговоритель криков на французском языке. Издал пронзительный звук и замер навеки, а американцы тем временем высадились на Луне. А я пошел к военному врачу. За справкой.

Военный врач, лейтенант, был местным врачом. Он не зависел от нашего Диаманта, у него свои начальники.

– Ну с чем пришел?

Я говорю: – У меня порез.

Нуждаюсь в подтверждении.

– Кто прислал?

– Диамант.

Он стал смеяться.

Страшным смыслом отзовется этот смех Диаманту.

Но никто еще об этом не знал.

– Отдирай пластырь!

Конец мне пришел.

У всех есть свой порез. У девчонки в трусах – порез. У всех женщин надрез. Порез и надрез. А у меня ничего – никого пореза.

Я оторвал вялый пластырь.

Лейтенант подошел.

Осмотрел кадык, мое горло – никакого пореза.

Гимнастерка-шимнастерка бренчит расстегнутыми пуговицами. Порез не обнаружен.

Еще пуще смеется военный врач, еще пуще хохочет, заливается, выворачивая наизнанку будущее полковника Диаманта.

Где-то стреляют из автомата.

Где-то воняет селедкой.

От капитана до следующего столба маршируют курсанты.

Полковник засел в своем походном кабинете.

У девиц есть порез, американцы на Луне, а я – на Земле, в медовый месяц, без пореза любимой моей жены, вообще без надреза.

Порылся в ящике лейтенант, военврач. Повернулся ко мне, подошел.

Приклеил на место моего розового пластыря новый, белый, широкий.

– Ну иди, – говорит.

Настоящий полковник на плацу, где шишки и пыль, велел явиться к нему в кабинет со справкой о порезе.

Я стучусь.

Вхожу.

Он смотрит с такой ненавистью, что я даже забыл о своих подвигах и медовом месяце – сейчас вынет пистолет и убьет на месте.

Так и случилось.

Вынул – убил – кровь – нет меня.

– Где, – говорит, – справка?

– Справку, – рапортую, – военврач не дал – только рану промыл и новый пластырь приклеил.

Настоящий полковник, любимец собак и детей, весь выгнулся, оторвался от стола да как заорет:

– Только через мой труп сдашь экзамен!

А это, братцы, конец. Без этого экзамена никакого диплома. Жизнь искалечена.

Возвращались в Москву в поезде тихо. Только стукача избили в тамбуре. А так – ехали тихо. Я возвращался с медового месяца в полном смятении. Жизнь не удалась. Лузер ты, лузер!

Прошли две недели.

Настал сентябрь.

Пора на военную кафедру. Сдавать экзамен, который я никогда не сдам. Настоящий полковник не разрешит.

Вхожу на кафедру. Показываю пропуск.

Оборачиваюсь к стене.

Это как?

На стене висит портрет Диаманта.

В траурной рамке.

Только через мой труп.

Здравствуй, труп.

Кто виноват?

Как так случилось?

Кто убил полковника Диаманта?

32. **УЧЕНИК МАРКИЗА ДЕ САДА**

Мама приходила в бешенство от моей прозы. Ее трясло. Она искренне считала, что мои рассказы обращены лично против нее. Ее мнение о моей прозе было таким же отвратительным, как у моих бесчисленных врагов. Они приговаривали меня к высшей мере наказания: отсутствию таланта, – расстреливали и закапывали. Но не проходило и месяца, как они эксгумировали меня, опять объявляли бездарным, расстреливали и снова закапывали. Вместе с моими врагами мама считала, что я за неимением таланта пишу для скандала.

– Как вы можете переводить такую гадость? – спрашивала мама мою неизменную немецкую переводчицу Беату.

– Как ты можешь общаться с этим плохим человеком? – спрашивала мама мою младшую сестру О.

Она и не подозревала, что выкинет дочь после ее смерти. Наконец, мама высказалась в отношении моей écriture совершенно определенно:

– Я люблю твои ранние рассказы.

– Мама! – вскричал я. – Ну нельзя же всю жизнь писать ранние рассказы!

Тема моей литературной непристойности превратилась в срамную болезнь.

33. **ВЕЛИКОЛЕПНОЕ ПРЕДАТЕЛЬСТВО**

В моем книжном шкафу большая черно-белая фотография. Три человека на осенней дороге в дачном поселке Красная Пахра. Каждый в себе. Без улыбок. Писатели трех поколений. Неравнобедренный треугольник.

Трифонов отказался участвовать в альманахе *Метрополь*. Сказавший мне об этом Аксенов развел руками и усмехнулся. Потеря велика, но надежд на Трифонова с самого начала было мало. Я не сомневался, что он откажется. Аксенов уверял в обратном: недооцениваешь революционный заряд Трифонова!

Да ну! Весь его заряд ушел в книги и либеральную гримасу на серовато-зеленоватом, не слишком здоровом лице с неловкими очками.

Трифонов казался мне тогда рыхлым не только физически, но и эстетически. При этом я запоем читал его романы, гордился знакомством. Восхищенно смотрел на него, когда он шел кланяться публике после спектакля на «Таганке». Лучшей судьбы у писателя не бывает! Он был (по мне) старым, всего на пять лет младше моих родителей, и у нас с моей мамой Трифонов был общей страстью.

Эта страсть скорее разводила нас, чем соединяла.

Мама считала, что Трифонов – идеальный писатель, чистая, светлая личность, на грани гениальности. А я, с ее точки зрения, иду не туда. Да и какой я писатель? Просто смешно!

В глазах мамы, по сравнению с Трифоновым я был фитюлькой, грязной букашкой. Если мою дружбу с Аксеновым (которого она тоже любила как писателя, но иначе, чем Трифонова: она читала Аксенова с любопытством, а Трифонова от всей души), она могла себе еще кое-как представить, то мое даже мимолетное общение с Трифоновым для нее было непредставимо, а мой серьезный разговор с ним –за гранью реальности.

Именно Трифонов был в мире мамы доказательством моей литературной ничтожности, и всякий раз, заслышав о моих словесных потугах, она только махала рукой.

Скорее всего, она с горечью полагала, что талант, который дается только избранным-избранным, обожаемым ею людям, перед кем она робела, в нашей семье может быть всего лишь подражанием. А раз так, то я пробиваюсь в литературу нечестным путем.

«Ну, что он за писатель, если я не могу показать его рассказы своим приятельницам!» – жаловалась она на меня.

В кругу *Метрополя* к Трифонову относились по-разному. Те, кто не терпел любую связь писателей с Союзом писателей, его не любили. Свою нелюбовь распространяли и на его книги. А те, кто строил жизнь на разнообразных компромиссах с властью, считали его виртуозом. Нелюбители Трифонова на наших сходках курили плохие советские или болгарские сигареты, были очень бедны и с восторгом смотрели на метропольских знаменитостей. А знаменитости курили «Мальборо» и слегка чувствовали себя смущенными, в духе русской традиции, в обществе отвергнутых людей.

Я находился посредине. Сын советского посла, я по своему происхождению был классовым врагом не только метропольских радикалов, но и Трифонова, Аксенова – всех тех, у кого при Сталине репрессировали семью. С другой стороны, я был единственным европейцем в *Метрополе*, женатом на польской красавице Веславе, говорящим на нескольких языках и знающем Запад не понаслышке.

Я любил реальный Запад, с его красотами и ошибками, а не Запад – земной рай, каким он казался моим бунтующим в *Метрополе* друзьям.

Я принимал и не принимал взвешенную позицию Трифонова. Я был непоследовательным в своем желании и нежелании печататься в подцензурных журналах, вести подцензурную писательскую жизнь. Но у меня получались рассказы, которые не лезли ни в какие цензурные ворота. Для традиции русской литературы я был ультразвуком.

В 1978 году я придумал *Метрополь*, в съемной квартирке напротив Ваганьковского кладбища, где теперь похоронены мама и папа, и набросал в записной книжке предполагаемый список авторов. Трифонова там нет. Мой литературный заговор радикализировал меня, превратил в литературного подпольщика. Впрочем, в этом подполье роль Достоевского была не менее значимой, чем нелюбовь к советской власти.

С позиции молодого подпольщика (совратившего Аксенова идеей бесцензурного альманаха, и обожаемый мною Вася стал капитаном *Метрополя*), я не верил, что Трифонов войдет в наш заговор. Его литературный стиль был заношенным до дыр реализмом. На фоне создателей новых стилей, художника Ильи Кабакова и композитора Альфреда Шнитке, тогдашних московских жителей, моих истинных кумиров, Трифонов был носителем общей формы.

А тогда, когда Аксенов сказал мне, что пойдет к Трифонову предложить участие в *Метрополе,* я разволновался совсем по другому поводу. Участие Трифонова могло быть очень сильным аргументом в пользу нашего дела. Еще более важным, чем согласившийся Фазиль Искандер.

Я искренне и холодно (без всякой наивности) верил в успех нашего заговора, в прорыв, в то, что мы добьемся, как московские художники после бульдозерной выставки 1974 года, куска свободы, что наш проект плюралистического альманаха нужен для будущей модели страны.

Трифонов был той самой тяжелой гирей, которая могла перевесить наших врагов. Вместе с Окуджавой. Тоже тяжелой гирей. Ведь Окуджава сначала согласился. А вот Трифонов сразу сказал нет.

Мы с Аксеновым, конечно, слегка поморщились. Но Аксенов, увидев, что я нахожусь на грани презрения, поспешил добавить: Трифонов отказался, сославшись на то, что он борется своими печатными книгами. Борется? Возможно! Что бы он мог еще сказать! Отмазался!

Но все же мне легче было согласиться с тем, что он действительно борется. Против него множество вурдалаков. Они борются с ним, время от времени клеймя в печати, помогая ему тем самым быть классно отверженным.

И он вурдалаков в конечном счете побеждает, очередная книга выходит из типографии. Мучительно, но выходит. Выходит и – взрыв славы! И все завидуют, друзья и враги. А в злобе врагов есть элемент неожиданного бессилия. Оно говорит о том, что, если правильно рассчитать, их можно сбить с ног, и наш заговор будет той бомбой, которая в конце концов уничтожит их как систему.

Конечно, это была война. Признанный палач *Метрополя* Феликс Кузнецов до конца своих дней был убежден, что *Метрополь* –выдумка американцев, которые предложили мне ее осуществить.

Американцы, действительно, сыграли некоторую роль в истории *Метрополя*. Но не тогда, когда он родился в моей голове, а затем коллективно создавался. Это произошло позже. И как будто по плану, не американских спецслужб, а нам не подвластному, потому что с *Метрополем* по крайней мере для меня связан мистический опыт, о котором грех болтать. *Метрополь* стал предтечей новой страны, которая не удалась, захлебнулась в нечистотах, но сохранится, как реформы Александра Второго, в истории России.

Американские дипломаты помогли мне с Аксеновым переправить *Метрополь* в Америку. В самом же факте поспешной и неожиданной (по крайней мере для меня) американской публикации есть тайная интрига.

Мы отобрали для *Метрополя* в основном тексты, которые не прошли через советскую редактуру-цензуру. Они не были откровенно политизированными, но я всегда хитрил, говоря, что наша акция не имеет отношения к политике. Конечно, она была придумана мною для штурма, а не для соглашательства, но ведь и бульдозерная выставка была политической. В России даже поход в туалет всегда был и останется политическим действием.

На каком-то многолюдном приеме во французском посольстве, уже после того, как меня (вместе с Поповым) выгнали из Союза писателей, а отца в наказание за меня отозвали из Вены, я натолкнулся на Трифонова. Он стоял с полупустым бокалом красного вина.

Память – шулер, она врет, подтасовывает, но в данном случае ведет себя, кажется, корректно.

Я – по советским меркам, бывший писатель – на что-то Трифонову пожаловался, хотя отчаяние как-то не липло ко мне, а Трифонов, играя слегка бокалом, в ответ, как всегда, флегматично, но тем убедительнее сказал, что мне нечего огорчаться, обращать внимание на пустяки, потому что, сказал он, я большой писатель.

Большой писатель! Я замер на месте. Я и не знал, что он прочитал меня в *Метрополе*. Настала одна из самых значительных минут моей литературной жизни. Трифонов легко, не задумываясь и голословно назвал меня большим писателем! До него – никто. Аксенов очень рано нашел во мне талант (он самым первым открыл меня, а я ходил пьяным от любви к нему) и подписал книгу «с уважением к таланту», чем скорее озадачил, нежели обрадовал. Я к тому времени написал полтора рассказа.

Но после *Метрополя* я нуждался в похвале. Я попал впросак, я провалился. Я придумал *Метрополь* не только ради общего дела, но и ради моей непечатности. А мне со всех сторон хором сказали: фе!

Наши диссиденты-гуманисты (мною политически уважаемые), вроде Копелева, как мне передавали, назвали мои метропольские рассказы фашистскими. Копелевский немецкий друг, составитель энциклопедии современной русской литературы, вышедшей после *Метрополя*, не включил меня в нее, посчитав, что я ничего не стою (особенно рядом с однофамильцем). Близкий к ним по взглядам Искандер открыто говорил, что мои рассказы низкого морального уровня.

В этом гуманисты смыкались с Союзом писателей, отправившим меня на морально-нравственную свалку. И отказавшимся вообще считать меня писателем. И выгнавшим меня за эту пачкотню. Я выглядел лузером. Правда, большинство метропольцев считали, что мое исключение из Союза – дело хорошее (там быть неприлично).

Наказание моего отца, выгнанного из Вены, по советским меркам было для них пустяком: ведь не расстреляли, даже не посадили! Только Высоцкий и Трифонов интересовались судьбой отца, спрашивали о нем. Ахмадулина – тоже, но как-то по пьяни. Я убедился, что многое разделяет меня с повадками литературного богемного, антисоветского мира. Не хотелось жаловаться и напрашиваться на жалость.

Кроме моего провала в кругу друзей, я был раздавлен историей с родителями, и четко понял, что мне – чтобы как-то оправдать крушение большой отцовской карьеры – нужно стать большим писателем. Иначе все бессмысленно.

И вот Трифонов называет меня, играя бокалом, большим писателем. Это был истинный момент спасения. Не удивительно, что я начал разматывать назад свое разочарование в Трифонове, снова представил его классиком, снова влюбился в него.

Феликс Кузнецов (начальник московских писателей) уверял всех в 1979 году, что *Метрополь* сделан Аксеновым с целью отъезда на Запад. «У него на Западе миллион» – говорил Кузнецов, не уточняя, в какой валюте.

С нашей стороны была выстроена защита. Мы утверждали, что делаем альманах, оставаясь на родной почве. Феликс настаивал, что Аксенов и я убежим обязательно.

Строго говоря, мне некуда было бежать. Мне вообще всю жизнь некуда было бежать из России, но в метропольский год я не мог никуда бежать, потому что родители вернулись из Вены, все было расхищено (как в ахматовских стихах).

Аксенов заверил меня при запуске *Метрополя*, что не сделает из альманаха стартовую площадку для бегства. Иначе не стоило бы и затеваться. Нас били, но мы не шли на дно. Мы выживали.

Однако в мае пошли первые трещины. Нет, сначала в январе случилось не объясненное до сих пор происшествие. В Америке Карл Проффер объявил о публикации *Метрополя* в своем издательстве «Ардис». Прекрасное издательство, но мы не давали согласия. Публикация раздула скандал и сделала ситуацию трудно управляемой. Кто-то Карла подтолкнул. Кто? Госдеп в той истории держался крайне сдержанно (если не трусливо): не хотели портить отношений с Советским Союзом. Посольство дало нам понять, что официальная Америка против второго номера *Метрополя*, вообще против продолжения литературной конфронтации. Карл едва ли позволил бы себе самоуправство. Значит, кто дал команду?

А когда мы с Аксеновым и Поповым ехали в мае того же 1979-го в Крым (где и узнали, что Попова и меня выгнали из Союза писателей), по дороге, в своей зеленой «Волге», Аксенов ночью, уже за Харьковом, сказал мне, что он печатает роман «Ожог» на Западе.

О, как! Я встрепенулся. Я вел машину, он сидел рядом, Попов, наш повар поездки, спал на заднем сидении. По тайной договоренности с КГБ Аксенов (с ним доверительно поговорил то ли полковник, то ли генерал) не должен был за границей печатать этот роман (весьма скверный, но тогда ценилась и пенилась его антирежимность), непонятно как попавший в КГБ: автор дал его почитать только близким друзьям (я тоже попал в happy few). Иначе с ним обещали расправиться и выгнать из страны. Я попросил объяснений. Но, несмотря на то, что за месяцы *Метрополя* я несколько вырос диссидентским званием в узком мире свободной русской литературы, Аксенов отделался неопределенным мычанием.

24 февраля

Вот так бредешь по русской жизни и вдруг натыкаешься в начале 2010-х на послевыборное погребальное собрание доверчивого соперника

Великого Гопника, широкорукого Дылды, и там среди салатов и стейков встречаю сверкающего от привычной уже околокремлевской власти человека, который с Великим Гопником в питерской общаге целых семь месяцев спал в одной кровати.

– Ну и как?

– Что как?

– Как спалось?

– Нормально.

– Девок водили?

– Нет.

– Стояк у него видел?

– Видел.

– Ну и как?

– Что как?

– Дрочили?

– Ты знаешь, нет.

– Да ладно!

– Очень уставали. Валились с ног.

– А чего так?

– Учились, учились, учились.

– Чему?

– Чему надо.

– Ну и каким он был?

– Зловредный, злопамятный. Его не любили.

– А тут вся страна его полюбила.

– Одним словом, противный был парень.

При этом все еще властное, но слегка отодвинутое от кремлевской кормушки лицо спокойно улыбается, смеется, морщится.

Вторая трещина была летом. Мы поехали на дачу к Аксенову в Переделкино, которую он получил накануне *Метрополя*. Так загуляли, что я помню себя танцующим ночью на крыше своего «Жигуля» – Аксенову этот варварский танец совсем не понравился. А под утро, когда мы с Поповым, пьяные, улеглись спать, я проснулся от яростного спора, переходящего в семейный скандал. Майя, жена Аксенова, звала мужа ехать на Запад, потому что здесь им небезопасно.

Майя была шикарна, свободна в нравах, грубовата и обворожительна. Я видел ее впервые в свои 14 лет, в вип-зале Шереметьево –я до сих пор помню поразившую меня ее тогдашнюю пронзительно сексуальную красоту. Ну просто леди Четерли! Друг моих родителей, кинорежиссер-документалист, ветеран Испании, стильный, политкорректный, богатый Роман Кармен болезненно терял ее как жену на моих глазах. Она переплыла к моему другу. Аксенов с ней сильно считался. Она думала по-простому, что Запад – это эдем. Аксенов был западником и разделял ее идеи, но он боялся остаться на Западе. В ту ночь она взяла верх.

Она давила на него все больше и больше, давила все лето, давила осенью, и когда я брался что-то возражать, она упрекала меня в трусости. За это я ее невзлюбил, но боялся рассориться и потерять Аксенова.

Я постоянно ездил к ним на Красную Пахру, на ее дачу, но отношения становились все более натянутыми. Уезжал в полном смятении, однако не в Москву, а – к Трифонову, на дачу на той же Пахре.

Я ездил к Трифонову один, и у нас постепенно установились доверительные беседы. Мне сначала было трудно с ним разговаривать: я робел. Но он умел слушать и понимать. На даче его лицо было бодрым, почти румяным. На журнальном столе лежали толстые книги на немецком языке: переводы его романов в добротных изданиях. Эти книги мне казались верхом успеха (хотя западный успех измеряется скорее дешевыми книгами в бумажной обложке).

Я часто заставал его смотрящим по телевизору футбольный матч. Я не болельщик. В отличие от него, я не мог сосредоточиться на игре. Запомнил, как однажды он сказал (речь шла о международном чемпионате), в своей манере, флегматично и весомо:

– Никак не могу заставить себя болеть за советскую команду.

Мы говорили о литературе, аккуратно примериваясь к вкусам друг друга. Примерка приводила порой к неожиданным результатам. Трифонов поразил меня: он не любит Андрея Платонова! Когда я, стараясь подавить свое изумление (Платонов для меня особенно любимый писатель), спросил, почему, его объяснение было на уровне журнала «Новый мир», который боролся с орнаментализмом в прозе и жаждал суровой строгости в суровой стране несчастий и подлостей. Я кивал Трифонову, но в душе отсоединялся от него.

Но помимо литературы было ощущение надвигающейся беды. Женская агитация в пользу эмиграции, построенная на запугивании Аксенова угрозой расправы, на отчуждении от него тех, кто не хотел эмигрировать, давала свои плоды. Трифонов вместе со мной внимательно следил за развитием событий. Но мы с ним обсуждали ситуацию почти что конспиративно, полунамеками, не ругая Аксенова, без открытой критики женской агитации.

Мы оба понимали, что *Метрополь* без Аксенова обречен на разгром. Мы обсуждали с Трифоновым рассказанный Аксеновым страшный случай, как его вместе с женой чуть было не уничтожил КАМАЗ в лобовом столкновении, когда они ехали из Казани, и только качали головами. Или история, как в качестве предупреждения в шину аксеновской «Волги» в Москве на стоянке воткнули нож. Мы снова качали головами. Мы понимали: это возможно, у нас все возможно, но все же…

Честно говоря, я не верил в эти истории, однако в метропольской компании (тех, кто курили дешевые сигареты и все мерзости жизни объясняли советской властью) и особенно в компании Майи было опасно сомневаться в них. Фома-неверующий, я стоял у нее поперек дороги на Запад.

– Витька… – говорила она мне, всегда быстро шевеля своими красивыми руками, куря, готовя мясо, шипя раскаленной плитой, благоухая киндзой и бальзамиком, посыпая салаты нездешними специями, угощая гостей. – Ну, как ты не понимаешь… – продолжала она (выпуская дым) на грани дружбы, нетерпения, предостережения.

«Господи, что за блядь…» – растерянно думал я.

Все кончилось на коричневой террасе трифоновской дачи в один прекрасный осенний день, когда мы беседовали, глядя на сырой трепет листьев, и вдруг появился Аксенов. Он поднялся к нам по ступеням узкой лестницы какой-то странной походкой, ему не свойственной, будто крадучись, и я, в тот год чувствительный к несчастьям, заподозрил неладное. После короткой словесной разминки, глядя исключительно только на Трифонова, Аксенов объявил, что вчера вечером был дома у Феликса Кузнецова.

Стояла роскошная осень, а мы были в жопе.

24 февраля

Война не вне меня – во мне. В мозгу нет ни единого угла, где можно спрятаться, укрыться. Вонь во рту. В ушах вой. Сердце – в пропасть. Яйца отрезаны перочинным ножом. Разорван на части. Запытан до смерти. В жену затолкали гранатомет. Завалы памяти –городов завалы. Я болен войной. Война больна мной. Книга больна войной. Это больная книга.

Кузнецов был не просто врагом, он строил свою политическую карьеру на нашем уничтожении. Аксенов приехал к нему с Майей обсудить условия своего отъезда. В качестве условий выставил вывоз всей семьи: вместе с Майей должны уехать ее дочка Алена, зять-теннисист и маленький внук Ванька.

Не скрывая радости, Аксенов сказал, что Кузнецов согласился на все условия и заверил, что ему разрешат уехать.

– Что же удивительного в том, что он согласился? – вымолвил я. – Ведь он на каждом перекрестке кричал, что ты делаешь *Метрополь,* чтобы свалить.

Аксенов сделал вид, что не очень понимает, о чем это я. Я замолчал. На моих глазах произошло великолепное предательство нашего дела.

Трифонов никак не прокомментировал слова Аксенова. Он только дал понять, что рад аксеновской возможности уехать из страны, за команду которой нельзя болеть. Но я уже достаточно хорошо знал Трифонова, чтобы заметить: он тоже был сражен. Разговор быстро свернулся.

Мы вышли на дорогу, чтобы разъехаться. И тут бежит фотограф, кажется, из «Литературной газеты». Можно вас снять?

Нашел время! Вот мы и снялись.

Я оглянулся. Роскошная осень. И снова мы в полной жопе.

В декабре нас с Поповым вторично выгнали из Союза писателей (нас как-то наполовину восстановили ранней осенью, под давлением пяти известных американских писателей: Артура Миллера, Джона Апдайка и др.). Началась афганская война, выслали Сахарова. Аксеновы улетели в Париж. Мы провожали их семейство в Шереметьево по заветам тех времен, как в крематорий, а они красиво летели на Air France первым классом, затем – в Америку. История *Метрополя* закончилась разгромом.

24 февраля

Много бледных поганок в лесу, торчат из травы, вокруг шишки, иголки, а эта выросла выше корабельных сосен, вымахала до самого неба.

Если все случайно, то почему ей не вырасти?

Или по велению Господа...

Как тут не впасть в мистицизм? Не поверить шаманам?

Напиться верблюжьей крови.

– Скажи, шаман!

Так бледная поганка становится бледным мистиком.

34. ЖЕСТЬ

Аксеновская эмиграция полна жести. Невольно подумаешь о карме. Разрыв с Бродским, с которым, казалось бы, еще недавно, в 1975 году, Вася пересек Америку на машине – эту поездку Аксенова в Америку с подачи Майи устроил, как ни странно, я, позвонив Александрову-Агентову, помощнику Брежнева, и я очень дорожил бензиновой зажигалкой, которую Аксенов привез мне из США. Бродский фактически зарубил публикацию «Ожога», но думаю, что причины разрыва были глубже. Бродский был (alas!) много глубже самого Васи. Горестные неудачи с другими книгами и Голливудом. Самоубийство подросшего Ваньки в Сан-Франциско (бросился с крыши небоскреба). Алкоголизм косоглазой красавицы Алены, которую Майя видела в американской перспективе женой миллионера, но вместо миллионера дело тоже закончилось самоубийством (уже в постсоветской Москве). Лютая расистская нелюбовь к «неграм» (которая рвалась из их семейных разговоров). Постепенное охлаждение самого западника к Америке, где он не нашел любимых им джазовых клубов –никакого рая.

Во время перестройки я был у Аксеновых в Вашингтоне. Наша дружба вроде бы продолжалась, мы улыбались, ели мясо, пили вино, но до прошлого не дотрагивались, словно оно было холодной жирной плитой. Потом дружба сама собою стала смеркаться.

В Москве, куда вернулись Аксеновы, мы практически не виделись. Полюс холода в наших отношениях настал после конгресса международного ПЕН-клуба в 2000 году, когда мы оказались в разных политических лагерях по вопросу второй чеченской войны. Аксенов и Попов заняли отдельную, патриотическую позицию, противопоставив себя мировому ПЕНу.

Я на этом не зацикливался. До тех пор, пока не встретился с Аксеновым в кафе на Кутузовском на какой-то литературной тусовке. Я улыбался ему и все еще считал, что дружба продолжается. Но он придвинулся ко мне и со свистом в зубах заявил, что, если я буду и дальше так себя вести (как? Из Аксенова снова вырастал, как гриб, уверенный в себе моралист), он объявит Попова настоящим создателем *Метрополя*.

– Хорошо, – примирительно пожал я плечами, видя всю нелепость затеи.

– Кроме того, – сказал Аксенов, – ты препятствуешь публикации книг Попова за границей, в частности, в Германии из-за его гражданской позиции.

Тут я вообще открыл рот.

Я так и жил некоторое время с открытым ртом (по отношению к Аксенову), но потом всё как-то само собой серенько распогодилось, и он приходил ко мне пару раз на мою телепередачу «Апокриф», где как-то сказал мне в гримерке: «Надо делать новый *Метрополь*»!

Да, лозунг времени.

А еще мы с моей второй женой (будучи на юге Франции) навестили их неожиданно в Биаррице, где они купили домик. Стояли невероятные туманы, и мы с Васей бегали рысцой по вечерам сквозь туманы, потому что в Биаррице всегда туманы, и они, говорил Вася, зря купили здесь дом.

Потом мы уговаривали Майю пойти поужинать в ресторан на набережную. Но она никуда не ходила. Была целиком верна трауру по Ваньке. Дала обет. Даже в самую худую забегаловку не шла. И только готовила на своей кухне, как всегда, вкусно. А в гостиной был целый алтарик, посвященный Ваньке. Волосы дыбом. Вася был каждодневным заложником траура. И было понятно: так долго он не выдержит.

Аксеновы вернулись в Москву. Их ждали новые страшные испытания. Бедный Вася, бедная Майечка…

А так красиво все начиналось.

После эмиграции Аксеновых я стал реже бывать у Трифонова на даче. Почти перестал. Тогда же я случайно встретил его предыдущую жену, которая как редактор щедро предложила мне написать книгу о пламенном французском революционере Жане Жоресе. В какой-то нерабочий момент добрая женщина рассказала мне о бывшем муже все, что рассказывает обычно брошенная жена: эгоизм, бездушие, мужская фригидность. Я не поверил, не находя подтверждений. Книгу о Жоресе не написал.

Но когда я написал рассказ «Попугайчик», очень хотел показать его Трифонову. Хотя колебался. Вспоминал его мнение о Платонове. Пока колебался, его как пулей убил тромб.

35. **ДОРОГОЙ ЛЕОНИД ИЛЬИЧ**

Дорогой Леонид Ильич!
Дорогой Леонид Ильич!
Дорогой Леонид Ильич!
Семья попала в черную дыру.

Дорогой Леонид Ильич!

Меня выгнали из Союза писателей, с работы в Институте мировой литературы – отовсюду выгнали, я стал *бывшим писателем*.

Папу тоже выгнали с работы. Он был послом СССР в Вене.

Выгнали. Из-за меня. Мама болеет раком груди.

Дорогой Леонид Ильич!

Дорогой Леонид Ильич!

Все рухнуло. Все прогорело. Ничего не осталось.

Дорогой Леонид Ильич!

Правда, Андрей Михайлович Александров-Агентов предложил в ЦК отправить меня на БАМ («Приезжай ко мне на БАМ. Я тебе на рельсах дам…»).

Дорогой Леонид Ильич!

Но КГБ дал мне кличку Воланд.

КГБ понял, что Воланда на БАМ слать нельзя, развалит комсомольскую стройку, заразит БАМ цинизмом, напишет что-то издевательское. КГБ донес наверх, что я собираюсь продолжать свою литературную провокацию, и отклонил инициативу.

Дорогой Леонид Ильич!

Дорогой Леонид Ильич!

БАМ не прошел. Телефон не звонит. Папа сказал:

– Ты – единственный, кто может меня спасти. Напиши Брежневу письмо.

– Письмо?

Я смотрел на него, не понимая. Ведь именно он разрешил мне не писать покаянное письмо.

– Напиши, что отец за сына не отвечает.

Дорогой Леонид Ильич!

В конце письма я приписал, что, если отца не восстановят на работе, я повешусь.

Я позвонил Александрову-Агентову:

– Андрей Михайлович, – сказал я, жутко волнуясь, – как мне передать личное письмо… Леониду Брежневу!

Вот это был ляп! Только враждебные радиоголоса называли его так бесцеремонно Леонидом Брежневым! Я уже звучал, как эмигрант. Пауза. Андрей Михайлович сказал мне, куда отнести письмо.

Дорогой Леонид Ильич!

Ждать, ждать и ждать. Никто не отзывался. Через три недели я стал думать о моей угрозе повеситься. Вешаться – не вешаться? Надо было выполнять угрозу. Вешаться не хотелось. Но как не повеситься?

Мне было 32 года.

Вешаться не хотелось.

Я сидел в гостях у родителей. Раздался звонок.

– Возьми трубку! – крикнула мама.

Звонил Громыко.

– Позови отца к телефону.

Отцу дали работу в МИД СССР. Потребовали от него письменного заявления, что он не будет общаться с иностранцами.

Дорогой Леонид Ильич!

Дорогой Леонид Ильич!

Я могу вздохнуть свободно.

Дорогой Леонид Ильич!

Не надо вешаться!

Дорогой Леонид Ильич!

36. **СУПЕРЛИБЕРАЛЬНЫЙ КГБ**

ВЫПИСКА ИЗ МЕМУАРОВ Ф.Д. БОБКОВА, бывшего начальника 5-го управления КГБ СССР:

Против издания альманаха выступило Московское отделение Союза писателей во главе с первым секретарем Ф. Кузнецовым…

Помню наш двухчасовой разговор в кулуарах колонного зала, где шла тогда очередная партийная конференция, с Марковым и Кузнецовым. Мы просили не разжигать страсти и издать этот сборник, такой вопрос, считали мы, лучше решить по-писательски, кроме того, многим и так было понятно, для чего понадобился *Метрополь* и политический скандал вокруг него.

Однако секретариат правления московской писательской организации уже вынес решение: *Метрополь* закрыть. Альманах в СССР так и не вышел.

Почему Феликс Кузнецов так смело пошел против *Метрополя*? Ларчик открывается просто – закрытия издания требовал член Политбюро ЦК КПСС, Первый секретарь московского горкома партии В.В. Гришин. Не знаю, кому именно принадлежат слова , сказанные в ходе обсуждения на заседании секретариата Союза писателей: «Если бы не КГБ, мы бы этим метропольцам выдали!». А широкие читательские круги, не знавшие подоплеки дела, были убеждены: КГБ прихлопнул *Метрополь*, и поэтому пришлось издавать его за рубежом.

Каково же было мое удивление, когда два года спустя в одной из статьей Феликс Кузнецов упомянул *Метрополь*, утверждая, что они, секретариат московского отделения Союза писателей СССР, «противостояли расправе…»

37. **И НАДЕНЕТ БОГ НОВУЮ СТЕРИЛЬНУЮ МАСКУ…**

Мы тут на планете Земля считали себя хозяевами, высшей расой, обложившись смартфонами, окунувшись с ластами в интернет, мы уже додумались до того, чтобы заставить работать на себя искусственный интеллект, как золотую рыбку, царицу моря, а на самом деле мы оказались даже не гостями, а бедными родственниками, дрожащими тварями. Эпидемия глупости поставила нас в угол, а перед этим еще примерно выпорола.

Эпидемия нас нагнула и опустила.

От страха ценности каменеют, потом начинают рассыпаться, крошатся, как известняк.

Нет, мы соберем волю в кулак и прорвемся. Но когда? А главное – куда?

Назад, в тот мир, откуда мы выпали, заносчивые, высокомерные, наглые, мы уже не вернемся.

И самое обидное, что наказали нас как-то так по касательной, между прочим.

Эпидемия веселится.

Эпидемия издевается.

Вы заметили, как искажаются лица?

Ты – начальник? Да какой ты начальник! Пошел вон!

Ты – любовница?

Мокрое место, а не любовница.

Но выбирать особенно не приходится. Снова вырастут перед нами гряда начальников и влагалища любовниц. Мы не вернемся в тот же самый покинутый мир. Но мы от себя далеко не уйдем.

Осадок останется.

И вот из этого мутного осадка что-то неожиданное родится. Продолжая идею полной неопределенности, фантома d'un Grand Inconnu, что обрушалась нам на голову вместе с вирусом глупости, возникнет, расширяясь и распространяясь, образ нового бога, его лукавая, как всегда, маска времени.

И наденет Бог новую стерильную маску…

Откуда он возьмется?

Да ни откуда. Откуда взялся Бог среди рыбаков Палестины?

В общем придет. Из Калькутты или интернета. Ему все равно откуда. Не всю же жизнь жить нам с богами, которые враждуют между собой, терпеть друг друга не могут. Даже за богов других богов не считают! А если, как в христианстве, оказывается один троичный Бог, то его рвут на части. На маленькой-маленькой планете Боги поощряют распри? Как им не стыдно!

Или – тоже не вариант: ходить по пустому гулкому чердаку и кричать, что Бога нет.

38. ИДУЩИЕ ВМЕСТЕ

Ну да, не только мама не любила меня как писателя. Меня так же, если не больше, не любила как писателя власть Великого Гопника. «Идущие вместе» – его молодые кремлевские штурмовики с его мачо-портретом на белых футболках. Великий Гопник еще только-только дотронулся до верховной власти (и слыл пока что вегетарианцем), как в 2002 году начался погром писателей. Он объявил – через штурмовиков – войну мне и Балуеву за первенство в идеологии. Мы оказались в одной корзине.

По Москве организовали десятки специальных литературных киосков. В киосках мои книги можно было обменять на Бунина или на «А зори здесь тихие» (тихонько подкрадовался военный патриотизм). На сданные книги ставился штемпель ВОЗВРАТ АВТОРУ.

В книжном магазине «Москва» на Тверской штурмовики бросали в меня этим возвратом. Шла презентация моей новой книжки. Народ стоял в очереди – чтобы подписать. Пришли штурмовики. Такая вот картина: парни и девушки с Великим Гопником на груди бросают мне в лицо (буквально) мои книги, я подбираю и отдаю тем, кто хочет их читать…

Вы помните, что Маленький Ночной Сталин принес мне в полной темноте письмо? Это было письмо от молодых кремлевских штурмовиков. Они (это, повторяю, самое начало правления Великого Гопника) обратились ко мне с посланием:

«„Писателю" В.Ерофееву

Пользуясь случаем, хотели бы выразить свое глубокое отвращение к вам, как к человеку и к вашим омерзительным матерным «литературным трудам». Человек, пишущий матом бездарную пошлятину и при этом к месту и не к месту прикрывающийся Достоевским (дескать, диссертация написана на эту тему), отвратителен вдвойне. И мы делаем (и сделаем) все, что от нас зависит, для того, чтобы как можно больше людей узнавали истинную „цену" вашим матерным бредням. Мы также постараемся не оставлять вас… своим вниманием до тех пор, пока не узнаем, что вы, наконец, смылись из страны, великую литературу которой вы неустанно поганите, или вообще из этого мира.

С глубоким отвращением

ИДУЩИЕ ВМЕСТЕ».

39. **ОТКРЫТОЕ ПИСЬМО**

В ответ на травлю я написал Великому Гопнику открытое письмо. Под заголовком «МОЧИТЬ ПИСАТЕЛЕЙ В СОРТИРЕ» – это толстый намек на блистательный афоризм самого адресата письма по другому поводу. Письмо писалось в сентябре 2002 года. Вот несколько выдержек из него (опубликованного в то вегетарианское время в нескольких газетах):

«Россия, как Вы знаете, Великая страна, но это ей никогда не мешало делать порой большие глупости. Одной из таких ярких глупостей была скрытая и открытая война властей, как при царях, так и при коммунистах, с русской литературой. Власть учила писателей, о чем им нельзя писать, а писатели учились обманывать ненавистную власть и писать то, что не могли не писать. В результате русская литература стала великой и прославила Россию на весь мир, всем известны ее имена, а ее гонители – позор России…»

«…Но «Идущие вместе» пошли еще дальше. Сорвать презентацию новой книги, вывалить перед квартирой известного писателя груду его книг или явиться с предложением поставить на окна тюремные решетки – Вам это насилие над творческой личностью не напоминает Германию 1930-х годов? В разгар лета 2002 года была устроена беспрецедентная акция уничтожения книг в центре Москвы, со стонами, музыкой и слезами – здесь было от чего содрогнуться…»

«…Некоторые легкомысленные люди решили, что идет успешная

рекламная кампания. Но судя по тому, как теперь развиваются события, когда писательские дела направляются в прокуратуру – такая «реклама» наносит удар по репутации России в мире»…

«Наших писателей с европейскими именами обвиняют во всем том, в чем обычно принято обвинять писателя, чтобы его общественно уничтожить: порнография, пропаганда наркотиков, употребление мата. Когда-то на подобных основаниях запрещались книги Флобера, Джойса, Набокова, Генри Миллера. Можно считать это невежеством или ханжеством, но дело имеет принципиальный характер. В нашем современном обществе действительно нечего на зеркало пенять, коли рожа крива – пословица, любимая Гоголем, остается верной на все времена…»

И финал:

«Что же касается российской литературы, то она действительно нуждается в помощи. Писателям всех направлений, «вредным» и «полезным», архаистам и новаторам, трудно привыкнуть к мысли, что они должны жить в жестких условиях дикого рынка. Но лучшая помощь – не мешать. Оглядываясь назад, понимаешь, что русская литература создала реальные ценности. Живое осталось живым. Я знаю, что свободная современная литература не подведет Россию и на этот раз».

24 февраля

Мы с О. напились, и я сказал:

– Давай по-честному! Это твоих рук дело?

– Что?

– Ну вот эта... эпидемия глупости!

О. засмеялась, как смеялась всякий раз, когда речь заходила о смерти.

– Знаешь, что, – сказала она, – а тебе не надоело ходить по пустому чердаку?

– Ну!

– Проснитесь вы наконец! Побольше энтузиазма, радости! Я вас научу любить жизнь...

– Значит, это – ты.

– Ничего это не значит.

– Но если это – ты, то ведь ты видишь весь этот апокалипсис. Твой апокалипсис. Останови его! Ты видишь врачей, которые героически спасают людей от смертельной глупости. Ты видишь, что они работают на пределе своих сил.

– Они – молодцы, – похвалила О. – Но не пройдет и трех лет, как они превратятся в ветеранов с медалями. Я сегодня с утра дрочила в душе.

– Но если это – ты, назови антидот. Ты знаешь, как это прекратить.

Я невольно посмотрел на ее (случайно?) задравшуюся юбку и стринги с мелкими разноцветными ушастыми зайчиками. Неужели всем этим военно-полевых моргам, развернутым на улицах Нью-Йорка, картонным гробам Эквадора, русскому азарту в подсчете жертв глупости таким образом, чтобы у нас их оказалась меньше, чем у Америки – вот всему этому мы обязаны ей, с ее зайчиками?

О. пьяно покачала головой:

– Не знаю.

– Что не знаешь?

– Это вышло из-под моего контроля. Извини!

Она отрыгнула и потянулась за бокалом:

– Наливай!

24 февраля

То, что в результате потепления потекла сибирская вечная мерзлота – это, конечно, пугает, но то, что потекли мозги – это сумерки сознания.

Глупость – героиня нашего времени.

В отличие от тупости, глупость неуловима. Ее нет, но она есть.

Глупость прет со всех сторон.

А что, разве раньше было не так? Было меньше глупости?

Не меньше, но глупость в наши дни переродилась. На наших глазах триумфальное шествие глупости по планете превратилось в смертоносную болезнь, схожую со стародавней чумой или спидом, или, наконец, ковидом. Что еще? Испанка, унесшая в 1918-20 годах 50 миллионов жизней....

С чего все началось?

Не знаю. Мы все, признаться, любим глупость. Но по-разному. Либеральный язык запрещает критический разговор о глупости. Кто я такой, чтобы считать другого дураком, а уж тем более другую – дурой!

Таким образом, дураки исчезли в Европе, чтобы вернуться в нее смертельной эпидемией.

А у нас во дворе, в родном царстве-государстве мы слились с глупостью, смешав ее с заматерелой ордынской жестью, и под управлением Ивана-дурака Москва одомашнила понятие глупости.

У нас глупости, Балуев, болтаются между ног.

Но я и сам стал уступать глупости шаг за шагом. Из молодого оловянного солдатика я постепенно превратился в оазис терпимости. Любая глупость начинается с твоей собственной. В этом состоянии и настигла меня мировая эпидемия.

40. **МОЯ КРАСНАЯ ПЛОЩАДЬ**

Моя полногрудая анти-жена Шурочка вчера вечером объявила себя Красной Площадью.

– Бог с тобой, Шурочка! – вскричал я. – Ну какая же ты Красная Площадь!

– А что, не похожа?

– Нет.

– Ни капельки?

– Нет, а что?

– Приглядись получше. – И тут Шурочка объявляет вроде как дикторским голосом: – Говорит и показывает Красная Площадь!

Я принял внимательный вид.

– Вот смотри, – тоном гида сказала Шурочка, – тут у меня в подмышках засел Василий Блаженный… Видишь?

– Шурочка! – воскликнул я. – Красная Площадь – это сердце Москвы и Московской области. Не надо так про Василия Блаженного! Он же у нас, прости Господи, местный Ренессанс.

– Сам ты Ренессанс, – хмыкнула Шурочка. – Смотри дальше! Вот здесь вдоль по мне ползут танки. Видишь?

– Ну, допустим!

– Ты видишь, как их много! Ты видишь, как они ползут?

– Да. Вижу. Ползут.

– А здесь у меня лобное место.

– Шурочка! Бог с тобой!

– А я и так стыжусь, разве не видно? Ты вглядись. На моем лобном месте выставлены отрубленные головы стрельцов.

– Бедные парни!

– Я начиналась, друг мой, как большая поляна, поросшая клевером. Пустошь, по ней зайцы прыгают и ползут по-пластунски татары взять Кремль. Их видно издалека и – всё… Татарам капут!

– Ух ты! – не выдержал я.

– А как порешили татар, стала я, дорогой ты мой человек, торговкой, обросла лавками, башмаками, попами… Попы кусали калачи…

– Что ты несешь? Какие калачи?

– Попов с меня снимали и звали в домовые церкви, а те пугали: не сторгуемся – съем калача и тогда службы не будет…

– Как это?

– Подожди, опять ползут танки… Ну так вот. Обросла я лавками, попами, цирюльниками, и стали они меня стричь сверху донизу, так что волосы клочьями покатились по ветру и лезли мне вот сюда, в ротовое отверстие.

– Понял!

– А потом я начисто сгорела! – Шурочка отрыгнула. – Сгорела на хрен дотла! И тогда стали называть меня Площадь-Пожар. Или Пожарная площадь.

– Шурочка! Ты, по-моему, много на себя берешь.

– Такова моя женская участь, – скромно сказала Шурочка. – Хочешь быть моим рабом?

– Это как?

– Будешь лизать мой Исторический музей. Видишь его?

– Большой он!

– А вот здесь у меня, – Она повернулась на бок, – мавзолей Владимира Ильича. – Она похлопала себя по бедру. – Значит, будешь моим рабом?

– Лизать твой Исторический музей?

– И мавзолей будешь лизать… А дальше – отхожее место.

Внезапно Шурочка заговорила стихами:

Там вянет анус,
Руст порхает,
Француз со спичками играет,
Пожарский Минину вставляет,
Гусей Собянин погоняет…

– А тут, – она круто развернулась другой стороной, – у меня, можно сказать, целый ГУМ! Здесь я наряжаюсь, закупаю белье экзотическое, вот такое, черное… А грудь у меня похожа на ташкентские дыни. Руки загребущие… – схватила меня за горло и притянула к себе.

– Дырки завидущие… – задохнулся я. – Шурочка, кончай душить!

– Это не я душу – это *она* тебя душит!

Мое лицо стало пронзительно синим.

– А дальше отхожее место, – запричитала Шурочка, отталкивая

меня. – Чего тут только со мной ни делали! Демонстрации, похороны, вожди, чекисты, маршалы на ракетах, Гагарин с саблей на лошадях, народные гуляния, свадебные наряды, голубые елки-палки,протесты против ввода войск в эту, как ее, Прагу! А я вот лично была за ввод. Вводите на здоровье! Вводите скорее! Ах! Уже ввели… Я же – ты чё! – ириска-милитаристка! В общем, всего у меня здесь понемногу: самосожжения, парады победы, рок-концерты и, веришь, яйца в меня вбивали – куранты тикают, звезды вращаются, чувственные башни поднимают свои красненькие головки, белые салюты слепят глаза.

– Ты – площадь, – согласился я.

– Нравлюсь я тебе? Недаром зовут меня Красной!

– Ой, нравишься, очень!

– А Ваньку Блаженного хотели у меня отобрать. Каганович уже потянулся за Ванькой, а Сталин ему – положь на место! И Ванька остался со мной на века. Ванька, ты слышишь, я с тобой разговариваю! Ау, Блаженный! Не откликается! Спит в подмышках мертвецким сном!

– Да какой же он Ванька! Он же Василий…

– Ванька, Василий – без разницы! Куда он делся? Это не церковь. Это глюк. Наркотическое явление.

– Согласен. Самый психоделический храм в мире. Смесь выдавленных мозгов, сбитых сливок и коровьей лепешки – это, Шурочка, уникум.

– Уникум? Не могу на него положиться.,.

– Зато я тут, Красная площадь, – заверил я Шурочку. – Положись на меня!

– Послушник! – закряхтела Шурочка. – Я-то что? Хоть сейчас на тебя положусь.

– Ну давай!

– Я – честь и совесть нашей эпохи, пацаны! – положилась на меня Красная площадь.

– Какая эпоха, такая и честь, – почтительно захрипел я.

– Опять по мне ползут танки, – почесалась Красная Площадь.

– Не обращай внимания, Площадь! Пустяки! Пусть себе ползут.

– Сейчас я лежа отдам тебе честь! – обрадовалась моя анти-жена, вытягиваясь во всю свою длину и блестя дождливой брусчаткой.

– Что ты! Что ты! – замахал я руками. – Оставь, Шурочка, свою честь при себе!

41. ОТ ПЕРВОГО ЛИЦА. ВЕЛИКИЙ ГОПНИК ВПАДАЕТ В ДЕТСТВО

– Давай поиграем в нищету, – сказал я.

Это была моя любимая игра. Мой немецкий друг Генрих Ш. знал это и не мог отказать.

– С удовольствием.

– О каком удовольствии ты говоришь? – усмехнулся я, по привычке мотнув шеей. – Это мучительная игра. Ночные прогулки с ножом в кармане, переодевания, драки, разбитые в кровь носы. Мы вернемся в мое детство. Детство не знает компромиссов. Мы будем голодать. Мечтать о банане и буханке белого хлеба.

– Годится! С удовольствием! – воскликнул Генрих.

– Без всякого удовольствия! – Я рассердился на друга. – Мы подвергнемся всем бедам моего детства. Переживем его снова.

Я сглотнул, ослабил узел галстука, задрав подбородок и сильно вращая головой.

– Хочу… – возбудился Генрих. – Я хочу нырнуть в твое несчастное детство. Я и сам-то был простым парнем из рабочей семьи…

– Все равно вы жили лучше. – Гримаса перекосила мое лицо. – Мы вас раздолбали в войну, а вы все равно жили лучше нас, победителей! Американцы вас кормили! А мы…

Генрих смущенно захохотал.

– Мне тоже было нелегко, – признался он с красным, отсмеявшимся лицом. – Но как ты восстановишь детство? Впрочем, ты всё можешь. Ты – маг и волшебник!

– Мне все можно, – кивнул я. – В этом-то вся и беда. Потому и тянет в детство, где всё было под запретом. Мы отправимся с тобой в Петербург. СБП оцепила весь район. Это будет сценой нашего спектакля.

Актер занес руку и остановился в смущении. Бить или не бить?

– Стоп! – заорал я. – Ты неправильно играешь! Детство не знает компромиссов. Бей меня сильнее. Бей!

Здоровенный актер изо всей силы ударил меня. Я пытался защищаться. Я завопил на весь двор тонким голоском, но никто даже не высунулся из окна. А кто мог, собственно, высунуться? В этом серо-желтом дворе, где серая краска стен в разводах дождей переходила в желтую, а желтая – в серую, где углы домов и подворотни глумливо выглядели обветшалым кубизмом, стояла звенящая тишина.

И только где-то высоко в темном небе тарахтел полицейский вертолет-надсмотрщик.

Всех жильцов по случаю игры выселили из квартир, и кто там притаился в опустевших комнатах, СБП или крысы, никто не знал. Впрочем, в некоторых окнах за занавесками для правдоподобия горел тусклый свет.

Актер колошматил меня со страшной силой. Генрих не выдержал, выскочил из подъезда, откуда через окно он наблюдал мое детство, бросился на помощь:

– Нельзя так сильно бить! – закричал он актеру с сильным от волнения акцентом, прижимая руки к груди. – Вы испортите лицо моему русскому другу!

Актер с недоумением глянул на Генриха и, бесцеремонно оттолкнув немца, продолжал уже с видимым удовольствием лупить меня.

– Я вызову полицию! – завопил Генрих, шаря по карманам в поисках мобильного телефона.

– Не порти мне детство! – заорал я на него. – Иди в подъезд!

Генрих повиновался.

– Ну что ты остановился? – обратился я к здоровенному актеру. – Бей!

Актер примерился и мощным ударом сбил меня с ног. Я грохнулся на землю, подняв столп пыли.

– Молодец! – сказал я актеру, очухавшись, поднимая голову и вытирая кровь. – Тянешь на Госпремию. Так... Кто там следующий?

Вместо ответа в темном дворе появилась пара: он и она. Уныло переругиваясь, они шли довольно быстро усталым шагом, желая поскорее добраться до дома и рухнуть. Он был какой-то ущербный, ему не хватало то ли глаза, то ли уха, как у Ван-Гога, то ли руки, то ли ноги, хотя все у него вроде было на месте. Она несла ведро, в котором лежала серая, мокрая тряпка, как будто облезлая плоть речного поверженного монстра.

– Ты все мои деньги просаживаешь на свои гребанные лекарства, – сказала она мужу, останавливаясь возле меня, лежащего в пыли. – Мне надоело мыть подъезды ради твоих червивых потрохов!

– Чего ты несешь! – обозлился отец. – Я скоро вылечусь, вот увидишь...

– Скоро! Не верю! – Она поставила ведро на землю и закрыла лицо руками. – Хоть бы ты сдох!

Отец пожал плечами:

– Придет время, сдохну, – примирительно сказал он.

– А ты чего тут разлегся? – вдруг разглядела меня мать. – Опять побили? Ну почему всем нравится тебя, сопливого придурка, бить? Иди домой!

Я не отозвался. Я почувствовал родной резкий запах материнского пота, и мне стало сладко.

– Не хочешь, можешь не приходить!

Она решительно дернула ведро за скрипучую ручку и двинулась дальше. Отец поспешил за ней.

Я поднялся на локте, посмотрел родителям вслед.

– Как живые… – вздохнул я. – Введите девчонку! Ольку! Пусть меня утешает.

– Любовная сцена, – возвестил на весь двор невидимый громкоговоритель.

В темный двор вбежала девушка, в которую я был когда-то влюблен. Она подошла ко мне, присмотрелась.

– Приветик! Ты чего тут валяешься?

– Здорово! Меня побили, – я шмыгнул носом.

– За что? – резко присела рядом Олька.

Она так резко присела, взмахнув легким платьем, что у нее между ног открылась белая полоска трусов, которая ярко сверкнула в темноте двора. Я заморгал от видения, шумно вздохнул:

– За что? За что? – передразнил я Ольку. – За то, что я маленький!

– Ну да, ты – Окурок! – согласилась она. – Но это еще не повод… – Она вдруг резко вскочила на ноги. – Ты чего уставился? Трусов что ли не видел?

– Трусы-то я может быть видел, – Я утерся ладонью. – А вот что там дальше, никогда.

– Показать? – с вызовом спросила Олька. – Трусы у меня импортные. Польские! – с гордостью добавила она.

– Покажи польские, – неожиданно сказал я толстым голосом. – Пожалуйста…

Я редко употреблял слово «пожалуйста», но тут вставил.

– Что, правда, показать? – Олька задрала платье.

Белые трусы ударили мне в глаза, как будто луч маяка в Кронштадте. Я весь напрягся. Олька была красивая, рослая. Тут снова из подъезда выпрыгнул Генрих:

– Я тоже хочу посмотреть!

Олька задумалась.

– Нет! – вдруг жестко сказала она, не обращая внимания на немца. –

Ничего я тебе не буду показывать! Пусть тебе Валька показывает. Она всем у нас во дворе пацанам показывает за эскимо на палочке!

– Но Валька-поганка… она некрасивая!

– А ты думаешь, сам красивый? Урод!

– Не переходи на личности! – вдруг взвизгнул я. Слышать о себе как об уроде мне было невмоготу. – Хватит! Следующая сцена!

Олька гордой походкой ушла со двора. Генрих тихонько ретировался в подъезд.

– Перестаралась! – я посмотрел ей в спину. – Кто она такая?

– Мегазвезда! – подлетел ко мне на всё готовый пресс-секретарь Чучуев. – Играет в модных телесериалах.

– Пизда! – поморщился я. – Отправь ее… куда подальше… на Сахалин! Следующий номер! Нет, стоп, перерыв!

Ко мне бросилась медсестра промыть раны, но я отмахнулся. На дворе накрыли походный стол, чтобы я перекусил. Я сел на складной стул, позвал Генриха, и оглянулся. Два официанта в белых смокингах несли во двор два серебряных подноса. Не успели они разлить по чашкам горячий чай, как я зарычал на них, брезгливо отталкивая от себя тарелки с бутербродами.

– Вы чего? Какую еще черную икру! Какой такой салат из камчатского краба! Издеваетесь! Разве я так ел в детстве! Несите гороховый суп! Картошку отварную, краюху хлеба без масла. Ясно?

Генрих поразился моей приверженности правде детства. Мы съели по тарелке горячего горохового супа, отрыгнули, трескуче, подражая русскому морозу, перднули и рассмеялись.

– Перерыв закончен, – снова перднул я, хлопая в ладоши. – Следующий номер!

– Следующий номер: мочилово! – торжественным голосом вякнул невидимый громкоговоритель.

– Мочилово? Это что? – не понял Генрих.

– Увидишь! – Я напустил туману.

– А куда делась по жизни эта Олька? – поинтересовался Генрих. – Она дала тебе в конце концов?

– Ни хуя, – помрачнел я. – Вышла замуж за какого-то мудака. Живет где-то на рабочей окраине. Перебивается с хлеба на воду. А могла быть, дура, реально звездой первой величины!

Официанты спешно уносили посуду и стулья.

– Удачи! – Генрих хлопнул меня по плечу, тоже перднул трескуче и поспешил в подъезд.

– Актеров сюда! – Я снова захлопал в ладоши.

Возникло замешательство.

– Всех? – спросил невидимый громкоговоритель.

– Почему всех? Тех, кто будет играть в следующей сцене!

Во двор быстрой деловой походкой вошли несколько молодых актеров лучших московских театров. Они уже были одеты в костюмы дворовых хулиганов, но, поскольку еще не вступили в роль, держались с элегантным достоинством успешных, востребованныхартистов.

– Вот что, ребята, – заговорщически тихо сказал им я… – Ну привет! Рад видеть, – я похлопал по плечу, выделяя из группы, своего любимца, вихрастого актера. – Значит так. Эту сцену играем на предельном реализме. Никаких актерских понтов. Вы – волчата, которые превращаются на глазах в молодых и сильных волков. Здесь выковываются ваши ценности. Мои – тоже. Понятно?

– Понятно! – тихим хором ответили актеры.

– Ну давайте! – вдохновляющим голосом сказал я.

Актеры разбежались, чтобы занять невидимые стратегические позиции в глубине двора. Через минуту в подворотню зашел мужчина в простом черном костюме с папиросой во рту. У него был вид человека, который зашел пописать в чужой двор. Но я не дал ему пописать.

– Дяденька, – сказал я противно просящим голосом, – дайте папиросу. Курить хочется!

Прохожий удивился.

– Сколько тебе лет? – хмуро спросил он.

– Сколько надо, – хмуро ответил я с нагловатой улыбочкой.

Мужчина бросил взгляд на низкорослого паренька и решил, что я не опасен.

– Отстань! Дай поссать! – отмахнулся он.

– Не хотите дать папиросу, дайте двадцать копеек!

– Чего? – снова нахмурился мужчина. – У меня нет мелочи.

Тут следовал коронный номер городской шпаны, который я особенно любил.

– Как нет? – занедоумевал я. – Не верю. А вы попрыгайте! –И подошел к нему впритык.

– Чего?

Мужчина даже не сразу понял, чего хочет от него пацан. А когда понял, рассердился не на шутку.

– Да пошел ты! – рявкнул он и оттолкнул меня.

Едва удержавшись на ногах, я набросился на мужика с кулаками.

Тот удивился. Схватил меня за шкирку, тряханул и бросил на землю. Я хотел было подняться, но прохожий уложил меня снова ударом ноги.

Я лежал в пыли, а прохожий справлял нужду. Вдруг я вскочил на ноги, заложил два пальца в рот и свистнул на всю округу. Прохожий еще не успел застегнуть штаны, как во дворе собрались пять рослых хулиганов в кепках. У одних кепки повернуты козырьком вперед, у других – назад, но лица у всех одинаково недовольные.

– Ты чего парня обижаешь? – спросил вихрастый хулиган.

– А чего он ко мне пристал?! – еще спокойным, но уже выдающий внутреннее беспокойство голосом спросил прохожий.

– Ты к нему приставал? – обратился ко мне другой хулиган.

Прохожий сделал попытку уйти; ему преградили дорогу:

– Ты куда?

– Я к нему не приставал, – честным голосом сказал я. – Просто папиросу попросил.

– И он тебя за это стал бить?

– Подождите! – вскричал прохожий.

– Мы подождем, – издевательски мягко сказал еще один хулиган, в кепке с козырьком назад. – Ну, говори!

– Он меня заставлял попрыгать…

– Зачем?

– Чтобы проверить, не звенят ли у меня монеты в карманах…

Общий смех, похожий скорее на хрюканье кабанов, был ему ответом.

– Чего вы смеетесь? Я правду говорю! – прохожий полез в карман, достал пачку папирос. – Угощайтесь!

Хулиганы задумались. С одной стороны, они хотели курить, папиросы были хорошие, и этим можно было ограничиться. Но кураж брал свое. Они вырвали у прохожего из рук пачку «Беломора» и закурили от зажигалки.

– Ну в общем это, я пошел, – примирительно сказал прохожий.

– Ага! Пошел! – сказал вихрастый хулиган, который очевидно был главарем. – А кто платить будет? Пушкин?

– Чего платить-то?

– Десяточка за выход, – сказал вихрастый.

– У меня нет таких денег!

– А ты не груби, понял?

Хулиганы обступили прохожего.

– Ребята, вы чего, – уже плачущим голосом спросил прохожий.

– Чего-чего? Ничего! – сказал вихрастый свою коронную фразу. – Деньги гони.

Прохожий оглянулся. До подворотни было недалеко. «Если вырваться и выбежать на улицу – там они уже ничего со мной не сделают», – подумал прохожий.

Он сделал вид, что роется по карманам в поисках денег, но неожиданно высвободил руки и, резко оттолкнув двух парней, которые загораживали ему проход, бросился бежать в сторону улицы. Хулиганы с гиканьем рванули за ним. Подножка! Он грохнулся на землю, пополз на четвереньках, хотел подняться – его сбили с ног. Тогда он с неожиданной ловкостью перевернулся, оттолкнулся от земли и врезал парню, который собрался ударить его ногой. Парень упал, но тут блеснул нож, круг сомкнулся, а когда разомкнулся, прохожий уже лежал на земле, и у него из шеи хлестала кровь.

– Полундра! – крикнул вихрастый, и хулиганы в миг растворились во внутренностях двора, оставив на земле дергающегося в судорогах мужчину. Я тоже убежал вместе с ними.

Когда через некоторое время я вернулся, прохожий уже не дергался. Санитары клали тело на носилки. Генрих пугливо вышел из подъезда.

– Ну чего, – усмехнулся я. – Весело тебе было?

– Да! – Генрих восхищенно развел руками.

– Вот так мы и жили… – уточнил я. – Актеры играли неплохо.

– Слушай! – изумился Генрих. – А парня-то реально убили?

Я посмотрел на него, как на дурака, и рассмеялся:

– Детство не знает компромиссов. Есть хочется! Поехали!

Роскошная черная немецкая машина медленно вползала в обшарпанный двор.

42. **ГЛАВНАЯ РУССКАЯ СКАЗКА**

Мы состоим из своего детства, и, если с самого начала начинены поражением, из нас не выйдет успешных людей. А если выйдет, то гниль все равно сохранится, как в стволе осины. Лучшие революционеры состоят из дворян, а лучшие дворяне состоят из подвига счастливого детства, которое хочется бескорыстно предоставить всем вокруг.

Мы же все вышли из сказки «Колобок» – страшной трагедии вольнолюбивой души, и нам приходится продираться к свету через детский триллер.

Я вновь вхожу в тему Колобка благодаря моей маленькой дочке. Все близкие несут книжки о Колобке. С шести месяцев Марианна получает солидную дозу мультфильмов об этом создании. Мы смотрим в основном мультик 2012 года (режиссер Эдуард Назаров) – в нем со вкусом прорисована беда Колобка.

Мы (большинство) начинаем жить с выживания. Колобок – как некогда пицца – изделие из остатков. Из остатков разной муки, фактически из отбросов. Но даже на этот сомнительный кулинарный продукт у стариков не хватает нищенских ингредиентов. Мы начинаем жизнь с непонятного слова «сусеки», по которым надо «поскрести». Это ящики для муки. Бабка в ужасе от предложения испечь Колобок.

Однако радость по случаю испеченного наконец Колобка не знает границ. Впрочем, она очень короткая, как многие русские радости. Колобок бежит. Этот оживший комок души и сознания бежит от неминуемой смерти. И когда старики переживают его потерю, текст становится предельно мутным. То ли они жалеют, что остались голодными, то ли они уже проявляют к Колобку родственные чувства и беспокоятся о пропаже. Но даже в последнем случае это напоминает любовь к поросенку в крестьянском хозяйстве, который забавен, но его все равно съедят.

Главная беда нашего воспитания – его отсутствие. Дед и баба могут нас усыновить, но не просветить, пожалеть, но не научить. Множество вариаций сказки – советских и постсоветских – изображают эту историю как невинный, погремушечный рассказ о том, как никто ничего не понял, что происходит. Все герои такие веселые, жизнерадостные, и лучезарная Лиса с добрым лицом съедает Колобка ему же на благо.

А на самом деле… Поведение бабки и деда – архетип нищенской семейной жизни, где акценты смещены, любовь и голод связаны между собой, и бегство Колобка – его единственное спасение. Он выходит в большой мир. Он свободен. Начинает с нуля, но внутренне готов к успеху, стартап прирожденного бизнесмена.

Он побеждает Зайца, который в сказке исполняет роль простого народа. Заяц наскакивает на Колобка, не рассчитав свои возможности. Он любит культ силы, он любит пожрать, но он трусоват, глуповат, бестолков и простодушен. Колобок вешает ему лапшу на уши, призывая выслушать песенку. А эта песенка – текст сотворения, то есть рассказ о собственной жизни – любимый жанр попутчиков в поезде. Песенка завораживает, делает певца партнером, спутником, собутыльником, и в нужный момент Колобок, одурманив народного Зайца, скрывается, как ловкий предприниматель.

Колобок катится дальше, уже уверенный в своих силах. Некоторые исследователи Колобка считают, что раз он катится, то – по наклонной. Это не так. Он катится скорее по восходящей, набираясь опыта. Перед ним большое будущее… Есть и такие исследователи Колобка, которые недоумевают, как это он движется без рук, без ног. Ведь его американский аналог, Пшеничный Человек, имеет конечности и вообще похож на блин. Странно, однако, что такие знатоки не задаются вопросом, почему в сказке разные животные говорят человеческим языком и кто их этому обучил. Колобок – душа мира, он может катиться как ему вздумается.

Волк (мультик 2012 года) предстает перед ним хамом. Грядущий хам Мережковского в него как раз и вселился. Это гибридное существо русской истории: бандит, уголовник, садист, силовик, чиновник средней руки, налоговый инспектор. Борьба с Волком принимает серьезный характер. Против хама нет приема – мы все это знаем. Для него Колобок – еда. И больше ничего. Как для инспектора ГИБДД – денежный водитель. Колобок сам по себе – взятка в чистом виде.

Но как умелый водитель заговорит инспектора, так и Колобок заговорил Волка песенкой, сделал несколько отвлекающих маневров и – был таков! Волк разъярился, как обманутый чиновник, но делать было нечего.

Итак, Колобок победил простой народ и бандитов – ему пора уже открывать малый или средний бизнес.

Он катится дальше. В мультике Колобок еще и эстет. Восхищение красивым миром толкает его к побегу от уже, казалось бы, усыновивших его родителей. Колобок – плод их последней любви, предельное эротическое достижение – но такая эстетика набрасывает цензурную тряпку на подлинную трагедию. Колобок имеет скорее вкус к жизни вообще, чем эстетическую первопричину эскапизма, и потому готов биться дальше.

Хроническая метафора российского государства, Медведь силен и потому прав. Такой же беспредельщик, как и волк, но только под охраной закона. По сути, диктатор. Вступив с ним в бой, Колобок прикидывается скорее актером, клоуном, чем равноправным собеседником. Его песенка принимает в глазах Медведя комический характер. Медведь раздумывает, как с ним поступить: сразу съесть или пусть еще попоет, и именно в эту тяжелую для его мутного разума минуту Колобок сбегает.

Теперь он уже может выступить как конструктор крупного бизнеса.

Он обыграл государство и если оно все равно когда-нибудь его съест, то уже не вдруг.

Беда приходит с неожиданной стороны, хотя на самом деле это как раз та самая сторона, которая угрожает всем успешных людям: и крупному бизнесу, и знаменитому писателю, и выдающемуся режиссеру.

Эта беда воплотилась в Лису-Красу – обворожительный образ сказки. Конечно, ее можно «прочитать» как образ красавицы, которая разрушает жизнь богатого и славного мужа. Но Колобок все-таки не успел жениться на Лисе. Она просто оказалась другой – из неизвестной жизни.

До этого звери были нашими – Лиса не наша. Она – иностранный агент. Выпускница Гарварда. Она технологически сильнее и более продвинута, чем Колобок. Она – это smart war по сравнению с армией в портянках, английский флот железных кораблей по сравнению с российскими деревянными морскими посудинами в Крымскую войну 1850-х годов. Она мобильна, умна, хотя для нас она видится хитрой. Мы таких можем удушить, но не можем с ними конкурировать.

Песенка (примитивная) Колобка впервые не производит никакого воздействия на слушателя, однако Лиса умело включает тщеславную тему. Она объявляет ее гениальной.

В оригинальной сказке Афанасьева подчеркивается, что Колобок «сдуру» садится ей на мордочку – здесь явная ущербность Колобка по сравнению с развитой цивилизацией. Колобок не стал олигархом – его обанкротила и сожрала более умная фирма.

В наше национальное сознание, которое любит придурков, а Колобок отчасти именно придурок (хотя в сравнении с Зайцем он – философ), с самого детства заложено предубеждение против высокой и сложной цивилизации. Нам бы что попроще, нам бы своих зверей обыграть. Мы любим все опрощать.

Нет, конечно, и родной Медведь может сожрать нас вместе с Колобком – он может жрать нас до бесконечности, и все равно будет наш, несмотря на палачество. А вот огненная Лиса-Краса всегда будет загонять нас в медвежий угол, и единственно возможный способ ее озадачить – это стать мировым хулиганом.

Великим Гопником.

Есть и более радикальный выход. Лиса может проглотить Колобка и отравиться. Для этого Колобок должен стать отравой. Тогда оба погибнут, как при атомной войне. Но в такой финал не хочется верить.

Трудно быть Колобком.

43. **ВЕЛИКИЙ ГОПНИК И Я. НАША ВСТРЕЧА В ПАРИЖЕ**

Что бы я потерял и что – приобрел, подчиняясь различным оттенкам совести? Ведь меня с легкостью поддержала бы моя семья, антижена Шурочка, сомневаясь в понятиях порядочный-непорядочный, нервно скучая в трясине безденежья, да и моим читателям, особенно на Западе, был бы занятен мой зигзаг – кто-то бы осудил, а кто-то бы даже сказал: ух, круто!

Главное осуждение я бы схлопотал от тех, кто уже уехал или кто мне самому кажется одномерным животным, у которого за душой нет ничего, кроме инакомыслия.

В Париже был обычный мартовский книжный Салон, где наша скромная страна была главным гостем. Под это дело парижские издатели издали мою новую книгу.

Президент Франции пригласил наших писателей к себе во дворец. С тех пор они почти все вымерли – жизнь не шутит с людьми.

Мне заранее сказали, что президент Франции взялся в своем дворце презентовать именно мою книгу – ну хорошо…

Я получил приглашение на очень толстой картонке, взял такси и приехал ко дворцу Президента. Дворец – кто не знает – возле Елисейских Полей. Парижский таксист совсем не удивился, что я еду к Президенту, а мои французские издатели даже не обрадовались, что Президент будет на камеры говорить на всю страну о моей книге. Вот такие они странные люди.

Я вошел. Наши с тех пор уже вымершие шестидесятники держались скученно и пили коктейли. Вид у них был потрепанный, но нарядный. Президента не было – он должен был сойти к нам громко, по-президентски. Тут кто-то сказал: Великий Гопник тоже будет – его не пустили в здание Книжного Салона, не могли обеспечить безопасность, и он направляется к нам.

Люди из протокола решили нас выстроить в один ряд, но потом поняли, что они все-таки французы, и писателей в ряд не ставят. Нас просто сгруппировали, и стража сделала строгие лица.

Через минуту в зал бодрым шагом вошел долговязый и длиннорукий Президент Франции и его низкий друг, наш Великий Гопник. Они шли, нет, просто летели президентским маршем к трибуне – со стороны это выглядело диковинно. Вдруг я поймал на себе взгляд Великого Гопника. Он едва поспевал за долговязым, но с меня не спускал своих многоопытных глаз. Потом, словно одумавшись, он сбросил меня глазами, как пацаны сбрасывают пальцами выделения из носа.

Я был в недоумении. Мы не были с ним знакомы лично. Правда, напомню, первый раз я его видел в Кремле на праздновании христианского юбилея – 2000 лет. Он стоял на сцене неуклюже, припав на одну ногу – так стояли по всей стране капитаны дорожной милиции в ожидании нарушителей правил. И они появились. Сколько нарушителей спокойствия России он отловил уже на президентской дороге, от олигархов до Навального и его команды! Но тогда мы не познакомились.

Правда, года три до парижской встречи, как вы знаете, я написал ему открытое письмо, довольно резкое, хотя в пределах возможного.

Великий Гопник мне на письмо не ответил, да я и не рассчитывал на ответ. Он только как-то вскользь сказал на очередной пресс-конференции, что это дело между молодежной организацией и нами. Сотня тысяч против меня и Балуева. При этом уже в соответствующем издательстве начались обыски.

Вдруг всё, как в сказке, изменилось. Великий Гопник вызвал к себе в кабинет соответствующего министра и сказал, не глядя в лицо:

– Ты зачем писателей в тюрьму сажаешь?

– Я? – изумился перепуганный министр.

Он остался стоять на ногах – ему не предложили сесть. Но он все равно был счастлив. Он до этого ни разу не был в кабинете начальника. Тет-а-тет с богом. Тогда еще сохранялись иллюзии. Тот же министр говорил мне, возмущаясь «Идущими вместе», что, если меня за книги потащат в суд, он придет самолично и – он хлопнул пальцами об стол – дело с концом. Иллюзии еще долго сохранялись, таяли, но сохранялись, сохранялись и тут же таяли, как снег в январском Крыму.

– Иди! – усмехнулся Великий Гопник, не глядя на министра и продолжая что-то писать. – И писателей – понял? – в тюрьму не сажай!

Министр жутко обрадовался такому причудливому сталинскому нарративу. Возможно, именно в тот момент начальник впервые мистически слился с Маленьким Ночным Сталиным. Ведь тот на сей раз не отправился в Кремль, но прямиком устремился в наши души (игра слов, как вы догадались, с душем в родительской ванной комнате, да и с набоковской интонацией – правда, тогда не было горячей воды).

Министр подпрыгнул, как большой детский мяч, и покатился к генпрокурору. Обыски прекратились. Книжками перестали швыряться. Пьяный в доску министр рассказал мне чуть позже в Петербурге на юбилейном ужине телеканала «Культура» об этом чуде.У меня тогда еще не запретили «Апокриф» – руководительница канала, строго-милейшая Танечка П., довольно долго *отбивала* меня, сердилась, дулась, ругалась множество раз со мной по телефону, но программа о человеческих ценностях с толковыми гостями шла и шла, до 2011 года, когда ее прихлопнули на самом верху.

Но вернемся к письму. Это был уникальный для царствия случай, когда «либеральное» письмо оказало правильное воздействие.

Наверно, поэтому *он* меня и запомнил.

Французский Президент ловко вскочил на трибуну и стал, жестикулируя и радуясь себе, красноречиво рассказывать, как он любит русскую литературу.

Его русский друг в своей речи о любви к французской литературе был затруднен в словах. Он назвал Бальзака и через паузу Дюма. Все принялись хлопать, чтобы его поддержать, чем окончательно выбили из его головы фамилии французских литераторов. Он замолк и спрыгнул с трибуны, как кузнечик. Случайный кузнечик. Все гопники – случайные люди. Мы все в России случайные люди. И я тоже совсем случайный человек.

В это время Президент Франции подозвал меня: он сейчас скажет пару слов о моей книге на камеры. Там стоял целый взвод французских телекамер. Он попросил меня тоже что-то сказать, раз уж я говорю по-французски. Мы заговорили о моем отце, советском дипломате, которого Президент когда-то знал. Всё это было довольно мило, но у президентов, как правило, мало времени, и он стал на весь зал звать по имени нашего Великого Гопника.

Тот не откликался. Он увидел, что Президент Франции стоит со мной и не захотел к нам идти. Но когда Президент Франции в третий раз выкрикнул его имя, он громко сказал:

– Я иду, господин Президент!

«Ничего себе, – подумал я, – француз к нему по имени, а наш к французу – господин Президент!»

Наконец, Великий Гопник подошел к нам и стал рядом, в полном отчуждении. В сущности, я был для него тем неприятным случаем, когда он вынужден был отступить, а гопники, тем более великие, не отступают, своих ошибок не признают.

Он расставил ноги, спрятал за спину руки и выглядел как *телохранитель самого себя*. По-моему, он охранял бурлящее кладбище своих комплексов. Мы с Президентом Франции перекинулись еще парой слов, и тут наш Великий Гопник сказал, метнув взгляд в мою сторону, – сказал то, что я не могу забыть и сейчас. Он произнес хмуро и отчетливо:

– Почему вы с ним говорите по-французски?

Я охренел. Я всего мог ожидать, но только не этого. Охреневший, я ответил, не скрывая своего охренения: – Но он же ПрезидентФранции!

В самом деле! На каком языке я должен был разговаривать с Президентом Франции? Но *наш*, видимо, посчитал, что, как только он встал рядом с нами, мы принялись обсуждать его физические и моральные недостатки. «Ты посмотри, – говорил мне Президент Франции по-французски, – нет, ты только глянь на него…» – «Ой, не говори!» – горестно качал я головой.

Тут подскочили официальные переводчики. Президент Франции быстро сказал теплые слова о моей книге, я быстро что-то ответил, Великий Гопник не сказал ничего, но мы все пожали друг другу руки.

Вечером того же дня мне позвонили из моего московского гаража и попросили достать денег на его ремонт. Я удивился просьбе. На что директор гаража сказал:

– Мы всё видели!

– Что вы видели?

– Мы видели, *кто* вам жал руку по телевизору… Теперь вам никто не откажет!

В Елисейском Дворце на нашем рукопожатии история не прекратилась. Все повалили в сад сделать на широких ступенях общую фотографию. Когда сейчас смотришь на нее, видишь, что предыдущее поколение писателей вымерло, а нового не народилось – одни разрозненные люди.

После коллективной фотографии ее участники вдохновились единством места и действия и вышли в зал уже в расслабленном состоянии посторгазма-катарсиса. Время приема стремительно истекало, коктейли исчезли, гости двинулись через зал к выходу.

Я тоже – к выходу, и тут смотрю: мимо меня решительным шагом проходит наш низкий Великий Гопник, опережает меня, разворачивается и… Встань передо мной, как лист перед травой! Перекрывает мне дорогу. Я буквально чуть не наскочил на него, едва затормозил, стою, молчу.

А свита, большая отечественная свита, окружила нас. На приличном все-таки расстоянии остановилась свита как вкопанная, и я слышу шепот:

– Он его реабилитировал.

Слушайте, да я и не знал тогда, что нуждаюсь в реабилитации! Времена-то еще казались воздушными, но свита знала, куда дуетветер.

Я понимал, что, если он молчит, значит ждет в соответствии со своим статусом, чтобы я первым начал. В те далекие времена уже много было наломано дров, и говорить нужно было, собственно, об этом... Я с первой минуты был против его правления. В сущности, это был мент. Если не хуже.

Я промолчал еще несколько секунд и тут до меня дошло, нет, не взаимопонимания он хочет, он хочет большего, он меня вербует: нанимает в сообщники, ведь я вот с Президентом Франции в ладах, и ему бы пригодился даже не придворный, а *государственный писатель*, который бы мог летать по международной арене, как дирижер такой-то (кстати, классный дирижер!) или как режиссер такой-то (Великий Гопник сказал на его похоронах, что тот в его – так и хочется поставить здесь *храбром* – сердце пребудет навеки). А сочинители? Есть, конечно, кое-какие жополизы, но не международная эта сволочь, а так – дворовая, как он сам.

Понимая, что больше молчать нельзя, а сказать-то, собственно, нечего, я обратился к Великому Гопнику, отчетливо заявив, что у нас в стране есть проблема с народной сказкой «Колобок»:

– У меня маленькая дочь, – сказал я, – и «Колобок» – первая сказка, какую я ей читаю.

Великий Гопник слушал меня внимательно.

– И каждый человек у нас в стране читает «Колобка» своим детям в первую очередь. И что получается? А то, что это трагическая сказка. Колобок гибнет. Причем, – бесславно. Русский человек на всю жизнь остается от этого с травмой.

Великий Гопник недоверчиво склонил голову налево:

– Вы серьезно?

– Еще бы! Что происходит с нашим русским Колобком? Дед с бабкой, нищие, со своими пустыми сусеками, его не уберегли. Плохой зачин. Он достался нам от тяжелых народных переживаний татаро-монгольского ига. Что дальше? Дальше Колобок выходит на большую дорогу своей коротенькой жизни. Он смог обхитрить бесхитростных зверей. Ну кто не обхитрит зайца? Или волка, или медведя? Это наше зверьё! А вот лиса! Умная, коварная – она кто? Она –иностранный агент. Она – это сам Запад! Запад, который ест нашего Колобка – и отсюда все наши пожизненные беды…

Великий Гопник смерил меня небольшими глазами, полными

прохлады, беспокойства и понимания: такое может нести только *наш* человек, а Лиса и в самом деле похожа на Запад, и нечего детей учить черт знает чему…

– Напишите мне еще одно письмо! – резко сказал он мне, и я почувствовал, что вот он – мой главный жизненный шанс!

Ведь он вспомнил о моем первом письме, не забыл, хотя три года прошло, а сколько у него дел! Успешно воевал с олигархами! Навел порядок в Чечне! Разгромил независимое федеральное телевидение! Но прежде всего доложил своим коллегам по всеобщей разведке, что власть перешла в наши руки! Ему во всем везло. Экономически, морально, духовно, любовно, спортивно, финансово и международно… Вот это счастливчик! А теперь я буду ему писать письмо с настоятельной просьбой запретить вредную сказку«Колобок».

– Я, конечно, напишу, – сказал я. – Но как передать?

Он оглядел круг свиты и ткнул пальцем в того самого министра, который рассказал мне о чуде избавления писателей от тюрьмы:

– Через него!

Великий Гопник улыбнулся краткой улыбкой, развернулся и быстро пошел удаляться. Свита бросилась ко мне. Она ведь стояла на почтительном расстоянии и потому не слышала нашего разговора.

– О чем вы с ним? – спросил милейший министр, сам похожий на Колобка. На него-то и ткнул Великий Гопник пальцем.

Я посмотрел на всех них и сказал, ловко смущаясь:

– Это наша с ним тайна.

Все были поражены, возбуждены, все они пришли в *телячий восторг* и куда-то стали звать меня с собой. А два руководителя самых главных телеканалов – один из года в год все более скрытный либерал, а другой, наоборот, весь нараспашку консерватор и даже отчасти мракобес – остановили меня у гардероба и говорят:

– Мы краем уха услышали, что вы говорили о Колобке…

– Верно, – подтвердил я.

– Есть предложение. Сделать совместно и запустить сразу на двух каналах сериал «Маршруты Колобка». Идет?

Я радостно и дружески кивнул.

Но «Маршруты Колобка» я, как вы уже догадались, не создал. И письмо не написал. Зачем не написал? Зачем не стал *государственным писателем*, супер-Фадеевым, с миллиардными запасами долларов на оффшорах, в Панаме, с яхтой, дворцом в Монако и роскошной квартирой в Майями? Девки бегали бы за мной по пятам, лучшие девки планеты, вместе со всеми деятелями культуры! Возьми нас, трахни и выведи в космос! Я – социальный лифт, я – Горький, который пишет «Клима Самгина». Но мне даже не нужно особенно продавать мою жопу, писать хвалебную срань про канал Москва-Волга, целовать чекистов, благодарить за Соловецкую каторгу. Ну раз в год мне нужно было бы торжественно проговорить какое-нибудь *государственное вранье*! А после этого в Монако! И – выпив водки, забыть, как страшный сон. Кто знает, почему я не стал *государственным писателем*! А счастье было так возможно… Ну вот. В общем, люди, я всё просрал.

44. **СЕМЕЙКА ВИРУСОВ**

Сколько людей, столько и мнений. Особенно когда ясно, что ничего не ясно. Несмотря на эпидемию глупости, родные моей анти-жены Шурочки («Я – Саша, – порой вспыхивала гордая анти-жена, – не называй меня Шурочкой!») решили все-таки собраться всей семьей, потому что у дедушки Шурочки не вовремя случился полуюбилей – 95 лет.

Мы с Шурочкой сначала думали, что Федор Петрович отменит празднование из-за осторожности. Но он, наоборот, выразил мнение, что нужно собраться в семейном кругу, чтобы проявить солидарность. Солидарность так солидарность! Раз дедушка так решил, то никто из *наших* не рискнул отказаться от солидарности, потому что дедушка у *нас* все-таки авторитет, в хорошем смысле этого слова. Он столько всего в жизни страшного видел, что его не грех послушать в тяжелые времена.

Собрались у деда. Тетя Зина демонстративно пришла в *антиглупой* маске, но с цветами – чайными розами. Ее муж Виталий демонстративно принес две бутылки водки, хотя сам не пьет.

Шурочкина сестра Алена пришла с детьми, Сашей и Пашей, и все на нее накричали: зачем же детей подвергать опасности?

Приехал родственник из Тулы, Василий, потому что он отчаянный и ничего не боится. Но мы все-таки решили держаться от него подальше, не жать ему руку, потому что кто знает, как обстоят дела с глупостью в Туле и есть ли опасность ездить на электричке.

Шурочка раздала всем какие-то *антиглупые* таблетки и сказала, что *на крайняк* они помогут от глупости. Все сильно засомневались, но взяли по пачке и приняли по таблетке, запив кто чем.

«Вот это зря!» – подумал я.

Двоюродная сестра Шурочки Стася пришла со своей рыжей кошкой и со святой водой – все закричали, что кошек нам не надо в такие *глупые* времена, но от святой воды никто не отказался.

Сели за стол. На повестке дня *наше* кровное: как жить и что делать?

Несмотря на эпидемию глупости, аппетит у всех был хороший, мели все, что было на столе: салат оливье, солености, селедку с картошечкой, холодец, ветчину, – и говорили тосты за здоровье дедушки, Федора Петровича. На какое-то время полностью позабыли об эпидемии, но дед напомнил.

Дед встал с рюмкой и сказал, что по сравнению с теми войнами, которые он пережил, эпидемия глупости – это фигня, и мы ее, конечно, победим. А для того, чтобы победить, надо верить в победу. А еще надо тщательно мыть руки и также тщательно верить в себя.

Я мысленно даже про себя повторил: тщательно верить в себя!

Мы с удовольствием выпили за *нашего* разумного деда. Но целоваться не стали ни с ним, ни между собой, потому что это заразительно – начнешь целоваться, не остановишься.

Наш родственник из Тулы взял слово и сказал, что он поначалу думал, что это все устроили *америкосы*, чтобы завоевать весь мир, потому что у них есть особое подразделение силовиков, которые вообще не подчиняются даже их президенту, но теперь он склоняется к тому, что во всем виноваты китайцы.

Тут Шурочка не согласилась. Говорит, это не китайцы, а наказание Господне.

– Это одно и то же! – заявил родственник из Тулы.

Но Федор Петрович с ним не согласился. Он сказал, что раньше не верил в Бога, а когда приблизился к могиле и поверил, он понял, что Бог, он, ребята, скорее любит людей, а не подкладывает им, извините, свинью.

После этих слов деда все зашумели. У каждого оказался свой бог, свой взгляд на американцев и на эту, что называется, свинью.

Но тут Шурочка призвала всех снова к солидарности.

Не важно, сказала она, кто верит в Бога, а кто нет, кто за правительство, а кто его терпеть не может, кто ветеран, а кто просто наш дорогой родственник из Тулы – поймите! Надо перестать спорить до лучших времен! Сейчас надо внутри себя объявить военное положение и выполнять все городские предписания. Я, например, как и все мы, не люблю богатых и по своей натуре переменчива. Но я готова примириться даже с Европой. Дед не прав: эпидемия глупости – не фигня, это опасный враг, очень коварный, для кого-то даже смертельный. Я в ужасе оттого, что случилось в Италии, Испании. Друзья, давайте выпьем за их.

– Я тебя люблю! – не выдержав, закричал я антижене.

– Давайте сначала выпьем, а уж потом займемся любовью, – предложил дед.

Ну, мы выпили за Италию и за Испанию, потом выпили за американский народ, который тоже болеет, потом за Китай. За Китай Виталий, который никогда не пьет, тоже выпил, но он нам так и не сказал, почему. Потом по несколько раз мы пили за Россию, за Москву, за нашу семью. Виталий уже пил за всё – всё подряд.

К нам в комнату со всех ног ломанулась тетя Нюра – она работает уборщицей в АП Великого Гопника, там, на самом верху, и поэтому не смогла прийти вовремя – задержалась, говорит, на ответственной работе.

– Ну, давай, Петрович! – она со значением выпила полстакана и захрустела с аппетитом квашенной капустой. – В наших кругах, – поделилась она секретом, – говорят, что вирус глупости вырастили в лаборатории… вы не поверите, кто… Поляки!

– Верно! Это поляки и наши московские национал-предатели нагадили, – согласился с уборщицей захмелевший Василий.

Но тут взорвались Саша и Паша – студенты, друзья Интернета.

– Ну что вы, несчастные сталинисты, несете! – звонкими голосами вскричали они. – Давайте лучше вернемся, предки, к китайцам! Это они – угроза!

К китайцам мы, однако, уже не вернулись, зато затянули песню, не помню какую, потом проявили первую солидарность: искали все вместе куда-то сбежавшую от нашего пения рыжую кошку.

– А почему Великий Гопник ни разу не надел антиглупую маску? – спросили мы его уборщицу.

– Он выше глупости, – гордо ответила та.

– А вдруг мы все умрем? – спохватилась Шурочка.

– Да ладно тебе, – ласково замахали мы на нее всеми, что называется, руками.

Отрезвление настало неожиданно быстро. Дед подытожил семейную встречу, сказав, что он планирует дожить до 100 лет. А это значит, пережить этот гребанный вирус глупости, и он готов с шашкой наголо ее, эту глупость, рубить, рубить и рубить!

Мы все стоя зааплодировали, наши женщины даже заплакали. Шурочка – она просто рыдала! А я сам порадовался за Федора Петровича, потому что он – с шашкой наголо, он у нас оптимист!

45. **ГОЛЫЙ ПАПА**

Я никогда не видел маму голой. Тело в нашей семье было под полным запретом. Тело жило где-то глубоко под землей. Казалось, одежду в доме мы надеваем на манекены. Однако тема тела бурлила. Мама както сказала моей сестре О., что ей приятно заниматься сексом с папой в «третьем возрасте».

Да я и папу не видел голым, так, может, только раз во Франции, когда мы переодевались в мужской раздевалке после бассейна, и я увидел его голым на какую-то секунду, но больше со спины, у него такая же была небольшая попа, как и у меня, неплохая попа.

Когда папу должны были увести в больницу, в тот последний раз, мама потребовала, именно потребовала, чтобы я вымыл отца перед тем, как приедет неотложка.

Он несколько раз подряд упал в комнате – и вот его забирали. Как выяснилось, навсегда. Ему шел девяносто первый год. Я отказался. Я не буду! Мама ужасно возмутилась. Обычно мой брат Андрюша помогал ему мыться. «Я не буду». Я не хотел, чтобы в моей памяти папа остался голым в ванне.

Приехала неотложка. Папу увезли навсегда. У меня было впечатление, что он полностью израсходовал свой бензин жизни.

46. **НОЖ В СПИНУ РОССИИ**

В 2007 году Великий Гопник заканчивал второй срок своего феерического правления. Атомная подводка «Курск» уже утонула, флагману черноморского флота крейсеру «Москва» еще предстояло пойти ко дну. Было ясно, что Великий Гопник просто так власть никогда не отдаст. Но по тогдашней весьма демократичной конституции он должен был уйти из Кремля. Одни с надеждой, другие с беспокойством следили за предвыборными событиями. Никита Михалков принадлежал ко второй партии. Можно сказать, он ее возглавлял. Он мечтал о вечном Великом Гопнике – покровителе, спонсоре, поклоннике его талантов. Россия щедро одарила Никиту своей любовью. Его фильмы шли на ура. Он был первым парнем на деревне. Постепенно пределы деревни расширились. Его полюбили в Европе и в Америке, он получил множество самых крутых премий и орденов.

Я относился к нему скептически. Он был образцовым конформистом с самого рождения, пошел в своего отца, который назвал сына Никитой Сергеевичем в честь правящего тогда Хрущева. Михалковы принадлежали к тем кремлевским угодникам, кто умело, культурно, талантливо лизали жопы вождям и в качестве благодарности за оказанные услуги жили сладко, роскошно, по-барски.

Я посмотрел один из его ранних фильмов, о Гражданской войне, и увидел в режиссере ловкача, который заинтриговал советского зрителя Белой армией, но отдал, как полагается, свое конечное предпочтение Красной. Никита показался мне стопудовым компьютером старого образца, который подбирает все необходимые компоненты для успеха и обеспечивает себе триумф. Я потерял к нему интерес.

Великому Гопнику было приятно дружить с прославленным режиссером, при отблесках подмосковского костра на Николиной горе говорить с Никитой. Тот выбрал беспроигрышную позицию патриота и натренированным чутьем угадал в Великом Гопнике власть тщеславия и тщеславие власти. Он понял, куда грести, и написал Великому Гопнику открытое пламенное письмо, вместе со скульптором Зурабом Церетели (таким же лизуном), от имени и по поручению всей русской культуры с призывом идти на выборы и остаться на третий срок.

2007 год – это уже прокисшие щи либерализма, отстойные, остаточные явления свободы. На следующий год будет война с Грузией, и тот же Зураб Церетели сам попадет во враги. Но все-таки кое-что еще позволялось.

25 октября на федеральном телеканале для миллионов зрителей состоялась наша с Никитой Михалковым дуэль. Он за Великого Гопника, я – против. Модератором дуэли был журналист Соловьев, ставший впоследствии звездой кремлевской военной пропаганды. Победитель определялся телефонным голосованием зрителей.

Никита был убежден в своей победе и потому поначалу взял небрежно-дружеский тон. Мы оба пришли в студию в шарфах, повязанных на французский манер.

Это – единственное, что нас сближало.

Схватка началась не с Великого Гопника, а с православия. Михалков объявил Россию православной страной. Это был зародыш позднейшей церковной идеологии. Для меня же – ложная скрепа, которая вела нас к отрыву от остального мира, часть новой крепостной стены. Спецсмысл стены был не в православии, а в том, что мы не выдерживали конкуренции с Западом, превращались в региональную державу, теряли мировой престиж. Единственной формулой успеха был перевод западных партнеров во врагов. Нарастали оскорбления в адрес Запада. Неудавшуюся модернизацию сменила мобилизация – в сущности путь к войне. На наших глазах происходил разрыв с Европой.

Говорить о нынешней России как о реально православной стране смешно. Церковь лакейски прислуживала царскому самодержавию и дискредитировала себя. Знаменитое письмо Белинского Гоголю, за публичное чтение которого молодой Достоевский оказался на каторге, верно и сейчас: православная Церковь «всегда была опорою кнута и угодницей деспотизма».

Советы уничтожили Церковь как идеологического конкурента, а когда Сталин возродил православие в 1943 году для целей победы, Церковь стала еще более лакейской. Для простого народа православие всегда было ширмой, за которой скрывался хаос беспорядочного кругозора. Мифическому православию можно было бы противопоставить некое обновление Церкви в духе Александра Меня, но Меня убили, и не случайно.

Чувствуя, что наша дуэль приобретает теоретический характер, я нанес удар по Никите: ты сидишь на двух стульях. В России ты патриот. На Западе – шармёр. Ловец наград. Космополит. Никита взбесился, мы оставили фамильярный тон. Разговор накалился. Когда дело дошло до Великого Гопника, я припомнил «культ личности» Сталина и *лизоблядство* Никиты. Он все больше напоминал мне злого ребенка, который считал, что его все обязаны любить.

Сын весьма среднего детского писателя и автора тупого советского гимна, загипнотизированный процветающим отцом, он из детского возраста так и не вышел. И не случайно оказался в конечном счете в песочнице мракобесия. Это – игрушечный злодей, любящий шоколад славы и ласки кремлевских опекунов. В детском саду строгого режима (как обозвал нашу страну Фазиль Искандер) он исполнял роль самого любимого ребенка.

А тут ему сказали, что он ратует не за Великого Гопника, а прежде всего за себя, и ему не важно, кто президент, но важно находиться под его покровительством. Призывая президента на третий срок, Никита открывал дверь в новую эпоху «культа личности».

Результат дуэли: неожиданно прежде всего для себя, я выиграл. Я получил 90 000 голосов, Никита – 60 000.

В этом результате была, признаться, скромная надежда на то, что Россия может идти другим путем. Народ проголосовал за здравый смысл – это не могло не вдохновлять. Соловьев признался мне, что счетчик в этот раз решили не подкручивать для нужного результата: были уверены, что любимец народа победит. Роковую роль сыграло для Никиты его явное раздражение от разговора о двух стульях и *лизоблядстве*. Моя победа вышла скорее частная, чем общественная.

Но шум поднялся.

В Кремле третий по реальной значимости в стране, Ставрогин, заявил, что это *удар в спину России* перед выборами. Но его, говорят, окоротил Медведев. Для разбора полетов передачу отвезли Великому Гопнику, который в тот момент был с визитом в Португалии. Вроде бы тот не очень огорчился. Никита ему уже изрядно поднадоел.

Не знаю, насколько Великий Гопник вдумался в результаты зрительского голосования, но он предпочел взять наемного президента на следующие четыре года. Медведев, конечно, не владел и третью президентской власти. И вряд ли это он устроил войну в Грузии. Зато он выступил против Каддафи вместе с Западом, чем вызвал гнев Великого Гопника, пристроившегося *смотрящим* за президентом временным премьер-министром. Как бы ни относится к Медведеву, но его четыре года президентства были в общем-то годами отсрочки.

47. **СФИНКТЕР**

Некоторые близкие семье люди считали, что мама относится ко мне «сложно». Например, Клава, наша многолетняя домработница, которая, как я ни уговаривал ее, не пошла на мамины похороны, потому что мама обвинила ее в краже часов. Обвинить самого преданного семье человека в краже было, конечно, странно. Причем, мама при этом сказала:

– Вы напрасно думаете, что они золотые!

Часы оказались у моей младшей сестры О., которой мама поручила отдать их в ремонт. Клава отказалась идти на похороны. По телефону, когда я ее уговаривал все-таки прийти попрощаться с мамой, она призналась с горечью, что мама последние годы никогда не платила ей ни копейки за то, что она приходила ей помогать, она уже не работала домработницей, но приходила помогать, а мама не платила ей ничего, даже на метро денег не давала.

Врачи предложили положить маму в больницу подлечиться – речь шла о кишечнике. Мама и слышать не желала о больнице. Она дико кричала на меня, что я хочу ее смерти. Она была уже очень слабенькая, но упрямая. Наконец в один прекрасный день она упала и сильно ударилась о кафельную стену у себя дома в уборной. Она в тот день была одна в квартире – она провела в узкой уборной пять часов, не могла выйти. Мобильного телефона у нее с собой не было. Я приехал только к вечеру, вызвал МЧС. Двое толковых парней быстро сняли дверь с петель. Маму извлекли. На кухне парни оформляли документы – попросили у меня автограф. Мама только рукой неприязненно махнула.

Но она уже не сопротивлялась – с разбитым лицом и пораненной рукой ее на утро забрали в кунцевскую больницу. Это была суббота.

Вы знаете, не каждый человек в 91 год может наложить на себя руки. А она вот взяла и приняла в больнице девятнадцать таблеток снотворного. Ночью. Мама не зря не хотела ложиться в больницу. Хотя, между нами, все-таки зря. Она сильно похудела, сгорбилась, ходила с палочкой, потом уже с каталкой. Я съездил с ней в поликлинику на Сивцевом Вражке, врачи провели обследование, оказалось, рак легких. Но я не стал ей говорить, она так и умерла, не зная о раке.

Ее жутко раздражало, что меня в Кремлевке все узнают, от охраны до зав. отделения, что нас пропускают без очереди. Она сидела на диванчике, отвернувшись от меня, так я ее раздражал. Мне почему-то казалось, что чем больше меня узнают, тем больше я у нее отнимаю жизнь. Очевидно, она не могла простить мне, что я испортил им с папой жизнь. Но ведь я действительно испортил.

Правда, папа, который из-за меня лишился работы, ни разу не высказал своей обиды! Вы слышите, ни разу! Он даже в последнем в своей жизни интервью (для франко-немецкого телеканала Arte) на даче, он идет по саду и говорит, шурша опавшими дубовыми листьями, что я обогнал свое время. Он даже нашел в себе силы гордиться мной.

И теперь родители ко мне во сне приходят по-разному. У нас с мамой тянется какая-то бесконечная ссора, все время рождаются препирательства, недомолвки, сон зависает, не находя продолжения, а папа приходит моим заступником, ну если хотите, даже ангеломхранителем.

Сейчас, когда мама умерла, мне хочется встать на ее точку зрения и посмотреть на себя ее глазами. Она во всех острых ситуациях становилась на позицию моих врагов. Угодить было невозможно. Если я кого-то ругал отчаянно, она принимала его сторону. Если я хвалил того же человека, она начинала злиться. В конце концов я начинал понимать, что дело не в окружающем мире, а во мне, что она хочет расправиться со мной, раздавить.

Но так же поступали и мои жены. Все три с половиной жены. Что-то во мне есть такое, что бесит жен. Они быстро теряют интерес к моим успехам. Но зато начинают подмечать каждый мой промах. В ситуации безденежья мне предрекают распад, развал и катастрофу.

И только моя младшая сестра О. стояла за меня горой.

Мама бы никогда сама не легла в больницу, потому что она стеснялась. Что значит – стеснялась? То и значит. У нее долгие годы были проблемы с кишечником, она намучилась с ним, и в той же Кремлевке пошла как-то на колоноскопию – и ей что-то сделали не так, что-то резко выдернули, испортили сфинктер.

Теперь, в наши беззастенчивые дни, это мало кого бы шокировало. Теперь бы такую неполадку отнесли к неумеренным занятиям анальным сексом, основе и гордости нынешней порнографии. Господи, там только и делают, что рвут анал! Но еще не так давно все было совсем иначе. Мама и мне-то призналась про сфинктер только в глубокой старости. А раньше я и не мог понять, почему она надолго не выходит из дома.

Но однажды она призналась – нам обоим стало не по себе. Мы в нашей семье не позволяли себе откровенничать. В наших отношениях это было стопроцентным табу.

Мама задала мне загадку. Впрочем, после письма, которое она написала, прочтя «Хорошего Сталина», сомневаться не приходилось.

Письмо мамы – страшный удар. Я куда-то засунул убийственное письмо и не знаю, где искать. Но я все перерою и обязательно найду.

48. 2014-ый ГОД. МАТРЕШКИ В КАМУФЛЯЖЕ

У нас на дворе год-рентген.

У нас на дворе расцвел огненный куст: год-апокалипсис.

Мы все упивались поэмой «Москва-Петушки». Нам нравилось пьяное быдло. Нам они казались святыми. Мы считали себя ниже них. Настало время этих святых.

По ком звонит колокол? По ком воет волком русская интеллигенция?

Мы опустились на дно. Оглянулись! Соседи, родненькие, плывите к нам! Давайте жить вместе! Ну, чего вы, суки, не плывете к нам на дно?

Это можно считать рекордом Гинесса. Даже для русской истории, знакомой с разными поворотами, трудно вообразить нечто похожее. Мы чемпионы! Жить в такую пору! Этим можно гордиться.

Коленце русской истории. Мог ли я представить себе в 1979 году, делая *Метрополь*, что будет война Москва-Киев?

Спасибо власти!

Спасибо народу!

Взявшись за руки, они организовали невиданную вещь.

Кто-то кликушествует, считая, что это путь к третьей мировой войне.

Кто-то зычно кричит: позор!

А разве не понятно было?

Власть была буфером. Она и сейчас буфер. Дай народу свободные выборы, нынешнюю власть смоет волна бескомпромиссного народа. Покорением Крыма власть не отделается! Она отчитается за все нюансы.

После падения СССР власть поворачивалась к Западу масками Гайдара и Чубайса, брала в свидетели Сахарова. Но это были только маски. Настало время отвернуться от Запада, показать им наше истинное лицо, зеркальное отражение нашего зада.

После второй мировой войны освобожденные нации больше всего ненавидели своих пронемецких идеологов-пропагандистов. Многие были повешены или расстреляны.

Но у нас есть свой золотой парашют забвения. Мы очень скоро забудем о войне Москва-Киев, как бы она ни кончилась. Забудем так же, как забыли войну в Руанде. Мы всё забудем.

Мы когда-то ошибочно думали, что придет новое поколение и покается за всех, как в Германии. Пришло новое поколение. С дубиной в руках.

Спасибо Великому Гопнику. Он устроил детальный просмотр русской души. Телевизор, как рентген, показал внутренности народных страстей и желаний. Телевизор заговорил не на языке пропаганды, а на родном народном языке. Здравствуй, наш первородный расизм!

Интеллигенция стала маргинальным элементом общества. У раздробленных остатков интеллигенции опустились руки, повисли, как плети: как тут жить дальше?

Что за смешной вопрос! Как будто в первый раз! Как будто малые обидчивые дети! Вспомним послереволюционный сборник «Из глубины», состоящий в основном из веховцев. Очнулись! Стали обзывать народ «свиными рылами». И Розанов – туда же. Но «свиные рыла» были всегда по-своему последовательны. Они отрицали Европу в лице Минина и Пожарского. Они не желали освободиться от крепостного права благодаря Наполеону, они шли к Николаю Второму под знаменами и хоругвиями черной сотни, физически уничтожающей либералов.

Привыкаем жить маргинальным элементом, чужим, враждебным, как после революции.

После революции, чтобы не умереть с голоду, интеллигенция ушла в просвещение. Просветитель Горький создавал планы окультуривания России. А социально близкая народу власть воплотила проект полной грамотности населения. Благодаря общей грамотности русского человека сменил советский.

Новый этап просвещения на многие годы? Coup d'etat размером в Кремль? Заговор среднего класса? – Его не хватит и на полплощади.

Народ в восторге от запретов. Народ мечтает вспомнить молодость и встать в бесконечную очередь за лучшей в мире говенной колбасой.

Интеллигенция перетрется. Ее мелкие оппозиционные СМИ никого по-настоящему не волнуют. Если их запрещать, опять загудят «голоса» из-за кордона. Какого черта! Пусть лучше сами себя разоблачают. Уничтожить никогда не поздно. Большой террор под народные аплодисменты. Моральный террор уже в действии.

Россия подписала себе не приговор, а охранную грамоту. В этой грамоте говорится, что мы способны жить по-своему.

Мы расплачиваемся за детские комплексы и взрослые обиды Великого Гопника. Мы расплачиваемся за слабости современного Запада. Мы расплачиваемся за то, что Запад повернулся к Гопнику так, что тот увидел его продажность (Шредер) и его распущенность (Берлускони). Этот Запад вызвал, как рвоту, только презрение. Этот Запад можно перебить соплей. Кто виноват, что ему не показали другого Запада? Кто виноват, что он – не читатель? Он если и читал, то не то.

Развод по-русски. Мы вползаем в самую длинную агонию в мире. Ставим еще один рекорд Гиннеса. Как приятно, как это по-нашему: Гопнику, окруженному малой кучкой верных друзей, соратников по шашлыкам молодости, пугать всю Европу, страшить целый мир!

Они там, в своей сраной Европе, волнуются, перезваниваются, ему тоже звонят, этому Великому Гопнику, увещевают, виляют хвостами, подтаивают... Он знает, что его там не любят, зато боятся, и это хорошо. И верные друзья хохочут здоровым хохотом, заливаются, плюя на идиотские санкции, видя, как его и их вместе с ним всебоятся.

А трупы?

Трупы спрячьте! Это наша маленькая военная хитрость.

А какая война без трупов? И что они значат – эти трупы?

Вот так в Европе не скажут! И в этом их слабость.

Новость 2014 года (стара, как русский мир): мы – не европейцы! И мы этим гордимся! Мы никогда не были европейцами.

А кто мы?

Мы – матрешки в камуфляже.

Русский мир без границ. Мы все русским миром мазаны.

Матрешки победят, потому что русская душа боится смерти меньше других, меньше всех. А потому она меньше боится смерти, что она закреплена не за личностью, которая берет ответственность за жизнь, а за матрешкой, у которой нет представления о какой-то там ответственности.

Кто сказал: быдло?

Это другой распорядок души. Он встречается в разных районах мира, например, в африканских деревнях. Я люблю ездить в Африку. Они там братья. На белых смотрят свысока. У них религия прямого действия, как и у нас, белых поневоле.

А Китай? Там тоже не боятся смерти?

Мы готовы наперегонки с китайцами соревноваться, кто меньше боится смерти. Но мы их в конце концов тоже забьем. Мы им как бы отдадимся, но потом забьем. Как это получится, мы не знаем, но это получится. Мы не любим китайцев. Мы любим песенки из Европы, но наши лучше, шансон богаче. А уазик – лучший внедорожник в мире!

Интеллигенция наступает на старые грабли. Она обвиняет власть, а не народ. Но как обвинять народ? В чем? В том, что он народ? Просвещенный класс видит в народе объект истории, который оболванивают, а не субъект, который сам по себе феноменален.

Мы думали: там шкатулка с драгоценностями. Так думать нам помогали самые лучшие в XIX-ом – Достоевский и Толстой. Так думали почти все наши писатели, деревенщики, Солженицын…

А там оказался гроб с гниющими потрохами. В 2014 году открыли гроб. Ударил запах!

Что будет? Ничего не будет. Тайное стало явным. Для подавляющего меньшинства.

Да, со временем можно будет снова сходить в Европу, хотя мы дали подлинную причину нас ненавидеть: полякам, балтам, даже болгар смутили.

Мы не влезли в Европу, не прошли сквозь ушко, потому что и сами, в своем подавляющем меньшинстве мы половинчаты, жрем водку и любим феррари. Мы любим свое безобразие. Мы обожаем Флобера и «Москву-Петушки».

Русскими европейцами или европейцами наполовину быть можно, но это не работает!

Нет польских европейцев или французских. Мы хотим быть европейцами, но при условии соленого огурца.

Ни рождения, ни возрождения.

В Советском Союзе мы выжили, хотя вокруг весь разговор был тарабарский. Но там чем дальше, тем больше развивалось чувство неверия в утопию. Нами правили осенние мухи. А сейчас только что открыли шлюзы. Умно сделано! Так можно продержаться какое-то время. А то быть всего-навсего подражателем Европы? Гнаться за тем, чтобы перегнать Португалию! Да гори она огнем!

Шлюзы открыты.

Но в конце концов опять будут править осенние мухи.

Ответим новым серебряным веком на столыпинскую реакцию, на столыпинские вагоны и галстуки. Но где же эти таланты?

В дальней перспективе в желудке России начнется новая война двух изводов: имперского и европейского. Но надеяться на то, что народ когда-либо заразится европейским духом крайне сложно. Надо будет дождаться нового Петра Первого с его принудительными проевропейскими реформами. Его пока что не видать.

24 февраля

О. объявила мне, что она сбежит (у нее подписка о невыезде).

– Боже, как мне надоела Россия!

Она сорвала с шеи длинный красный шарф, бросила на кресло, и попугай-жако Шива озабоченно крикнул ей:

– Там холодно?

– Да, Шивочка, – румяная, красивая, она обернулась к большой клетке. – Очень холодно. Мороз крепчает. Скажи, Никита!

– Привет, Никита!

– Мы собрались свалить, – объявил Никита Член.

– У него есть латышское гражданство. Уедем в Ригу. Дальше – в Америку. А тебе что, не надоела Россия?

– У меня с ней особые отношения.

– Она тебя приспит, как свинья, и даже не заметит.

– Ну так вали в свою Ригу! – сказал я равнодушно.

– Россия загрызла своими проблемами. У нее то одно болит, то другое. То она страдает комплексом неполноценности, то – величия. То она жалуется, что ее обижают, то она кого хочешь обидит.

– Интересная страна, – заметил я.

– Для вас, писателей, да, но для простого человека...

– Это ты, простой человек?

О. достала из холодильника запотевшую бутылку водки. Налила в граненную рюмку:

– За отъезд!

– О! – сказал я. – Америка...

– Что Америка?

– Пластмассовая страна.

– Сам ты пластмассовый!

– России нет, – выкрикнул Никита. – Россия – мертвая страна. Она умерла. Это гниющий труп, по которому, как муравьи, бегает перепуганное и пьяное население. Самые разумные соскакивают с трупа.

– Я где-то читал, – спокойно сказал я, – что Пастернак сказал кому-то из близких, кто хотел эмигрировать: – Напрасно едете. Здесь все несчастья мира можно списать на режим, а там лицом к лицу оказываешься с мерзостью человеческой природы.

– Да, знаю, – сказала О. – Но ты противоречишь сам себе. Тут душа, как ты всегда говоришь, голая, а оказывается она завернута в мерзости режима... А там она ни во что не завернута. Вот и изучай ее сколько хочешь!

– Нет, – сказал я. – Там она прикрыта комфортной жизнью, а здесь режим сорвал с нее все покровы.

– Россия пережила всё, – раскраснелся Никита, – Революцию, Сталина, Брежнева, перестройку. Ельцина пьяного... Но Великий Гопник ее добил... Интеллигенция кончилась, народ превратился в жителей... И вы тоже кончились, меньшевик! – смело указал он на меня.

49. **ВАСИЛИСК. НОЧЬ ПЕРЕД ВОЙНОЙ**

Мы даже не ожидали, что так красиво проведем вечер. Я сказал, чтобы они взяли такси и приехали в деревню Аносино и стояли напротив женского монастыря с яркими, красно-белыми стенами индийских ашрамов. Но таксист непонятно зачем высадил их в соседней деревне Падиково, неподалеку от кладбища, которое так быстро заселялось новыми жильцами, что я просто диву давался. Наконец, я увидел их возле магазина «Цветы-24». Одна в белом пальто, другая –в черном. Одна с лицом медового цвета, другая – бледная, но с дорогим профессиональном фотоаппаратом, который вылезал у нее из сумки. Я погрузил их, шикарных телок, в свою большую машину, и хозяин магазина «Цветы-24», куривший на улице, посмотрел на меня с нескрываемой завистью.

– Он думает, что мы – проститутки! – захохотали 30-летние телки.

Хохот стоял в машине до самой дачи. Когда мы стали выгружаться, они спросили, а где семья, и я сказал, что семья в Москве. Они удивились, потому что думали иначе. Веселье вышло спонтанным, непредсказуемым. Мы еще по дороге ко мне закупили вина, но так, в разумных пределах: каждому по бутылке. Смешно сказать: мы встретились для того, чтобы помочь нашей литовской подруге с медовым лицом остаться работать в России режиссером, и первые полтора часа мы пили вино и говорили о проблемах вида на жительство и прочей ахинее. Литовка написала о своих страданиях обрести желанный статус на самый верх, чем перепугала всех, кроме самого верха. И она бойко, с легким акцентом, рассказывала о том, как ее в ментовских кругах посчитали не то провокатором, не то невинной жертвой литовского воспитания чувств. В конце концов, бюрократы поняли, что самый верх ей не заинтересовался и бросили на произвол судьбы.

Мы выпивали и наливали, красное испанское вино хорошо шло под веселый разговор о бюрократах, и скоро пришлось вызвать такси, чтобы пополнить запасы испанского красного солнца. Поехала литовка – мы с татарской девушкой (вторая была чудесная татарка), принялись обсуждать ее выставку фотографий, она набирала коммерческий вес, ее работы уже покупали в Америке. Обе мои гостьи были неразлучными подружками – творческой группой на перспективу.

Второй раз за бутылками поехала уже татарка, и мы все уже были красно-розовыми от вина и радости жизни. Их тела после криков, шума и хохота уже сами собой захотели выбраться из плена одежды, и это случилось настолько естественно, что было даже непонятно, когда они были одеты, а когда – нет. Наша черненькая подруга вынула свой фотоаппарат и стала баловаться им, а медовая литовка почти без всяких уговоров сняла свои на редкость элегантные розовые трусики. Хотя ничто не предвещало могучего дыхания разврата. Но, как это водится у взрослых интеллигентных девушек, выпитое вино сначала взбудоражило откровенные разговоры – они, хотя и близкие подружки, так близко не оказывались на одной кровати. Подружки любовались друг другом – вы знаете, это выглядело круто. Мы и дальше углублялись в азартные игры – а весь пол кухни был в пустых бутылках. Время от времени вспыхивал посторонний девичьим красотам разговор о Василиске. Они хотели знать мое мнение.

Я сказал голым подружкам, что Василиск еще не родился, но что скорее всего родится, и это будет ужасно. Я не предсказатель, но есть интуиция. Правда, теоретическая отдаленность даже близкого факта рождения делала этот вроде бы актуальный разговор все время ускользающим от смысла. Смысл был в медовых и бледных оттенках. Кстати, что значит – Василиск?

Он имел возможность заглянуть в наши края в разном виде. Но мне он казался скорее не просто обыкновенной ехидной, хотя в нем – сужу по глазам – могло быть что-то от ехидны, не подколодной змеей, а, вы знаете, скорее таким диковинным петухом, небольшого росточка, но с крыльями дракона и змеиным все ж таки хвостом. Я говорил девчонкам, что скоро будет день рождения этого красного петуха, но они были заняты другими делами и про Василиска знать не желали.

Мифические животные гораздо реальнее настоящих, об этом мало кто догадывается, но в самом деле мифический петух достовернее дворового собрата. Это, конечно, философский вопрос, а мы были увлечены разговором о том, кто сколько, когда и как – и были или нет розово-голубые камлания. И тем не менее мы были едины в порыве не допустить реального петуха в мифический ряд, потому что мы хотели жить счастливо и свободно. Насколько это возможно. Василиск, если бы он пришел, не оставил бы выбора, кроме выбора от ворот поворот.

Я – наблюдатель мифических животных, но в ту ночь было не до них. Ласки сменялись дикой страстью. Страсть рождала ласки, тут все время что-то рождалось. Мы знали, что теперь, после этой ночи, мы будем так близки, что создадим какой-нибудь шедевр. Да, возьмем и создадим шедевр – не меньше того. И это рождение шедевра в райском саду превращений было доступно, было возможно.

Было уже утро, было много снега, когда не понятно откуда взявшееся радио объявило, что родился Василиск, что он не мог не родиться, и потому он родился на радость всем, на зло чудовищной тьме. Мы стояли перед репродуктором голые, в полной тишине, перемазанные не губной помадой, а чем-то более адекватным. Но не успело радио объявить о рождении Василиска, как тотчас, противореча самому себе, заявило, что родился прекрасный Единорог, друг девственниц, а также армии и флота. Медовая литовка тут же заметила, что это – противоречие. Василиск есть Василиск. Никакого Единорога. Вдруг радио врубилось в ее тираду и сообщило, что употреблять понятие Василиска непозволительно – называйте все сущее Единорогом. Тут я сказал, что английский фантазер Оруэлл поцеловал бы такое радио в губы, если у радио есть губы, а у радио есть, конечно, прекрасные губы. Медовая подружка даже фыркнула от негодования.

Но тут началось такое, чего я, честно говоря, даже и не ожидал. Наша черноглазая говорит, что она поддерживает рождение Единорога, друга девственниц, что он принесет счастье и защитит нас от зла. Ее голая подружка, литовка, не вытерпела и дала татарке по ее прекрасной физиономии, и я закричал, чтобы они престали ссориться по этически-этническому поводу. Успокойтесь, бляди! Но они вцепились друг другу в волосы, принялись вырывать волосы клочьями и коленями бить другу друга по животу. У них обеих были прекрасные животы, не говоря уж о сиськах, таких разных, но очень нежных, и они, вместо того, чтобы любить друг друга, лупили кулаками очаровательные пейзажи плоти. Казалось, что это не две девчонки дерутся, а рождается сдвоенный апокалипсис. И тогда каждая сторона считает, что она сторона света, а другая – тьма. И возникают две прямые параллельные правды, где нет и не будет примирения – и вместо примирения вырастит из нас большой, в полнеба гриб. Я так и не растащил их. Этих девчонок. Они так до сих пор и дерутся. А Василиск ходит счастливый, пушистый, шпорами цокает и клюет всех подряд.

00

Двадцать четвертое февраля. Двадцать четвертое февраля.

Странное дело, 24 было всегда для меня любимым, счастливым числом.

50. **НАШ ОБЩИЙ АД (взгляд из первого дня войны)**

И поскольку мы все оказались в аду, и, видимо, все этого военного ужаса достойны, то эмоции оставим в мирном прошлом. Посмотрим трезво, что мы имеем.

Главное: всего только 4% российского населения считает, что напряженность в российско-украинских отношениях – вина России. Подавляющее большинство считает виновными Киев, Америку, НАТО.

Ну, это развязывает властям руки.

Половина населения России готова поддержать военные действия.

Какая удача.

Протесты против войны – мизерные, хаотические выступления. То ряд интеллигентов напишет письмо, то часть академиков выступит.

Несерьезно.

А в голове Великого Гопника четко сложилась вторая реальность, которая не понятна ни нынешней Украине, ни Европе, ни Америке.

Исходя из этой реальности, Украиной правят неонацисты, она вооружается и становится угрозой России. Украину нужно демилитаризировать, лишить армии, немножко кастрировать.

Эта вторая реальность складывалась у царя-пацана 20 лет, в ней четыре элемента: дворовый (бедное детство), спортивный (юность), гэбэшный (вспомним его службу в Дрездене) и имперско-советский (по нарастанию все двадцать президентских лет). Все нацелено на победу. Все вызывает к мести за проигранную в перестройку «холодную войну».

Запад все это проморгал. Он до последнего мирного дня не верил во вторую реальность Великого Гопника. Он думал, что русский дядя шутит.

В войну не верили ни народные массы, ни столичные либералы. Уж больно страшно!

А царь-пацан показал, что в его второй реальности (не медицинской, а в политической!) ничего не страшно, если борешься за восстановление величия Русского мира.

И вот мы имеем одного-единственного человека, который принял решение начать войну. Он собрал совет безопасности, и мы увидели бледных, перепуганных людей, далеко не самых умных. Как дворовый пацан он всех повязал предстоящей большой «мокрухой». Но они даже и не знали, что подписываются на войну. Они думали – на независимость ДНР и ЛНР от Киева.

Если удастся в Киеве создать пророссийской правительство, крови будет не слишком много, но дальше будет очень много репрессий (ну как в Белоруссии Лукашенко). Если же такое правительство не удастся сформировать в ближайшее время, придется Киев брать танками и командовать оттуда. Это очень кроваво и вой будет на весь мир.

Чем больше я следил за событиями в Украине в последние годы, тем больше я скептически относился к Западу. Он проглотил не только Крым. Он уже был готов в обход Украины принять «Северный поток-2». Он пускался не раз плясать под дудку Москвы, либо по корыстным соображениям, либо противопоставляя себя Америке, либо вот как берлинские, парижские или итальянские таксисты – потому что им искренне нравится Великий Гопник, он – свой.

В нынешней трагедии Запад сам выберет для себя историческую роль. Украину ждут тяжелые времена. Но беда будет временной. Россия взяла весь огонь на себя. Что из этого выйдет, неясно. Останется ли у нее сил на новый виток перестройки и свободы, или же она пойдет на дно – никто не знает.

Кроме Великого Гопника. В его второй реальности он не знает поражений. Пока.

51. **ПОБЕГ ИЗ МОРГА. МОСКВА – БЕРЛИН. ДНЕВНИК НОВОГО ВОЕННОГО ВРЕМЕНИ. ДОРОГА НА ПЕТЕРБУРГ**

Попугай-жако Шива, серый, со слегка ощипанным от внутренних терзаний красным хвостом, прокричал нам «пока-пока!» и уселся на жердочку в ожидании, когда мы вернемся с прогулки. Шива по своей породе долгожитель. Он легко переживет всех, включая Великого Гопника. Он увидит Россию будущего. Но увидит ли он нас?

В машине все быстро уснули: жена Катя и две дочки, Майя (16 лет) и Марианна (4 года). Мы выехали из Москвы на пять часов позже, чем предполагали: хотели взять весь свой сентиментальный скарб, но любимые вещи не все втиснулись в багажник, пришлось перепаковаться. Весеннее солнце уже садилось, когда мы встали на платную автостраду, соединяющую Москву с Петербургом. Наша конечная цель – Германия. Мы ехали окружным путем в Берлин. Дорога через Финляндию и дальше паромом в Прибалтику казалась нам самой удобной. На выездах из России через Эстонию или Латвию нужно ждать по пять-семь часов. Общероссийская святая церковь, под названием круглосуточный федеральный телевизор, с начала войны стала для интеллигентной касты недовольных не хуже крысиного яда или «новичка». Люди бросились со всех ног спасаться от яда. Остались те, кто настолько стойки, что яд принимают за допинг.

Когда едешь из Москвы на Север, до него – рукой подать. Переехав Волгу в Твери, попадаешь в сиротливый пейзаж мелких берез и хмурых елок. Повалил снег. Наступила тьма. Поднялся дикий снежный буран. Автостраду замело, осталась одна полоса, но дальнобойщики, веселясь, несутся, наплевав на сугробы.

Наедине с собой, едва разбирая дорогу, я узнаю в этой лихости дальнобойщиков Россию, не знающей за собой вины. Идет война, а на страну напало беспамятство происходящего. Я ехал через Россию, которая не умеет извиняться, потому что не знает, за что. Гнев европейцев делает ее в лучшем случае без вины виноватой, а на самом деле она – дальнобойщица.

Незадолго до Петербурга у меня от усталости начались галлюцинации. То мерещится танк с потушенными огнями, то человек, перебегающий дорогу. Мне страшно за моих пассажирок. Въезд в Петербург длинный и нудный, как и сама дорога до него, но вдруг – щелчок, и ты въезжаешь в ночной город невиданной красоты. Каждый дом – архитектурная судьба и личность. На углу пешеходной улицы, возле Невского, мечется в ночи в гостеприимном ожидании нас розовощекая управляющая частной гостиницы. На кой черт построили этот фантастический город, архиевропейский и вместе с тем затейливо русский, с хитроумными названиями магазинов и кафе? Это же издевательство над бесстильной бедностью сотен других российских городов. И чем одарил этот истерзанный собственной историей город, город дурной революции, большого террора, нацистской блокады? Словно в отместку за мучения, он извлек из своей подворотни и подарил нам карикатуру царя, от которого мы несемся вон. Не зная возврата.

52. **РУССКАЯ КРАСАВИЦА**

Всем хорошим во мне я обязан Русской Красавице. До Русской Красавицы я был никем. Я даже не беру ее в кавычки. Это она меня закавычила.

Друзья познаются в беде? Ерунда. Русская Красавица распугала моих друзей. Клочья зависти повисли на заборах.

Она перевернула мне жизнь. Я вижу себя входящим в свою квартиру в Смоленском переулке с большим новым чемоданом в руках. Польская жена встречает меня угрюмо, в синих резиновых посудомоечных перчатках до локтей. Она уверена, что я в Париже загулял –вид у меня подозрительно радостный. Я ставлю тяжелый чемодан на пол – тогда еще у чемоданов не было колесиков: вот спутники уже были, а колесиков к чемоданам еще не придумали, – разминаю пальцы и весело говорю:

– Привет! Мы с тобой разбогатели.

Жена с испугом смотрит на меня, на новый чемодан, разворачивается и идет в глубь квартиры, бросая на ходу:

– Ужас какой!

Я смотрю ей вслед и вспоминаю, как она мне сказала, что, прочитав Русскую Красавицу, она похудела на пять кило.

История Русской Красавицы заслуживает отдельной книжки.

Это я и был русской красавицей, пройдя через испытание *Метрополем*. Русская красавица – это я.

Ну да, все верно, господин Флобер.

Русская Красавица пробилась через народную цензуру. Шесть наборщиков из Владимира приехали в Москву, чтобы заявить, что они не будут набирать эту махровую пакость.

«Дорогие американские бляди и пробляди!» – возмущенно цитировали рабочие письмо из романа, обращенное к американкам.

Наши рабочие смутились и покраснели. Разве так можно писать женщинам?

Мы беседовали в течение шести часов. После чего они сказали:

– Ладно, напечатаем, только с условием, что ты нам подпишешь.

Русская Красавица прорвалась и через западную цензуру.

Иван Набоков, начальник в большом парижском издательстве, отказался покупать эту дрянь.

Я был в отчаянье.

Русской Красавице оставалась продолжать влачить самиздатскую жизнь.

В 1980 году летом в поселке Пушкино под Москвой – писал по ночам в сарае – узкая тропинка, жалит высокая, зрелая крапива, рядом стоит, как ночной покосившийся витязь, дощатый сортир, – героиня мне стала являться.

Но не сразу.

Я вначале набросился на нее с мужской силой.

Она не давалась.

Я написал полкниги и сдался – не то!

И когда я окончательно понял про не то, она явилась. В сцене, где к ней приходит мать и уговаривает ехать в Израиль, неожиданно зазвучал ее голос.

Я стал записывать за ней.

Бывали ночи, когда я печатал сорок страниц на машинке. Попробуйте пальцем просто стучать по букве «а» сорок страниц – это что-то немыслимое.

Я полностью отключался, не чувствовал тела.

Потерпев поражение от Ивана Набокова, который заведовал покупкой иностранных рукописей в парижском издательстве, я кинулся в Америку.

Решил отдать рукопись моей подруге, красавице Элендее Проффер.

Я приехал в легендарный Эн Арбор. Мы гуляли, прошли мимо живописного кладбища, где похоронен ее муж Карл, основатель издательства «Ардис», приюта всех страждущих русских гениев, съели на ужин лобстеров, предоставив официанту ресторана над бурной речкой возможность повязать нам пластмассовые нагрудники, чтобы не замараться мутноватым соком.

В спальне, чтобы нас ничто не отвлекало, она включала белый шум.

Она прочитала Красавицу и сказала, что не будет ее печатать. Тебе надо ее существенно переделать. Как? Написать от третьего лица!

Я уехал в полном отчаянье.

Но неожиданное солнце улыбнулось мне.

Иван Набоков (кажется, племянник) ушел в Париже на повышение в издательство «Ашетт». А если бы не ушел?

На его место пришла ироничная американская красотка, широкая кость, Найна Солтер. Ниночка! Дочка американского писателя Джеймса Солтера – из круга Хемингуэйя.

Маленькая птичка в очках на золотой привязи, Люся Каталя – редактор русского отдела издательства – рассказала ей об отвергнутой Русской Красавице.

Ниночка отдала ее на 5 внутренних рецензий. Две были отрицательных, три – положительных. Русская Красавица протиснулась в перевод.

Только начали переводить – переводчик Красавицы умер от СПИДа.

Только напечатали в Париже в обложке от Эгона Шиле, – Люся Каталя чуть нас с Найной не убила в своем подземном гараже: она с размаха въехала в стену. Некоторые нашли в этом подставу Фрейда, рука распухла, треснула кость, я долго ходил в зеленом парижском гипсе.

Русскую Красавицу купили вмиг 14 лучших (или одних из лучших) издательств мира.

Для них издательство Albin Michel устроило обед в честь Русской Красавицы на франкфуртской ярмарке. Ко мне подошел Иван Набоков и поздравил с гениальной книгой.

С Ниночкой мы долго не расставались. На ужине дома у Люси (когда все уже выздоровели после аварии) мы сидели, счастливые, окруженные знаменитыми завистниками: певцами, философами, писателями. На нас с завистью посматривали Окуджава и Мераб Мамардашвили. Мы были выше песен и философии.

В честь нашей любви Ниночка назвала свою гончую собаку крепким русским женским словом из пяти букв. Собака носилась по Тюйлери, возле Лувра, Ниночка звала ее громким редакторским голосом, русские туристы, стоя в очереди в музей, ошарашено смотрели на собаку.

В России Красавицу приняли в штыки. Одна рецензия была хуже другой. Это оскорбление русской культуры, пощечина русской женщине, грязная порнография!

Это был мой первый роман – было от чего прийти в ужас.

Роман быстро перевели в разных странах. В Голландии он стал национальным бестселлером номер один. Мои издатели Мишель и Лекс, счастливые по уши, вроде нас с Ниночкой, любовники-геи, водили меня по Голландии, как слона, зарабатывая на мне деньги.

В одном маленьком городе в книжном магазине выстроилась маленькая очередь. Я подписывал книгу.

Ко мне подошла девушка лет двадцати. Она сказала по-английски:

– Господин Ерофеев, я прочитала вашу книгу. Она мне понравилась. Но у меня есть вопрос. Почему в вашей книге нету секса?

Безымянная девушка спасла мне жизнь.

Если в России книгу сочли порнографией, а в Голландии не нашли в ней секса, то кто прав?

Никто.

Я стал равнодушен к мнениям критики и читателей.

Прошло много лет. Недавно в Пензе ко мне подошла уже взрослая русская девушка. Лет пятидесяти пяти. Вот, говорит, купила вашу Красавицу и подарила подруге. Если ей не понравится, дружить с ней больше не буду.

А вы говорите, что в России нет движения.

24 февраля

Страдая запором, он сидел на толчке не первый день, не первую неделю, не первый год, пока сам 24-го числа не слился в унитаз.

Моя жопа пахнет земляникой.

53. МАМИНО ПИСЬМО

Витя,

Я хотела сказать тебе то, о чем пишу. Но нет сил. Я буквально заболела после этого вечера в нашем доме. Напрасно обвиняешь меня в поджигательстве («керосин!»). Папа давно вынашивал мысль, что «скажет все», когда выйдет книга.

Впрочем, ты все равно не поверишь мне, ты никому не веришь, потому что нельзя верить тебе самому, ни верить, ни доверять.

Я мучительно думаю о том, когда, отчего милый маленький мальчик, которого так все любили, превратился в человека, способного на поступки, которые иначе, как страшными не назовешь. С легкостью забрать все что пригодится из рукописи отца (ссылки на рассказы за столом – чушь: отрывки выписаны дословно). С еще большей легкостью продана мать: передано папе то, что я говорила тебе доверительно (тут ты п(р)осчитался: я обо всем этом говорила ему самому).

Предательство и низость! Других слов не подберешь. Как ты будешь с этим жить среди порядочных людей? Впрочем, ты выбираешь себе подобных. Я с ужасом обнаружила, что в действительности представляет собой твоя сожительница, которую ты зовешь «женой». Наглая девка, позволившая себе наброситься на твоего отца – всеми уважаемого человека! – и орать на него. И ты это допустил. Больше видеть я ее никогда не желаю! И предвижу, как ты еще хлебнешь горя от нее.

Ты иногда позволяешь себе говорить на людях (передачи), что талант проливается с небес. Но с небес проливается и кара. И за предательство она неотвратима. Ты еще убедишься в этом.

Мне очень больно, и я ломаю голову, пытаясь понять, откуда возникли в тебе эти качества. Ведь не было ничего подобного в нашей семье. Мне мучительно жаль тебя. Других слов я не подберу.

54. **СОЖИТЕЛЬ**

Великий Гопник был несколько смущен и даже прижал уши, когда к нему подселился Маленький Ночной Сталин. Он, недоверчивый, насторожился поначалу, но после просёк – это судьба! – и стал, понятное дело, гордиться своим сожителем, учился у него, подавал чай, как половой, когда тот засиживался ночами, клялся в верности. Сам же Маленький Ночной Сталин добродушно относился с своему последователю, Великому Гопнику. Он понимал ограниченный горизонт его мыслей, видел пристрастие к роскоши, но кто ж не без греха? Ведь главное не в роскоши, а в том, что Великий Гопник – социально близкий, он – наш, никогда не подведет, потому что ему и подводить-то нечем.

55. **МАМА И ПОЭТ ЕВТУШЕНКО**

31 марта 1966 года на Зеленом Мысе, самой западной оконечности Африки, в Дакаре, прекрасной столице Сенегала, открылся грандиозный праздник. Под предводительством сенегальского президента, поэта и философа Леопольда Сенгора, начался всемирный показ негритянского искусства под названием Негритюд.

Африка заявила свое право быть равной среди равных в мировом параде цивилизаций.

В Дакар съехались сотни гостей. Они созерцали духовные подвиги африканских народов. Спектакли, выставки, концерты, поэты, магия вуду, там-тамы, иконостасы ритуальных масок из черного дерева, женские одеяния бубу, которые в пляске взлетали выше пупков впадающих в транс танцовщиц.

Негритюд! Весело, божественно, непристойно, маняще, первобытно и возбуждающе.

Сотни гостей пребывали в состоянии культурно-сексуального шока.

На великое празднество из страны Советов прибыли два поэта. Один – верный помощник партии, Евгений Долматовский. Другой – ну просто Евгений Евтушенко.

Моя мама обожала его свободолюбивые стихи.

Евтушенко в те времена был куда больше, чем Евтушенко. Он был знамением времени, пророком, борцом, красавцем, бабником, страстным любителем снежков, футбола и шампанского. Он хлестал французское шампанское на дакарском празднестве с таким размахом, что мрачноиронический Долматовский шутил: Евтушенко разорит президента Сенгора, и тот пойдет по миру продавать свою золотую президентскую цепь.

Моя мама обожала шестидесятников, была верна журналу «Новый мир», синевато-сероватая обложка которого уже сама по себе пахла либерализмом. Под ней прославился Солженицын, под ней укрылась целая группа подрывной, эзоповой литературной критики. При этом мама была супругой чрезвычайного и полномочного посла Советского Союза в Сенегале и Гамбии, моего папы Владимира Ивановича Ерофеева. По дороге из Сенегала в Москву она, останавливаясь в Париже, покупала книги Набокова.

А тут сам Евтушенко явился в Африку, и они немедленно влюбились друг в друга.

Мама с детства обладала поразительно чистой душой. Ее можно было бы назвать новым вариантом Татьяны Лариной. В отличие от предшественницы, она жила в бедной, несчастливой, растрепанной семье. Ее дед был священником, моя бабушка Серафима Михайловна – счетоводом. Она рано разошлась с моим дедом – он вроде бы был художником-богомазом, но уж точно – запойным пьяницей.

Мама была запойной читательницей, запойной мечтательницей, она красиво поселилась в хоромных книгах русских классиков и при этом уже в четырнадцать лет знала «Декамерон» и «Тысячу и одну ночь».

Как вы, читатель, помните, она не раз говорила мне, что в русской провинции можно встретить замечательно чистых людей – я думаю, она прежде всего имела ввиду, не отдавая в том отчета, себя. А также своего деда-священника, который в 1930-е годы уехал из Новгорода жить в заброшенную деревню, чтобы не повредить семье, и присылал родным в город грибы и клюкву – они в те годы голодали. Он был первым покойником, которому мама поцеловала руку на похоронах – этот поцелуй тяжелой, холодной руки остался у нее на губах на всю жизнь.

Большой океанский корабль «Россия» (в нацистском девичестве у этого судна, рожденного в Гамбурге в 1938 году, было имя «Patria») зашел в дакарский порт с подачи моего отца, чтобы советская делегация, где были свои танцоры и актеры, могли бы на нем поселиться во время Негритюда. Папа с развевающимися на ветру еще не седыми волосами принял рапорт бравого капитана, потому что в сенегальских территориальных водах главным начальником советской флотилии был советский посол. Капитан отдал папе честь, а затем они перекусили черной икрой, запили ее водкой, и мама тоже перекусила на корабле. Черной икры было очень много, она была мягкой силой советского строя, и поэтому во время Негритюда на корабле «Россия» побывало несметное количество народов, и все без исключения полюбили Советский Союз, капитана корабля и моего папу, который отвечал в этих краях за славу нашей родины.

Евтушенко и Долматовский тоже бросили якорь на корабле «Россия», в прошлой своей жизни грустном свидетеле нацистской капитуляции. Несмотря на разницу политических взглядов, они оба любили черную икру и несомненно дополняли друг друга в качестве советской поэзии того времени.

Как всякая страждущая душа, моя мама на девичьих фотографиях выглядела простодушной и диковатой. Ей повезло с тетей Надей. Самым большим подарком тети Нади было приглашение племяннице Гале приехать в Ленинград и пожить с ней вместе в одной квартире. В 1938 году мама сдала экзамены и поступила на филфак Ленинградского Государственного Университета. Ленинградский доктор, тетя Надя на радостях подарила ей велосипед, но предупредила, что отнимет его, если мама не научится кататься за один день. Мама научилась – тетя Надя даже не вышла проверить, поверила на слово. Но с тетей Надей все кончилось печально. Мама так долго засиживалась каждый вечер в университетской библиотеке, что тетя Надя заподозрила ее в том, что она бегает на свидания – и она выгнала мою бедную маму из дома. Мама клялась, рыдала, даже божилась, не веря в Бога – не помогло. Мама перебралась в студенческое общежитие, но любовь к тете Наде пронесла через всю жизнь.

Папа устроил званный ужин в честь двух поэтов. Обрюзглый автор песни «Родина слышит, Родина знает», которую Гагарин спел в космосе, Долматовский весь ужин говорил с папой о тонкостях советской внешней политики – папе он очень понравился. Евтушенко в пестрой красно-зелено-голубой рубахе, с каким-то крупным талисманом на загорелой шее занялся моей мамой. Он согласился с тем, что в провинции живут прекрасные люди, среди которых он выделил и самого себя, родившегося в Сибири на станции Зима.

– Нас многое соединяет, Галина Николаевна, – добавил поэт с глубоким чувством и странной улыбкой.

Мама отметила про себя, что даже тропические попугаи Зигиншора в джунглях южной провинции Сенегала не всегда обладают столь сильным окрасом, но лирика поэта, особенно вот это: «Со мною что-то происходит, ко мне мой старый друг не ходит...», посвященное Беллочке Ахмадулиной, важнее окраса. Мама стала тихо восхищаться стихотворением поэта «Наследники Сталина», написанным в 1961 году.

– Это, – сказала она, – гениальное произведение. Оно очень актуально, – мама вздохнула. – У нас еще очень много сталинистов.

– Нас соединяет с вами все больше и больше смыслов, – признался поэт. – Я испытываю слабость к умным женщинам.

В этот момент на его светлый пиджак, под которым цвела дорогая рубаха, наш посольский повар Николай, еще недавно работавший на стройках Монголии и не усвоивший до конца дипломатический протокол, накапал горячего говяжьего соуса. Поэт взвыл, да так громко, что мама подумала в отчаянье: «Он обжегся!», – но он взвыл, потому что светлый пиджак был ему особенно дорог. Смущенная мама стала старательно выводить пятно каким-то французским средством – и вывела успешно. Поэт выпил шампанского и шепнул:

– Да вы волшебница!

Мама покраснела. Папа отвлекся от разговора с Долматовским и выразительно посмотрел на нее. Мама еще больше покраснела, вышла из-за стола, извинившись, чтобы отнести французский пятновыводитель на кухню. Когда она вернулась, папа обсуждал завтрашнюю встречу Евтушенко с президентом-поэтом Сенгором.

– Я сам пойду, – сказал Евтушенко.

– Как, то есть, сам?

– Ну без вас. Хочу поговорить с ним, как поэт с поэтом.

– Я не возражаю, – сказал мой папа.

– Ну и прекрасно.

– На каком языке вы будете с ним говорить?

– На языке стихов, – сказал Евтушенко.

Компания перешла на террасу пить кофе, коньяк, кто что хочет.

– Я – шампанское, – сказал Евтушенко.

– Кажется, шампанское кончилось, – смутилась мама.

– Это ничего. Вы на меня сами действуете, как шампанское, – сказал поэт.

Папа не поверил своим ушам и немножко нахмурился.

– Вы умеете гадать по руке? – спросил Евтушенко маму.

– Чуть-чуть, – сказала застенчивая новгородская мечтательница.

В 1930-е годы она жила в каком-то особом мире, где не было ни террора, ни ошибок коллективизации. Страна в марше спортивных парадов двигалась к коммунизму. На первом курсе она влюбилась в моего папу, отдалась ему, но папа оказался неверным возлюбленным, и они на долгие годы расстались. После первого курса она, мой папа и еще несколько их однокурсников были отправлены в Москву учиться на престижных курсах переводчиков при ЦК ВКП(б). Предыдущее поколение переводчиков Сталин вырезал до основания. Курсанты не успели оглянуться, как началась война. Маму взяли в ГРУ.

Ее работа в ГРУ, хотя и на маленьких ролях, сделала ее странной избранницей. После занятий с полковником, который посвящал ее в азбуку спецслужбы, маме было стыдно, как будто она сделала что-то непристойное.

Научив азам разведки, ее отправили поздней осенью 1942 года в Токио. Она долго ехала, через Харбин, где ей сделали высокую по тогдашней моде прическу, затем через Корею, и вот, наконец, тепло и солнце Японии. Она стала помощницей военного атташе, подучила японский и первой из советских людей узнала из японского правительственного вестника о том, что повесили некоего Зорге. Она доложила о казни начальству, и все посольство забегало, превращаясь в разоренный муравейник.

На террасе в Дакаре Евтушенко выслушал про Зорге с интересом.

– Так значит это вы, – бросил загадочную фразу.

– Что я? – не поняла мама.

– Ничего, – прикрыл свои поэтические глаза Евтушенко. – Ну так вернемся к хиромантии.

Мама робко взяла его руку, заглянула в открытую ладонь, потрогала пальцем божественные начертания гениальной судьбы.

– О! – воскликнула мама.

– Что «о»? – жестко спросил поэт.

– У вас будет много жен.

– Я знаю. А вы, Галина Николаевна, вы себя-то видите в этой моей жизненной паутине?

Мама немного пугалась поэтической грубости, если не наглости, с ней никогда никто таким образом не разговаривал, и она чувствовала себя так, как будто поэт дал ей поленом по голове. Но это было сладкое полено.

– Завтра вечером я читаю стихи на корабле, – сказал Евтушенко, обращаясь к моим родителям. – Приходите!

Чистая душа моей мамы подверглась всяческим испытаниям как в Японии, где за ней волочились сексуально неприкаянные советские дипломаты, так и позже. Кто-то, большой и очень важный, в которого мама не верила, хотя дед был священником, вырвал ее из ГРУ и погрузил в будни Министерства Иностранных Дел, показал фасады и черные дворы советских представительств за рубежом, досыта накормил парижской жизнью.

Ее столкновение с закрытым докладом Хрущева на XX съезде было шоком.

Еще больше ее шокировала история антипартийной группы в июне 1957 года – вместо марша к коммунизму она почувствовала подковерную борьбу за власть.

Затем Пастернак. Она любила его стихи. Она была в ужасе.

А Венгрия? Ну, насчет венгерского восстания у нее еще не было четкого мнения. Оно пришло с подавлением пражской весны.

Ее чистая душа попадает в грязные воды своего времени. И восстает. Вместо того, чтобы упиваться знакомствами с великосветским Парижем, титулованными особами, она оплакивает советских актрис. У Тани Самойловой во время головокружительного успеха в Каннах, после показа фильма «Летят журавли», на скромном платье порвалась бретелька. Мама нашла в своей сумке булавку. И с замиранием сердца думала о том, что вторая бретелька может тоже порваться в любую секунду.

24 февраля

Все спрашивают, почему я уехал из России. Да, нет, отвечаю, не я уехал. Это Россия уехала из меня.

В отличие от подавляющего большинства мидовских дам, с их шкурными интересами, мама увидела то, что в тех кругах считалось чуть ли не госизменой – она увидела гнилость, подлость, мерзость советского строя и написала об этом в середине 1990-х пронзительно честную книгу «Нескучный сад».

Стародавние представления о мягком свете русской ментальности имеют, наверное, основание – сужу по идеальному образу мамы. Возможно, что когда-то так и задумывались важные качества русской души – чистота, бескорыстие, неприхотливость – но, налетев на непреодолимые обстоятельства, душа занемогла. Тем не менее, она все еще надеялась на свое превосходство, которое стремительно теряла.

– Ты пойдешь на поэтический вечер на корабле? – спросила мама папу на следующий день.

– У меня ужин с президентом, – ответил папа.

– А я могу пойти на корабль? – дрогнувшим голосом спросила мама. Папа посмотрел в сторону:

– Как хочешь.

Зал на «России» был забит до предела. Многие стояли вдоль стен. Евтушенко выступал в белой рубашке, которая напомнила маме ностальгическую картину зимнего русского поля, на которое вот-вот выйдут волки. Он был так артистичен, что капитан корабля спросил мою маму:

– Он что, заканчивал театральное училище?

Отработав концерт, Евтушенко выпил шампанского с капитаном и посмотрел внимательно на маму, которая была одета в обтягивающее ее красивую фигуру платье с блестками:

– Я хочу вам прочитать стихи, которые я бы не прочитал на широкой публике.

Капитан засуетился и куда-то канул. Евтушенко оглянулся:

– Здесь неудобно читать. Пойдемте ко мне.

– Куда?

– В каюту. Там просторно.

– Я не пойду.

– Я до вас не дотронусь, – сказал поэт. – Честное слово. Пойдемте.

– Я не верю мужчинам, – сказала мама как-то уж очень по-провинциальному.

Евтушенко расхохотался.

– И правильно делаете. Но я – не мужчина.

– А кто?

– Я такое же облако в штанах, как Маяковский. Помните? Он сказал своей спутнице по купе, которая его боялась – я облако в штанах! Правда, гениально? Я обожаю Маяковского.

Они куда-то быстро шли по «России».

– Меня сегодня спрашивает *ваш* президент: «Вы кого больше любите: Маяковского или Есенина?» Ну не дурак ли?

Мама задохнулась от обиды за президента Сенгора и даже остановилась:

– Но это невежливо!

– Если поэты были бы дипломатами, они бы ничего не написали, – сказал Евтушенко.

Они снова быстро шли по палубе.

– Так вот! Он меня спрашивает, кто лучше: Маяковский или Есенин? А я, – он вскинул руку, и тут мама увидела его дорогущие перстни, – я ему говорю: а что лучше, помидоры или огурцы?

– Вы по-английски с ним…?

– По-всякому. Я срезал его!

Широким жестом он распахнул дверь в каюту. Мама пристально посмотрела на него.

– Даже пальцем не трону. Клянусь!

Они сели за столик. Евтушенко достал шампанское.

– Я не буду, – сказала мама.

– Не любите? Тогда коньяк?

– Нет, тогда уж лучше шампанское.

– Вы, конечно, знаете, что я написал о Долматовском. Но это касается и меня самого:

Ты Евгений, я Евгений.
Ты не гений, я не гений.
Ты говно, и я говно.
Я недавно, ты – давно.

Он поник головой. Мама с жалостью посмотрела на него. Он ведь такой же, как она: ранимый и беззащитный. Он переживал свои компромиссы с советской властью. Он продавался за поездки за рубеж. Ну не совсем продавался, но чуть-чуть. Евтушенко не поднимал голову. Было непонятно, то ли он уже напился, то ли страдает. Скорее всего, и то, и другое.

Она осторожно-осторожно погладила его по затылку:

– Вы… вы столько хорошего… Ваш «Бабий Яр»… Ну что вы!

– Давай еще. Мне стыдно (разлил по бокалам). Пей, – сказал он моей маме. – Ты мне нравишься.

Он сверкнул глазами.

– Я здесь стихи написал. Очень смешные. Хочешь прочту?

– Хочу.

Вдруг мама поняла, что это «хочу» – только часть большого «хочу», а большое «хочу» – только часть огромного желания и что делать с огромным желанием ранимой, нежной, честной душе провинциальной новгородки, у которой немцы во время войны спалили дом, и она увидела после войны совсем маленькую ямку и удивилась, как в эту ямку мог уместиться весь фундамент двухэтажного дома, по родительской комнате которого она прыгала и скакала на маленькой лошадке в раннем-раннем детстве.

– У тебя муж хороший, я поражен, – неожиданно сказал поэт. – Все наши послы – это такие козлы, а он достойный. Слушай, это редкость. Он нас поймет. Понимаешь? Куда он денется? Так вот стихи. Слушай:

Положите меня в баобаб,
А со мною хорошеньких баб...

Он захохотал.

– Но сегодня вечером мне никто не нужен, кроме тебя. Понимаешь, никто, никто на свете, только ты. Галка, Галка, сенегалка!

– А ты видел, как сенегалки пляшут под там-там, все выше и выше поднимая юбки? У меня невольно, глядя на них, просыпается вожделение... Знаешь, я никому в этом еще не признавалась... Женя! –вскрикнула мама, одновременно приходя в ужас оттого, что назвала гения по имени.

Поэт вдруг упал на колени, уткнулся в мамино платье между ног. Если бы маме кто-нибудь сказал, что поэт Евтушенко вот так уткнется, а потом будет хватать ее за груди, восхищаться ее формами, задирать платье, сдирать с нее замечательное французское белье, которое она надела в этот вечер на всякий случай – она бы сказала: вы бредите.

И была бы права. Потому что никакой бред не справится с непреодолимым желанием. Мама вскочила на ноги. Оттолкнула великого поэта. Даже шлепнула его по щеке. От шлепка он громко икнул. Она посмотрела на него и ей до слез снова стало его жалко. Слезы невольно потекли из маминых глаз.

Они очень много плакали в эту черную ночь, а в иллюминаторе по огромному порту, озаренному прожекторами, бегали длинные-предлинные темно-серые крысы, с длинными-предлинными хвостами, таких крыс никто из вас не видел, если вы не были в Дакаре, прекрасной столице Сенегала, на самой западной оконечности Африки в самом начале апреля 1966 года, в дни великого фестиваля под названием Негритюд.

56. ПИСАТЕЛЬ-ПРЕДАТЕЛЬ

Книга «Хороший Сталин», по мнению мамы, (напомню) второй раз убила моего отца. Мне пришлось по требованию родителей публично объясниться, почему я раскрыл все окна и двери семейной жизни. Я понимал, что книга может произвести на родителей тяжелое впечатление. Я осторожничал – сначала опубликовал ее в Германии. Книга словно пришла откуда-то издалека. Но это не спасло меня от родительского гнева.

Внутри себя я был уверен, что книга, посвященная отцу, написана во славу его удивительной жизни. Немецкий издатель и журналист Михаэль Крюгер утверждал, что это – прижизненный памятник отцу. Но мама посчитала иначе.

Я напечатал в тогдашней популярной перестроечной газете *Moscow News* полосную статью «Отцы – не дети». Не знаю, кто еще из писателей разговаривал с родителями через газету. Они ждали от меня покаяния, по крайней мере, самокритики.

Родители не были удовлетворены статьей. Отношения были полностью разорваны. Они полтора года не разговаривали со мной.И только рождение моей дочки Майки помогло. Мы с «женой» (мамины кавычки) пришли в ресторан в переулке возле Пречистенки на папин день рождения с Майкой в зеленой коляске. Отношения были отчасти восстановлены.

Мама регулярно звонила мне, посмотрев очередную передачу «Апокрифа», который я вел одиннадцать лет, так что вышло около 500 передач. Но это было сугубо ограниченное общение – в остальном она по-прежнему считала меня предателем и низким человеком. Когда она узнала, что я делаю передачу о совести, она неподдельно удивилась:

– Разве ты знаешь, что это такое?

Я многие годы не понимал, как к этому относиться. Писатель по сути своей – предатель. Тут мама права. Он предает одни воззрения во имя других, рвет с друзьями, которые мешают ему развиваться, меняет женщин. Он выворачивает события таким образом, что другие свидетели тех же событий возмущены. Когда я по телевизору сказал о себе как о писателе-предателе, мне позвонил Андрей Вознесенский:

– Ты прав, – сказал он. – Я тоже так думаю. Но я бы не осмелился…

Мама во многом оказалась права. Наши отношения с «женой» кончились отвратительными сценами, разрывом, судом и полным крахом.

Но есть вещи, которые я никак не могу понять.

Да, я нарисовал в «Хорошем Сталине» нашу семью неоднозначно. Маме, может быть, досталось в этой неоднозначности больше, чем отцу. Но расстреливать меня таким письмом было слишком жестоко.

Конечно, вечер разборок выдался чудовищным.

Во время ужина произошла схватка. «Жена» не выдержала накала страстей и поддалась им. Да, она наорала на моего отца, что было нестерпимо. Но по сути дела папа был ведомым, и я по-прежнему считаю, что мама плеснула керосином на наше накаленное выяснение отношений, перевела в плоскость разрыва.

57. МЫ С ТОБОЙ МУЖИКИ ХИТРЫЕ

В моем городе есть улица Алексея Лосева.

– Мы с тобой мужики хитрые, – сказал последний русский философ Алексей Федорович Лосев поздно ночью в своей квартире на Арбате. Я принес ему две пачки журналов «Вопросы литературы» (сентябрь,1985) с нашей беседой. Самое начало перестройки.

Возможно, первая *напечатанная* перестроечная беседа. Евгения Кацева (когда-то мамина подруга, но отлетевшая от нашей семьи при *Метрополе* и так никогда и не вернувшаяся дружить с мамой), ответственный секретарь журнала, сказала мне прямо, что лучше этой беседы я никогда ничего не создам. В общем, «умри, Денис – лучше не напишешь!»

Лосев поразил меня тем, что знал наизусть стихи Серебряного века и афоризмы Розанова. Всю эту запрещенную мысль он нес с собой несколько десятилетий, через арест, ГУЛАГ, запрет заниматься философией. Власти велели ему, после выхода из тюрьмы, заниматься Древней Грецией. Он стал крупнейшим специалистом по древнегреческой культуре, отдал ей десятки лет. Когда я его спросил, любит ли он Древнюю Грецию, он покачал головой:

– Нет.

Он хотел выгнать меня во время нашей беседы, когда я спросил о его заключении. Он встал и закричал:

– Вон!

На шум вбежала его жена, университетский преподаватель философии.

– Он меня спрашивал о Мейерхольде, – гневно сказал Лосев, – Его жену зарубили топором!

– Но ведь Мейерхольда давно реабилитировали! – сказала жена.

– Правда? – удивился философ.

Память террора была для него сильнее памяти оттепели. Однако наступил перестроечный год, и Горбачев сказал, что человеческие ценности важнее классовых.

Я пришел к Лосеву с этими новостями.

– Ну, это серьезно, серьезно, – задумался он.

И вот наконец вышел журнал с нашей беседой.

Он обнял меня, в своей черной монашеской шапочке – куфье. Это был последний русский философ. Он утверждал, что миф сильнее реальности, потому что он и есть реальность. Я никогда ни до, ни после этого объятья не чувствовал в себе такого (даже страшно сказать!) душевного подъема. Лосев передал мне, как Святой Дух, какой-то особенный дар.

58. БУЛЬВАР АМЕРИКАНСКИХ ПИСАТЕЛЕЙ

Они выступили в мою защиту, когда нас с Поповым выгнали из Союза писателей. Стайрон, Воннегут, Артур Миллер, Апдайк, Олби.

Из них я лично знал только Артура Миллера.

Вечер на его вилле в Коннектикуте. Я, конечно, как все, когда пожал ему руку, тут же подумал, что этой рукой он мял сиськи Мэрилин Монро.

Ужин. Шумная компания богемных гостей решила проэкзаменовать меня на вшивость. Они навалились на меня (любимое слово папиной дипломатии, ненавистное мне – навалились!). Им хотелось знать, настоящий я или липовый. Впрочем, их больше интересовало, настоящая или липовая у нас перестройка. Допрос длился 15 минут. Они были вроде бы удовлетворены и тут же отстали.

Меня посадили за один стол с Филипом Ротом, мы с ним ели не помню что и говорили о смерти. От него за версту пахло смертью. Настоящий рассадник смерти. В сущности, как все умные атеисты. Но писатель, по-моему, может быть только вынужденным атеистом, когда его перекормят религией, как меня в университете перекормили марксизмом. О., которая ненавидит говорить о смерти, патологическая non memento mori – терпеть не может Рота.

Однако в успешных американских писателях есть какая-то несокрушимая сила. Они как будто выдолблены из скалы, как американские отцы-основатели, даже если они подвержены депрессии, скупости, ненависти к женщинам. Наши же постсоветские писатели почти все поголовно гнилые.

59. ПОЛЬСКАЯ УЛИЦА

Еще в советские времена я спросил у литературных диссидентов Варшавы, Тадеуша Конвицкого, Виктора Ворошильского и других, за кого бы они отдали дочь, если бы был такой выбор: за русского, еврея или за немца.

Диссиденты ответили однозначно:

– За немца.

– Если не за немца, то за еврея.

Русский жених оказался последним.

Я спросил Конвицкого, почему он не пишет мемуары.

– У меня нет памяти, – сказал писатель.

– Напиши книгу беспамятства.

Он сверкнул глазами, но книгу не написал.

Я разговаривал с Анджеем Вайдой о его жизни. Он сказал, что поляки спаслись как нация во время второй мировой войны только благодаря костелу.

Я спросил:

– Когда ты последний раз был в костеле?

– В 1947 году, – подумав, ответил Вайда.

Однажды он меня по-настоящему удивил. Предложил написать сценарий для своего фильма «Катынь». На ступенях польского посольства в Москве. Я ему тут же рассказал мое видение фильма.

Пленные офицеры до последнего дня не знают, что их расстреляют, поэтому их жизнь в заключении довольно монотонна. Но я хочу ввести ясновидящего, который будет кричать, что нас расстреляют.

Сценарий сделал кто-то другой. Но мой ясновидящий там все-таки мелькнул.

60. ПОБЕГ ИЗ МОРГА. ДЕНЬ ВТОРОЙ. ГРАНИЦА

Каждый русский боится пересечь границу своего государства. Там его могут грозно спросить: кто ты какой? – и никакой ответ не удовлетворит пограничника. Война в разгаре, от Мариуполя уже ничего не осталось, а граница все еще находится на разболтанном замке, можно проскочить, хотя, похоже, вот-вот закроется, очистившись, как сказал тот же царь, от пятой колонны, национал-предателей, иностранных агентов. На самом деле она освобождается от общечеловеческих ценностей, утверждая пацанские понятия превосходства нашего двора над всем миром.

«Почему я еду?» – думал я, приближаясь к границе. – «Врали всегда. Незатейливо и гнусно врали – ты не ехал. Вранье приняло репрессивный характер, объявило себя священной правдой – ты не ехал.А тут пришла ожидаемая, но все же невероятная война. И наш народ принял ее на ура.

Но ты же знал, что он примет ее на ура? Догадывался. Да, подтвердилось то, о чем ты догадывался – стало быть, пора ехать».

От Петербурга до Выборга дорога как дорога, страна как страна, но ближе к границе машины словно улетучиваются, дорога – тишина. И вот, наконец, сама граница. Здание в стиле общественного туалета. Никакой торжественности, без флага. Обшарпанные стены.

Женщина в окошке с человеческой улыбкой посмотрела на меня, на мой французский вид на жительство, и это решило дело. Катю, Майю и Марианну пропустили по шенгенским визам как семейное сопровождение. Молодой таможенник с застенчивым видом заглянул под капот и в салон, вытащил сумки из багажника, проверил, не везем ли мы вместо запаски кого-то еще, и сам загрузил назад багаж. Ни провокаций, ни проклятий. Удивленные такой обходительностью, мы пожелали пограничнице, по своему виду деревенской тетке, поднявшей последний шлагбаум, хорошего дня и уехали из страны, которая от чистого сердца устроила Украине кромешный ад.

– На финской границе мы даже из машины не вылезем, – заверил я своих прекрасных девиц.

И сглазил.

На финской евгогранице с высокими, гордыми флагами нас приняли в общей сложности пять неподкупных молодых дедов морозов, позвали в чистый зал с кабинками для встречи с Европой. Первый бравый дед мороз в черном костюме робота с наушником в ухе, рациями, двумя пистолетами по бокам, в высоких черных ботинках, покрутив в руках мою французскую карточку ВНЖ, пустил меня в Европу, даже не поставив штампа – свой! Я прошел в зал. Шло время. Где же мои девицы? Я вернулся к ним и столкнулся с нарастающей проблемой. В смысле шенгенских виз было все в порядке, но их не пропускали, потому что они чистосердечно заявили, что едут со мной в Германию, а транзит российским гражданам через Финляндию, то ли вследствие войны, то ли еще по какой причине запрещен. Я объяснил бравому деду морозу, что мы едем по официальному приглашению Фонда Генриха Белля, но это оставило его равнодушным. Если бы мы хором сказали, что едем кататься на лыжах в Лапландию – у нас там знакомый владеет отелем – нас бы тут же пропустили. Не будьте слишком честными в Европе. Будьте честными, но следите за конъюнктурой. У нас в России практикуется ложь во спасение. В Европе лучше воспользоваться полуправдой, если хочешь жить хорошо. Второй, высокий дед мороз, перехватив паспорта моих девиц от коллеги, отвел их в комнату для перемещенных лиц. Ко мне вышел третий дед мороз, видно, постарше званием. Он попросил вновь мои документы – и не отдает.

– Мы должны отправить вас обратно в Россию.

У меня две души. Одна – русская, довольно свирепая. Другая – французская, возникшая от долгих общений с Францией, в результате которых я даже стал кавалером ордена Почетного Легиона.Я обратился ко второй, улыбчивой душе, которая посоветовала мне быть предельно добродушным. Дед мороз положил передо мной брошюру каких-то пограничных инструкций, но французская душа шепнула мне:

– Не трогай ее ни в коем случае.

А русская свирепая душа подсказала:

– Звони скорее покровителям.

Я позвонил знакомому западному послу в Хельсинки, который ждал нас в гостинице на ужин. Теплым голосом объяснил ему ситуацию, он попросил передать трубку деду морозу. Тот умчался куда-то разговаривать с послом. Через минут десять унтер-офицерский дед мороз вернул мне трубку. Он сел рядом со мной на лавку и заявил:

– Я уважаю ваш background.

Что это значило, неважно. Но я увидел, что дед мороз потёк – стал подтаивать, но подтаять не значит растаять. Он все еще продолжал упирать на формальности. Тогда я позвонил моему финскому другу, который в тот день сам катался с детьми на лыжах в Лапландии и был крутым финским дипломатом. Унтер-офицерский дед мороз сначала ни за что не хотел брать трубку, но, узнав, что разговор будет на его родном языке, забрал мой телефон и вновь пропал. Он вернулся совершенно растаявшим! И другие, званием поменьше, как по команде, тоже растаяли и даже выпустили моих спутниц из легкой пограничной тюрьмы. Мы сидели на одной скамейке уже на финской территории, но паспорта были все еще у дедов морозов. Наконец, меня позвал в свой кабинет главный дед мороз, бритый офицер. Даже в растаявшем состоянии он затянул песню про запрет на транзит, но я тут включил свою русскую душу и сказал:

– Я как критик Кремля удивлен, что меня хотели отправить назад, на съедение.

Это было сознательное преувеличение. Впрочем, черт знает! Но как он обрадовался! Я не могу вас отправить назад, заявил он. Документы проштамповали и отдали моим девицам.

– Уф! – тихо выдохнул я, но история не закончилась.

Новый дед мороз, работающий таможенником, заявил, что мы приехали не на тех шинах – без шипов! Я опять же, включив свою французскую душу, нежно ответил ему, что в Польше с шипами ездить не разрешено, а значит, что мне делать? Ищите попутчика! Предложения были одно глупее другого, но в конечном счете, потеряв кучу времени, я попросил вызвать для нас такси (до Хельсинки 200 км) и эвакуатор. Начальник бравых дедов морозов провожал нас.Я подарил ему свою книгу на финском языке. To dear Ari friendly, Viktor. Он был счастлив. Был ли он мной коррумпирован? На следующее утро к гостинице прикатил эвакуатор. Я сел за руль и радостно ездил по Хельсинки на шинах без шипов. Весь шинный гам на границе был формальной ерундой. Въезд в Европу, будь она неладна, обошелся мне (такси, эвакуатор) в 1100 евро. Я поздравляю великую Европу с ее тупым формализмом! Гоголь в «Мертвых душах» вопрошал, куда ты скачешь, тройка-Русь? Пора задаться таким вопросом Европе.

61. **ЕРОФЕЕВ ПРОТИВ ЕРОФЕЕВА**

С Ерофеевым я познакомился в лифте. Он глядел прямо перед собой. Я глядел себе под ноги. Мы молча ехали вверх. Обоим было ясно, что он лучше меня во всем. Он был более высокий, более красивый, более прямой, более благородный, более опытный, более смелый, более стильный, более сильный духом. Он был бесконечно более талантлив, чем я. Он был моим идолом, кумиром, фотографией, вырезанной из французского журнала, культовым автором любимой книги. Мы ехали в лифте в хрущобном районе, в хрущобе, вставшей на попа. Он сказал, глядя прямо перед собой:

– Тебе бы, что ли, сменить фамилию.

Я невольно взглянул ему прямо в лицо. Лучше бы не делал. Он стоял в пальто, в слегка сбившейся набок шапке, придававшей ему слегка залихватский вид, красиво контрастирующий с наглухо застегнутой белой рубашкой и ранней сединой. Лицо выражало легкую брезгливость и легкую беспощадность, вполне достаточную для мелкой жертвы.

– Поздно, Веня, поздно, – сказал я с отчаянным достоинством маленькой обезьянки (храброй участницы демократического движения, организатора альманаха *Метрополь*, уже автора «Русской красавицы»).

Я был сам во всем виноват. Я подставился. Зачем потащился в хрущобу слушать, как он читает только что написанную пьесу? Я же зарекся не знакомиться. Мне ужасно хотелось с ним познакомиться. Я не помню, когда прочитал «Петушки» в первый раз, где-то в начале 1970-х, но зато точно помню свой телячий восторг: Херес! Кремль! Поцелуй тети Клавы! Революция в Петушках! Хуй в тамбуре с двух сторон и стрельба в Ильича с женских корточек! – и свою первичную легкомысленность... отрешенность... подумаешь!... я даже не обратил внимания... в отношении однофамильства. Меня с ним рано начали путать... мне было мучительно лестно... я отнекивался, смущаясь и радуясь поводу поговорить о его книге...

Вся квартира превратилась в ритуальную кухню подпольной культуры, почти (как оказалось позже) на излете: начался 1985-й год, –но прежде, чем читать, Ерофеев пустил по кругу шапку. Молодое инакомыслие полезло по карманам в поисках трешки. Шапка наполнилась до краев. Кто сходит?

Вызвался я. Не без тайной детской мысли все-таки понравиться и оправдаться. У меня единственного была машина.

– Подожди только, не читай без меня, – предупредил я Ерофеева и уехал в советский винный магазин с неповторимым и незабвенным кислым запахом, который нюхала вся страна. Отстояв получасовую очередь, я купил ящик болгарского красного сухого и внес его в квартиру будущих друзей перестройки. Ерофеев читал, презрев нашу договоренность. Я растерянно остановился на пороге. Ерофеев прервал чтение и сказал извиняющимся голосом:

– Дай дочитать до конца первого акта, и мы выпьем.

Ящик вина получался сильнее чтения. Я поймал юродствующую интонацию, граничившую с искренностью. Когда Ерофеев кончил, его жена Галя собрала странички рукописи в папку и села, прикрыв ее попой.

– Чтобы не потерялась, – объяснила она.

Вино было дрянь. Знакомство не состоялось. Начинала действовать метафизика однофамильства: в глубине души я был рад, что пьеса мне не понравилась.

62. **МЕТАФИЗИКА ОДНОФАМИЛЬСТВА**

Однофамилец – дурной двойник, угроза, тень, одни неприятности. Он ворует твою энергию – всегда узурпатор, самозванец, шаги командора, каменный гость, претендующий на твое Я, твою идентичность.

Даже тезка – узурпация, дурное подобие. Если в компании две Иры, как-то неловко, будто на них одни и те же рейтузы. Родственник, носящий ту же фамилию, – общий котел. С ним не делиться, им –гордиться.

– Это не я. Это – мой брат, – с улыбкой.

– Это однофамилец, – всегда с раздражением.

Если фамилия общеупотребительная, к однофамильцам волей-неволей привыкаешь, как к хромоте. Когда фамилия редкая, однофамильство даже радует. Хочется взглянуть, кто еще носит твою фамилию. Встреча в пустыне.

Беда с фамилиями средней частотности.

Ерофеев – слово двух основных греческих корней. Имеет отношение к любви (эрос), и к Богу (одного корня с теологией). В русской транскрипции – Боголюбов. Но Боголюбов фонетически классом выше Ерофеева. В Боголюбове есть известное благородство; Ерофеев – плебейская фамилия, легко переходящая в дешевые кликухи: Ерофей, Ерофа, Ерошка, – в название подзаборной водки «Ерофеич»(ее любили обыгрывать в советской юмористике).

Фамилия богата греческим значением*, но на русской почве какая-то стертая, неяркая, ее часто путают. Учителя мою фамилию никак не могли запомнить: Ефремов, Еремеев. В прачечной приемщицы грязного белья норовили написать ее химическим карандашомчерез «Я».

Сделать из такой фамилии нечто твердое, определенное – большая сложность. Если делаешь, если получается – однофамилец особенно раздражает. Естественная реакция – гнать его вон.

Эти тезисы взяты – кое-что осталось нерасшифрованным – из «Атласа автомобильных дорог СССР». Отправляясь на вечер «Два Ерофеевых» (1987 год, кинотеатр на Красной Пресне), я набросал их на форзаце атласа, сидя в машине в очереди на бензоколонке.

*Позднейшее замечание, 2022 года:

Насчет этимологии фамилии Ерофеев я был неправ. Она действительно состоит из двух греческих слов, и вторым – последнимсловом – действительно является «бог». Зато первым оказывается не «любовь», но прилагательные «святой», «священный». Священный бог. Впрочем, тоже неплохо.

63. БЫЛ ЛИ УЖИН?

Боб был своим человеком в Москве, и когда он – голландский консул, друг богемы – позвал на ужин, я с легкостью согласился. В начале 1980-х годов Голландия представляла в СССР интересы Израиля; молодой, улыбчивый Боб помогал людям эмигрировать. До Москвы он работал в Индонезии; квартира у него имела экзотический, нереальный для строгой советской столицы вид: плетеные кресла-качалки, маски, статуэтки тропических богов, ковры и коврики расцветки «закат на экваторе».

На ужин собрались консулы разных западных стран. Горели свечи. Стоял дух европейской дипломатии: торжественный и непринужденный. Никого из русских, помимо меня, не было. Это меня удивило, но после двух порций джина с тоником удивление размякло, после третьей – исчезло. Консулы засыпали меня бесчисленными вопросами. Горничные из органов УПДК разливали французское вино и обращались ко всем «господин», делая для меня выразительное исключение. «В тюрьму тебя, а не за столом сидеть!», – говорило это исключение, но я слишком увлекся беседой, чтобы его расслышать.

Я сидел во главе большого стола, ел, много пил и говорил без умолку. Всеобщее внимание ко мне я расценил как дань уважения консулов к «интересному собеседнику». Я раскраснелся, даже немного вспотел. Я внушал консулам и их не по-московски загорелым супругам, что русский язык богат, а русский народ нищ и что благодаря и вопреки всему этому я никуда отсюда не уеду, ибо каждый настоящий русский писатель должен пройти через свой эшафот, чтобы найти свой голос. Я не заметил, как горничные убрали грязные тарелки и разлили шампанское. Наступила какая-то особо торжественная пауза.

– Сейчас будет тост, – заявил Боб и с заговорщицким лицом быстро вышел из-за стола. «Куда это он?» – проводил я его глазами. Консулы улыбались мне дружелюбно, их супруги – сочувственно. Моя жена сидела, потупившись. «Приревновала. Вот только к кому? Ко всем сразу», – решил я.

Боб возник на пороге. В руках у него была книга. Молодой, улыбчивый, он решительно двинулся в мою сторону. По мере того, как Боб приближался, я испытал страстное желание провалиться сквозь землю. Собственно, это и был мой эшафот, только не было времени догадаться. Я привстал, неловко отодвинул стул и сделал несколько шагов в сторону Боба. Консулы и тропические боги с неотрывным вниманием смотрели на меня. В руках у Боба была только что изданная в Амстердаме по-голландски книга «Москва – Петушки».

«Боже! – промелькнуло у меня в голове. – Что они подумают! Не того накормили!»

– Боб, – сказал я сдавленно, полушепотом, пытаясь затормозить свой позор. – Боб, это не моя книга.

Боб остановился в полуметре от меня и посмотрел в побагровевшее лицо своего русского гостя со священным ужасом. Возможно, он думал, что его сведения о русских еще недостаточны, чтобы понимать их во всех щекотливых положениях. Кто знает, может быть, русские настолько застенчивы и деликатны, при всей своей показной грубости, что такие простые церемонии, как передача книги из рук в руки, вызывает у них сплетение судорог, которое он видел сейчас на моем лице?

– Это не моя книга...

– Чья же она? – спросил Боб недоверчиво и тихо, как доктор.

– Другого Ерофеева, – ответил я.

Я видел, как Боб все больше из консула превращается в доктора, наблюдающего за тем, как у пациента на его глазах едет крыша.

– А это кто? – спросил он меня очень ласково.

Он повернул книгу и показал на задней обложке фотографию автора. Я всмотрелся в фотографию. Это была моя фотография.

– Это – я, – пробормотал я совершенно подавленно.

– Значит, есть повод для моего тоста, – по-прежнему ласково сказал Боб, отчаянно посмотрев в сторону западных консулов, ища поддержку. Те с бокалами шампанского стали торжественно подниматься со своих мест.

– Подождите! – крикнул я консулам. Консулы сели. – Это – я, – повторил я Бобу, желая объясниться, хотя еще не зная как. – Но эта фотография не имеет никакого значения. У него другое имя.

– Имя? – с подозрением спросил Боб. – Какое имя?

– Венедикт, – вымолвил я.

Боб развернул книгу передней обложкой. Наверху было написано: Виктор Ерофеев.

Мне нечем было крыть. В руке у Боба возник бокал шампанского.

– Давайте выпьем... – начал он.

– Постой! – сказал я. – Я не буду пить. Это не моя книга.

Боб, кажется, стал терять терпение. Он вновь повернул книгу задней обложкой.

– Ты родился в 1947 году?

– Да.

– Ты участвовал в альманахе *Метрополь*?

– Ну.

– И ты хочешь сказать, что это – не ты?

– Нет, это, конечно, я, – терпеливо сказал я, истекая потом, – но я не писал эту книгу.

– Выходит дело, голландские издатели... – он замолк, не понимая, что дальше сказать.

– Да-да, – я отчаянно закивал головой.

Боб внимательно вглядывался в меня. Прошло с полминуты. Наконец, на его лице вдруг засветился какой-то проблеск надежды. Она разрасталась. Вдруг все лицо осветилось огнем понимания. Боб отставил шампанское и схватился рукой за голову. Теперь уже мне почудилось, что он сходит у меня на глазах с ума.

– Как же я сразу не догадался! – воскликнул он с облегчением и посмотрел на консулов. Потом перевел взгляд на меня и подмигнул мне с такой силой, с какой в советских фильмах о западной жизни проститутки подмигивают потенциальным клиентам. Он обвел пальцем потолок, люстру, стены. Я пристально следил за его пальцем, но ничего не понимал.

– Ну, какой же я дурак! – возвестил Боб и еще раз подмигнул мне страшным и жутко интимным образом. – Ну, конечно, не ты написал эту книгу!

– Конечно, не я, – машинально повторил я.

Вдруг меня осенило: Боб решил, что я испугался подслушивающих устройств, скрытых в люстре и под штукатуркой, в ножках кресел и в телах тропических богов, и потому я малодушно отказываюсь от своей книги.

– Но все равно! – ликовал Боб, найдя разгадку. – Все равно, давайте выпьем за автора этой книги.

– Хорошо, – согласился я. – За Ерофеева!

– Да, – подхватил Боб. – Выпьем за Ерофеева!

Консулы потянулись ко мне, и мы все с облегчением выпили.

– А теперь, – сказал Боб, – возьми эту книгу и передай тому, другому, – он в третий раз чудовищным образом подмигнул, не веряв существование этой фикции, – Ерофееву.

Я взял на секунду книгу в руки. Я живо представил себе, как я прихожу к незнакомому Ерофееву в гости, вручаю книгу: «Вот, – говорю я ему. – Голландцы издали твои «Петушки», но как-то так получилось, что на обложку они присобачили мою фотографию и мою биографию, а также имя Виктор». В ответ я уже слышал матерные проклятия Ерофеева.

– Нет, – сказал я. – Не возьму. Сами отдайте!

Некоторые консулы успокаивающе похлопывали меня по плечу.

– Ничего, обойдется, – утешали меня консулы.

Горничные принесли кофе. Вместо кофе мы с женой стали откланиваться. Консулы и тропические боги смотрели нам вслед, на наше паническое бегство, на мой литературный Ватерлоо и еще, наверное, долгое время обсуждали: – Вы представляете себе? Ерофеев не только отказался признать свое авторство! Он даже побоялся взять книгу в руки!... Как тяжела участь русского писателя при тоталитаризме!

Прошло десять лет. Уже из-за могильного зазеркалья Ерофеев в начале 1990-х годов стал свидетелем обратного действия. Поляки, подготовив издание «Русской красавицы», отдали отрывок в краковский популярный журнал «Пшекруй». Любимый автор местного самиздата, однофамилец был национальным героем Польши. «Пшекруй» напечатал на весь разворот кусок из «Красавицы» – с его фотографией и под именем Венедикт. Более того, польский критик предуведомил публикацию предисловием, где с блеском доказывал, что после «Петушков» единственно возможным творческим развитием автора могла стать «Русская красавица». Мы были квиты и – не квиты. Не думаю, чтобы однофамильцу понравилась идея быть автором «Русской красавицы».

Но это еще не все.

Когда, примерно в то же время, я приехал в Амстердам на презентацию голландского издания «Красавицы», популярная телепередача пригласила меня в гости. Я рассказал на всю Голландию, что случилось в доме у Боба. Телеведущий хохотал, как сумасшедший. Как сумасшедшие, хохотали операторы и собранная в студии аудитория. Мой рассказ, несомненно, помог книге стать в Голландии бестселлером.

На следующий день в студию позвонил Боб. Он давно вернулся из Москвы и жил себе мирно в стране тюльпанов. Боб заявил телеведущему, что весь мой рассказ – неправда и что ужина вообще не было!

Я просто обалдел. Как так не было?! А твои тропические боги? Разве они не свидетели? А моя жена? А агенты УПДК? А консулы всего мира? Что ты такое говоришь?! В какие измерения жизни ты хочешь меня провалить?

Все было. И Веня, и ужин. И ты тоже был, Боб. Не надо.

24 февраля

Когда Великий Гопник был маленьким, он отдал команду по двору, чтобы девчонки с 18.00 ходили без трусов. Особенно Аникина.

– Кто ослушается, я не виноват, – сказал он с отсутствующим видом.

Однажды Великий Гопник чуть было не утонул в своей перхоти, но ничего – остался жить.

64. УЛИЦА МИСТЕРА НЕТ

Одна из самых странных улиц в моей жизни. О наших встречах с Вячеславом Михайловичем Молотовым в начале 1960-х годов я писал в «Хорошем Сталине». Но мне хочется снова вернуться к нему. Он не нуждается в презентациях. Он был идеологически предан вождю и разделял его взгляды на всё. Кроме, может быть, посадки своей жены Полины Жемчужины, которая вышла из лагеря такой же отпетой сталинисткой, какой туда и вошла. Мама как-то лежала с ней в одной палате Кремлевской больницы. Полина считала, что без Сталина Советский Союз в конечном счете развалится. Мама злилась, но Полина оказалась права. Перед смертью Сталин стал подозревать Молотова в том, что он – американский шпион. Молотов – начальник моего отца в течение многих лет. Отец был его помощником.

Почему я нередко возвращаюсь в мыслях к тому подмосковному лету 1962 года, которое я, подростком, провел на даче, фактически каждый вечер общаясь с одним из самых фанатичных людей XX века? «Мистер Нет», второй человек в Советском Союзе при Сталине, жил на соседней от меня даче.

В то лето Молотов был уже пенсионером, убранным Хрущевым со всех занимаемых им постов. Ему выделили скромную казенную дачу. Заборов между нашими домами не было. Исторический парадокс состоял в том, что мой отец, кадровый дипломат, который с 1944 года по 1955 год был помощником Молотова по международным делам, под его руководством разрабатывавший советскую доктрину «холодной войны», тогда уже не только не подчинялся своему бывшему «хозяину», но и имел все основания опасаться личных связей с ним как с опальным политиком. Я же по-свойски называл его дядей Славой.

На север от Москвы по Щелковскому шоссе неподалеку от железнодорожной станции «Чкаловская», где расположен городок космонавтов, на территории дореволюционной усадьбы с высокими столетними березами, моя семья проводила лето в дощатой даче. Я жил там с бабушкой, Анастасией Никандровной, а родители приезжали навещать нас на выходные. Дачный поселок был ведомственный – принадлежал МИДу. Мой отец в то время работал заместителем заведующего Первого Европейского отдела.

Я мылся с бабушкой на кухне, среди кастрюль и ночных бабочек, в корыте. Или, если был теплый вечер, на веранде. Всегда очень не хотелось перед сном мыть ноги в тазу. Из чайника бабушка лила кипяток.

– Ну что, теплая? Три колени. И чего это ты с этим Молотовым связался? Смотри, еще отцу навредишь. На пол не брызгай.

– А что Молотов? Почему с ним нельзя?

Я стал бояться, что она меня ночью задушит, потому что я молодой, то есть из зависти.

– Ты слышишь, что я говорю? Он тебе не пара. Видишь, с ним никто не здоровается.

А утром проснешься – солнце, теплынь, не задушила. Босиком бежишь умываться.

Так что знакомство с самого начала получалось подсудным. Дядей Славой он стал, я осмелился его называть уже в августе, когда наступил звездопад, и, сидя рядышком на скамейке со спинкой, выгнутой на бульварный манер, мы в тайне друг от друга загадывали желания.

– Вот еще одна, – говорил я, – а вот, смотрите, еще!

– Да, много их падает, – вдруг согласился дядя Слава с болью в голосе.

Жил он на даче почти безвыездно, мирно, и всякий отъезд его в Москву меня глубоко обижал. К даче подкатывал черный, далеко не новый лимузин ЗИМ (завод-производитель был назван в его честь), открывался маленький, как несессер, багажник, вяловато крутился шофер, появлялись женские призраки домочадцев – он выходил в безукоризненном темном костюме, в темном галстуке и в темной шляпе. Четкий в каждом движении, корректный и малость растерянный, он нырял, наклонившись, в ЗИМ, не спеша опускался на заднее сидение, издевательски прикрытое – чтобы он не нагадил – плюшевым темно-красным чехлом. Помню запах сизого дымка из выхлопной трубы этого ЗИМа. Запах нашей разлуки. Проезжая мимо худого подростка с большим застенчивым ртом, он поднимал и опускал руку, согнутую в локте. На секунду на его лице обозначалась расплывчатая, отечная, болезненная улыбка. Я тоже вскидывал руку в прощальном приветствии и долго стоял у дорожки, и чувствовал, как Земля, вращаясь, крутит колеса его машины.

На даче дядя Слава ходил в светлой паре, без галстука и в светлой шляпе. Любил гулять кругами, далеко от дачи не отходил. При нем всегдашняя палка. Простая, с простой ручкой. Был несгибаемый, ладный, похожий на маленький сейф.

Бабушка мне не давала слушать транзистор. Ей казалось, что транзистор портится оттого, что его слушают. В ту пору транзистор был ошеломляющей новинкой, неведомой подмосковному населению. Бабка заматывала транзистор в тряпку и прятала в шкаф. Это был внушительный ящик, ярко-красный, с белой пластмассовой ручкой, норвежского непонятно почему производства. Когда я тайком от бабки брал ящик на большой пруд, с местными парнями случалось вроде помешательства. Они облепляли меня, любопытные и подозрительные, и на лицах было написано, что их не проведешь: радио не может играть без провода, само по себе. С транзистором на пруду я чувствовал себя юным непонятым богом.

– Мне папа разрешил, – говорил я.

– Ну и что, что разрешил? – говорила бабка. – Ты всё портишь, и это испортишь.

Она всё в жизни пеленала: моя велосипедная фара тоже хранилась в тряпочке.

– Папа разрешил!

– Не дам!

– Нет, дашь!

Она доводила меня до слез, а потом скрывалась и выносила транзистор с несчастным видом обиженного бульдога. И я бежал в сад: он в росе, я в слезах. После слез мир казался еще прекраснее.

На пограничной скамейке под высокой березой мы встречались с дядей Славой каждый вечер около девяти. Бабка никогда не подходила к нам и не слышала, что мы слушаем. Она только хмурилась:«Чего ему от тебя надо?» – но уважала.

Я всегда приходил первым и всегда волновался, что он не придет. Молотов приходил полминутой позже. Мы обменивались молчаливым рукопожатием. На тридцать одном метре коротких волн я выуживал из радиохаоса позывные. Мы обращались в слух.

– Говорит «Голос Америки» из Вашингтона! – раздавалось по-русски.

Сначала, как водится, передавали краткую сводку новостей, затем полный выпуск. Дядя Слава клал ладони на ручку палки, на ладони он клал подбородок – усы, пенсне, шляпа покоились и не мешали. «Голос Америки» со своими новостями все время норовил уйти в сторону, и его приходилось вновь и вновь вылавливать. Глушили. До шестьдесят третьего, если не ошибаюсь. Давали послушать какие-то посторонние новости, а как доходило до нас или до Берлинской стены, включалась по чьей-то команде глушилка, и слушать становилось почти невозможно. Наверное, эта глушилка была когда-то заведена по прямому приказу самого Молотова для борьбы с американской пропагандой, но теперь она ему явно мешала.

Дядя Слава никогда не уходил, когда начинали глушить, и никогда не крякал, не выражал своего раздражения или неудовольствия, он относился к глушилке как к неизбежному явлению природы. Он оставался невозмутимым, сидел и ждал, когда я найду ту промежуточную зону, где полуслышно полуглушат. Он был молчалив, но всегда приветлив, с самого начала приветлив, и, хотя сидел покойно и плотно, меня не покидало тревожное чувство, что он здесь случайный.

Вот присел на скамейку к мальчику, тот крутит радио, и случайно он услышал, что не следует слышать – вражий голос, и старый конспиратор-коммунист не виноват. Но так как это случайное случалось из вечера в вечер, он эту мнимую случайность разыгрывал не передо мной, а перед всем миром, которого не было: скамейка была глухая и только наша. И в эти минуты мы были одни во вселенной: он и я, молчаливые заговорщики, слушавшие неположенное, одинаково неправые, пионер и пенсионер, перешедшие на нелегальное положение, но почему-то не предающие друг друга.

Это, конечно, нас сблизило, и от вечера к вечеру, слушая «Голос Америки», он становился ко мне добрее, наши рукопожатия – дружественнее. Я был уже не просто мальчик, у меня появилось имя. Неуловимыми жестами он давал мне понять, что не сердится на меня за то, что не слышно, и я постепенно утрачивал чувство неловкости от соседства с ним и оттого, что не всегда успешно справлялся с глушилкой.

Комментарии американского радио, которые шли после новостей, Молотов слушал редко: они ему не были нужны, он сам был себе комментатором.

– Ну, мне пора, – он тихонько поднимался и уходил после новостей, и только однажды услышали мы в новостях имя самого дяди Славы. Это было, когда сообщили – помню просто дословно, – что студенты

Бейрутского университета бросали в полицию бутылки с коктейлем Молотова.

Я украдкой глянул на дядю Славу: как откликнется на свое имя? Он не переменился в лице.

– Дядя Слава, – робко начал я, скрестив под скамейкой ноги.

– Да?

– А что такое… ну это: коктейль Молотова?

Он никогда ни о чем меня не расспрашивал, не задавал снисходительных вопросов, я тоже его до этого случая ни о чем не спросил. Он помолчал и улыбнулся. В его сдержанной, провинциальной улыбке было что-то кошачье, неуловимо брезгливое, будто только что мимо него пронесли кусочек говна. Слегка повернувшись ко мне, он промолвил, плавно махнув рукой:

– Да это так, пустяки!

24 февраля

Мертвые солдатики. Затертый дагестанский ковер – поле сражений. Наши солдатики – руки по швам. Быстро осыпается зеленая краска. Облупленный знаменосец – с облупленным красным знаменем – впереди. Об его острие можно уколоться. Другая армия – коллективный Запад. Мне особенно нравился командир с черными бровями, в каске и с пистолетом. Он резко шел вперед. До сих пор помню это движение. За ним – солдаты и пушка. И танк. Война продолжалась и под обеденным столом. Я играл часами. Был объективным. Стрелял из пушки за две армии. Иногда побеждали лучше сделанные солдаты коллективного Запада, иногда – наши облупленные войска с нарисованным автоматом на груди. Одни на одно лицо. Бабы их еще нарожают – это точно. Смерть других огорчительна. За окнами посольский сад с рыбками. Мертвые солдатики. Четвертый этаж. Париж середины 1950-х годов.

65. *МЕТРОПОЛЬ* И МЕРТВЕЦЫ

Любая групповая фотография – это власть смерти.

Смерть наезжает на любое значение социального действия. Будь то бунт или предательство.

Я смотрю на знаменитую фотографию авторов альманаха *Метрополь.*

Заговорщики, мы взялись бороться с общественной энтропией.

Казалось бы, это было только вчера.

На самом деле, это парад мертвецов.

В центре Аксенов – у него руки литературного мясника. Но его прозаический замах всегда оказывался сильнее удара.

Слева от него Высоцкий – в нем видно новичка от литературы. Он робко спрашивает Василия о тайнах искреннего творчества. Главным героем Высоцкого остался Иван-дурак, спрыснутый одеколоном либерализма.

Всех смыла смерть.

Вот Баткин – западник, энциклопедист.

А вот автор фотографии – религиозный философ Тростников, антагонист Баткина. Он поставил затвор на время и бросился к нам – любитель знаменитостей.

Липкин – до сих пор недооцененный поэт.

Улыбающийся Горинштейн – он звал мою жену Веславу уехать с ним в Берлин.

Зачем?

Ненавидеть немцев.

Он медленно вырастает в великого писателя.

Он держит руки на Марке Розовском.

Марк в модной коже. Он теперь юбиляр. Выжил.

Идет война на уничтожение веселых борцов с энтропией.

Лиснянская. Она не очень верит в талант Ахмадулиной.

Самой Ахмадулиной нет. Ни на фотографии, ни в жизни. В ней была сила женского пронзительного загула. Я невольно влюбился в нее уже на излете ее безобразий.

Мне позвонил ее муж Мессерер. С добродушным предложением:

– Ты с ней не затевайся.

Мало что от нее осталось. В отличие от Горинштейна. А ведь казалось – хрустальный голос и сила магии. Она утверждала, что может спалить одним взглядом бронированные машины политбюро.

Но, впрочем, – разрешала она, – пусть живут.

Никто не выжил.

Карабчиевский – поэтический боец с Маяковским.

Как он пламенно с ним боролся! Зачем боролся? Так увлекся борьбой, что наложил на себя руки, как тот же Маяковский.

Генрих Сапгир – самый детский, самый веселый, самый близкий к обэриутам. Простодушный, хитрожопый. Обернулся к нам с Поповым. Как хорошо жить! Мы сдержанно кивнули.

Нет его.

Вот Искандер. Высокий моралист. Юморист.

И еще один юморист. Как его?

Аркан. Он любил коньячок.

Ракитин. Наиболее неизвестный.

Оставшиеся в живых расставлены в последнем ряду.

Бывший церковный сторож-поэт, антисоветчик Кублановский.

Ценитель особого пути России.

А вот – взгляд вниз – Давид Боровский, автор самиздатовской «метропольской» обложки, похожей на могильную плиту.

Нас ждал советский разгром.

Нас объявили власовцами.

Тогда это звучало ужасно.

Да и теперь тоже.

Одни из нас уехали, другим заткнули рот.

Липкин говорил, что мы за всю историю СССР были первыми после взбунтовавшихся матросов Кронштадта, которые не сдались, не покаялись – и были расстреляны.

Но есть ли смысл бунтовать?

Бунтовать против смерти?

Нет среди нас Битова. Ни на фотографии, ни в жизни. Его можно было бы назвать самым умным из шестидесятников, но он просел на потаенном народничестве, которое полезло из его романа «Пушкинский дом».

Однажды он сказал о русской литературе как об *эстетике поражения*. После 24 февраля это стало очевидным.

Нет среди нас и Вознесенского.

Он осторожничал и дал в альманах какие-то полузапретные стихи.

Как поэт, до критики Хрущева, он просто великолепен. Свисаю с вагонной площадки… прощайте…Сильнее Бродского. А потом – нет. Сломался механизм. Он сам говорил, что, когда тебя бьют сапогами, из тебя выбивают Моцарта. Выбили.

Его презирали за двурушничество. Когда его отпевали в университетской церкви, ко мне подошел его пахнущий трухлявым пнем поклонник:

– Это не он. Покойника подменили.

Может, так бывает со всеми покойниками?

Больные, уже не похожие сами на себя, бывшие красавцы, Андрей и Белла плакали, обнявшись, в Пушкинском музее, перед тем, как умереть.

Если бы их всех, кто на фотографии, пригласить в сегодняшний день, что бы они сказали? Против чего мы бы сделали новый *Метрополь*? Что бы они рассказали о смерти? Они были такими трогательными.

А вот – привет! – мой давнишний друг Попов. Когда мы ехали с ним на метро с юбилея Искандера, которому исполнилось всего-навсего пятьдесят лет, Попов отрывал пуговицы от белой рубашки и прилюдно глотал их, как таблетки.

Пассажиры метро запомнили это на всю жизнь.

Это был лучший поступок Попова.

Он написал пьесу «Лысый мальчик» и тут же облысел.

Впоследствии он стал образцовым оправдывателем всего на свете.

Вознесенский не стал бы его осуждать.

Однажды Горинштейн пришел в нашу компанию заговорщиков в зимних рейтузах.

– Фридрих, ты забыл надеть штаны! – воскликнул Аксенов.

То-то смеха было.

– Нет, я просто утеплился, – достойно ответил Горинштейн.

Он принес две свои фотографии, анфас и в профиль, чтобы мы вклеили их в рукописный альманах. Провидец.

Когда Вознесенскому исполнилось 50, я приехал к нему в Переделкино.

Он в полном одиночестве ел черешню.

Я спросил, почему он призвал в стихах убрать Ленина с денег. Это потому, что Ленин выше денег или ниже?

Я не помню его ответ.

Многое разварилось во времени.

Потом он долго и мучительно болел.

А вот и я. На заднем плане. Стою за Высоцким. Лучусь от счастья, что *Метрополь* придумал я.

Битов потом жалел, что участвовал в *Метрополе*. Горинштейн – тоже.

А Липкин, который знал Андрея Платонова, вышел в знак протеста вместе с Лиснянской из Союза писателей, когда нас с Поповым оттуда выгнали.

Только они и вышли, оставшись в стране. Жили бедно. Мне стыдно, что я им совсем мало помогал. Однажды я прочитал им свой рассказ «Жизнь с идиотом»; я помню, он понравился Липкину, а вот на чету

Поповых рассказ произвел мутное, неприятное впечатление. Меня тогда это удивило.

Однажды к нам-закоперщикам пришел Высоцкий с Боровским.

Стучат в дверь.

– Это здесь делают фальшивые деньги? – голос Высоцкого.

Много смеялись.

Он спел тогда песенку о «Метрополе».

Смешную песенку.

Но потом ее никто никогда больше не слышал, а куда подевалась, непонятно. А у нас не хватало ума ее записать.

В каждой версии истории Советского Союза *Метрополь* занимает видное место.

И фотография прикладывается.

Платонов писал, что смерти нет.

66. ДРУГИЕ РАЙОНЫ

Есть улицы, куда я стараюсь не заходить. Есть скорбные пятиэтажки. Есть в моем городе дон-жуанские улицы, переулки и тупики. Некоторые из этих улиц обветшали, дома разрушены, постели не стелены – вплоть до того, что названия улиц утрачены. Есть переулок Красных фонарей. Он небольшой.

Больше всего вспоминаются неудачи. Улицы любовных неудач. Целый квартал, заселенный моими провалами. Пойдешь туда – ногу сломишь. Там без устали подает еду коктебельская подавальщица – маленькое некрасивое создание, которое решительно сказало мне нет.

23 июня

Мама, прости, я не успел попрощаться с тобой. Ты умерла раньше, чем я приехал в больницу. Меня с утра разбудила звонком сиделка: вашей маме плохо, давайте скорей! Я встал, зажмурился, дело было на даче, солнце, птицы поют, я принял душ. Я подумал: сиделка пугает. Ей нравилось меня пугать. Она пугала постоянно. Шурочка говорит: куда ты поедешь голодный? Я съел три сырника с черносмородиновым топпингом. Такое вот новое слово появилось: топпинг. Съел, зашел в уборную, долго сидел, думал. Потом вскочил: все-таки пора ехать! Выбежал на лесную стоянку, солнце, птицы поют. На МКАДе обычная пробка.

От дачи до больницы надо было ехать минут сорок. Я так решительно боролся за ее жизнь предыдущие две недели, что мне казалось, она будет жить вечно. Ей был 91 год.

Вхожу в палату, сиделка, толстая баба, привстала. Я все сразу понял. Подошел к кровати. Ты лежала в зеленой блузке с воротничком, модно подстриженная. Я взял тебя за руку. Она была еще теплой. Подумал и встал на колени. Я хотел было поправить одеяло, но сиделка сказала с испугом: не надо. Я подумал: теперь ты мне никогда не расскажешь, почему ты ко мне так странно относилась. Почему ты не любила меня? Или ты все-таки вот так странно любила меня? Я что-то, мама, не понимаю. Но в результате, мама, именно ты стала моей музой, мама, той самой свечой зажигания, без которой мой секс-катафалк остался б на мертвом месте.

67. **ПРИЕМНАЯ**

У О. глаза как блюдца, глаза-озера. Я всё сделаю, чтобы ее спасти. Мне страшно представить себе, что она будет гнить в русской тюрьме. Но что делать? Куда звонить?

– Приемная… – пропел женский голос, сладко и выверено. Я отдал должное мастерству. До такого мастерства дозвониться было непросто. Все номера приемной, существовавшие в открытом доступе, оказались фейком. Я раздобыл реальный номер случайно, через правительственного юриста, когда уже впал в отчаяние. Казалось, на тех верхах, где так сладко поет телефон, живут совершенно сказочные люди, гипербореи, и все гадости о них рождены низкопробной завистью. Уже одно только слово «приемная», пропетое с такой силой административного таланта, покорило меня, и захотелось припасть к роднику власти.

68. **МОЙ НЕИЗВЕСТНЫЙ ПАПА**

Когда папа умер, я больше всего боялся, что на похороны придут какие-то дамы, бывшие красавицы, с которыми у него были бывшие отношения и своим появлением дополнительно огорчат маму. Я жил в слухах, что он всегда был любвеобилен.

Однако я до конца не представлял себе реальные масштабы бедствия. У папы оказалась другая, секретная жизнь. Причем секретная жизнь оказалась бурной, многоуровневой, страдательной и страстной. В сущности, если все сложить, то главный акцент его жизни был не политическим, а любовным. В молодые годы он был скорее не кремлевским помощником Молотова, а потомком юного Вертера.

Об этом мы узнали из дневников, которые папа тщательно вел многие годы и которые после его смерти частично расшифровал мой брат.

Я ясно представляю себе тот ад, в котором прожила моя мама 65 лет совместной жизни с моим отцом. Но ад начался еще раньше.

Ее звали Любкой, она была шипящей яичницей искушений. Бросишься с ней целоваться, она собьет тебя с толку умом, бросишься умничать, она сразит тебя ногами, золотой головой и классной попой. Не знаешь, куда кидаться, чего искать и как с ней быть.

Мой папа на первой курсе сначала крутил роман с моей будущей мамой, но Любка выбила из-под мамы табуретку, и дело запахло любовной виселицей.

Мою бедную застенчивую маму уже приняли однажды вечером как будущую невестку Иван Петрович и Анастасия Никандровна – мои питерские прародители с Загородного проспекта, но мой будущий отец не явился домой – его уволокла любовь к Любке.

Они гуляли по заливу, сидели на скамейке в кустах сирени до утра – отец завел дневник своих окаянно любовных дней. В стране расцвел, как герпес на жопе, Большой Террор, шел 1938 год – отец обезумел от любви к Любке.

В том же году, осенью, когда большинство переводчиков уже перемолотила ежовщина, папу, маму, Любку и каких-то других однокурсников отправили в Москву ковать из них новые кадры на высших курсах при ЦК ВКП(б). Мама с Любкой жили в одной комнате общежития. Мама глотала сопли. Любка, не стесняясь ее, оправляла платье и прихорашивалась, готовясь к вечернему свиданию с отцом.

Потом завыли сирены отцовской ревности. Отец увидел, как Любку в Москве потянуло в сторону художников и поэтов – тогда еще далеко не все перековались в советских баранов.

Моя мама окончательно выпала из его жизни.

Отец на всю жизнь остался мучительным ревнивцем.

Дальше – война. По официальной семейной версии, которую я знал с детства, папу взяли сначала на подготовку в диверсионную группу, чтобы взрывать мосты за линией фронта. Перед отправкой в тыл врага он последний раз прыгнул с парашютом, налетел на ель, сломал ногу и остался жив.

Папины дневники рассказывают совершенно иное. Когда немцы были на пороге Москвы в октябре 1941-го, они с Любкой ушли на восток и шли пешком 200 километров до Владимира. Всё треснуло, рухнуло, перевернулось, немцы у Москвы – они бегут, счастливые, любить друг друга.

От Владимира дальше на восток они ехали на поезде. Не доезжая Волги, спрыгнули с подножки движущегося состава, и папа неудачно приземлился, сломал себе ногу. Как он дополз, добрался до деревни, не знаю, в некотором роде он был похож на Алексея Маресьева. В деревне они остались на полтора месяца – как раз в то время, когда решался под Москвой глобальный вопрос кто – кого.

Занесенные снегом, в глухой деревушке, неизвестно, как питаясь, у кого приютившись, в простой русской избе они находят свою эвакуацию. Ходят по воду, жуют снег, топят печку, спят, обнявшись – все как у доктора Живаго, который еще не написан. Им по двадцать один год – совсем еще дети войны.

Москва не сдалась, немцы отступили, все больше становилось ясно, что это не те добрые немцы, о которых многие мечтали. Отец с подлеченной ногой вместе с Любкой возвращаются в Москву.

Папу по повестке забирают в армию. В какой-то момент Любка оказывается в ГРУ. Папа где-то живет в казармах возле Сокольников, ожидается, что призывников вот-вот отправят на фронт. Папа с некоторым ужасом глядит на этих призывников – он, бывший студент, как Раскольников, видит в этих ребятах тревожные признаки диких племен. Любка навещает его – он делился с ней своими сомнениями.

Она вырывает его из казармы. Как? Красавице все подвластно. Ей удается сделать так, что папа предстает перед очами самого Деканозова, заместителя министра иностранных дел (если говорить в общепринятых терминах).

В официальной версии папиной жизни Деканозов тоже присутствует, но, понятно, без связи с Любкой.

– Где вы хотите работать, здесь или за границей?

– Здесь, – говорит папа.

Какая там заграница, если Любка здесь! В результате разговора папу отправляют на дипломатическую работу в Швецию.

Я, конечно, совершенно случайный ребенок. Благодаря Любке я выжил как проект, потому что папа попал не на фронт, а в нейтральную Швецию. Но останься папа с Любкой, моя песенка так никогда бы и не была спета.

В мирном, сытом Стокгольме (спасибо Любе!) папа страшно скучает. Приволжская деревушка снится ночами. С послом Александрой Колонтай он говорит о Любе.

– Почему бы ей не приехать? – недоумевает посол.

Вдохновленный, с крыльями за спиной папа пишет Любе: можно!

Люба отвечает неожиданно:

«Это не целесообразно».

Страшное советское бюрократическое слово, как поваленное дерево, ложится между ними.

Можно гадать, что случилось.

Что мы знаем о жизни? Не больше пяти процентов. В этих пяти процентах ответа нет. Все остальное в дыму. Ну, может быть, она не хочет ехать в своему же протеже. Мелкому дипломату. Ей нужен полет. За ней ухаживает начальство.

И вот она, работник ГРУ, вместо того чтобы ехать к папе и обниматься, как на Волге, едет в Алжир в советскую военную миссию.

А моя мама? На другом конце света. В Японии, и тоже мелкая мошка ГРУ. Папа ей писем не пишет – он катается по земле и воет. Любка не едет, не едет и вообще не приедет!

В 1944 году отца в Москву вызывает Молотов. Война по трупам ускоренно движется к победе. Мой папа узнаёт, что Любка вместе с союзниками оказывается в Италии.

Вместо Москвы он рванул через на половину освобожденную Францию в Италию. Но с Любкой не встретился. Она, оказывается, не одна. У нее, оказывается, муж. Крупный чин ГРУ.

Дальше жизнь постоянно сталкивает отца с семейством Любы Видясовой.

Она со своим чекистом прожила в посольстве Советского Союза в Париже на рю де Гренель до 1950 года. Под дипломатическим прикрытием разворачивается шикарная жизнь, пахнущая настоящим кофе. Муж у нее строен, подтянут, в бабочке и морда не квадратная. Любка наблюдает, как Париж приходит в себя после обморока оккупации и позора почти повсеместного коллаборационизма. Как относительна правда национального бытия! Когда мы в свою очередь приехали жить в Париж в 1955 году, французы уже ничего не хотели помнить: читали любовный роман «Bonjour tristesse» 18-летней Франсуазы Саган и носили широкие жизнерадостные юбки от Диора. До «Hitler? Connais pas» («Гитлер? Такого не знаю») – молодежного лозунга, обозначившего окончательный разрыв с пафосом войны, – было рукой подать.

Папа приезжает на мирную конференцию в Париж в 1946 году. Он еще на что-то надеется. Любка говорит ему при встрече, что даже друзьями они не будут – вот только товарищами…

Тогда сильно меняется стиль дневника. Если раньше ни слова о больших идеях, то теперь отец переводит разговор на народный подвиг, опираясь на победившую страну.

В отчаянье папа, вернувшись в Москву, женится на Галке Чечуриной. Это моя мама.

Я почти немедленно рождаюсь. Меня называют в честь победы. Какой победы? Семейной маминой победы над папой, который так отвратительно бросил ее в Ленинграде на съедение сплетням.

Любкин шлейф протянулся на годы, портя мамин характер. Мама – кожзаменитель, фактически подставное лицо. Ну, а я – случайный парень. Стараниями Видясовых произведенный на этот свет, где мама прячет лицо в ладони, а моя бабушка Анастасия Никандровна попрекает ее тем, что папа женился не по любви.

И даже до меня в детстве долетали брызги каких-то смутных разговоров, и Любка бродила среди нас высокомерным призраком настоящей любви. А добираться до нас ей было недалеко – они с мужем после Парижа поселились в том же доме, что и мы, возле Зала Чайковского, на Маяковке.

В начале XXI века Любка, потеряв мужа, с округлившимся лицом и жидкими волосами старушки, в огромных очках, пытающихся сфокусировать остаток жизни, вновь появилась на дымящемся горизонте. Сняла на лето дачу недалеко от родителей. Зачем? Чтобы встретиться с отцом?

Они встретились, гуляли по лесу, выходили к Москва-реке. Отец вернулся к ночи. Что-то врал.

Потом, сговорившись, Любка с отцом предстали на родительской даче перед мамой.

Держась на ручки?

Работа в ГРУ сделала Любку советской, примитивной, фанерной. Мама, еще в 1940-е годы ушедшая из ГРУ с помощью отца, работала дипломатом, занималась историей Франции в архивном управлении МИДа (помните «архивных юношей», Веневитинова и других пушкинских спутников, отразившихся в «Евгении Онегине»?), но мечтала переводить книги. Стала, наконец, переводить Трумана Капоте.

– Да-да, Капоте! – закивала Любка.

Мама снисходительно посмотрела на соперницу. Боль отпустила.

Да и влюбленный на всю жизнь папа, стоявший рядом с Любкой, показался ей несколько комической фигурой.

Когда Любка умерла, а папа стал стремительно терять память, мама вдоволь наплясалась на нем, беспомощном пенсионере, и даже не все его дневники порвала.

69. **ВЕРБЛЮЖЬЯ ГОРА**

Я люблю Крым. Я скучаю по домам, которые я почти что достроил. Два дома по проекту Евгения Асса. Ночью долина заливалась вся серебром. Это было даже не преувеличение, а скорее легкое преуменьшение. Это был еще тот Коктебель, с рваными остатками воспоминаний. Мы стояли в недостроенной комнате в три часа ночи и смотрели в недостроенное окно на это лунное серебро. Мы с Сашей Соколовым. Запах полыни и ветер с горы. Справа от окна шумел на ветру выросший за время строительства лох.

– Это что за дерево с оливковыми плодами? – спросил Саша Соколов.

– Лох, – сказал я.

– Сам ты лох, – обиделся Саша.

По ночи мчались серебряные зайцы. У меня не было шанса достроить эти дома. Мне завязали черной повязкой глаза и сказали:

– Тебе этого не надо.

В середине 1970-х годов у меня был шанс поехать в Париж. Работать в ЮНЕСКО. Пить капучино и работать переводчиком. Мы начали оформление. Это было совсем не сложно, потому что мой отец заканчивал свое пребывание на посту заместителя генерального директора ЮНЕСКО, среди прочего и по кадрам.И тут мне совершенно случайно предложили написать в тишайшем московском журнале «Вопросы литературы» статью о русском философе Льве Шестове. Разумеется, разгромную. Шестов был не только эмигрантом, но вдобавок и экзистенциалистом. Не слишком ли!

Высокое советское начальство сочло мою длинную, влюбленную статью вредной. Главного редактора за нее водили мордой об стол.

Мне отказали в выездной характеристике на моей работе, в Институте Мировой литературы. Страшно подумать, что бы стало со мной, если бы я поехал в Париж. Да, наверное, ничего бы и не стало.

В любом случае не было бы альманаха *Метрополь*, который я придумал, живя в съемной квартирке напротив Ваганьковского кладбища. В окна почти каждый день заползала, как осенняя гарь от мусорных костров, нестройная похоронная музыка. Я курил и придумал способ похоронить советскую литературу.

Кто-то черной повязкой завязал мне глаза и вместо Парижа подсунул Льва Шестова, который, как оказалось, был выдающимся философом.

Но перед тем, как мне завязали окончательно глаза, у меня еще был шанс стать богатым землевладельцем на Рублевке. Тогда, в советские времена, отцу предложили взять большую дворянскую усадьбу в тех краях. По лесной тенистой территории с солнечными лужайками для девичьих хороводов протекала шустрая речка.

Мы с отцом поехали туда, заблудились, ходили-ходили, вышли на особняк пушкинских времен. Желто-белый неоклассицизм. Два инвалида в засаленных кепках нехотя встали с завалинки, чтобы нас поприветствовать. Мы вошли в дом. Отец был подавлен роскошью и разорением. Разорение гонялось за роскошью, а роскошь пряталась в высоких, рваных потолках. Отец решил, что все это ему не по чину, да и ремонт слишком дорог. Я взмолился:

– Папа, давай купим брезентовую палатку и примус и будем жить на лужайке перед домом. Без ремонта.

Отец ничего не ответил.

Страшно подумать, что бы стало со мной, если бы в разгар брежневского застоя, я бы осваивал пушкинский неоклассицизм, пока папа работал уже на новой работе, послом СССР в Вене.

У меня на этом гектаре счастья с шустрой речкой не хватило бы духу придумать *Метрополь*, который потащил за собой «Русскую красавицу», которая и перевернула мою жизнь, как будто меня запустили в космос и забыли там, оставив болтаться.

Но вот и на Земле объявился шанс свалить подальше и навсегда. В 1988 году, когда уже была написана «Русская красавица», по приглашению президента Америки Рональда Рейгана я поехал в Штаты и стал преподавать в прекрасном университете Миддлбери в Вермонте. Летний семестр. Кленовый сироп. А неподалеку от Бостона музыкальный фестиваль Тэнгелвуд.

Гостевой профессор и аспирантка из Чикаго. Я пришел к ней в комнату и сказал:

– У тебя есть машина, а у меня друг – великий пианист. Поедем на концерт к нему в Тэнгелвуд.

Анджела закусила губу:

– Мне надо готовиться к занятиям.

– Давай готовиться вместе.

Я едва уговорил американскую красавицу-отличницу. Она была высокой и белой-белой, как вермонтская молочница. Во рту у нее всегда был какой-нибудь стебелек или травинка. Мы поехали по дороге №7 вниз на юг, с травинкой во рту, и вернулись оттуда уже совсем другими людьми.

Мы даже съездили позже к ее родителям в Чикаго. Они жили в пригороде. Ее отец собирал интересную коллекцию – пустые банки из-под пива всех стран и народов – и был страстным поклонником Барри Голдуотера, патологического реакционера, который во всем видел происки «красных».

Я с отцом-реакционером выпил немало за ужином, мы спустились в подвал. Говорили по-мужски. Я пообещал ему присылать русские бутылки из-под пива. Но он собирал только пустые банки. А банок из-под пива у нас тогда еще не было.

– Нет, ты не «красный», ты – другой… – решил под утро отец Анджелы.

Путь в Америку был открыт. Но кто-то завязал мне черной повязкой глаза и сказал:

– Пошел вон. Вали из Америки!

Красавица Анджела, я скучаю по тебе, как по недостроенным домам в Коктебеле.

А ведь я заупрямился в тот раз. Я познакомился с Татьяной Яковлевой и Алексом Либерманом – они были легендой светской богемы всей Америки. Татьяна не пришла в восторг от Анджелы, но она мне сказала:

– Я читала твои статьи в «Нью-Йоркере». Чего ты в Москве забыл? Оставайся. Не пожалеешь. Мы сделали Бродскому Нобелевскую премию.

Но кто-то завязал мне черной тряпкой глаза и сказал:

– На хрена тебе Америка!

И я уехал, и стал строить дома в Коктебеле. Я люблю Крым. Я люблю кипарисы Коктебеля как предвестники субтропической неги. Я люблю спускаться вниз к морю где-нибудь в Симеизе и слышать, как звенят на жаре запахи кустов и трав.

Я летал из Москвы на строительство домов, как на работу, видел море в прозрачных льдах пляжа в январе, ковры цветов – в апреле, видел Волошина в камне и наяву, устроил фестиваль «Куриный бог», ел белые персики, купил двух коней и жеребенка Масясю. Забирался на Индусе высоко наверх, на Верблюжью гору. Камни сыпались, мы шли по кромке пропасти, и я не думал, что сорвусь.

Но кто-то, хрен знает кто, закрыл мне руками глаза, так что чуть их не выдавил, и сказал:

– Вали ты с Верблюжьей горы!

– А куда валить? – удивился я.

– Как куда? В никуда!

– Хорошее место! – откликнулся я, стараясь разжать чьи-то руки. – Вот там я и построю дома!

– Где? – подозрительно спросили чьи-то руки.

– А в нигде.

В нигде! Тут мои прекрасные дети стали крутить пальцами у висков, а молодая жена отчетливо повторяла:

– Дурак! Дурень безмозглый! Кретин!

А кто-то, не знаю кто, осторожно выдавливая мне руками глаза, произнес:

– Сказал бы ты нам лучше спасибо…

– За что?

– За шанс не дать тебе никаких шансов.

– Ой! – прозрел я.

70. **ПОБЕГ ИЗ МОРГА. ПАРОМ**

Мы плыли по серым волнам Балтийского залива на корабле, который как город включал в себя всё: и коммерцию, и удовольствия, и сотни автомобилей. В буфете я купил девицам вкусное мороженое, сел в удобное бежевое кресло и, глядя на залив, расслаблялся.

– Ну что, кайфуешь? – спросила меня моя русская душа. – А ведь напрасно! Обосновываясь в Европе, ты теряешь свою основную жизненную интригу.

– В смысле? – не понял я.

– Ты выстроил свое творчество… прости за громко слово… как борьбу с русской энтропией. Ты захотел улучшить русский мир. Своими пощечинами ты хотел его пробудить. Но он проснулся от боевого зова вождя и поднял такой рык, пойдя на Украину, что ты в ужасе бросился бежать.

– Не ври, – сказал я. – Я поехал по приглашению фонда Генриха Белля.

– Это ты не ври, – перебила меня моя русская душа. – Ты хоть знаешь, когда ты вернешься назад?

– Нет.

– Так вот. Произойдет нормальное умозамещение, свойственное всякой революции. Вот вы, вас тысячи русских болтунов-либералов, свалили, но на вашем месте подрастут новые кадры, и вы никому уже не пригодитесь. Начнется другая жизнь, хорошая или плохая, но без вас. Вспомни философский корабль! Обошлись без них. А ты вот уехал на своей философской машине BMW… (моя русская душа дико захохотала). – Надо ли было бежать из морга, чтобы превратиться самому в мертвую душу?

– Дура ты! – разозлилась на нее моя французская душа. – Во-первых, можно найти новую интригу, не менее серьезную, чем прошлая. Он (то есть я, – ВЕ) никогда не был либералом! Он был верным учеником маркиза де Сада – он не питал иллюзий насчет человеческой природы. Во-вторых, нынешняя интрига заключается в том, что русских будут ненавидеть в Европе многие годы, и ему (то есть мне, – ВЕ) есть чем заняться. Карл Ясперс писал после войны о вине немцев…

– Ты права! – обрадовался я. – Я встану на защиту русской культуры. Война – войной, но русская культура не виновата.

– А сами русские? – ехидно спросила меня русская душа.

Я не успел ответить. Нежные европейские голоса корабельной радиосети на разные языки, кроме русского, уже запели о том, что паром приближается к Таллину.

71. МЫ ВАС ПРЕКРАСНО ЗНАЕМ

Я представился драгоценной кремлевской Приемной, наполняя свое представление низким голосом, полным сдержанного достоинства.

Это был вынужденный театр, однако нужно было обеспечить его спонтанным вдохновением.

С тщательно взвешенной скромностью, которую можно было принять и за робость, я попросил соединить меня с руководством.

Как и следовало ожидать, руководство было занято. Но Приемная прекрасным образом пропела, что о моем звонке ему обязательно доложат. Прежде чем рассоединиться, я аккуратно спросил, запомнила ли она, кто звонит.

– *Мы вас прекрасно знаем…* – пропела Приемная, и вместе с ней, казалось бы, весь мир пропел. Мир признал мою значимость и оставил меня в полном охуении гордости и растерянности.

72. ЮЖНОВЬЕТНАМСКАЯ ЖАР-ПТИЦА

Мне завидовала вся золотая молодежь Москвы – дети членов Политбюро и Секретариата ЦК, министров и их первых замов, особенно Капа и Кузя, то есть те, кто скрывался под этими кличками, а также мой близкий друг Сашка Шауро, чей папа командовал всей советской культурой, и сама Фурцева была у него на побегушках.

Эти дети гоняли по Москва-реке на водных лыжах, ездили до усрачки в Париж и в Италию, смотрели на подмосковных дачах американские боевики и рассматривали сиськи в журнале «Плейбой». Они же ездили на сафари в Кению и снимались с жирафами и слонами. Они трахали маникюрщиц своих мам, и потом эти забеременевшие маникюрщицы куда-то бесследно пропадали, а они находили новых маникюрщиц, и те с каким-то монотонным занудством опять беременели и опять бесследно пропадали. Всё это заливалось подарочной водкой, французскими коньяками, всё это пахло американскими сигаретами, шашлыками и обязательной черной икрой.

Но ни у кого из них папа не был советским послом в Черной Африке, причем сразу в двух странах, Сенегале и Гамбии, так что их поднадзорные сафари в Кении были на уровне школьного туризма с соблюдением всех правил африканской безопасности. И когда я приезжал с сенегальских каникул, загорелый, как итальянский актер и одетый, и причесанный, и научившийся морщиться не по-советски, то они, несмотря на всю свою статусность и заоблачную номенклатурность, на каком-нибудь дне рождении с непременным сентябрьским пикником под мелкий подмосковный дождь спрашивали меня с неподдельным интересом:

– Ну как? Ты ей вставил? Рассказывай!

У меня были безграничные возможности врать, меня уже тогда, студента МГУ, распирало от ранних писательских позывов, но весь ужас заключался в том, что врать не было необходимости. Жизнь обгоняла все фантазии. И когда Капы и Кузи, а также Сашка Шауро требовали от меня подробностей, я скорее тормозил, чем разгонялся, понимая, что их может разорвать от ревности. Уже вдали маячил конец советской эпохи и уже появилось завидное слово «трахаться», но никто не знал, чем всё это кончится, и всех волновал мой африканский роман.

– И чего, она нас ненавидит? – спрашивал Сашка Шауро.

Он хотел быть военным, служить во внутренних войсках и к тридцати годам получать не меньше 300 рублей зарплаты. А его папа как-то по-дружески предложил мне вступить в КПСС и после университета работать в отделе культуры ЦК. Это была аховая по тем временам карьера. А я связался с дочерью настоящего врага.

Нет, в Африке я завел роман не с какой-нибудь африканской певицей (какая же тут ненависть к нам!) или со внучкой русского князя, осевшего в Дакаре после революции (тут вся ненависть уже во внучке выветрилась). Нет, я влюбился в дочку посла Южного Вьетнама в тот самый момент, когда была в разгаре вьетнамская война, и шли бомбежки, пытки, бои на рисовых полях и в джунглях. В небе бились с южновьетнамскими тварями советские военные летчики, американцы давили пришедших под видом партизан солдат вьетнамского севера, как дождевых червей, а те мастерски, по-пластунски уничтожали американцев. Вся Америка выла от бед вьетнамской войны, а мы с ней нашли друг друга в еще очень тогда офранцуженном Дакаре, фешенебельном, развратном, готовом на всё.

Ее звали – постойте! – совсем не по-вьетнамски, а очень по-французски. Ее звали Люси. Ее папа был маленького роста, пухленький, в очках. Они были богатыми, он до работы послом был крупным вьетнамским бизнесменом, а звали ее по-французски, потому что Вьетнам был еще совсем недавно даже более французским, чемДакар.

– Это не важно, – говорил Сашка Шауро. – Она как в койке?

Мы познакомились на приеме в резиденции посла ФРГ. Я пришел туда в узеньком галстуке. Тогда была мода на очень узенькие галстуки. А она была в длинном золотистом платье с короткими рукавами. Мы стали с ней пить джин с тоником, и она стала меня спрашивать о Москве. А я стал спрашивать о Сайгоне, и она отвечала так, как будто в Сайгоне все в порядке и нет никакой войны, а есть интересная театральная жизнь, ставят с большим успехом вашего Чехова. Мой папа подошел к нам и улыбнулся Люси. Оказывается, они были уже знакомы, и она была такая красивая полукровка, мама – француженка. И у нее каждый жест вызывал во мне какие-то чересчур бурные эмоции, и я даже подавился джином с тоником, и тогда папа сказал:

– Осторожно!

Но я не послушался. Я пригласил Люси в ночной клуб на авеню Пуанкаре, и поздно вечером каким-то обманным путем вырвался из советского посольства и помчался к Люси. Она была в коротком черном платье с очень выразительными голыми ногами. Я опять стал спрашивать о Сайгоне, о том, как они живут. И она сказала, что их семья живет в собственном доме, и там есть сад, и в саду много всяких тропических разноцветов и деревьев с похожими на красные ершики для чистки бутылок цветами.

– Здесь тоже такие есть! – обрадованно закивал я.

Мы снова пили джин с тоником, и она расспрашивала меня о коммунизме, но так, как будто между нами не было никакой войны. Но вдруг она оборвала меня и сказала, что ее папа запретил ей со мной встречаться. И мы стали смеяться до слез над нашими папами, политическими дураками, которые играют в глупые игры. К нам подсели две черные сенегальские проститутки, такие черные, что они были даже слегка фиолетовые, и они очень мило показали нам, что у них под юбками ничего нет, и мы сказали им: спасибо! Проститутки вдохновили нас на первый поцелуй, и потом мы целовались на диване в темноте, и у нее задралось короткое платье, и там тоже ничего не было.

– Брилась что ли? – спросил с оттяжкой Сашка Шауро.

Мы напились джином с тоником, потанцевали в полном мраке среди каких-то людей-теней, и решили поехать купаться на океан. Для тех, кто не знает Дакар, скажу, что лучше всего ехать купаться на пляж в Н'Гор – там золотой песок и безопасно. Мы пьяно вылезли из клуба и залезли в ее «Ситроен 2CV» («Дё-Шево» – эта такая суперпопулярная малолитражка с винтажными культовыми формами. С вынесенными на крылья фарами). Люси сказала, чтобы я сел за руль.

Мы поехали по ночному Дакару. Сверкали ювелирные магазины и галереи с начищенными черным гуталином обрядными масками для туристов. Никаких полицейских мы не встретили и никого не задавили. Машинка была классная, со сворачивающейся брезентовой крышей, мне понравилась.

– Что, лучше «Чайки»? – спросил Сашка Шауро.

У него отец ездил на «Чайке» с номером 019, и Сашка говорил, что он – девятнадцатый по значимости человек в Союзе, но мы с Сашкой знали людей и покруче: мы гуляли с девчонками брежневского помощника с номером «Чайки» 007 – их папаша любил книжки про Бонда.

Приехав в Н'Гор, мы с Люси полезли голыми в воду и уплыли на остров, который, как язык, лежал посреди залива в полукилометре от берега. Там на острове, под карикатурно огромными, далекими молниями (был сезон дождей) всё и случилось, а вернее только началось. Честно говоря, я и не знал, что девушки так умеют трахаться, то есть это был переворот в моем сознании…

– Ну расскажи теперь, как вы трахались! – возопил Сашка Шауро.

Около шести утра, когда еще была черная-пречерная африканская ночь, я позвонил в дверной звонок своего советского посольства, абсолютно опустошенный, одухотворенный, все волосы в песке. Дежурный посольства долго не открывал, а когда открыл, посмотрел на меня в священном ужасе: с одной стороны, я был сын высшего советского начальства в республике Сенегал и потому неприкасаемый. С другой, я нарушил все правила поведения советских людей за границей и должен был бы немедленно отправлен на родину.

– Подзадержались? – спросил он меня, студента МГУ, с квасной русской угодливостью.

– Было дело, – с удивительной неопределенностью ответил я и прошел мимо него.

На следующий день мой папа спросил:

– Где ты шатался?

– Ты не поверишь, – сказал я, – но она похожа на Жар-птицу, хотя я ненавижу весь этот глупый фольклор.

– Она? – спросил отец, поморщившись от семантического безвкусия влюбленного юнца.

– Она, – сказал я.

– Ты меня подставляешь.

– Мы не говорили про войну, – сказал я.

– Не было времени? – посочувствовал отец.

– Мне надо с ней встретиться, – сказал я.

– Последний раз, – сказал отец.

К вечеру к нам в квартиру зашел Николай Иванович Телега. Он работал в Сенегале представителем «Совэкспортфильма», но на самом деле был резидентом. Украинец, он до безумия любил дыни. И фамилия у него действительно была Телега. Телега позвал меня на балкон, который окольцовывал нашу квартиру, и сказал:

– Ее отец хуже, чем гестапо. Под его руководством мочат вьетнамских коммунистов по всей Африке. Понял?

– У них в Сайгоне идут пьесы Чехова, – сказал я.

– Пожалей отца, – сказал Телега.

Мы встретились с Люси в гостинице на улице Фош. В послеобеденное время. Она стояла и горела, как лампада. Она сказала, что имела неприятный разговор с отцом. Тот сказал, что твой папа – страшный тип, сталинист! Работал раньше в самом Кремле переводчиком Сталина с французского языка.

– Верно, – согласился я.

– I wanna hold your hand! – орало гостиничное радио.

– Папа сказал: это подстава, – сказала Люси, снимая узкие джинсы и активно шевеля враждебной Хо Ши Мину и всему коммунистическому миру сладкой попой.

– Мы с тобой в Африке. У тебя есть «Дё-Шево». Давай убежим в джунгли. Давай пропадем без вести! Будем жить с обезьянами.

– Ага! В баобабе, – сказала Люси, присаживаясь на корточки.

Для тех, кто не был Сенегале, скажу, что баобабы там с огромными дуплами. И эти огромные дупла самые реликтовые на свете.

– Бежим? – я схватил ее за черные, жар-птичьи волосы.

– Сейчас потрахаемся и побежим, – покорно, по-восточному сказала моя полукровка.

И вот мы потрахались и побежали. И до сих пор мы бежим и бежим, и бежим.

73. **ПОБЕГ ИЗ МОРГА. ТАЛЛИН**

Vana Tallinn – это старый Таллин и заодно горький ликер. Когда-то мы ездили сюда из Москвы пить эту трогательную горечь – это была маленькая советская заграница, с кафешками и некоторой свободой живописи. В университете города Тарту преподавал тогда Юрий Лотман, почти что свободный литературоведческий ум. Теперь же эти узенькие улочки старого Таллина оказались под стать убогому воображению живописных лавок с милым, подарочным барахлом. На окошках флажки Украины. Поменьше за 8 евро, побольше за 15. Мы купили флажок за 15 и укрепили на багажнике – чтобы озлобленная на русских Европа не била окна нашего «философского автомобиля» с московскими номерами. По ходу движения в сторону Польши ненависть в нашему номеру ощетинилась. Мы своей автомобильной регистрацией откармливали большого колючего ежа справедливости. Вполне преуспевающий Таллин превратился в тихую заводь Европы, где тонут последние знаки советского строя.

В Таллине нас встретила Тина Локк, бессменный директор международного фестиваля документальных фильмов. Мы заговорили о том, чем русское счастье отличается от европейского. В России вся интеллигенция и до и после революции с презрением относилась к мещанскому счастью – с канарейкой в клетке, с геранью на подоконнике и со слониками на кружевной салфеточке буфета. Если развернуть эту мелкобуржуазную благодать до счастья европейского миллионера, то разница невелика: слоники превратятся в парк роскошных автомобилей, герань – в дом на Ривьере и так далее. Для русской интеллигенции все это скучно – ей подай утопию счастья без границ. Но европейское счастье также не внушает доверия и простому русскому народу. Погруженный в нищету и несчастья столетиями русской истории, он нашел свое счастье в юродивом глумлении над нормой. Если пить водку – так до потери сознания. Если гулять – так гулять. Если драться – так драться до смерти. Главное, необходимо впасть в такое состояние сознания, когда жизнь кажется потешной затеей и одновременно становится победой над всеми остальными формами бытия. Комплекс обидчивой неполноценности и комплекс превосходства над всеми народами порождают casus belli, прелюдию зверской войны без правил.

Мы продолжали пить кофе в лобби гостиницы, когда к нам присоединились мои потенциальные эстонские издатели, мужчина и женщина, скромно, почти по-советски одетые. Они горой стояли за свободную, бурно развивающуюся Эстонию, но эпидемия глупости, которой заразился практически весь мир, несомненно беспокоила их и плохо влияла на тиражи книг.

– Европа живет по инерции, – внушала им моя русская душа. – Она не вырабатывает новые ценности, а если и вырабатывает, то это скорее фиксация давней толерантности. По инерции еще можно долго жить – умственные богатства старой Европы огромны. Но остывание тела Европы все-таки чувствуется, и это подталкивает русских порвать ее на куски.

– Зачем же ты приехал сюда? – грустно спросила моя французская душа.

– А куда же мне еще ехать? – удивленно поднял я брови.

Эстонцы предложили нам всей семьей прогуляться по чудесным уличкам старого Таллина.

74. СТАВРОГИН

К вечеру раздался звонок из бесценной Приемной. Мурлыкающий голос нашептал мне, что со мной будет говорить ее босс, Наум Ахметович Ставрогин.

Что за безвкусица назвать себя Ставрогиным!

Великий Гопник сделал его по сути дела третьим по значимости человеком в государстве.

Тайна начиналась с порога. Все знали его под условной фамилией русского художника Сурикова, но во время карьерного роста ему, очевидно, стало душно в этой фамилии, он стал рвать ворот на рубашке, и тут открылась его инфернальная суть.

– Добрый вечер! – доброжелательно сказал Ставрогин с той мягкой беспрекословностью, на которую имеют право лишь действительно крупные начальники. Эти начальники наделены властью не только решать стратегические вопросы, но и вдаваться в тему жизни и смерти.

– Добрый вечер! – в меру обрадованно воскликнул я.

Ставрогин молчал, как опытный охотник, ловец человеков.

– Моя младшая сестра О., – без всяких предисловий начал я, – находится в беде, и я бы хотел обсудить с вами ее положение.

Ставрогин продолжал молчать.

Я не представлял себе, на что он готов реагировать. Я понял, что мне надо ткнуться в ту маленькую дырку, войдя в которую и проскочив через тьму туннеля, я бы мог волшебным образом очутиться в светлом зале – зоне его внимания. Время шло на секунды. У меня за спиной никого не было, и всякая просьба, адресованная в те палестины, могла начинаться и кончаться только как личная просьба.

– Я места себе не нахожу. Не могу работать, – признался я.

Кажется, я попал в ту самую дырку. Разговор стал налаживаться. Слово за слово мы стали обмениваться подлежащими, сказуемыми, существительными и даже наречиями.

О Ставрогине я слышал чудовищные отзывы порядочных людей. Сила его власти была испепеляющей. Под Ставрогиным находились все министры-капиталисты. Порядочные люди утверждали, что он ловкий властный иезуит, Лойола XXI века и если кто подаст ему руку, то осрамится на века.

Речь Ставрогина текла спокойно, хотя он практически вообще не говорил, а говорил я, понимая целительность благожелательных интонаций. В результате всей этой словесной машинерии, всех невидимых весов и противовесов, я выдвинул предложение встретиться. Оно было принято.

75. ЖЕНА НА ПРОДАЖУ

Я – собака. Вернее, кобель. Кобель-летописец собачьей стаи. Мое призвание, божественный замысел, который во мне воплотился – разоблачать собачьи пороки, вести собак в сторону собачьего добра.

В борьбе за собачью чистоту я выкусывал в своих проповедях множество блох и прочую антисобачью мерзость. Я знаю: собаки бывают разные. Но наша стая – особая стая. Наша стая ближе других к собачьему богу, ближе, мы в этом уверены, ближе к богу, имя которого запрещено произносить всуе и не всуе.

Мы созданы по его подобию, и я долгие годы никак не мог понять, что это значит. Хорошо ли это или плохо? Поднимаемся ли мы в силу этого на верхнюю ступеньку творения? Или мы должны подражать нашей божественной собаке собак в ее ярости и любви к сырому мясу?

Если мы мчимся наверх по ступенькам творения собачьими скачками с высунутым языком, тогда по дороге наверх я должен защищать собачьи права, объявляя собаку главной собачьей ценностью, которая выше законов стаи.

Если же мы признаем главным норов нашего бессмертного вождя, то придется признать, что собачьи права не имеют приоритетов и сырое мясо важнее нежности.

Этот краеугольный конфликт я не раз обсуждал с золотистой смазливой сукой, моей молодой женой. Моя жена – лучшая сука в мире! Вместе с ней вечерами я мечтал о том, чтобы создать великое собачье произведение, своего рода собачью пьесу и поставить ее у нас в лучшем собачьем театре. С дальним прицелом я запустил мою золотистую суку в этот самым собачий театр, но не в качестве подневольной актерки, а в роли помощницы собачьего режиссера.

Этот режиссер был мне очень по душе. Он устраивал охренительные собачьи концерты, и все собаки нашей огромной стаи, от лохматых щенков до облезлых от жизненных опытов псов, стонали, выли, лаяли на его представлениях.

Возможно, его вдохновлял сам верховный собачий бог со страшным оскалом любителя даров и песнопений. В качестве любимого жертвоприношения бог любил молочных щенят, но с течением времени мы, собачьи летописцы, постепенно смягчили собачьи нравы, вплоть до того, что незаметно заменили в своих писаниях молочных щенят на сырое мясо нездешних животных. Мы верили, что наша замена опять же продиктована волей божественной собаки собак, а потому легитимна, хотя так ли это на самом деле или же мы готовы признать желаемое за правду, сказать до сих пор затруднительно. То ли мы смягчили его повадки, то ли он смягчил нас?

Однако следует признать, что по-любому эти изначальные молочные щенки в качестве жертвоприношений так смущали меня, так с толку сбивали, что я с кем-то должен был этой бедой поделиться, невзирая на крайнюю опасность такого дележа (донесут!), и в конце концов я ни с кем не делился, кроме как со своей верной сукой. Собачий режиссер тоже принял участие в этих сомнениях, спонтанно, по причине собственных непоняток, отчего и родилась у нас идея создать великую собачью драму нашего времени. Мы стали готовиться к этому событию, мы, трое собачьих заговорщиков, которые имели что сказать против собаки собак. Моя золотистая молодая сука настолько возлюбила идею креативного столкновения молочных щенков, жертв изначального божественного порока, и осмысленного собачьего гуманизма, что неслась к режиссеру на работу каждое утро в новых нарядах, накрасив губы и задрав хвост.

Я понимал, что любое дело должно иметь слюну и смазку, и радовался тому, что в кабинете собачьего режиссера моя золотистая сука с каждым днем все более задиристо разговаривает с другими собаками, на зависть актеркам и прочим сукам. Она, моя молодая жена, приходила домой в восторге от прожитого дня и делилась обширными помыслами собачьего режиссера. Тот, действительно, готов был превратить нашу собачью жизнь в шедевр, соединив случайность сладкой кости с закономерностью блох и наказаний. От всего этого кружилась голова, и нам с моей сукой казалось, что представление по моей пьесе вот-вот выстрелит и перевернет собачий мир.

Однако, чем дальше, тем больше мы шли по кругу обещаний и повторов. Собачий режиссер рассказывал с вдохновением одни и те же подробности своей собачьей жизни, сидя в кресле у себя в кабинете, а я помалкивал, хотя мне было что рассказать, терпеливо ожидая исполнения театральной мечты.

Но вот однажды случился праздник собачьего театра, и мы все вместе, всем коллективом друзей и коллег, носились по театру, задрав хвосты, а сладкие актерки со сладкими челками показывали на сцене собачий капустник, от которого хватался за бока юбиляр-режиссер.

Уже давно погасли огни рампы, мы пошатались еще немного по театру, зашли в директорский кабинет, выпили с собачьим режиссером еще бутылку красного собачьего вина, и режиссер объявил, что хватит тянуть, пора ставить богоборческую пьесу, назавтра он будет подписывать со мною собачий протокол о намерениях. Мы бросились втроем друг другу в объятья, и теперь я, в свой черед, объявил, что так просто мы не уйдем, хотим продолжения, хотим гулять до утра. Но собачьи уборщицы уже намылились убирать режиссерский кабинет, и нас вынесло в конечном счете на улицу, и мы стали топтаться, не зная, что делать.

Но все-таки выпить еще захотелось, и мы двинулись к собачьему режиссеру домой, а жил он неподалеку. Мы купили вина, поговорили снова о драме собачьего гуманизма, забежали высунув языки на четвертый этаж и уселись, как водится у нас, по-собачьи на кухне. Там мы снова стали есть сырое мясо, потому что в театре сырого мяса было мало, а потом стали жрать собачью водку, запивая ее собачьим вином и дорогим, моим любимым кошачьим шампанским. Разговор пошел откровенным донельзя, мы все втроем поняли, что божественная собака собак не отвечает нашим представлениям о счастье, даже если большинство дурных наших псов обожают кумира и лижут ему холеные яйца.

Но как изобразить эту божественную недостаточность собачьими способами, как найти смысл нашей собачьей жизни?

Моя жена, золотистая сука, вдруг, осмелев, сказала, что театральные методы нашего собачьего режиссера устарели не меньше, чем мантры собачьих грез, что все надо ставить иначе, не по-собачьи. Наш режиссер терпел-терпел, да как вскинется, нажравшись собачьей водки:

– Что это значит не по-собачьи? Мы – собаки, и как нам еще ставить, если не по-собачьи? Зачем, какого хрена распредмечивать собачий театр?

И он так треснул рукой по столу, что стаканы разлетелись в разные стороны. И тогда моя золотистая сука заявила ему, что он никогда не поставит мою революционную драму, потому что он болен и хил. И режиссер снова треснул кулаком по столу, и я понял, что он всерьез, даже по пьяни готов отстаивать основные собачьи ценности, а моя сука только подкусывает его. И тогда я схватил мою суку за талию, развернул ее задом к великому режиссеру и задрал ей праздничное собачье платье.

– Бей, говорю, ее по собачьим булкам, если она хочет опорочить собачий театр!

Он так удивился, уставившись на ее собачьи стринги и ее озорные чернявые чулки. Он так удивился! А я говорю:

– Что уставился? Бей смелее!

И в доказательство моего собачьего тезиса сорвал с нее собачьи стринги. Он прямо так и охнул, заскулил.

– Наклонись, сука! – крикнул я верной жене.

А он:

– Да имею ли я право на все это смотреть? Как же я могу смотреть на это, если ты, великий собачий летописец, создан собакой собак для прославления нашей стаи!

Произносит нехилые речи, а сам ошалел от зрелища молодой собачьей промежности.

А я говорю ему:

– Все ты врешь, паршивый кобель! Ни хрена не поставишь ты, трус вонючий, мою революционную драму! Только воздух нашего времени портишь!

А он:

– Обязательно поставлю, клянусь своей креативной жизнью, а пусть она только передом развернется, бритая она или стриженная, мечтаю понять!

– На, – разворачиваю, – любуйся! Стриженная! Золотистая! Лучше суки в мире не найти!

– Да – говорит, – прямо как на картине Леонардо да Винчи. Честное слово! Пойдем на кровать.

Нас, пьяных, понесло на кровать, и там все закружилось, я всего не помню. Помню только, что это была настоящая собачья свадьба, как описано в лучших произведениях нашей собачьей классики.Я орал, проклинал, хватал его за хрен. Моя сука же стояла по-собачьи, без всякого стыда. А он засовывал палец в самую глубину и орал на весь дом:

– Я достану до самого ее дерьма!

Я был потрясен его кладоискательством. Она скулила, виляла хвостом и снова скулила, когда он пердолил ее, навалившись всей своей свалявшейся шерстью. Мерзавец, его собачье семя ворвалось в ее маленькую почти что щенячью щель!

Как ворвалось оно, так он и захрапел, поперек кровати, в одном носке. Мы с моей молодой женой разбрелись по комнате, собирая рваные шмотки, испепеленный лифчик. Вышли, вывалились на утреннюю улицу, бегущую на работу. Побитые и счастливые, потерпевшие и победители, триумфаторы, бледные хозяева собачьей жизни.

– Ну теперь, говорю, есть хотя бы шанс, что он поставит мою революционную пьесу.

– Конечно, поставит! Куда денется!

– А ты не боишься? Родишь от него щенят!

– А ты согласен их воспитывать?

– Шутка?

– Шутка!

Пришли домой, легли спать, перед сном вспомнили, что у него какой-то уж очень лиловый собачий хрен, посмеялись и – спать. А в середине дня я просыпаюсь, смотрю, моя сука не спит, красится прямо в постели.

– Ты чего это?

– Надо, говорит, пойти его навестить. Проверить, объясниться.

– Ты о чем?

– Он мне на ухо сказал, когда пердолил, чтобы я взяла чемодан и стала с ним жить.

– Правда, что ли?

Она красила губы.

– Ну, да. Я пойду, мне надо с ним поговорить.

– Он тебя снова будет пердолить!

– Ну и что? Попердолит, а тут и ты придешь. И мы с тобой скажем, что у нас счастливая жизнь, что я не буду собирать чемодан, что остаюсь с тобой.

– Но подожди, – сказал я. – Зачем же ты идешь с ним пердолиться? Давай пойдем вместе!

– Он этого не поймет!

– Как не поймет?

– Он хочет меня пердолить. Когда он будет меня пердолить, тут я ему на ушко и скажу, что я хочу быть с тобой. И он мне поверит!

Я смотрел на мою верную суку и не находил слов. Она была самой верной из всех моих жизненных сук, она хорошо разбиралась в философии собачьих переживаний, лучше нее было трудно найти, невозможно. Таких сук больше не бывает. Ну прямо картина Леонардо да Винчи!

Она намазала губы и сказала:

– Ну, я пошла. Приходи, родной! Купи только по дороге собачьей водки.

76. СЕЛФИ НА КРАСНОЙ ПЛОЩАДИ

О. встретила меня на Красной площади после моей первой встречи со Ставрогиным. Хотя мы с ней об этом не договаривались. Она стояла, прислонившись к ограде Василия Блаженного.

– Ну как?

– Хорошее начало, – сказал я.

Она бросилась меня целовать, прижиматься. Я почувствовал ее крепкие груди, и мне снова стало неловко.

– Давай сделаем селфи! На фоне Василия, – она вытянула руку.

Она стала рассматривать, что получилось.

– Давай еще! Я закрыла глаза, а ты открыл рот.

Она снова вытянула руку.

– Улыбаемся!

Она бросилась рассматривать.

– Смотри! Мы – прекрасная пара!

– Покажи! Ну, ничего. Но я себе не нравлюсь. Лицо какое-то толстое…

– Ерунда! Пока тебя ждала, смотрела на площадь и думала: «Какая же она бесстыжая! Она все рассказывает без всякого стеснения».

– Что – всё?

– Я встала на колени, приложила ухо к брусчатке и услышала ваш разговор с этим как его… Ставрогиным. Не все, конечно, но местами…

Я пожал плечами. Несмотря ни на что, я все-таки ходил туда ради нее, и мне была неприятна эта девальвация моей встречи в верхах.

– Рано радоваться!

– Как он?

– Внешне? Ну он скорее похож на Караваджо. На того, кто написал «Мальчика, укушенного ящерицей». Бурный, но притворяется тихим. Противный тип.

– А картины Караваджо там висят?

– Смеешься! Я старался решить твой вопрос.

– Знаешь, почему она бесстыжая, эта площадь? Потому что она пустая! Вот возьми Этуаль в Париже. Там водоворот машин. А здесь даже курить нельзя.

– Почему пустая? Вон сколько туристов!

– Это – манекены! Они собраны для восхищения. Парады – тоже для восхищения… Но я вру. Я только маленький отрывок вашего разговора слышала. Подошел мент: – Вы чего в странной позе стоите? – А я стою раком, – она расхохоталась. – А что, нельзя? Я слушаю, что говорит мой брат. Вы мне мешаете!

– О боже! – воскликнул я.

«Встаньте немедленно!». Смотрит на меня подозрительно.

– Почему ты сказал Ставрогину, что я не ведала что творила? Я ведала!

– Ну и что мент? Потащил в отделение?

– Нет. Сказал, чтобы я так больше не делала.

Мы зашли в ГУМ и сели в кафе с видом на площадь.

– Я хочу мороженого, – сказала О. – Шоколадного! Но это не значит, что я люблю анальный секс.

– Ну и шуточки! – сказал я как старший брат.

– Хотя я люблю анальный секс.

– Я тебя прошу больше не подслушивать наши разговоры.

– Так я уже обещала менту больше не стоять раком… А иначе не слышно! – Потом вдруг добавила: – Сейчас модно быть на Западе русским фашистом.

Я помолчал и сказал:

– Моя Шурочка мне изменила.

– С кем? – с интересом спросила О.

– С режиссером.

– Фу, банальность! – ужаснулась О. – Если хочешь, можешь изменить со мной.

– Я смотрю, ты насмотрелась русского порно. Там ведь главная тема – инцест?

77. МОЙ ГОЛЛИВУД

Я вам расскажу историю моих отношений с Голливудом, а вы решайте, я прав или нет.

Это случилось в начале 1990-х, когда мой роман «Русская красавица» перевели на разные языки, и он вдруг стал мировым бестселлером.

У меня уже появился американский агент из нью-йоркской конторы «Уильям Моррис». Майкл был вице-президентом компании, но потом я узнал, что там все агенты – вице-президенты, потому что никто из серьезных авторов не хочет иметь дело с мелкими служащими. Рост вице-президентов отмечался в компании чистым доходом, который они приносили агентству, никто не парился насчет качества книг.

Майкл мне позвонил в Москву. У него был торжественный голос. У него всегда в разговорах со мной был торжественный голос, но на этот раз голос был еще более торжественным, чем обычно.У меня только что в большом американском издательстве вышел роман, на него обратили внимание, я стал молодоженом на американском книжном рынке.

Майкл торжественно объявил мне, что мной заинтересовался Голливуд и что большие люди хотят со мной встретиться. Эти большие и модные люди, которые сделали фильм «Танцы с волками», предлагают встретиться с тобой, сказал Майкл, чтобы никому не было обидно, на полдороге между Москвой и Голливудом – в Лондоне. Ты можешь с ними встретиться? Я быстро привык к тому, что меня уже считают большим мальчиком и интересуются, хочу ли я на полдороге встретиться с Голливудом, и я сдержанно сказал:

– Хорошо.

Через Майкла мы согласовали с Голливудом подходящий день в Лондоне, и я улетел в Париж, потому что там тоже наклевывался кинопроект. До Лондона оттуда совсем недалеко. В Париже мне позвонили и сказали по-парижски тихим, проникновенным голосом, что со мной хотят обсудить мое участие в перспективном фильме. Мы условились пообедать на Елисейских Полях в ресторане на открытом воздухе.

В кадках цвели олеандры. Но помимо олеандров на Елисейских Полях была безумная реклама моей книги. Буквально на каждом столбе с обеих сторон авеню был натянут рекламный матерчатый щит с обложкой книги и моей физиономией. Люди шли по Полям валом и глазели на меня с недоумением. Это было запредельное явление, и, по-моему, оно меня сбило с толку. Во всяком случае, когда появились два типа, толстый продюсер и тонкий редактор (который мне и звонил), я не проявил к ним страстного внимания. Я просто сидел и слегка дурел от славы.

Они стали угощать меня обедом, светило солнце, было жарко. Лысый толстый продюсер спросил, как я отношусь к кино.

– Я не знаю, как я к нему отношусь, – сказал я. – Я нередко плачу над плохими фильмами, и – никогда над хорошими.

Они понимающе стали кивать головой.

– А как вам Тарковский? – спросил худой редактор.

– Вот над кем я никогда не плакал, – ответил я. – Я, наверное, кинодальтоник.

– Что вы пьете?

– Пиво, – сказал я. – А что вы удивляетесь? – Я посмотрел на них равнодушным взглядом. – Кино – это искусство, которое легко врет. Оно готово поменять точку зрения в зависимости от прихоти режиссера. Можно снять фильм о Сталинграде, где будут правы немцы и неправы русские. Или наоборот. Или все они будут неправы. Или все – правы.

Французы принялись хохотать. Они решили, что я шучу. Я сидел и пил пиво. Вокруг развевались красивые матерчатые натяжки, серо-голубые. Принесли еду.

– Я был в Москве на кастинге, – сказал редактор интеллигентного вида. – Мы искали русских девок для эротической картины. Одна на сцене запуталась в трусах и упала. Разбила коленки! Другая разделась догола, и к ней выбежал из зала насмерть перепуганный ребенок. – Они опять захохотали. – У вас теперь свобода, верно?

– И много пришло на кастинг? – спросил я.

– Больше ста девок. Голые, красивые, неуклюжие! – сказал редактор неподкупным голосом мастурбатора. – Потом мы пошли в русскую баню…

Он вынул фотографии. Я с удивлением узнал одну знакомую студентку, дочь моих московских друзей, но вида не подал.

– Она самая талантливая, – заметил редактор, показывая на мою голую знакомую.

– У нас возникла вот какая идея, – сказал продюсер. – Вы знаете фильм «Эмманюэль»?

– Да.

– Ну вот. Мы хотим сделать продолжение. «Эмманюэль в Москве»… – он сделал вескую паузу. – Мы хотим, чтобы вы написали сценарий.

– Я? – искренне удивился я.

– А что? – в свою очередь удивился продюсер. – После успеха вашего порноромана… – он широким жестом показал на растяжки.

– Это не порнороман, – жестко осадил я его.

Кажется, это был очень известный продюсер, и он не привык, чтобы с ним так разговаривали.

– Снимать будем в Канаде, – добавил тощий редактор. – Потому что у вас бардак и каждый день меняются правила игры.

– Я еще пива… – сказал я.

– В такую жару? – удивился продюсер.

Кажется, я ему нравился с каждой секундой все меньше и меньше.

– Ну что? – просил редактор. – Как идея?

– Я боюсь, что я не справлюсь, – сказал я. – Я не умею писать вот такую сладкую, как сироп, порнографию…

Они быстро выпили кофе, и мы расстались, договорившись созвониться, убежденные в том, что никогда больше не увидимся.

На следующий день я улетел в Лондон. Я остановился в Челси, в прекрасном доме моего французского приятеля, корреспондента газеты «Монд». Фредерик был до Лондона корреспондентом в Москве, писал жутко саркастические статьи о России, в общем издевался. Он повел меня в закрытый клуб ужинать.

– В Лондоне лучше? – спросил я.

– Ты что! – вскричал он. – Тут такая тоска! А какие девки в Москве! А сколько их! И знаешь, чем они отличаются от француженок? Француженки у тебя в квартире перед трахом идут в ванную и выходят оттуда голыми, а русские – в полотенце! А? Вот загадка!

– Да, – согласился я.

– А тут не с кем трахаться! Понимаешь? Ужасно скучаю по Москве! Все мое здешнее достижение – это постоянный пропуск в парламент. – Он достал пропуск с гордостью. – Вот смотри.

Я взял в руки пропуск, покрутил-повертел.

– Впечатляет, – сказал я.

– Ну давай что-нибудь закажем, – сказал Фредерик. – Кормят тут довольно противно… А чего ты приехал в Лондон?

– Да вот Голливуд…

– Что Голливуд?

– Хотят встретится…

Фредерик посмотрел на меня, как будто отравился.

– Не шутишь?

– Нет.

– Ничего себе!

Мы пошли к нему домой и необыкновенно рано легли спать. На следующий день в квартире громко зазвонил телефон.

– Тебя! – сказал недовольно Фредерик.

Это был молодой женский голос.

– Я за вами приеду через час, если вы не против.

Я был не против.

Через час возле ворот небольшого домика Фредерика в Челси появился красный спортивный «Мерседес» с открытой крышей, и высокая блондинка с хорошо растрепанными волосами выскочила из него. Мы с Фредериком смотрели на нее из окна как на сверхъестественное явление. Высокая блондинка похитила меня, и мы поехали через Лондон в голливудский офис.

У подъезда меня ждал мой английский переводчик, молодой человек-тюфяк, очень корректный, постоянно улыбающийся от избытка добрых чувств, в костюме и галстуке. Высокая красавица провела нас сквозь два уровня охраны, подняла на высокий этаж, передала своей коллеге из приемной, тоже красивой, но уже не такой надменно сексапильной, и растворилась в воздухе. Я только начал объяснять переводчику Эндрю, чего я от него хочу, как нас уже позвал Голливуд.

Голливуд состоял из двух людей, которые выглядели как с открытки: загорелые, с яростно блестящими глазами успешных и требовательных моложавых людей. Эта пара принялась тут же крепко жать мне руку и бешено радоваться по поводу нашего знакомства. Это была даже какая-то собачья радость. Я тоже попытался стать радостной собакой, подпрыгивать, вилять хвостом и утыкаться в попы и гениталии бесцеремонно, как они, но это у меня не очень получилось. А переводчик моего романа Эндрю остался тюфяком, дарящим блеклые английские улыбки. Наконец, Голливуд нарадовался нашей встрече, и мы уселись, и нам тут же предложили на выбор воду с газом или без.

– Виктор! – вскричал мужской Голливуд, – мы прочитали ваше произведение. О! Я вам скажу! Это сильно!

– Виктор! – вскричал женский Голливуд, но более сдержанно и более коммерчески, чем мужчина, – мы приехали в Лондон сказать вам, что мы заинтересованы вашим произведением.

– Спасибо! – с русской скромностью ответил я.

– Не будем терять времени, Виктор! – закричал мужской Голливуд, – давайте начнем с того, что попросим вас рассказать содержание вашего произведения. Даем вам на это две минуты!

Я растерялся. Я никогда не предполагал, чтобы кто-то потребует у меня пересказать «Русскую красавицу» за две минуты! К тому же, я еще боялся бойко говорить по-английски.

– Давайте попросим Эндрю! – нашел я выход из положения.

– Ок! Две минуты! – показал на Эндрю мужской Голливуд без особого удовольствия.

И верно! Эндрю понес что-то вялое и несусветное. Он был не только внешне, но и внутренне похож на тюфяк. Для перевода это годилось, но для двух минут… Все немедленно рванулось к провалу. У Голливуда осунулись лица.

– Стой! – прервал я Эндрю, когда уже оставалось тридцать секунд.

– Давайте я!

– Давай, Виктор!

– Так вот! – сказал я и закрутился как волчок. Речь моя стала похожа на булькающую кастрюлю борща. Через сорок секунд меня остановил Голливуд.

– Берем! – сказал Голливуд мужским голосом. И больше ничего не добавил.

Я сглотнул, выпил воды без газа и тупо посмотрел на окружавших меня людей. Я никак не мог понять, зачем им пересказывать мое, как они говорили, произведение, если они его прочитали. Но их интересовало уже другое.

– Если в «Нью-Йорк Таймс», Виктор, ваше произведение попадает в список бестселлеров, мы добавим еще один ноль.

– Контракт получите завтра, – сказал Голливуд женским голосом. – В полдень, ок?

– Ок!

Голливуд в двойном размере пожал мне руку, и мы бросились в разные стороны.

На следующий день ровно в двенадцать перед маленьким, ничем не примечательным домиком Фредерика появился красный спортивный «Мерседес» с открытой крышей. Из него вышла высокая блондинка с красиво запутавшимися от ветра волосами, улыбнулась мне и вручила пакет. Пакет был толстый-толстый.

Фредерик был безутешен. На фоне его пропуска в парламент мой договор с Голливудом выглядел неприлично, и он даже не захотел со мной ужинать, сославшись на то, что у него вечерняя встреча с филиппинкой. Он даже не проводил меня до двери своего дома на следующее утро, когда я улетал обратно в Париж. Он не вылез из кровати. Кто сказал, что друзья познаются в беде? Какая глупость!

Оставшись один вечером в доме у Фредерика, я стал в тусклой гостиной внимательно изучать голливудский контракт. Там стояли какие-то красивые цифры с вдохновляющими нулями. Я их долго разглядывал. Потом стал читать. Я стал читать и не понимать. Сквозь слова я стал различать, что мое произведение у меня покупают, а все остальное они будут решать сами. К сценарию у меня нет пути. К выбору актеров, режиссера – тоже меня не допускали. Меня допускали только к нулям. Я позвонил моему американскому агенту Майклу. В Нью-Йорке еще был рабочий день. Он торжественным тоном сообщил мне, что уже тоже получил контракт. Он также торжественно сообщил, что я – единственный русский, с которым он когда-либо хотел иметь дело. На это я сказал, что мне предлагают только нули. И он как-то очень быстро стал поддакивать мне. Ведь он мог сказать, что можно побороться, что нули – это еще не все, но он вел себя так, как будто мне не стоило это подписывать, а я вел себя так, как будто у меня еще будет тысяча голливудских контрактов и целую вечность на Елисейских Полях будут развеваться растяжки с моей физиономией.

Я думал о том, как противно в Голливуде сделали «Доктора Живаго», как глупо сделали «Войну и мир». Я думал о том, что нули сожрут меня, как муравьи, до костей, и я буду всю жизнь писать о китайских, о японских и о бангладешских красавицах, и жить в Малибу в доме на пляже, и ездить купаться по уикендам в Биг Сюр, туда, где купался в горячих источниках Генри Миллер со своими японками. И мне это казалось чем-то страшным и ненужным, и мне казалось, что мне подрежут крылья и я превращусь в голливудскую курицу, а Майкл почему-то очень быстро соглашался со мной, хотя мне хотелось в какой-то момент спора и сопротивления. Но я был отравлен идеализмом. И вместо Биг Сюра с тихими, красноствольными секвойями я получил родину и от родины по полной программе.

Друзья, не отказывайтесь от голливудских контрактов, никогда, ни при каких обстоятельствах! Особенно, если их привозят вам в Лондоне на красных спортивных «Мерседесах» с открытым верхом. Берите контракты, хватайте, забирайте «Мерседесы» вместе с блондинками! Всё забирайте! Всё!!!

Следующего раза – не ждите – не будет.

78. **КОРИДОРЫ КРЕМЛЯ**

Меня поразили скрипучие коридоры Кремля. Их паркеты допотопны. Как в русском порно скрипят продавленные кровати, порождая призраков прародителей, тревожно летающих по спальне в застиранных кальсонах и доморощенных суперлифчиках, так скрип кремлевских коридоров уходит в историю. По ним шагали разные режимы. По ним скользили со скрипом будущие жертвы. Пустынные широкие коридоры, по которым время от времени пробегали помощники с оттопыренными лицами. Золотые таблички высоких дверей объявляли знакомые фамилии. Странно все-таки, что не нашли денег на паркеты. По этим коридорам когда-то пробегал и мой папа, переводчик Сталина, однажды разбившийся на повороте при попытке как можно скорее добежать до кабинета вождя. Как же материл его Поскребышев, увидев кровавую руку, и как сжалился над ним сам Сталин, вызвав личного врача! Скрип кремлевских коридоров, таким образом, превращался и закольцовывался в семейную историю, саму по себе превращающуюся в скрип-скрип.

Всякий раз, когда приоткрываешь чужую дверь, чувствуешь себя маленьким мальчиком с испуганным видом «можно войти?».

Мяукающая секретарша с большим пультом управления на столе усадила меня на черный диван, принесла чай с шоколадными конфетами. Справа от нее была дверь помощника, который вошел, вышел, снова вошел. Слева – неподвижная дверь Ставрогина.

Половину огромной приемной занимал аквариум с дивными рыбами. При желании, надев маску, можно было бы погрузиться в аквариум и посидеть там на дне, пуская пузыри. Но я не взял с собой плавки.

– У нас есть гостевые купальные костюмы, – прочитала мои мысли талантливая секретарша. – Тут у нас плавают и известные телеведущие, и рок музыканты, и генералитет.

– Я боюсь акул, – признался я.

– Они у нас не кусачие, – заверила секретарша.

На ее столе завибрировал телефон. Меня звали отправиться в неподвижные двойные двери.

Я вошел и невольно сощурился. Хозяин кабинета, созданного для игры в большой теннис, стоял где-то на горизонте зала, возле массивного стола крепостных времен. Он уже вышел из-за стола и стоял в ожидании моего приближения. Гостеприимно пригласив меня сесть не как просителя у подножья рабочего стола, а как желанного гостя напротив друг друга за длинным журнальным столом, хозяин поразил меня своей несомненной красотой.

Правда, я скорее был склонен увидеть в нем Дориана Грея, а не Караваджо. А жаль! Меня всегда тянуло к Караваджо. Я знал, что он первым в итальянской живописи написал натюрморт и Мадонну с декольте куртизанки. Его стиль кьяроскуро имел непосредственное отношение к моей жизни. Вглядевшись, я понял, что Ставрогин действительно не подлинный Ставрогин, а все-таки подделка, но очень искусная, в дорогом синем с изюминкой костюме. Он быстро собрался в строгого молодого человека, готового слушать, не отрываясь на звонки. Он так умело выражал мне свое сочувствие, что я растерялся.

Я понял, что теперь за каждым моим последующим словом стоят

три жандарма разных идеологий и поэтому я сказал просто, что рассчитываю на его помощь.

– Я рассчитываю на вашу помощь… – тут я замялся, – у каждого времени свои правила. Вот и моя младшая сестра О., которая смело взялась определять особенности русской порнографии, возможно, опередила свое время. Она хотела с чисто академических позиций…

Ставрогин не возражал. Он добросовестно молчал, зная, что я вру, и я тоже знал, что он знал, но все эти знания не имели никакого значения.

– Как называлась выставка?

– Выставка? А! Ну да… Она называлась «Страна-порнография». Но не в том смысле, что вся страна – порнография, а в том, что порнография – это как архипелаг, целый край, отдельная история.

– Ну вот об этом и напишите, – сказал Ставрогин.

– О чем?

– О том, что ее превратно поняли.

– Так и есть. Не поняли, устроили погром.

Ставрогин даже бровью не повел. Обычно считается, что власть раздражается и читает нотации, но это касается только глупых начальников, а Ставрогин был несомненно умен. Ум стоял колом в его несколько выпученных глазах.

– Кому написать?

– Генпрокурору.

Я кивнул.

– И хорошо бы, чтобы под вашим письмом подписались известные люди, пять-шесть человек.

До меня стало доходить, что он действительно хочет мне помочь. Человек, которого порядочные люди считали главным исказителем русской демократии, подсказчиком зла, хочет помочь моей сестре О.

И что мне с этим делать? Если бы он меня сразу отшил, я бы сказал сестре: этот мерзавец выгнал меня из своего кабинета… а тут на тебе: чай-кофе-потанцуем. Как я буду смотреть в глаза честным людям? Но как я буду смотреть в глаза моей сестре О., если она окажется в клетке?

Тут Ставрогин отвлекся на важный звонок. Как я понял, звонил сам Великий Гопник. Я видел, что Ставрогин не суетится, говорит спокойно, рассудительно. Повесив трубку вертушки (правительственной связи), он уселся за свой стол и сказал:

– Я хотел бы вам что-то показать…

Он открыл средний ящик слева и стал вынимать бумаги, Сложив на столе, он принялся их сортировать с весьма нервным видом. Руки двигались взволнованно. Что-то он брал. Что-то отвергал. Наконец, подошел ко мне:

– Вот. Вы может быть знаете, что я так… пишу стихи. Вы бы не могли их посмотреть?

Я взял стихи в формате А4 с обещанием дома прочесть и позвонить.

Я ехал по Москве и думал, что власть никогда не исчерпывается властью, она метастазна, рвется в разные стороны, чтобы найти себя сначала в яхтах, а в конечном счете в потомстве или в искусстве – временщики мечтают о вечном.

В России стихи – стихийное бедствие.

Их пишут все. Это – духовные поллюции.

Что такое плохие стихи?

Это те, что пишутся в одну сторону, от себя, те, что называются поэтическим самоизвержением. Провальные дела. Таких подавляющее большинство. Сколько раз я встречался с крупными филологами, вроде Аверинцева и Комы Иванова, которые все понимали, кроме своих стихов, и обижались, что на них нет достойного отклика. Сколько министров и прочих чиновников впадают в сочинительство *посредственных* стихов – уж лучше бы писали плохие. Или – очень плохие. Пушкин ценил очень плохие стихи графа Хвостова. В очень плохих стихах есть странная перекличка с гениальной поэзией. Но есть еще одна категория стихов: полуталантливые, между посредственными и «ничего себе» – здесь летают страшные мухи, здесь начинаются дикие муки.

Ставрогин писал именно в этой нише. Это был мой шанс.

79. **УДАЧНИКИ**

В Нью-Йорке на Манхэттене говорят на разных языках, но, услышав чужую речь, американец обернется лишь в том случае, когда говорят по-французски. Французский дипломат Анри знал об этом и, ценя мощь Америки, гордился своей эксклюзивной страной. Он принадлежал к тем людям, кому по жизни везет и везет, все время везет, и его не назовешь иначе, как скверно существующим в русском языке корявым словом «удачник». Зато как подходит к нашему языку и образу жизни слово «неудачник»! Ну, просто загляденье! А как прилепилось к нам слово «лузер»! Но Анри был совсем не лузер.

Ему повезло родиться в семье потомственных парижских ювелиров. Ему повезло во время немецкой оккупации. Его товарищей расстреляли, а он чудом остался жив. Он учился только в престижных школах и высших учебных заведениях. Он был сноб, демократ, патриот и аристократ. Это, как правило, не совмещается, но у него совместилось.

Мой папа тоже был удачником, и он приехал в 1955 году работать советником в советское посольство в Париже. Тогда разница между Москвой и Парижем была космической. Париж славился обилием всего, и наши люди, попав туда, сходили с ума от культурного шока, и многие умирали. Но папа-дипломат, в сущности, получил государственное задание сократить эту разницу и превратить Париж в Москву или в Саратов.

Это было время оттепели, папа развил бурную деятельность, и любопытные французы бросились бурно с ним сотрудничать. Анри получил от начальства задание следить за успехами моего папы. Они познакомились на президентском приеме. Анри был запаян в свой смокинг, и было такое чувство, что он родился в нем, и смокинг вместе с ним вырос. Анри сразу понял, что папа – новичок по части смокинга, и сделал было брезгливое лицо, но папа в смокинге выглядел красиво, и Анри догадался, что перед ним сильный соперник. Они с легким сердцем возненавидели друг друга.

Папа любил Францию действительно странной любовью. Он любил Францию, но при этом мечтал пустить ее под откос. Он делал все возможное, чтобы Франция разругалась с Америкой, чтобы алжирские сепаратисты победили, уничтожив как можно больше французских солдат, чтобы идеи общей Европы позорно лопнули, чтобы Франция потеряла все свои колонии, а коммунисты в конце концов пришли к власти, и Франция пустила бы большую кровь врагам советской власти.

Анри студентом был в Москве на стажировке во французском посольстве и от всей души возненавидел советскую власть. Гоголевские повздорившие соседи выглядели мальчиками по сравнению с крупномасштабной враждой Анри и моего папы – этой маленькой искрой новой большой войны.

При встречах они продолжали учтиво улыбаться друг другу, но при этом у них была рукопашная схватка. Папа только соберется передать чемодан денег французским коммунистам, как его «Пежо» с дипломатическими номерами непонятно с чего загорится и все выгорит. Папа только соберется встретиться с испанскими беженцами, врагами Франко, как вдруг в кафе, куда он направляется, взрывается граната. Папа стал носить в кармане маленький дамский пистолет, но что такое пистолет против французской контрразведки?

Папе удалось напакостить Франции, но все-таки Анри смог успешно противостоять папе в его начинаниях. Эйфелева башня осталась на своем месте. А вот папу подвинули. В конце концов французская контрразведка по наущению Анри подкинула в советское посольство документы, из которых следовало, что папу решили завербовать, и тогда резидент КГБ срочно отправил папу вместе с мамой и со мной обратно в Москву. Я уезжал домой в слезах.

Прошли годы. Анри приехал в Москву французским послом. Мне рассказывали, что он был очень строгим послом, сотрудники до смерти боялись его. У Анри, как и полагается удачнику, была красивая и умная жена, и я познакомился с ними. Это было на приеме в честь авторов альманаха *Метрополь*. Анри поинтересовался, как поживает мой отец. Я сказал, что у него проблемы из-за меня. Французский посол усмехнулся и сказал, что он терпеть не может моего отца. Он дал понять, что ему приятно видеть, как у моего отца, который раздувал мировую революцию в Париже, вырос сын-антисоветчик. Не прошло и недели, как Анри приехал ко мне на дачу на машине с большим французским флагом, чем всполошил всех кагэбешников Подмосковья.

Мы стали поддерживать дружеские отношения, хотя я понимал, что я для Анри прежде всего пример слабеющего режима и строчка в его отчете для французского МИДа. Хотя возможно, что именно поддержка Анри и других западных послов уберегла меня оттюрьмы.

Вместо меня разгромили папу. Он потерял работу: пост советского посла в Вене, – и мы оказались у разбитого корыта. Анри усмехнулся, когда узнал, что его коллега лишился карьеры – это был еще один довод в пользу западной демократии. Но удачник на то и удачник, чтобы однажды заплатить за свои удачи. Папа заплатил карьерой по моей вине. Анри потерял красивую и умную жену: она быстро умерла от рака.

Когда настали новые времена, я очутился на ее могиле. Она похоронена в часовне возле замка Анри в Бретани. Этот замок утопал в книгах и белых розах. Мы молча постояли в темной часовне у надгробья. Когда мы вышли на солнце, Анри вытер слезы и спросил, на сколько дней я приехал к нему погостить. Он во всем любил точность.

Прошло еще несколько лет. Анри приехал в Москву уже не как посол, а как автор большого альбома «Христос и женщины». Видимо, эта тема была как-то связана в его французском сознании со смертью жены. Мы встретились на презентации. Он сдал. Его презрительный рот куда-то провалился, но он все равно выглядел молодцом и говорил по-прежнему с легким аристократическим шипением.

Он с шипением спросил, жив ли мой отец. Да. Жив. Он помолчал. Ему было трудно решиться на просьбу. «Слушай, – сказал он мне наконец, – а нельзя ли нам с ним пообедать? Ну, например, здесь, в резиденции нового французского посла...»

Я отправился к папе.

– Ты хочешь встретиться с Анри?

– С этим мерзавцем? – спросил папа.

Я понял, что встречи не будет. Отец помолчал и сказал:

– А почему бы и нет? Когда?

Обед состоялся в субботу. Они не виделись сорок лет. Когда папа вошел, в окна столовой ударило солнце. Они вежливо подали друг другу руки, и было видно, что эти удачники застеснялись оба, как девушки.

Мы сели втроем за стол. Салат с креветками. Вино. Папа не любит креветок, но из уважения к Франции медленно их жует. Он сутулится, плечи вперед, а у Анри напротив грудь колесом. Послы, полысевшие, в темных костюмах, в галстуках степенно ведут разговор. У папы теперь такой же красивый костюм, как и у Анри. И галстуки похожие, желтые. Модные парни.

Неожиданно для меня они переходят на ты.

– А ты помнишь, – говорит Анри (разговор идет по-французски), – как ты вез очередной чемодан денег коммунистам и лично Морису Торезу, и мои ребята тебя поджидали, но ты обманул их, поехал горной дорогой через Гренобль!

– А ты помнишь, – говорит мой папа, – как ты пытался сорвать концерт ансамбля Александрова в Пале де Шайо, потому что ты сказал, что не может быть концерта Красной армии напротив Эйфелевой башни, но пришло столько русских белых эмигрантов, что тысдался...

– Да, – признается Анри, – это был сильный концерт, твоя победа! Белая эмиграция рыдала.

– А ты помнишь, как мы с тобой с трудом начали договариваться насчет Алжира, и в конце концов война закончилась...

– Но потом потекли реки крови в Алжире...

– Да, – говорит отец, – и тогда я понял твои опасения...

– А помнишь, – подхватывает Анри, – как Генерал Де Голль залез на автомобильном салоне, сложившись перочинным ножом, в советский «Москвич», а ты стоял рядом, и когда он вылез, ты спросил, ну как вам понравилось, а он важно сказал: «Этот «Москвич» заслуживает своей репутации!»

Папа хмыкнул.

– А ты помнишь, – за десертом говорит Анри, – как Хрущев с Громыко поехали в Реймс и так перепугали местное начальство своими антинемецкими разговорами, что те замолкли, а Хрущев с Громыко стали петь громко «Дубинушку»…

– Эх, Дубинушка, ухнем… – кивнул папа.

– Жизнь прошла, – сказал Анри. – Это безумие, конечно, но ты помог мне украсить ее.

– Безумие, – согласился отец, – но это взаимно. Ты тоже для меня… ну почти как…

Он замолчал, не договорив. Они подняли бокалы с красным вином, молча чокнулись.

Я почувствовал, что нахожусь в вихре безумия. Безумие – это когда большое становится мелким, периферия – центром, частное – глобальным, а глобальное – хренотенью. Безумие – это когда Америка, Франция, Россия и все остальное слито и тонет в сдержанных и дрожащих словах, когда все неважно, неважен Христос и женщины, и полный провал наступает. Безумие – прыжок в безразмерную смерть.

80. УМНЫЙ КУСОК ВЛАСТИ

Впервые я встретился с умной русской властью. Вернее, с ее умным куском. До этого – одни слезы. У этой умной власти была своя логика. В двух словах, эта была яростная борьба за сохранение Империи, возвращение ее границ и мирового могущества. Эта цель была полуголой. Что-то прикрыто, что-то нет. Ее нельзя было предъявить Европе, которая сама недавно рассталась с колониями. Но мы были сами колонией Ханов в течение веков. Дань платили еще при Петре. Но что было за стремлением сохранить Империю? Была ли любовь к Империи основанием для власти или же власть – основанием для любви к Империи?

Ставрогин признался, что запустить модернизацию невозможно, потому что «мы – не китайцы». Мы мыслим другой половиной мозга.

– Так что Империя от безвыходности? Поделитесь властью с бизнессообществом, и тогда заработает вторая половина.

– Но китайской власти даже не пришлось делиться, – уел меня Ставрогин. – Кроме того, – продолжал он, – если мы поделимся властью, Россия рухнет.

– Неужели она так слаба?

– Она-то сильна, но не дележом власти!

Можно только сыграть на военной риторике и на «войнушке». А дальше повышать градус противостояния, преследуя сразу две цели. Объединение народа вокруг власти на почве патриотизма и борьбе с национал-предателями. Попытка посадить пиндосов за стол переговоров «Ялта-2» и начать бесконечный процесс покорения мира. История с Крымом удалась на все 100. В конечном счете все объясняется бессилием, и развал неминуем. Но этому развалу будет противостоять вся мощь бессилия, и страна прорвется через кровавое месиво.

81. **УКРАИНА**

В очередной раз мы дрались со Ставрогиным из-за Украины.

Что такое Украина?

Меньше горечи, больше солнца. Даже в самые дурные времена, переезжаешь границу возле Харькова, и словно кирпич с головы слетает. Тело оживает. Тополя торчат. Пляжные морские полотенца развеваются от самой границы. Полощутся вдоль дороги. Ветер шумит в белых акациях. Сущность Украины – ленивый гедонизм.

А мне на это Ставрогин:

– Американцы! Американцы! Печеньки! Посольство! Выдуманная страна. Ее нет.

Ленивые вареники. Есть хочется. Останавливаешься в ресторане – он съедобен!

Я видел в Украине наш основной шанс на будущее. Если у них получится, значит когда-нибудь – и у нас. У них получалось половинчато, с натугой, с обманами, но что-то получалось. Было такое впечатление, что там наконец что-то соединилось, срослось – родилась нация. За это Великому Гопнику влепят памятник на Подоле.

Когда я ехал назад, в аэропорт «Борисполь», пожилой с широкими плечами водитель сказал мне:

– Мы готовы, как только надо, мы вас здесь ждем.

Если по другим вопросам у Ставрогина была своя позиция, которая не всегда совпадала с телевизором, то по Украине телевизор как раз и совпадал со Ставрогиным. Он был не одинок – за ним стояли Бродский, Битов – верно, что русский либерализм спотыкается на Украине. Но с другой стороны Чехов, за ним Бунин – они оба чувствовали здесь полуевропейскую масть.

Мы так не похожи друг на друга. Если мы на своем дне *хамы* («Гудит, как улей, родной завод, а мне-то хуй ли, ебись он в рот»), то они на своем – *жлобы* («Тиха украинская ночь, но сало надо перепрятать»). Это противостояние характеров. Но не только русский либерализм – Европа в глубине своего подсознания сдала Украину, которую она вообще не видит и отзывается брезгливо. Она готова отдать эту кость России, она не понимает, что делать с отколовшейся Украиной.

Ставрогин вслед за Великим Гопником считал, что все майданы организовали пиндосы за деньги. Он не верил ни в какие бескорыстные ценности.

Мы дошли до крика и даже заставили ждать реальных пиндосов, которые стояли за дверью его кабинета.

На стенах бесконечного кабинета висели взаимоисключающие портреты. Че Гевара и Борхес. А также Набоков. Там же премьер как фотография и на левой стене, где стоял богатый книгами книжный шкаф – Великий Гопник.

Я несколько раз пытался вытащить его на встречу в другом месте – он не соглашался. Наконец, мы дошли с ним до главной темы нашего общения. Его трагедии.

Трагедия была о страшном месиве нашей жизни и в этом смысле ужасно диссидентской. Но ее подспудный вывод выворачивал трагедию наизнанку – здесь требуется порядок. Свирепый порядок. Мы за ценой не постоим. Об этом он написал свою поэму, да-да, целую трагипоэму, четырехстопным ямбом, длиною в «Евгения Онегина».

– Мы должны отдать следующим поколениям страну в тех границах, в которых ее получили. Центробежные силы слишкомвелики.

82. ДРАКОН В ТУМАНЕ

Я разломал эту детскую игрушку под названием «Красная площадь». Площадь распалась на части. Ставрогин рассеял мои последние сомнения. Я был рад, что получил возможность получше рассмотреть власть. Но сам Ставрогин не был уверен в том, как работает власть. Далеко не глупый художник власти, он, видимо, страдал от каждодневного окружения тупых, одномерных людей. Он объелся властью, его рвало властью – он не мог без нее. Он сказал:

– Власть – это дракон в тумане. Ему можно дать какие-товводные. Но последствия его действий непредсказуемы.

Надо было притаиться и ждать. Ему давно хотелось поговорить

с нормальным человеком. Вот я и пришел, нормальный человек.А человек, который спрятался под маской Ставрогина так неудачно и демонстративно, попался. Мне был выдан шанс водить его за нос.Я прочитал его стихи. Это были стихи человека, который жил одновременно в двух мирах. Он командовал страной и пытался разобраться в своем внутреннем мире чередой смелых природных метафор, где много говорится о скалах, грозах, облаках.

Такое совмещение скорее потакает поэту, чем чиновнику. Чиновник должен держаться подальше от культуры, иначе культура его задушит. Но карьерный рост часто связан с самомнением, а это уже культурная область.

Стихи, находящиеся между посредственностью («так себе») и удачными («ничего себе!») строчками, разъедают человека. Он постоянно сомневается то в себе, то в стихах. Но у него бывают минуты самовосхищения, когда ему кажется, что он высказался и достиг совершенства. Затем снова уныние – и опять счастье творчества.

Раскритиковать его не менее сложно, чем похвалить. Такие стихи обычно имеют защитный налет профессионализма: приличные рифмы и эстетику одиночества. Наш поэт спускается по горным тропам, чтобы получить по мордам от женщины, вывариться в мазохизме и поймать улыбку детей – что дальше? – снова бежать в горы. Резкой критикой его можно только спугнуть, как ночную птицу. Он тебе, понятно, тогда не поможет, но самое интересное, он тебе не поверит. Если же его похвалить, то ты попадешь в лакеи, и он потеряет к тебе интерес. А значит, твоя младшая сестра О. отправляется в тюрьму на зависть тонкошеему жениху Никите.

Единственно правильный путь – держать Ставрогина в напряжении, выдавая свои сомнения за сложность оценки оригинального текста.

Я не стал делиться этими соображениями с сестрой. Я понимал, что мне надо действовать в одиночку, потому что какими бы ни были стихи Ставрогина, сестра О. все равно бы высмеяла их, как бы высмеял любой русский интеллигент стихи Плеве или Трепова, будь их строфы даже колонной шедевров.

Чин убивает качество поэзии, даже если она прекрасна.

На вопросы сестры О., как проходят встречи, я отвечал предельно сухо. Я втягивался в диалог с властью.

– Между прочим, – сказал Ставрогин, – как вы относитесь к тому, что ваша сестра О. выходит замуж за Ерему?

Я едва сдержался, чтобы не завопить. Я тут хожу ее спасать, а она мне даже не удосужится сказать, что она крутит с Еремой.

– Ну до свадьбы еще далеко, – сказал я, притворяясь, что знаю об их отношениях.

– Вам лучше знать, – холодно сказал Ставрогин. – Но, если они поженятся, ее не надо будет спасать. У Еремы большие связи.

83. **ХОЧУ ФАШИСТА!**

Я в бешенстве. Вызвал ее к себе домой.

– Какого черта! Я должен узнавать в Кремле, что ты выходишь замуж… Почему не сказала?

– Я думала, ты огорчишься. Остоебенила мне эта порнография! Я влюбилась. Отъезд откладывается.

– Влюбилась в Ерему-фашиста?

– Да! Хочу фашиста! Какая разница, главное, чтобы человек был интересный!

– А Никита?

– О, это капитан очевидность! Зато фашист – он тоже писатель, как ты, только помоложе. Он ходит в кожаной куртке и на лацкане у него полусвастика. Круто?

– Зачем тебе фашист?

– Надоело либеральное болото. Он в последнее время стал очень популярен на Западе.

– На Западе любят острые блюда чужих идеологий. Вспомни маоистов. А в тридцатые года обожали коммунистов и нацистов. Потом таких, как твой фашист, расстреливали за преступления против человечности.

– Зато с ними интересно. Они бурлят. У них глаза светятся.

– Он разгромил твою выставку!

– Он меня любит!

– Ты с ним спишь?

– Конечно. А что? У него замечательный фашистский член. Он сказал, что, когда он в молодости болел либертианскими идеями, у него член был вялый, болтался как сломанный, а как только стал фашистом – все выросло и стало круто! – захохотала О. и выпила рюмку водки. – Я не знаю, что со мной, – призналась она. – Мне сегодня ночью снилось, что меня пытают в ментовке. Засовывают электрошокер в рот и в письку. Свадьба будет в Крыму. В Балаклаве. Ты приедешь? Ерема считает тебя своим учителем. Говорит, научился у тебя идти до конца. До самого конца. Только в другую сторону.

84. КРИТИКА ГРЯЗНОГО РАЗУМА

Сначала на потолке появлялись мелкие капли воды, ну, как испарина на лбу. Испарина превращалась в большие желтые и черные капли – казалось, потолок заболевает какой-то страшной болезнью. Большие капли не задерживались на потолке, они срывались вниз, постепенно превращаясь в ливень. Вслед за потолком в болезнь вступали стены. Потоки ржавой мыльной воды имитировали Ниагару.

Вода была проворнее всех усилий собрать ее в тазы и ведра. Квартира наполнялась мокрой вонью. Я не выдерживал и шел наверх.

Каждую субботу меня заливали соседи с верхнего этажа. По лестнице вверх, двенадцать шагов – старое, в форме большого транспортира, окно в переулок со спиленным вековым тополем, еще двенадцать шагов – дверь, ссохшаяся, в морщинах, высокая, когда-то роскошная, дореволюционная.

Я звонил. Звонок не работал.

Я стучал. Никто не открывал.

На стук выходил из соседней квартиры бывший геолог Юрий Дмитрич. Подъезд состоял из квартир нуворишей (вроде меня) и густонаселенных коммуналок старого доходного дома в стиле «модерн».

– Опять заливают? Стучите громче!

Юрий Дмитрич был уникум. Он коллекционировал всё, вплоть до опилок. Войти в его комнату было невозможно, несмотря на то, что она без двери. Вместо нее до потолка возносится пыльная куча старых газет, журналов и книг. Но в левом углу под потолком была амбразура. Он в нее кое-как пролезал, а затем вниз головой съезжал в комнату.

Я стучал громче. Никто не открывал.

Тогда Юрий Дмитрич сам постучал ногой.

Молчание.

Тогда мы вместе с Юрием Дмитричем стали колошматить дверь.

Поколошматим – прислушиваемся. Прислушиваемся – снова колошматим.

Вдруг Юрий Дмитрич испугался, что сейчас откроется дверь и нас самих возьмутся колошматить. Он ссутулился, юркнул глазами, исчез, растворился на пустой лестничной клетке с выцветшим кафелем, оставив меня один на один с немощной двухстворчатой дверью.

Вдруг за дверью раздались шаги. Раздалось слабое позвякивание цепочки. Дверь отворилась с мышиным писком. Передо мной стоял худой Великий Гопник в серой майке. Я вскрикнул от неожиданности. Ну копия! Истинная копия кремлевского руководства! Двойник? Или… как? Неужели? Не может быть! Откуда он здесь? Пошел в народ? Пришел в гости? Стоит с руками-плетьми, одутловатым лицом.

Великий Гопник был когда-то чемпионом не то двора, но то Европы по восточным единоборствам. Но что-то пошло не так. Его отовсюду погнали. За нечистоплотность? За патологическое вранье? За неудачную торговлю мочой? Или он, может быть, проиграл выборы? С помощью того, кого потом отравили? Нет-нет, прочь сомнения! Это был все-таки он. Он стоял и смотрел на меня.

– Ты чего? – спросил Великий Гопник с остекленевшим, как клей, взглядом.

Он, видимо, не слышал ударов по двери. А, может быть, слышал.

– Это вы? – Я все еще не верил своим глазам.

– Тебе чего надо? – резко нахмурился Великий Гопник.

– Заливаете, – сказал я. – Опять заливаете.

– Кого заливаем? – из-за его спины высунулась женщина в очень коротком, старом желто-коричневом халате, совсем не прикрывающем ее бледно-синие ноги.

– Меня *заливаем*. Квартиру снизу.

– Не может быть! – категорически заявила непонятно откуда взявшаяся дочка с розовыми волосами.

Мы все прошли в ванную. Нас вел Великий Гопник, хромая на правую ногу. Дореволюционная ванная комната со сводчатыми потолками. Ей пользовались все пять семей, живших в этой квартире. Вместо пола валялись, как на стройке, разрозненные доски и кирпичи. Через край ванны вытекала вода. Кружились в нескончаемом водовороте черные штаны, бордовые лифчики, голубые кальсоны. Спотыкаясь на отбитых кирпичах, я пробрался к крану, перекрыл воду.

– Пошли ко мне, – миролюбиво сказал я.

В коридоре коммуналки собрались люди. Горела тусклая голая лампочка. Смутно виднелись дедушка на костылях, его внучка в темных очках, еще кое-какие добрые люди. Великий Гопник стал спускаться по лестнице неровным шагом, опираясь на палку. Оступился, стал падать, его схватили за армейские штаны, подняли, повели. Палка со стуком скакала по лестнице вниз.

Я открыл квартиру, соседи вошли, стали оглядываться, озираться. Дед на костылях (к левому была привязана георгиевская лента) сразу двинулся по воде в гостиную и сел там в кресло. Жена Великого Гопника ушла на кухню и вскоре вернулась с бананом в руке.

– Вы, конечно, не возражаете? – сказала она как дама, засовывая банан в рот.

– Что будем делать? – спросил я.

Пустой вопрос. Его нужно в нашем подъезде задавать каждый день. Зимой, потому что дверь подъезда не закрывалась, взрывалась батарея, стоял туман. Летом, потому что всю ночь играли на гитаре. В лифте пол был весь в крови. Из почтовых ящиков по ночам выворачивали слабенькие замки и вытаскивали все содержимое. Иногда по праздникам, приняв пива, исполнители песен выпадали из окна-транспортира.

Что делать-то будем?

– Мы – люди пьющие, – пояснил Великий Гопник хрипловато.

У меня когда-то была мечта: если будут деньги, куплю старую московскую квартиру, расселю коммунальщиков, сделаю ремонт так, чтобы проступил оригинал московского жилья в стиле «модерн».Я купил возле Плющихи квартиру дореволюционного врача. Можно было даже догадаться, где находился его врачебный кабинет, в котором он принимал больных.

Я сделал все, как хотел, но в шаговой доступности оказался не со стилем «модерн», с его бронзовыми шпингалетами и дверными ручками, а с коммунальщиками. Граждане Москвы, они пили, блядовали, по привычке ходили на выборы. Внучка в темных очках устроила в их квартире притон. По вечерам у меня над головой падали ее клиенты, как спиленные деревья. Падали и падали.

Ночью я проснулся от диких криков. В наш подъезд ворвался ОМОН, взломали соседей сверху, квартиру номер 32. Всех выволокли. Оказалось, дочка с розовыми волосами задушила подушкой Великого Гопника, хромого инвалида с палкой. Из-за денег. Выяснилось, что коммунальщики продали свою дружную квартиру, вот-вот собрались разъехаться по спальным районам, но Великий Гопник лег поперек их планов своим трупом.

Он лежал на продавленном топчане с гордым лицом чемпиона не то двора, не то Европы по восточному единоборству. Взгляд у него был такой же остекленевший, как у живого.

Хозяйка притона, внучка в черных очках, держала на руках большую рыжую кошку, при этом ухитряясь на кого-то кричать по мобильному телефону. Рядом на полу валялась та самая подушка. Дочка-убийца рыдала так, будто убила не она. Она никак не могла сообразить, как менты догадались, что это она задушила папашу.А сам задушенный Великий Гопник, и его вдова в коротеньком халате, и заплаканная дочка с пышной прической, и бизнесвнучка со связями в блядском мире, и какие-то мужики в растянутых майках и черных трусах, и молодой следователь с рулеткой, и бывший геолог Юрий Дмитрич, и дед с георгиевской лентой, и санитары в меховых шапках, и черный, как воронья стая, ОМОН – всё это была одна большая народная семья, которая весело, как будто под хмельком звала меня:

– Иди к нам!

85. **ПОНЯТКА**

К нам!

К нам!

К нам!

Национальное сознание России из квартиры №32 оформилось в ПОНЯТКУ. Гопники взяли власть. Они ее никогда не отдадут, потому что кому еще отдавать?

Мы все – гопники. Мир перевернулся вверх дном. Мы бьем по дну, как по барабану. Тарам-там-там! Все вместе мы представляем собой Великого Гопника. Гопник в гопнике живет, гопником погоняет. Мы – закономерный результат отечественной истории.

В Москве на Воробьевых горах подготовляется памятник Великому Гопнику. Все вместе мы, как пчелы, выделяем из себя мед индивидуального Великого Гопника. Он – крутой. Мы его уважаем.

Гопничество стало религией России, всосало в себя православие, империю, все прочие коллективные дела: черную сотню, рабочий класс, Ленина, охоту и рыбалку, селедочный, вкусный запах мохнатки. Гопники – чемпионы. We are the champions, my friend… Наша главная страсть – победа. Мы своих не сдаем.

Они не любят шибко умных. Они – вежливые ребята, но их напрягает извиняться и они редко говорят *спасибо*. Им нравится глумиться, издеваться над врагами и не только. Они не щадят поверженного врага.

У гопников есть свои амазонки – гопницы. Они тоже не знают, что такое *извините*. История гопничества тесно связана с приключениями понятки.

Понятка родилась от негарантированной жизни. Понятка включила в себя негарантированное земледелие, негарантированную собственность, негарантированную семью. Понятка стала подменой сознания. Она вывернула сознание наизнанку.

Понятка – фильтр. Абстрактные понятия не проходят через него, застревают. Абстрактные слова – над ними издеваются. Под подозрение взяты любые идеи. Понятку тошнит от абстрактных слов. Свобода, ответственность, право – она блюет. Выборы – ну вы чего, это, братцы, собачье говно!

Понятка мутирует с течением времени. Хотя не меняет своей сущности.

Петр Первый боролся с пoняткой – не сладил.

Понятка – приговор, патент на отсутствие будущего. Если понятка разлетится, заменить ее будет нечем. Понятка и власть находятся в уникальном состоянии. Власть паразитирует на ней, понятка паразитирует на власти. Скорее всего, главным паразитом оказывается здесь все-таки понятка.

Понятка одомашнивает мир. Сложности – на помойку. Имена становятся кличками и кликухами, очищаются от чести и совести. Мишка – кореш, Варька – сука. Можно одомашнить и американцев – они станут пиндосами, их тогда проще убивать. Вообще-то чужого никогда не поздно замочить. Ведь ты, парень с пoняткой – как человек с ружьем.

Понятка – лимита не только имени, но и понятий. Остается мякиш, остальное долой как ненужное и пустое, остается ПОНЯТКА, которая тупо нюхает мир.

Понятка стала матрицей поведения, с ней хорошо дома, неуютно в чужих местах.

Понятка снюхалась с пoняткой. Гирлянды, летучие мыши-поняток.

Есть мохнатка – волосатый жук, а есть понятка – это ведь тоже жук, особое, дворовое устройство мозга. Понятка неразделима с мохнаткой, они тыкаются друг в друга, обнюхиваются, как собаки.

Между начальником Росгвардии, моим шофером Мишей и гаишником есть нестерпимое родство поняток. Только они разбрелись по чинам и в душе друг друга называют клоунами. Понятка – ушибленное темя, именно в ней развивается сталиновирус – вирус любви к Сталину.

Понятка – защитный дальтонизм мозга, паралич ума. Зима шансона.

Лето сапог, далекого крестьянского прошлого. Понятка не различает масштаба событий. Гвоздь в стене важнее заграничных революций, рыбалка и гудящий телевизор – наш пещерный век – век понятки.

Понятка доверчива в своих подозрениях и подозрительна в своей доверчивости. Из подозрительности понятки лезут лопухи заговоров. К понятке липнут страхи. Она питается конспирологией.

Понятке подай врага, как собаке – мяса.

Понятка – защита организма от ужаса мирового закулисья. Понятка жаждет беспорядка. И порядка. И вновь беспорядка – так без конца.

Для нормального сознания понятка – патология, для понятки нормальное сознание – аномалия.

Понятка ищет понимания, внимания. Она не осуждает воровство. Она балдеет от уважения, как от водки, но не верит в него. Она лишена сочувствия, но наполнена бормотухой жалости. Понятка – ну это не рыцарь мохнатки!

Понятка – пивасик. Колл-центр зоны. Табачный дым до небес.

Понятка бесспорно способствует распространению глупости. Но считать ее причиной нынешней *эпидемии глупости* – это надо еще доказать.

Идите к нам, умники, не критикуйте, не взыщите, мы – люди пьющие. Жизнь махнет хвостом, и вы прибьетесь к нам, как нечистоты – к берегу, ну так чего стоите, идти недалеко, я же говорю: один шаг – шагайте!

86. ЦВЕТ ГРЕЙПФРУТА

Милый Боря, по всему миру теперь твоим именем называют площади и бульвары. Лет через 60 и у нас в Москве назовут твоим именем Васильевский спуск. Но, помнишь, однажды в Италии мы с тобой поехали на озеро Комо, и ты уплыл куда-то и не вернулся. Час прошел. Я ходил по берегу. Когда вызывать полицию? Вдруг ты приплываешь и, мокрый, говоришь:

– Люблю далеко плавать. Пошли пить вино.

Чтобы загладить свою вину, ты заказал в простецком ресторане бутылку пижонского Sassicaia – это революционное вино, созданное на основе каберне в 1968 году энологом-бунтарем Джакомо Такисом, нарушителем запрета на использование в Тоскане международных сортов.

Ты и сам был похож на Sassicaia.

Всякий раз ты приходил ко мне домой с новой барышней модельного вида и дорогой бутылкой. Модели сидели с длинными волосами, в сапогах, в коротких юбках, плотно сжав колени и губы. Иногда, буквально на мгновенье, обнажались розовые стринги, которые были обречены на роскошную ночь.

Однажды у меня в коридоре на дне рождения родилось понятие *либеральная империя*.

Оно не прижилось. Рекламные баннеры, зовущие жить, как Европе, отталкивали народ.

А вот если бы ты тогда утонул, в чем я был совершенно уверен, назвали бы твоим именем площади и бульвары по всему миру? И что важнее: загробное тщеславие или девочки, девочки, девочки в розовым стрингах?

Последний раз я видел Немцова на дне рождения у Р. На кухне большой жратвы он сказал, обращаясь ко всем, что многие годы раздумывает над тем, что я написал в крохотном рассказе *Автопортрет писателя в пальто*: «И вот вошел я в пальто цвета хуя».

Какой же это цвет?

В дискуссии приняли участие многие гости. Дискуссия перебросилась на другие страны. В Берлине одна француженка сказала, что это цвет грейпфрута.

Я встретил его возле лифта на студии какого-то иностранного телевидения. Он спросил:

– Как ты думаешь, когда меня посадят?

И всякий раз, когда мы встречались:

– Меня посадят?

Я говорил, что перед ним стоит очередь. До него так сразу дело не дойдет.

Через несколько лет, когда он уже как политик вышел на улицу, времена поменялись и розовые стринги исчезли из моей квартиры, я сказал:

– Впереди тебя есть пара человек. Ты во втором ряду.

Он обогнал всех.

Его убила архаическая сакральность матерного слова. Когда в Киеве он сказал *ебнутый* в применении к Великому Гопнику, я подумал, что он перешел в первый ряд. А он мне красочно рассказывал, что его хотели сначала судить за оскорбление верховной власти, а потом прикусили язык: как на всю страну запустить историю про ебнутого царя?

Борис был очень доволен, что всех перехитрил.

Не простили ни слова, ни радости хитрости.

Он не учел, что в тюрьме за такие слова убивают. А здесь – вон! – всё это тюрьма. И здесь тюрьма, и там тюрьма. А сама по себе тюрьма – помещение для пыток.

Они чудовищно ненавидели друг друга, он и Ставрогин. Я говорил Ставрогину, что надо бы Борю назначить мэром Сочи, и он как ответственный человек успокоится и будет работать. В качестве примера я приводил Чернышевского, про которого хорошо отзывался Розанов, укорявший правительство в том, что оно не смогло использовать его неуемную энергию. Ставрогин слушал и молчал.

А Боря как-то сказал, что Ставрогину он может позвонить только один раз, в самом крайнем случае. Когда Борю ненадолго сажали за марши, Ставрогин распускал слухи, что его *там* опустили.

Перед лицом бесчеловечности каждый становится наивным. Мы проживаем самый бесчеловечный период русской истории.

Постойте, а Иван Грозный? Или Сталин?

Ну да, конечно, но этот все равно самый бесчеловечный, потому что это почти голая, почти ничем не прикрытая бесчеловечность. Там бесчеловечность объяснялась Третьим Римом или бесклассовым обществом, а здесь ничего, кроме географии и величия. Но и география, и величие достигаются прямо противоположным путем.

Да, но не с этим народом! Мы не китайцы!

На Западе мат выветрился, и обсценные слова превратились в вульгарную лексику подворотни, лексику, которая раздражает, возбуждает, в зависимости от обстоятельств, но не убивает. Русский мат остался оружием, это – посыл смерти и смертельного унижения. Если начальник ебнутый – он не начальник. Его надо или менять, или – мстить за оскорбление.

В случае с Немцовым Кавказ и армия едины. Они устроили настоящее шоу на мосту перед Кремлем. С проездом снегоуборочной машины. Ритуальное убийство зарвавшегося оппозиционера-либерала-еврея-ставленника Америки.

Не произнеси он этого слова, когда уже закончилась запись интервью в Киеве, но камера равнодушно или намеренно продолжала писать его эмоциональный off-records, и телевидение показало – он бы еще остался какое-то время стоять в очереди на арест.

Нравы африканского племени. Если тебе на базаре тыкают, не горячись, узнай сначала, есть ли на их языке слово «вы».

– Так что же, обманывать народ? – спросила меня Хакамада.

Чтобы взять власть, нужно обманывать. Либералы наши не научились. Вранье для них – монополия власти. Отпрыски интеллигенции.

Убийство Бориса Немцова обезглавило русскую оппозицию. Русские либералы пошумели, повозмущались, вышли с лозунгами «Герои не умирают» и успокоились через месяц. Запад угомонился еще быстрее. Герои умерли.

87. АПОКРИФ

В течение 13 лет у меня на телеканале «Культура» была еженедельная телепрограмма «Апокриф». С 1998 по 2011 год. Мы выпустили около 500 передач об основных человеческих инстинктах, чувствах и ценностях. С каждым годом ее все больше и больше ненавидели высокие идеологи Великого Гопника. Летом 2011 года мне позвонил руководитель канала. В день смерти моего отца. Я думал: он узнал о смерти и хочет выразить соболезнование. Но нет. Он сказал, что моя программа закончилась. Ее придушили на радость Великому Гопнику.

«Апокриф» перед тем, как стать студийной программой, был *бродилкой* и приводил меня в разные места. Вот одно из них:

88. НАДЕЖДА

– Пока, дорогая! – Я стоял на пороге нашей московской квартиры.

– Ты куда? – крикнула жена с кухни, откуда клубился запах утреннего кофе.

– В тюрьму.

– Как в тюрьму?

– Во Владимирский Централ. Там открылся музей знаменитых заключенных.

– Ничего себе! Я тоже хочу. Возьми с собой.

– Опаздываю! Целую! В другой раз.

Среди многочисленных моих журналистских поездок по России эта была действительно незабываема. До Владимира от Москвы около ста километров на восток – казалось бы, пустяк. Но уже там наступает преображение. Это вечная, лишенная европейских декораций, голая, посиневшая от сибирских ветров Россия.

Я наконец разгадал тайну русской души. Вот как это произошло.

Я подъехал к воротам Владимирского Централа, созданного по указу Екатерины II. Это типично немецкая тюремная застройка XVIII века. Стояла ранняя весна или поздняя осень. Впрочем, ранней осени у нас почти не бывает – сразу снег. По тюремному уставу императрицы рекомендовалось наблюдать за заключенными «крепко и неослабно во всякое время», но обходиться с ними «человеколюбиво». При этом арестантов клеймили, вешали на шею тяжелые деревянные колодки, пороли. При Александре II отстроили дополнительный корпус – для политзаключенных. В 1864 году его заселили польскими повстанцами. Колодки заменили на легкие кандалы, в связи с чем в тюрьме открыли собственную мастерскую. Тогдашний владимирский губернатор хвастался, что местные кандалы лучше варшавских и питерских. В самом деле. Их используют до сих пор.

Часовой распахнул ворота, густо увитые, словно плющом, колючей проволокой, и два полковника быстрым шагом подошли к моему минибусу.

– Мы вас заждались! – сказали они с отменными, вставными, как челюсть, улыбками.

– Да-да! – подтвердили они, увидев мое замешательство. – Очень заждались. Давайте ваш паспорт!

Я вынул паспорт.

– С чего начнем?

С показа жопы. Как полагается. И потом на всю жизнь запоминается. Почему из всех унижений тюрьмы люди больше всего вспоминают: наклонитесь! Раздвиньте ноги! Разведите ягодицы! Почему наши люди так стесняются показывать свои сраки?

– Может, чайку с дорожки? Крепкого! – сказал блондин-полковник.

– Черного, с лимоном! – вскричал другой, черненький.

Они, как веселые озорники, пошлепывая меня по плечам, потащили пить чай. Кто сказал, что они звери? Они были приветливы, оживлены, гостеприимны.

– Может, чуточку коньячку?

Они уже вынимали бутылочку из шкафа, в котором было много всяких рулонов. Я слегка покачал головой.

После чая чернявый остался в офисе, а блондин, командир по культуре и воспитанию, затащил меня в свой кабинет, поменьше, тоже весь в рулонах. Стены – в спортивных грамотах, вымпелах. Кубок с красной звездой на подоконнике.

– Немного Истории для начала, если не возражаете, – ласково посмотрел на меня полковник. – Первая в России каторжная тюрьма, получившая название «Централ», была учреждена во Владимире после революции 1905 года. Содержались в ней, в основном, политические – террористы и революционеры всех рангов и мастей. После февральской революции 1917 года из Централа разом выпустили всех политических. В ноябре того же года пришедшие к власти большевики пообещали ликвидировать все тюрьмы, проклятое наследие царизма. Было даже принято решение о закрытии Владимирского Централа. Но очень скоро выяснилось, что у советской власти врагов видимо-невидимо. Камеры стали быстро заполняться анархистами, эсерами, меньшевиками, белогвардейцами, помещиками, священниками, крестьянами и даже представителями горячо любимого Лениным пролетариата. В начале 1920-х годов Владимирская тюрьма получила статус «политизолятора с трудовым отделением». Началось перевоспитание арестантов с помощью принудительных работ и культурно-массовых развлечений. В тюрьме устраивались религиозные диспуты, читались лекции, ставились спектакли, давал концерты арестантский симфонический оркестр. Лекторы и массовики-затейники исчезли, как только в начале 1930-х Централ стал особой тюрьмой госбезопасности. Последующие пятнадцать лет – «белое пятно» в истории тюрьмы. В 1941-м при подготовке к эвакуации (она так и не состоялась) уничтожили все архивные документы.

– Боялись немецкой расправы, – сказал я.

– Ну, не знаю, – слукавил блондин. – Тюремные служители мемуаров не писали. Да что там мемуары! Ветераны даже в разговорах с родственниками предпочитали держать язык за зубами, чтобы не нажить беды. Можно только догадываться, что здесь в 1930-е годы пытали и расстреливали заключенных, а по ночам хоронили на кладбище за тюремной стеной. Достоверно же можно говорить лишь о резком увеличении численности заключенных (до двух с половиной тысяч человек), из-за чего пришлось строить третий корпус…

Радостно открывались и закрывались замки. Было много решеток. Как в кино. Чистота голубых коридоров не поддавалась описанию. Мы начали с библиотеки.

Парень, похожий на Есенина, немедленно предложил прочитать мне свои стихи. Подошла полная женщина. Она были взволнована. Она трепетно вздыхала. Они с Есениным устроили маленькую выставку моих книг. Мне захотелось взять свои книги с собой. Мне стало не по себе оттого, что они выставлены во Владимирском Централе, как арестанты. Быстро начались откровения. Полковник растаял в воздухе.

Полная женщина говорила мне, что она без тюрьмы не представляет себе жизнь, что она породнилась с заключенными. Они все – ее дети… В глазах у нее стояли слезы. Это были голубые русские озера слез.

И тогда во мне шевельнулась первая догадка. Я подумал: директор тюремной библиотеки, полная женщина с завитками светлых волос – прародительница этого космоса. Только я не знал еще, как и что мне делать с этой догадкой. А Есенин шептал мне в ухо, что сидит он тут за убийство, за убийство своей девушки, и вот уже из него полилась история, а директор библиотеки приобняла его и сказала:

– Я, когда в отпуске, скучаю по тюрьме…

– Помогите, – сказал Есенин, протягивая мне свои стихи.

Я подумал, что он хочет освободиться, а он сказал:

– Помогите мне их напечатать.

– Вы не поверите, – сказала библиотекарша, – но у нас тут в тюрьме был свой тюремный коммунизм, времена изобилия. Особенно 1960-е годы были для Централа золотыми. Появилось собственное производство. Шили хозяйственные и пляжные сумки, пользовавшиеся большим спросом; резали шахматы из дерева. Вот они, – кивнула на шахматный столик.

Белые и черные фигуры были мрачны и безнадежны.

– Завели механические мастерские, а в конце 1970-х построили три производственных корпуса, в которых работало до девятисот человек. Прибыль от производства доходила до 13 миллионов рублей. Снабжалась тюрьма хорошо. Но после того, как Советский Союз распался… – она произнесла «Советский Союз» так горестно, как будто речь шла о смерти близкого человека, – все изменилось после 1991-го.Свернули производство. Недофинансирование стало хроническим. Чтобы накормить, одеть-обуть заключенных, начальник тюрьмы и его замы буквально ходили с протянутой рукой. Тюрьма страшно задолжала поставщикам. Настал день, когда хлебозавод дал от ворот поворот. А что значит оставить зэков без хлеба? Пришлось обращаться за помощью к ворам в законе. На их деньги и закупили хлеб.

– А как сейчас?

– Начальство стремится создать для заключенных приемлемые условия. Сидят нынче по четыре – шестнадцать человек в камерах. Но есть туалеты, вентиляторы, электрические плитки, многим родные передали телевизоры. И холодильники разрешили бы поставить, но проводка у нас старая, боятся, не выдержит. Пекарню свою завели. Частично восстановили производство – четыреста заключенных собирают телефоны и изготавливают спортинвентарь. Сейчас они могут креститься, молиться, венчаться в тюремном храме. Концерты по возможности для них устраивают.

Командир культурно-воспитательной работы вновь проявился, и мы с ним забегали-закружились, и полковник мне рассказывал по дороге, что Владимирский Централ устроен таким образом, что заключенные за все время своего пребывания здесь ни разу не дотрагиваются ногами до земли, они никогда не спускаются на землю, потому что прогулки у них – надземный прогулочный двор. Мы оказались перед огромной камерой, желто-красная внутренность которой была вся видна из коридора, и я спросил, почему так, ведь это похоже на клетку с дикими животными, и мне ответили стоящие вокруг клетки офицеры:

– Тут сидят самые-самые дикие, вы правы.

– А можно к ним?

И вот уже несут ключи от клетки, полковник взялся за дверь, но тут к нему подбегает дежурный офицер и начинает что-то яростно шептать на ухо. Полковник сначала стоит со скептическим видом, как врач-профессор, которому захудалый докторишко начинает навязывать свой диагноз, но потом он смотрит на меня и качает головой:

– Нельзя.

Как нельзя? Ведь мне все можно. Мне всегда все было можно. И сейчас особенно мне все можно, во Владимирском Централе, а он говорит:

– Нельзя.

– Нельзя, – говорит полковник, – потому что они вас могут взять в заложники, и тогда они будут нас шантажировать, а там, знаете, не безопасно. Мы им иногда бросаем сырое мясо. А они рычат.

– Да ладно! – не поверил я.

– Когда тюрьма после смерти Сталина перешла в ведение МВД, началась реабилитация репрессированных, – приобнял меня блондин-полковник, аккуратно отводя от клетки, – На их место присылали отпетых уголовников. Они сразу вступили в борьбу с тюремной администрацией. В знак протеста занимались членовредительством. Обычно они глотали ложки, разломанные пополам. Съест с десяток и говорит: «Смотри, начальник, у меня в желудке звенит».

Полковник хмыкнул, посмотрел на меня, на мою реакцию. Убедившись, что я не стал хохотать, он склонился к гуманизму:

– Наш хирург – боевая такая женщина, – до сорока железных предметов из таких чудиков извлекала. Один, сидя в карцере, отрезал себе ухо и выбросил его через окошко в коридор. Пришили ему ушко, а он на следующий день другое отрезал. Кто себя за мошонку к табуретке прибивал, кто скальп с себя снимал, животы разрезали, мышей ели, пуговицы в два ряда пришивали на голое тело! В общем, у хирурга работы хватало».

И мы быстро стали снова передвигаться по Владимирскому Централу. Меня всегда поражает, как начальство очень быстро, на больших оборотах перемещается в пространстве, пока не сядет за стол и не войдут в зал официанты. Мы стремительно перемещались в пространстве, зацепив и утащив за собой ветерана тюремной службы с указкой. Зацепленный нами, он стал вращаться, создавая пространство музея и говоря: «Это наш музей знаменитых заключенных.»

Над входом в музей висел плакат:

«Тюрьма есть ремесло окаянное, и для скорбного дела сего истребны люди твердые, добрые и веселые.»

Подпись: Петр Первый.

– Кто только у нас ни сидел! – счастливым голосом воскликнул полковник. – И немцы, и японцы, генералы, премьер-министры и диссиденты, и сын Сталина, Вася Сталин.

– Похож на отца, – вгляделся я в портрет Васи. – Гримаса жесткая. Глазки острые. Но лицо капризное, не отцовское. Видно, что алкоголик.

Ветеран вступил в свои права экскурсовода:

– Сына Сталина Василия привезли сюда в 1955-м под именем Василия Васильева. Но в сопроводительных документах указывалась настоящая фамилия, и шила в мешке утаить не удалось. Хороший был человек, ничего плохого про него не скажешь. Режим выполнял. Никогда не жаловался. Содержали его получше, чем других, – полы в камере сделали деревянные, питание дали больничное – нездоровый был человек. Потом привлекли к работе в мастерских. Он стал хорошим токарем, план перевыполнял. У нас раньше питание разносили по корпусам в бачках, а он сконструировал особую тележку, на таких и сегодня возят продукты. Эта оригинальная тележка стояла тут, под его портретом, но потом решили: несолидно, он все-таки был знаменитым военным летчиком, генерал-лейтенантом, его боялся сам Хрущев.

– В конце 1945-го Централ был переполнен военнопленными, – перехватил инициативу блондин-полковник. – Больше всего было немцев. Со временем офицеров чинами пониже перевели в лагеря, в тюрьме остались только «шишки» – фельдмаршал фон Шернер, начальник личной охраны Гитлера Ратенхубер, руководитель разведки Пикенброк... Немцы и японцы – народ дисциплинированный, с ними никаких проблем не было. Хорошо помнят тут Вейдлинга, командовавшего обороной Берлина. Старенький был, болел тяжело. У нас и умер. Потом скончался фельдмаршал Клейст. Его завернули в одеяло и зарыли на кладбище, а спустя некоторое время звонят из Москвы, мол, должна приехать комиссия из немецкого посольства. Приказали Клейста эксгумировать, одеть в мундир с наградами и захоронить в гробу. А труп уже разлагаться начал. Подтащили его к конюшне, кое-как одели. Но посольские останками фельдмаршала даже не поинтересовались.

Ветеран подхватил:

– Одни сидели под своими фамилиями, другие – под номерами. Так что даже мы не понимали, кто тут сидит. В 1952 году в одиночках размещалось 32 «номерных» заключенных. Согласно правилам, надзиратели не должны были знать их имена. Всем, кроме начальника тюрьмы и замов, категорически запрещалось вступать с ними в разговоры. А «номерным» разрешалось заниматься литературной и научной деятельностью, иметь в камере собственные книги, географические карты, атласы, рукописи; выписывать через управление МГБ из библиотек книги и газеты, слушать радио.

– Да ну, правда, что ли? – усомнился я.

Ветеран неприязненно блеснул глазами, но продолжал:

– В отличие от других арестантов они могли отдыхать в постели в любое время суток; каждый день гуляли дважды по полтора часа; имели при себе деньги, до 100 рублей, и покупали на них продукты. 14 «номерных» заключенных – это министры буржуазных правительств Литвы, Латвии и Эстонии и их жены. В 1940 году сотрудники НКВД вывезли их из Прибалтики в Саратов, Тамбов, Сызрань и устроили на работу. В начале войны арестовали и поместили в одиночки по московским тюрьмам.

– Суд над ними состоялся только в 1952 году, – добавил полковник. – Все получили по 25 лет, после чего их отправили сюда. Освободили после смерти Сталина, но вернулись домой они только в 1960-е годы.

– И Русланова… певица… народные песни… личная коллекция сотен бриллиантов… дорогие западные автомашины… какой размах! Самая богатая женщина Советского Союза! Маршал Жуков снимает с груди свой орден и отдает ей на развалинах Рейхстага!.. «Степь да степь кругом…» – неожиданно громко запел ветеран народный хит Руслановой. Пел он плохо, но энтузиазм был на лицо.

– Постой, слишком грустно, – полковник положил ему руку на плечо. – Давай «Катюшу». «Катюшу» она одна из первых пела.

Полковник запел, вместе с ветераном:

Расцветали яблони и груши,
Поплыли туманы над рекой.
Выходила на берег Катюша,
на высокий берег, на крутой...

– Ну чего вы! Подпевайте, – по-домашнему протянул ко мне руку полковник.

– Не умею, – покачал я головой.

– Но стерва, стерва эта Русланова, – помрачнел ветеран, когда закончилось пение. – Ее тут уговаривали в Централе петь, так она: «Соловей в клетке не поет!»...

Мы подошли к столу-витрине с фотографиями под стеклом.

– А вот взгляните на это фото... – сказал ветеран. – В трех камерах у нас сидели австрийские проститутки. Красивые девчата! Целыми днями наряжались, красились, маникюр делали, им это не запрещали. Немцы и австрийцы получали много богатых посылок от Красного Креста, поэтому питались лучше других.

– Они здесь занимались по профессии? – заинтересовался я.

– Ну, конечно, нет, – тонко улыбнулся полковник.

Вдруг я увидел, как Вася Сталин соскочил с портрета и Русланова вышла из большой черно-белой фотографии, и они закружились в вальсе по середине зала, а три австрийских проститутки дружно полезли мне в штаны.

– Вам плохо? – услышал я издалека голос полковника.

– Полковник, – в бреду пробормотал я, держась за голову, – вы сильнее в том, в чем кажитесь слабым. И слабее тогда, когда... когда считаете себя сильным.

– Дайте ему стул! – прикрикнул на кого-то полковник.

Я тяжело сел на стул, глядя, как продолжается танец Руслановой и Васи Сталина. Больше того, я увидел полуразложившегося фельдмаршала Клейста, который, хромая на большую левую кость, продвигался ко мне. Австрийские проститутки при виде Клейста с визгом бросились бежать врассыпную.

– Воды! – скомандовал полковник.

Мои зубы застучали о стакан. Танцы кончились. Фельдмаршал уже потихоньку хромал от меня.

Минут через десять я был в полном порядке и даже улыбался. Мы подошли к следующей витрине.

– После войны с Западной Украины привезли много бандеровцев, – рассказал полковник. – Шесть самых «идейных» посадили в отдельную камеру. Со всеми усиленно работали сотрудники МГБ. Тех, кто отрекался от своих убеждений, постепенно выпускали, но большинство соратников Степана Бандеры предпочли умереть в заключении.

Это было почти что прославление упрямых героев Бандеры. Понятно, что наш разговор шел еще до русско-украинской войны.

– А кто был наиболее знаменитым заключенным с вашей точки зрения?

– Хмм... Граф Василий Шульгин – монархист, бывший заместитель председателя Государственной думы, идеолог Белого движения, – с теплым чувством ответил замначальника тюрьмы. – В 1944 году его похитили в Югославии и переправили в СССР. За антисоветскую деятельность дали 25 лет, но отсидел десять. После освобождения администрация области просто не знала, что с ним делать. Вначале поместили его с женой в дом престарелых в Гороховце, потом дали маленькую квартирку во Владимире. А вот, посмотрите, запись в его дневнике через пару месяцев после освобождения:

«Как я провел бы эти 12 лет на свободе?.. Меня кто-то содержал бы, и кто знает, может быть, чаша моих унижений была бы на свободе хуже, чем в тюрьме. Мое перо, которое не умеет служить, не могло бы меня прокормить. В наше время независимые люди никому не нужны. Их место – тюрьма или богадельня. То и другое мне предоставили Советы, т.е. принципиальные враги, политические противники...»

– В тюрьме Шульгин написал несколько исторических работ, они, к сожалению, были тут же уничтожены, – подытожил полковник.

Мы подошли к витрине с американским флагом.

– Ах, ну да! Пауэрс у вас сидел. Как он тут себя вел?

– В мае 1960 года американский самолет-разведчик, пилотируемый Фрэнсисом Пауэрсом, был сбит нашими ПВО под Свердловском, – буквально отрапортовал ветеран. – А уже в августе незадачливый летчик-шпион очутился в Централе. Здесь он должен был отсидеть три года, после чего его ждало семь лет лагерей. Через месяц Пауэрс стал жаловаться во все инстанции на свою бездеятельность и отсутствие общения, а потом впал в депрессию.

– Заскучал летчик в тюрьме, – покачал я головой.

– Сотрудники КГБ доверили ему клеить конверты и плести коврики из мешковины. Затем к нему подселили латыша, осужденного за шпионаж. Летчик обрадовался, щедро делился с сокамерником продуктами, которые присылали родственники и сотрудники американского посольства. Через полтора года Пауэрса обменяли на советского разведчика Рудольфа Абеля.

– А вот и наши диссиденты… – заметил я. Мы подошли к очередной витрине.

– Наши, а кому и не наши! – заявил ветеран. – В 1970-е годы в Централе появилась новая категория «особо опасных преступников» – более восьмидесяти диссидентов и правозащитников: Владимир Буковский (тот самый, которого обменяли на Луиса Корвалана), Кронид Любарский, Натан Щаранский, Анатолий Марченко и другие. Когда Щаранский в 1996 году баллотировался на выборах в кнессет Израиля, к контролерам Централа подходили люди, предлагавшие большие деньги за компромат на него. В конце 1970-х годов Владимир стал крупным туристическим центром. И диссидентов от греха подальше перевезли в Мордовию.

– Неужели туристов испугались? – не поверил я.

Ветеран сделал вид, что не слышит, и продолжал:

– А взамен Централ получил уголовников, среди которых было двадцать шесть воров в законе.

– Да, – сказал я, рассмотрев лица воров в законе. – Диссиденты выглядят поприличнее!

– Еще бы! – вскричал бывший надзиратель. – Вы же сам такой!

Полковник сделал строгое лицо. Ветеран не испугался.

– Да-да, такой! – озлобился он.

Я посмотрел на портрет Буковского.

– А его вы знали лично? – спросил я ветерана, не вдаваясь в полемику.

– Еще как! – сказал ветеран, тыкая портрет в глаз.

– И я его знал. Встречались в Кембридже. Целую ночь пили красное вино… Он был знаток вин.

– Вин? Да он с мужиками спал!

– Но не с вами же, – улыбнулся я.

Ветеран налился кровью:

– Да попробуй он… я б его пристрелил!

– Он замечательную книгу написал… «Когда возвращается ветер». Смелый! Он вам нравился?

Ветеран внимательно посмотрел на меня.

– Он мне нравился? – с расстановкой произнес он. – Уебище!

Я так и не понял, к кому относилось это последнее слово, потому что полковник потащил меня дальше, отмахиваясь от ветерана, и мы летели с ним по воздуху, как летают только на картинах Гойи или Шагала, летели, обнявшись, пока не натолкнулись на черного полковника. Черный полковник стоял, сложив за спиной руки, у закрытой двери. Мне показалось, что меня сейчас хотят накормить. Судя по сохранившемуся дореволюционному меню, тут когда-то кормили каторжан сытно: на завтрак – перловое пюре с салом, бульон и чай; на обед – селедка, окрошка, жаркое (или котлеты), компот из трех фруктов; на ужин – каша пшенная с салом, чай. Белого и черного хлеба на сутки выдавалось 2,5 фунта (килограмм).

Меня обещали накормить по-тюремному, и я готов был отведать тюремной еды, но когда дверь открылась, я увидел огромный зал, и в зале сидели зэки в чистеньких арестантских робах сине-серого цвета, их было множество, несколько сотен, и когда меня подтолкнули в зал, и я провалился в него, как проваливаются в космос, и, проваливаясь, я вспомнил, что и Даниил Андреев тут сидел, тоже проваливаясь в космос, создавая на нарах великую мистическую книгу «Роза мира», в которой рассказал о тысячах цивилизаций в нашей галактике, каждый тюремный день создавая по новой цивилизации, человеческой, ангельской, звериной… Ему повезло. Он был осужден на 25 лет, отсидел десять, вышел из тюрьмы смертельно больным, но ведь чудо! Его рукописи сохранил и позже передал жене заместитель начальника тюрьмы Давыд Иванович Крот. В нарушение существовавших правил.

Дежурный офицер крикнул:

– Встать!

Весь зал встал. Не быстро и не медленно, не вскочил, а все-таки встал. Но не по-военному. По-тюремному. И я увидел свой народ. Они смотрели куда-то вдаль, мимо меня, мимо полковников, но в то же время они быстро оценили меня и потеряли ко мне всякий интерес. На подиуме стоял стол. За ним – три стула. Полковники меня посадили в центр. Командир культурно-воспитательной работы объявил мой номер.

– Сесть! – крикнул дежурный офицер, стараясь перед начальством.

Я должен был перед ними выступить.

– Но вы же меня не предупредили, – пробормотал я, обращаясь к черному, главному полковнику. Он сделал вид, что меня не услышал. Ну, да! Я забыл, что я в тюрьме. А второй полковник вдруг на весь зал сказал:

– Тему своего выступления наш гость объявит сам.

На меня смотрели сотни глаз убийц и прочих страшных преступников. «У нас содержатся, – вспомнил я предварительные слова полковника у него в кабинете с рулонами, – полторы тысячи особо опасных преступников – члены ОПГ, киллеры, «лифтеры» (это кто? –перебил я его, – ну, кто насилует женщин в лифте и на лестничных клетках) маньяки, насильники, пресловутые воры в законе. Многие из них имеют не одну судимость; 15 процентов осуждены на 25 лет. Словом, контингент серьезный».

В зале не пахло потом. В зале стояла странная атмосфера большого человеческого разочарования. Было такое чувство, что передо мной сидят люди, которых обманули.

– Я хочу вам рассказать, – сказал я, – что такое надежда.

В дверях стоял Есенин, скрестив руки. Ему, видно, полагались поблажки.

– Надежда, – сказал я, – это самый опасный враг человека, который попал в беду.

Я почувствовал, что зал заметил мое существование. Я стал говорить, что надежда изматывает силы, что она смеется над человеком перед тем, как покинуть его, что она готова довести его до болезней, сумасшествия, самоубийства. Я сказал, что со мной это было. Это не касалось тюрьмы, сказал я, но все равно это касалось смерти, и я раскусил эту смазливую гадину под названием надежда, и выбросил ее из моего мира. И вдруг я почувствовал гул одобрения, который поднимался в зале. Он шел от убийц и других страшных преступников. Мы понимали друг друга. Мы были частью единого космоса, нашего милого русского космоса, где директор тюремной библиотеки плакала, когда оказывалась в отпуске: ей не хватало тюрьмы. И тут светлая, как комета, догадка окончательно посетила меня: мы – люди тюремного космоса. Тюрьма – наша родина. Тюрьма – наша свобода. Тюрьма – наш язык. Тюрьма – сердце нашей самости. Не гнобите тюрьму! Высоколобые и многоклеточные, мультимолекулярные создания пишут всякие гадости о тюрьме и своих мучителей. Это не наши люди. Наши люди – это веселые озорники-полковники, это ветеран-надзиратель с указкой, это убийца Есенин, это мы с вами, братья и сестры мои. Русская душа просит тюрьмы, только тюрьмы ей и надо. И ничего ей больше не надо, кроме Владимирского Централа.

Когда я кончил говорить, некоторые зэки подошли ко мне совершенно по-простому и пожали мне руку, как свободные люди. И тогда я понял, как не прав, по-барски неправ был Тютчев со своими стихами «умом Россию не понять…» Да еще как понять! Только ум должен быть другой, не тютчевский. И полковники тоже обрадовались, снова хлопали меня по плечу и говорили:

– Хорошо сказал!

89. АПОЛОГИЯ ЗРЕЛОГО ВЕЛИКОГО ГОПНИКА

Еду с дачи в Москву, вижу в общем потоке машин громоздкий внедорожник, на двери багажника целая картина: генералиссимус Сталин и его приблатненный двойник, Великий Гопник, на фоне советского и российского флагов развернуты друг к другу и с властными полуулыбками демонстрируют свое единство политиков-небожителей. Все едут – никто не реагирует. Я пригляделся к их блаженным ликам и окончательно понял, что мы живем в вечной сказке. В Европе основой жизни являются время и движение, в России – заколдованное пространство.

Мартин Хайдеггер утверждал в эссе «Что такое философия?», что «Запад и Европа, и только они, в глубинном ходе своей истории изначально «философичны». В отличие от Европы Россия антиисторична, в ней никогда не было истории, обладающей философским смыслом.

Россия сложилась как пространство волшебной сказки, в котором каждое действие имеет различные, часто прямо противоположные значения. Мы до сих пор не уверены в том, было ли на Руси татаро-монгольское иго, продолжавшееся триста лет, или же это был умный политический компромисс с татарами. Мы еще не доругались с поляками, которых в смутное время сначала пригласили на царствие в Москву, а потом выгнали. Кто вы, Петр Первый? Диктатор или царь-модернизатор? Случайна или закономерна большевистская революция 1917 года? Наконец, сегодня среди русских существуют самые разные мнения о Советском Союзе, Ленине, Горбачеве, Ельцине и так далее. Но что удивительно: при всех этих различиях Россия, не обладая единым историческим временем, существует сразу во всех временах, начиная с 17 века.

В России правит архаическое мышление, которое свято верит в то, что своего сдавать нельзя, а чужого – можно и нужно. К этим чужим принадлежит Запад – идеологически более враждебная цивилизация, чем мусульманский Иран. Запрещенный в России ИГИЛ подозрительно смахивает на саму Россию эпохи Гражданской войны 1918-1920 г.г.

со всеми ее зверствами, классовой ненавистью, казнями, изнасилованием тысяч женщин. Мы – потомки жестоких идеологий, которые, перемоловшись в головах, породили рабскую психологию, страх и неверие в перемены.

Когда Запад спрашивает, почему Россия живет по каким-то своим законам, уже по этому вопросу видно, что Запад не выучил урок, что такое Россия. Она населена богоизбранными людьми, несравненно лучшими, нежели бездуховные европейцы. В сказке есть свои антигерои-вредители, которые, как Горбачев, хотели бы уничтожить наш заколдованный мир, но сказочный народ дал ему отпор. Мы не вышли на пути истории – остались в сказке, жестокой, страшной, но родной.

Кто поймет, что в основе русского мира живет сказка о своем величии и счастье, которое непременно наступит, тот станет хозяином России на долгие годы. Так случилось со Сталиным. В конечном счете он сам превратился в сказку. Мифологическое русское сознание очистило его от всех грехов, отмыло от крови, отфильтровало, объявило русским богом (несмотря на грузинское происхождение). И вот он на багажнике внедорожника!

Сталинскому примеру последовал Великий Гопник. Он тоже ощутил русское пространство как сказку, обозначил ее врагов и принялся собирать русские земли, потерянные при распаде СССР.

Многие на Западе решили, что он сошел с ума. Но он убежден, что абсолютно прав, спасая русский сказочный мир от колдунов и демонов Европы и Америки. Может быть, первый раз за все существование России во главе страны стал человек с ключом к народной психологии.

А Сталин? Тот хотел переделать человеческую природу по абстрактному имперско-коммунистическому образцу. Из одной русской сказки сделать другую, и здесь без большой крови не обошлось. Великий Гопник не желает менять архаические декорации. Напротив, в сегодняшней кремлевской пропаганде на федеральных телеканалах идет бурное строительство сказки: все работает на принципе свой-чужой, друг-враг. Враги подлежат уничтожению, с ними можно общаться, только если они сильны. Слабый враг – мертвый враг.

Наш средний класс Москвы и Петербурга похож на женщин с очень маленькими сиськами – им всегда чего-то не достает. На самом деле им по большому счету недостает выход России из архаической сказки, но о том, что они внутри нее и вообще о ее существовании, они не догадываются.

Внепарламентская проевропейская оппозиция (нынче разгромленная) также русскую сказку не замечала, потому что сказка занимает не политическое, а метафизическое поле страны. Вывести Великого Гопника на чистую воду, выиграть честные выборы – и дело с концом! Это – дешевая утопия. Наш народ и есть Великий Гопник.

Если серьезно, то единственной формой работы с населением является просвещение. Федеральные телеканалы добились невероятных результатов, и русские поверили, например, в то, что Майдан –дело американцев. Сложнее, но тем не менее все-таки реально рассказать нашему населению о том, что в 21 веке архаическая сказка ведет страну в полную самоизоляцию и только приближение к Западу оздоровит Россию. Кремлевская пропаганда стремится изо всех сил показать ничтожность Европы, выставить ее как противника России, хотя главным врагом все равно оказывается Америка. Но у *нас* нет будущего без Европы, а продолжение русской сказки, мягко говоря, не стратегический, не дальновидный проект. Но эти «мы» растворяются в серной кислоте, а Великий Гопник вводит наш крейсер «Варяг» в родную бухту – Верно! Гоп-гоп, ура!– магического тоталитаризма.

90. **АМЕРИКАНСАКАЯ ТРАГЕДИЯ**

Никто не верил, что рухнет СССР. Он взял и рухнул. Америка всегда была полезным врагом для России. Этот враг поддерживал Россию в тонусе. И что же? Америка рухнула. Со всеми своими статуями Колумба.

В университете студенты устроили бунт. Они отказались слушать своего профессора литературы. Начальство университета:

– Что вам не нравится?

Зачинщик бунта:

– Он читает нам лекции про белых мертвых писателей. Скучно!

– О каких писателях вы говорите?

– Ну, например, о Гомере.

Европа живет по инерции. Это больно, но у нее еще много инерции. Ключик потерян, заводить нечем, но она еще живет по инерции.

У Америки не хватает запаса инерции.

Параллельная ложь американского либерализма и консерватизма породила американского гопника – Трампа.

Мне попался в руки недавний New Yorker. Когда-то я гордился тем, что писал в нем. В нем и родилось у меня название Хороший Сталин – Good Stalin.

Боже, подумалось, каким он стал угодливым и трусливым.

Ложная политкорректность рванула, американские белые будут сидеть и дрожать по домам, как дрожат теперь белые в ЮжнойАфрике.

91. **ГУСИ-ЛЕБЕДИ**

Если бы Россия как большая утка побежала в Европу европеизироваться, маленькие утята постсоветского пространства, бросились бы за ней, но наша утка осталась в стороне, и тогда все утята рванули на Запад. И попросили защиты от большой утки. А русская утка обиделась и заявила, что у нее увели утят.

Зачем Великий Гопник воюет?

Большинство народа все еще считает его крутым парнем. Парень уверен, что русский мир – это лучшее, что создало человечество. Он – рыцарь, защитник этого мира от американцев. Остальной мир, который не слишком любит Америку, поражен явлением лидера, который готов идти против Америки и никого не боится. А кто, в самом деле, главнее его?

16 декабря

Вы скажете: глупость была всегда. Как грипп. Чего волноваться! В этом нет ничего нового!

Прекрасные, успокоительные слова! К сожалению, они не проходят. Глупость была всегда – это точно. Но до сих пор глупость была как явление, в чем-то даже милое и трогательное, о чем писал Эразм, а теперь она приобрела смертельную токсичность и пришла как неизлечимая болезнь.

92. **РОДИТЕЛЬСКАЯ СУББОТА**

Почему я изменил отношение к Нине Кошёлкиной, которая идеалом женщины считает саму себя, и как я понял ее надмирное значение?

Так вот.

Одна актриса, которую звали Нина Кошёлкина, но чью фамилию слишком часто перевирали, называя ее то КошЕлкиной, то даже совсем неправдоподобно КОшелкиной, очень страдала от того, что ее фамилию перевирали. Она была посмешищем в нашем кругу. Нина играла в детском музыкальном театре одну-единственную роль: цветка-Колокольчика, – и целый спектакль с криком носилась по сцене, хотя колокольчики в живой природе вроде бы стоят смирно.

У нее были глаза-пуговки, черные и блестящие, как у игрушки. Мужчины, которые жили с ней, рассказывали о ней всякие гадости.

На какой-то вечеринке она подошла ко мне и сказала, что я – ее кумир, что я лучше всех и даже лучше, чем Лев Толстой.

– У вас, сказала она, абсолютно бездонная проза. Хотите прийти на мой спектакль?

– Ну да, как-нибудь, – улыбнулся я.

– Завтра, в среду, – сказала Нина.

Я зачем-то отправился в среду в театр. Сидел среди детей. Она громко носилась вокруг поющих актеров и актрис по сцене и изображала из себя Колокольчик. Мне было стыдно за нее.

Когда спектакль закончился, я хотел сразу сбежать домой, но Нина вышла в гардероб из какой-то секретной двери и спросила:

– Ну как?

Я сказал:

– Нина, вы самый лучший колокольчик в мире!

– Мы с вами похожи, – сказала она.

Мы вышли из театра и сели в кафе.

– Я не только самый лучший, как вы сказали, колокольчик в мире. Я вообще управляю этим миром.

– Ну да, – согласился я. – Хотите пельмени?

– Я не ем ни мясо, ни рыбу. Я вообще не ем. Только пью.

– Хотите выпить? – предложил я.

– Простой воды. Из раковины, – сказала она.

Я позвал официанта и попросил воды из раковины. Он испугался и быстро принес.

– Вот, – сказал он. – Натуральная. Из раковины.

– Можете идти, – сказала Нина, заметив, что официант все еще стоит возле нашего стола. – Ну, идите! – прикрикнула она на него певчим голосом. Потом повернулась ко мне и спросила:

– Вы не верите, что я управляю миром?

– Верю, – заверил я Нину.

– Но ведь вы тоже управляете миром. Хотите воды?

– Нет, спасибо. Нина, вы кто?

– Я вам сказала: я управляю миром. Я хочу предложить вам помогать мне в этом деле.

– Да ладно… – сказал я невпопад и на всякий случай.

– Вы мне не верите?

– Верю.

– Ну хорошо. Тогда скажите, кто для вас самый чужой человек?

Я думал недолго.

– Для меня самым чужим человеком является русский полицейский. Ну, как понятие. Вот все ценности, которые у него есть, все, до единой ценности, они все прямо противоположны моим ценностям, Нина. Мы с ним не только антиподы. Мы с ним из разных галактик.

– Почему? – недоверчиво спросила Нина.

– Когда мент останавливает мою машину, я внешне очень спокоен, но в душе я уже чувствую себя убийцей. Я хватаюсь за пистолет и стреляю…

– Стоп! – сказала Нина. – Что за херня! Причем тут полицейские? Разве это люди? Я спрашиваю: кто из людей для вас самый чужой?

– Ну, не знаю! – сказал я с некоторым раздражением. – Все-таки менты, Нина, ужасно отвратительны.

– А я вам скажу, кто для вас самый чужой человек!

– Ну и кто?

– Кто! Кто! Ваша мама!

Я помолчал немного и сказал:

– Ну, во-первых, она умерла…

– Я знаю, – перебила меня Нина. – Четыре года назад. Но это ей не мешает быть самым чужим для вас человеком.

– Я вас понимаю, – сказал я, машинально отхлебнув из ее стакана воду из раковины. – Я вас прекрасно понимаю. Вы хотите сказать, что самый близкий человек одновременно является и самым чужим, потому что чем ближе ты с человеком знаком, тем более далеким и чужим он тебе кажется.

– Это из серии: лицом к лицу… – капризно начала Нина, но я ее перебил:

– Нет! Другое! Когда ты проникаешь в глубину своего самого близкого человека, в данном случае, в свою маму, ты реально видишь, что она чужая тебе, что у нее все устроено по-другому, и это в конечном счете отталкивает.

– Это – философия! – сказала Нина. – А вот я, которая управляет миром, скажу, что философия – это раковая опухоль интеллекта.

– Вам лучше знать, – невозмутимо сказал я.

– А вот если обойтись без философии, то вы с мамой были фактически врагами.

– Ну не врагами… – Я стал возражать. – Хотя откуда вы это знаете?

Нина вздохнула:

– Недогадливый! Вы можете быть только моим помощником!

– Хорошо! – сказал я. – Я – уже ваш помощник.

– Нет, – упрямо сказал Колокольчик. – Вы еще не готовы.

– Я буду стараться, Нина. Мне, Нина, уже пора. Я пойду.

– Стойте! – сказала она. – Если вы хотите быть моим помощником, я предлагаю вам встретиться с вашей мамой.

– Я хожу к ней на могилу. Вот даже недавно был. В родительскую субботу.

– У нее к вам накопилось несколько вопросов. Вы хотите с ней встретиться?

– Вы о чем? – холодно спросил я.

– Я о том, – спокойно сказала Нина, – что ваша мама в девяносто лет покончила жизнь самоубийством в кремлевской больнице.

– Она была гордым человеком, – промолвил я.

– Но врачи ее вытащили из клинической смерти… Она отравилась снотворными таблетками… девятнадцать штук приняла ночью… потому что соседки по палате кричали на нее…

– Молчите! – взвизгнул я. – Это семейная тайна.

– А когда ее откачали, вашу маму отправили в реанимацию, и вы видели… ее там как будто распяли...

– Нина! – взмолился я. – Перестаньте! Это моя мама!

– А потом вы бегали с этажа на этаж, ловя главврача, потому что маму хотели упрятать в психушку…

– Не упрятали! – жестко сказал я.

– Вы везде теперь рассказываете о том, что она вас не любила… Верно?

– Она меня странно любила… ну просто очень странно!

– А если точнее? – сказала Нина.

– Я для нее постепенно становился всем тем, что она не любила… Мама сливала в меня, как в бак, все то, что ей было чуждо.

– Вот что, – сказала Нина, – если вы сейчас сядете в свою машину и поедете на дачу… у вас дача по Новой Риге?

– Ну не дача… Такая загородная квартира, маленькая…

– Вот, – кивнула Нина. – Если вы сегодня ночью там будете, она к вам придет.

– Как придет?

– Вы хотите сказать, в каком виде? Увидите сами! Пока!

Нина упорхнула, скорее, как бабочка, а не как колокольчик. Я расплатился с официантом за воду из раковины, и он сказал:

– Большое спасибо! Приходите еще!

Я сел в машину, завел мотор и стал думать. Я выбрался на третье кольцо и поехал в сторону дачи… ну то есть этой своей квартирки. Я ехал по Новой Риге и думал:

– Если она придет, я ей скажу: извини. Извини, ну, потому что я проспал твою смерть.

А потом я скажу: от тебя осталась книга. Ну да. Твоя книга воспоминаний. Я недавно взялся ее перечитывать… Многое забыл… И вдруг я услышал твои интонации… и они были такие родные, они как волны прошли сквозь меня, и я… Ну в общем… Куда я еду? Какая-то дура, всеобщее посмешище… Бездарь! Ебаный Колокольчик! Куда я еду? Куд-куда! Я сам посмешище. Мама мне была такой чужой… до того, как она отравилась… Она считала меня чудовищем… Зачем я туда еду?

Я приехал в дачный поселок, погудел, лениво поднялся шлагбаум. Я проехал котельную, поднялся в горку, поставил машину на стоянке, вдохнул бодрый загородный воздух и почему-то пробормотал под нос фамилию Нины:

– Кошёлкина!

Я нажал в подъездной двери код 28, поднялся на свой этаж, на лестнице горела только одна лампочка. Я открыл ключом дверь в квартиру. Дверь скрипнула. Меня охватила жуть.

Эта жуть заболтала меня, мое сознание стало каким-то ватным.

Я включил свет в большой комнате. Там никого не было.

Я прошел на кухню, везде по дороге зажигая свет. В кухне налил воду из-под крана, сел на старый венский стул, беспомощно расставив ноги, выпил воды. Всё было тихо. Стояла тихая ночная жуть. Оставалось заглянуть в темную спальню. Надо было открыть белую дверь.

Сердце чудовищно билось и ухало.

– Еду в Москву! – сказал я сам себе громко и решительно, стуча челюстью. – Еду в Москву!

С этими словами я открыл дверь. Она сидела на кровати. Сутулая. На плечах серый, не свойственный ей, шерстяной платок. Но она. Это была она. Она подняла глаза и смотрела на меня. Я кивнул и сказал:

– Мама.

93. **АРТУР-ГОРЕМЫКА И АЛИНА**

Артур был самым элегантным алкоголиком Москвы. Когда подкрадывался момент водочного безумия, он исчезал с радаров московской светской жизни, срочно отправлялся на Белое море, в Норвегию или в Канаду и там, запершись в сарае или в номере пятизвездочной гостиницы бухал по-черному днями и ночами (он утверждал, что на Севере бухать интереснее), допивался до оранжевых оборотней, лиловых ведьм с отвисшими сиськами. Обогатившись бухальной экзотикой, наговорившись всласть с нечистью, нарыдавшись в обнимку с медведем, Артур возвращался в Москву с приподнятым воротником пальто и, начиная жить с нуля, как Адам, прежде всего звонил Алине.

Если моя младшая сестра О. обладала философским складом ума и тела, то Алина была на все сто красавицей-извращенкой.

Тихоня, с горящими глазами, она любила напрашиваться на мордобой, участвовать в чудовищных скандалах. Она ходила на протестные акции не потому, что любила демократию, а потому, что ей нравилось, как менты ее свинчивают, лупят и тащат в автозак, как издеваются над ней в ментовке. Она любила в чужом городе ночью гулять по пустынным улицам и заброшенным кладбищам, сидеть в сомнительных пивнушках, нарываться на изнасилования. Она любила с диким криком кончить, когда ее насиловали какие-нибудь мерзкие твари: подростки, бандиты или отморозки, и те смотрели на неё с невольным уважением.

Она мечтала попасть в авиационную катастрофу и чудом остаться живой, она хотела родить урода и мучиться всю жизнь. Но больше всего она мучилась оттого, что Артур отказывался на ней жениться.

Алина организовала свой дискуссионный клуб «Безласк», была вдумчивым блогером. Она взяла у меня интервью. Несмотря на свой юный возраст, у нее было помещение на Патриках с баром и просмотровым залом. Папа у нее был богатым человеком.

– Пойдемте в буфет, выпьем чая или кофе… Марина! Сейчас подойдут израильские врачи, встретьте их, пожалуйста…

– Я с ними побеседую после нашего интервью. Какие у вас красивые туфли… Где такие можно купить?

– В Милане.

– Вы – ходячая провокация. Отличный повод для харассмента. Куда ни глядь – везде провокация. Ноги в черных чулках – провокация. Туфли – туда же. Эти черные кудряшки густые – провокация! Кофе?

Американо? С сахаром? Нет. Интересно, вы бреете лобок или нет? Я сторонник стриженых.

– Я тоже.

– Извините, Алина, я задумался, у меня в голове целый штаб грязных мыслей.

– По-нят-ка. ПОНЯТКА. С ударением на Я. Верно? Что это?

– Это вирус.

– Не говорите загадками.

– Понятка. Мозговое приспособление для ограниченного восприятия действительности.

– Кто обладает этой вашей пониткой?

– Народ. Миллионы людей. Понятка – это такое удобное приспособление, как телеприставка.

– Я очень прониклась вашим голосом.

– Понятка, – засмущался я, – воспринимает только особого вида агитацию и пропаганду. Есть красная черта, за которой для понятки все становится чужим и ненавистным.

– У меня тоже есть понятка?

– По-моему, нет.

– Я очень чувствительна к голосам. В вашем я слышу молодость – мальчишку юного.

Я растеряно смотрел на нее.

– Я абсолютно серьезно. Из вашего голоса дует молодостью. Как из щели, а щель – мое любимое слово…

Я был сконфужен. И даже, кажется, покраснел.

– Я профи по части звуков, многими звуками брезгую… много прислушиваюсь. Не важно, кто что сказал. Важно, с какой интонацией. Знаете, вот иногда в голосе звенят деньги, например.

Я рассмеялся с облегчением.

– И только у нас есть понятка?

– У нас ее больше, чем у других. Она у нас историческое явление. Мы родились в понятке, как в хлеву. Понятка накрыла нас. Отчасти белорусов и украинцев. Но только отчасти, а нас целиком. Понятка –это понятийный аппарат черни, которую, приставляя к ней электропроводы, превращают в электорат.

– Ммм… Спасибо вам! Я даже не знаю, за что благодарю. Любой человек приносит в любую часть света с собой тупик. Но благодарность – замечательное, неискоренимое качество. А тупики – это весело. В их темных углах – секс.

Алина смеется, заливается, допивает американо, идет работать, ее на работе уважают и, по ее же словам, боятся.

94. СЧАСТЛИВАЯ СМЕРТЬ

Я. Вы знаете, он умер! Мама, ты, слышишь, он умер! Он наконец умер! Мама, смотри, я пустился в пляс! Мама! Мама!

Мама. Но я ведь тоже умерла. Я уже давно на Ваганьково.

Я. Да-да, я понимаю, но ты послушай меня, он умер!

Мама. Что будет с Россией?

Я. Хуже не будет. Хуже некуда.

Мама. Его забудут через пять минут. Даже не похоронят по-человечески.

Я. Его никогда не забудут. Его невозможно забыть.

Мама. Я верю в прекрасную Россию будущего.

Я. Папа, ты слышишь меня, он умер!

Папа. Я тоже умер.

Я. Я знаю, да, но он же умер! Умер! Весь мир ликует!

Папа. Ну не весь. Что будет с Россией?

Я. Война немедленно кончится. Он умер сегодня – завтра конец войны.

Папа. А кто будет вместо него?

Я. Не важно!

Папа. Ты не прав. Без него Россия развалится.

Я. Ну может быть.

Папа. Так чего ты ликуешь?

Мама. Россия не развалится. Лучшие люди сядут за стол переговоров и договорятся.

Папа. А наш сын говорит, что развалится.

Я. Ну может и не развалится. Но мне такая Россия не нужна. Пусть развалится.

Папа. Так чего ты ликуешь?

Я. Папа, он наконец. Наконец. Наконец умер! Папа, это счастье. Да ну вас, родители! Спите!

Полковник Нарышкин (неожиданно подключается). Позвольте! Позвольте! Я – полковник белой гвардии Нарышкин. В Париже я не меньше двух раз в день сбегал по лестнице, несмотря на мою тучность, и бросался к газетному киоску на Больших Бульварах. Там продавалась русская газета «Последние Новости». Купив газету, я с трясущимися руками хватался ее читать. А вдруг Советская власть кончилась? Но нет… И вдруг однажды бегу к киоску и о счастье: Ленин умер! Ленин провалился в ад! Не верю своим глазам. А вокруг киоска уже группка русских, и все счастливые: Ленин умер! – Без него Советская власть не проживет и недели. Его некем заменить. Как вы сказали, Сталин? Вот это подходящая фигура. Грузин, прагматик, защитник частной собственности! Ребята, я вам говорю: через полгода пьем шампанское в Москве!

95. СТАЛИНОВИРУС

С появлением и активном распространением в России эпидемии глупости у меня возникла некоторая надежда на то, что наступит хотя бы хрупкое примирение идеологически противоположных партий и движений – нечто подобное примирению зверей на водопое. Разве мы хуже животных? Как часть человечества мы вольемся в мировую цивилизацию, оказавшуюся в беде, и восславим идею гуманной солидарности.

Возможно, такое и было бы теоретически возможно, если бы в нашей стране не существовало другого, не менее страшного, а скорее значительно более безжалостного и долголетнего вируса под названием сталиновирус.

Этот вирус охватил не менее половины страны, в результате чего вождь народов оказался (по статистике) главным положительным героем русской истории. Однако до недавнего времени – с некоторыми оговорками.

Когда же эпидемия глупости обрушалась на Россию, совершенно неожиданно выяснилось, что сталиновирус за последнее время проделал эволюцию и захватил новые рубежи.

Если раньше, еще недавно, раскулачивание (по поводу которого взвыл даже совершенно лояльный Шолохов, написав жесткие письма Сталину) и Большой Террор 1937-1938 годов (по поводу которого Шолохов взвыл еще раз в письмах к Сталину) считались срамной темой сталинизма, то теперь все изменилось. Генералиссимус, по традиционному мнению сталиновирусных граждан, не только самолично выиграл войну с нацизмом, но и все в своей жизни вождя сделал правильно. Так раскулачивание пошло на пользу индустриализации сельского хозяйства, а большой террор способствовал необходимому очищению страны от потенциальных предателей в надвигающейся войне с Гитлером. Кто не согласен, тот пляшет под чужую дудку!

Сталиновирус – пожиратель души. Рожденный еще до Сталина, на просторах российского крепостного права, этот вирус стал бурно развиваться во время ликбеза. Имена Ленина и Сталина были вынесены вперед, а за ними маршировали слова вроде *борьба* и *победа. Мама* и *папа* как начальные слова при ликбезе были оттеснены великими лингвистами и филологами, включая Михаила Бахтина, скромного участника операции по внедрению сталиновируса, да и как иначе, если до сих пор в России существуют множество парков имени Павлика Морозова.

Сталиновирус пережил не только Сталина, но и слабенькую десталинизацию страны, вынос вождя из мавзолея, разоблачительные речи и книги. Режим Великого Гопника, примерив на себе авторитарные приемы управления, с удовольствием им заразился и заразил (не без помощи телевизора) миллионы людей.

Когда же мы начнем праздновать победный день раскулачивания? Когда станет выходным днем летний день 1937 года – начало Большого Террора с торжественной реабилитацией его исполнителя, почетного карлика Николая Ивановича Ежова, любителя-расстрельщика, обожателя роз и несчастного рогоносца, чью жену кто только не ебал, от того же Шолохова до Бабеля?

96. **КУДА РЕЙГАН ПОШЕЛ ЗА ОТВЕТОМ?**

Нам повезло, мы родились в такой неудобной стране, как Россия. Ее всегда можно выставить как преграду, которая не дает насладиться жизнью, но которая на самом деле порождает всевозможные надежды на иные, более совершенные формы бытия. Страдая или отбиваясь от страданий, мы представляем себе счастливые народы, счастливо избежавшие существования в российском цирке, и наполняемся законной завистью к ним. Но когда ты приобщаешься к жизни этих народов не как турист, а как беглец, первое, что ты ощущаешь, когда проходит веселящий гипноз разрыва с родным бредом, это ужас перед картиной жалкого и бессильного свободного человека, который свои маленькие стрессы переживает, как мы – свои большие и непомерные, и тогда становится понятно, что надежды нет и не будет.

Из всех цирков, в которых я бывал в своей жизни с неким неясным чувством равнодушной любви, я выбрал бы все-таки в качестве чемпиона цирк не на арене, а на ужине. Это было в 1988 году. В Москву приехал Рональд Рейган по случаю перестройки, и американцы устроили грандиозный прием в том самом Спасохаусе, который когда-то описал Булгаков как вместилище бала сатаны. Но бал сатаны померк перед зрелищем, на которое явились в качестве приглашенных и побежденные, и победители, и вчерашние враги народа, и завтрашние генералы-заговорщики, и гении, и их супруги. Я получил приглашение на этот ужин в качестве молодого литературного хулигана – других заслуг перед человечеством у меня не было.

Гостей шмонали прямо в переулке семь раз. Четыре раза шмонал КГБ, а последние три раза – американские спецслужбы. После жесткого шмона гости попадали в сверкающий разгоряченный зал, где их встречали под бравурную музыку, которую извлекал из фортепьяно боевой американский генерал в парадной форме, поочередно Рейган с Нэнси и Горбачев с Раисой Максимовной.

Я попал за стол с Лигачевым и министром обороны, маршалом Язовым, которые смотрели на меня с нескрываемым отвращением и говорили о том, где кто из них родился. Из разговора было ясно, что Лигачев важнее маршала с неправдоподобно огромными звездами на погонах: казалось, что Язов только из этих звезд и состоит и что они одновременно сползают с его погон как океанские медузы, но одетый в штатское Лигачев, второй тогда человек после Горбачева, говорил с ним небрежно и свысока, а маршал ловил его слова, как собака ловит кости, брошенные с хозяйского стола. Оказалось, что они оба из сибирских деревень и они этому обрадовались, словно раньше вообще друг с другом не говорили. Я молчал, молчал, но мне тоже хотелось что-нибудь сказать и, вежливо улыбаясь, я учтиво спросил у Лигачева:

– А вы не скучаете по Сибири?

Лигачев от моих слов взорвался, как подбитый танк. Я спросил его на голубом глазу, но, как только произнес свой вопрос, я услышал его потаенный смысл. Язов с маршальскими звездами смотрел на меня испытующе: кто я? либо я завтра буду назначен большим-пребольшим начальником, либо мне хана. Вероятно, никто за многие годы не ставил перед холеным ответственным членом Политбюро такой вопрос, в котором не было ни имени-отчества, ни капли холуйства, и Лигачев воскликнул с трагической ноткой, блеснув ненавидящим меня глазом:

– Если бы мне сказали, поезжай в Сибирь, я бы собрал чемодан, и ноги бы моей здесь не было!

Я так и представил себе: как он складывает вещи в чемодан, и как куда-то девается его нога. Меня поразила в этом трагическом возгласе уходящей эпохи, которой я случайно наступил на мозоль, простая крестьянская логика: если ты смеешь мне задавать такие вопросы, и я на них отвечаю, то я уже никто.

Я потянулся за бокалом вина, чтобы запить несчастный случай, но в бокале почти ничего не оказалось. Наливали Шабли по чуть-чуть, видимо, не из экономии, а потому, что боялись: вдруг русские напьются. Однако американские спецслужбы не предполагали, что русские могут уже сильно выпившими прийти на торжественный ужин. Так и случилось. Перед десертом Рейган залез на маленькую сцену, чтобы сказать то ли тост, то ли спич, но к ужасу технического персонала посольства микрофон сломался, и Америка осрамилась. Рейган смутился, но вышел из положения:

– Раз микрофон сломался, – сказал он, – я скажу то, что не хотел сказать в микрофон.

Получилось вроде бы мило. Но тут вышел конфуз. Из-за стола вышла наша замечательная поэтесса Белла Ахмадулина, которая явно *приняла* до приема, и на весь зал сказала своим серебристым голосом:

– Ничего ты не скажешь того, что бы не сказал в микрофон!

Все замерли. Ее выпад был нелогичным во всех отношениях. Сидя недалеко от меня, за одним столом с Рейганом, она ведь дружески уже подарила ему весомый перстень, отчего Президент США, правда, помрачнел, потому что такой подарок мог сойти по американским законам за подкуп. Он отказался от подарка – она сунула его в карман пиджака. Он стал вынимать, она удерживала руку…

Так зачем же пинать Рейгана? И откуда Белла знала, что собирался сказать Рейган? Но, видимо, она знала, потому что выпила, и все стало ясно. Рейган с нездорово красными щеками и плачущими от мук президентской жизни глазами хотел было что-то ответить, но тут сработала американская охрана. Огромный негр возник из воздуха, схватил Ахмадулину в свои объятья и мгновенно исчез непонятно куда с добычей. Через минуту из зала выбежал Боря Мессерер в поисках пропавшей супруги. Булгаков отдыхал.

Но все-таки главное было впереди. В какой-то момент, уже после десерта, когда все встали, я оказался между двумя президентами двух великих стран, и они пожелали мне что-то сказать. Начал Горбачев:

– Тебя восстановили в Союзе писателей? – спросил он меня на ты, потому что он всех тыкал, но в моем случае это было доброе тыканье.

– Нет, – сказал я.

Горбачев недовольно покачал головой. На следующее утро, рано утром, раздался звонок. Звонили из Союза Писателей.

– Виктор Владимирович! Что-то вы к нам давно не заходите. Зашли бы как-нибудь…

Но это будет на следующее утро, а сейчас тогдашний Горбачев, крепкий, ядреный, как Спас в силах, подался куда-то в сторону академика Сахарова, и я остался один на один с Рональдом Рейганом.

– Вы были в Америке? – поинтересовался Президент Америки.

– Нет, – улыбнулся я.

И тут Рейган сказал:

– Я вас приглашаю.

Мои дела шли в гору. За одну минуту я получил дружескую поддержку Горбачева и дружеское приглашение Рейгана. Его помощник тут же что-то записал себе на листке. А Рейган вдруг посмотрел на него, а потом и на меня доверительно, и тихо спросил, немного стесняясь:

– Где я? Где я сейчас? В какой стране?

Я хотел было ответить ему, открыл рот, но слова не шли. Нет, я знал, где мы, в какой стране, этой стране еще оставалось жить целых четыре года, но я просто стоял с открытым ртом. Рейган отвернулся и куда-то пошел. За ответом. И я тоже пошел. Домой.

24 февраля

Беспамятство Рейгана – одно из сильных впечатлений. Серж Шмеман, глава московского бюро New York Times, наутро пришел, чтобы узнать об ужине. Я рассказал. И спросил: можно ли это опубликовать в его газете? Он покачал головой.

24 февраля

Как всякий уважающий себя гопник, Великий Гопник никогда не признавал своих ошибок по той простой причине, что он их никогда не совершал.

97. АНТРАКТ С КОРОЛЕВОЙ

Из окон Шереметьевского аэропорта я случайно увидел новенький «Боинг» Аэрофлота с надписью на борту: «Альфред Шнитке».

– Вот ты и стал самолетом, Альфред, – пробормотал я с улыбкой и с ужасом.

Жизнь – сборник цитат. С Лосевым я вошел в перестройку, с Альфредом Шнитке я ее для себя завершил, в 1992 году мы создали с ним оперу «Жизнь с идиотом».

С Альфредом у меня были доверительные разговоры.

– Чтобы найти Бога, говорил Альфред, не надо перелезать через стену, не надо сверлить дыры в ней. Я ищу Бога, когда сочиняю музыку. Ты ищи его в своей литературе.

Он написал, наверное, самую проникновенную рецензию на мои рассказы (сравните с «Идущими вместе» – какой простор мнений в России!):

«В который раз преподносит непостижимая жизнь этот мучительный подарок? Вероятно, не в первый. Однако и не в десятый. Но только в тот момент, когда вы открываете книгу Виктора Ерофеева, вы сразу испытываете тот двойной эффект соприкосновения с издавна знакомым, но совершенно небывалым, то потрясение от встречи с адом и одновременно с раем, совершающееся внутри каждого из нас, ту абсолютную непостижимость чего-то, казалось бы, совершенно избитого и банального. Не знаешь, от чего задыхаться – от возмущения кощунством сюжетов и характеров или от разряженной атмосферы замалчиваемой, но ясно ощущаемой мученической святости».

Когда я ему дал «Русскую красавицу» еще в самиздатовском виде, он высказался о ней после своего концерта. Это было за кулисами Большого зала консерватории. У него был огромный успех в тот вечер. Я подошел поздравить его.

– Надо не меня поздравлять, а тебя. Ты написал светлую книгу.

Лучше о «Красавице» никто никогда не отзывался.

Я его отговорил брать Ленинскую премию. Во время перестройки. Сказал, что неприлично. Жена злилась на меня. Ей казалось, что я его подставляю. Да и деньги, которые прилагались к премии, были немалые… Ей, может быть, хотелось бриллиантов. Тогда была повальная мода в высших музыкальных сферах на бриллианты.

Альфред Шнитке – единственный живой гений моей жизни, с которым я не только дружил, но и работал над совместной оперой. Наверное, сущностью его «я» было то, что он постоянно находился на границе двух или нескольких миров и был способен слышать и чувствовать их одновременно. Это не значит, что он жил в земной жизни с отсутствующим видом, но то, что он сопричастен другим измерениям, у меня не вызывало сомнений. Его совиный взгляд сочетал присутствие и отрешенность. Понимая, что он не совсем здесь и не совсем сейчас, он прибегал к исключительной вежливости, чтобы не выглядеть отстраненным и любопытным инопланетянином.

Мы тесно дружили. До такой степени, что дни рождения отмечали вчетвером: вместе с женами. До такой степени, что я смог убедить Альфреда отказаться от Ленинской премии (уже в перестроечное время), чтобы он не портил себе репутацию. Мне до сих пор не хватает общения с Альфредом.

Его предложение сочинить оперу по моему рассказу «Жизнь с идиотом» казалось мне поначалу моцартовским жестом легкомыслия. Наша дружба вызывала недоумение у большого количества интеллигентного и либерального народа. Во многом мы были антиподами. Но мы обменялись с ним верой в то, что каждому было дорого: он нашел на дне моей прозы «свет» (и сумел написать об этом кратно и точно, лучше всех), а я увидел в его «светлости» предвечный спор порядка и хаоса.

Впервые он слушал «Жизнь с идиотом» в публичной библиотеке на Пушкинской площади, куда пришел вместе с Геннадием Рождественским, вызвав культурный шок своим появлением у молодых людей очередной исторической оттепели, собравшихся на мое чтение. После чтения моя жена Веслава сказала Шнитке в полушутку, что в моем рассказе с бешено вращающимися масками любви, упирающейся в смерть, есть основа для оперы. Никто из нас обоих не подхватил эту тему. Я подумал, что после его работ с текстом «Фауста» и средневековой армянской поэзией все это крайне неуместно. Через какое-то время он позвонил мне с предложением.

– Это невозможно, – сказал я, польщенный, но сбитый с толку. – Я не представляю себе, кто бы мог написать либретто. Таких людей просто нет.

– Вот ты и напишешь, – сказал Альфред.

– Но я никогда не писал либретто, – возразил я, стесняясь добавить, что я вообще не большой друг оперного искусства.

– Именно поэтому у тебя получится хорошее либретто.

Я согласился написать черновик того, что в моем представлении может стать когда-нибудь с помощью Шнитке либретто. Я представлял себе, что мы, как Манилов с Чичиковым, будем пить бесконечные чаи и размышлять о прекрасном. К тому же, я уже купил в Америке свой первый «макинтош», и мне хотелось испробовать его в новом для меня жанре. Я не заглянул в какой-нибудь сборник либретто, даже не сходил в оперу – я написал за неделю фантазию на тему этого жанра и отдал ее Шнитке. Тот молчал несколько дней. Я уже решил, что напрасно взялся за дело: так можно убить не только оперу, но и дружбу. Не вытерпев, я позвонил первым:

– Прочитал?

– Да.

– Ну и как?

– Хорошо.

– Когда начнем вместе работать?

– А зачем? Все уже сделано. Теперь *мне* надо работать.

Так черновик стал окончательным вариантом. Опера писалась по заказу Амстердамского оперного театра. Пришла пора искать режиссера. Была возможность выбрать кого угодно, из любой страны: молодого авангардиста с модным именем или же знаменитого на весь мир мастера. Несмотря на нелюбовь к концептуализму, Шнитке принял самое концептуальное решение. Он предложил пригласить режиссера, который, по его словам, сделал триста постановок советских опер. «Жизнь с идиотом» в такой интерпретации озарится новым светом. Но согласится ли старик, Борис Александрович Покровский?

Мы отправились к нему на Кутузовский, как два робких, но хитрых школьника, решившие подбить учителя на сомнительный поступок. Покровский встретил нас и наше предложение с нескрываемым подозрением. Шнитке достал ноты, сел за пианино и сам стал петь начальные арии за всех героев и за хор. Это было настоящее чудо, но он быстро «сломался» и стал хохотать буквально до слез над каждым словом, как будто слышал его впервые.

– «Жизнь с идиотом полна неожиданностей…» – пел Шнитке и хохотал. Я никогда не видел Альфреда в таком состоянии. Он был поистине гением хохота. Энергию юмора в этом проекте он почувствовал, как никто, и я уже сам давился от смеха. От нашего коллективного помешательства Покровскому легче не стало. Он нас сейчас выставит за дверь, решив, что мы издеваемся! Вместо этого он, поразмыслив, взялся за постановку.

Альфред заканчивал оперу, уже уехав жить в Гамбург. Как-то, в гостях у моей подруги Маши Вознесенской, я взял в руки «Московский комсомолец» и прочитал сообщение, что он умер. Я застыл с газетой. Умер друг, и с другом умерла моя мечта – наша опера. Позже выяснилось: это – вранье. Однако тот третий по счету инсульт нанес Альфреду страшный удар – никто не верил, что он завершит оперу. Едва оправившись, он ее дописал.

Это удивительная по своей щедрости к словам опера. Альфред

высветлил музыкой слова, и они стали похожи на город с вечерней подсветкой зданий. Что-то вроде больших бульваров Парижа. В результате именно щедрости Шнитке у оперы возникли два полноценных автора, редкий случай в оперном искусстве, и писатель даже чуть потеснил композитора (чем слегка уязвил его на жительской уровне честолюбия).

Финал вышел совсем не похожим на предыдущие части: если в начале – земные разборки, то прощание с жизнью героев написано тем, кто лишь на короткое время вернулся «оттуда».

В Амстердаме зеленели деревья вдоль каналов. Стояла весна 1992 года – скоро премьера.

В российской звездной команде стенографом был Илья Кабаков, дирижером – Мстислав Ростропович. Добавьте к ним самого Шнитке и Покровского. Это были львы, которые порой рычали друг на друга, потому что были слишком мощными и своенравными животными. Даже властная Галина Вишневская на их фоне выглядела скромной студенткой и помалкивала, особенно в присутствии Покровского. В тот момент я почувствовал фантастическую силу русского искусства – было странно, до какой степени государственная власть и история страны не соответствуют ей.

Ростропович позже скажет мне, что полтора месяца репетиций оперы «Жизнь с идиотом» были лучшим временем его эмигрантской жизни. Мы иногда с ним ужинали вдвоем в ресторане после работы. Однажды я его спросил – человека великой славы:

– Слава, а что такое слава?

Он ответил, почти не задумываясь:

– Слава – это как двугорбый верблюд. На один горб много кто может залезть. Но потом обязательно съедут вниз. Но если ты залез на второй горб, то это навсегда.

Некоторые критики убеждены, что «Жизнь с идиотом» имеет некий зашифрованный политический смысл и кое-где отличается жестокой пародией на Ленина. Более того, раз Идиот назван Вовой, значит, это – Ленин. Я не открещиваюсь от ленинских обертонов. Рассказ пришел ко мне вместе с этой темой в 1980 году, когда вся страна, словно предчувствуя, что она это делает в последний раз, праздновала юбилей вождя с невиданным размахом. Неповторимая ленинская фразеология в опере несколько раз возникает, однако акцент на Ленине в амстердамской постановке возник неожиданно, не по нашей со Шнитке инициативе.

Директор Амстердамской оперы Пьер Ауди – из семьи автомобильных Ауди? – был деловым и знающим человеком. Он полюбил наш проект. У меня с ним установились легкие дружеские отношения. Однажды, когда до премьеры оставалось не больше трех недель, он с озабоченным лицом попросил меня заглянуть к нему в кабинет.

– Есть проблема, – он прикрыл дверь кабинета. – У тебя в опере роль Идиота поет негр.

В самом деле, знаменитый американский певец Ховард Хаскин, звезда Метрополитен-оперы в Нью-Йорке, был негром. Фанатик нашей постановки, он, помимо своих арий, выучил всю оперу, которая исполнялась по-русски, наизусть и пел ее на разные голоса голландским официанткам в оперном буфете во время ланча.

– Попечительский совет нашей оперы был сегодня на репетиции. Они нас финансируют. Они пришли в ужас! «Черный» поет Идиота! Понимаешь, у нас в Голландии это считается политически некорректным.

– Что??? – Я не поверил его словам, но он явно не шутил. Нужно было что-то предпринимать. В кабинете воцарилась тишина.

– Слушай… – подумав, предложил я. – Давай его перекрасим…

– Что значит перекрасим? – буквально завизжал Пьер Ауди.

– Давай его перекрасим в белый цвет, – спокойно закончил я.

– Идея! – согласился Пьер и воровато оглянулся, как будто мы шли на преступление. Видимо, Пьер не часто перекрашивал негров в белый цвет.

Ослепительное утро! В восемь часов утра я шел по солнечному коридору оперы. Я увидел Ховарда в гримерке. Он стоял совершенно голый, расставив ноги и вытянув в стороны руки. При этом он распевал арию из нашей оперы. Слегка смущенная молодая голландка поливала его яйца белым спреем.

– Привет! – Он театрально обрадовался мне и стал шлепать ладонью по белой, еще не просохшей груди.

– Привет! Ты почему решил все закрасить белым цветом? – удивился я. – Ведь ты не поешь голым!

– Станиславский! – закричал Ховард. – Станиславский!

Так возник совершенно белый негр. В белом прикиде он прекрасно спел на утренней репетиции. Я был счастлив.

– Ну, как? – весело спросил я Пьера Ауди после репетиции.

– Зайди ко мне, – сказал Пьер.

Он запер на замок дверь кабинета, рухнул в кресло и посмотрел мне в глаза с отчаяньем.

– Что с тобой? – не понял я.

– Ты что, не видишь! – взорвался Пьер.

– А что?

– А то, что белым он выглядит полным издевательством над негром! Нам этого не простят! – Пьер окончательно потерял контроль над собой. – Сквозь белую краску, – закричал он на меня, – еще сильнее проступает его негритянская морда!

– Ну, кто там будет разглядывать его нос или губы?... – неуверенно высказался я.

– Как кто! – громыхнул Пьер. – Все! Весь зрительный зал! На премьере будет Королева!

– Но ему нет замены! – заявил я.

– Плевать! Я запрещаю использовать его в спектакле!

– Что теперь делать?

– Не знаю.

Мы погрузились в долгое молчание.

– Слушай, – наконец, сказал я. – А давай наденем на него маску?

– Какую еще маску!

– Ну, какую-нибудь узнаваемую русскую маску!

Мы стали перебирать русские маски… Кроме Ленина, которого бы узнали голландцы, мы ничего не смогли придумать. Ховард вышел на сцену и запел в маске Ленина.

«Весь Амстердам» повалил на премьеру. Зал переполнен. Свободные голландцы, уверенные в том, что они в жизни уже попробовали все, что только можно было посмотреть, почитать, лизнуть и понюхать, взялись поначалу подбодрить русских своими доброжелательными аплодисментами. Посреди первого акта аплодисменты смолкли. Покровский опрокинул действие оперы в зал, превратив его в психбольницу, перемешал артистов и зрителей. На всю жизнь запомнился огромный длинный фаллос, который артисты несли через сцену на своих плечах, словно пародируя коммунистический субботник. Спектакль двинулся дальше в полной, пугающей тишине.

Именно тогда я окончательно понял, что опера – это самое вольное из вольных искусств. Здесь все позволено, потому что все условно. Эта условность обладает своей внутренней убедительностью. Здесь миф, как бы сказал Лосев, сильнее реальности, потому что он и есть реальность.

В антракте Королева Голландии Беатрикс, милая женщина с сильно залаченными светлыми волосами, дала прием с шампанским в фойе для избранной публики. Накануне мы с Ростроповичем ужинали у нее в Гааге во дворце, и, поскольку Ростропович знал всех королев, ужин был непринужденным. Я рассказывал незамысловатые истории о России, и королевская семья дружно хохотала. Мне показалось за ужином, что муж Королевы – дебил (или опасно болен), но не исключено, что я ошибся… Когда я подошел к Королеве в антракте, она с простодушным лицом сказала мнепо-французски:

– Monsieur Victor, votre opera est trop dure pour moi.

– Votre Majestée, – ответил я, с трудом осваивая дворцовый этикет, – le deuxieme acte sera encore plus dure.

Стоячая овация после премьеры длилась тридцать пять минут. Королева встала первой. Рядом с ней стояли мои родители. Стояли журналисты, приехавшие со всего мира. И простояла Королева все тридцать пять минут.

– Это – ладно, – сказал негритянский певец Ховард Хаскин, снимая с потного лица маску Ленина. – Может быть, это из вежливости. Посмотрим, что будет на втором представлении.

На следующий вечер пришли университетские профессора растерянного вида с растрепанными волосами, пришли обиженные, недовольные зрители, не попавшие на премьеру. Овация длилась сорок минут. Это был рекорд для Амстердамской оперы.

Неуверенно стоя на сцене, похудевший, сгорбленный, поседевший, Шнитке с совиным удивлением смотрел в зал на вакханалию успеха. Он еще не превратился в самолет, но уже полуотсутствовал в трехмерном пространстве.

98. АТОМНАЯ БОМБА В КОНЦЕ ТОННЕЛЯ

Запад запутался в своем понимании России. Кто-то совсем не понимает Россию, кто-то, как немцы, не понимают Россию лучше других, но от этого ничего не меняется. Россия для Запада – огромная страна белолицых людей, которые создали великую культуру. Но эта великая культура, вечно сопротивлявшаяся произволу власти, является всего лишь прекрасным наростом на теле российской государственности. Судить о России по Пушкину, Чехову, Кандинскому, Стравинскому можно, но это большой самообман. Мы – потомки другой цивилизации, которая скорее всего не имеет истории, но похожа на волшебную сказку. В этой сказке, начиная с Московского царства, от Ивана Грозного до Великого Гопника, существуют стабильные роли – меняются только актеры. Вот царь – самодур.У него своя реальность, ни на что не похожая. В сказке хорошо видно, что на Руси нет государства. Есть государь, а государства нет. Зато есть царство, где свободен в своих действиях только сам царь. Есть, конечно, и собирательные герои. Знакомьтесь, Баба-Яга. Она пожирает маленьких детей. Это людоедство отрицательного персонажа, но она может быть и положительной героиней. Есть Кощей-Бессмертный, в него может превратиться и сам царь. А вот главный герой сказки: Иван-дурак. Он презирает рациональный подход к жизни. Для него жизнь – опять-таки потеха. Это суперположительный русский характер. Но он, однако, выезжает на улицу, лежа на печи и беспощадно давит мирных жителей – это вам ничего не напоминает?

На войне в Украине мы столкнулись с двойным апокалипсисом. Русская цивилизация рассматривает себя как людей света, которые сражаются с силами тьмы. Телевизор целый день рассказывает об этой борьбе. Большинство русских людей принадлежат к этой цивилизации и не заморачиваются по поводу войны. Идя по улицам Москвы, трудно поверить, что в соседней стране идет война. Все полны спокойствия. Смеются, курят, радуются весне. В московском стоматологическом кабинете я рассказываю двум девушкам на стойке в приемной, что Рига полна украинских флагов. Они в один голос:

– Какой кошмар!

99. **БАЛАКЛАВА**

О. уехала на свадьбу в Крым. Сказала мне:

– Давай! Приезжай!

Там собралась большая тусовка. В Балаклаве, где прошла свадьба, все было гибридно. Гибридными были гости. Гибридной – еда. Выпивка – тоже гибридной. Машины, яхты, одежда, часы, украшения – всё – оттуда, но зато душа была чисто нашей.

Банкир, который когда-то был непримиримым врагом Еремы, явился с букетом из 101 красной розы. Министр, который когда-то объявил Ерему графоманом, смотрел на него с обожанием. Модные журналистки, светская львица, кремлевские пресс-секретари, телезвезды, попы, издатели газет и журналов, джазмены, модельеры – все были тут как тут. Как после 14 декабря либералы, поупрямившись пару лет, пошли писать «Исповеди» и сдаваться царю по примеру Петра Вяземского, понимая, что это надолго, так и тут после 2014 года Ерема стал центром притяжения бывших оппозиционеров, которые не захотели отстать от жизни, не согласились с тем, чтобы деньги шли мимо них.

– Что вы тут делаете? – с напускным ужасом спросил Никита Член.

– А ты, Член, почему здесь? – спросил я его в той же тональности.

– Говорю только вам: я здесь подрывник. Хочу одним разом отправить их всех к Константину Леонтьеву, – он рассмеялся. – Да и вас тоже в придачу… Вместе со мной, – как-то уже не пафосно закончил он.

– Ты прикалываешься, Член?

– Между прочим, я не Член. Моя настоящая фамилия Версилов.

– Да ты – настоящий подросток! – обрадовался я.

Враг-Ерема, как и все, тоже был гибридным. То он орал, то он шептал, то душил друзей в объятьях, то иронизировал над ними. Напившись, он подвалил ко мне, обнимая О. растопыренными пальцами за задницу. Стал хвастаться. Он – рекордсмен по тиражам. У него огромное поместье, с псарней, собственным лесом, речкой, банями и медведем. Он фактически руководитель московских театров. Сериалы, фильмы, спектакли, своя программа на федеральной канале – все что угодно!

– Ну а что там у вас, в либеральных кругах? – почти добродушно спросил он, как бы невзначай протягивая мне руку для рукопожатия.

– Чего? – поморщился я, пожимая его руку.

– А, ты видишь! – вскричал Ерема, – Мне твой брат тоже руку подает! Я их всех нагнул.

– Заткнись, – сказала О.

– А мы вот перед свадьбой первым делом заехали к моим друзьям на Донбасс. Гуляли до упада. Хотелось выбить из твоей сестренки либеральную пыль.

– Выбил?

– Не всю, – осклабился Ерема.

– Мой муж – монстр, – кивнула О. – Он убивает людей.

– Я – майор. Мне можно, – засмеялся Ерема.

– Да ты фейковый майор! – не удержался я. – Майор самопиара.

Ерема вспыхнул, его лицо приняло свирепый вид.

– Я, – заволновался он, – сейчас докажу…

Он выхватил пистолет.

– Ерема говорит, что он чувствует себя богом, когда убивает людей, – отреагировала О.

– Наверно, приятное чувство, – согласился я.

– Убери «пушку», – попросила мужа О.

– Ну чего иронизируете! – кипел Ерема, размахивая пистолетом, – Чего встали над схваткой! Хватит строить из себя учителя жизни! Тот, кто убивал, знает о жизни в сто раз больше, чем тот, кто не убивал. Это я вам говорю!

Я понял, что он сейчас будет стрелять, и промолчал. Он – расчетливый стратег. Сначала за бедных против богатых, затем за русских против нерусских.

Стратег выстрелил. В воздух. Свадебные гости оглянулись на выстрел и на всякий случай зааплодировали. Ерема приблизил ко мне свое майорское лицо.

– Я убивал людей. Это такая же работа, как любая другая деятельность.

– Помнишь, – сказал я, – как на лестничной клетке старого «Дождя» ты подошел ко мне: – Я не знаю, что дальше делать. Я исписался, честное слово.

– Ну!

– И я сказал: – Приходи ко мне, поговорим. Ты не пришел.

– Слава Богу! – воскликнул Ерема. – Бог меня надоумил. Мне было видение. Кем бы я был, если бы пошел к вам!

– Видение?

– Я шел вдоль реки, уже солнце закатилось за горизонт, поплыл туман, и вдруг на тропинку выходит старец. В клобуке. Говорит: – Поганцы хотят уничтожить святую Русь Ей очень больно и страшно, Ерема! Помоги ей, друг милый!

– Ерема! – загалдели свадебные гости. – Ты где, герой?

– Я тут! – Ерема схватил О. в охапку, лихо засунул пистолет за пояс черных брюк и помчался к гостям.

100. **РОМАНТИКИ**

Я никогда не видел столько русских романтиков разом. Но когда во Дворце шампанских вин, ставшим свадебной резиденцией, они облевали все стены и свои святые бороды, свалились в собственную блевотину и стали ловить за ноги девиц, блюющих вместе с ними, я понял, что наш романтизм так широк, что может включать в себя и веру в русский Константинополь, и в святость несвятых мирян, и мутные красные глазки, и Константина Леонтьева, и бородавки на лице, и одутловатые щеки, и расизм, и желание убить несогласных. Наши романтики любят ненавидеть с какой-то особенной трогательностью.

Увидев меня на свадьбе Еремы, они сначала отпрыгнули, как от беса, но, подумав, приняли меня за либерального отступника. У этих банкиров и генералов, философов и телеведущих, предпринимателей и метафизиков в сутане была общая вязкая энергия. Романтики скакали под английскую музыку, пили под Высоцкого. Обнявшись, повиснув друг у друга на шее, они клялись в любви к родине и верности к друзьям. Когда они уже совсем осоловели, то, глядя рачьими глазами, решили со мной побрататься, раскрыли объятья, лизали шею, бормоча, что я не совсем пропащий человек. Под утро Ерема снова подвалил ко мне.

– Я читал ваши измышления о Сталине. Ну какой же он вирус! Он Бог. Настоящие силовики знают – он Бог! Бог в полном объеме, потому что настоящий силовик, как большой писатель, рисует мир по своим лекалам. Я прав, Михалыч? – Ерема поймал за рукав какого-то генерала в потной футболке.

– В самую точку, – задорно икнул генерал.

– Это, знаете, кто? – спросил меня Ерема. – Это он придумал «зеленых человечков». Ну тех самых, кто в 14-ом взяли Крым.

Генерал гордо посмотрел на меня:

– Ну, это не совсем я. Я только подал идею. Правда, я предложил назвать их сначала *голубыми* человечками. Но главнокомандующий рассмеялся. И все наши за ним. Поднялся хохот.

– Короче, этот хохот принес Михалычу *героя*, – со знанием дела сказал Ерема.

Генерал хотел было что-то возразить, но вместо этого прижал руку к сердцу и предпочел смыться.

– Ерема, – сказал я, – ты на фига убиваешь людей на Донбассе?

– А ты не боишься за свою жизнь?

– Ты не ответил на мой вопрос.

– А ты – на мой! Ты не представляешь, как я притягиваю к себе людей. Начиная с твоей сестры. Спроси у нее.

Он впервые перешел со мной на «ты». О. выглядела усталой и немного растерянной.

– Я не ожидала… – начала О. – Я не ожидала, что будет столько гостей. Завтра приедут новые.

– Бухаем! – возвестил Ерема, взмахнув по-пушкински рукой.

– Ну как тебе у нас понравилось? Правда, забавно? – спросила моя сестра О., целуя меня на заре и направляясь с Еремой в Золотую Балку, где полегли лучшие сыны Англии в Крымской войне. Там – на английских костях – разбили для молодоженов брачный шатер.

В шатре, как только они проснулись, Ерема стал обучать мою младшую сестру О. патриотизму.

– Надо жить опасно, окунуться в войну, вымазаться в крови. Мы с тобой так будем жить.

– Посмотрим, – усомнилась О.

– А чего смотреть? Это у нас в крови – вымазаться в крови.

Так говорил Ерёма.

– Перестань! – разозлилась О.

– В плохом много хорошего, а в хорошем много плохого! – развеселился Ерёма.

– Тебя не тошнит от твоих друзей?

– А что?

– Это они – цвет нации, наша самость? Ради них Россия идет своим путем?

– Ну да, – удивился Ерема. – Вы все либералы – хилые. Вы даже не способны убить человека!

– Тебе-то зачем убивать?

– Рекламный ход, – объяснил Ерёма, – вызвать бешенство у либералов, пострелять, порезвиться, а дальше – слиться, попугать себя Гаагой и легонько раскаяться.

– Но на Донбассе ты при мне убил беззащитного человека…

– Убил – не убил. Его бы так и так расстреляли. Не грусти, малышка! Ну да. Убил! Нехорошо поступил! Прошу пардония!

В полдень я покинул привал романтических гопников. Поехал на экскурсию, хотелось посмотреть, как Крым изменился при русских. Я заглянул к О. Еремы в шатре не было. Сестра встретила меня в смущении.

– Что с тобой? – спросил я.

– Ничего.

– Что тебя гложет?

– Ну как-то не хорошо убивать беззащитных людей…

– Но ведь ты тоже, извини, не мать Тереза.

Она усмехнулась. Мы нежно обнялись.

Часть вторая

СЧАСТЬЕ

1. КРЫМСКОЕ ЯБЛОКО РАЗДОРА

Ах, всё не так просто! Начну с конца. Я уезжал из Балаклавы с чувством, что она, как и весь Крым, по своей сути никогда не принадлежала Украине, но никогда не будет принадлежать и России. Крым есть Крым: вместе с Балаклавой он принадлежит сам себе.

Балаклава – терпкий орешек. Узкая, извилистая, как мысль трикстера. Ее история напоминает бурную биографию с разводами, изменами, победами и ужасами, размером в тысячи лет. Ее воспел Гомер, отправив в бухту Одиссея. Пришли римляне, за ними – готы (Гитлер, взяв Крым, предложил назвать его Готенланд и зачислить в Третий Рейх).

Парад-алле захватчиков.

Пришли генуэзцы, назвали ее Чембало. Остатки генуэзской крепости до сих пор украшают пейзаж. Затем ее отбили турки, давшие ей название Рыбное Гнездо – Балаклава. Их вытеснили запорожцы, и снова вернулись турки. Наконец в 1783 году Крым покорила Русская Империя. Екатерина Вторая, посетив Балаклаву, назвала ее «ключем к Крыму».

С этого момента русские посчитали Крым «нашим». Великий Гопник вырвал Крым, похожий на сердце, из груди Украины.

Звуки прибоя и яростное счастье цикад.

В обшарпанных подворотнях ленинградского детства пацаны уважали тех, кто нахрапом и хитростью добивался победы. *Уважуха* важнее всех наград. Взяв Крым, Великий Гопник тактически выиграл, но мировую *уважуху* вместе с доверием и симпатией потерял практически навсегда. Произошел обмен *уважухи* на Крым.

Россия построила в столице Крыма роскошный аэропорт, провела стратегические автострады, перекинула увесистый мост через Керченский пролив и…? Надо признать, что Украина достаточно равнодушно относилась к Крыму. Дороги были ужасные. Шоссе от Симферополя до Феодосии из-за частых аварий звалось «дорогой смерти». Украина не сильно вкладывалась в Крым, сквозь пальцы смотрела на заигрывания России с Крымом (раздача российских паспортов и прочие леденцы).

При Украине приморский Крым превратился в сплошную двухзвездочную гостиницу. На набережных гремела поп-музыка, танцевали до утра в барах типа «Забудь всё!» Украинское пиво лилось рекой, нравы были легкими, курортными. Я спросил тогдашнего мэра Коктебеля, Алексея Булыгу, есть ли в Коктебеле проститутки.

– Нет, – с гордостью ответил мэр. – У нас всё бесплатно.

Крым – виноградное бикини бывшей российской империи. Может быть, русская литература не стала такой уж северной, как финская, потому что писатели обожали Крым, и, конкретно, Коктебель. Тут перебывали все, Мандельштам, Михаил Булгаков, Цветаева… Модный курорт. Но после распада СССР стал распадаться и Коктебель, сначала в составе Украины, затем и подавно как Крымнаш.

Набережная, на которой когда-то гудела музыка, превратилась в темную дыру. Она в буквальном смысле рассыпалась. В Коктебеле лучше не принюхиваться к морю. Запашок говна витает над волнами. Очистительные сооружения не построила здесь Украина, Россия тоже не спешит.

Россия сделает все, чтобы закрепить Крым за собой. Она населяет Крым переселенцами с материка, укрепляет крымский «авианосец» в военном отношении. Когда же наступят новые времена, оптимальным решением, наверное, было бы нечто похожее на Эльзас и Лотарингию, но в каком контексте, сейчас совершенно не ясно.

Балаклава – одна из самых привлекательных природных бухт на планете, и будь ее история менее бурной, она бы обустроилась не хуже Сан-Тропе. Шикарные яхты ее «марины» могли бы соперничать с яхтами Майями.

«Крымнаш» – долгоиграющая боль, причина болезненных разрывов, шум в ушах от нарастающей изоляции. Но и сегодняшний Крым мне не безразличен. Так беспокоятся за здоровье близкого человека. Навестить больного, попавшего в катастрофу. Надев на лицо сочувственную маску.

И что я увидел? Как встретил меня больной? Я уверен, что и на смертном ложе Балаклава будет гордится каждой своей победой, каждой боевой медалью и сжимать губы, не желая слышать о своих поражениях. Как ей жилось *при Украине*? Амнезия! Я не заметил в Балаклаве ни малейшего следа украинской власти. Балаклава прикинулась не просто выздоравливающей. Она сделала вид, что болезнь вообще прошла стороной.

– Подождите! – вскричал я. – Ведь именно тут в Балаклаве скрывался Янукович перед тем, как сбежать в Россию!

– Ну, да, – с напускным равнодушием отвечает мне мой давний знакомый, пожилой, заслуженный гид Александр Федотович. – Вон на набережной его особняк.

Давний знакомый, но где и когда я познакомился с ним? Был ли он когда-либо морским офицером или большую часть жизни проработал в обществе «Знание»? Глаза-буравчики не дают ответа. Когда-то похожий Александр Федотович попался мне в Смоленске, мы вместе съездили в Катынь, и он твердым голосом заявил, что расстрел польских офицеров – дело Гитлера.

Сколько я ни пытался расспрашивать Александра Федотовича о жизни *при Украине*, я не получил ответа. Как всякий приличный гид, Александр Федотович – историк. Он держит украинский период за недоразумение, потому что в Балаклаве история кричит и кровоточит в системе русско-европейской конфронтации, а Украина вошла сюда мелким действующим лицом. Если старинные войны подведены под знаменатель русской победы и покорения Крыма, то Крымская война 1850-х годов и особенно война с Гитлером – это даже не история, а события, все еще развивающиеся, кипящие, булькающие в голове Александра Федотовича.

Наступает время его рассказа о героической обороне Балаклавы и Севастополя во второй мировой войне. Александр Федотович ведет меня в горы на развалины когда-то знаменитой на весь Советской Союз артиллерийской батареи ББ-19, которая отчаянно сопротивлялась «немецким захватчикам» (Кригсмарине), не давая врагу ворваться в бухту.

– Немцы за ее выносливость прозвали ББ-19 *балаклавским кентавром*, – сообщил он. – Осторожно! – брезгливо-услужливо вскричал мой заслуженный гид в кожаной тужурке. – Не вляпайтесь!

На развалинах батареи сильно пахло фекалиями, в большом количестве разбросанным по земле.

– История оставляет нам одно говно, – внимательно осмотрел я подошвы своих ботинок.

Тема *кентавра*, о котором говорили нацисты, приобрела в сегодняшней Балаклаве иное значение. Оно касается и всего, видимо, Крыма. С одной стороны, здесь по-прежнему процветает *советское мышление* Александра Федотовича, гораздо более резко выраженное, чем в Москве. В его душе жив не только коммунистический идеал, но и сам вождь, товарищ Сталин, который смотрит на здешних жителей с портретов и военных медалей. Крым планомерно заселялся армейскими и гэбешными отставниками – двойники Александра Федоровича вокруг Севастополя получали участки земли и строили домики для ублажения своей старости. Но, с другой стороны, солнце, помидоры, море, персики, кайф. Совсем не среднерусский гедонизм. Кентавров Балаклавы не перековать. Их тело, любящее помидоры, не существует отдельно от военно-патриотической головы.

– А как жилось местному населению при немцах?

Тут я узнал много неприятного о захватчиках. Оказывается, не зря Крым переходил во владение Третьему Рейху и Севастополь переименовывался в Теодорихсхавен в честь вождя древних готов. Немцами была задумана большая чистка местного славянского населения, которое предполагалось отправить вон из Крыма, а обслуживание немцев поручить крымским татарам. Александр Федотович не преминул рассказать и о зверствах вермахта в отношении военнопленных. В Севастополе их вывозили в море на баржах, которые затем поджигали. А тех, кто хотел спастись вплавь, расстреливали из пулеметов.

Он говорит это холодно, с достоинством, как будто его самого расстреливали из пулеметов.

Спускаемся с горы. Что это? На замшелых «Жигулях» с поп-песнями на «Милицейской волне» к нам подъезжает Александр Федотович. Я оглядываюсь: по улице в разные стороны маршируют Александры Федоровичи. Все смешалось. Как тут найти *моего*? По кожаной тужурке? Но у *моего* же нет «Жигулей», а у этого есть. А вон тот несет помидоры, но он без тужурки. Уф! *Мой* Александр Федорович аккуратно берет меня под руку, ведет по набережной Балаклавы (в ее «марине» все-таки полно богатых яхт).

– Это Куприн, – сообщает он. – Ваш коллега.

Я смотрю на памятник. Никакой он не Куприн. Он тоже Александр Федорович. Мне становится дурно.

В конце концов мы сели в прибрежном ресторанчике «Избушка рыбака». Александр Федорович заказал себе барабульку и баловался бокалом белого вина, глядя через него в окошко.

– Хорошо, – одобрительно зажмурился он.

Но тут же я заметил и Никиту Члена (Версилова). Он сидел за дальнем от нас столиком с молодым человеком, похожим на автослесаря. Они о чем-то договаривались. Член яростно отстаивал свою позицию, вскидывал руки к потолку, негодовал и умолял собеседника одновременно. Я дружески помахал ему рукой, но Член недовольно посмотрел на меня, не узнавая, а когда узнал, показал мне язык.

– При немцах здесь было казино, – пояснил Александр Федорович. С гордостью: – В марте 2014 года, накануне референдума о присоединении Крыма к России, на крыше этого дома мы подняли флаг Российской федерации. Вы хотите знать, *что* здесь было лучше *при Украине*?

– А разве что-то было лучше?

– Лучше был рынок. Много было разных колбас, цены низкие. Но!

Вы знаете, что такое НАТО?

– Ну!

– Если бы мы не ушли в Россию, Севастополь стал бы опорным пунктом НАТО.

– А чего вы так боитесь НАТО?

Александр Федотович с ужасом смотрит на меня. К нам подходит десяток другой Александров Федотовичей. Кто-то матерится, кто-то показывает кулак, кто-то сильно толкает меня в бок.

– Тварь! Тебя не жалко раздавить!

У них НАТО ассоциируется с хтоническим чудищем. Мой гид выводит меня из толпы двойников и увлекает за собой. Мы идем быстрым шагом. Александр Федотович хватается за сердце.

– Что с вами?

Он бледнеет. Прислоняется к старой белой акации.

– Конечно, – говорит Александр Федотович, отдышавшись, – в Крыму еще много дряни, но лет через 50 все будет прекрасно.

– Через 300 уж точно, – соглашаюсь я.

Вечером я зову Александра Федотовича в храм гедонизма. Здесь и проходит свадьба О., но они в этот вечер уехали гулять в Севастополь, и храм опустел.

Роскошный фирменный магазин игристых и – как они тут называют вина без пузырьков – *тихих*. Внушительный дегустационный зал, ресторан, винный подвал. Мне показывает дубовые бочки, купленные во Франции, новое поколение сомелье, пиарщиков, винодельческих менеджеров.

– Ну как тут у вас со свободой слова на полуострове?

Они смеются, щуря глаза-буравчики.

– А что, действительно притесняют крымских татар?

Они смеются, щуря глаза-буравчики. У девушек они подведенные, с завораживающими ресницами.

Включается громкая музыка.

– Бухаем! – теплеют глаза-буравчики.

Александр Федотович выпивает бокал шампанского и отпрашивается: ему пора домой. Мы с группой юных Александров Федоровичей, среди которых есть и юные красавицы, накачиваемся шампанским. Вижу, Александры Федотовичи пришли в Балаклаву основательно, надолго. Мой гид Александр Федотович недавно умер.

2. **МНОГО ШУМА ИЗ НИЧЕГО**

Я вернулся в Москву, а молодожены еще остались на несколько дней в Балаклаве.

Ставрогин мне вдруг позвонил сам и попросил прийти. Я отправился в Кремль. Он начал с вопроса:

– Вам ваша сестра сказала, что Ерема утонул?

– Что? Когда?

– Вчера.

– Вчера?!

– Она вам когда звонила?

– Вчера утром.

– А потом?

– Потом – нет.

– Есть подозрение, что она помогла ему утонуть.

– Сестра на это не способна.

– Откуда вы знаете? Мы и не знаем, на что мы способны.

Он взглянул на меня с немым вопросом, может ли он делать такие глобальные умозаключения. Не рассмеюсь ли я над его философией? Я ответил понимающей улыбкой. Жаль ли мне Ерему? Не много ли шума из ничего? Или мне его все-таки жаль?

– Кстати, вашему знакомцу-подрывнику взрывчаткой оторвало обе руки, – заметил Ставрогин.

– Час от часу не легче! – вырвалось у меня.

– К счастью, это случилось у него на съемной квартире. Никита Член… или он не Член?

– Он – Версилов.

– Версилов – это псевдоним. Так вот Член показал в больнице, что вы его идейный вдохновитель.

3. **СВЯТОЙ ЕРЁМА**

Сестра всё больше и больше презирала меня за то, что я хожу в Кремль.

– А если Ставрогин начнет ковырять историю с Ерёмой? – спросил я.

– Ну и что!

– Как что!

– Он сам утонул.

– Как?

– Было солнечное утро. Он – бухой. Слишком много пил. У него не выдержало сердце.

– Это версия?

– Считай как хочешь.

– Он смеялся над тобой?

– Он устроил погром моей выставки и сдал полиции.

– Но ты же влюбилась в него?

– Я? С чего ты взял?

– Но ты же вышла за него замуж…

– Ну и что?

– Это правда, что он расстреливал пленных на Донбассе?

– Кривда!.. – О. потерла лоб. – Мы спустились в вонючий подвал. Двое горилл привели и поставили перед нами парня и девушку, совершенно голых. У них были избитые тела. Все расцарапано и окровавлено вокруг гениталий. У парня оторван член. Я окаменела. Ерема крикнул им:

– Мрази! У вас есть шанс. Один из вас может остаться в живых. Кто быстрее на карачках доползет до меня и поцелует, – он призадумался, – мой член. Рассмеялся собственному приколу и долго вынимал из штанов член. – Ну чего стоите? Сисястая, вперед! – Они не шевелились.

– Крутая порнуха, – сказал я. – А ты не врешь? Похоже на фантазм.

О. пожала плечами. Что это значило, я так и не понял.

– Он взбесился и выстрелил в парня, – продолжала она. – Парень упал, обливаясь кровью. Он выстрелил второй раз, добил украинца. Я была как в столбняке. Я не представляла себе, что такое расстрел.

– Но тебя трудно удивить смертью!

– С чего ты взял? Ерема протянул мне пистолет. На. Убей ее.Я взяла пистолет. – Я лучше тебя пристрелю. – Ерема помрачнел: – Ладно, хрен с тобой, – Вырвал у меня пистолет. – Уведите ее! – Девчонку уволокли. Что с ней стало потом, я не знаю.

– Святой Ерема! – воскликнул я. – Скажи правду. Я никому не скажу. Он хорошо плавал?

– Он был бухой. Я тебе сказала.

– Ты потащила его на дно?

– Не скажу.

– Если не скажешь, я не буду больше ходить в этот чертов Кремль! Будешь сидеть в тюрьме. Смотри, тебе Ерему пришьют!

– А тебе пришьют Члена. Уже все знают, что это ты толкнул его на преступление.

– Ему оторвало обе руки?
– Да-а, – подтвердила она недовольно.
– И тебе не жалко его?
– Жалко у пчелки, – отделалась О. детской присказкой.

4. АМЕРИКА. ТАТЬЯНА И НОБЕЛЬ

В свои восемьдесят с лишним лет она была ну прямо как леденец на палочке, который хотелось все время лизать. Лизать и облизываться. И дальше лизать… Истинная красавица. Худая, стройная, вся куда-то летящая вверх, женщина-лестница, старуха-полёт, с длинными, как будто виноградными, кистями рук, длинными пальцами, яркими пигментными пятнами, морщинистыми, черепашьими ладонями.

И этот ее взгляд – взгляд неприступной крепости с шаловливыми подвесными мостами, с рыцарями, сбежавшими из русских балетов, – неприступной крепости, хранящей сундуки памяти.

Таких сундуков у нее было бесчисленное количество. Их бы хватило на множество жизней. Она и была этим множеством жизней. Сундуки толпились по годам и по странам. Там были русские сундуки, а также – французские, польские, американские. Отдельно на вешалках висели шляпки. Сотни шляпок. Когда шляпок много, тогда это уже не шляпки, а какие-то странные, перемещающиеся половые органы, небрежно прикрытые черной вуалькой или посеребренные пикантными блесками.

У нее был прекрасный развратный рот, который она по привычке прикрывала рукой, чтобы не выглядеть слишком желанной. В первый же день нашего знакомства, когда мы остались с ней совершенно одни, на краю бассейна с морской водой, которую качали из Атлантического океана, а океан находился черт знает где, она мне сказала со знанием дела:

– А ведь у вас, дорогой мой, порочный рот.

– У вас рот тоже порочный, Татьяна.

Тогда я ее в первый раз назвал вот так просто Татьяной, и она, на секунду задумавшись, позволительно ли это с моей стороны, рассмеялась.

Среди сундуков в этой неприступной крепости, в которых что только ни валялось: и эмигрантские вечеринки, и аристократическое барахло, и дипломатические депеши, – был один сундук, который вызывал всеобщий интерес. Благодаря именно этому сундуку она была королевой. В этом сундуке лежал Маяковский.

Да, тот самый Маяковский, который ради нее хотел остаться в Париже или который исключительно ради себя хотел бы забрать ее в советскую Москву. Из трех примерно десятков реально гениальных стихов, сравнимых по масштабу с картинами Вермеера, два-три шедевра были посвящены ей и рождены их любовью тогда, когда он уже давно перестал быть Вермеером.

Где-то на горизонте усадебного парка громоздились скульптуры мужа Татьяны (похожие, как две капли воды, на работы француза Фернара Леже), которые, признаться, казались мне мужицким искусством. Но муж Татьяны был, однако, всесильным Алексом с тонкими усиками, законодателем мод, повелителем журналов, патроном целой толпы знаменитостей.

– Только не привозите нам черной икры, – сказала Татьяна. – Нам все норовят привезти черную икру. Холодильники ломятся от черной икры. Вы какую предпочитаете?

– Я? Паюсную, – сказал я.

Она одобрительно кивнула головой.

– У нас недавно был Вознесенский, – сказала она. – Ну да, это такой поэт… Он тоже привез черную икру. Много черной икры. Знаете, на кого он похож? На приказчика. Он такие пестрые шарфики носит.

Я с интересом посмотрел на Татьяну, но ничего не сказал.

– Хотите паюсную?

– Ага.

– Я – тоже.

Она позвала служанку.

Мы пили белое вино и заедали его паюсной икрой.

– Отец моего мужа, – облизала икорные пальцы Татьяна, – был умным российским экономистом. Когда в Совдепии надумали делать нэп, Ленин с Троцким пригласили его к себе, чтобы он запустил рыночный механизм. Через три месяца страна ожила. Ленин с Троцким снова позвали его: «Мы вам очень благодарны. Экономика заработала. Говорите, что вы хотите за это?» Тот посмотрел на Ленина с Троцким и сказал: «Я хочу отсюда уехать. Навсегда!»

Мы развеселились. Я даже не стал спрашивать, апокриф это или нет – мы с Татьяной уже поднялись над историческими реалиями, и мне ужасно захотелось обнять, поцеловать, приголубить ее старое, ветхое, легендарное тело. Маяковский был и остается самым культовым русским поэтом XX века. И хотя его практически никто не читает, но зато каждый знает, что он умел с ума сходить от любви. Причем, не просто сходить с ума, а страдать на всю вселенную. Так вот Татьяна – родник гиперболических страданий, ставших копилкой самоубийства –здесь, рядом со мной, в нежном Коннектикуте, уже вся в паюсной икре. Я осторожно взял ее за желанную костлявую руку, уже отчасти чувствуя себя Маяковским, и тогда Татьяна царственно сказала:

– Слушайте, а почему бы вам не поплавать в нашем бассейне? Здесь морская вода.

Я посмотрел ей в глаза и кивнул.

– Вы плавайте туда-сюда, а я буду за вами наблюдать.

Это звучало, как приказ. Наверное, она так же разговаривала с Маяковским. Не знаю, был ли у них бассейн, но у нас с ней бассейн был точно. Я снял с себя черную футболку с портретом Кафки и надписью по-английски: «Kafka didn't have a lot of fun either" (Кафке тоже было невесело).

– Откуда она у вас? – спросила Татьяна.

– Знакомые шведы подарили.

– Шведы… – задумчиво произнесла она.

У нас росло количество пауз.

– Ну чего вы не раздеваетесь? Снимайте! Снимайте!

Я всё снял и нырнул в воду. Она поднялась во весь рост и подошла к краю бассейна.

– Не хотите поплавать? – спросил я.

– Я лучше посмотрю.

«Господи, – подумал я. – Что бы на это сказал ранний Маяковский? А – поздний?»

Но Маяковский, честно говоря, меня волновал все меньше и меньше. Я вдруг понял, что это уникальный момент, что у меня никогда не будет такой возможности. Я вспомнил, как Толя Зверев – замечательный художник – жил на улице Горького вместе со вдовой Асеева, тоже, надо сказать, другом Маяковского, и как мне Толя рассказывал… А у меня, как назло, никогда не было ни одной старухи! А Толя говорил заманчиво: они пахнут грибными местами, мхом, трухлявым пнем и опятами…

Я мотнул головой, отгоняя мечты.

– Вылезайте! – скомандовала Татьяна.

Я вылез – она откровенно оглядела меня, сверху до низу, как своего подданного. Она понимала в подданстве толк.

– Хотите полотенце?

Ну да, я хотел, я все хотел, дайте мне полотенце. Она подбросила мне полотенце, как любовную записку… Или у меня уже поехала голова?

Я сел в шезлонг. Мы молчали. Я наконец спросил:

– Вот ходят слухи, что Маяковский… Что у него не всё получалось…

– Что вы имеете в виду? В сексе?

– Да.

– У него все было в порядке.

«О! – подумал я. – Ответ из первых рук. Ближе этих рук вообще ничего нет. Надо сообщить литературоведам».

– Он был умный? – спросил я.

Ответ был неожиданным.

– Он был остроумным, – сказала Татьяна. – Вот Бродский – он умный. Мы с Алексом помогли ему с Нобелевской премией.

Я посмотрел на нее как на божество и как на вдохновение. Я сразу понял, что она говорит чистую правду.

– А вы собираетесь вернуться в Россию? – спросила она.

– Ну да, – сказал я.

В то лето я преподавал в Вермонте летний литературный курс в чудесном университете. Несмотря на то, что харрасмент брал свое, это было как раз время первой волны харрасмента, моя прекрасная аспирантка доверила мне свою американскую судьбу, и мы жили с ней душа в душу на кампусе со стриженными газонами.

– Зачем? – спросила Татьяна. – Зачем вам возвращаться?

Я сидел рядом с ней, едва прикрытый полотенцем, с ней, которая когда-то хотела утащить Маяковского в Париж, и утащила бы, если бы другая девушка не уволокла его в Москву и не посадила на цепь.

– Пойдемте в дом, – сказала хозяйка. – Здесь становится жарко.

Я подхватил ее под руку, и мы двинулись в красивый просторный дом. Там, в этом доме, она мне сказала:

– Если вы останетесь, мы вам…ну вы понимаете.

Воображение разыгралось. Я представил себе, как брожу здесь по парку, среди огромных, многоцветных скульптур Алекса, сочиняю свою нобелевскую лекцию, думаю о неизбежном черном смокинге. Два соблазна. Татьяна и Нобель. Они вместе разглядывают мое полуголое тело… Я почувствовал приближение, стремительное приближение, могучую судорогу глобального счастья.

24 февраля

Великий Гопник и я: Мы равны с ним по одиночеству. Но не совсем. Его одиночество привело его к скуке. Он устроил войну от скуки.

5. СЕСТРА МОЯ – СМЕРТЬ

Все началось с того, что моя анти-жена Шурочка задала мне неприятный вопрос.

– Смог бы ты, – спросила Шурочка за ужином, – пожертвовать своей жизнью ради процветания нашей страны?

Я ел вкуснейшую вырезку с печеной картошкой (Шурочка замечательно готовит!), и от неожиданного вопроса мясо попало мне не в то горло, я покраснел, глаза вылезли из орбит, я стал давиться и задыхаться. Шурочка принялась отчаянно лупить меня по спине и кричать:

– Это не значит, что ты должен тут же за ужином немедленно жертвовать своей жизнью ради процветания нашей родины! Ты все всегда воспринимаешь слишком буквально! Прекрати давиться!

Легко сказать! Слезы потоком текли из глаз. Я стал похож на несчастную слезливую собаку. Но кое-как выжил. Когда я выжил и отдышался, я сказал недовольной анти-жене:

– Ради кого я должен умирать? Народ счастлив. Родина встала с колен, отряхнулась, пошла дружить с Китаем. Что еще нужно?

– Не паясничай! – прикрикнула на меня анти-жена. – Ты же прекрасно знаешь, что все это временно. Готов ли ты умереть за то, что родина стала ну, как Швейцария, свободной, но при этом огромной, ядерной и могучей?

Я представил себе наш народ в виде процветающих, могучих, ядерных швейцарцев и решительно замотал головой. Я отказался за это умирать. Тогда я представил себе наше население в виде дисциплинированных китайцев, которые трудолюбиво, на корточках снабжают весь мир своими китайскими товарами – за это мне тоже как-то не умиралось. Конечно, (между нами) лучше всего у нашего народа получалось быть советскими людьми и есть советское мороженое в стаканчике за двадцать копеек, клубничное, черносмородиновое, ореховое или ванильное. Оно продавалось в охваченном народными очередями ГУМе и вкуснее него не было ничего на свете.

А еще в моем детстве были калачи, мучнистые, пухлые, с ручкой –они были тоже самыми вкусными в мире, и мама привозила мне их в пионерлагерь вместе с плавлеными сырками и украдкой плакала, глядя на меня с красным галстуком, и мы, советские люди, объедали калачи вплоть до ручки, и отсюда пошло выражение: дойти до ручки. Эти калачи так и не научились снова делать у нас, ни при бандитском, ни при чекистском строе. Мы жили в Советском Союзе, как в большом гнезде, и жили бы там до сих пор, но почему-то выпали из гнезда по независящим от нас причинам, лишившись навсегда и черносмородинного мороженого за двадцать копеек, и пухлых калачей. Однако умирать за мороженое и калачи тоже было мне не с руки.

Мысли о смерти раскачали мое сознание. Я бежал от этих мыслей, но они бежали за мной. Я и не знал, что это называется началом болезни. Как-то утром на Франкфуртской книжной ярмарке, поднимаясь на эскалаторе после бессонной ночи, навстречу книжной славе, я почувствовал, что теряю сознание и перед моими потухшими глазами ярким светом нарисовались три желтые стрелы на месте моего сердца. Я до сих пор не понимаю, как это могло случиться: три желтых стрелы!

Это – первая тайна.

Я не грохнулся в обморок, но даже кое-как дошел до журналистов и облившись потом так, словно принял утренний душ, я им что-то сообщил про книги и про родину.

Я настолько не привык болеть, что мне казалось: это пройдет. Но это не проходило. Я стал задыхаться, сердце билось буквально в ушах. Назло себе и сердцу я еще слетал на фестиваль в один мармеладный город в Трансильвании, где убили Чаушеску, где я пил, гулял и забавлялся массажем со своей переводчицей. Кончилось тем, что я снова облился потом и ночью во сне ко мне пришел мой покойный папа.

Мой любимый папа. Папа был одет в свою синюю рубашку с короткими рукавами, которую обычно носил на даче. Он находился в каком-то городском пространстве и двигался по пустой пологой улице вниз, чувствуя мое присутствие, но не оборачиваясь ко мне. Я пошел за ним, и мы подошли к пустому перекрестку. Он, опять же не оглядываясь (я видел только четверть его лица с правой стороны), повернул направо и медленно пошел дальше вниз, я хотел было – за ним, но он спиной, затылком, всем собой предупредил, что туда, за ним, ходить не надо.

Это – вторая тайна.

Эпидемия глупости ударила меня прямо в сердце.

Готовясь к операции, которая должна была продолжаться девять часов при остановке сердца и при искусственном дыхании, я обложился книгами, ну да, об этом самом… Заставляя себя читать и думать о том, что может со мной случиться, я понял, что моя мысль постоянно упрямится и, как упрямая лошадь, не хочет идти туда, куда я ее веду. Она вырывалась и останавливалась, наклоняла голову и ела подножную траву, пила из нечистых луж – лошадь моих мыслей.

Из всех книг, которыми я обложился, меня, конечно, достал не Данте, этот первооткрыватель темы преступления и наказания, далекой от моих волнений. Меня, конечно, достала тибетская книга мертвых, хотя я тоже отвратительно часто отрывался от нее и занимался повседневной дурью. И вот еще: наверное, там у Толстого, но не в щемящей интриге Ивана Ильича, а где умирает князь Андрей при сестре и Наташе – его последние дни – в них, в этих страницах, тоже было что-то угаданное.

Накануне вечером перед операцией мои знакомые кардиологи, как-то неестественно тесно сидя на диванчике, как будто они не могли рассесться повольготнее, спросили меня:

– Не боишься?

Я сказал так, как думал.

– Не боюсь, но беспокоюсь. Это разница. Беспокоюсь. За себя, за дочку, за Шурочку.

Они покивали, довольные или нет, моим ответом, и у них в руках как-то сама собой возникла таблетка, маленькая таблетка, они сломали ее пополам и дали мне половинку. Они внимательно проследили за тем, как я ее принял. Я вошел в палату, лег и улетел.

Но в этот раз я улетел не навсегда. Я ничего не помню, кроме того, как мне вдруг сказали:

– Дышите!

И я стал дышать. А затем все вырубилось, и дальше палата в реанимации была похожа на джунгли, куда не пробивается из-за лиан солнечный свет, и вот в этих джунглях появляется – что за прекрасное преображение! – моя красавица-жена Катя, и я, весь в трубочках, понимаю, что это именно то, что я хочу видеть, а за ней наша персидская подружка Зейнаб, и это тоже то, что я хочу видеть, и я говорю Кате:

– Ну, кажется, вот…

А через три дня пожилая, полная Рая, моя сиделка из города Винницы, тащит меня на себе в душевую при палате, снимает с меня халат, и я вдруг вижу себя, голого, в длинном-длинном зеркале: худое лицо, обострившийся подбородок, большие, неморгающие глаза, перемотанные ноги, схваченная цепким корсетом грудь.

– Сбежавший из морга, – говорю я Рае.

Та хмыкает, не зная, что сказать, а моя память летит куда-то вниз, как в колодец, летит моя голова вниз в колодец, и там в глубине я нахожу себя во время операции, когда остановлено сердце и включено искусственное дыхание. И надо мной – два хирурга.

Я их не вижу, но я вижу картину. Это не обычный сон, это не видение, это картина. Я нахожусь рядом с небольшим количеством людей. Возможно, это переправа. Возможно, где-то близко река. Я смотрю на этих людей и не запоминаю их. Но вот их фигуры немного раздвигаются, и я вижу девушку. Да, это взрослая девушка со спокойным, доброжелательным лицом. У нее, кажется, белый, круглый небольшой воротничок и темное платье. А на голове темные волосы. И, может быть, берет. Баскийский берет. Насчет берета не уверен. Но темные волосы – точно. И она смотрит на меня приветливо и выжидающе. У нее абсолютно сестринское лицо. Она готова взять меня с собой или подождать. Как я хочу. Она не настаивает. Но с ней не страшно. Даже хочется остаться с ней, но ты постепенно понимаешь, что это значит. И ты делаешь то, что делаешь.

Это третья, главная тайна.

6. **КАК Я ЧУТЬ НЕ СТАЛ КОМАНДИРОМ ЛИБЕРАЛЬНОЙ ПАРТИИ**

– Знаете, – сказал Ставрогин на следующей встрече, – полиция думает, что Ереме все-таки кто-то помог утонуть.

– Нет, – сказал я. – Он был с утра бухой. Не выдержало сердце.

– Он плохо плавал. С берега видели, что кто-то утащил его на дно. Русалка, да?

– Он был бухой.

– Есть свидетели. Они пошли на дальний пляж. Он был талантливый парень?

– Какая разница! Помните, Сталин по телефону спрашивает у Пастернака, можно ли считать Мандельштама мастером. А тот в ответ – какая разница!

– Ерема считал вас своим учителем. Он мне сам говорил. Вы его научили идти напролом, ничего не боясь. Вот он и пошел – правда, в другую сторону. К нам.

– Чтобы расстреливать шпионов в Донбассе?

– Ну, я вам прямо скажу: я не одобрял его поведение на Донбассе. Его любовь к *партизанщине*… Уже решили его больше туда не пускать.

– Ах вот оно что! – сказал я с намеком.

Ставрогин рассмеялся.

– Вы зачем меня подкалываете?

Потом спросил совершенно про другое:

– Хотите возглавить либеральную партию?

– Что?

– Это – хорошие деньги. Делать ничего не надо. За вас делают ваши советники. Помощники. Согласны?

Это было угарное предложение. Я знаю со времен моего номенклатурного детства этот фантастический административный ресурс. Такое бывает только в России. Ресурс подхватывает тебя и несет по воздуху на ковре-самолете. Тебя кормят, тебя возят, с тобой возятся-носятся, мэры городов несут за тобой чемоданы – все бесплатно. И если ты не дурак, ты даже можешь удачно отпрыгнуть со временем в сторону, не особенно изговнявшись.

Я стал отказываться. Он мягко настаивал. Настаивал по-дружески, даже немножко просил.

– У нас нет поддержки интеллигенции, – признался он.

Его откровенность мне все больше и больше нравилась.

Неожиданно позвонил большой реформатор Межуев. Ставрогин включил громкую связь и стал с ним ругаться.

– Вы напрасно принимаете меня за чмо!

Через минуту он сменил тональность разговора.

– Мне пришла мысль сделать, – он назвал меня, – руководителем либеральной партии.

Пауза в разговоре.

– Он – не надежный человек, – убежденно сказал Межуев. – Может подвести.

– Он – на границе. То, что надо.

– Не связывайтесь с ним. Он не наш человек.

Ничего себе, подумал я. Межуев поздравляет меня со всеми праздниками длинными посланиями, где рассказывает, какой я *живой классик*. Сдал меня не задумываясь.

– Ну что? – усмехнулся Ставрогин, кивая на селектор.

Эта история имела продолжение. Как-то у меня дома был ужин для олигархов. Я рассказал им историю, как меня слили. Они посмеялись. Один из них заинтересовался интригой. Через некоторое время он возглавил либеральную партию, участвовал в выборах, проиграл. Его вычеркнули из публичного поля.

7. ДЕТЕКТИВ

Ставрогин дал мне понять, что это О. убила в Балаклаве фашиста Ерему. Но для того, чтобы не возбуждать против нее дело, Ставрогин намеками предложил мне написать о нем статью, что он гений.

8. СЬЮЗАН ЗОНТАГ КАК МЕТАФОРА

Я люблю женские лица. К мужским отношусь с пониманием, но скорее всего равнодушно. А женские лица привлекают меня, молодые, старые, разные. И верхние лица привлекают меня, и нижние. Даже не могу сказать, какие больше. Это, видимо, зависит от человека и моего настроения.

Многие люди очень долго, столетиями обижали нижнее женское лицо. А, между тем, оно не менее выразительное, чем первое, верхнее, более открытое. Чего стоит один только небольшой рычаг удовольствия, рубильник счастья, которым не обладает верхнее лицо, довольствуясь носом! А эти губы, с которых началось искусство цветников? И эти стриженные кусты будущей парковой архитектуры?

Нижнее женское лицо напоминает мне чистилище.

Оно очищает организм от шлаков, все выносит вон, на ветер. Оно – между адом и раем. Адом грязи, крови, помойки, зловония, странных звуков, спутанных волос. И – раем немыслимых удовольствий, криков, отпечатков ребер на коже в момент содрогания, наконец, мученическим раем деторождения.

Вы когда-нибудь видели, как выходит младенец лицом вниз через туннель нижнего тела с какой-то метафизической покорностью, как будто разведчик или снаряд?

А когда нет ни ада, ни рая, когда возникает междуречье покоя, нижнее лицо возвращается в зону чистилища, направляется к заслуженному отдыху.

Сколько мы знаем красоток нижнего этажа, с розовым орнаментом губ! А что наверху? Встречай носатых, без подбородка созданий.

Нижнее лицо – красота! А верхнее – о, ужас!

Нижнее – персидское зодчество, верхнее – христианское распятье.

Верхнее – животная непроходимость, нижнее – исландские саги и гейзеры.

Когда-нибудь эти лица перестанут враждовать. Верхнее лицо и нижнее обнимутся и признаются друг другу в любви. Мы все – утописты. А пока бытует мнение, что нижнее лицо у всех женщин одинаково, – ничего хорошего не будет.

Ну, ладно, а есть ли у мужского пола различие верхнего и нижнего лица? Будем ли мы об этом говорить или свернем на другую тему? А если все-таки будем говорить, то, конечно, нижнее лицо мужчины не похоже на чистилище.

Женское похоже, а мужское – нет.

Но это еще ничего не значит. У мужчины тоже есть что показать.

Однажды в Нью-Йорке я встретился с легендарной феминисткой, писательницей, культовой женщиной разлома американской цивилизации. Она была не только театральным режиссером, президентом американского ПЕНклуба, лесбиянкой, подругой Бродского, либералкой с коммунистическими корнями, потомком еврейской семьи из Восточной Европы. В конце концов она – пророк – состоялась как предтеча кровавых американских мятежей. Белая, она проклинала белых. С тихим интеллектуальным хамством она проповедовала бедовую политкорректность.

Я уже не помню, как так случилось, кто нас свел, но мы договорились встретиться в каком-то совсем не пафосном баре на Манхеттене.

Я опоздал. Прошу иметь ввиду, что ко встречам с женщинами надо готовиться. А я явился равнодушно-наплевательским молодым писателем. Все ей пели комплименты. Я что-то слышал о ней, новполуха, и простодушно опоздал.

Сьюзан Зонтаг встретила меня в шумном, узком, тесном баре словами гневной претензии и удивления.

– Я ни разу в жизни не ждала мужчину целых 20 минут!

«Рекорд Гиннеса», – подумал я и, мило улыбаясь, сказал, что я ехал из Вермонта или еще откуда-то, издалека – в общем откуда-то ехал и приехал.

Это был февраль 1990 года. Я точно знаю, потому что она в конечном счете подарила мне свою книгу и подписала:

Виктору в середине наших поразительных времен, дружески, Сьюзан. Нью-Йорк Февр.1990

For Victor, In the middle of our astonishing times – with friendship, Susan. NewYork Febr. 1990

Это была ее известнейшая книга «Болезнь как метафора», которая включала в себя и особый раздел «СПИД и его метафоры».

Замечательная книга! Но что-то пошло не так. Я ее раскрыл, летя в Москву, оценил и… никогда до конца не прочел. Сьюзан смело писала про трусливое социальное табуирование туберкулеза и рака, которым была больна. А сегодня я взглянул на посвящение и подумал: «Что еще я делал в Нью-Йорке в феврале 1990 года? И что значили те *поразительные времена* по сравнению с эпохой нашей с вами эпидемии глупости?» Они еще были овечкиным пастбищем. Однако время – самое мощное чистилище в мире. Вот почему любая пора выглядит astonishing.

С другой стороны, чистилище и есть источник времени в вечной жизни, чистилище творит время и наглядно зависает в нем, в отличие от безвременных субстанций ада и рая. И те народы, у которых нет чистилища, имеют смутное представление о времени. Например, мы. Мы, которым так не хватает волшебного транквилизатора из лекарственного сбора чистилища.

Но, возвращаясь к женским прелестям, скажу, что мы выдумываем на 100% верхние и нижние тела женщин. Рисуем их всеми своими членами. Если бы я предварительно, перед встречей, вооружился бешеным почтением к Сьюзан, надрочился бы ахами и охами, то я бы увидел перед собой Статую Свободы конца XX века.

А так – я даже почти не помню, о чем мы, собственно, говорили.

Передо мной сидела довольно грузная женщина на закате своей иудейской красоты, наэлектризованная нью-йоркской суетой, с седой прядью в черной прическе, и мне не хотелось ни ее верха, ни ее низа. Как я был неправ! Но я еще не владел законами чистилища. Впрочем, одна ее мысль мне запомнилась навсегда.

Я часто тогда читал лекции в американских университетах и даже раздумывал устроить себе профессорский tenure, чтобы катиться вдаль по академическим рельсам и жить припеваючи до конца своих дней.

Но Сьюзан мне сказала неожиданно категорично:

– Держись подальше от американских университетов.

– Почему? – удивился я.

– Потому что они выхолащивают писателя.

По большому счету она была права. Я последовал ее совету. И больше не ездил преподавать.

Наконец, она перестала дуться, и мы пили уже по второму кругу не помню, правда, что именно, разговор становился теплым и откровенным… вдруг она сказала:

– Тише!

– Что тише?

Она испуганно оглянулась. В вечернем баре на Манхеттене стоял галдеж. Вокруг нас сидели пестрые, размахивающие руками невинные американцы.

– Нас могут подслушивать.

А у нас тогда все еще дымился огарок Советского Союза.

«Постой, Сьюзан, – подумал я, – Ты же свободнейшая женщина с освобожденным нижним лицом. У тебя архикрутая любовница Энни Лейбовиц с далекими российскими корнями. Та самая, что обснимала весь Голливуд, сделала обнаженную фотографию Леннона с Йоко Оно за несколько часов до убийства Леннона… Сьюзан! Ты же еще и подруга Энди Уорхола, если не ворошить и дальше колоду знаменитостей, с которыми ты вась-вась… А мы проваливаемся с тобой в бред маккартистской Америки – никто никогда при мне в Штатах не оглядывался с испугом и не говорил «тише!» – только ты, Статуя Свободы!»

В конце встречи Сьюзан заговорила о Бродском. Мы с ним, сказала она довольно восторженно, работаем над проектом homo legens. Что скажешь? Я ответил без особого обожания о маршальских наклонностях бывшего ссыльного пиита.

Мы вышли в ночной дождливый Нью-Йорк, и я очень смутно помню, что мы договорились встретиться в следующий раз в нашем отвратительно прекрасном Париже, но вместо этого расстались навсегда.

Но о чем-то, однако, поговорили. Я теперь могу прятаться за ее культовую спину и хлопать легенду по жопе, используя как метафору.

Чистилище так чистилище!

Зачистимся в этом махровом синониме карантина!

Искусство будущего будет в чем-то напоминать еду. Оно станет полезным, вкусным и результативным. Режиссеры все больше будут напоминать поваров, актрисы превратятся в королевских креветок.

Самым долгим предметом цензуры являлся анус. Только сейчас наши подруги осмеливаются пускать его в игру. И вот эти раздвигающиеся кулисы – это все равно как раздвинуть можжевельник и увидеть ночной небосклон.

Здравствуй, анус – ты звездное небо.

Остальное только подступы к тебе.

Не зря сами женщины, увидев в любовной буре женский анус, раскрывают рот.

– А вот это ты говоришь интересно, – молвила моя лесбийская спутница.

– Потому что, – продолжал я сквозь шум времени в кавычках, – женщины видят перед собой своими глазами чистилище – the purgatory is open – тайну вселенной. Мужчины же на женский анус реагируют гораздо более спокойно.

– А что с мужчин взять? – пожала плечами Статуя Свободы.

– Они реагируют на него как на трофей, на обретенную силой собственность. А это не повод раскрывать рот.

Я прав, моя метафора? Ты для меня совсем незаметно ушла из жизни от лейкемии в 2004 году и похоронена на Монпарнасском кладбище в Париже. Но что же нам делать, если у нас обоих нет и не будет чистилища?

9. **ПОХОРОНЫ**

О. курила, стоя у гроба. Время от времени тощая слеза катилась у нее по щеке, оставляя черный след непогашенной луны. Она смахивала слезу, всматривалась, прищурившись, в мертвое лицо мужа, который, казалось, не то поумнел, не то занялся, не обращая на нас никакого внимания, сочинительством, и снова закуривала.

Его мать с блекло-голубыми глазками убивалась по-деревенски, его сестры стояли огородными пугалами. Мужик в ушанке не по сезону, в воняющей керосином телогрейке топтался рядом с блуждающей улыбкой. Возможно, отец мертвеца.

О. держалась отстраненно, но под конец ей стало жаль его мать. Они обнялись и стояли, прижавшись щеками.

Черносотенцев собралось много. Они были куда более низшей лиги, чем Ерёма. Один из них прикрыл черной тряпкой нос, многие были в тельняшках и папахах. Там был тот самый офицер, но в штатском, кто *зачетно* облил мочой выставку О. Он у них выглядел как герой. Они приветственно хохотали и били его по плечу. Еще были очкастые, как кобры, попы из жидкобородого отряда фундаменталистов, и молодые, готовые к войне с США казаки под командованием краснощекого рыжего атамана с нагайкой в сапоге. Сестра лишила их идеолога. Впрочем, он сам утонул. Но верил ли он в то, к чему призывал? Верил ли он в эти морды? И верил ли в то, что сам утонул?

Это были совсем другие люди – не то, что на свадьбе. На свадьбе собралась знать, большинство гостей были по статусу выше Еремы, но группировались вокруг него как рупора новой идеологии. В Балаклаве была не свадьба, а сходка. На похороны же пришли люди без заграничных паспортов, для которых Ерема сам был и лыжами, и яхтами, и казино в Монте-Карло. Для этих он был иконой.

Если на свадьбе после речей и сентиментальных возлияний О. была зачислена в их лагерь, авансом, не глядя, стала своей, то на похоронах был сквозняк понятий. Никто не говорил, что она утопила Ерему, но каждый об этом думал. Не думала об этом одна только мама Еремы – ей казалось невероятным, что такая худышка может утопить ее крепкого сына. Впрочем, я не скажу, что О. была худышкой. Между нами, она была в соку, мужики от нее балдели. Но, конечно, не она утопила бедного Ерему. Он сам утонул.

О. понравились поминки, где она сошлась с отцом Еремы, который снял ушанку и рассказал ей историю своего жизненного браконьерства. Оно, очевидно, повлияло на миронастроение Еремы. Разошлись не на шутку и сестры Еремы, Полина и Дуняша, – из огородных пугал они превратились в плывущие по волнам бумажные фонарики, хотя ляжки у обеих были довольно толстые. Но это только разжигало казачьи сердца.

Неожиданно для всех пришел единственный олигарх, друг Великого Гопника, гражданин России и Сканданавии, г-н Федоров.

Он долго, в компании своего дружка-богача, но пожиже, кружил по комнатам Ереминской квартиры, разглядывал картины на стенах (Ерема собирал картины Зверева), потом как бы невзначай подошел ко мне.

Мы были незнакомы. Тут нас позвали в отдельную комнату к столу. За столом уже сидели офицер, атаман с нагайкой и семейство Еремы. Г-н Федоров с богачом пожиже сел с О. и семейством Еремы. Офицер, сильно смущаясь миллиардера, произнес путанный тост, атаман крякнул, мы выпили, не чокаясь.

За стеной орали гости, уже звучала музыка и раздались первые женские визги. Я видел, что г-ну Федорову не терпится задать мне вопрос. Он сохранял верховное достоинство российского олигарха, но нетерпение рвалось наружу. Он сидел, закинув ногу на ногу, сцепив ладони на коленке. Он откусил постный блин, прожевал:

– У меня к вам вопрос.

– Давайте.

– Я под санкциями.

Я знал, что он находится под американскими санкциями, но это было так далеко от меня. А бизнес у него был как многоголовая гидра. Захватившая мало-помалу все на свете. От минералов и углеводов до спорта и санаториев, от благотворительности до виноградников Тосканы.

– Не могли бы вы мне помочь?

– Как?

– Чтобы американцы сняли с меня санкции. Это неприятно. Они мешают жить. Семья за границей…

Я посмотрел в его грустные глаза. Кого выдвигает в герои наше время? Встреться он мне где-нибудь в Челябинске на стадионе, я бы решил, что он местный завхоз. А он, заведя дружбу с Великим Гопником, сам гопник, старый любитель сидеть на корточках, создатель огромного капитала, много лет жил на Западе, вообще на родину не ездил. И он думает, что я могу щелкнуть пальцами…

Я щелкаю пальцами, и Белый Дом бросается ко мне со всех ног, и я говорю Белому Дому:

– Значит, так. Я хочу, чтобы с г-на Федорова сняли санкции.

– Но он же виновен в том, что поддержал агрессию…

– А меня это не интересует! Снимите с него санкции! Или может быть я не великий мировой писатель, который не достоин уважения Белого Дома?

– Достоин, достоин, – стал мелко кланяться Белый Дом.

– Не я ли писал статьи в «Нью-Йоркере»? И ваш президент Буш-младший был от них в восторге…

– Знаем! Знаем!

– А он, между нами, мало что читал, а меня читал!

– О да!

– Ну так идите и немедленно снимите санкции с г-на Федорова!

– Он вам кто? Родственник? Друг?

– Г-н Федоров мне никто. Вот почему я хочу, чтобы с него сняли санкции, освободили от этих ограничений. Ну сколько можно…

– Слушаемся!

– Идите выполнять!

Я обернулся к г-ну Федорову, но тут, почуяв недоброе, к нам бросился богач пожиже, с вопросом, о чем это мы говорим. Узнав, что о снятии санкций, он строго и недовольно сказал:

– Так санкции не снимешь.

Во мне проснулся ироник.

– Почему не снимешь?

– Ну в общем попробуйте, – попросил г-н Федоров.

Он даже не был пьян.

– Давайте созвонимся на днях, – с серьезным лицом сказал я. – Обсудим подробнее что и как.

Г-н Федоров встал и сумрачно побрел к двери. Вот тебе и ПОНЯТКА миллиардера. Вот они – дворовые мальчики, которые живут теперь во дворцах на Воробьевых горах с панорамным видом наМоскву.

– Ты отведай мои маслятки! Сама собирала, – подошла ко мне безутешная мать Еремы.

Я попробовал:

– Вкусные!

– Я знаю, вы были друзьями. Еремушка вас уважал. Он мечтал быть как вы.

Сестры Еремы сбегали в шумные комнаты и вернулись с порванными коричневыми колготками. Мочевой офицер решил приударить за О. и сказал ей, что готов на ней жениться.

– Ты понимаешь, – подсела ко мне О. – меня волнует вот что. Если взять и сравнить два порнофильма, русский и американский. В русском пожилая фальшивая медсестра приходит навестить больного алкоголика, у нее вялое тело, сиськи так себе, по ходу дела она напивается, раздевается и неуклюже в общем-то трахается. Со своим этим самым стетоскопом на шее. Но она дважды кончает с бордовым лицом, посылает оператора ответить по телефону, нарушая всю условность повествования, и на финал блюет на пол какими-то желтыми макаронами. А за этим фильмом – американский, где полнозадая медсестра в конце концов оказывается у бассейна, у нее все нараспашку, все видно, все красиво – и ничего. Резина! Или я стала патриоткой?

Мать Еремы прислушивалась к разговору и вдруг заметила:

– А ведь я всегда знала, что ты патриотка!

Кончилось тем, что мать Еремы, Дарья Васильевна, вместе с молодой вдовой уснула в пустой ванне, с недоеденной банкой *маслятоκ* в руках.

24 февраля

Удастся ли расшифровать код бога, как это сделал Тюринг с военным кодом нацистов Энигма, или же коды будут меняться и маски превратятся в бесконечный маскарад?

Разгадка кода бога будет одновременно и окончанием нашей истории. Хуже того: сам смысл истории может оказаться весьма банальным. Полное разочарование! Не лучше ли вечная тайна?

10. **ПОЭМА**

Это была поэма! Большая. В стихах! Она называлась «Дракон в тумане» – ну понятно – о природе власти.

В десяти главах, написанная честным четырехстопным ямбом, по образу и подобию «Евгения Онегина». О природе власти… А также о хаосе, криминальных красотах далеких 1990-х. Надо было обладать большим мужеством, чтобы написать такую поэму.

Деликатно пользуясь тем, что я находился в бесправном положении, совершенно беспомощном состоянии просителя и был вынужден всеми силами отмазывать сестру О. не только от Страны-Порнографии, но теперь еще и от балаклавского кейса, Ставрогин, хладнокровно всё рассчитав, попросил меня о маленьком одолжении: написать рецензию на поэму, только что появившуюся в красочном литературном журнале, который он, собственно, и придумал для своих литературных проказ.

– Рецензию для какой газеты?

– Да неважно.

– Для «Известий»?

Он поморщился:

– Это *наша* газета.

– «Независимая»?

– Может быть.

– «Новая»?

– Вот это лучше всего.

Я позвонил в «Новую», предложил написать о «Драконе в тумане», но мне сказали, что у них о «Драконе» уже были две статьи. Тогда я сказал, что я напишу *the* article. Они хмыкнули и согласились.

Я понимал теперь, что я, видимо, смогу спасти О. от тюрьмы, но для этого нужно было сделать многоходовку: разыграть скандал с финальным примирением.

Как это?

Рецензия – сделка. Право на нетленку. Но если выдать право слишком поспешно – не сработает. Ну, есть два прочтения. Как прекрасная поэма и как драма графомана. «Зачем ему писать поэмы? – думал я. – Он и так Ставрогин. Или он не Ставрогин?» Но чем больше я думал об этом, тем больше понимал, что власть – не предел желаний. Приедается всё… Ставрогин сам подтолкнул меня к этой мысли:

– Мир существует только для души человеческой. Бог и душа – вот два существа. Все остальное – печатное объявление, приклеенное на минуту.

– Вы так считаете?

– Да. Но это цитата.

– Из кого?

– Неважно.

– Это мог сказать только русский поэт… Жуковский?

– Ага.

– Слишком высокая оценка человеческой души, – покачал я головой. – Слишком пафосная. Что с Жуковского взять? Романтик!

– Вы, конечно, либерал, так считают все, и я в том числе, – задумчиво произнес Ставрогин. – Но вы какой-то странный либерал, –озадачился он.

– Я – ученик маркиза де Сада, – скромно представился я.

Впрочем, теперь, когда идет эпидемия глупости, и панические сообщения о ней разлетелись по всему миру, мне захотелось спасти не только О., но и все человечество. Я сказал Ставрогину:

– В Москве свирепствует эпидемия глупости.

– Она никогда не заканчивалась, – засмеялся он.

– Люди умирают на улицах.

– Происки американцев. Возможно, они используют против нас биологическое оружие.

– Но случаи этой болезни зафиксированы и в Европе.

– Ну, что-то у американцев пошло не так. Или им надо чем-то пожертвовать для правдоподобия.

– Но у них самих чудовищный рост заражений и смертей.

– Значит, промахнулись, – расхохотался Ставрогин. – Вот уж кого мне не жалко! Кстати, у меня с ними встреча. А что? Давайте пообщаемся вместе.

Вот ведь везде секреты! Он уже все знал об эпидемии, но со мной играл в дурака. Наш разговор о «Драконе в тумане» задержал двух статусных американцев в предбаннике на пятнадцать минут. Ставрогин сам пошел открывать дверь безмерного кабинета с извинениями.

Американцы вошли в кабинет. Посол бросился мне на шею. Это был мой давнишний знакомый по временам перестройки. Ставрогин недоверчиво посмотрел на наше объятье. Второй американец был выше посла по званию. Они пришли по поводу эпидемии.

Ставрогин был виртуозным переговорщиком. Он предложил американцам вместе бороться с эпидемией глупости.

– Но ведь Кремль ее не признает!

– Ну как сказать. СМИ не рискуют писать всю правду об этом.А мы не хотим паники.

– Это проблема не меньше, чем терроризм.

– Кстати, вот кто придумал ей название, под которым она существует в мире, – Ставрогин довольно грубо ткнул в меня.

Американцы потупились.

– Почему вы не желаете называть так называемую эпидемию *русской болезнью*, как это делают ваши свободные СМИ?

Американцы растерянно посмотрели друг на друга.

– Но дело не в названии, – атаковал Ставрогин. – На самом деле как раз западная демократия стала детонатором эпидемии глупости. И, знаете, почему? Вместо репрезентативной демократии у вас включили прямую демократию – и понеслось.

– Есть вопрос по Украине, – сказал тот, кто был рангом вышепосла.

– По Украине? – полуоборот Ставрогина. – Такой страны не существует. Это видимость. Нам пришлось придать части этой видимости характер реальности.

Американцы ушли ни с чем. Уходя, посол не стал меня обнимать. Он, видно, подумал, что у нас со Ставрогиным заговор. В каком-то смысле так и было. Я бы, наверное, быстро задохнулся, если бы мне пришлось вести такие переговоры. Не зря Ставрогин переключился на поэзию. Когда закрылась за американцами дверь, я сказал:

– А нельзя ли мне встретиться с Великим Гопником? На предмет эпидемии глупости.

11. **РУСОФОБ ДОЛЖЕН СИДЕТЬ В ТЮРЬМЕ**

Я сидел писал статью о «Драконе в тумане». Тут Шурочка подбегает. О тебе говорят по радио. Что такое?

«Эхо Москвы» сообщило, где общественная организация «Борьба с нелегальными иммигрантами» подала на меня жалобу в прокуратуру. За мой роман «Энциклопедия русской души». Обвинение в русофобии. Значит, как только я занялся спасением О. и написал письмо генпрокурору, незамедлительно в меня выстрелили заявлением. В СМИ и в соцсетях дружно заговорили о том, что русофоб должен сидеть в тюрьме, и стали думать, сколько мне дадут. Это была какая-то стремительная кампания, как лесной пожар. Я не знал, как поступить. Я позвонил Ставрогину. Он внимательно выслушал меня, и я понял, что это – серьезно. Но в заключение он сказал, что ситуация пока находится в зародыше и с ней можно совладеть. На прощание добавил:

– Если будут звать в местную прокуратуру, сходите.

Прокуратура не заставила себя ждать. Я получил повестку в издательстве, где вышла «Энциклопедия».

Я отправился в прокуратуру с тяжелым сердцем.

12. **МОЯ САМАЯ СКАНДАЛЬНАЯ КНИГА**

Но это сторонний взгляд. Я давно пришел к выводу, что скандал устраивает не автор, а общество, которое не готово к принятию книги. Со временем общество трансформируется, и вдруг аморальная «Госпожа Бовари» Флобера или «Лолита» Набокова становятся нормой литературы.

Тем не менее, я написал необычный роман. Это – безжалостная книга. Для меня – поворотный момент. До того, как я взялся ее писать, я искренне верил в возможность мультикультурной цивилизации, объединенной общей идеей *человечности.* Я мечтал о мультикультурном мире и отрицал религиозно-идейное засилье национальной ментальности. Я и сейчас хотел бы вернуться к романтическому проекту торжества общих ценностей, но мир к этому не готов и будет ли он вообще способен на это, я не знаю.

Эта книга взорвала своего автора. Отсюда она и с формальной стороны необычна: фрагментарная, мозаичная, «рваная», местами кажущаяся бесформленной. Но это ложная бесформенность. На самом деле форма книги отражает восстание автора против своих иллюзий.

Это лирическое повествование о России после распада Советского Союза, но этим дело не ограничивается. Герой моего романа осознает, что гибель коммунистического тоталитаризма не освобождает человека от несовершенства его природы. Государство гибнет вместе с иллюзией, что оно во всем виновато, а мы его жертвы. Но ведь жертвы сами построили это государство, и теперь, когда оно распалось, мы стали ответственны за свои жизни. А мы оказались к этому неспособны. И опыта такого никогда не было, и дурные качества слишком часто торжествуют.

Мой герой – искренний человек. Он не захотел жить в этом мире. Нет, он не повесился и не отравился. Он просто описал (книга написана от его «я») этот мир без прикрас. В орбиту его зрения, в эпицентр едкого, порой ядовитого анализа попали разные цивилизации, но, прежде всего, Россия.

«Я» показал, что главная угроза для России – это власть Серого. В Сером – этом важном для меня персонаже книги – есть какая-то особенная, мощная и вроде бы даже *святая* историческая порча, которая и составляет тайну Россию. Некоторые нашли в Сером нарождающиеся черты Великого Гопника. Не знаю, решайте сами. Я всего лишь автор этой книги, а не всемогущий ее толкователь.

Мой герой ненавидит эту угрозу нового, бесчувственного, хохочущего империализма. Он думал: кончится Советский Союз – мы вольемся в европейскую семью народов, потому что наша большая культура имеет несомненно европейские корни и очертания. Влились ведь наши соседи, бывшие когда-то в составе России: финны, поляки, балтийские страны, – все по-своему, но влились. И мы вольемся. Но вышло наоборот. У нас на шее оказался какой-то исторический камень. Он потащил нас на дно. Мы отвергли мультикультурность, отвернулись от Европы, прокляли ее ценности. Мой герой увидел это еще в конце 1990-х годов, при Ельцине.

Эта книга вызвала и до сих пор вызывает бешеную ненависть в России. За нее я дважды оказывался на грани тюрьмы. Первый раз против меня возбудила дело общественная организация, которая объявляла себя борцом с нелегальной иммиграцией. Понятно, что это была ультранационалистическая партия. В прокуратуре меня встретил молодой худенький прокурор.

Он начал с того, что им еще принесли пять заявлений на меня.

– От кого?

– От славянских союзов и православных граждан.

В общем, все было согласовано.

Мы сидели в его кабинете среди кучи папок и просто бумаг. Он листал мою книгу. На обложке я был представлен в виде вурдалака.

Он пробежал глазами несколько строк и посмотрел на меня. Зачитал:

– Русский суд страшнее страшного суда.

Мне стало не по себе.

– А ведь это правда, – задумчиво сказал местный прокурор.

Конечно, не он освободил меня от уголовного наказания. Высокие инстанции, включая, видимо, Кремль, посчитали, что не надо делать книге слишком большую рекламу.

Но как только националисты оставили меня в покое, за меня взялась, вы не поверите, кто – моя собственная Альма-матер. Речь идет о филологическом факультете Московского Государственного Университета. Я когда-то закончил этот факультет и сохранил о нем хорошие воспоминания. Я занимался там творчеством Хлебникова и Достоевского. Пропадал в Университетской библиотеке, где читал Бердяева, Шестова, Замятина, Пильняка – запрещенных тогда еще авторов.

А тут вдруг решили запретить меня.

19 профессоров *моего* факультета пишут гневное коллективное письмо с требованием запретить «Энциклопедию», изъять из книжных магазинов и разобраться со мной. Они были не прочь и посадить меня за книгу. Во главе этой кампании стоит декан филологического факультета, женщина с говорящей фамилией Ремнева.

Конечно, это странно, когда твой факультет, который ты когда-то закончил, хочет отправить тебя в тюрьму.

Печальный по отношению ко мне *садизм* разрушил один из филологов-профессоров, который заявил, что он этого коллективного письма не подписывал. Возникла неловкая ситуация. Письмо растворилось в воздухе. А если бы он подписал? Или если бы отправили письмо без его подписи?

Ремнева еще и дальше поливала меня. Но я, завороженный выступлением Альма-матери, уже мог вздохнуть с облегчением. Правда, до меня дошли сведения, что дама с агрессивной фамилией в каком-то видеобращении объяснила людям, что хотя я и русофоб, но в тюрьму меня сажать она не хотела. Ремнева оказалась либералкой.

Не верьте московским профессорам! Ничего русофобского вы в этом романе не найдете. Там есть отчаянные крики героя о слабостях нашей российской ментальности, о том, что народ не нашел себя в демократии. Но, по-моему, весь роман соткан из любви к моей стране. И юмор, который в нем присутствует – это главный положительный персонаж (как и у Гоголя в «Мертвых душах»).

Но роман не останавливается только на проблемах России. Какие-то фантастические видения приводят героя в Америку, в Европу. У него и любовницы заграничные. Одна – француженка Сесиль. Другая – американка, которую он зовет «Американской Заей». Но главная любовь – это русская, яркая, эксцентричная девушка со своей особой сексуальностью, представлением о политике, красоте и порядке вещей.

Моя Россия – это та Россия, которая даже в самую трудную минуту способна рассказать о себе, о своей деградации, падении и мечтах, порой несбыточных, о возрождении. Я отказался от романтических иллюзий, но готов признать, что для меня европейские ценности (которые, может быть, в Европе слишком левым и слишком правым кажутся ловушкой или вздором) на расстоянии, из Москвы, представляются основой свободной жизни. Россия сегодня далека от них, идеологически враждебна Европе (в этой книге я этого не скрываю), но если у России есть будущее, то оно – европейского содержания.

24 февраля

Я попал в отчаянное положение.

Моя статья о «Драконе в тумане» ушла в газету.

Ставрогин меня спас от тюрьмы (закрыл дело с «Энциклопедией»).

Шурочка искусала все свои ногти.

Я, конечно, мог бы броситься в ноги редакции, чтобы не печатали...

13. **ЛИБЕРАЛЬНАЯ ОРГИЯ**

Телефонный звонок. Знакомый голос:

– Ну как ты, борец с глупостью?

– Заткнись, алкоголик.

– Нельзя жениться на гопнице! Это вредно!

Это он о Шурочке.

– Молчи, мерзавец! – я делаю вид, что взбешен. – Она простонапросто *пересмешница*.

– Отличительная особенность гопника! – хохочет Артур.

Мы ввязываемся в разговор о гопниках.

– После века коммунистических случайностей, – вещает мой друг, – наконец-таки появилась надежда на закономерность. В России каждый четвертый – гопник. Остальные в большинстве своем – его прислуга.

– Неприязнь к интеллигенции, вплоть до репрессий и уничтожения, – подхватываю я. – Смерть предателям!

– Ну вроде того... Жажда победы любой ценой, в нужный момент впасть в несознанку.

– Пестрые одежды гопниц... – проносятся мои давнишние видения. – Как присядет, полжопы видно.

– Непонимание простых вещей, нет чувства масштаба, – хмыкает Артур. – Твоя Шурочка даже не знает, что такое порядочный человек. Мама и улица ее такому не обучали.

– Кончай про Шурочку, – умоляю я.

– Грубость, жестокость, любовь к хамским присказкам. Великий гопник останется в истории как историческая необходимость. Он состоит из спецопераций.

– Великий Гопник отменил негативное значение самого понятия *гопник*, – веселюсь я. –А кто не гопник, тот не наш.

– Гоп-стоп! – кричит Артур. – Этот пафос отжать, отнять, присоединить и победить.

– Напитавшись глубинной философией гопничества, Великий Гопник создал страну незаходящего солнца, – рыдаю я.

– Шурочка… – начинает Артур.

– Молчи. Убью, – заканчиваю я.

– Великий Гопник, как клещ, впился в спину страны, но, когда она развернулась к нему лицом, оказалось, что он смотрится в зеркало.

14. **ПЕРЕПЛЯС**

А потом пошел первый снег. И все закружилось не то от испуга, не то от счастья. И в этом бело-сером тумане я увидел снежные танцы.

Два города смотрят друг на друга через реку. Река хотя и широкая, но соседа даже в метель видно. Пассажирский кораблик переплывает реку от пристани до пристани всего за десять минут. И, переплыв, ты попадаешь в другой мир.

Это редкий случай, когда русская государственная граница так открыта, ничем не защищена. Обычно она прячется в лесах или уж во всяком случае отделена запретной для населения пограничной зоной. А здесь в Благовещенске выходишь на еще не достроенную богатую набережную, подходишь к реке, протираешь от снега глаза – глядь! – перед тобой панорама Хэйхэ.

Ну стоит, правда, на Амуре катер русской пограничной охраны, да на набережной высится бронзовый монумент пограничника с собакой. И у собаки, и у пограничника на голове шапка свежего снега. Есть и выставленный на самой набережной, на пьедестале, старый, отплававший свой век военный катер с пушкой, направленной на Китай. Не очень дружески, но скажите, куда еще направить дуло?

Танцы, как правило, начинаются вечером – как и полагается танцам. Хэйхэ вспыхивает мощной разноцветной иллюминацией, освещающей многоэтажные дома, торговые центры, телевизионную башню и все остальное, чем можно гордиться. Это танец роста, богатства, развития, будущего. Освещаются и красивые парки вдоль реки, которая по-китайски называется Черным Драконом. Когда идет снег, река действительно очень чернеет, и в ней просыпается непредсказуемый дракон.

В парках Хэйхэ, на кленовых набережных, где лиловые листья еще напоминают о бабьем лете, на радость русским друзьям стоят высокие, бокастые расписные матрешки. Они тоже созданы для танца. Но есть подвох. Первоначально матрешки служили урнами. В их внутренности сзади, на уровне попы, китайцы сбрасывали мусор. Но русские официальные друзья застыдили китайцев, и матрешки утратили свое служебное назначение. Попы им запаяли, и теперь они просто смотрят на русский берег большими добрыми глазами.

С русской стороны иллюминация не столь щедра, но тоже присутствует, свидетельствуя, что и у нас есть торговые центры. Прямо на набережной выросли новые небоскребы – специально, чтобы утереть нос китайцам. Мы тоже не лыком шиты! Но если китайцы берут светом, то русские – музыкой. Из всех баров и дискотек несутся зажигательные русские и западные мелодии. Англоязычные песни доминируют. Русский Благовещенск танцует под англичан и американцев. Китайцы так откровенно, видимо, не могут. С их берега доносятся в основном китайские мелодии, которые русский берег воспринимает как далекую экзотику.

Конечно, оба города – как и полагается гордым танцорам – делают вид, что танцуют они вроде бы только для себя, потому что им так нравится жить, строиться и веселиться. Но обмануть никого невозможно! Просто они танцуют по-разному.

Благовещенск танцует по-старомодному, повернувшись к прошлому. К богатому, купеческому прошлому. Еще Чехов, проплывая по Амуру в 1890 году в сторону Сахалина (о котором он написал целую книгу, свой единственный документальный роман), отмечал торговую активность города. Город и теперь гордится своими домами 19-го века из красного кирпича с белой кирпичной оторочкой. Гордится парками с аккуратно расчерченными аллеями и белыми, сильно потрескавшимися гипсовыми шарами при входе. Гордится старинным масштабом площадей и улиц – вроде бы скромных, но зато спроектированных со вкусом. Седовласый призрак купца Ивана Яковлевича Чурина, вдохнувшего когда-то в Благовещенск торговую жизнь, возникает только в метель, а так о нем мало кто вспоминает, зато на китайском берегу до сих пор едят «чулинскую» колбасу.

Подальше от набережной мы видим, что танец заканчивается, многие дома в запустении. А деревянный Благовещенск с изящными голубыми избами заброшен, многие домишки засыпаны снегом и провалились в землю. Но китайцам с их берега это не видно, избушки в танце не принимают участие.

В переплясе участвуют даже здания пограничной службы. Между городами – безвизовый режим уже много лет, так что бери загранпаспорт и плыви в Китай. Ну, разумеется, прежде всего за барахлом. Как всякий приграничный город, Благовещенск наполнен скрытыми и почти очевидными контрабандистами, челночниками, продающими на рынках китайские товары, криминалом, который за всем этим следит, и правоохранительными органами, которые так или иначе участвуют в приграничной наживе. После того, как рубль наполовину ослаб параллельно взятию Крыма, интерес к китайскому берегу подостыл: юань для русского человека слишком задрал нос. Но все равно, торговля если не кипит, то теплится. С китайского берега русские грузят в Россию какие-то замотанные-перемотанные ящики, несут, согнувшись, огромные сумки и чемоданы – все в поту и в хлопотах, а на русской границе челночников встречают грузчики, которые умеют обогнуть таможню за специальную плату.

Попасть в пограничный пункт, чтобы тебя выпустили в Китай, сложно, потому что все улицы и подъезды к пограничному дому похожи на бездорожье. Пыль и снег перемешались. Эта разруха как-то еще по-советски намекает на то, что ездить за границу – не дело русскому человеку. Сидел бы ты лучше дома!

Я подошел к пожилой русской пограничнице, сидящей в своей выгородке в блеклом зале, дал ей паспорт и посмотрел в глаза. Она спросила с большим русским подозрением:

– Откуда я знаю ваше лицо?

Поскольку я приехал в Благовещенск на кинофестиваль «Амурская осень», превратившийся в зиму, я легко объяснил ей, что я участник фестиваля и мое лицо она могла видеть по телевизору. Но бдительная женщина раза четыре пристально смотрела на меня, подозревая во мне, видимо, контрабандиста-рецидивиста, чья фотография висит на фонаре с надписью «Разыскивается полицией». Наконец она нехотя поставила штемпель, и я проследовал на русский кораблик, плывущий в Китай.

Кораблик не отличался новизной и был сильно потрепан пассажирами. Плыли в основном русские. Они плыли и судачили о том, что китайцы стали жить лучше и поэтому китайская промышленность больше не выпускает женские лифчики нулевого размера – женщины в целом и по отдельности поправились.

Мы переплыли через Амур, чье название никак не связано с французской любовью, а происходит от монгольских корней «большая река». Китайский берег встретил нас не сибирским, колючим, а мокрым, праздничным снегом с большими, в ладонь, снежинками. Под этим неправдоподобным снегом я вошел в совершенно новое, фешенебельное пограничное здание с солдатами и офицерами в ярко-зеленых формах, с золотыми знаками отличия и очень строгими на вид. Они что-то выкрикивали, глядя на русскую публику, но при этом работали четко и слаженно.

Китайский офицер пограничной службы заговорил со мной по-китайски. Я снял мокрую красную лыжную шапку и предложил ему перейти на английский, но он продолжал говорить на родном языке.

Хэйхэ – далекий северный китайский город, по своей сущности глубоко провинциальный – говорить по-английски еще не научился. Он научился только танцевать перед русским Благовещенском и явно перетанцовывает его по своей новизне. Так что же хотел от меня китаец? Я оглянулся на мою китайскую переводчицу, которая стояла в очереди за мной. Что он хочет? Китаец показал мне руками что-то, похожее на руль.

– Он спрашивает, водите ли вы самолет.

– Я? Самолет? – изумился я.

Никто ни в одной стране мира не задавал мне еще такого вопроса.

– А что? – продолжал я. – Почему вы спрашиваете? Я не пилот.

Китаец не ответил. Здесь он задавал вопросы. Он поставил штемпель:

– Проходите!

Тут сразу налетели китайские таксисты, маленькие и худые, на русских машинах «Лада» с криками «Сто рублей». Они готовы везти тебя в город за эти смешные деньги. Мы сели и поехали, мучительно разгоняя непогоду старыми «дворниками». Лобовое стекло то рыдало от дождя, то залеплялось полностью снегом. Вместе со мной и переводчицей села в такси и наша участница фестиваля, симпатичная женщина средних лет. Куда мы едем? Выяснилось, что можно прогуляться по пешеходной улице, купить всякий чай и пообедать. Мы так и сделали. Пошли по главной улице. Вокруг куча всяких вывесок, по-китайски и по-русски. Шторы! Меха! Чай! Мы буквально уперлись в памятник Пушкину. Он был похож на самого себя, ничего китайского, но только полностью мокрый, скользкий, как будто он только что из реки вылез, как будто Пушкин – морж или мужская русалка. Мы с ним сфотографировались: все-таки Пушкин. Затем зашли в салон чая. Там на смеси китайского и русского – напрямую и через переводчицу – стали общаться с хозяйкой. Стройная, красивая, она угощала чаем и советовала. Я спросил аккуратно переводчицу: сколько хозяйке лет?

– Пятьдесят!

Я восхищенно покачал головой. Потом мы снова шли по главной улице и встретили девушек в национальных красных костюмах, которые танцевали в разгар снегопада под китайскую музыку. Вместе с ними танцевали маленькие ребятишки с черными, очень выразительными глазами в военных шапках, и я присоединился к ребятишкам, чтобы тоже потанцевать. Ребятишки снисходительно посмотрели на меня, как на сумасшедшего. И я быстро перестал танцевать.

Потом мы пошли в супермаркет купить что-нибудь китайское, и мне захотелось по случаю наступившей зимы купить китайскую охотничью куртку, и пока я ее напрасно мерил, потому что так и не купил, сильно накрашенная продавщица попросила у нашей русской спутницы разрешения потрогать у нее волосы и кожу на лице. Та согласилась, и продавщица с уважением, очень аккуратно потрогала. Я почувствовал здесь, в Хэйхэ, интерес к белому человеку.

То же самое случилось и в ресторане. Нам принесли горы всякой еды за бесценок. Особенно были вкусными китайские пельмени с китайским пивом. Но когда пиво у нас кончилось, соседи по залу принесли нам пару бутылок как подарок, но попросили сфотографироваться опять же с нашей русской спутницей. Они сфотографировались – мы выпили вкусное пиво и так наелись разными салатами и так надулись халявным пивом, что едва встали из-за стола.

Мы пошли в продуктовый магазин купить фрукты. Там был огромный черный виноград – ну, примерно такой же, как сливы – мы стояли удивленные. И шикарное, вспотевшее от обилия сока манго. И вообще там было всё. И всё это было китайское. И тут я подумал: некоторые считают, что китайцы сильны в имитации иностранных товаров. Но ведь в этом городе, где сейчас живет около двух миллионов людей, а еще недавно тут было что-то вроде деревни, умеют не только строить, но и развиваться. Сейчас – имитация, но через десять-пятнадцать лет они будут придумывать сами новые товары, фантастические машины, самолеты, ракеты.

Мы взяли манго, невиданный черный виноград и пошли к кассе. Я протянул кассирше Mastercard московского банка. Она сказала спокойно: русские карточки не принимаем. Как? У нас в стране днем и ночью трубят о новом витке русско-китайской дружбы, о дух захватывающих, миллиардных (в US dollars) торговых сделках, а я не могу кредитной картой, выпущенной в России, расплатиться за эти жалкие фрукты?

– Нет, не можете, – доброжелательно улыбаясь и кивая от уважения к нам, сказала она.

И тут я понял, что китайцы вокруг стали все больше и больше улыбаться. Это тоже новость! У нас в Благовещенске улыбок раз в десять поменьше, да и жителей тоже почти в десять раз меньше.

Зато, вернувшись домой, в Благовещенск, вывалявшись в пыльном снегу, вдруг понимаешь, что ты вернулся – куда? В Европу. Да, что-то неуловимо европейское есть в жестах и повадках идущих в снегу по набережной молодых людей и девчонок на каблуках. Что-то есть трогательно европейское во внимательных зрителях разного возраста, которые ходят смотреть фильмы нашего фестиваля «Амурская осень». Среди них – и бабушки советской эпохи, но за этим советским просматривается что-то дореволюционное, культурное, милое, чеховское.

Не знаю, кто здесь победитель в этом переплясе городов. Благовещенск? Хэйхэ? Конечно, мне больше всего понравился мокрый и потому как бы голый памятник Пушкину на берегах Черного Дракона. Но ребятишки Хэйхэ и бабушки-киноманки Благовещенска – разве они не достойны отдельных призов? И вместе с тем, всех почему-то жалко, и мне себя тоже жалко – и только снег разгоняет немножко тоску.

15. **РАЗДЕВАЙТЕСЬ, ТОВАРИЩ ДАВЫДОВА!**

Порой между Великим Гопником и Маленьким Ночным Сталиным случались молчаливые терки. Хотя они оба не были расположены к сантиментам, но случались между ними и поцелуйчики, причем Великий Гопник норовил поцеловать своего старшего партнера в живот. А старший партнер любил укусить Великого Гопника в губы. Но вот что было обидно Великому Гопнику: перед сном Маленький Ночной Сталин обязательно говорил ему:

– Раздевайтесь, товарищ Давыдова!

Великий Гопник догадывался, что эти слова происходят из постельного грязного анекдота о любовнице Маленького Ночного Сталина из Большого театра. Но почему его, качка, хоккеиста, старший по званию называет «товарищ Давыдова» и предлагает раздеться?

– Раздевайтесь, товарищ Давыдова!

Великий Гопник молча раздевался. Затем они отворачивались друг от друга на широком ложе, и Маленький Ночной Сталин думал про себя, машинально ощупывая укушенный живот:

– Боже ты мой! До чего дожила Россия!

А Великий Гопник злился тоже не вслух:

– Никакая я тебе не товарищ Давыдова!

Он боялся сказать Маленькому Ночному Сталину «ты», а тот, отставной, боялся сказать ему, нынешнему *хозяину*, «вы». Но наступало утро, в окнах шумели сосны со своими лососиновыми стволами, и они оба дружно чистили зубы. Глянув на себя в зеркало, Великий Гопник хмыкнул:

– Всё! Больше пиво не пью. Растет брюхо!

– Пей «Киндзмараули», – поморщился Маленький Ночной Сталин.

Сев на толчок, Великий Гопник выразился так:

– В России, если ты сел на трон, главное – покажи зубы!

Они показали друг другу зубы и рассмеялись.

За завтраком Великий Гопник по своей детской привычке ел хлеб щипками, как нищий, и это снова раздражало Маленького Ночного Сталина. Он вновь что-то бормотал:

– Боже ты мой! До чего докатилась Россия!

Потом сказал жестко:

– Слушай, ты верни балтов, да? Эстония, Латвия, Литва – это как три загулявших жены. Их надо вернуть. Вернуть и выпороть за неверность.

– Я выпорю, – поклялся Великий Гопник.

– Хорошо, – кивнул Маленький Ночной Сталин. – А Польшу? Эту *вонючку* ты тоже верни.

– Это вы правильно выразились: *вонючка*! – захихикал Великий Гопник.

– Не люблю. И ты ее, знаю, не любишь!

– Как вы ее рубанули в 39-ом! – восхищенно сказал Великий Гопник.

– Но не добили, – пожал плечом Маленький Ночной Сталин, отводя от себя восторги младшего товарища. – А надо было добить. И финнов не добили. Надо было одним рывком, а мы затянули. И немцы стали нажимать, и вредителей в армии мы не всех раскрыли. Финнов тоже верни!

– Я обязательно…

– Не говори гоп, пока не перепрыгнешь, – неожиданно оборвал его Маленький Ночной Сталин. – Пойдем, дорогой, пройдемся. Пойду размять я ноги, за дверью ты стоишь…

– За какой дверью? – насторожился Великий Гопник.

Маленький Ночной Сталин покрутил в руках трубку.

– Ты бы меньше доверялся китайцам, – неожиданно посоветовал он.

– Так они ж друзья, – невольно отпрянул от него Великий Гопник.

– Тем более не доверяй… А то, видишь ли, раскидался тут амурскими островами!

Маленький Ночной Сталин аккуратно положил трубку в нагрудный карман. Они вышли молча из триумфального, уродливого дворца. Далеко внизу перед ними плескалось под солнцем Черное море.

16. **ПТК**

В Париже в Елисейском дворце за минуту до общей фотосессии мы оказались втроем: Великий Гопник, Эдик Радзинский и я. Эдик вел в ту пору на телевидении историческую программу, и Великий Гопник сказал, что когда он видит его на экране, он никогда не переключает… и как-то по-детски показал рукой, как бы он мог переключить, с натугой, такое вот щелкающее устройство, но вот, не переключил.

Это устройство называлось ПТК. Переключатель-барабан с тугой пружиной. При частом переключении ручка телевизора разбалтывалась или вообще рассыпалась. Тогда в дело шли пассатижи. Преданья старины глубокой. Великий Гопник правил страной с помощью ПТК. Потом в дело пошли пассатижи.

17. **ОН НЕ ЧИТАТЕЛЬ**

Я позвонил Ставрогину в четверг. Поздно вечером. С либеральной тусовки на Пречистенке.

– Статья написана, – прокричал я, пересиливая шум гуляющей оппозиции, но на самом деле испытывая судьбу. – Если вы хотите ее прочесть до публикации, я пришлю.

– Не надо!

Вот ведь – ничего не боится!

Да, как я уже сказал, надо было обладать большим мужеством, чтобы написать целую поэму в стихах, четырехстопным ямбом, с рифмами.

В поэме повествовалось о некоем комсомольце, который сначала служил почтальоном («Служил Гаврила почтальоном, Гаврила почту разносил»), но потом благодаря тому, что он однажды перепутал адрес и не туда доставил телеграмму, комсомолец начинает резко менять жизнь, достигает большого успеха в бизнесе и к моменту распада Советского Союза становится могущественным *челом* с огромными связями. Он знает бандитов. Он знает силовиков. Он женится на англичанке из алмазной компании «Де Бирс». Но у него есть маленький дефект: он не говорит по-английски. Он нанимает переводчицу, влюбляется в нее по уши, она им переводит в спальне ночью, везде… Здесь возникает дерзкая сцена всепоглощающей неги, как в «Бахчисарайском фонтане». Одержимый любовью, герой убивает мужа переводчицы, злобного карлика, журналиста из BBC, разрушает «Ди Бирс», провоцирует маленькую войну с Англией. В результате ему все надоедает, и он сгорает в собственной бане на Рублевке.

Чем-то он похож на Евгения Онегина. Он даже (среди прочего) убивает на дуэли своего компаньона. Правда, они не стреляются, а фехтуются. Они оба в юности ходили в фехтовальный кружок. Поэтому у комсомольца всю юность не хватало двух передних зубов –выбили, несмотря на маску. Там есть и Татьяна Ларина, в него тоже по уши влюбленная, дочка последнего члена Политбюро, но не такая скромница, как пушкинский оригинал. Она мечтает о факельных парадах молодежи на Красной площади.

По большому счету «Дракон в тумане» – закодированное самооправдание власти. С таким людским материалом, как у нас, с этой смесью лохов и гопников нужна только железная рука *своего, понятного всем* человека. Из мусора вырастает в стране гопников сам Великий Гопник (ахматовская аллюзия, между прочим). Все остальное –анекдоты из жизни олигархов и валютных проституток.

В бесконечном кабинете я спросил Ставрогина, глазами указывая на портрет Великого Гопника с застегнутым на все пуговицы лицом, но при этом вполне добродушным:

– А он читал? Ему понравилось?

Ставрогин посмотрел на портрет и ответил просто:

– Он не читатель.

Возможно, это было самое точное определение Великого Гопника.

Уже за полночь мне позвонил Ставрогин. Я шел по улице. Лил дождь. Я спрятался в подворотне.

– Как вы смели назвать меня графоманом! – Он даже заикался. – Я что, не понимаю, что вы издеваетесь! Пушкин наших дней! Я вам не позволю держать меня за чмо!

– Но подождите… Это же положительная рецензия… – Ветер выл в подворотне. – Не зря я вас сравниваю с Пушкиным!

– Издеваетесь! Вам так это не пройдет!

– Слушайте, я написал статью не на две недели, а на годы. Если бы я не написал, что вы пародируете «Евгения Онегина», мне бы сказали: да ты идиот!

Ставрогин в негодовании отключил телефон.

Воняло.

Я подумал в подворотне, глядя на переполненные мусорные баки: «Он – третий человек в государстве. Перед ним на цырлах ходит министр МВД и прочие силовики. Ему даже не надо давать распоряжение. Как это у них делается? Даже не нужно намекнуть. Просто вздохнуть: как же он мне надоел…»

18. **ВСАДНИК НА КРАСНОЙ ПЛОЩАДИ**

Меня одолел страх.

Я бросился в Кремль.

Меня не пустили.

Я сел на Красной площади, охватив голову руками.

Красная площадь предстала передо мной во всем своем величии. Государственный ресурс подбросил меня и швырнул на брусчатку. Окровавленный, я увидел, как из Спасских ворот с гиканьем на коне скачет Великий Гопник. Голый по пояс, играя торсом, он бросился в мою сторону. Краем глаза вижу, лошадь у него медного цвета.

Я – бежать. Спрятаться, зарыться, затаиться за Лобном местом, но Великий Гопник перескочил через его и накинулся на меня.

Я увернулся, покатился по брусчатке, прыжками добежал до Василия Блаженного.

Ночь. Пустая площадь. Василий Блаженный блестит всеми куполами, как небесный Иерусалим.

Василий Блаженный раскрыл руки – я думал, он прикроет меня объятьями, но он принялся ловить меня для выдачи всаднику, и он бы поймал меня, если бы не был таким близоруким.

Тогда я рванул в сторону мавзолея. Я слышал, за мной со страшным цоканьем несется *Он*. Я завернул за мавзолей, побежал что было сил по большевицкому кладбищу. Запыхавшись, схватился за нагробный памятник Сталина.

Великий Гопник неожиданно сменил скакуна.

Теперь он несся со свистом на огромной розовой свинье.

Он наехал на меня, закричал, но рука с шашкой отошла в сторону. Наездник лихо соскочил со свиньи, схватил меня за ворот.Я недоуменно покосился на него. Он выхватил из кармана мобильный телефон. Свинья тем временем сбежала. С радостным хрюканьем понеслась к Спасским воротам и скрылась за ними.

– Сука! – зашипел Великий Гопник. – Сделаем селфи втроем с вождем!

– Пустите меня, – вырывался я.

Он надавил мне на грудь.

– Я – самый *главный*, – шипел он. – Европа – моя! Африка – моя! Америка – Северная, Южная – всё моё. Не веришь?

Я притих.

– Улыбайся! Чиз! – приказал Великий Гопник.

Я дрожал.

– Я кому сказал: чиз! – заорал он.

Я содрогнулся и мучительно испражнился улыбкой.

19. ДУРАК ДАВКУ ЛЮБИТ

Дурак на Руси в почете. Дураку легче жить. Дурак давку любит.

Я прочитал *наши* пословицы о дураках и задумался.

Мы сначала думали, что эпидемия глупости – это шутка. Мы думали, что глупость не может быть болезнью, потому что она полезна для жизни как гарнир. Но вот она пришла, и ее проявления пострашнее Альцгеймера.

Это издевательская болезнь. Она начинается с тотальных упрощений.

Мычание становится языком больного. Он не корова и не бык, но он уже и не homo sapiens.

Он все чаще и чаще начинает дико смеяться. Его рвет от приступов хохота. Смеется к месту и не к месту. Смеется на свадьбе, ржет на похоронах. Хохот перекатывается на телеэкраны. Там тоже дико ржут. Считая по-прежнему себя королями, хохочут над всем и всеми, кроме себя.

Незаметно наступает полоса, говоря старинным языком, бесстыдства. Прокаженные глупостью начинают трахаться повсюду: в парках, подъездах, на улицах, в метро, на вокзалах – везде видны голые жопы и задранные в небо острые каблуки.

Начинается недержание мочи и кала – города превращаются в вонючие конгломераты. Человечество возвращается в средневековье. До этого фекального момента эпидемия глупости на Западе тоже не признавалась. Считалось, что этот легкий смех – следующий шаг человеческой цивилизации: после общества потребления – общество ржачки.

У больных глупостью начинают крошиться зубы, кости, отсыхать мышцы, гноиться кожа. Судороги, резкая потеря веса – бледно-зеленые скелеты шатаются по улицам в поисках непонятно чего. Там же на улицах они и умирают от глупости – хохоча, дрожа, мыча. Они уже не чувствуют себя королями. Они вообще уже ничего не чувствуют.

Финал – они лопаются, как воздушные шары!

Откуда пришла эта болезнь?

Как можно ей заразиться?

Ничего непонятно.

20. **ЯД**

Мы с ним с глазу на глаз говорили и о политике, не только о личном, интимном, не только о попытке нас с Шурочкой отравить.

– Вот вы, глупая интеллигенция, ругаете Кремль как рассадник глобальной лжи и коррупции, – говорил мне доверительно Порфирий Петрович в Сочи, в пятизвездочной гостинице, в моем номере, во время кинофестиваля. – А ведь именно отвратительность ситуации дает вам всем пищу для ума и творчества. Вот убери недостатки власти, и вы захлебнетесь в ничтожности вашей жизни, завоете от тоски и перевешаетесь целыми толпами!

– Порфирий Петрович, – холодно возражал я, – но все-таки это не повод травить нас с женой неизвестным ядом!

– Никто вас не травил, – отмахнулся от меня Порфирий Петрович.

– Как же так? – недоумевал я. – Разве вы до сих пор не знаете, что нам в номер каждое утро стали поставлять стеклянные бутылочки минеральной воды? Мы их с женой с удовольствием пили и нахваливали администрацию, потому что пластмассовые бутылки были наполнены ну просто водой из-под крана…

– Ну и что? – пожал плечами Порфирий Петрович.

– А то, что на пятый день, под занавес фестиваля, когда мы, празднично приодетые, уже выходили из номера на заключительный вечер, Шурочка глотнула из горла стеклянной бутылочки… Глотнула и тут же выплюнула на ковер. Она побежала в ванную, у нее горели десны, язык, горло. Когда я понюхал эту чуть липкую бутылочку, которая пахла каким-то химическим цитрусом, у меня загорелся нос, и рука загорелась – ну, хуже, чем ошпариться кипятком.

– Вы уже в сотый раз мне это рассказываете, – сказал Порфирий Петрович. – А вы не подумали о том, что не будь бутылочки, мы бы с вами не познакомились и не вели бы душевных разговоров о пользе Кремля для творческой ненависти вашей глупой интеллигенции?

– Значит, вы захотели познакомиться с нами через бутылочку?

– Давайте на чистоту, – спокойно сказал Порфирий Петрович. – Одним врагом больше, одним меньше…

– Бросьте! – сказал я. – Ведь это делается для всеобщего устрашения. Чтобы все боялись…

– Нет, это вы бросьте! – продолжал не нервничать Порфирий Петрович. – Кого вы предлагаете бояться? Вас что ли?

– Не надо перевирать, – качал я головой, – не нас, а вас нужно бояться…

Я чувствовал, что он ловко затягивает меня в свои сети, и что на смену этим сетям грядут новые, еще более чудовищные снасти.

– Вот вы предполагаете, что вас пытались отравить ряженые казаки за ваши убеждения и конкретно за то, что ваша жена их снимала на видео, когда они кверху жопами разматывали красную дорожку для закрытия фестиваля. Верно?

– Верно, – согласился я.

– А вам не приходило в голову, что не надо было снимать уважаемых казаков в парадной форме, когда они разматывают красную дорожку…

– Значит, это все-таки они отомстили? – с надеждой спросил я. – Я же не хочу шума. Помните, я начал вообще с того, что, может быть, это уборщица случайно оставила на столике бутылочку для чистки унитазов… Если бы вы поддакнули, все бы свелось к уборщице. А так выходит, что это казаки…

– А так выходит, уважаемый В.В. (он ласково выговорил мое имя-отчество), что это не казаки… – Порфирий Петрович сделал паузу, – это вы сами решили отравить свою жену…

Я потерял дар речи. У меня от негодования задрожали губы.

– Губки-то дрожат, – с удовлетворением отметил Порфирий Петрович. – Сразу видно, что это вы.

– Но позвольте, – наконец вымолвил я, – с чего вы взяли, что я собрался отравить мою жену… Ведь я мог сам первым выпить эту бутылочку, которая стояла вот там, на полке возле мини-бара, а не она, она же красилась в ванной, выпить – и отправиться, как говорит мой брат Андрюша, в гараж. Мои московские приятели-врачи считают, что эта жидкость способна остановить действие почек или сердца – скоропостижная смерть.

– На бутылочке, уважаемый В.В., отпечатки ваших пальцев…

– Ну, конечно, – сказал я. – Я же взял ее, чтобы понюхать, когда моя жена давилась от яда в ванной.

– Ей повезло, что она его не проглотила, – вскользь заметил Порфирий Петрович.

– Значит, вы согласны, что яд был смертельный.

– Вы выбрали яд наверняка.

– Порфирий Петрович! – взревел я. – Кто вас позвал? Кто позвал сотрудников безопасности отеля? Кто поднял кипеж? Я или не я!

– Вы. Что не удивительно, – сказал Порфирий Петрович. – Вы испугались, что жена сама начнет расследование и первой обратиться к нам.

Я стал барахтаться в его сетях. Он это видел. Ему это доставляло удовольствие.

– С какой стати я должен был отравить любимую жену? – уже с чувством ненависти спросил я своего мучителя.

– Как вы верно сказали: любимую жену! Не просто жену, а молодую, страстно любимую жену! Она насколько вас моложе? На тридцать? Или больше? Я знаю, что больше, но вы сами скажите, на сколько.

– Если знаете, то и хорошо, – сказал я беспомощно.

– Ревность! – обронил Порфирий Петрович.

– Я отравил жену из ревности? – завопил я. – Да вы что такое говорите! Вы еще ответите за эти слова!

– Отвечу. Охотно, – улыбнулся Порфирий Петрович. – Вы хорошо знаете фестивальную жизнь. Все кружится, голова кружится, танцы, бары, шампанское. Когда ваша любимая жена пришла в номер позавчера?

– Когда? В восемь утра.

– И как вы ее встретили?

– Я немного рассердился. Я ее прождал всю ночь. У нее мобильный не отвечал.

– А вы говорите: казаки! – вскричал Порфирий Петрович. – Нет, наши доблестные казаки спят дома, а не в чужих номерах…

– Что вы хотите сказать?

Вот они: эти новые сети! Теперь он достал новые сети, и я уже бьюсь в нервущихся сетях.

– Ничего, – сказал Порфирий Петрович. – Давайте сделаем так. Вы ее позовите и поговорите, а я тут на балкончике тихонько посижу. Не для того, чтобы подслушивать, упаси бог, а чтобы вы в Абхазию не сбежали, к своим дружкам… Мы вас знаем…

Я позвонил Шурочке. Она должна была быть в СПА. Она не ответила, по ее обыкновению. Она ненавидела мобильный телефон как поводок, за который мне можно ее дергать… Другое дело – ФБ. Она там жила. Казалось, что она вышла за ФБ замуж. Я дозвонился до дежурной по СПА, и та сообщила жене о моей просьбе подняться в номер. Я ждал ее долго. Она любит копаться. Это меня обычно не раздражало, но на этот раз – да. Наконец, она пришла.

– Ну что, арестовали казаков-отравителей? – весело спросила она.

– Еще нет.

– А чего тянут? Этот бритый, как его, Порфирий Петрович, такой мудак!

Мудак сидел на балкончике и все слышал.

– Знаешь, – сказал я, – следствие считает, что это я тебя отравил.

– Идиоты!

– Из ревности. За то, что ты пришла в восемь утра.

– Кретины. И ты тоже!

– Но ты же пришла в восемь утра… сильно поддатая.

– Ну!

– Где ты была?

– В баре!

– Но бар работает до двух ночи.

– Ну потом мы компанией пошли в номер…

– Чей?

– К Вано.

– К этому грузинскому режиссером, с залысинами…

– Сам ты с залысинами!

– … с которым ты кокетничала.

– Я не кокетничала.

– И кто там еще был, в его номере?

– Компания…

– Назови.

– Я не помню.

– И ты с ним не трахалась?

– Нет… А что, нельзя? Ты трахнул Нинку Буряцкую, а мне нельзя? Вано – во-первых, он хороший режиссер… И потом он мне столько ласковых слов сказал… сказал, как я пахну, ты мне такое никогда не говорил!

– Значит, ты с ним спала?

– Да.

– Кончила?

– Нет. Ты же знаешь: я с чужими мужчинами первый раз не кончаю. Я и с тобой первый раз не кончила!

– То-то я почувствовал, что ты странно пахнешь.

– Ну да. И сказал: ты пахнешь грузином! И я пошла мыться. А потом ты меня трахал, бил по щекам, кричал *сука*! Сука! И мы вместе кончили.

– Сука! – сказал я.

– Да, сука! – обрадовалась жена. – Да, я сука! Мне тридцать лет. Это возраст бешеного траха! Я хочу трахаться каждую минуту!

– Сука!

– А тебе это нравится. Это тебя возбуждает!

– А теперь меня *закроют* за то, что я хотел тебя отравить из ревности.

Она молчала. Я молчал.

– Милый, – сказала она. – Нет оснований. Я с ним не трахалась. Я всё выдумала!

– Но ты пришла в восемь…

– Мы разговаривали о кино… Время пролетело незаметно. Впрочем, в половине четвертого я тебе послала смс: скоро буду!

– Ну, конечно. Я успокоился. Ты пришла в восемь…

И тут я подумал: странный у женщин дискурс. Они говорят не то, что на самом деле было, а выкладывают версии. Версии бывшего или небывшего, когда бывшее переходит в небывшее и наоборот… И вот пять минут назад все было окончательно бывшим, а теперь отменилось и стало небывшим. Самые страшные женские сети! Пострашнее, чем сети Порфирия Петровича. Этого бритого мудака!

– Порфирий! – крикнул я. – Идите сюда! Моя жена не спала с Вано!

Никто не отозвался. Я схватил жену за запястье и потащил на балкон.

– Больно! – крикнула она. – Пусти!

На балконе никого не было. Я даже под журнальный стол из коричневых витых веток заглянул. Прыгнул, что ли? Посмотрел с балкона… Вроде падшего тела нет… не лежит в субтропических кустиках… Порфирий Петрович исчез. Я повернулся к жене:

– Слушай, – сказал я, – скажи правду: ты трахалась или не трахалась с Вано?

21. ДОБРЫЙ ГОПНИК

Когда диктаторы расправились с оппозицией и превратили своих министров, пропагандистов и начальников Церкви в крепостных угодников, открывается время диктаторской дружбы с детьми. Ленин ездил к детям на новогоднюю елку. Улыбчивый Сталин держал на руках на мавзолее белокурую девочку, которая много лет позже была моим преподавателем французского языка в МГУ и признавалась, что Сталин ей не понравился.

Теперь пришло время Великому Гопнику задружиться с детьми. Другие просто не стоят его дружбы и времени. В день знаний, 1 сентября, Гопник встретился в Калининграде с целой командой детей разного возраста. Дети продемонстрировали прекрасную подготовку, они хорошо выучили свои роли.

Мы помним Великого Гопника целующего на площади в Кремле маленького мальчика в живот. До сих пор непонятно, что это было. Но тогда это был еще недозрелый диктатор. Теперь он научился быть, вы знаете каким? – добрым.

Да-да, перед школьниками явился добрый Гопник, который говорил с детьми о любви, преданности, о помощи престарелым и детям-инвалидам, о том, что сила в правде. О политике ну совсем чуть-чуть. Он мимоходом лягнул Ленина за то, что тот отдал «русские» территории Украине, которая, по словам Великого Гопника, никогда не имела государственности и объяснил, что, защищая русский мир, солдаты теряют здоровье и многие гибнут. Вот это и была его сила в правде – действительно, много гибнут. В словах президента присутствовала философия мачо, которая требует от мужчины бороться до конца – непонятно, правда, конца кого?

Великий Гопник и с детьми остался верен себе, своей неискоренимой вульгарности. Он призвал школьников к трудолюбию, которое, оказывается, талант, не *резиновая попа*. Маршак как-то сказал, что если в большом стихотворении появится слово жопа, то из всего стихотворения запомнится только это слово. Видимо, и здесь из всей встречи запомнится только *резиновая попа*.

22. **ОРДЕН ПОЧЕТНОГО ЛЕГИОНА**

Я люблю свою родину. Это у меня иррационально. Любят ведь, как мы знаем, не за что-то, а часто и вопреки, сквозь колючий снег, с похмелья, с возмущением, бестолково, с шапкой набекрень, пританцовывая или подавлено.

Что такое родина? Чем бы она ни была изначально, сейчас это гибрид, смесь страны и государства. Так зачем мне ее любить? У нас с ней несчастная любовь.

А другим, читаешь в газетах, смотришь в новостях, родина прямо все время дарит и дарит какие-нибудь подарки. То в генералы произведет, то народным артистом объявит. И при этом обязательно какую-нибудь медальку к пиджаку пристегнет. А иногда даже орден. Да не один, а несколько. И ордена прямо так и свисают.

Все в орденах на велосипедах ездят, несутся со страшной скоростью, а мы с Шурой стоим и провожаем их взглядом.

– Если тебя, дурня, не посадили, то это и есть твой орден, – говорит Шура. – Поедем лучше в лес. Там родина не так жалит.

Вот я в пятом классе влюбился в Таню Васильеву, и моя любовь оказалась безответной, так я однажды после уроков ее стал даже душить от отчаяния. Она посинела, но осталась, в сущности, жива. Только когда меня позже видела, у нее невольно вываливался язык изо рта. Да, но родина – это вам не толстушка Таня Васильева в школьной коричневой форме. Родина – большая, и язык ее – великий русский язык, его не задушишь. Да и не очень-то хочется.

А тут, вроде бы ни с того ни с сего, звонит мне посол Французской республики и говорит сладким голосом, что Франция наградила меня орденом почетного легиона.

Вот ведь отзывчивая страна! Я, конечно, хорошо отношусь к Франции, но все-таки она мне не родина. И я там на берегах Сены становлюсь кавалером высшего наполеоновского ордена, а моя родина молчит, стиснув зубы.

Узнав о том, что я получил орден, я испугался. Но я не моей родины испугался, не того, что она накажет меня за иностранный орден, хотя это тоже может случиться, а того испугался, что дальше не знаю, что делать. Уже вроде все сделано. Орден выписан. Скоро банкет. А дальше?

Ведь что такое орден? Особенно иностранный. Это же высшая концентрация суеты. Вот ты носишься, допустим, и всех агитируешь любить Францию, потому что не по своей воле ты там прожил какое-то время в детстве и поэтому ты всю природу видишь как сплошной, ничем не разбавленный импрессионизм, а Франция хватает тебя вдруг за воротник, поднимает над землей, ты болтаешь ногами, озираешься в ужасе, и Франция вешает тебе на грудь орден почетного легиона.

И при этом дарит тысячестраничную книгу об истории этого великого ордена, о том, как его носить, как по завещанию нужно передавать его не жене, а сыну. Ну вот, пугливо думаю я, жена обидится. Это надо утаить, а то она сильно обидится, скажет, что ее Франция сознательно унижает.

На радостях я позвонил в Париж своим друзьям, старым анархистам. Франция вообще во многом состоит из анархизма, несмотря на свои ордена. Я позвонил анархисту Франсуа и говорю:

– Франсуа, я получил орден почетного легиона!

Франсуа молчит.

Я говорю:

– Франсуа, ты меня слышишь?

Он мне на это:

– Я тебя не поздравляю.

Теперь я замолчал.

– У нас во Франции, – говорит Франсуа, – считается хорошим тоном прожить жизнь так, чтобы тебе не дали орден почетного легиона. Короче, надо увернуться от него.

– Подожди! – говорю я. – Я же не француз. Мне твои французы дали орден издалека. А так у меня все в порядке. По правилам анархии. Я тоже постарался так прожить, чтобы моя родина мне никаких орденов не дала. Даже медальки не досталось.

Я сел и стал думать, как бы к моему ордену отнеслись родители, которые уже перебрались на Ваганьково. Как бы я их порадовал!

– Папа! – сказал бы я. – Пойдем на банкет. Я получил орден почетного легиона.

А папа бы ответил:

– Как? Только сейчас? Ты же давно его заслужил!

Да, так бы папа и сказал, потому что он всегда был оптимистом. Он был по отношению ко многим вещам оптимистом, и ко мне, в частности, вместе с другими вещами, и это помогало нам жить.

А мама сказала бы:

– Что? Да французы с ума сошли! Они разве не читали, что ты пишешь? Орден почетного легиона за такой стыд и срам!

Ну да, родина поддержала бы маму. Или скорее так: мама заговорила голосом родины. Они сговорились: мама и родина.

Орден, как пыльный мешок суеты, лежал у меня на ладони. Я хотел было от него отказаться, но подумал и назло всем не отказался.

23. **ПОБЕГ ИЗ МОРГА. РИГА. ЧЕГО НЕ ДЕЛАТЬ?**

Среди сотен новых «мертвых душ», знаменитых журналистов и политологов, а также просто честных людей, которых тошнит от вранья, пожилой человек, мой друг, с которым я встретился в Риге, выделяется тем, что он-то и помог практически всем отъехавшим разобраться с самого детства, где добро и где зло.

На его книгах воспиталась Майя, теперь его требует читать перед сном Марианна. У него еще до войны возникла симпатичная квартира в Риге. Получился же теперь некий полуотъезд в знакомый город, где большинство населения говорит по-русски или просто являются русскими.

Но как правильно себя вести, чтобы когда-нибудь безбоязненно вернутся назад?

Называть войну войной или не называть соответственно с требованием Москвы войну за войну не считать?

Затаиться, затеряться или вести себя свободно?

Вернуться, когда горячая война станет холодной, или ждать, пока со сцены уйдет главный герой?

Звонить с русского телефона или не доверять ему?

Подслушивают ли тебя майор или два майора?

Да и вообще – кому доверять?

Назовут тебя на следующей неделе иноагентом или нет? Это зависит от чего? От твоего поведения? От твоей знаменитости? От случайности? А если назовут, что тогда?

Когда война, могут прихлопнуть любого – смерть вышла на волю.

С началом войны все изменилось в секунду. О довоенных временах вспоминают как о райской поре, несмотря на закручивание гаек последних лет.

Шива, как ты там, друг мой?

До нашего путешествия я был в Риге совсем недавно членом жюри на фестивале, когда война уже началась. Меня уговаривали не возвращаться. Но как я мог оставить там семью, предоставить им возможность самим барахтаться с отъездом? Я принял решение вернуться. Кому-то это не понравилось. Когда мой коллега по русской культуре решил остаться в Риге, съехались куча международных журналистов. Телекамеры, вспышки фотографов. Я стоял в пролете дверей и понимал, что, если бы это случилось со мной, семье бы не дали выехать –закон мести. Или я ошибаюсь? Война превратила жизнь в пыль. Но даже в этой пыли на том же фестивале, несмотря на войну, главные премии получили русские фильмы. А жюри было европейским. Там мы и познакомились с эстонкой Тиной. Там мы общались с Дмитрием Муратовым, главным редактором оппозиционной «Новой газеты» и лауреатом Нобелевской премии мира. Он тоже, как и я, вернулся в Москву. Но надолго ли? Ему пришлось приостановить газету до окончания войны – иначе бы ее закрыли. «Все расхищено, предано, продано…» – писала Анна Ахматова в начале 1920-х годов, но она в продолжении тех же стихов видела тем не менее свет – в дружбе, частной жизни, семье. Вот и мы с детским писателем вкусно ели за ужином и пили чудесное вино. Превратившись в сказочника, он читал моим детям свои новые стихи, такие детско-недетские. Шутили. Лаяла чудная хозяйская собака. Смеялись. Потом не смеялись. Война полна слухов и сплетен. Кого-то сняли, кого-то посадили, о ком-то забыли. Запрещена война, но и слово «мир» запрещено. Опять смеялись. Ужасались. Гойя прав: война – сон разума. Каждый день умножает разрыв с довоенной жизнью. Россия вынырнет после войны непонятной, непредсказуемой страной.

24 февраля

Пишу о нем. Не только потому, что он нас всех взял и держит за яйца, а еще и потому что ему было несложно это сделать.

24. ЧЕМОДАН ПУСТЫХ БУТЫЛОК

Счастье живет среди тех народов, на землях которых растет виноград, где с незапамятных времен пьют свое вино и мудростью земля питает мозг.

Два виноградных пояса земли, как ласковый женский купальник, прикрывают самые лакомые части планеты.

Снега и пустыни – это испытания, командировки, а виноградники – дом родной.

Я поднял бокал.

Все это я понял в Грузии. Мы пьем за Грузию, в которой мы находим душевный покой и телесное волнение, переходящее в желание счастья.

Я выпил и огляделся.

Я стоял посреди автобуса. На меня смотрели двадцать пять отборнейших красавиц. В руках у них были бутылки красного и белого грузинского вина. Они пили из горлышка, и капли вина падали на их неприкрытые груди.

Сейчас мы пойдем купаться в эту речку.

В сумерках хорошо купаться.

Но сначала я хочу сделать одно заявление.

Здесь в Грузии я понял, что Бог есть.

Но не только потому, что он здесь такой милостивый и даже разрешает в деревенских храмах курить.

А потому, что, смотрите, год назад меня выгнали из Союза советских писателей. Мне тридцать три года. Я бывший, выходит дело, писатель. И вдруг мне звонит мой младший брат. Он говорит, что он будет руководителем студенток искусствоведческого факультета в поездке по Грузии. Будем смотреть храмы. Вы когда-нибудь видели студенток третьего курса искусствоведческого факультета? О, я знаю, какие храмы мы будем смотреть!

Я приезжаю в Грузию, вижу наш автобус и понимаю, что Бог есть.

Потому что Бог сказал: ты бросил вызов огромной стране, ты пришел из будущего. Ты устал, у тебя кружится голова от переживаний и болит тело. Поезжай в Грузию. Посмотри на мои храмы. Выпей вина. Познакомься с московскими девушками-практикантками.

– Пошли купаться!

– Постойте! – сказал шофер нашего автобуса. – Не бросайте пустые бутылки. Сдавайте ему! – Он показал на меня.

– Почему ему? – удивились девушки, выпившие красного и белого вина Грузии.

– Потому что вчера возле храма я нашел пустой чемодан, – ответил я. – Я буду складывать сюда ваши пустые бутылки. Чтобы они не катались по всей Грузии. Пусть живут в чемодане.

Они стали сдавать пустые бутылки, а я стал их подписывать красным фломастером.

– Катя!

– Полина!

– Карина!

– Таисия!!! – На бутылке Таисии я поставил три восклицательных знака.

Я складывал пустые, выпитые бутылки, одна к одной.

Последней подошла наша грузинская экскурсоводша Кети. Тоже совсем молодая. Она из Тбилиси. Все говорили, что она грузинская княжна и – неприступная крепость.

– Я не сдаю свою бутылку, – сказала она.

– Хорошо, – сказал я. – Не сдавай. Но когда захочешь сдать, не волнуйся. Я приму от тебя бутылку как божий дар.

Она рассмеялась и убежала. Княжна. Все они тут грузинские красавицы – княжны.

Я закрыл чемодан пустых бутылок, один замок был варварски оторван, и пошел в воду. Девчонки прыгали там и мелькали телами. Мой брат кричал:

– Дуры! Не утоните!

На следующий день мы поехали по дороге в Кутаиси.

Мы уже долго путешествовали, осмотрели множество храмов, и у нас кончились все деньги. Порой за нами ехали легковые машины и маленькие автобусы – они громко гудели и требовали наших студенток. Казалась, вся Грузия машет нам руками. Но мы свои бутылки не сдавали. Деньги кончились, а есть хотелось. Был жаркий день.

Начинался женский голодный бунт. Я сказал шоферу припарковаться у кафешки среди холмов возле ручья. Автобус остановился, устало выпустив воздух. Несмотря на то, что это был Советский Союз, кафешкой управляли два брата грузина как своей собственностью. Я пошел с ними договариваться.

Я сказал им:

– Братья. У нас нет денег. Но наши студентки ужасно голодные. Дайте им что-то совсем простое, какой-нибудь незамысловатый хачапури и простой воды из ручья.

Девки вылезали из автобуса, одна за другой, два грузинских брата смотрели на них, как будто это было кино.

Они ушли на кухню, а мы сели у ручья и стали ждать хачапури.

Сначала нам ничего не несли. А потом вдруг принесли несколько бутылок «Хванчкары» и стали разливать по бокалам.

Я вскочил:

– Зачем вино?

– Не волнуйся, – сказали братья. – Это – ничего.

Ко мне подошел шофер автобуса.

– В крайнем случае, сдадим им чемодан пустых бутылок. Тоже все-таки деньги.

Не успел я ему ответить, как на деревянные столы, похожие на большие пни, братья стали метать еду. Там было всё: помимо хачапури, тарелки, полные харчо, цыплята-табака, шашлыки, и лобио, и лепешки, и всякая зелень.

Девки радостно бросились все это мести и запивать небережливо «Хванчкарой».

Они ели и пили, пили и ели, потом съели десерты, какие-то неземные торты, потребовали у братьев еще вина, кто-то из них полез купаться в ручей.

Я в ужасе смотрел на происходящее. Чем платить? Обед стоил явно больше, чем сто чемоданов пустых бутылок.

– Что делать? – сказал я моему младшему брату. – Наверное, они хотят кого-то выловить из ручья. Ну не форель, конечно. Пойдем договариваться.

– Я не пойду, – сказал мой брат. – Я – официальное лицо университета. Иди ты!

Я пошел к братьям. Я шел и думал, кого бы им предложить. И Катя могла бы с удовольствием с ними покупаться в ручье. И Таисия. Ах, Таисия с тремя восклицательными знаками! Да, Таисия могла бы даже с обоими братьями справиться. Таисия! Точно! И даже еще на меня ее бы хватило.

Я подошел к братьям, смеясь.

– Знаете что, – сказал я. –У нас в автобусе есть чемодан пустых бутылок. Это весь наш денежный запас на сегодня. Расскажите, что вы от нас хотите.

Вдали в кустах засел Бог. Он раздавал округе девичьи визги, и с его подачи мелькали груди с нежными розовыми сосками. Слышался перестук винных бутылок. Таисия присела в сочной траве на корточки и, посылая мне бешеные воздушные поцелуи, вместе с подружками продолжала бухать.

Братья посмотрели на меня и сказали спокойно:

– Это – подарок!

Я ушел от них, пораженный до глубины души. Я же говорю, что у Грузии есть особенный Бог.

Наш пьяный автобус поплыл к морю.

Княжна Кети с черными волосами подошла ко мне:

– У меня тут в деревне живут родственники. Они зажарят поросенка. Приходите вдвоем с братом.

Мы пришли, когда солнце уже село в море и были только видны на небе его возбужденные красные лучи. Поросенок сидел под большим тазом посередине двора и шевелился.

Родственники княжны стали вести со мной всякие разговоры о пользе курения. Они сказали, что у них тут есть бабка 95 лет, которая потому и живет, что много курит. Я не поверил – так они привели мне бабку, которая курила сигареты «Космос» в синей упаковке. Она сказала, что сигареты хорошо действуют на голову и на сердце. Она держала сигарету в крепких пальцах и глубоко затягивалась.

Как сели за стол, тамада сказал, что сегодня будет соревнование. Кто кого перепьет! Все будут пить белое местное вино. Мы его сами делаем. Пьем вот так. Наливаем в стаканы вино. Я произношу тост и – до дна!

Ко мне: понятно?

Тост повторяется каждые три минуты.

Я встал и подошел к Кети.

– Это ты придумала? – спросил я.

– Да, – улыбнулась она.

– А если я выиграю?

– Я буду рада, – сказала княжна.

Женщины принесли еды, салаты, потом и поросенка с румяной кожицей. Сами они не сели за стол в этот раз. Соревнование было сугубо мужским.

– В туалет тоже нельзя ходить, – предупредил тамада. – Кто выйдет из-за стола, тот уже не возвращается.

За столом сидели человек пятнадцать. Такие краснощекие умельцы пить вино. Средних лет. Но были и молодые. Напротив меня сидел хозяин дома – сильный винный боец. А с угла – его сын. Крепкий парень.

– Они шутят, – утешил меня мой младший брат. – Игра развалится очень скоро.

Мы стали пить под тосты тамады. Вино лилось в граненые стаканы. Из стаканов – в глотки.

Тосты были скорее техническими, в основном про дружбу. Видно было, что соревнование постепенно засасывало людей. Они перестали переговариваться. Они запрокидывали граненые стаканы, ставили мягко на стол и краснели еще больше своими красными щеками.

Мы выпили по десять стаканов. Вино было молодое, задорное, сухое, но все-таки чуть-чуть сладковатое. На двенадцатом стакане пара людей ушла и не вернулась. Соревнование продолжалось. Кети смотрела издалека, сидя на стволе поваленного кедра. Мы пили дальше. Тосты стали все более и более расплывчатыми, но все равно про дружбу. Небо почернело. Двор был ярко озарен. Мы пили.

Мы выпили двадцать стаканов. Ряды поредели. Люди вставали и уходили молча. Без комментариев. Я чувствовал, что мое тело становится не тяжелым, а наоборот, почти невесомым, но голова существует как бы отдельно.

Двадцать пять стаканов. Мое горло отзывается на некоторое количество сахара в вине. Оно становится луженым. Тосты я перестал слышать, хотя всеми силами кивал и поддакивал им.

Тридцать граненых стаканов.

Вдруг пропал тамада. Взял и пропал. Нас осталось шестеро. Хозяин, сын хозяина, мой младший брат, я и два незнакомых человека с лучистыми от вина глазами.

Хозяин сам взялся быть тамадой.

Тридцать три стакана. Лучистые люди ушли. Нас осталось четверо.

На тридцать пятом стакане сын хозяина запрокинулся и полетел со стула через спинку в траву. Никто не пошевелился.

На тридцать шестом тихонько ушел мой младший брат.

Мы остались с хозяином.

Он налил, чокнулся, выпил и сказал:

– Ну всё.

Это было предложение ничьи.

– Я пью за ничью, – сказал я.

Он не поднял следующий стакан. Он с нежностью смотрел на меня. Он был пьян и доволен своим гостем.

Я выпил тридцать седьмой стакан. Один.

Встал.

И на своих ногах пошел в свою комнату. Окно выходило на море. У дверей я споткнулся о чемодан пустых бутылок.

«Зачем шофер мне его сюда принес?» – туманно подумал я.

– Это я попросила его принести, – сказала Кети. – Чтобы ты чувствовал себя победителем. Молодец, – продолжала она, – Ложись. Я буду тебя лечить.

Я смотрел на нее лучистыми от вина глазами.

– Тридцать семь! – сказал я.

– Я знаю, – кивнула она.

Дальше я ничего не помню. Грузия – это единственная страна в мире, откуда меня много лет позже депортировали.

25. **ИВАН-ЦАРЕВИЧ**

Да, в отличие от более-менее разумного в своей основе Запада, Россия – волшебная сказка. Роль царя в нашей сказке сегодня исполняет Великий Гопник. В русской сказке народ обожает царя, а это значит, что в наше время он голосует за него на выборах.

Но как бы народ ни любил своего царя, всему есть предел. И на этот предел указал Иван-царевич. В своей оппозиционной деятельности он с некоторых пор стал превращать народного царя в Кощея Бессмертного. Эту ипостась сказки народ не любит. Но что делать: помимо того, что царь совершает ошибки, он – увы! – еще и стареет. А наша сказка за Кощея голосовать не будет. А кто подсказывает народу про жадного и бессердечного Кощея Бессмертного? – Наш другой сказочный герой, претендент на престол.

Сказочный царь, как и полагается монарху, объявил наш народ белым и пушистым, мы – лучше всех. Но при этом с самого начала его правления идет постоянное завинчивание политической гайки. И против него, против ОМОНА и Росгвардии, против всех силовиков и примкнувшим к ним подхалимам выступает совершенно безоружный Иван-царевич. Впрочем, нет. У него, как водится в сказке, появился серый волк в виде фонда борьбы с коррупцией, который набрасывается на воровство и государственный грабеж. И пока Иван-царевич воевал с коррупцией, он был даже выгоден Великому Гопнику. Кремлевские бояре молчали. Каждый из них мог оказаться под подозрением, если не под катком оппозиционера. В какой-то момент Иван-царевич даже как будто помог Великому Гопнику избавится от либерального конкурента. Конкурент надолго заглох после разоблачений.

Иван-царевич перешел политический Рубикон, когда придумал и стал осуществлять тоже довольно сказочный план «умного голосования». Голосуй за кого угодно, только не за партию царя. Проект оказался довольно дурацким, но потенциально болезненным для власти. Глядишь, наша сказочная Дума перестанет быть бесперебойным инструментом царской власти, если туда зайдут даже несколько независимых людей. И глядишь (волнуются царские друзья) – завалится вся Россия!

Вот здесь-то и прозвучал первый выстрел. Со стороны царя. Наш царь – безгрешен. Он – вдумайтесь! – за годы правления не совершил (по своему мнению) ни одной ошибки, а уже тем более подлости. Все беды России – от Запада и пятой колонны. Ни к чему плохому царь не причастен. Но Иван-царевич думает по-другому. Он настраивает народ против Кощея Бессмертного – значит, настало время Кремлю убрать претендента.

За царевичем давно охотились его враги. Обливали лицо зеленкой, тащили в суды по разным поводам, начались посадки, посадки, посадки. Но наш сказочный герой не испугался, стал богатырем, набрал политического веса.

Вот тогда и раздалась команда: убрать!

Кремль запутался в своих соображениях, что случилось с Иваном-царевичем, почему он почувствовал себя плохо в самолете, почему впал в кому. Есть разные кремлевские версии. Озвучивали версию, что он страдает хронической болезнью. Или – он притворялся. Ну тогда Иван-царевич – гениальный актер. Он играл отравленного даже в коме, на грани жизни и смерти. Много дней… Есть версия, что он сам себя отравил. Это сказочная версия, сродни гоголевской истории об унтер-офицерской вдове, которая сама себя высекла. Есть версия, что это сделали соратники Ивана-царевича, чтобы создать сакральную жертву. Наконец, есть версия, что его отправили уже на Западе. Царь же с коварной усмешкой высказался публично в том роде, что, если бы хотели убить – убили бы. Вот это поистине царский ответ!

Чем отличается жизнь в России от жизни на Западе? И там и у нас – жизнь – бег на дистанцию. Испытание. Но если на Западе это просто бег, то у нас – бег с препятствиями, и мы много времени отводим в жизни на преодоление препятствий, больше боремся с препятствиями, чем бежим. Целью Ивана-царевича было простое сокращение препятствий на пути русского бегуна. Власть же, напротив, предлагает новые препятствия. Вот суть конфликта.

В России побеждает тот, кто оседлает символ. Придя в себя в берлинской клинике, куда отправил его царь с перспективой вечного поселения на Западе, Иван-царевич провел расследование своего отравления и практически доказал, что царь не прав. Хотели убить, да, но не убили, потому что система сгнила. Промахнулись. Иван-царевич получил в подарок символ отравленных трусов и показал сказочных преследователей-отравителей (кропотливая работа по сбору материалов из интернета!) в своем ролике из Берлина.

Великий Гопник – коллекционер сказочных приключений. Ездил на сивке-бурке, лихом коне, с голым торсом. Спускался на дно морское в поисках сокровищ. Выловил перед очередными выборами щуку – это сказочный знак победы. Он вообще сакрализировал тему победы, как реальный царь. Он хочет войти в вечность как царь-победоносец.

Но Иван-царевич отвел ему роль царя-отравителя. На сказочном пространстве началась настоящая битва богатырей. Иван-царевич ударил царю по лбу роликом о чудовищно роскошном дворце. С винными полями вокруг. Хоккейным стадионом, зарытым под землю. Там и читальня есть, правда, кажется, без книг. Золотой итальянский ершик точно есть, а что царь читает, кроме донесений, я не знаю.

Иван-царевич рассчитал точно. Вернулся туда, где его отравили, то есть на родину, и был тут же схвачен своими отправителями… как мошенник, за прошлые придуманные экономические преступления. Самолет сел не в том аэропорту, где ждали его сторонники, а в другом – где его ждала полиция. Сказочно трогательная сцена прощания Василисы Прекрасной с мужем производит сильное впечатление.И уже когда Иван-царевич в тюрьме, выходит ролик о дворце.

Это сказочное самопожертвование. В плену у царя открытый и беспощадный вызов царю. Что царю делать?

Сажать надолго? Снова убивать? Вот ведь геморрой! И то, и другое вызовет окончательное превращение царя в Кощея. Ему это надо?

Единственный путь – созвать совет. Царь терпеливо выслушал болтунов. Он предложил прекрасный выход из положения. Пусть решит независимый суд. А мы подчинимся его решению. Сатрапы вышли, пораженные мудростью царя. Царя стали донимать звонки с Запада. Звонили разные президенты, большие, маленькие, толстые, тонкие. Все просили освободить Ивана-царевича. Всем Великий Гопник пообещал, что независимый суд разберется. Все сказали: спасибо!

Я не исключаю, что царь, превращающийся в Кощея Бессмертного, в случае своего поражения может обнаружить в себе комплекс Герострата и испытать желание разрушить весь тот мир, который не захотел ему подчиняться. Речь идет не о внутренних терках, а о тотальном столкновении. Ядерных средств для этого у него предостаточно.

Наступил день независимого суда. Мундир и мантия царской власти летали по воздуху вокруг клети, где сидел на цепи Иван-царевич. Иван-царевич произнес речь. Он призвал коллективного Ивана-дурака не подчиняться незаконным требованиям власти. Он призвал Ивана-дурака не бояться, а смело выходить на улицы в защиту своих прав. В зале сидели представители четырнадцати иностранных государств. Они едва удерживались от аплодисментов. Мантия и мундир пытались заткнуть глотку Ивану-царевичу, но тот докричался до народа. На голову Ивана-царевича упал каменный приговор. Весь центр города запрудили полицейские машины еще задолго до приговора.И к гадалке не надо было ходить, чтобы понять, что все кончится плохо. Но никто не знал, что кончится совсем плохо. Думал ли он до суда, что победят либеральные сатрапы и он оправится домой к Василисе Прекрасной под домашний арест есть тещины голубцы? «Ладно, – сказал себе наш герой, – Кощей Бессмертный пока остается в роли царя. Временно бессмертный. А дальше Россия сделает свой выбор».

Даже в лагере он не сдался. Либералы спорили. Зачем он вернулся? Плохой или верный расчет? Забудут его в тюрьме, переломают. Или он станет в перспективе новым Манделой? Поздней ночью в его скорбную клеть вошли двое мужчин. Великий Гопник и Маленький Ночной Сталин. Они надругались над героем. А потом вынули из него душу.

26. **МАВЗОЛЕЙ**

В серый ноябрьский день, когда с неба валит снег, но до земли долетает дождем, мы идем. Темнеет. Справа меня ведет под руку анти-жена Шурочка, слева – младшая сестра О. Ее терракотовый шарф хлещет меня по лицу. Пятясь спиной, со шведским фотоаппаратом в правой руке, Артур-Горемыка, держа левой рукой черный зонт над головой, криво щелкает нас.

Выстрел!

Артур опрокидывается на спину. Черный зонт скачет по брусчатке в сторону Спасской башни. На ней ни звезд, ни орлов, даже ворон нет. Куранты без стрелок. А как иначе?

Стрелки стреляют с колена, как мальчики-юнкера. Мы бежим. Девчонки держат меня под руки.

– Пустите!

Но нет – они меня тащат и тащат. Мы бьемся о сырые двери мавзолея.

Я с удивлением вижу, что вместо имени Ленина на фасаде мавзолея выведено название моей родной страны. Двери морга распахиваются со скрипом. Мы – вниз. Нас заносит на поворотах. Кто там на одре? Нет, не Ленин. Женщина. Лежит, нехорошо усмехаясь.

– Мама, – бормочу я.

Девчонки подхватывают меня и запихивают с головой под мамин саван. Я чувствую маму.

– Мама, привет. Прости. Подвинься, мама!

– Что ты придумал! – возмутилась она.

– Мама, – горячий шепот, – мы до сих пор обмениваемся в семье рецептом твоего лимонного пирога. Твоя творожная пасха с цукатами, пирожки с мясом, курица под миндалем бессмертны.

– Что ты несешь! Ничего себе бессмертие – пасха с цукатами!

– Мама, твоя автобиография «Нескучный сад» до сих пор вызывает споры. МИД в шоке. Это – прекрасно! Мама… я люблю тебя… мама...

– Что тебе надо?

– Мама, спаси меня!

Наши преследователи пробегают мимо, не замечая нас. Мы лежим ни живы, ни мертвы. Голоса гаснут. Об этой ли победе, мама, мы с тобой мечтали? Я осторожно вылезаю из-под савана, спрыгиваю на пол и бегу в сторону распахнутых дверей. Нет, весь я не умру. Ничего умнее я не могу придумать.

27. ЭПИДЕМИЯ ГЛУПОСТИ

Ой-ой-ой! Что означает вся эта дурацкая история? Или я заболеваю? Слабоумие, скудоумие, маразм, Альцгеймер? – широкая платформа идиотизма. Не важно! Я написал Эразму Роттердамскому гневное письмо:

«Дорогой Эразм,

Зачем ты, старый голландский петух, воспел глупость, которая захлестнула весь мир? Если бы ты не кокетничал с ней, мы бы не имели сейчас ее выхлоп!

Прости за откровенность, но это именно ты взял Глупость за руку и привел в наш мир как царицу и победительницу. Под видом шутки, желая похвастаться своей хваленой ренессансной свободой, ты льстил ей как лукавый царедворец, понимая, что обманываешь всех. Но зато, считал ты вместе с твоим адресатом Томасом Мором, это будет веселый праздник, свежий взгляд на вещи, перевернутое воображение. Я и сам увлекся твоей книжкой, которая словно случайно, как курица из-под колес телеги, выскочила у тебя из-под пера и прославила тебя на века больше всех твоих академических глупостей.

Ты зачем банализировал глупость?

Я хохотал, как безумный, над твоим высоким глумлением над человеком, которое, как мне теперь кажется, было всего-то продиктовано твоим отклонением от веры, сомнением в целях бытия. Весь твой карнавал бесстыжих старух, нелепых суждений, абсурдных идей и распрей казался мне последним словом разума. Но прошло время, и ты оказался слишком прав, так что хохот, как бараний жир, застыл у меня на губах. Так не лучше ли тебе, открывшему дверь Глупости, поискать теперь средство для ее если не уничтожения, то хотя бы обратного хода? Загнать ее назад в клеть и показывать ее в зверинце, а не числить хозяйкой вселенной!»

«Мой русский критик!

Откуда этот фамильярный тон? Мы с вами, в сущности, незнакомы, а вы мне тыкаете, как мальчишке! На самом же деле, мальчишкой выходите вы! Безумец, как можно бороться серьезно с Глупостью? Это же чистая глупость – бороться с глупостью! Над ней можно смеяться, но не более того! Иначе вы впадете в невыносимый морализм, что, впрочем, не удивительно, потому что он свойствен вашей национальной литературе!

Опомнитесь и прощайте.

Эразм.»

«Многоуважаемый Эразм,

Ради Бога простите за грубость – я и не мог предположить, что мое письмо дойдет до вас. Честно сказать, я писал в пустоту или, может быть, самому себе, потому что глупость распространяется с невероятной скоростью, а как ее остановить, непонятно. Из какого уголка Вселенной вы мне ответили? Или это какой-то идиотский интернетовский троллинг? Но если троллинг, то я отказываюсь участвовать в балагане. Мертвые не пишут. Извините.»

«Дорогой русский человек!

Ну что же вы сразу впадаете в отчаяние! Троллинг! Троллинг! Причем тут это? Неужели у вас не хватает воображения представить то измерение, где я способен существовать. Если уж вы обратились ко мне с вопросом о глупости, то объясните, что вас конкретно так взволновало.»

«Дорогой Эразм,

Давайте на чистоту. Если вы не подсадная утка, то кто вы теперь, через 500 лет? Что вы знаете о наших делах? Насколько они вас волнуют? От этого зависит наша дальнейшая переписка.»

«Дорогой русский друг,

Поймите меня правильно: проект человека включает в себя глупость. Успокойтесь и живите с этим дальше.»

«Дорогой Эразм,

Я бы рад жить с Глупостью, но она вышла из берегов. Вы знаете, что такое цунами? Так вот Глупость стала цунами. Она сметает все на своем пути. Вы большой шутник! В шуточной манере вы восславили глупость как двигатель жизни и прогресса. Но вот прошло полтысячи лет, и ваша очаровательная Глупость стала реальной царицей мира.

Глупость никогда не приходит одна. Она идет под руку с ненавистью. Она жеманно идет в обнимку с тщеславием. Она дружит с агрессией. Однако у вас, Эразм, глупость – союзник любви, гедонизма. Конечно, глупость сохранила свойство любовной смазки. Но ведь все дело в балансе сил. При вас глупость работала на прогресс, поскольку противостояла звериной догматике. Теперь же она – союзник энтропии.

За последние 500 лет, прошедшие после вашей смерти, главным вектором развития человека стала утрата его знания о самом себе. Чем больше он узнавал о мире, тем меньше видел самого себя. Возможно, это началось именно в ваше время, и ваша книга оказалась не только первой по счету, но и пророческой. Я не хочу сказать, что раньше, до вас, человеком руководила мудрость. Но человек жил в клетке догм и потому не мог распоясаться.

Свобода чувств сделала его глупым. Но не только! Свобода ума тоже привела его к глупости. Если человек – мера всех вещей, как утверждает Европа, то это путь к глупости.

Но и диктатура, требующая от человека служения, основанная на страхе, она тоже ведет к глупости. Выходит дело, мы окружены глупостью, мы в блокаде, и кольцо сопротивления сужается. Да и как оно может не сжаться, если глупость до последнего времени была вездесущей невидимкой, которая не рассматривалась как глобальная угроза?

И только теперь, когда глупость стала бактериологической болезнью, не менее ужасной, чем соответствующая бомба или чума, когда на всем шарике стали помирать от глупости миллионы людей, только тогда спохватились.

Не поздно ли?»

«Дорогой русский друг,

Довольно странно с вашей стороны не заметить, что прародительницей глупости является ваша страна, которая давно замечена в любви к бестолковому поведению. Именно в ваших краях ум считается проявлением дьявола, вами глупость возводится в добродетель. Пока мы философствовали в Европе, пока на Востоке рассуждали мудрецы, где были вы?»

«Дорогой Эразм,

Бог с тобой! У нас была великая русская литература. Вот наши западно-восточные философы-мудрецы! Вот тебе настоящее приглашение к диалогу – их книги.

Как сделан человек?

Русская культура, которая больше всех хочет воевать с энтропией, достигла ничтожных результатов. Она переоценила возможности человека и надорвалась. Она предложила идеальные решения вместо туманных компромиссов западной жизни. Русский мир – пример того, как нельзя жить. Он до предела пропитан нежизненными конструкциями идеального существования, будь то царского, советского или нынешнего, патриотического извода. В России глупость развелась со времен утопического сознания, когда реальное невозможно, а невозможное реально.»

Ответ Эразма:

«Ты что самый умный что ли?»

«Дорогой Эразм,

Глупость – существенная часть всеобщей энтропии. Раньше она сдерживалась. Теперь, во времена прямой демократии и бесстыжей диктатуры, она стала править миром.»

Эразм: кем сдерживалась? Сословными ограничениями? Ты хочешь вернуться к ним?

Я: Нет, я за умную демократию.

Эразм: Что это такое? Правление умных? Очередная утопия.

Я. Молчи! Кто ты такой? Скопец! Неудачливый монах! Вместе с Томасом Мором – близорукие гуманисты. Что ты делал во Флоренции? Прошел мимо Леонардо и Микеланджело. Даже не познакомился. Ну какой ты авторитет! Ни католик, ни протестант. Кто ты? Смерть в Базеле…

Эразм. Дурак!

Я. Из-за тебя я ползаю на брюхе перед хозяйкой Глупостью, которую ты воспел, и умоляю пощадить.

Эразм. Ты думаешь, что кончилась культура, а она только взялась перерождаться.

Я. Что ты! Америка глупеет на глазах. Колумба сбросили с пьедесталов.

Эразм. Идет новое поколение, оно оплодотворит новую культуру.

Я. Paroles… paroles…

28. **БАНЯ**

Однажды Маленький Ночной Сталин и Великий Гопник пошли в русскую баню. Отхлестав друг друга березовыми вениками, задымились на славу. Восстали все члены, они разоткровенничались.

– По-моему, ты похож на *дрочуна*, – присмотрелся к своему голому последователю Маленький Ночной Сталин.

– Что? – не понял Великий Гопник.

– Дрочил в юности?

– Чем это я похож?

– Лицо у тебя такое.

– Лицо как лицо, – с обидой сказал Великий Гопник.

– Как всякий мастурбатор, ты слишком часто обижаешься.

– Но мне теперь все доступно! Кого захочу трахну, кого захочу замочу. Я не представляю, как мир может жить, когда я умру. Я утащу всех в могилу.

– Зачем? – дивился Маленький Ночной Сталин.

Великий Гопник ушел от ответа, поменял тему разговора:

– Говорят, вы бросились в могилу за гробом вашей первой жены…

– Бросился. А ты бы не бросился? Онанисты не бросаются в могилы.

– Расскажите про 1937-ой.

– А что там случилось?

– Ну. Репрессии. Много народа погибло.

– Надо было пустить гнилую кровь.

– Я так и думал, – мотнул шеей Великий Гопник.

– В конце концов все равно гнилая кровь победила.

– Как это?

– А у тебя разве не гнилая кровь?

Маленький Ночной Сталин заглянул в сортир и вышел оттуда с золотым ершиком.

– Совсем ты, парень, зажирел! – окропил он ершиком младшего товарища.

Великий Гопник принялся стирать с лица сомнительные капли.

– Это не мой ершик, – утирался он. – Тут все не мое.

– А чье?

– Я не знаю, – с готовностью отозвался Великий Гопник.

Маленький Ночной Сталин осмотрелся. Бассейн, купель, витражи, изображающие экстазы плодородия.

– Народ тебе этот ершик знаешь куда засунет?

– Не мучайте меня… – захныкал, как в детстве, Великий Гопник, а сам хмуро подумал: «То же мне моралист нашелся!» Он уже жалел, что пошел в баню с кумиром.

– У меня великая идея была, – провозгласил Маленький Ночной Сталин, как будто подслушал мысли младшего товарища. – А у тебя что?

– Сверхдержава. Иду по вашим следам. Но молодежь дурит.

– А ты бей! Не жалей! – вскричал Маленький Ночной Сталин.

– Я не жалею, – сказал Великий Гопник. – Но боюсь, что к вам они не вернутся.

– Как это не вернутся? – удивился Маленький Ночной Сталин. – Ведь у нас в стране все построено по сталинским принципам. Каждый начальник, даже не догадываясь об этом, мой человек. Каждый глава семьи хочет держать родню в кулаке. Куда я от вас денусь?

Маленький Ночной Сталин с досады бросил золотой ершик на пол, махнул рукой:

– Пошли еще попаримся!

29. ЛИТЕРАТУРОВЕД

Шурочка умеет включить интуицию и отличить хорошую книжку от плохой буквально по нескольким первым строчкам. Вот она берет и читает: *Все счастливые семьи похожи друг на друга, каждая несчастливая семья несчастлива по-своему.*

– Что за бред! – возмущается Шурочка. – Говно какое-то. Кто написал? Неважно! Дрянь!

30. НАШИ РАЗНОГЛАСИЯ

О. устроила арт-провокацию. Ее идея: Россия – большой труп. Россию нужно заморозить, чтобы не воняла. Государство занимается тем, что имитирует жизнь России.

Наши разногласия с либералами связаны, однако, не с оценкой режима, а – населения.

Беда либералов в том, что они неустойчивы в своих мнениях о народе. Но эта беда лишь на первый взгляд. Именно неустойчивость в этом вопросе помогает им сохранять свой либерализм. Они считают, что народ достоин европейской демократии и честно борются за свободные выборы. Выборы, однако, оказываются нечестными. Но даже при нечестных выборах видно, что народ не хочет голосовать за демократию. Тогда возмущенные либералы обзывают его быдлом.

Значит, если ты не веришь в народ, то что тогда делать в политике? В конце 1990-х многие реформаторы, разуверившись в народе, ушли в цинизм – в сторону богатой частной жизни. Между мечтой и реальностью возникла тема просвещения. Долгосрочная и скучная тема. Особенно там, где нет исторических корней для демократии.

Потосковав пару месяцев и столкнувшись с новыми чудесами власти, либералы вновь начинают стремиться к освобождению народа. Невольный самообман. Но он спасительный для либеральной идеологии, иначе бы она не могла существовать.

Моралисты считают меня порнографом, порнографы – эстетом, эстеты – экзистенциалистом, экзистенциалисты – гедонистом, а гедонисты – моралистом.

31. **РАССТРЕЛ**

Городишко Гао на востоке Мали – одно недоразумение. Он разлинован, как Манхэттен. В нем есть ресторан La Belle Etoile, но это не мешает ему быть захолустьем. В Гао самый *рогатый* рогатый скот. Он не боится машин. Я потер воспаленные глаза. Ночная Африка – континент беспощадного неонового света. Обложившись керосиновыми лампами, я медленно перечитывал перед сном роман Достоевского «Бесы».

Арабообразный водитель сдал нас полиции на опасном в военном отношении участке дороги Гао – Неомей, возле границы с урановой республикой Нигер без всякого сожаления. В порядке аргументации против нас он привел наши паспорта, в которых не значились въездные и выездные визы не только из Томбукту, но даже из Гао.

– Да вы что! Вопреки всем уставам!

Сержант покачал головой.

– Да вы не простые пассажиры! Вы – журналисты!!!

Сержант сделал большие глаза и объявил нас врагами малийского народа.

– Ce n'est pas sérieux, ça, – пробормотал я фразу, оскорбительную для каждого уважающего себя африканца.

– Да у вас и паспорта фальшивые! – вдруг выкрикнул он мне в лицо, вращая глазами.

С каждой минутой он накалялся все сильнее. Он говорил, что у него нет никакой возможности держать нас под стражей, поскольку у него нет охраны и что самое разумное дело – нас умертвить и трупы отправить в Бамако на экспертизу. Он предложил мне согласиться с его проектом как наиболее гуманной акцией. До границы оставалось всего пять километров, и мне стало обидно погибнуть зазря.

Однако шофер Мамаду не хотел, чтобы я уезжал с тайным знанием, опасным для метафизической безопасности не только Сахеля, но и всей Африки. Если наш чернокожий проводник Сури симпатизировал нам, то Мамаду был воплощением ненависти. Когда он отошел пописать, а сержант пошел к проезжавшему грузовику, чтобы украсть дрова на костер, Сури шепнул мне, что с Мамаду нужно поговорить на языке африканского братства.

– У Африки пока нет будущего, – заметил Сури, человек двух миров.

«Отчего шофер плох? Отчего хорош Сури?» – взгрустнул я.

С точки зрения мусульманства, Мамаду писал еретически, потому что он писал стоя, а не сидя на корточках. Пописав, он немедленно совершил омовение члена из пластмассового чайника с веселенькими полосками и повернулся в нашу сторону, цинично застегивая штаны.

– Мамаду, – сказал я, – предложи сержанту деньги.

– Я не твой раб, – отвечал араб, – чтобы выполнять твои команды.

Я видел, как сержант, зевая, ушел за рожком «калашникова», чтобы нас расстрелять.

– Мамаду, – сказал я, – в этой истории есть только два раба: она и я. Вот тебе моя братская рука. Выручи.

– Я спросил небеса и Бога, – сказал Мамаду, – и они мне ответили: нет!

Вернулся сержант с автоматом. Вид у него был свиреп и ленив. Скотоводы – равнодушные убийцы.

– Ну что, пошли? – сказал он.

Мы зашли за угол дома. Сержант выстроил нас у белой бетонной стенки. Габи стала презрительно улыбаться. Она схватила меня за руку. Казалось, это ее успокаивало. Я стал тоже кое-как подражать ей в презрительной улыбке, хотя мне не очень хотелось держаться за руки. Женская любовь не боится смерти, не то, что мужская. К тому же сердце мое в то лето принадлежало Лоре Павловне.

Сержант поднял дуло автомата. Мамаду с удовольствием встал в стороне, изображая любопытную толпу. И тут вдруг зазвонил в кармане мой мобильный. Сержант был не против, чтобы я ответил.

– Здравствуйте, – раздался на том конце мира звонкий женский голос. – У вас есть минутка? У нас в ресторане «Минин и Пожарский» на проспекте маршала Сокологорского появились свежие средиземноморские устрицы. Белон! Номер один и номер два! Приезжайте!

– Я в Африке, – сказал я, глядя в дуло автомата, которое глядело на меня.

– В Африке? Значит, вы не а Москве? Хорошего дня! – прокричал голос и рассоединился.

Габи тем временем демонстративно глянула на часы: ее всегда раздражало, что я с кем-то посторонним говорю по телефону в ее присутствии.

Сержант щелкнул затвором. Как водится, сцена расстрела обросла ненужными жанровыми деталями: блеяли овцы, кукарекали петухи, вдалеке прыгали дети, было жарко.

– Подожди! – к нам со всех ног бежал Сури. Вид у него был растрепанный. – Расстреляй лучше меня!

Сержант в недоумении оглянулся.

– Твоя бабушка – сестра моей бабушки! – кричал Сури. – Застрели меня!

– Какую бабушку ты имеешь в виду? – заинтересовался сержант.

Они заговорили о чем-то своем.

– Mon amour, у меня красивые волосы? – спросила Габи.

Никогда в жизни я не встречал более отвратительных волос.

– Шпрахлос! – ясно ответил я.

Мамаду грязно выругался. Швырнул ключи от джипа на землю и пошел в сторону своей родной деревни. Я выдержал паузу.

– Сколько? – стараясь держаться хладнокровно, спросил я сержанта.

– Почему ты меня *никогда* не целуешь? – молвила Габи.

Мы сторговались на сумме, равной примерно пяти долларам США.

32. **РУССКИЙ КРУЖОК В ПАРИЖЕ**

В Париже сидишь в издательстве и ждешь журналиста. Редакторы тебе несут в пластмассовом стаканчике кофе, за стаканчик трудно ухватиться… еще один горький кофе… Журналист опаздывает. Приходит с независимым видом. Признается с порога:

– Я вашу книгу не успел прочесть – не было времени. О чем она?

Его надо гнать! Но издатель будет недоволен. Краткое содержание. Француз слушает тебя с угасающим интересом. Не успеваю закончить, как он признается: у нас такое писали не раз. Ничего нового. У нас был такой писатель Гюисманс… Дальше его интересуют безобразия нашей общественной жизни – чем красочнее их опишешь, тем лучше. Дальше – до свидания. Напоследок обязательно скажет, что любит Достоевского.

Приезжаешь в Германию с новой книгой. К тебе в гостиницу приходит немецкий журналист. Он уже прочитал книгу, вот он держит ее в руках, в ней куча закладок, подчеркнутые карандашом предложения, заметки на полях. Что? Он прочитал ее дважды! Он не доверяет первому чтению. Ему нужно прочесть еще раз и убедиться, что он всё правильно понял. Попутно он все про тебя прочитал, он знает твои интервью, твою биографию. Он знает твою биографию лучше тебя самого! Он должен обязательно поставить тебя в какой-то ряд, найти тебе прародителей в лице Джойса или Набокова. Он обязательно спросит про Солженицына и будет рад, если ответишь прохладно.О политике он будет стараться говорить объективно, ища во всем, кроме Гитлера, какой-то остаток правды.

Когда к тебе приходит итальянский журналист, ты сразу чувствуешь, что он сам бы хотел быть писателем, но у него нашлись причины, по которым он им не стал, но когда-нибудь он тоже непременно напишет роман. Он признается к любви к русской культуре и скажет, что его мечта – проехать по Транссибу. Он обязательно спросит, ездил ли я, и я признаюсь, что только от Хабаровска до Владивостока, и это скучно – сплошная тайга. Он будет много кивать, что бы ты ни сказал.

Когда к тебе придет американский журналист, то он тебе будет с напором говорить, что твоя книга ему показалась очень интересной, и я скажу: ну да, иначе бы вас не послали, и он смутится на секунду, но дальше даст понять, что есть много стран, которые лучше, чем Россия, и много писателей, которые лучше, чем я, но что делать? – приходится работать с тем, что есть в наличии.

Но хватит. Вернемся к французам.

Жил-был мой друг журналист Д. Французский журналист, с которым я познакомился во времена «Метрополя». Впервые я его видел издалека на книжной ярмарке в 1978 году – осенью в Москве – и он мне показался небожителем. Страшным небожителем. Дотронешься до него – и тебя испепелит КГБ.

На следующий год – год «Метрополя» – он пришел в квартиру покойной мамы Аксенова написать о «Метрополе». С маленьким длинным блокнотом. Мы стали с ним видеться. Он приглашал домой на Кутузовский. Готовил кролика. У него любимым блюдом был кролик. Кролик не прост в приготовлении. У Д. кролик всегда как-то неприятно пах. Но когда он уезжал, и французский посол устроил прощальный обед, Д. сделал мне бесценный подарок: к послу кроме меня был приглашен и Шнитке. Мы познакомились. Впоследствии родилась опера «Жизнь с идиотом».

Потом Д. приезжал время от времени в Москву. Мы виделись. Он верил только плохим новостям о России, но странным образом ее любил. Начались горбачевские перемены. Я стал ездить в Париж. Они жили с женой в седьмом округе – заявка на высшее общество. Но потом переехали на юг Парижа, возле парка. Я часто у них бывал. Он всегда, неизменно подтрунивал над женой. При гостях. Она относилась к этому с привычной растерянностью, не переходящей в панику. Он заболел – растолстел, обрюзг. Потом подлечился. Я встретил его в Берлине.

Я выступал на очередной конференции «Восток-Запад». Я осторожно осудил не только Восток, но и Запад, сказал, что Запад живет кое-как, потеряв Бога. Мы куда-то пошли поесть, и Д. сказал, что я выступил хорошо, но причем тут бог? Он научился готовить кролика. Кролик перестал плохо пахнуть. У них всегда были вкусные сыры.

Вечер начинался с шампанского. Под меня собирались журналисты, которые были когда-то корреспондентами в Москве. Они тоже не допускали хороших вестей о России, приход Великого Гопника был доказательством их правоты. Я рассказывал им, что наши силовики похожи на борщевик. Такие же высокие, мощные, неунывающие. Журналисты хохотали. Россия по-прежнему волновала их.

Здесь не пили русской водки. Вечер заканчивался эльзасскими настойками. Здесь не было ни пельменей, ни щей. Ели только французское. Обожали русскую бестолковость, алогичность, глупость. Собирались и – хохотали.

Это были ценители. Журналисты, которые несколько лет просидели в Москве, понося сначала советскую власть, а потом антисоветскую. Помимо журналистов сюда приходили дипломаты, писатели, просто путешественники. Д. жаловался мне на необъяснимую тягу вернуться в Россию. Ночами он рычал и плакал: ему снились березки, в которых он запутался, как Лаокоон в змеях. Но чем больше он запутывался, тем сладостнее ему становилось, березовый сок стекал у него по ногам, березовые листья ласкали его полное, обнаженное тело.

Постепенно сложился кружок. Кружок стыдился самого себя. Его участники в глубине души считали себя извращенцами. Они лакомились рассказами о русских странностях. Они нелогично и непроизвольно были вовлечены в красоты бездарности, прелести непотребства. Их каждый раз поражали миллионы русских абортов, тысячи брошенных детей – все это роилось в их сознании. Они кайфовали. Они никогда не хохотали так, как когда слушали рассказы о России.

Они с отвращением шли в русское посольство, их раздражало все официозно русское. Но они страшно боялись в начале 1990-х, что Россия изменит себе, двинется западным путем, и причин для хохота станет меньше. Они просили меня: только не перерождайтесь! Но их боязнь длилась недолго. Россия себе не изменила.

Я стал душой их общества. Когда я приезжал в Париж и звонил Д., он устраивал ужин.

– Мы больны *русской болезнью*, – признавался он.

Не только Д., но и остальным участникам кружка «русской болезни» снились сны самого безумного содержания, страшные, нелепые, в которых они общались с ментами, топорами, ломом, которым дворники отбивали в дипломатических дворах лед, горничными, таксистами, МИДом.

От меня требовались рассказы. Я рассказывал – они не хохотали только тогда, когда Россия вела себя более-менее по-человечески. Они не верили. Смотрели на меня с подозрением. Я не знаю такой другой страны, которая могла бы вызвать у них подобные реакции. Африка? Они слишком хорошо знали Африку, чтобы над ней хохотать. Китай? Тоже нет. Латинская Америка, Полинезия? – Ничего подобного. Им нужна была Россия, чтобы повеселиться от всей души. Над французами эта компания не смеялась.

Мне трудно представить Д., который бы сказал:

– Не обижай женщину, – как нередко говорят французы. – Ее и так обидит возраст.

Или:

– Почему француженки много улыбаются?

– Чтобы скрыть свои злые лица.

В один прекрасный день Д. побежал на заседание, вернулся – вдруг хлынула горлом кровь. Он потерял сознание. Жена растерялась, не сообразила, что надо делать. Потеряла время. Он умер по дороге в больницу.

После смерти Д. я прожил какое-то время в его квартире. Она была забита книгами, всякими журналами, которые падали на пол. Всего было слишком много. Борясь с падающими картинами, статуэтками, колоннами, цветами в горшках, я подумал, что для него русская глупость была той самой болезнью, которая должна была остаться на границе и не перешагнуть на Запад. Я же смеялся над тем, что связывает меня с цивилизацией. Порочный круг. Я согласен с моей немецкой подругой-журналисткой Керстин (она тоже бывала у Д.), что на Западе нет *пронзительной экзистенции*.

Д. был убежден, что души нет, что после смерти – ничего. Вот он был – вот его нет. Я пришел к вдове. Впервые я был в этой квартире днем. Из окна впервые увидел парк – обычно за окном было темно. Хороший вид. Фотографии внуков – их любимая дочь вышла когда-то замуж за армянина. За всю нашу дружбу я не слышал от него ничего, кроме вопросов о России. Умер французский журналист Д. – как будто лампочка перегорела. Ничего, вкрутят новую.

33. **ТРАНС**

Король Побе – самый справедливый король. Он правит мудро в своей провинции, на границе довольно светской страны – Бенина и 100-миллионной бандитской Нигерии, которую все в Западной Африке боятся. Его подданные верят в разных богов, одни – в Христа, другие – мусульмане, остальные – вудуны.

– Не понимаю, кто тут у вас главный Бог? – спросил я короля.

– Бог – един, – гостеприимно ответил король.

Я привез королю, по его просьбе, большую бутылку шотландского виски и 50 штук шариковых ручек BIC для детишек. Король был тронут. Мы сфотографировались.

Как мне вас называть?

Зовите меня просто Кинг, – сказал король.

Я сидел перед Кингом на лавочке, а он сидел на троне в королевском дворце, немножко, конечно, похожий на председателя колхоза, но только совсем немножко. Во всяком случае, люди падали перед ним на колени и наш посольский шофер – африканец – тоже радостно упал и пополз.

– Кинг, вы смерти боитесь?

– Конечно, нет, – ответил король. – Потому я и король.

Они делают надрезы на ступнях, и змеи их не кусают.

– Ну что там у вас случилось? – спросил Кинг.

Когда и где двукрылый флеботом укусил мою спутницу, немецкую крэзи-журналистку Габи, кто теперь знает, но укусил, и она заболела смертельной формой полюдизма: тропической малярией.

– Ты похожа на трехзвездочный Гранд Отель, в котором поселились непрошенные гости, – печально шутил я, глядя, как она умирает.

– Ты всегда недооценивал меня, – стучала она зубами от лихорадки.

– Ну хорошо, на четырехзвездочный, – соглашался я.

Как в самом нежном колониальном романе ее взялись выхаживать африканская семья, родные и близкие Элен – уборщицы французского центра культуры в столице забытого Богом государства Нигер. Они кормили ее с ложечки геркулесом и натирали разными мазями.

Кровать Элен – четырехспальная. Вкус варварский. Голубой дневной свет. Большая бутылка «Джона Уокера». И какой-то черный мотоцикл – большая модель на серванте. Молодой длинноногий французский доктор вошел.

– Ну, раздевайтесь!

Несмотря на малярию, Габи стремительно обнажилась.

– Он залезал мне пальцем во все дыры, – божественно шептала Габи.

Мы с Элен млели. В комнате нашей гостиницы Элен собрала остатки завтрака, кусок багета и разорванный абрикосовый мармелад, в пластмассовую сумку, затянулась бычком и удалилась.

Тридцать шесть – тридцать девять. И опять через полчаса тридцать шесть. Так сердце долго не выдержит. Умирание Габи чудесным образом воскресило ее в моих глазах. Русское слово – чудесно; русское чудо – словесно.

– Путешествия… Чтение о них… бесконечно… – бредила бедняжка.

– Доктор! – бросился я за ним. – Она не умрет?

– Я сделаю ей укол в сердце. Она либо сразу умрет, либо продержится еще неделю.

– А дальше?

– Езжайте в Бенин. Ищите вудуна-исцелителя. Короче, колдуна.

– А здесь их нет?

– Здесь, в Нигере, военный переворот.

В самом деле, на каждом перекрестке стояли танки, и солдаты в зелено-черных беретах с ленточками держали наперевес огромные ручные пулеметы. Жизнь продолжалась, но как-то очень нервно.

– Вы даете мне право на укол?

– Я не ее родственник. Я просто… Она в бреду. У меня нет выбора. Конечно, колите!

Так я взял ответственность за жизнь Габи, этой совсем *крэзи вуман* с неразделенной любовью ко мне. Ив Бургиньон оставил меня в своем кабинете и вышел в процедурную к Габи. Его долго не было. Когда он вернулся, я взволнованно приподнялся и снова сел. На этот раз обошлось.

– Немного виски? – спросил доктор. – А знаете, Африка рванет через три-четыре поколения. У нее лучше будущее, чем у России.

– О, русские товары! – Я вспомнил улыбающихся братьев Элен при голубом дневном свете комнаты. – Мы как-то приобрели русский радиоприемник. На лампах! Боже, что это была за вещь! Вы не умеете доводить дел до конца! Топорная работа! – Братья Элен захохотали, кушая кус-кус своими чистыми пальцами.

Я попросил Элен узнать, как нам с Габи можно добраться до соседней страны – до Бенина.

По ночам я шатался по кабакам Неомея, наверное, самой горючей ночной столицы Африки. Кто был в тех притонах, кто плясал, резко выпив джина без тоника, под тамтам и электрогитары, тот знает запах африканского пота, помнит красоту неомейских проституток, их ритуальные шрамы на крепких ягодицах. От вяжущей страсти дымят и лопаются презервативы, как шины гоночного автомобиля.

Настал день отъезда. Элен проводила нас на площадь автобусного вокзала. Было много народу, пыли и мало автобусов. На крыше нашего микроавтобуса пассажиры привязывали за лапы кур и петухов. Птицы дико кричали. Габи села в автобус и тут же вырубилась. Я сел рядом с водителем. Своим видом – зеленая квадратная шапочка и черные очки – я вызвал бурную эмоцию у неомейских мальчишек.

– Каддафи! Каддафи приехал! – кричали они, указывая на меня.

Я посмотрел в зеркало заднего вида и признал, что действительно смахиваю на Каддафи. Мы долго стояли в пыли и в жаре. Наконец поехали.

Из военизированного Нигера на *такси-брус* с курями и баранами сменяющихся попутчиков, я прорывался к океану с прозрачной куколкой Габи на руках. Петухи шарахались и кукарекали на скорости. Шоссе местами было занесено песком. Долго стояли на остановках. Последней остановкой была граница с Бенином. Там протекала мелкая речка.

Я нес чемоданы. Мы с Габи перешли речку в брод. На другом берегу мы очутились в земной раю. Бенин! Вдоль прекрасной дороги стояли вымытые такси и стройные, чистые, как девушки, пальмы. Казалось, кто-то старательно подмел весь пейзаж, посадил цветы, украсил закат олеандрами. Мы сели в «Ситроен DS», белый, винтажный, комфортный, и внимательный черный таксист, надев фирменную фуражку, аккуратно повез нас на побережье океана.

Русский посол пригласил нас на обед. Габи сидела с пергаментным лицом. У нас оставалось три дня до предсказанной смерти Габи.

– 12 июня в день нашего праздника всегда идет страшный ливень, – рассказал за обедом посол. – Сезон дождей. Мало кто из гостей рискует приехать в посольство. Зато у французов 14-го июля, несмотря на сезон дождей, светит солнце. Французское посольство заказывает вудунского колдуна. Он приезжает из деревни, устраивается в сторонке на табуретке, и – стирает с неба тучи, как ластиком. Небо расчищено для фейерверков. Это повторяется из года в год, разгон туч внесен в расходную статью посольства, стоит пятьсот долларов. Мне неудобно попросить эти деньги у Москвы. Поднимут на смех.

Мы поехали к французскому послу. Встретились на вернисаже Ромуальда, крутого бенинского художника международного уровня. Не успел я открыть рот, прося посла помочь с шаманом, как тот немедленно представил меня Ромуальду.

– Транса нет, – сказал Ромуальд на веранде собственного дома в Порто-Ново с видом на мощный океан. Утром я спустился на пляж. Волны шли на меня высотой с двухэтажный дом. Я захотел помочить ноги всего лишь по щиколотки, но песок оказался зыбучим, вода – стремительной. Океан потащил меня к себе. Я едва выбрался.

– А как же колдуны? – спросил я.

– Транса нет. По крайней мере, в твоем случае.

Он чувствовал во мне какого-то метафизического конкурента и не давал восторжествовать над собой, хотя я и не думал вовсе об этом.

Ромуальд – полураспад Западной Африки, авангардистский банк червей. Он делает маски из отбросов: пластмассовых канистр и старых радиоприемников. Его message прост: нынешний афро-русский народ нафарширован западным мусором. Замаливая перед родиной грехи, мы с Ромуальдом рисуем океанский закат. Солнце падает за горизонт со скоростью мяча. Упав, оно еще долго испускает жемчужный свет, мягко переходящий в жемчужно-серый, в серебристо-серый, зажигается первая звезда, и небо темно-синеет, сине-чернеет… Русские сливают в чернокожих все свои дурные качества: лень, зависть, хитрость и т.д. Нет ни одной русской девушки, которая бы не боялась черных как класса. Положа руку на сердце, Россия – самая расистская страна на свете.

– Мы ого-го! – воскликнул Ромуальд, но вдруг сник. – Главные наши вудунские вожди коррумпированы. Деревня еще держится, а эти суки ездят с эскортом мотоциклистов.

Он сплюнул на пол. Океан шел стеной.

– Никуда из Бенина не поеду! Я не ходок по музеям! Я был тридцать семь раз в Германии. Мне нечего делать в Москве.

– Москва – самый интересный город в мире, – скромно сказал я.

– Ты ешь людей! – злобно развернулся ко мне Ромуальд. – Они хрустят у тебя на зубах. Ты выпиваешь их, как устриц!

– Он – царь. Не трожь его, – прошептала мне Габи, бледно улыбаясь Ромуальду.

Она напрягается, хочет что-то меня спросить.

– Ну говори, – шепчу я.

– Я знаю, что я умираю, – с трудом говорит она. – Сегодня мне приснился Жак Дерида. Я так люблю его. Ты, кажется, виделся с ним?

– Один раз. В Москве.

– Расскажи… давай…

– Мы обедали с ним и с его чешской женой. И вдруг он мне сказал во время обеда, что я мешал его преподавательской работе. Я даже растерялся. Как?

– А вот так, – сказал, улыбаясь, Жак Дерида. – Я преподавал в Лос-Анджелесе моим студентам, А тут вы, Виктор, приехали. Из перестроечной Москвы. И мои студенты бегали к вам на лекции слушать про новую русскую литературу.

Габи посмотрела на меня с таким чудовищным уважением, что мне стало страшно. Ей оставалось жить сорок восемь часов.

– Вот почему я здесь, Кинг, – закончил я свой рассказ. – Габи лежит в машине. Ей совсем плохо. Ромуальд связался с вами и сказал мне, что вы можете ей помочь.

Кинг быстро собрался в дорогу. Мы вышли из королевского дворца, поехали в дальнюю деревню на двух машинах (у него вместо номера надпись: Король Побе). Не успели отъехать, как король остановился, и мы купили ему три трехлитровых бутылки бензина. По дороге король забрал вышедшего на шоссе большого лохматого человека. Это и был колдун Абу.

В Обеле, так зовется деревня, граница между Бенином и Нигерией петляет среди курятников, алтарей и амбаров, между французским и английским языками. Жители этой потревоженной государственности поят Кинга, и нас заодно, болотной водой вместо хлеба с солью. Срочно чинят сломавшееся ночное светило, огромную лампу, которую вешают на дереве. Женщины дико вопят о начале церемонии.

Вокруг – джунгли и темень немыслимая. Ритм трех тамтамов и рисовой супермешалки достигает космической частоты. Наконец, ударили в калибасы, и вся деревня бросилась в танец в позе перегнувшихся в талии ос. Габи лежит на длинной узкой лавке. Она отходит…

Абу подключает к церемонии еще двух помощников-колдунов в тонких трансвеститных платьях. На землю замертво падает первая танцевальная пара. Колдуны за ноги оттаскивают пару в амбар и кладут на земляной пол. Ритм нарастает. Вот падает вторая, за ней и третья пара. Колдуны тащат их за ноги в тот же амбар. Когда в амбар оттащили двенадцать пар, музыка становится более спокойной.

– Что с ними стало? – спрашиваю Абу.

– Я запустил их души полетать по небу, – отвечает колдун.

– Она умирает, – говорю я.

– Вижу, – кивает он.

– А меня нельзя запустить полетать? – решаюсь спросить.

– Можно. Но ты не местный. Ты не найдешь дорогу назад.

– Но нет! Запустите меня! Ведь если я полечу, конец всем сомнениям. Я обязательно вернусь.

– Разве тебе недостаточно, что их души летают?

– Нет. Ну, пожалуйста! Хотя бы пять минут!

Но Абу непреклонен. Впрочем, он все-таки готов заняться моей душой. Пока души местного населения носятся по небу, мне проливают на голову прозрачный напиток и всматриваются в судьбу. Сначала идет нижний ряд успехов и неудач. Затем – мое семейное будущее. Затем берут мою душу на более тонкий анализ, и я чувствую, как она вздрагивает в руках Абу.

В амбаре начинается какое-то движение. Мужчины и женщины, от которых на время отлетела душа, ворочаются, постепенно возвращаясь к земной жизни. Они выходят из амбара с пристыженными лицами, как будто сделали что-то неприличное. Впрочем, это может быть просто отсутствие понятной мне мимики. Абу выстаивает их в цепочку. Кинг подходит к узкой лавке, на которой лежит Габи в длинном легком черном платье. Колдун садится рядом с ним. Они выпивают по глотку виски. Абу машет рукой людям в цепочке. Двенадцать мужчин и двенадцать женщин по очереди подходят к Габи. Два второстепенных колдуна поддерживают ее за подмышки, руки у нее болтаются, но местные ловят кисть ее правой руки и обмениваются четырехкратным рукопожатием с учащенной перестановкой кистей и пальцев. Они передают Габи свою энергию, собранную в полете.

Габи лежит на лавке. Колдун и Кинг пьют виски и о чем-то болтают. Через двадцать минут Габи садится, спускает ноги и дико озирается. Колдун и Кинг смотрят на нее молча.

– Это у вас *нормально*? – не выдерживаю я.

– Что *нормально*? – переспрашивает колдун.

– Запускать людские души в небо и с их помощью лечить умирающих…

– Она уже не умирающая, – говорит Кинг.

– Так это *норма*?

– А как еще? – вместе не понимают Кинг и колдун.

Габи находит взглядом меня.

– Где это мы? – удивленно спрашивает она.

Проходит еще полтора часа. Король уже давно уехал вместе с Абу. Мы садимся в свою машину. Куда делось ее пергаментное лицо? Она скорее похожа на розового поросенка. Габи хихикает и отказывается верить, что она была больна смертельной малярией. Колдун Абу навсегда забанил ей память о болезни.

34. ПОБЕГ ИЗ МОРГА. ВИЛЬНЮС. СИЛА СКРИПКИ

Война обнулила все темы, все стало дрябло, неинтересно. Анекдоты, живая пища для русского ума, перестали быть смешными, превратились в уродцев мысли. Но есть еще более страшная вещь –обнуление жизненных и творческих успехов. Среди новых «мертвых душ» я нашел в Вильнюсе московского музыканта, руководителя симфонического оркестра, с которым знаком с детства. Он никогда не был ни диссидентом, ни нонконформистом, но эта война, похожая на немыслимое извращение, стала ему невтерпеж и он перекочевал в Вильнюс. Он успел уже получить несколько отказов от международных филармоний, потому что он – русский. С другой стороны, ясно, что, если он не вернется назад, он потеряет оркестр. Что делать? Это вечный русский вопрос завис, как топор, над нашими головами.

Но вот уже с противоположной стороны я получил неожиданное признание в любви к русской культуре. В Вильнюс вернулся из Москвы после долгих лет работы в Вахтанговском театре режиссер Римас Туминас. За его работу в Москве в Литве его считают предателем, а в Москве его посчитали неугодным как литовского националиста. Не так давно он поставил спектакль по роману Толстого «Война и мир», где единственной декорацией была идущая по диагонали сцены стена, которая разделяла жизнь и смерть, добро и зло. Римас через Толстого рассказал, прежде всего, о себе, о своей борьбе с раком и нашел в любви Наташи Ростовой подвижную и насмешливую модель человеческой природы. Спектакль своей откровенностью потряс предвоенную Москву, казалось, что раскрылось бездна смыслов.И вот оно – обнуление. Не нужен он ни там, ни здесь. «Повсюду предатель», как он говорит. Назло болезни он пришел на встречу со мной посвежевший и, казалось бы, выздоровевший. Мы много смеялись (как и с детским писателем), вспоминая разные оттенки совместного прошлого. Смех, конечно, лекарство, но не панацея. И я уверен, что именно Толстой, вместе с Чеховым и Тургеневым, укрепили европейцев в своей ненависти к нынешней войне. Сначала русская культура училась на западном опыте, затем сама учила многие поколения европейцев. Вот только нас самих русская культура мало чему научила.

Мой грустный музыкант вспоминал моих родителей. Его отец, гениальный скрипач, дружил с моим отцом, который во время хрущевской оттепели работал советником по культуре советского посольства в Париже. Скрипач приехал покупать раритетную скрипку. После покупки они отправились к американскому скрипачу Иегуди Менухину. Музыканты так увлеклись скрипкой, буквально вырывали ее друг у друга из рук и кайфовали, забыв про отца. Тот смотрел на них, пораженный. Все идеологические различия между американцем и советским музыкантом исчезли. Я вспомнил, как отец рассказал мне, что он в тот момент понял: музыка важнее всего.

35. **ФИЛОСОФИЯ НЕРАВЕНСТВА**

Люди делятся на тех, кто, подтираясь, экономят на туалетной бумаге и на тех, кто щедро подтирают свой зад.

36. **КАК СПАТЬ С ЖЕНОЙ ДРУГА**

Привет, дорогой друг Балуев!

Хотя какой же ты к черту друг! Пишу тебе письмо, потому что ты мне надоел. Ну ты меня достал, понимаешь?

Упорно приходишь ко мне в полночь, без стука, без звонка, без всякого предупреждения. Приходишь в Москве, в Берлине, в Италии, –везде, туда я еду, но особенно ты любишь являться ко мне на дачку, подмигивать своей всем известной дамской задницей, удивительной при твоей мужской комплекции, подмигивать и говорить со значением:

– Ну что, – указываешь ты на дачный диван, – вы здесь… на диванчике? Да? Я угадал?

Я молчу, потому что я даже не знаю, Балуев, кто ты, что ты и зачем ты меня достаешь. Ты садишься напротив меня и, напустив на себя ложно равнодушный вид, допрашиваешь, терзаемый гнилыми чувствами, смесью непереваренных эмоций: злобой, ревностью, сладострастием, высокомерием, презрением:

– Ну как тебе спалось с моей женой, Верой Аркадьевной? Ну как она тебя слюнявила? Как под тобой стонала?

Я молчу.

– Я ж ее знаю, – продолжаешь ты, закатывая глаза, – когда в нее входишь, она непроизвольно выпускает газы так сладко, так невинно, как будто она пионерка или по крайней мере пионервожатая. Разве нет?

Я всегда удивлялся его хищной наблюдательности.

Молоденькая Вера Аркадьевна, действительно, была похожа на пионерку и на пионервожатую. Она, действительно, выпускала газы… То есть нет, этого не было. Ничего не было! Кто тебе это сказал? Она слила? Но с какой стати? Ведь это было так давно, то есть вообще этого не было.

– Не поверишь, – говорит мне Балуев, – но именно эти газы стали главной темой моего вдохновения.

Поверю! Вот в это поверю! У него много рассказано про газы, про то, как разные люди выпускают газы, как Вера Аркадьевна выпускает газы, да, верно, это его вдохновение.

– Вера Аркадьевна во всем мне призналась…

– Когда? Зачем? – не выдерживаю я. – Через двадцать лет?

И что она говорит?

Нет, молчи, я тебе сам расскажу. Хотя кто ты теперь?

Может, ты просто мое воспаленное воображение? Почему Вера Аркадьевна возненавидела меня? Из пионерки превратилась в купчиху с толстыми, как глобус, щеками и решила меня возненавидеть за то, что у нее на жопе трещат штаны и отрываются пуговицы по всему телу…

– Она возненавидела тебя за то, что ты сотрудничаешь с властями, что ты написал мерзкое, холуйское предисловие к фашистской книжке министра тяжелой промышленности.

Я знаю, что в России самое страшное для писателя – это коллаборационизм. Лучше уж быть педофилом, чем соратником власти. Помнишь, Балуев, писатель Лесков в 1861 году предположил, что петербургские пожары – это дело рук студентов-революционеров, и – что? Он никогда не смог оправдаться перед честной публикой. Он прожил и умер гнусным реакционером. Я знаю, что в России нельзя оправдываться. Лучше уйти в несознанку, прикинуться дураком или просто сойти с ума – но оправдание смерти подобно. Поэтому когда ты, заикаясь от волнения – ведь мы с тобой были в тот момент близкими друзьями – позвонил и спросил, зачем я написал предисловие к фашистской книжке министра тяжелой промышленности, мне не надо было лепетать… Ведь я ни

в чем не виноват… Ведь я написал это предисловие еще до того, как его
назначили
министром
тяжелой
промышленности…

– Но ведь книжка фашистская, – сказал ты, мучительно заикаясь (мы же были в самом деле близкими друзьями).

И тогда я стал (этого не надо было делать!) защищать книжку, потому что она не была фашистской или даже полуфашистской, а просто человек попросил меня написать предисловие к книге о том, что у нас, начиная с периода татаро-монгольского ига тяжелая промышленность всегда была на высоте, и при московских царях, и в петербургский период истории, и при Сталине, всегда на высоте…А автора этого патриотического произведения – слышишь! – еще не назначили на тот момент министром тяжелой промышленности… Он был политическим бомжем! Понял, политическим бомжем! Он завис. Отказался на новый срок идти в Госдуму, потому что от него требовали два миллиона долларов! А как вышла книжка, и мое предисловие к ней было даже не совсем лестным, потому что я говорил, что у нас вечно забывали о легкой промышленности, короче, автор мне звонит утром:

– Ты представляешь, я министр! Только что назначили! Я тебе первому звоню…

Вот такая хуйня, Балуев.

А твоя жена, Вера Аркадьевна, говорит:

– Всё! Кончай с ним (то есть со мной!) дружить! Он (то есть я!) подонок.

Но как же так, Балуев! Вы даже не захотели разобраться! И тогда я обозлился и решил вам, сукам, отомстить! Я решил рассказать о том, чего не было. Я решил сочинить, как я спал с твоей женой.

– Но ты же на самом деле с ней спал! У вас все было: орально, анально… И что еще? У нее с тобой случился сквиртинг! У нее никогда ни до, ни после сквиртинга не было, она даже не подозревала, что она может быть носителем сквиртинга…

– Мы тогда с ней даже не знали значения этого слова, – нахмурился я.

– Ах, вы, голубчики, не знали!… И ты уверяешь меня, что ты с ней не спал? Она мне сказала, что ты увез ее на дачу и в грубой форме склонил к совокуплению!

– Балуев, – взревел я, – что с тобой сделала пресловутая вечность, в которой ты оказался! Ты теперь родной русский трах называешь совокуплением. А почему не соитием или, может быть, коитусом?

Ну, хорошо. У меня с Верой Аркадьевной всегда были самые нежные отношения. Она мне нравилась. Она была красотка. Глаза острые, черные! Но я и думать не думал про коитус. И тут она мне звонит. На домашний. Тогда еще люди жили в пещерах, без мобильных телефонов. Звонит и говорит:

– Мне нужно с тобой встретиться.

Я говорю:

– Где?

– Мне все равно где. Давай у тебя на даче.

Все знают, что у нас в России дача – это бордель на колесах. Я подобрал ее у метро, и мы поехали на дачу. По дороге Вера Аркадьевна, смешная девчонка, год назад родившая крепкого потомка, похожего на нее, говорит мне:

– У меня беда.

И не успев рассказать, начинает сморкаться и плакать. Плачет минуту, две, пять… Я веду свои зеленые, юркие «Жигули» в сторону дачи.

– Мне, – всхлипывает, – Балуев изменил.

Я молчу. Я знал, что ты, Балуев, был знатным козлом и, став подпольным кумиром подпольной молодежи, регулярно трахал всяких подпольных и полуподпольных красавиц. Но делал это аккуратно. И даже мне об этом сообщал только кривыми намеками, потому что вообще не сообщать о победах у ебарей не принято. Но я должен признать: ты прилагал все усилия, чтобы Вера Аркадьевна вообще ничего не знала.

– Изменил? Тебе? – говорю Вере Аркадьевне с неподдельным изумлением.

– Ты пойми, – она пропускает мои слова мимо ушей, – если бы он изменил мне в пьяной групповухе или даже в нашей кровати с уродкой какой-нибудь или еще лучше с двумя бабами, это было бы ну не очень обидно. Но я прихожу домой, открываю дверь в спальню, и там мой муж с голой жопой трахает кого? Мою любимую поэтессу! Молодой талант! Гордость нашего поколения! Представляешь? Как тебе это нравится?

– Неужели он ее в конце концов трахнул? – не сразу поверил я.

Мне даже стало чуточку обидно. Я тоже хотел совокупиться с поэтической гордостью нашего поколения. Но гордость прошла мимо меня.

– На моих глазах трахнул! – подтвердила Вера Аркадьевна печальный для нас с нею факт. – И когда я сказала: Вы что делаете, ребята? – Он ответил за двоих: – Жизнь продолжается!

Да, Балуев, это твой фирменный мем. Жизнь продолжается! И когда мы с тобой встретились в последний раз в жизни, это… это было в Одессе, уже началась война, и ты увиливал от встречи со мной, осудив меня за предисловие к фашистской книге, но мы буквально столкнулись лбами на украинском телевидении, я спросил тебя:

– Ну как дела?

– Жизнь продолжается, – жестяным голосом ответил ты.

Ты хотел пройти мимо меня, даже сделал жест, чтобы меня подвинуть, но я решил все-таки помириться и спросил:

– Как тебе Одесса?

И ты ответил тем же жестяным голосом:

– Я вижу море.

Я вижу море! Какая хуйня! Я понял, что у нас нет никаких шансов. А тогда, по дороге на дачу, Вера Аркадьевна, высморкавшись в белый платок с красной каемочкой, сказала мне:

– Я долго думала, как поступить. Ведь любимая моя поэтесса – это страшный сигнал тревоги. Они могли бы меня выбросить вон с ребенком на улицу… Как отомстить? – думала я. – И тут мне на ум пришел ты. Понимаешь, ты, конечно, не модная поэтесса, но ты реальный конкурент Балуева, соперник того же уровня… То есть с тобой не стыдно.

Я посмотрел на нее.

– Ты угадал. С тобой не стыдно ему отомстить!

На даче мы, не откладывая, принялись мстить Балуеву. Сначала месть у нас не очень-то получалась. Мы оба нервничали. Вера Аркадьевна сильно вспотела от волнения, и в спальне повис запах перепуганной женщины. Но мы преодолели сложности. Меня привлек к себе ее черный, по-пионерски задорный лобок. Вера Аркадьевна с облегчением выпустила газы.

– Жизнь продолжается, – одеваясь, неожиданно процитировала она своего мужа.

Я как успешное орудие мести с легкостью согласился с ней. Кто бы мог подумать тогда, что она так раздобреет и проклянет меня за мою связь с властями!

Балуев, ты представляешь, что ты сам несешь! Связь с властями? У меня? Вы посмотрите на меня! Вы что охуели совсем! И мы закружились в каком-то неслыханном клубке мести.

Вера Аркадьевна отомстила Балуеву; я, оскорбленный клеветой, взялся с честным чувством мести сочинять о том, как Вера Аркадьевна взяла меня в качестве орудия мести, но не написал, не потому, что месть – плебейское, блядское чувство, а потому, Балуев, что ты неожиданно ушел от нас. Жизнь продолжается. Без тебя. На панихиде говорили, что, может быть, это самоубийство… но кто знает? И ты не скажешь?

Балуев покачал головой.

Вот видишь, а Вера Аркадьевна у гроба сухо кивнула мне и отвернулась: смерть – не помеха ненависти. Я не пошел на твои поминки. Хотя ты – великий человек, Балуев, и мне много чего хорошего хотелось сказать о тебе. Но я не пошел. Да меня и не позвали. А теперь ты приходишь и мстишь мне своими визитами, Балуев, за давний коитус с Верой Аркадьевной. Пугаешь по ночам в Москве, в Берлине, в Италии, но пуще всего пугаешь на даче, месте Веры Аркадьевны мщения.

– Как можно спать с женой друга? – Я вижу в глазах твоих немой вопрос.

Это ты, певец женских выхлопных газов, мне его задаешь!

Как объяснить тебе, мудаку, что в России закончилось бескомпромиссное время, что теперь либо на выход, или на компромисс. Не объяснишь. И не надо. У нас в России оправдываться нельзя, оправдываться – значит прогнуться, вот тогда ты меня действительно утащишь черт знает куда, Балуев, а так, просто так – без всяких оправданий – жизнь продолжается.

37. **НОВЫЙ ГОД**

На Новый год Ставрогин в половине первого ночи позвонил и поздравил меня.

– Тише! – сказал я родственникам. – Кремль звонит.

Кремль звонил как ни в чем не бывало. Я ничего ему не сказал про сочинское отравление.

Он помолчал. Сыворотка Востока! Его манипуляции тонкого кремлевского льстеца сводились к игре масштабов. На Западе он преувеличивал беды и преуменьшал достижения, тогда как у нас масштаб бед вообще исчезал за солнечной пирамидой успехов и государственного счастья.

– Я давно хотел вас спросить. Это трудно – устроить перевод моей поэмы на какой-нибудь европейский язык?

– Можно попробовать.

– Где?

– В Германии.

– Попробуйте.

Я понял, что моя многоходовка снова тронулась в путь.

Когда в Германии оперативно вышел роман в стихах «Дракон в тумане», (правда, без рифм, белые стихи), Ставрогин попросил помощника отдать его перевести обратно на русский язык, чтобы проверить верность оригиналу. Нет ли подлянки? Не напечатали ли под его фамилией какой-нибудь пасквиль?

Через пару недель Ставрогин позвонил мне:

– Я только что вышел из кабинета Начальника. Все в порядке. Будет штраф. Незначительный… Но Церковь сопротивлялась.

Он был немногословен. Я рассыпался в благодарностях.

Я тут же позвонил сестре О. Я был за рулем. Это было возле Смоленки, на Плющихе. На следующее утро должны были объявить приговор.

– Все в порядке, – сказал я.

– Что в порядке? – насторожилась сестра.

– Тюрьмы не будет.

О. что-то ответила, но я не расслышал. Плохая связь.

38. **ПРИГОВОР**

На следующий день мы с Шурочкой пришли в суд. Ряженые казаки со знаменами толпились в сквере. В пыльном зале суда стояла куча народа. Судья читала монотонно, долго-долго. Прокуроры стояли – такие два мальчика. Наконец она объявила приговор.

Получился штраф в 5000 долларов.

Все бурно зааплодировали.

Я, естественно, тоже.

Мы с Шурочкой обнялись.

39. **РЕВОЛЮЦИОНЕР-ЛЮБОВНИК**

С течением времени, писал Марсель Пруст, изображения людей на портретах одной эпохи становятся схожими, почти не отличимыми друг от друга.

Лучшая подруга Шурочки, гопница Карина Хрусталёва, написала диплом об эстетике похорон Ленина, но мне особенно нравится начало ее работы о том, что Ленин также принял участие в русском Серебряном веке, сыграв в нем роль разрушителя священного института брака.

Разрушать брак в Серебряном веке брались многие деятели культуры, но в отличие от них Ленин добился того, чего никто не добился: после победной революции он смог в масштабах всей страны закрепить свои основные представления о любви, семье и сексе.

Несмотря на красивые слова о Ленине-грибе, исходившие от Курехина, надо признать, что молодой дворянин Владимир Ульянов был отнюдь не грибом, а живым, динамичным мыслителем своего времени. Он начал, как молодой романтик. Если символисты взрывали традиционную мораль во имя метафизической революции, то он уничтожал государственную инфраструктуру во имя социальной. Посыл был, однако, схожим. «Надо мечтать!» – утверждал Ленин в своей работе «Что делать?» и в своих мечтах он был по-своему символистом, разделившим мир на непримиримые лагеря добра и зла, взяв за основу не французскую поэзию, а Парижскую Коммуну, не христианского Бога, а Карла Маркса. Кстати, несмотря на свой материализм, Ленин верил в объективную истину, чем примирил в конце концов с марксизмом и Брюсова, и Андрея Белого. И Алексея Лосева.

По сравнению с другими, более умеренными революционерами, меньшевиками и прочими полу-либеральными оппортунистами, Ленин достиг именно символистской чистоты восприятия действительности, выварился (если вспомнить слова Мандельштама) в своей же собственной чистке и приобрел уникальную революционную харизму уже в двадцать пять лет.

Этим «Волжанином» (кличка у него такая была) многие увлекались, за ним шли, ему подражали. В нем не было ущербности плебея, рвущегося к власти. Он уже был полон интеллектуальной власти, которая извергалась из него фонтанами: грубостью, дерзостью, кровавыми фантазиями, в основном, риторического содержания. Он был безусловным продолжением русской литературы на новом, скособоченном этапе. Ему не хватало лишь героини, и она по законам жанра не могла не появиться.

Ленин стал революционером-любовником в 1909 году в Париже, когда влюбился во французскую красавицу Инессу Арманд. И тут, конечно, началась полная ерунда. Нет, он никогда не был примерным семьянином, как атеист не верил в святость брака, использовал его по революционному назначению. Когда, задолго до встречи с Арманд, он предложил Крупской быть его женой, та, безусловно польщенная, сказала холодно: «Жена так жена». Знала Минога (партийная кличка и объективная оценка красоты Крупской), что Ленин относится к браку скептически. Но только как невесту он мог выписать ее в Шушенское, куда она поехала вместе с религиозной матерью и по дороге, как говорят, отморозила яичники и никогда не смогла рожать. По требованию сибирской полиции она с Лениным венчалась, на радость матери, и это только усилило их семейную иронию по отношению к традиционному браку. Но Ленин все-таки видел своей возлюбленной Революцию, а не Крупскую, и ей пришлось смириться со второстепенной ролью помощницы.

Однако в 1909 году у Ленина треснули все устои. Инесса Арманд с густыми волосами, пахнущая духами, подмышками, половыми губами, в шляпе с красными перьями была сама по себе Революцией. И если та, русская, социальная мечта под названием Революция, гнила где-то в далекой России, то здесь в Париже Инесса подменила собой мечту. И подменила настолько удачно, что, к ужасу подпевалы-Крупской, могла даже побеждать в спорах с самим Лениным.

Они стали жить втроем. Как Мережковский с Гиппиус и Философовым, как чуть позже Маяковский и многие другие… Это было время разрешенных адюльтеров, бурных романов на стороне, когда все спали со всеми, обещали не ревновать, но стрелялись из ревности и стреляли от собственного бессилия.

В сексуальной среде Серебряного века Ленин выделился как революционер-любовник, кто изменил одной Революции и адюльтерил с другой, у кого было свое представление о свободной женской любви, о пошлости поцелуев без эрекции, о торжестве мимолетной страсти над угрюмым браком. Арманд не только была практиком, но и теоретиком женской свободы. Она вообще была как глоток шампанского: вечный праздник и брызги энергии.

Поначалу она боялась Ленина, который был, действительно, крутым революционером, опасной бритвой, но они быстро поняли, что оба крутые, и никто им не пара.

Их праздник продолжался в Польше, где они, как и в Лонжюмо под Парижем, снова жили втроем. Но почему-то Крупская все больше болела, и глаза у нее вылезали из орбит от ужаса не только базедовой болезни. Однажды Ленин, который не был либералом ни в политике, ни в жизни, отправил Арманд с партийным заданием в Петербург, практически на верный арест. Так и случилось. Ее выкупил за большие деньги первый муж, и Арманд снова вернулась в Европу. К Ленину.

Ленин спорил с ней по поводу свободной женской любви не столько из принципа, сколько из ревности. Я не знаю, какой у них был секс, но Арманд писала, что у нее в жизни только со вторым мужем было единство сердечной дружбы и страсти. Ленин тут явно проходил по списку сердечной дружбы, и, видимо, это его глубоко задевало. Молодых кандидатов в любовники у красавицы-блондинки Арманд всегда хватало.

Ленин не выдержал перегрузок и расстался с Арманд. Та поспешно уехала из Кракова. Крупская вздохнула с облегчением. Но Ленин не выдержал и отсутствия Арманд. Он вернул ее, обливаясь в письмах нежностью. Если бы не было Октябрьской революции, Ленин был бы разгромленным революционером-любовником (она бы его бросила на фиг). Но случилось иначе, громыхнуло на всю страну.

Вместе с Крупской и Арманд в одном купе Ленин едет в пломбированном вагоне, с большими деньгами от германского генштаба, навстречу русской революции. Он побеждает в схватке с противниками, становится диктатором, и первый раз смело смотрит на Арманд сверху вниз.

При этом он звонит ей из Кремля по вертушке, беспокоится о номере ее калош, едет с ней в Разлив, наконец, встречает Новый год – только с ней, без Крупской. Полный крах семьи. А Арманд, назначенная в ЦК главой Женского отдела (главная, получается, женщина России, а Крупская всего лишь зам. Луначарского) начинает заниматься женской революцией.

Она проводит – при поддержке Ленина – многие реформы семейной жизни. Пора легких гражданских браков, никаких церемоний, когда можно расписаться сразу же и развестись немедленно, в секунду. А можно и так жить, без брака, меняя партнеров. Полная десакрализация брака. Европа еще долгое время не отважится на такие реформы.

В рамках трудового кодекса Арманд проводит закон о равных зарплатах мужчин и женщин. Она одобряет Коллонтай и Ларису Рейснер, которые (как всем известно) говорят о сексе как о стакане воды: захотел – выпил – забыл. Но все-таки до идеи обобществления женщин, о чем шумели в местной печати владимирские коммунисты, дело не дошло. И дойти не могло. Декрет о сексе, в отличии от декретов о мире и земле, не прошел. Да и не мог пройти. Там много было нового рабства, а не женской свободы. Да и двенадцать принципов секса, которые выдвинула Коллонтай, только на первый взгляд кажутся революционными. Это, скорее, новое комсомольское ханжество, и только требование отказаться от ревности кажется в духе времени. Арманд была слишком умна, чтобы не заниматься очевидной дурью. Ее основательные реформы семейной и сексуальной жизни были с трудом преодолены в сталинские годы.

Она до них не дожила. Ее, реформатора русской женской доли, пианистку, блестяще игравшую для Ленина Бетховена и Шопена, случайно на тот свет отправил тот же Ленин. Ну, случайно. Он был готов на все, чтобы Инесса была рядом. Когда в 1918 году она уехала во Францию по делам русского экспедиционного корпуса, и ее там арестовали, Ленин пригрозил расстрелять всю французскую миссию, оказавшуюся в Совдепии, и французы выпустили Арманд. В 1920 году она, истощенная работой, нуждалась в отдыхе, просилась снова в Париж, но бдительный Ленин уговаривал ее ехать в Норвегию или еще куда, где спокойнее. В конце концов он убедил ее ехать под крыло Орджоникидзе в Кисловодск. Она отоспалась, отъелась, но на Кисловодск напали белые, и ее вывезли на Кавказ, где – в печально всем известном теперь Беслане – она заболела холерой и умерла: в Нальчике.

Для ее московских похорон был сделан уникальный белый катафалк в духе модерн. Ленин с закрытыми глазами, полными слез, с Крупской, которая поддерживала его, шел шатаясь за гробом (они в последний раз были втроем). Похоронил он свою любовь в кремлевской стене.

Может быть, это и были истинные похороны самого Серебряного века, который дал жару русской плоти? Одна Революция съела другую, и революционер-любовник, разорвав оковы отечественного брака, вскоре отправился в свой мавзолей.

– Но это был уже символ новой эры, – промолвила Карина Хрусталёва, снимая с себя последнее что на ней было – черные носки.

40. **ШОК**

О. кинула меня прямо сразу после суда, когда я пошел ее поздравлять, а она там крутилась в коридоре с адвокатами. Она сказала:

– Ну спасибо, но это не ты. Твой Ставрогин – сволочь и мудак, а мои адвокаты тонко действовали через правительственного либерала Д. – Тут она назвала фамилию тщедушного системного либерала, попавшего в правительство.

Этим она меня срубила под корень. Я просто так и рухнул. Это было одно из сильнейших переживаний жизни. Красная площадь мне отомстила! Я и вида не подал, что О. меня срубила под корень. Стоял-улыбался тому, что ее не закрыли.

Но внутри этот шок разложился, распался на странные фантазии. Совсем не политического толка. Я – не политик. Я не хотел наказать О. Но мне очень захотелось что-то с ней сделать. Что-то.

41. ДИССИДЕНТЫ И ПАТОЛОГОАНАТОМ

– В Бога, действительно, трудно поверить. Бог дал человеку слишком мало доказательств своего существования. Ну, какие-то крохи есть, но доказательств принципиально не дал. А кровавый режим – вот он. Лезет из кожи вон, вылезает из телевизора, кричит свои позорные кричалки. Так как же его не возненавидеть?

– К чему это ты? – поморщился я.

– Ты никакой не диссидент! – заявила моя сестра О. – Ты радикальнее диссидента.

– В смысле?

– Ты – патологоанатом отчизны.

– Бред!

– Почему бред? У властей, конечно, тоже есть подозрение, что она сдохла, и некоторые хотят соскочить и бежать далеко, но их хватают, сажают, а другие дрожат. А самые глупые считают, что подмороженная страна – отличное дело!

– Ну, подморозить – не убить…

– А ты, брат, как муравей, бегаешь по трупу. Это уже пост-Россия, той, прошлой, нет и в помине. И чтобы ее воскресить, нужно чудо. Но где его взять?

– Что ты несешь!

– Ты черпаешь сюжеты из этой трупной жизни, ищешь причины смерти. Но ты не призываешь всех стать патологоанатомами. Это не практично. Было бы глупо выйти к людям, как на картине Иванова, и крикнуть:

– Ребята, вы живете на трупе!

Они бы тогда хором:

– Да пошел ты на хуй!

О. помолчала и добавила:

– А труп кричит: я лучше всех!

– Помолчи!

– Не нравится? И верно: зачем освобождать труп? Режиму я уже давно не ставлю отметки, хотя есть еще такие поддиссиденты, которые все удивляются, а как же так? Почему *они* так плохо себя ведут? Но это – особая профессия – удивленцы. Сосуны новостных лент! Девки-удивляки и парни-удивленцы.

– Не морочь мне голову! – отмахнулся я от страшных слов моей сестры О.

42. **ПОД СЕНЬЮ МИРОВОЙ ГЛУПОСТИ**

Мы взяли с О. Артура-Горемыку, его густоволосую красавицу Алину, погрузились в наш внедорожник и поехали куда глаза глядят. По дороге мы видели разоренные дурью города, замученные идиотизмом деревни, пораженные глупостью трупы. Мы бежали из Москвы. Москва златожопая. Началась известная форма русской жизни под названием скитание.

В Германии глупость выродилась в обращении к нацизму-light. Европа искала вакцину от глупости, но не находила и вымирала, как от чумы. Французы по всей стране развесили баннеры La bêtise tue. –Глупость убивает. В борьбе с глупостью они ввели электронную бюрократию. Страна остановилась. В парижском аэропорту «Шарль де Голль» не было ни единого человека. Самолеты стояли молча. Это было удивительное одиночество самолетов.

Французы были изумительны. Примерно половина из них готова была сотрудничать со смертельной болезнью, но как? как можно проявить свойственный им коллаборационизм? Вторая половина раскололась. Одни стали исповедовать философию отчаяния, другие каждый день выходили на демонстрации и упрекали правительство в бездействии. Глупость косила всех без разбора. Парижане умирали от глупости прямо на мостовой, но они делали это с достоинством.

Итальянцы снова стали богобоязненны. Испанцы под шумок эпидемии глупости просрали страну: от них отскочили и баски, и каталонцы.

Вдруг промелькнуло сообщение, что израильские врачи уже пробуют на мышах вакцину против глупости.

Мы попытались прорваться в Америку. Меня как «борца с глупостью» пригласили на конгресс в Нью-Йорк. Бедный Нью-Йорк! Он особенно жестоко подвергся нападению глупого вируса. Смертность превысила все мрачные ожидания. Пришлось перед больницами прямо на улицах устраивать военно-полевые морги. Нью-Йорк во время эпидемии глупости ушел в себя. Люди стали много пить (хотя там всегда много пили), вести беспорядочную жизнь. Выступая на конгрессе, я сказал, что глупость была всегда свойственна Америке не в меньшей степени, чем России. Мой американский опыт свидетельствует: американцы глупы по-умному. Американская глупость приносит свои плоды, в то время как при русской глупости плоды не созревают.

43. **ЯЗЫК ГЛУПОСТИ**

Чем дальше развивалась глупость, тем более выразительным становился ее язык. Люди блеяли, мычали, рычали и пердели – порог стыда опустился, стыд сполз с людей, как рваный чулок.

Идет сокращение словаря. Язык испаряется, как Каспийское море. Исчезает, как Аральское. Пустыня слов.

Возникает языковая забывчивость: как это? Как сказать? Слова становятся размывчатыми, туманными, с неясными очертаниями.

Все больше возникает странных звуков. Кажется, они похожи на звуки младенца. Но если звуки младенца вызывают улыбку окружающих, то здесь бульканье вызывает оторопь.

Важным словом становится слово «козел». Им пользуются всюду: чего козлишься? Вообще роль животного мира в словаре возрастает.

После этого начинается переход к хроническому мычанию.

Многие ползают на карачках и едят говно.

Все больше людей едят говно.

Вот уже почти все едят говно.

А теперь говно едим уже все мы.

Дальше начинается воспалительный процесс. Одни начинают страдать дикой клаустрофобией и выбегают на улицу с судорогами на лицах. Другие, напротив, забиваются в канализационные люки, лезут под кровати.

Вдруг наступает момент истины. Человек понимает, что он зря прожил жизнь. У него ничего не получилось. Он начинает выть.

Люди пытаются молиться.

Бегут в церкви и мечети.

Напрасно.

Всё просто как мычание.

Россия мычит. Все мычат.

Люди падают, задыхаются, их терзают судороги, они умирают в мучениях, иногда с криками. Часто слышно всё то же самое слово *козел*. И еще – *пиздец*.

И в самый последний момент, охваченный глупостью, как пожаром, человек вдруг осознает, что кончается и понимает, что он-то и есть козел.

44. **КОСА**

Здесь на Куршской косе, неподалеку от домика Томаса Манна, хорошо городить новую волшебную гору. В восьми километрах от Литвы мы бросили якорь. В Морском, казалось, нет никакой эпидемии. Мы бродили по заливу. Артур как бывший биолог рассказывал нам о синей слизи прибоя, бабочках и лебедях. Он знал толк в угрях –на местном рынке он выбирал самых жирных.

Мы съездили в Пьяный лес. По утрам купались в море. Море было холодным. На пляже мало народа. Уйдя подальше к литовской границе, можно купаться и загорать без купальников.

Постепенно мы забродили игривыми мыслями.

Мне нравилась Алина.

К Артуру потянулась О.

– Я приартурилась! – объявила она.

Как-то вечером после ужина мы заказали русскую баню у хозяйки-польки, пани Терезы.

Когда распарились, Артур стал приставать к О. Алина зажалась, но не возражала.

Все закрутилось.

Артур вылизал О.

– Меня артурят! – сладко вздохнула она.

Но в конечном счете О. досталась мне.

– Вот ты и стал большевиком, – сказала она, когда мы выходили поздно ночью из бани.

Зачем я это сделал? Из мести? Из любопытства? Наутро Алина пришла и сказала:

– Подайте меня на завтрак!

45. ЛЕТАЮЩИЕ МАЛЬЧИКИ

– Ну я просто очень люблю девушек, – призналась Алина, гуляя с О. по берегу залива. – Но больше, наверное, даже… как тебе сказать? – мечтаю об отношениях с прекрасной… вот с тобой. Мечтаю о флирте, о сексуальных фиолетовых каких-то движениях в сумерках. Обо всем нежном, таинственном, тайном среди легких одежд. Я люблю «цветочки», я вчера, конечно, оценила твой восхитительный цветок, который меня мгновенно возбудил. Я всегда с брезгливостью относилась к мужскому полу, как к чему-то несколько грязному, топорному, неуклюжему… так что девушки, да, это рай.

– А Артур? – удивилась О.

– Но Артур – он так прекрасен. Он сам свет, который отражается в росинке на листиках прохладным утром… это мое самое мощное впечатление детства, оно мне досталось на всю жизнь. Я много об этом думаю, начала думать, как *физично* устроено восприятие глазом света, приносящего счастье и опьянение этим впечатлением детства – единственное, что у меня есть, что осталось от меня.И Артур, словно зеркало этого впечатления.

– Правда, странно, что цветок, такой восхитительный, считается неприличным? Вот это извращение! – сказала О.

– Ну, если бы он не считался извращением, то потерял бы в своей удивительности и восхитительности.

– У тебя тоже нежный цветок, – сказала О.

– Я давно не брилась, правда… – застеснялась Алина. – Я так сильно влюблена в Артура, так сильно… до такой сладости в сердечке. Но я не могу с ним общаться. И он со мной не может. Я бы очень хотела, чтобы ты как-нибудь передала ему мельком, как сильно я его люблю…

– Я ему передам, – пообещала О. – Тебе он часто снится?

– *О наших временах нельзя будет вспомнить без стыда за всех нас*, – покачала головой Алина. – Почему мы осуждены быть прикованы к этой глупости, к этому Великому Гопнику?.. Я не хочу о нем ничего слышать! Для меня есть только Артур… У меня с ним такие сны! Представляешь… Я стою на балконе, на одиннадцатом этаже, а юные мальчики летают в воздухе и играют передо мной в футбол… превозмогают сопротивление воздуха… удивительно. Никогда такого искусства не видела…

– А где же Артур?

– Он был в первой части мельком, его склоненная голова над миром, а мир в тени… А потом он был просто самим тем воздухом, в котором летали все эти мальчики или парни, как с понтом назвать, я даже не знаю.

О. остановилась и посмотрела на подругу.

– Как ты хорошо сказала. Был самим воздухом!

– Все и так хорошо у него и у меня, но иногда видеть этого волшебного человека, иметь честь с ним переспать, это так ванильно, мечта жизни!

– Да, – снова улыбнулась О. – мужчины поднимают вокруг себя брезгливость, как жирную пыль. Но Артур твой – забавный. Сегодня за завтраком он залез под стол и страстно целовал мой «цветок»…

– Я видела. Это не новость, – вдруг холодно сказала Алиса.

– Прости, я думала… Я завтра поговорю с ним…

– Может быть, не стоит… так напрямую… против всех жизненных законов…и что я с тобой об этом говорила… Я представила все-таки этот импульс императива… мне чрезвычайно больно, боль в груди, что не продохнуть…

– Ну что ты, – смутилась О.

– Нам жизнь так редко открывает свои тайны! – вдруг с детской обидой воскликнула Алина. – Твоя идея… Порнография как искусство будущего? Ерунда. Она перестает быть запретной экзотикой. Это все лишь одна из практик любовной жизни.

– Ты лишаешь меня любимой игрушки! – вскрикнула О.

– Найди себе новую, – посоветовала Алина.

46. **СЛУЧИЛАСЬ БЕДА**

Мы нашли ее в кустах шиповника неподалеку от пляжа. В белом платье. Случилась беда. Умерла Алина.

– Она умерла от глупости?

– Она не была глупой. Напротив.

– Да, но глупость передается половым и воздушно-капельным путем.

– А…!

Скорее всего, она стала очередной жертвой эпидемии, хотя Артур сомневался. Он говорил, что она покончила жизнь самоубийством. О. высказала предположение, что виноваты кабаны. Тут их много шатается по сосновому лесу.

Но, возможно, Артур снова отложил мысль жениться на ней, ссылаясь на свое семейное положение. Или она устала от его алкоголизма? Или она приревновала к О.? Или Артур ее убил, приревновав ее к О.? Или О. убила Алину? Почему бы и нет? О. всех убивает.

Мы похоронили ее на местном кладбище. Возле березы. Пахло шиповником.

После похорон Артур напился и стал приставать к О.

– Оставь ее, – попросил я.

Но он упорствовал.

– Тебе что, жалко?

И тогда мы поехали на Север.

47. ПЛАЧУЩИЙ ПОЧТОВЫЙ ЯЩИК

– Вы, конечно, знаете, что такое сейды? – спросил меня наш гид-оккультист, как только я с лиловым чемоданом на колесиках вышел на площадь перед мурманским аэропортом. За мной шел бухой Артур, которого держала под руку моя сестра О.

– Что-то слышал, – уклончиво улыбнулся я.

– Что-то слышал! – вскричал он надменно, гостеприимно вырывая у меня чемодан и приглашая присоединиться к нашему разговору моим спутникам. – Да вы, может быть, напрасно прожили свою жизнь, раз не в курсе дела! Знакомьтесь: я – Саша!

Кольский полуостров – пулеметная очередь определений. Это – миф, фантазия, утопия, дикость, северные сияния, хлябь, тысячи тысяч подземных минералов, богатство, деградация, военные базы, холод, продирающий до костей, семга, саамы, поморы, поморки – в общем, иконописный народ. Балдеешь от обилия впечатлений. Кольский полуостров залег за полярным кругом огромным валуном, нависшим над узкой полоской Белого моря. Сама его форма горячит сердца поклонников альтернативной истории. Ведь не в Африке, а именно здесь, согласно их теории, находится колыбель человечества, первое мировое государство – Гиперборея.

Гиганты четырехметрового роста, они клали похожие на Кольский полуостров валуны на мелкие камни, и эти странные образования, сродни огромным телегам на колесах, стали их священными алтарями, капищами, короче – сейдами!

Кольский полуостров, если всмотреться в карту, похож и на огромный детородный член, толстый и властный, угрожающе повисший над Белым морем. Что значит этот увесистый географический намек, сказать трудно. На мой взгляд, он может быть как метафорой гиперборейской силы, так и обидным знаком для поклонников гиперборейцев: шли бы вы подальше с вашим бредом!

Мы ехали по краю света. Был ноябрь. Я специально выбрал для поездки позднюю осень, чтобы увидеть эту землю без прикрас. Но свет, который насыщал воздух, был сам по себе явлением. Он все превращал в графику: природу, людей, машины, собак, птиц и кошек – он снимал покрывала различных цветов и рисовал, исходя из своего представления о сущности вещей. Скупость красок давала представление об обнаженном мире костей и сухожилий. Это была природа чистилища – лишенная погремушек, но внушающая надежду на реальность существования.

Дорога уже давно превратилась в грязь. Мы подпрыгивали и охали. Мы приближались к прибрежному поселку Тиреберка – это к востоку от Мурманска. Тиреберка прославилась тем, что там сняли нонконформистский фильм «Левиафан», говорящий о подлости мира и лицемерии русского государства при Великом Гопнике.

Картина, снятая на берегу океана, была полна всяких возвышенных и пугающих символов. Но меня больше интересовал скалистый, дикий берег. На подъезде к океанскому берегу мы въехали в вонь горящей свалки. Это было противоестественное зрелище, потому что свалка была больше самого поселка и казалась чуть ли не вселенской. Зажав носы, мы пробирались через сизый дым и, буксуя на снегу и на помоях, наконец прорвались к океану.

До океана, впрочем, нужно было еще идти пешком, а береговой тропы тут не было. Я шел по зелено-багряным кочкам, запорошенным снегом, и вдруг почувствовал всю чудовищную силу заполярного ветра. Он так надавил на грудь, что казалось – медвежья хватка. Быстро смеркался полярный подслеповатый день. Открылся океан – ну, он был вровень по масштабу с Гипербореей: неслись длинные облака через все небо с такой скоростью, словно они хотели успеть на последнюю электричку, а волны серо-стального цвета, нарываясь на скалы, взрывались и пенились, как тексты архаических легенд.

Я вернулся в автобус уже в темноте. Артур с О. спали на сидении. Поехали ужинать в единственный ресторан. В больших окнах одноэтажной гостиницы, не защищенных занавесками, сидели по двое люди. Рядом с ними – подзорные трубы, на шеях – большие бинокли.

– Кто эти люди? – пробормотал я.

– Китайцы.

– Как китайцы? Откуда в Тиреберке китайцы?

– Они приехали посмотреть на северное сияние.

– Что? Из Китая сюда, за тысячи километров, посмотреть на северное сияние?

Может, мои провожатые шутят? Но когда мы в час ужина вошли в ресторан, чтобы съесть семги, пельменей из оленины и выпить местного пива, вместе с нами в ресторан вошла целая толпа низкорослых мужчин и женщин разного возраста, весело и громко говорящих по-китайски.

На обратном пути наш автобус неожиданно остановился, и водитель Володя воскликнул:

– Это оно!

Я выскочил на дорогу, запрокинул голову. За мной – О. За О., держась за больную голову, медленно спускался на землю Артур. Я видел северное сияние впервые. Оно было выдержано в зеленоватых тонах и представляло собой три перепаханных через все небо широких и внушающих какой-то мистический восторг борозды. Небесная, ни с чем не сравнимая живопись!

Артур рыдал.

– Если бы Алина могла бы увидеть это чудо…

Я валялся в своем номере в Мурманске на кровати и читал саамскую мифологию о конце света, когда ко мне постучался наш гид Сергей.

– А не хотите ли вы покупаться в нашем крутом аквапарке, сходить там же в сауну, поиграть на биллиарде? Не все же время вам ездить по стуже!

– А где аквапарк?

– Его велел построить Великий Гопник, по крайней мере, так говорят…

– Зачем построить?

– А в честь погибших подводников «Курска»…

Я привстал на кровати и внимательно посмотрел на Сергея:

– Правда, что ли?

– Аквапарк построили в поселке Ведяево, в ЗАТО, откуда «Курск» ушел и не вернулся.

Я сел на кровати, потом встал, в волнении прошелся по комнате. Конечно, я слышал про это ЗАТО.

– Хочу в аквапарк, – сказал я, – но как туда проникнуть?

– Достаточно русского паспорта и купальных трусов.

Нас остановили, проверили заявку на аквапарк, паспорта и багажник машины. Переспросили:

– В аквапарк собираетесь?

Мы честно ответили «да», но Сергей уточнил:

– До этого пройдемся вдоль залива.

Никто не возражал. Мы доехали до залива и вышли из автобуса. На высохшем дне, возле берега валялась огромнейшая полусгнившая сигара – это была когда-то научно-исследовательская подводная лодка. Какой-то военный грузовичок стоял у дороги в полуистлевшем виде – куда-то он ехал и не доехал. Но где-то вдалеке по левую руку виднелись на причале две новенькие черные сигары с ядерными зарядами.

– Они стоят не меньше целого города, – сказал Сергей. – Поехали купаться!

Мы приехали в еще более загадочный мир. Перед нами простиралась улица со сплошь заколоченными подъездами и окнами домов. Рене Магрит мог бы позавидовать такому пейзажу. Стояла оглушительная тишина. В центре городской пустыни высился памятник советскому подводнику Федору Ведяеву, боевому капитану Заполярья во второй мировой войне. За памятником виднелся еще один многоэтажный дом. Меня привлекли легковые машины, полуразложившиеся, как трупы. Семьи погибших моряков расселили по России, а машины остались нетронутыми.

На двери заколоченного подъезда надпись «Опасная зона» – не потому, что привидения сюда заселились, а по техническим причинам. А рядом с подъездом советский синий почтовый ящик – такие тысячами висели в СССР и где-то по-прежнему висят, принимая почту. Но этот ящик плакал ржавыми слезами. Он прогнил по бокам, проржавел, перекосился и плакал: слезы ржавчины катились по нему с двух сторон. В рот плачущему ящику – в отверстие для писем – кем-то когда-то был засунут искусственный цветок красной гвоздики. Он тоже полуразложился и подчеркивал замогильный характер почтового ящика.

Казалось, он вобрал в себя всю скорбь мира. Он плакал за всех: за вас, за нас, за меня.

Мы подъехали к шикарному аквапарку, который смотрелся пышным траурным венком, кремлевской подачкой горю, похожей на кляп в перекошенном рту. Фонтаны, водные спуски, джакузи и прочие фокусы. Дети охранников с веселыми визгами, с разноцветными мячами носились по воде. Я зашел в туманную сауну и быстро вышел оттуда: мне показалось, что она полна мертвых моряков, 118 русских богатырей клубились вместе с паром, а также несколько (ну как же без них!) китайцев (по слухам, на борту подлодки находились неучтенные в списках погибших китайские офицеры). Но я никому об этом – тс! – не сказал.

48. **ИЗРАИЛЬСКИЕ ВРАЧИ**

Посильное сопротивление глупости оказывает команда израильских врачей. Конечно, это вызывает кривотолки, несмотря на то, что в команду входят врачи разных стран: шведы, американцы, французы, немцы.

Считается, что посредством лечения от глупости израильские врачи повяжут мир сионистским сознанием. Более того, в разных кругах ходят слухи, что они сами и запустили эпидемию.

Не прошло и месяца после ее начала, как израильская команда вышла на меня как на союзника. Они обнаружили мою работу на английском языке «Против глупости» и решили принять меня в свои ряды.

Мы собрались у меня дома.

– Вы предсказали эпидемию, – сказали врачи. – Как вам это удалось?

– Веду внутренний диалог с Эразмом Роттердамским. Какого хрена, спрашиваю, ты выпустил глупость – эту блядь – из бутылки? Он мне отвечает.

– Как отвечает? – насторожились израильские врачи.

– Пишет письма.

Израильские врачи переглянулись, пожали плечами.

– Какие же у вас вкусные желтые грейпфруты в Израиле! Это мои любимые! Есть ли выжившие после болезни? Неужели стопроцентная смертность?

– Есть выжившие. Внезапно болезнь останавливается. Слуховые и зрительные галлюцинации затухают.

– А может быть вся эта эпидемия и есть галлюцинация?

– Спросите у Эразма!

– Конечно, старая культура прогорела, – говорю я. – На ее место пришло развлечение. На переломе веков, от XX к XXI, произошло потопление культуры. Развлечение само по себе взаимодействует с человеческой глупостью. Возможно, перенасыщение развлечениями способствовало выработке бациллы глупости.

– Но ведь эпидемия затронула не только дураков. Гибнут достойные люди, далекие от развлечений. Да и как можно говорить, что культура ушла? Вон сколько книг на прилавках магазинов!

– Я помню Париж 50-ых, я был маленьким мальчиком, это был кипящий котел. Теперь он остыл.

– Почему?

– Человек оказался отключенным от метафизики.

– В исламских странах человек подключен к метафизике… и что?

– Верно, – соглашаюсь. – Никто еще не доказал, что демократия в ее сегодняшнем виде соответствует человеческой природе. Она имеет прикладное значение, но не глобальное!

– Что это значит?

– То и значит. Надо возвращаться к репрезентативной демократии, к большой иллюзии демократии.

– Это реакционные мысли, – хором сказали врачи. – С такими мыслями глупость не победить!

– Демократия сама по себе стала глупостью. Когда люди поверили в то, что большинство имеет право и может править меньшинством – случилась культурная катастрофа.

– Так что же… Да здравствует Сталин?

– Сталин показал границы человеческой природы. Он создал нового, невыносимого человека.

– У вас всякий человек невыносим. С вами ничего не построишь. На Западе человек живет по инерции! В России он просто противный! Не лучше ли в таком случае жить на даче и в одиночестве славить закаты?

Я молчу. Потом я разражаюсь вот такой речью:

– Послушайте! Начиная с Возрождения, начался упадок богов. Античные боги потащили за собой христианских богов в могилу мифологии. Температура религиозного рвения постепенно снижалась. В 19-м веке религия омертвела. Началась эпоха самодеятельности. Было решено, что все делается само собой. Начался период отсебятины. Религия прячется в эмоции. В единый вздох стадиона на футболе. В порно. В поп-арт. В соцсети. Пустой чердак метафизики, по которому носятся крысы, трудно реставрируется. Над темой нового поколения богов трудятся шарлатаны. Как только заходит разговор о новом поколении богов, они сбегаются. Разруха на чердаке породила эпидемию глупости.

Я вижу, как молодая врачиха из Польши что-то быстро записывает за мной.

– Мы победим болезнь и начнем заново, – поднимает она свои карие глаза на меня. – Присоединяйтесь к нам.

24 февраля

Воспользовавшись эпидемией глупости, Ставрогин устраивает заговор против Великого Гопника. Но заговор проваливается. По причине той же глупости. Ставрогин уезжает из Кремля. Звонит мне из машины. Бежит в Лондон. Но кто его будет любить в Лондоне?

Ставрогин заскучал по бегу с препятствиями.

Разгневанный Великий Гопник почувствовал это и посылает к нему своих людей. Опричники вламываются в его квартиру (у кого из наших больших людей нет квартиры в Лондоне?), валят на пол, избивают ногами до полусмерти. Весь пол в кровище. Где-то через неделю ему звонит сам Великий Гопник и приглашает вернуться в Москву. Ставрогин радостно соглашается. Починив ребра и вставив зубы, летит обратно в Москву. Его берут на грязную работу.

49. ХУЙНЯ ТОТАЛЬ 2

Мы вошли. Артур – весь в Бриони, Армани, Феррари. Его сияющий череп биолога подавал магические сигналы. Нас ждала моя сестра О. Она курила, сидя на барном стуле на кухне, щегольски заложив ногу на ногу. Перед ней стоял полупустой бокал розового вина. Не прошло и полчаса, как я увидел их в нашей ванной комнате. Он стоял на коленях, в бабочке от Прада, перед унитазом, в который она писала, и жадно, подставив ладонь, лакал ее мочу. Я решил сфоткать их на память о моем поражении, но утром О. уничтожила фотографии.

24 февраля

В Великом Гопнике есть много от Хлестакова.

50. МОМЕНТЫ ИСТОРИИ. 2019-ый. КРОВАВОЕ ВОСКРЕСЕНЬЕ

А ведь еще совсем недавно, после жесткого разгона московских демонстраций, возникших по поводу подтасованных московских выборов в 2019 году, у меня существовала какая-то наивная надежда на то, что народ проснется:

Ну вот мы и дожили до нашего кровавого воскресенья. Умылись кровью разбитых голов. Это наше кровное кровавое – войдет в историю, никому не отдадим. Вы скажете, там, в январе 1905-го, было много трупов, а здесь всего лишь дубинки, битье ногами, электрошокеры, массовые аресты, садистские унижения, увечья на будущее. Ну да, всего лишь! На дворе XXI век, и даже без трупов понятно, что мы проснулись в совершенно другой стране. Правда, некоторые уверены, что все границы уже не раз пройдены в последнее десятилетие, особенно на Донбассе, где как раз были тысячи трупов, и нынешний полицейский мордобой по всей стране не что другое, как закономерное закручивание гаек.

Как и 9 января 1905 года, нынешние события создали массовый феномен народного сомнения. До этого сомнения в законности властей были разлиты по поверхности общественной структуры и личностного сознания. Они не уходили в глубину. Понадобился конкретный, лишенный интеллигентских абстракций, пример. Расстрел или понятный всем беспредел.

Вопросы разбалтывают веру и взамен равнодушия образовывают круги сомнения. Не всякий у нас Макар усомнился. Есть миллионы и не усомнившихся, ядерный электорат Великого Гопника. Но проникновение сомнения в народную глубь подрывает тот самый электорат, на котором держится власть.

Власть сделала всё, чтобы значительная часть народа превратилась в усомнившегося Макара. Можно только удивляться череде кремлевских ошибок. Чисто технически их можно было и не совершать. Но расколовшись на два крыла: либерально-патриотическое и реакционно-патриотическое – власть выбрала нелепые советы реакции, чтобы угодить гневу императора (так же, как и в 1905-ом). В результате, все еще не будучи загнанной крысой, власть выставила себя именно в этой роли. Подняла шипение на весь мир, готовая драться до конца. Страшно или смешно? Еще страшно, но уже смешно. А раз смешно – вот вам кровавое воскресенье!

Кровавое воскресенье не только дало возможность арестантам в мерзких условиях полицейского дна познакомится друг с другом и стать матрицей солидарности. Оно породило силу народного сомнения. Понадобится что-то очень впечатляющее, наподобие возвращения Крыма, или что-то совсем чудовищное, на грани, а то и за гранью тотальной войны, чтобы власть смогла вернуть доверие усомнившегося народа. Но там царит горе от глупости.

Теперь появился какой-то проблеск. Скорее биологический, чем идейный. Но все-таки и идейный тоже. Может быть вообще впервые за долгое время, чуть ли не со времен декабристов, у нас появилась такая «молодая Россия», которая не верит ни в барский гнев, ни в барскую любовь. Все эти барские затеи ей претят.

Все-таки не зря прошло уже несколько последних десятилетий идеологической пустоты – отсутствия барской национальной идеи. На пустом месте родилась вертикаль власти, которая, как плохо свинченная телебашня, качается на ветру.

51. **ОТ КОГО РЕБЕНОК?**

Мы узнали, что О. забеременела.

Артур сказал, что он не кончал в нее.

Но как проверить?

– В русском порно, – делилась с нами О., – многое основано на инцесте. Я люблю сырые, неформальные съемки зрелых женщин, которые волнуются, стесняются, стыдятся, с лицами, которые лучатся от желания. Алина все-таки была еще гадким утенком…

– Оставь Алину в покое, – машинально сказал Артур.

В этот раз он пришел в бабочке от Диора.

– Я хочу от тебя (бросила взгляд на меня) ребенка. Ты чувственный и харизматичный.

– Нет, я все-таки в тебя кончил, – поправил бабочку Артур.

– Ты тоже чувственный и харизматичный, – присмотрелась к нему О.

– Ребенок от меня будет здоровее, – сказал Артур. – В конце концов, я не заболел глупостью. В отличие от него.

Он дружелюбно ткнул в меня пальцем.

– Ты слишком проспиртовался, чтобы заболеть глупостью, – не менее дружелюбно сказал я.

– У мужчины, конечно, тоже есть второе лицо, – принялась рассуждать О. – со своим длинным носом, отмеченным Гоголем. Но все равно в порно верховодит женщина. Мужчина – это механизм.

– Грубость инстинкта и глупость порнорежиссера не могут решить задачу, – согласился Артур.

– У художника нет возраста, – заметил я. – Чем гениальнее, тем безвозрастнее. Художник, как Дориан Грей, проходит сквозь время невредимым. Время растягивается и сужается, я по-прежнему окружен молодой жизнью. Весна и осень в моей жизни перемешались.

– В порно жертва интереснее хищника, – кивнула О. – Для современного западного сознания порно делает неутешительный вывод: партнеры в ебли не равны. Если мне докажут, что истина находится вне Христа, я останусь с Христом, а не с истиной. Так говорил Достоевский. Истина порно – в сексе нет равенства. Хоть подавись.

Инцест! Инцест!

Роман-Инцест.

Звучит как колокол.

52. **НОВЫЕ СВЕДЕНИЯ ПРО О.**

– Мы будем жить, светясь сквозь друг друга, – сказала Шурочка. – Почему? Потому что твоя сестра – смерть. Потому что твоей сестры О. на самом деле не существует.

– Шурочка, я тебя умоляю… – пробормотал я.

– Я не Шурочка. Я – Саша!

– Ты – Саша, – покорно согласился я.

– Но как дама-ширма, скрывающая подлинность вещей, О. меня устраивает и даже возбуждает.

– Ты знаешь, кого мы ебем? Мы ебем смерть! – возвестил Артур-Горемыка.

– Тише ты! – прошептал я.

Вошла О. Мы продолжили разговор.

– Церковь – какой тут чердак? – сказал я. – Всё запущено. Если навсегда, то история человека закончена. Дальше – судороги. Человек чувствовал чердак. Хорошо ли, плохо – но можно было отдаться Христу, как это сделал, например, Пастернак. Взял и отдался – тут и фрондерство сыграло на руку. А что сейчас?

– Если культура, как ты сам говоришь, это арена борьбы с энтропией, то значит все-таки культура – это служение, – задумалась О. – В большой, неудачной части оно – самовыражение художника. Но у лучших, у кого антенна, это – служение. А мир настроен против служения! Экзистенциальное искусство никому не нужно. Останешься в одиночестве. Продается революция. Че Гевара. И фашизм. Эстетство тоже продается.

– Но критиковать Запад, – возражаю я, – так же бессовестно, как критиковать режиссера за фильм, когда он сидит под домашним арестом. Запад не терпит критику со стороны русских. Русские должны критиковать русских.

– Нам нужен работник морга. На одном берегу стоят люди и кричат: почему вы ее не реанимируете? А на другом взялись за заморозку. И главный заморозщик Великий Гопник – он один знает, что надо морозить и морозить, иначе будет вселенская вонь. Он одинок в своем знании.

– Да нет, – сказал я, – вонь уже вырвалась наружу.

– Отсюда секреты Великого Гопника, – продолжала О. – Он вступил на царствие, когда она еще дышала.

– Он ее добил? – нахмурился Артур.

– Стойте! – не выдержал я. – Если она мертвая, то что тогда делать? Бездействовать?

– Мы отпеваем Россию.

– Но возникнет другая страна.

– Брось! Одна надежда на дворцовый…

– Где те люди?

– Только чудо.

Мы посмотрели друг на друга и расхохотались.

– Сестра! Зачем ты еблась с ним без презерватива?

53. **БЕСЕДА С АНУСОМ О СУЩНОСТИ ЛЮБВИ**

Я – мастер предчувствий. О, вы даже не представляете, какой я мастер предчувствий! И никогда предчувствия не обманывали меня. Я еще в детстве начал угадывать то одно, то другое. Я вот, например, вдруг начинал сильно предчувствовать, что мне в глаз попадет ресничка – и раз! – кулак одноклассника-хулигана Коли Максимова попадал мне в глаз. Да, согласен, это не ресничка, но ведь вектор угадан точно! Или я предвидел, что порежусь длинным кухонным ножом, когда буду чистить редиску – и вот уже хлещет кровь, и шрам на левом указательном пальце на всю жизнь. Предчувствия взрослели вместе со мной. Я стал предчувствовать мои поллюции, ссоры с родителями, первый поход за презервативом в аптеку.

Чего я только не перепредчувствовал по жизни? Я предчувствовал, что поступлю в филфак МГУ – и поступил. Я предчувствовал, что не стану хорошим теннисистом, и действительно стал весьма посредственным игроком. Я всё угадал: и землетрясения, и бездарную власть натужных силовиков, и украинский Майдан, и победу Трампа, и Брекзит, в который кроме меня, никто не верил, и феерическую активность исландского вулкана с непроизносимым названием, которое моя О., однако же, сумела выговорить.

Всё я мог предчувствовать, кроме чудес. Чудеса были выше моих способностей. Чудеса, очевидно, управляются из другого центра. Они оказались непредсказуемыми. И вот случилось непредвиденное чудо.

– Я же слышал, как ты сказала: я хочу чувствовать твое тело. Сними его!

И Артур – тут звучит библейская тема – вытащил член из влагалища и потянул презерватив, и сорвал его с члена. Он засунул снова, она задрала ноги, и я видел, как кипит работа, и как у нее развратно сокращается анус. Очко моей сестры О. неожиданно подмигнуло мне:

– Ну как ты, парень?

– Да никак!

Очко охотно согласилось со мной.

– Нравится? – разозлился я.

– Приятно!

– Ишь ты! Вот уж я совсем не ожидал, что мне придется с тобой откровенничать. Мы же с ней собрались родить ребенка. Отказались от предосторожностей. 29 марта я кончил вовнутрь.

– Я помню. Ты кончил, откинулся на подушки, посмотрел на часы и сказал: ну всё, ты забеременела. Она потом удивлялась, что ты так сказал.

– Ну вот, ты – свидетель!

– Я тоже всё вижу, что надо и что не надо! – засмеялся анус.

– Ты извини, – взволновался я, – но кому мне пожаловаться, кроме тебя? Короче, мы озабоченно ждем, забеременела она в самом деле или нет, проходит неделя… А вот является Артур, мой лучший друг, вынимает на нашей кухне у нее груди из майки, как собственник, оттягивает стринги. О. говорит сама:

– Пошли в спальню.

И мы пошли.

– Я всегда придерживался теории, что здорового секса не бывает, – насупился мудрый анус. – Бывает здоровая еда. А секс – дело фантазийное, насильственное, грязное. Увлекательное.

– Потому и увлекательное, что грязное и фантазийное, – вставил я. – Здоровый секс – это мечта гуманиста!

Анус заговорщически подмигнул мне.

– Анус, друг мой, ты в наши времена стал центром эротической вселенной!

– Я всегда им был!

– Да ладно! Ты же раньше выступал, по крайней мере, в нашей стране, тюремным приговором. С твоей помощью опускали людей.

– Я на все руки мастер.

– А что теперь? Анал торжествует!

– Войти в меня – это, по сути дела, окончательное признание в любви, – с достоинством произнесло очко.

– Влагалище по сравнению с тобой кажется каким-то пригородом, Балашихой на фоне Большого театра!

– Срака знает, что она важнее, *финальнее*. Я смотрю: ты наблюдательный.

– Я и наблюдатель, и участник.

– Да, я вижу.

Артур ставит мою О. на четвереньки, анус жмурится.

Артур встает на колени, произносит ритуальные мычания. О. начинает крупно вздрагивать, груди бегают взад-вперед. Это, конечно, сцена хозяина и девки. Он на мгновение останавливается, метко сплевывает и вводит указательный палец в анал. О. дергается:

– Больно!

– Терпи, – назидательно говорит он.

Это продолжение игры. Следующий шаг доминирования. Но О. всем телом подается вперед и переворачивается. Анус О. опять передо мной. Посмеивается:

– Никто тебя так и не пригласил к соучастию!

– Какой же это тройничок? – жалуюсь я очку.

– Секс со старым мужем куда скучнее, чем встреча с новым хахалем, – популярно объясняет анус. – Ты пойми, даже иллюзия новизны и то годится, чтобы замутить. А ты –пузатый! Кому ты такой нужен?

– Но я же…

Я даже не знаю, что сказать, чтобы не выглядеть смешным перед моим собеседником. Я еле сдерживаюсь, чтобы не разреветься.

– Ладно, – неожиданно ласково говорит анус. – Поговорим о важном.

– О бессмертии? – робко спрашиваю я.

– Вот именно! У каждого есть свое бессмертие.

– Это как?

– Если ты не веришь в бессмертие, значит ты его не получишь. После смерти будет тебе смерть.

– А если веришь?

– Каждый заслуживает то бессмертие, в которое он верит.

– Значит, я могу придумать себе свое собственное бессмертие?

– Да.

– И оказаться в нем? Ах, я бы хотел…

– Но в чем проблема жизни? – оборвал меня анус. – В материализме мы недооцениваем ценности человека. А в идеализме мы их переоцениваем. Не спасает и агностицизм – продукт лени, равнодушия…

– Или отчаяния, – врубаюсь я.

– Верно, – соглашается анус. – Так что же остается? Остается четвертый путь. Если человечество отыщет его…

– А он есть, этот четвертый?

– А ты разве не чувствуешь?

– Ну как тебе сказать…

– Четвертый путь! Вот спасение! Идите по четвертому пути!

– Так где же он? Куда идти?

– Да ведь ты и есть предтеча этого четвертого пути!

– Да ну!

Анус от смеха становится выпуклым, шипит от удовольствия:

– Ну какой же ты после этого мастер предчувствий?

Я ощущаю, что все предчувствия покидают меня, как матросы – тонущий корабль.

24 февраля

Все-таки сцена их ебли возбуждает меня как воспоминание. Когда мы едем на дачу на Рублевку к какой-то дуре справлять день рождения, я ебу О. в чужой спальне. И весело кончаю. Потом за ужином она гладит какую-то карюю продолговатую кошку, я снимаю их с кошкой на айфон и понимаю по ее струящемуся лицу, что она – беременная!

Я ей говорю. Она смеется.

Она купила тест на беременность и говорит: да! Мы радуемся, подбадриваем друг друга, мы давно уже думали о ребенке, но встает вопрос: от кого? От кого ты беременна?

54. **ВРЕМЯ ИСКУССТВА КОНЧИЛОСЬ**

На вернисаже московской выставки радикальных художников (Павленский, Pussy Riot, группа «Война»), с протестным видеорядом, включая выступление Немцова в Киеве незадолго до гибели, собралось много прекрасных людей. Шум, гам, общение, знакомые, друзья, сигареты на улице, знаменитости, фотографы, интервью. Все компоненты выставочного успеха. Да еще в центре столицы.

На стенах талантливые работы, начиненные решительным вызовом. И эта знаменитая курица, вылезающая из вагины, и этот разведенный Литейный мост длиною в хороший член. Все это нравится, нравится, нравится. Все это хорошо.

Но, несмотря на то, что все это сделано буквально вчера, что это совершенно современное искусство, есть ощущение, что это уже другое, пережитОе время, уходящая натура. Что-то вроде исторической выставки. Почти академическая экспозиция.

И, видимо, не потому, что многое превратилось в дежавю и не бьет по мозгам. Курица не вдохновляет дважды, как бы ты ни ценил ее художественную стоимость.

Не потому, не потому, а все-таки почему?

Мы ведь все (нормальные люди) уважаем храбрость и бескомпромиссность этого творчества, которое на наших глазах перестает быть распредмеченным искусством, которого и искусством-то многие не считали, а входит в русло уже не бунта, а традиции.

Не слишком ли быстрая трансформация?

Но ведь это искусство в такой скорости достойного устаревания не повинно.

Просто жизнь стала сильнее всякого искусства.

Просто-напросто мы сами стали частью большой картины. И эта жизненная картина куда сильнее, чем ее гневное отражение.

Когда-то давно, лет пятнадцать назад, культивировалась ирония милых «Синих носов» и прочих насмешливых индивидов.

Но когда пришли Pussy Riot, стало сразу заметно, что ирония осталась в прошлом времени. Она не тянет. Примерно в то же самое время выяснилось, что социалистический реализм куда страшнее и экзистенциальнее соцарта, его закономерного губителя и современника политической геронтофилии.

Новые времена требовали жертвенного искусства, пробитых гвоздем мошонок. Всё, что было менее решительно, отплывало в небытие.

Но вот теперь мы дошли до ручки, когда даже самое жертвенное искусство, искусство на грани самосожжения, превращается в рутину, потому что время оказывается более картинным, и перекрывает собой вообще все искусство нового авангарда.

Время после 2014 года стремительно превращается в художественный прием, которому нет равных.

Время после 24 февраля превратило русское искусство в *эстетику поражения*.

Там, где в искусстве живет абсурд, голый зад, вагина, политический месседж, в реальной жизни идет напролом живое и мертвое мракобесие. Торжество произвола.

Ну, не в первый раз жизнь перекрывает искусство в России.

Искусство замолчало зимой 1917-1918 годов. Слабый лепет «Двенадцати» Блока не сопоставим с позднейшим расстрелом Гумилева, расстрелом на все времена.

Искусство снова замолчало, когда стали уничтожать крестьянство. Олеша говорил, что литература закончилась в 1931 году. А все вненародное (да и народное тоже) творчество замолкло в 1937-ом. Во время войны очухались, и даже в годы космополитизма что-то писалось в подполье. Но только в «оттепель» искусство снова вырвалось вперед жизни со своими вечными надеждами.

И до сих пор с той поры оно нам махало рукой.

И вот сейчас оно снова замолчало.

Но не потому, что здесь или там, за пределами, ничего не пишется, не рисуется, не фантазируется. Всего этого даже навалом.

А потому что жизнь снова стала интереснее любой фантазии. Вместо Гумилева у нас теперь есть убитый Немцов, навсегда.

Произвол возведен уже не в степень палаты №6 и гоголевских записок сумасшедшего, а в дым политического крематория, который то поднимается до небес, то ползет по земле.

И в этом особом состоянии жизни, когда пылают леса, главными предметами нашего взгляда оказываются уже не устрицы из Белоруссии, а сотни тысяч людей, строивших в Минске баррикады. А вот бутылка из-под шампанского в провинциальном отделении полиции с насаженным на нее гражданином РФ. Мельница пыток, судов, приговоров, страдающих молодых людей, которые повинны во всем и сразу за пластмассовые стаканчики и бутылочки, уничтожающие власть, и пожилых людей-изменников, которые изменили всему, чему только можно было изменить.

В этом смраде крематория оказалось, что вообще вокруг нет стран-союзниц, и в Киеве уже даже не дядька, а нацистская бузина, но при этом отыскались европейские любители нашего лихого перегара. Мы доехали до такого жизненного спектакля, что готовы всерьез обсудить запрет театров, таланты и честность режиссеров. Мы выдумали художественную карусель выборов – не только как прием мистификаций, но и как интригу дантовского ада. Мы снова умчались умом и ракетами в Африку, а на десерт предложили радиоактивный пепел Америки.

Так какое же искусство нам теперь нужно?

Не проще ли упиться кровью и своим величием?

Ну вот. А когда мы вернемся к тем самым звенящим, дразнящим надеждам, которые возвестят о возврате к искусству?

Но кто же будут эти «мы», что с «нами» станет после того, как искусство кончилось и «нам» досталось время посмертных вернисажей?

24 февраля

Сегодня я позвал Артура поговорить, не поебаться, а поговорить. О. спала. Я сказал:

– Артур, ты в тот раз кончил в О.?

Он задумывается. Я начинаю волноваться, скрыто, конечно, но волноваться. Говорю первые пришедшие в голову банальности:

– Ну, – говорю, – О. восприимчива очень ко всяким инфекциям. Понимаешь? А без презерватива это очень рискованно.

– Я вообще не кончал в тот раз.

– Да, но я помню, как ты показывал мне первый презерватив перед тем, как надеть второй, который она попросила потом тебя снять.

– Ну да, – вяло говорит он.

Так вяло, как будто говорит со следователем.

– Ну и почему ты сменил презерватив? Значит, кончил?

– Нет, я не кончил.

Я не хочу, чтобы дружеский разговор превратился в перепалку.

– Хорошо, – говорю, – но я видел, что он был чем-то заполнен. Какой-то мутной жидкостью.

– Ну?

– Ну и когда ты снял второй презерватив...

– Она попросила...

– Я понимаю.

– Я не просил.

– Сука! А когда я сказал ей, зачем ты его попросила, знаешь, что она ответила: – «Это он сам снял. – Но я же слышал, как ты его попросила. – Ну чего ты мог там слышать! Ты не был рядом».

– Сука! – согласился со мной Артур. – Значит, так. Она что, забеременела?

Артур – опытный парень, он догадался:

– Но ты же ее передо мной в тот вечер ебал, когда она мне сосала. И ты кончил!

– Да, я кончил. Но и ты, кажется, кончил.

– Нет, я не кончил.

– Но даже если ты не кончил, все равно есть шанс...

– Слушай, какая разница, от кого будет ребенок. Главное, что она забеременела. Поздравляю!

– Конечно, это дело хорошее, – сказал я, – но все-таки мы с ней – семья и мне воспитывать...

– Ну и что? Я тоже приму участие. Я уверен, это будет красивый ребенок!

Артур – авантюрист. Я поговорил с О. Она считает, как и Артур, что не важно, от кого ребенок. А важно, кто будет его воспитывать. Тот и будет отцом. Этот аргумент меня не убедил. Я в легком ужасе. Мне больно (ей нравится, что мне больно). Она признала возможность того, что забеременела от Артура. Хотя, кажется, он в нее не кончил, но все-таки все может быть...

– А тебя не смущает, что мы с тобой – брат и сестра? – спросила О.

55. **ЗАПИСКИ ПОБЕДИТЕЛЯ**

Возможно, я новый Иоанн Креститель. Прошлые боги ушли на заслуженный отдых. Им назначена пенсия, как когда-то греческим небожителям – они ушли в легенды, мифы, пословицы, картины, фантики, словари. Иногда я скучаю по олимпийцам, они были такими классными, но их у нас отобрали.

Так случилось, что мы победили всех супостатов. Создали из последних сил, на последнем издыхании оружие, которое – бабах! –одним мигом парализовало противника. Вы бы видели их парализованные морды!

Как мы хохотали! Как мы плясали в угаре до утра в притонах покоренного Амстердама!

Ну что, ребят, пора! Наши танки дошли до Парижа. Наши войска взяли Лондон. Пал Нью-Йорк. Какой там Киев… Какая Рига… Пал Лос-Анджелес. Теперь мы будем сами делать фильмы в Голливуде.

Африка нам тоже нужна. Как зверинец.

Вы скажите, а Китай? Как же мы обошлись с Китаем?

Ах. Забудьте про Китай. С Китаем мы никак не обошлись. Но Китай сам от испуга вышел на пенсию. Мы всех испугали. Мы – звезды наших погон и пуговиц.

Когда наши войска вошли в Европу, мы отправили на пенсию, в основном на тот свет, не только правительства, но и толпы культурных демагогов. Мы повторили, мы опять как в 45-ом, победили, но зачем?

Хорошо было Ленину – тот оправил в отставку царскую империю под лозунгами социальной революции.

Но что же все-таки делать нам? Вот мы завоевали… Ну вот уже кто-то из наших, из нефтяников, въехал в Лувр – занял дворец, приватизировал картины. Теперь у нас есть «Мона Лиза». Начальник Росгвардии расквартировался в Версале. Правда, жалуется, что роскоши не хватает… Министр обороны переехал жить в Лондон, но не как эмигрант, в как победитель. Только министр иностранных дел никуда не переехал. Он сошел с ума.

Наша Дума приняла закон, по которому слово *Европа* вообще нельзя произносить. Это как срамное понятие. Париж скоро переименуют. Идет думская дискуссия. Говорят, ему присвоят имя Подольск. А что присвоят Подольску, пока не совсем ясно.

Но все-таки что делать с населением Земли? Что можем ему предложить?

Ну вот, мы их всех парализовали. Они не шевелятся. Мозги у них не работают. Бунта нет. Но, может, их вообще свести на нет? Конечно, они могут быть полезными агрегатами. Например, продолжать выпускать автомобили. Самолеты. Что дальше?

Вот я как новый Иоанн Креститель понял, что на месте мирового пепелища должна возникнуть истинно мировая кремлевская вера. Тогда все будет не зря.

Французы отказались делать вино и заниматься модой. По законам военного времени это – саботаж! Надо вывести французов на пенсию –

всех до единого. Но! Мне возразят, как они могут делать вино и заниматься модой, если они парализованы?

Это вопрос не ко мне. Мы вспомнили основы наших идей. Ведь в конце концов Ленинград был не только колыбелью революции. Но и нашей колыбелью – тоже! Проходные дворы, спортивные залы, фарцовщики, гопники, девки, менты – вот наш плавильный котел. Мы бросаем туда выведенную с позором из словарей Европу. Пусть она обрастет бандитами, коррупцией – у них всегда это было, но надо умножить, укрепить, принудить к коррупции и бандитизму.

Послать туда дивизию наших прокуроров и легкую кавалерию судей. Обеспечить Запад луком и капустой. Отстрелять всех мелких собачонок. Перемолоть и сделать из кровавого фарша тамошний народ нашими патриотами, – но как? Мы посадим на вакантные должности преданных нам предателей – наших будущих друзей и партнеров по бизнесу. Наши телеведущие совершают подвиги – на плохом английском языке они героически учат народы мира, как служить нашей отчизне.

Нам не привыкать. Мы когда-то завоевали Сибирь. И Аляску.У нас найдется, кому управлять Скандинавией. Испанией давайте править осторожно. Там до недавнего времени зрели апельсины.И Константинополь – о чем мечтал Достоевский – тоже стал наш. Народ доволен. Прыгает на капотах, на крышах, на крышках кастрюль.

Я теперь новый Иоанн Креститель. Возлежу на Среднерусской возвышенности. У вас, простите, нет сигаретки? Что? Сигареты во всем мире кончились. Махра? Давай махру. Ну дай хоть что-нибудь новому Иоанну Крестителю!

24 февраля

Мы отказались от аборта. Мы сделали УЗИ. Нам сказали, будет мальчик. Мы раструбили всем друзьям: у нас будет мальчик. Артур был счастлив.

От кого, однако, наш мальчик?

56. **ПРИГЛАШЕНИЕ**

Великий Гопник укрывался в горах в своей резиденции. Он был разведчиком – это гнусное занятие, которое предлагает мочить людей морально и физически, разлагать их сознание во имя национальных интересов. Когда я вернулся в Москву, меня пригласил Ставрогин.

– Начальник, кажется, поверил в эпидемию глупости. Он хочет с вами переговорить.

24 февраля

Новое УЗИ. Я на нем настоял. Хотелось посмотреть, похож ли плод на меня. Оказалось, не мальчик, а девочка. Мы смотрели-смотрели и решили, она на меня похожа. Хотя, сказала О., остаются два процента, что я забеременела от Артура. Я сказал: всегда можно сделать ДНК.

– Никакого ДНК, – сказала О.

Артур с тех пор стал Артур-Два-процента. Он теперь приходит к нам, как домой. Вот и сегодня пришел к ужину, сел в кресло в столовой и говорит:

– Я ваш раб, делайте со мной что хотите.

О. сказала:

– Сами трахайтесь. Без меня!

Артур взялся ее уговаривать. Я вижу, она сдается на уговоры. Удивительно, как женщины умеют сдаваться на уговоры. Вот, кажется, крепки как сталь, а заведи разговор с другого конца и – готово.

Артур говорит:

– Давно я не парился в турецкой бане.

А у нас в квартире есть хамам. Маленький, но уютный.

– Это идея, – говорит О. – Загружайтесь. Я сейчас приду.

Мы разделись. Сидим в пару. Никто не идет. Мы еще подождали. Никого. Тогда Артур пошел искать О. Не нашел. Куда она делась? Я тоже обошел квартиру. Звоню. Не отвечает. Вдруг перезванивает. Раздраженно так:

– Я к подруге на Николину гору уехала.

– Без нее обойдемся, – засмеялся Артур.

57. Я СНОВА ВИЖУ МАЛЕНЬКОГО НОЧНОГО СТАЛИНА

– Ну что, накаркал? Во всем виноваты вы, либералы, с потрохами купленные американцами.

– Американцы тоже умирают от глупости, – сказал я.

– Дохнут? – строго посмотрел на меня Великий Гопник. – Туда им и дорога. И вообще… Американцев больше нет. Они напичканы чипами и действуют по команде. Это – овощи. С завтрашнего дня каждый либерал будет обязан носить белую ленточку. Ведь вы же все бросились носить эти ленточки, чтобы меня свергнуть. Так и носите теперь, чтобы народ знал, кто заразил нашу великую страну.

– Мне сказали по секрету, что израильские врачи добились больших результатов в поисках вакцины против глупости.

– На мышах они экспериментируют, – пожевал губами Великий Гопник. – На мышиной глупости. Ну и что вы предлагаете?

– Объединить усилия… – сказал я.

– С кем? Пустая трата времени!

Стараясь не сбиваться и не спешить, я попробовал обрисовать картину бедствия:

– По разрушительной силе глупость не уступает ядерной войне.

При слове «война» Великий Гопник оживился и стал слушать.

– Тиражи глупости взлетели на глазах моего поколения, на рубеже веков, – продолжал я. – Люди шагнули в новое тысячелетие с надеждой, что ужасы прошедшего века останутся в прошлом. Шагнули –и растянулись. Глупость подставила им подножку. Она потеснила культуру, отправила ее на сцену развлечений, заставила танцевать грязные танцы.

Лицо Великого Гопника приняло саркастическое выражение.

– Я, впрочем, их люблю, – поспешил я добавить, – эти грязные танцы, и я сначала подумал, что это идет новая искренность, новое откровение, апофеоз повседневности, что кризис культуры необходим, потому что культура застоялась. У нее затекли конечности, и вот новое поколение будет высмеивать пролежни старой культуры, модернистские наклонности, авангардистские штучки. Но когда я увидел, что режиссер за режиссером, писатель за писателем стали перебегать через красную линию и сдаваться глупости, я понял: настала новая эра.

Крепкой загорелой рукой Великий Гопник взял графин за горло и собственноручно налил мне воды.

– Глупость, – отпил я глоток, – запретила называть себя глупостью, зажала рот своим оппонентам. Конечно, были интеллектуалы, которые предостерегали и раньше, еще до второй мировой войны. – Осторожно, идет бунт масс! – восклицали они.

– Ортега, – вставил эрудит Ставрогин.

Великий Гопник не отозвался. Он слушал меня, глядя в стол. О чем он думал?

– Люди сотнями тысяч умирают от глупости! – беспокойно говорил я. – На подъездах к больницам выстраиваются километровые очереди машин «Скорой помощи».

– Обычное сезонное явление. Что у нас? Ранняя осень?

– Поздняя весна, – подсказал Ставрогин.

– Тем более!

– Это особенный, хитрый вирус, который обманывает иммунитет. Человек оказался только поверхностно умен. А внутри, под оболочкой, глупость, которой и питается вирус. Мне объяснили израильские врачи…

– Израильские врачи! – облегченно всплеснул руками Великий Гопник. – Нашел кого слушать! И вы утверждаете, что это – не провокация! А вы… что думаете? – спросил он Ставрогина.

– Я думаю, – с достоинством выпалил тот, – это покушение на наш суверенитет.

– Глупости нет!

Я оглянулся: в окно кабинета влезал с хитрой улыбкой Маленький Ночной Сталин.

– Как так нет? – растерялся я. – Ведь вы же вроде поверили в эпидемию…

– Не будем терять время! Если нет глупости, то нет и эпидемии, – сказал Маленький Ночной Сталин, усаживаясь за переговорный стол.

– Вы знаете, что вы вездесущи? – спросил я его, отхлебывая горячий чай, который принесла всем опытная жопастая официантка.

Маленький Ночной Сталин молча смотрел на меня.

– Однажды в Америке, – сказал я, – я встретился с вашей чудовищной мощью.

Великий Гопник усмехнулся.

– В Нью-Йорке меня пригласил на ужин один их медиамагнат. Может быть, самый крутой. Владелец газет и журналов. В прихожей его дома висели картины Мондриана и Марка Шагала. Я тогда в одном из его престижных журналов напечатал отрывок «Good Stalin» – часть моей книжки. Оттуда и пошло название «Хороший Сталин». За ужином разговор пошел о вас. Он знал, что я – сын вашего личного переводчика с французского языка.

Маленький Ночной Сталин кивнул.

– Этот тот, худой, кто родился в ленинградском университете? – Он рассмеялся. – Так вы его сын?

– Да. Так вот за ужином разговор зашел о вас. Он интересовался подробностями папиной работы с вами. Слушал внимательно. Перед десертом магнат встал и пригласил меня с ним пройтись. Мы шли через его большой дом и очутились в просторной комнате. Посередине нее на тумбе стоял макет мавзолея с двумя фамилиями. ЛЕНИН. СТАЛИН. На стеллажах стояли книги.

– Это произведения Сталина на всех языках мира, – сказал хозяин невероятной коллекции. – Я иногда специально езжу покупать его книги в разные страны.

Я стоял совершенно сбитый с толку. Ведь это был хозяин самых либеральных изданий Америки.

Великий Гопник зааплодировал, Ставрогин – тоже. Маленький Ночной Сталин невозмутимо сказал:

– Вы почему удивляетесь? Я зашел в людей. В самые темные уголки сознания. Я поселился в душах американских президентов, британских премьер-министров. Даже самый отъявленный оппозиционер и то в душе ласкает меня. Про остальных что говорить! Я поселился там, в душах, – он поднял указательный палец, – потому что душа человеческая призывает меня. Так устроен мир!

– Так в душе у человека есть и другие гости, – краснея, выпалил я.

– Так потому и борьба! Вечная борьба! – вскричал Маленький Ночной Сталин.

– Почему вы вернулись к нам? – спросил я.

– Я же вам говорил! Вы что, не верите? Я никуда не уходил. Пришлось какое-то время попрятаться, перейти на нелегальное положение. Но у меня есть опыт подполья. Были провокаторы, предатели, вроде Никиты. Вынесли из мавзолея, отправили в ссылку. Мне не привыкать. Сами знаете, Туруханский край… Я бежал. На попутках, с шоферами грузовиков. На их лобовых стеклах были мои парадные портреты. Я ехал в электричках, где в проходах инвалиды торговали моими изображениями. Ехал, ехал и приехал. Без меня работа в России не спорится.

– Я бы вас снова сослал в Туруханск, – признался я. – Вы – бред. Я преклоняюсь перед этим бредом. Это же надо: маленький плюгавый грузинский семинарист из семьи запойного сапожника или хрен знает кого, бандит с большой дороги, шестерка Ленина становится Русским Богом, который запросто уничтожает миллионы людей, наплевательски устраивает государственную резню на всю страну, прокладывает трупами путь к победе, и народ падает на колени, лижет грузинские ноги. Не пора ли тебе отправиться на твою историческую родину? Вали отсюда!

– А я виноват, что ли, что у вас такой рабский народ? – равнодушно ответил Русский Бог с сильным кавказским акцентом. – Я грузин своих зарезал не меньше, чем русских. В процентном отношении! Понял? И любит твой русский народ во мне не просто меня, а принцип власти! Им вот такая власть нужна, и никакая больше. Их должно резать или стричь. По словам одного поэта. Тогда они будут на тебя молиться. Им не подойдет в кумиры Столыпин. Слишком умный, образованный, не ваш. А я ваш. И твой тоже, понял!

Я бросился его душить. Но вместо Русского Бога хватал руками пустоту. Неожиданный всплеск моих эмоций переполошил Великого Гопника.

– К столу! К столу! – захлопотал он.

Вот так же хлопотала, раскрасневшись, моя бабушка Анастасия Никандровна, приглашая семью к столу и снимая сшитый ею фартук, прежде чем самой сесть за стол.

На террасе нам подали ужин.

24 февраля

У нас комплекс не великий российской империи, а убогой древнерусской колонии Золотой Орды. Нам все мерещится, что нас снова кто-то завоюет.

58. УМНАЯ ДЕМОКРАТИЯ

Один американец написал книгу «Против демократии». Ее обсуждали в Париже на международной конференции. Меня пригласили в качестве оппонента. Готовя свой ответ американцу, я осознал, что его критика демократии недостаточно глубока. Демократия действительно наделена определенным количеством органических пороков, и известное высказывание Черчилля о демократии не уменьшает их. Кроме того, во времена Черчилля демократия была гораздо более репрезентативной системой, нежели теперь. Тогда народ выбирал из тех, кто мог быть судьей качества этой демократии. Фитиль равенства и братства можно было подкрутить или напротив активизировать. Теперь время судей прошло. Демократию несет. Она стала не только режимом средних мнений. Она опустилась на дно наиболее слабых и недалеких людей. И вот тут-то и стряслась с ней беда. Но автор книги «Против демократии» ничего позитивного не предложил. Он против, но за что он – непонятно. И тогда я написал брошюру «Против глупости», часть которой я прочитал в Сорбонне, ввиду международной аудитории, по-английски. Вот некоторые отрывки:

AGAINST STUPIDITY, OR I CHOOSE THE SMART DEMOCRACY

The Western democracy now looks poor. It's like a tree without roots and with falling leaves. Such post-Soviet nations as Ukraine and Georgia or pro-European opposition movement in Russia want to follow Europe sharing the same values. But the Western democracy has become a simulacrum and to run after it is the same as to run after a ghost.

Democracy used to work pretty well after the WW2 fighting the communism. Now that war is almost forgotten and the power of the communism has almost disappeared. After the end of the Cold War we've got a new enemy – terrorism. But the terrorism has finally sent many Europeans and Americans to seek the truth in the nationalist corner. In this corner the Brexit has arrived. And later Trump as well.

We've got the epidemic of stupidity. It's a secret illness. Stupidity is not a politically correct notion. No notion – no illness. Still from the time of the Ortega y Gasset vision of the revolt of masses up till now we see the development of stupidity. It has touched all levels of state and society. To speak about the crisis of the democracy now is almost banal. The main enemy of democracy is stupidity. Because of it we risk to have no future. We've got epidemic of stupidity coming from everywhere. I have nothing against Internet. It shows by itself the danger of the irresponsible views.

Democracy should learn to fight bravely against its enemies. It has to know them better than now before fighting them.

Do you know the logical basis of democracy in Europe? I saw it recently in Triest, Italy. I had a lunch there with some nice people: local professors, writers etc. Under Italian sun they told me: they like our Great Gopnik because their authorities and the main TV programs don't like him and so they don't want to be banal. They hate America for the same reason. Well, I said to them: I understand you very well. I'm from Russia where the TV and the government like Great Gopnik. So not to be banal – the same like you – I have not to like him. They did not know what to say.

At last but not at least we should think why we need the real democracy. In Europe the philosophical basis for it does not exist anymore. Instead of Emanuel Kant we've got a lot of Brussels bureaucrats. Today freedom or universal values look like a vieux jeux. It's necessary to change this situation. We've got conception of the smart war. We've got even a smartphone. What we need now is conception of the smart democracy.

Западная аудитория в чем-то похожа на своих кремлевских коллег. Им нравится то, что они уже знают, и в тексте находят подтверждение своим мыслям. Все остальное – против шерсти. Аудитория слушала меня уважительно. Они понимали: это я из России взялся защищать демократию! Cool! Но лучше бы я обличал кровавый режим! Да так, чтобы он весь высветлился изнутри! Вот тогда бы я сорвал благодарные аплодисменты. А так идти против Запада с русскими вилами? Мы вам тут не медведи!

Аудитория выглядела несколько поникшей. Меня, конечно, хотели спросить: а судьи кто? Но не спросили. Промолчали. А когда в перерыве все жевали бутерброды, я подошел к американцу. Я думал, что американец захочет со мной познакомиться, но он отворачивался, когда я проходил мимо. Тогда я буквально свалился ему на голову и улыбаясь сказал, что мне было интересно прочитать его книгу и подумать о ней. Он кисло пожал мне руку. Разговор не получился.

Конференция продолжалась днем и ночью, круглые сутки. Я много пил, спорил, ел, ходил на китайский массаж, целовался с друзьями и подругами. Незаметно подкралась беда.

59. **ПОБЕГ ИЗ МОРГА. ПОЛЬША. СТЫДНО БЫТЬ РУССКИМ**

У нас есть поговорка: «Природа отдыхает на детях». Это когда у одаренных родителях вырастают посредственные дети. Мой сын живет в Польше много лет – у него мама полька. Он живет неподалеку от русской границы на Мазурских озерах. Из дома идет дорожка к воде. Там лодка. Рядом стол для пикников. Он – дизайнер книг. Я переделал ради него и его семьи поговорку: «Дети отдыхают наприроде».

Может быть он и прав: забиться куда-то в прекрасный уголок Земли и жить в свое удовольствие. Отказавшись от бурного русского счастья. Он изо всех сил отговаривал меня ехать через Польшу. Говорил по телефону, что со слезами на глазах заклеивал русский флажок на русском номере своей машины – поляки сигналили и проклинали москаля. Я не послушался его. Из Прибалтики мы заехали к нему в гости. По семейной традиции пошли в японский ресторан. Там сидели крепкие веселые американские парни в футболках, белые и черные – американские солдаты, расквартированные в этом районе. Они смотрели на нас с традиционным американским радушием, но я представил себе, как они идут в бой, как превращаются в убийц. Бездарное человечество не смогло справиться с агрессивными инстинктами, недалеко ушло от первобытных предков, обожествлявших войну.

Мы тоже довольно трусливо заклеили триколор на номере – и просчитались. В Польше, как всем известно, огромное количество украинских беженцев. Они прекрасно знают русские номера – наклейка на номере и украинский флажок на багажнике нас не спасли. Нам кричали вслед «Слава Украине!» и трясли кулаками. Мои девицы напугались до смерти.

В центре Варшавы на улице Смольной мы разгружали багаж перед гостиницей. Я обратил внимание на высокого, в черном пальто, пана в очках, который разглядывал нас. Такой вполне благородный пан. Он подошел к нам и спросил у меня:

– Не стыдно ли вам быть русским?

Я ответил ему по-польски, что я против этой войны и Кремля, но он не желал этому верить и усмехался, глядя на наш заклеенный русский номер. Я сказал, что я разговариваю с ним по-польски, потому что у меня сын – поляк, и он несколько смутился, отошел, но стал снимать нас на телефон. Я тоже достал свой телефон – вот такая была короткая видео-война, пока он не отвернулся и не ушел.

История повторялась. В советские времена я приехал в Варшаву со своей польской женой на «Ладе» с советскими номерами. Как-то ехал один по улице Новый Свят, и какой-то элегантный пан в шляпе плюнул мне демонстративно на капот. Я поднял большой палец, давая ему понять, что понимаю его. Вы бы видели его пораженные глаза!

Я рассказал за ужином моему другу Адаму Михнику, легендарному герою «Солидарности», о встрече с польской ненавистью в нынешнем варианте. Он был возмущен. Но что с того! Забывают быстро страшные войны в Африке, но война в центре Европы не забывается десятилетиями. Наш третий собеседник, русский журналист К. из Киева, заговорил о Буче. Теперь имя этого городка будет таким же нарицательным, как и Катынь. Кстати, до сих пор есть в России упрямые люди, которые наперекор всему, считают немцев палачами Катыни. То же самое ждет и Бучу. Мы мучились мыслью, что Украине нельзя победить на поле боя. Самое лучшее – это как в зимнюю войну с Финляндией в 1940 году: сталинская фейковая победа, на самом деле поражение, дала возможность финнам сохранить нейтральной статус страны. А тут, чем ближе украинцы подойдут к победе, тем очевиднее вырастет ядерный гриб над каким-то украинским городом. Мы спорили, на какой могут сбросить атомную бомбу. Сравнивали диктаторов, вчерашних и нынешних. Адам засмеялся: «Устроили дерби!»

Через какое-то время журналист К. пригласил меня выступить на украинском телеканале. Я стал развивать тезисы нашего ужина. Атомная бомба в кармане у Великого Гопника. Дальше я сказал, что Запад многие годы пренебрежительно относился к Украине. Тут журналист сообщил мне, что не надо плевать в колодец, из которого пьешь воду, и закрыл эфир.

По всей Польше развевались украинские флаги. Мои девицы даже боялись пописать на бензоколонках. К тому же поднялась страшная пыльная буря. Автострада покрылась струящимися змеями песка. Буря закончилась на границе.

Я никогда с таким облегчением не переезжал польско-немецкую границу. Судьба занесла нас пожить какое-то время в замке Виперсдорф, перевести дух. Моя французская душа ликует: здесь французский парк со стрижеными под разные геометрические фигуры кустами. Мой разум счастлив – здесь жила Беттина фон Армин, магический кристалл немецких романтиков. В парке, где похоронена эта храбрая распутница, по случаю весенней погоды достали из вертикальных гробов статуи античных воинов и голоногих красавиц. Войны будут всегда. Бесчеловечность – составная часть человека. Самоотверженность защитников родины – это тоже человеческий факт. Великий Гопник создал и сплотил кровью украинскую нацию. В парке на разные голоса поют птицы. Моя русская душа тревожно вопрошает: Когда же в конечном счете я увижу моего попугая Шиву?

24 февраля

Выезжаешь в Германии на автостраду – все несутся как сумасшедшие, а спроси зачем и куда – не ответят.

60. **JE PIQUE!**

Тринадцатый день я лежу в реанимации под Парижем. Правда, на один день меня отвезли в нормальную палату, навалив мне в беспорядке на кровать, готовую принимать любые позы и положения, большую красную сумку-чемодан с грязными колесиками, черно-желтый рюкзак, апельсины, компьютер, большой черный термос, телефон в руки. В нормальной одноместной палате нянечка-арабка, которая принесла обед, оглядевшись, сказала:

– Ну вы тут прямо как на отдыхе.

Сглазила! На вторую ночь перед рассветом меня срочно отправили в реанимацию вновь. И вновь я стал похож на Гулливера в стране лилипутов, опутанного шлангами, проводами, трубками и фиксаторами. Но вместо лилипутов странный мир снова открылся мне.

За тринадцать дней я не видел ни одного французского доктора. Не успели меня снять с моей первой в жизни скорой помощи, как меня принял в кислородные объятья, засунув две трубки в нос, молодой алжирский доктор с растерянным видом. Причину его растерянности я узнал в тот же вечер, когда он пришел проведать меня перед сном, разговорился и просидел в моей палате до четырех утра. Что он делал все это время? Он рассказывал о том, как разочаровался в человечестве на примере алжирской истории. Меня – с кислородом в ноздрях – мало в ту ночь волновала алжирская история, но я терпеливо слушал его стенания по поводу того, что алжирские революционеры на переговорах с де Голлем о независимости их многострадальной страны продались Франции, и что до сих пор Алжир является ее колонией. Как с этим жить? Я посоветовал ему какую-то билеберду. Не зря в ноздрях у меня бушевал кислород. Мы все в жизни встаем на две лыжи, – нес я ахинею, – лыжу мечты и лыжу реальности. Лыжа мечты – это идеальная революция. Лыжа реальности – компромисс и предательства. Доктор! Разве вы не заметили, что все мы физически несовершенны? То же самое можно сказать и о нашей духовности! Не ездите по склону на одной лыже!

Он ушел с заплаканными глазами.

Доктора менялись, как в бреду. На следующий день меня покатили к иракскому медику. Тут же подошли его индийская коллега с золотом в ноздре и иссиня-черная стажерка из Сомали. Иракский доктор был нервным и неуверенным в себе. Зато он был уверен в том, что мне немедленно нужно делать операцию. Проверив меня на прекрасных немецких аппаратах, он требовал от меня только покорности и, глядя на мой лежачий отказ, наливался яростью.

Я говорил по-французски лучше, чем большинство игроков медицинского персонала, которые окружали меня. Они считали меня французом с особым выговором. В моей кислородной голове они мне казались кузнечиками, цикадами, саранчой, божьими коровками. Я пытался приручать их, как домашних животных, но они были не животными, а кузнечиками.

Мы говорили с разными акцентами на одном языке, но каждое слово имело для них и меня разный смысл. Для меня деревья – это березы, а для них – пальмы. Это прекрасно, это – многомирье, но как французы под самом Парижем отдают свое здоровье и свою жизнь африканской деревне, вооруженной шприцем, я отказываюсь понимать.

Одна санитарка из Сенегала спросила, есть ли у меня жена, и когда я сказал «есть», она предложила стать мне второй женой. Медсестра из Туниса спросила меня, кто я по национальности. Русский. Из какой страны? Из России. Такой страны она не знала. Я упростил задачу. Из Москвы. Она что-то сообразила. Вы там живете? Да.И вы говорите по-русски? Я изумился. А как еще? Выяснилось, что она рассуждает, исходя из опыта Туниса. Там есть такие, кто говорит по-французски, а не понимает по-арабски. Она считала, что все в Москве говорят по-французски, а некоторые еще и по-русски.

Березы и пальмы, снега и пустыни. На третий день пришла кричащий доктор из третьего мира. Она кричала, возмущалась, я так и не понял, в чем дело. Она ушла – принесли обед. Вполне сносный французский обед. После обеда пришла моя вторая жена и сказала, что будет меня колоть. Она называла меня по-французски патрон, что в общем-то переводится, как хозяин.

– Je pique! – возвестила она и торжественно, больно укололав живот.

Как ни странно, к вечеру пришла рыжая французская медсестра с голубыми глазами. Я сначала решил, что это галлюцинация.

– Je pique! – возвестила рыжая и пребольно уколола в руку.

Мы разговорились. Она рассказала, что у нее был муж, страшный пьяница, и она ушла от него, и теперь хочет выйти замуж неважно за кого. Я был поражен. И уехать, добавила, туда, где горы и море. Подальше отсюда. Но в общем в сторону Лазурного берега.

– Je pique! – кричали кузнечики ночью.

– Je pique! – пели цикады днем.

Одна была саранчой – это докторша, что на меня накричала. Она снова вдруг пришла, дрожала, кричала, махала руками. Какой-то темпераментный элемент Третьего мира.

– Je pique! – кричали божьи коровки.

По ночам в реанимации нутряным смехом джунглей смеялся медперсонал, ревели приборы смертельной опасности. Мигали красным. Смиряясь, они милосердно блекли желтым цветом. Снова краснели и ревели. Прибегали кузнечики. Вторая жена ворковала. Патрон!

– Как же я тебя возьму в жены, если я не знаю, как ты умеешь любить?

Она смеялась смехом джунглей.

– Je pique! – и так уколола, что до сих пор болит бок.

Приходили студенты. Их учили меня колоть.

– Говорите громче: je pique!

– Je pique! – хором кричали студенты.

Приходили случайные люди, заблудившиеся в медицинской жизни.

Пришел длинный студент. Спрашивает, передергиваясь:

– Pas de douleurs?

Я отказался от операции, потому что каждый кузнечик предлагал оперировать что-то свое. Диагнозы не сходились. И было страшно. Я пИсал литрами, литрами, литрами в огромную бочку, потому что из меня гнали мочу.

Вдруг появились три медсестры, включая рыжую, и принялись описывать мои вещи. Они объяснили это тем, что в здешних местах под Парижем много воруют. Каждую вещь они рассматривали. Они вынули из рюкзака мою переведенную на французский книгу «Энциклопедию русской души», положили на стол и удивлялись, что я читаю книжки. Это моя книга, сказал я. Видим, сказали они, решив, что речь идет о собственности. Это я написал эту книжку. Как?Я показал на фамилию автора, которую они ни разу за тринадцать дней не смогли произнести правильно. Они не могли понять, почему моя фамилия на обложке и очень странно смотрели на меня. Но рыжая француженка вдруг сказала:

– Он читает свои книжки!

Она захохотала, а другие не поняли.

– Я – писатель, – сказал я примирительно.

Они не поняли.

– Я – журналист, – упростил я им задачу.

На их лицах вдруг возникла заря понимания. Она перешла в зарю уважения. Они почтительно замолчали.

На левом запястье у меня тугой пластмассовый браслет с кодом – чтобы не перепутали, если что. Они решили описать и мое обручальное кольцо. Зачем? Тут я понял, что это на случай.. на всякий случай…

– Je pique! – Я сжал кулак и поморщился.

Вдруг прибежал еще один кузнечик. Поважнее. Начальник отделения. Мы вас переводим. Куда? Я сижу. Кровать уже укатили с красной сумкой-чемоданом и с грязными колесиками. Куда меня? Я никуда не пойду. Это необходимо. Нет. Но поймите… Нет. Отдавайте мои вещи – я ухожу. Как? Я иду пешком в Париж. Это нельзя. Я русский –мне все можно.

Он открыл рот.

Через полчаса вкатили мою кровать обратно. Все ахнули. Я победил их главного кузнечика, всю больницу, весь мир. Меня облепили насекомые. Они восхищались мной. Они боялись меня. Моя вторая жена сказала, молитвенно сложив ладошки: «Мой патрон.»

Я победил. Бородино! Но французов на поле не оказалось.

Насекомые меня откачали. Пришла кричащая докторша и объявила, что мне нельзя летать на самолете. Я поеду поездом. «Но какой поезд едет в Москву?» –закричала она. Русский. С купе. Паровоз. Бросаешь бревна – он едет. Она слушала, очарованная. Снег падает. Она перестала кричать. Она вдруг поняла, что я дьявольски красив, и я еду на русском поезде.

– Je pique! – Напоследок моя вторая жена с любовью уколола меня в жопу.

Я вышел из больницы хромая.

Они все-таки меня откачали, эти кузнечики.

В Париже я явился к именитому профессору, чтобы понять, чем я болен.

Он вел себя со мной, как теннисист, который давно уже механически бьет по мячу, но бьет точно и безошибочно. Денег он с меня не взял. В больнице мое тринадцатидневное лечение обошлось моей страховке в 26 000 евро. Наверное, они до сих пор меня проклинают!

Напоследок блестящий теннисист сказал, что я попал не в самую лучшую больницу под Парижем.

– Я вас не понимаю, – признался я, возвращаясь к заветной мысли, – как можно доверять здоровье и жизнь людям, которые живут на другой экзистенциальной платформе. Они прекрасны. Но березы и пальмы – это разные деревья. Как ни крути.

Профессор промолчал. Многозначительно.

– А как вы туда попали?

– С аэропорта «Руасси Шарль де Голль», – сказал я.

– Расскажите.

Ну чего тут рассказывать? Профессор! Я перегулял. Полтора месяца беспробудно жрал и пил вкусное вино. Я прилетел в Париж, взял машину на прокат и поехал домой – я живу у анархистов, Франсуа и Андрэ. У них засранный дом, немытая черепаха в аквариуме. В спальне вместо распятья висит декрет Парижской коммуны. Прямо над головой.

Я зашел в «Каррефур» – это их «Перекресток» – купить стейк на ужин. В двух шагах от магазина – китайский массажный салон, скажу привет. Я знаю хозяйку много лет. Она обрадовалась: у меня новенькая. Я говорю: – Завтра приду. Я только с самолета.

– Но ее завтра не будет.

Я заколебался. Сколько? Нет, это дорого.

– А там напротив через бульвар еще дороже.

– Но мы же друзья.

– Ладно, как раньше. Но ей тоже дай.

– Дам.

Шел домой. Несвойственная мне смертельная усталость.

Назавтра в девять, смешав валокордин с божоле, пошел за машиной. По дороге к машине вдруг прошиб холодный пот и на груди у меня на куртке увидел желтую звезду беды. Усталость дикая. Последний день ресторанов до девяти. Завтра все будет закрыто. Массажный кабинет тоже. Да и дерет хозяйка страшные деньги. Теперь на рубли пересчитать – обалдеешь. Вечером перед отлетом иду к русским друзьям. Друзья, не пейте никогда после ужина анисовую водку. Это ужас! Сначала все расширяется, а ночью – беда.

Накануне мне приснилась мистическая подсказка. Она мне редко снится – но это моя привилегия. Серо-синее поле, пустота, какой-то туман. Сюда хочешь?

Я стал жарко спорить.

Тогда прислали новое предупреждение. Желтая стена, на ней LA MORT.

Ну это слишком в лоб, дорогие друзья!

Красные простыни. Пыльные. Насыщенные вонью дуста всего поднебесного мира. Чертовы анархисты! Сами сбежали в Альпы. Выполз зелено-черный таракан и на туалетном столики рухнул. А я дыши дустом. Проклятая черепаха!

Профессор!

Вы когда-нибудь висели на виселице?

Я висел.

У меня десятилетие свадьбы. Игрушки, шампанское. Но нет сил.

Встаю, цепляюсь за стену. Начинаю хрипеть, свистеть, визжать, задыхаться.

Кого-то травят боевыми веществами, а я? Может меня отравили?

Сажусь на красные простыни – не могу. Нечем дышать.

Конец.

Виселица.

Оборвалось.

Как там декабристы.

За окнами темно.

Как это я долечу до Москвы?

Никак.

Выпил с мукой горячего чаю.

Пошел за машиной.

По дороге останавливался пять раз, жадно дышал. Все смотрели с непониманием. Ехал в аэропорт. Высунул морду в окно. Вроде получше. В аэропорте стоят мертвые самолеты.

Я вылезаю. Вытаскиваю красную сумку-чемодан. Ставлю с трудом на колесики.

А где тележка?

Они говорят, нету.

Я начинаю понимать, что без тележки не дотащусь до стойки «Аэрофлота».

Они смотрят на меня. Мне дурно.

Сел опять в машину, не могу встать.

Они вызвали спасателей.

Спасатели приехали через три минуты.

Дайте палец. Какой? Любой. Кислород в крови.

Меньше 70, а надо 98 процентов.

Тут они всполошились. Откуда-то вытащили складную коляску – повезли меня в медчасть. В медчасти сидели, зевали полицейские, дальше меня встретил маленький доктор с умными глазами, в очках и стетоскопом на шее.

Я сидел в кислородной маске. Мне было лучше. Я хотел в Москву. Везите меня в Москву – к стойке «Аэрофлота».

Доктор покачал головой.

Ждали скорую. Пока ждали, маленький доктор выкатил меня на воздух мимо полицейских.

Светило солнце Аустерлица.

Доктор – маленький француз – улыбнулся мне.

Я говорю: – меня отравили.

Он говорит: – разберутся.

Говорит, он знает несколько русских слов.

Я улыбаюсь улыбкой бывшего повешенного человека.

Давайте!

Он говорит

Спасибо

Да

Нет

Молодец – киваю я.

Он смотрит еще. Думает еще.

– Я знаю еще.

Ну давайте.

Он смотрит на меня и говорит

НИЧЕГО СТРАШНОГО. Я ПЬЯН.

Я, бывший повешенный, в ожидании скорой начинаю хохотать. Я представляю себе толпы наших пьяных туристов, которые ломятся в самолет, а их не пускают – везут к доктору на освидетельствование.

Что они ему говорят, вылупив глаза? Что?

НИЧЕГО СТРАШНОГО. Я ПЬЯН.

Великая страна, я преклоняюсь перед тобой. А я-то кто? Твоя маленькая частичка. Ну и как же нам, братцы, жить дальше?

А голос сверху:

– Je pique!

61. **РАЗДЕЛ МИРА В ПОЛНОЛУНИЕ**

Случилось полнолуние. Великий Гопник и Маленький Ночной Сталин вышли на балкон. Природа тихо серебрилась. Они невольно залюбовались.

– Пришла пора присоединить к нам Луну, – сказал Маленький Ночной Сталин. – Это, конечно, не Крым отжать, но пробовать нужно.

– Да нам бы сначала на Земле разобраться, – сказал Великий Гопник.

– И как же ты хочешь разобраться?

– Можно ли победить в ядерной войне? – вопросом на вопрос ответил Великий Гопник.

Молчание.

– В ограниченной ядерной войне, – добавил Великий Гопник.

Молчание.

– Я, кажется, становлюсь круче вас, – сказал Великий Гопник.

Его губы обметала брезгливость:

– Есть три державы: Россия. Америка. Китай. Собираемся и делим мир. Нам отходит территория Советского Союза, буферная зона бывшего соцлагеря, возможно, Финляндия. Я думаю и про Аляску.

– Про Луну не забывай.

Это что, издевка? Но Великий Гопник величественно кивнул:

– Не забуду.

Они обнялись. Великий Гопник погладил Маленького Ночного Сталина по головке. У того была на удивление маленькая головка.

Маленький Ночной Сталин стал что-то шептать ему на ухо, хотя вокруг не было никого, кроме тихо серебрящийся природы.

– Что? – не понял Великий Гопник.

Вождь снова зашептал ему в ухо.

– Раздавить Украину? – переспросил младший товарищ.

Вождь кивнул.

– Уничтожить киевский режим?

– Вынеси ему мозг, – сказал вождь.

– Маленький ты мой, родненький, ночной… – прошептал Великий Гопник с такой нежностью, которую он от себя и не ожидал. Это тогда он впервые сказал старшему товарищу «ты».

62. **КОВЧЕГ**

– Это ты написал трактат «Против глупости»? – спросил пробегающий мимо меня Маленький Ночной Сталин.

Господи, подумал я, наверное, я заболел глупостью в тот момент, когда стал регулярно общаться с Эразмом, и все беседы с ним носили характер инкубационного периода заболевания. Возможно, некоторые стороны действительности тоже были окрашены заболеванием. Мне тоже досталась бацилла любви к ненависти. Я страстно полюбил свою ненависть к режиму. Все было как у всех, но в разных дозах.

Я провалился в глупость. Именно в этом провале меня и накрыл Великий Гопник:

– Я приглашаю тебя в *ковчег*. Возьми своих. Без либералов, художников, блядей и моралистов мир не выстоит. А я беру своих. И свору породистых собак. Ну, еще каких-то животных. И прощай, прошлое!

– Мне кажется, у вас – душа Герострата.

– Каждый разведчик – Герострат.

– Но ведь разведчик – собиратель говна в человеке.

– А кто без говна?.. Я побежал, – заспешил он. – Ой, бегу, бегу, бегу. Пора собирать силовиков. Плыть придется долго, лавровую ветвь когда еще принесет голубь. У меня есть в заначке пара пачек таблеток бессмертия. Правда, они еще не прошли проверку.

63. МОСКОВСКИЙ ГАРЕМ

Свои фантазии не надо додумывать до конца, тайные желания лучше бросить на полдороге. Иначе тебя поразит убожество, расстроит тщета наших грандиозных соблазнов. Но Москва рассуждает иначе. Москва – гораздо более восточный город, чем многие думают. Я уж не говорю о том, что сталинская архитектура привнесла в город вкус грузинского лаваша. Речь идет о более фундаментальных вещах. Здесь, в Москве, восточное представление о богатстве – показушная спесь, надувание щек. Здесь, в Москве, восточное представление о власти: вместо демократии – секир-башка. Да и нищета здесь пахнет беспробудным Востоком. Беспомощная и оцепенелая, она здесь останется навсегда. Местная литература имеет свой пафосный восточный голос, полный дидактики и веры в непогрешимость. Блогеры считают себя новинкой, но это все тот же вечный лубок русского Востока. В общем, куда ни кинь взгляд: матрешки, шапка Мономаха, мавзолей на бывшей рыночной площади, красно-зеленая раскраска церквей, подслеповатые окошки старины – все это восточнее самого Востока, потому что Восток, не осознающий себя Востоком, – тяжелая жирная пища мозга.

Но есть тайные вещи, которые радуют посвященных и придают московской жизни азартный характер. Как всегда, на все запреты есть лазейки восточной вольности, и Восток, поделенный на Восток, превращается в прозрачный горный поток. Каждый камень виден на дне, каждая волосатая водоросль откровенно шевелится.

Среди тайн московской восточной жизни нет ничего слаще московских гаремов, которые, впрочем, настолько непроницаемы, что в городе их почти не различишь. Они скрываются за плотной охраной московских небоскребов Сити, паря над городом на высоте сорокового-шестидесятого этажа. Их можно разве что с вертолета засечь, да и то не всегда, потому что задернуты шторы. Гаремы существуют и на подмосковных дачах, но и там они недоступны для наблюдателя-вуайериста.

Зато, когда начинается бархатный сезон и вконец надоедает московское хлюпанье под ногами, московские гаремы трогаются в путь и золотой тучкой не только ночуют, но и днюют на бархатных островах.

Так, многие годы подряд живя осенью на Капри, где бархатный сезон длится целый год, примерно так же, как и в Сан-Франциско, но только на Капри итальянское солнце сильнее бриза и капризов погоды, я осознал, что длинные падающие иглы приморских пиний сильнее многих городских переживаний.

Сняв дом с большим цитрусовым садом, где упавшие с веток апельсины выстилают газон, московский гарем выбегает на свежий воздух в свободных полощущихся одеждах серебряного века.

Мне рассказывает моя мама, которая после смерти нередко посещает остров Капри, что рай – это всего лишь бархатный сезон, ничего лучше выдумать не смогли.

Мы встретились с ней в саду у русского полу – или четверть-олигарха, который давно уже не работает, шифруется под ником Nobody18, разочаровался в людях, но регулярно привозит на Капри свой гарем, чтобы выгулять.

Гарем состоит из отборных девушек, неплохо образованных, знающих несколько языков, трудолюбивых, бодрых, улыбчивых, которые, переливаясь на лужайках бархатного сезона, охотно сходятся и расходятся со своими пристрастиями. На моих глазах этот Nobody18 и его помощница Гуля организовывают тематические вечера. Первый вечер – праздник молодого бойца. На него приглашаются в основном военные люди разных стран. Звучит полковая музыка. Девушки выступают в военной форме. Дальше – день рыбака. Ну понятно, что это праздник БДСМ, всяких сетей и снастей.

Особенным вниманием девушек пользуется ночь патриота – на нее приглашаются всякие чучела родной московской жизни, которые ведут себя соответственно, по-восточному, набивая карманы пачками отечественных презервативов.

Nobody18 также регулярно устраивает американскую ночь – сюда ездят много американцев. Они обычно напиваются, съедают гору оранжевого сыра и редко трахают девушек.

Есть ночь лакеев – это на Капри считается местной достопримечательностью. Приглашаются все портье и официанты острова. Бьется много посуды.

Проходят вечера и ночи розовой любви – тогда самого Nobody18 отправляют спать, чтобы не мешал веселиться.

Иногда среди девушек проходит слух, что бархатных сезонов больше не будет. Они приходят в ужас. Но бархатные сезоны все еще продолжаются.

Подрывают ли московские гаремы режим Великого Гопника? Это революционное явление? Или напротив укрепляет его?

С этим вопросом я обращаюсь к моей маме.

– Это отдушина, – отвечает она.

Мама, которая при жизни публично не разделяла свободных нравов, сейчас, после смерти, смотрит на эти вечеринки с шампанским другими глазами. Она поняла всю мелочность человеческих условностей, научилась отделять семейные радости от интимных.

– Раньше, – говорит она, – мне казалось, что соединение тел, все эти чмоки-чмаки могут быть только при сильной любви, а измена – это грех даже для атеиста. Но бархатные долины и плоскогорья рая подсказывают иное. Бархатный сезон – это праздник тела, который нельзя пропускать.

Мама пьет красное вино «Примитиво» и поощрительно поглядывает на девушек в легких светлых одеяниях серебряного века.

– В нашей стране у людей столько комплексов, – вздыхает она. – Я не люблю, когда порнография превращается в анатомию, хотя ты, мой дружок, даже в анатомии видел порнографию.

Я удивленно смотрю на нее. Откуда она все это знает?

Но главный интерес представляет собой праздник, который так и называется «Бархатный сезон». К нему обитательницы московского гарема готовятся не один день. Это бал-маскарад с боди-билдингом, глубоким фистингом, достигающим в отдельных случаях желудка, с удушениями и плетками. Девушки красят губы в цвет жухлых листьев платана и кажутся отчаянными утопленницами. В полночь начинаются бешеные танцы. Моя мама зажигает, задирая юбку,по-африкански, как бубу. Все хлопают, топают, восторженно свистят.

Может быть, именно в этом угаре на нее снисходит мысль о ее роли в радикальной смене вех в нашей полночной стране, о чем расскажу, если получится, в другой раз? Сын, спрашивает меня мама, была ли на самом деле Фанни Каплан? Стреляли ли в Ленина или это выдумка ЧК? Но в шесть утра – неизменный восход, и мама как посмертная, потусторонняя Золушка растворяется в солнечном тумане Средиземного моря.

Именно на почве любви к московскому гарему мы с ней начинаем сближаться. Старые споры слабеют. Она все еще не верит в мои таланты, но уже допускает, что у меня есть совесть. А это, скажу я вам, большой прогресс. Мы с ней не пускаемся во всепрощение или во всепонимание. Мы просто пытаемся зализать те раны, которые невольно или намеренно нанесли друг другу. По утрам, когда она исчезает, я тщетно пытаюсь понять, где та дверь, за которой на Капри начинаются райские кущи. У меня не хватает смелости спросить об этом у нее вечером, когда она возвращается. Мама всякий раз одевается нарядно и модно. Мне нравится, как она следит за собой.

Сегодня в московском гареме тематический вечер под названием «Прощай, невинность!» Я выступил с гражданскими стихами:

Не плачь кровавыми слезами,
Невинность, не смеши людей!
Мы родину давно просрали.
Мы превратились в скопище блядей.

Каждая девушка расскажет, как она потеряла невинность. Но на самом деле только в московском гареме и можно невинность сохранить. Когда рушатся стены условностей, когда нет больше табу и так сильны переживания оргазма, мы все ближе и ближе приближаемся к самому сердцу невинности. Оно стучит в груди с невиданной самоотдачей жизни. Мама улыбается перед тем, как снова исчезнуть. Я прощен. Не полностью. Но хотя бы наполовину. Бархатный сезон залечивает наши семейные раны. На Капри между раем и здешней жизнью прозрачная перегородка. Но все-таки дверь, куда уходит мама по утрам, не понятно где. И потому свежесть утра особенно радостна.

64. **ВАЛДАЙСКИЙ ФОРУМ**

Можно догадаться, что это сделал Ставрогин: меня пригласили на Валдайский форум. В сочинском аэропорту (опять я в Сочи!) меня встретил водитель и на дорогом мерседесе повез в горы. Я обратил внимание, что лояльные участники, министры и депутаты, были отправлены автобусом.

65. **РОДЫ**

Мария Владимировна не спала всю ночь: принимала у О. роды. Давно став мифологической личностью, известной всей стране, ее шеф, Марк Аркадьевич Курцер, сказал мне в своем кабинете еще летом: это одна из лучших, если не лучшая из врачей. Теперь в декабрьскую ночь я мог убедиться сам, что у хорошего врача не бывает заспанного лица, опущенных углов рта. Мария Владимировна была свежа и бодра всеми мускулами красивого лица и в три ночи, и в пять утра. А в шесть двадцать шесть у меня родилась дочь.

Кончилась ночь полнолуния, начался день большого престольного праздника. О. в разгар ночи сказала мне со смущением, что, когда я вышел в коридор, она видела какой-то черный сгусток, по очертаниями похожий на медузу, который отражался в окне (случайно подглядела): он висел у нее в родильной палате над потолком – она сначала подумала, что кто-то вошел в комнату, но это было что-то непонятное. Я про себя решил, хотя я сдержанно отношусь к нездешним символам, что что-то такое должно было случиться, что это может быть наша покойная мама таким образом заглянула и сюда: она любила О. и пришла ей на помощь. Но мы не стали углубляться в эти дела: впереди были роды, а роды – это конкретно.

Мария Владимировна сказала мне (уже после), что первые роды она наблюдала в институте, и присутствующие на них мальчики, будущие доктора, попадали от шока. Я готов был понять этих мальчиков, пережив вместе с О. роды, сидя непосредственно рядом с тройкой женщин во главе с МВ., которые их принимали.

Но больше, чем шок, я испытал целебное ощущение чуда рождения. И то, и другое, но чудо сильнее всего. Я понимал, что это чудо, как и сама жизнь, невероятно своенравно. Есть время родов, когда ничто не зависит ни от врачей, ни от жены – время первого пути в жизнь. Физиология отступает на дальний план: это есть демонстрация чуда – редкое жизненное состояние.

– Ну давай, давай! – это я тоже принял участие в процессе, подбадривая О. (ее поднятое к потолку лицо мучилось и сияло одновременно).

И когда этот путь приблизился к завершению, моя Мася, не дожидаясь того, чтобы окончательно вылезти на свет божий, не дожидаясь ожидаемого хлопка по заднице, заверещала громко и празднично, приветствуя свое появление.

Мария Владимировна сказала (уже потом), что материальный мир не в состоянии объяснить ни работу загадочной плаценты, ни это поразительное прохождение плода через ворота жизни. Я видел, что, когда появилась головка Маси, ее личико с закрытыми глазами выглядело так, что казалось, оно святое. И как только я об этом подумал, она заверещала.

Перед тем, как начать рожать, О. попросила: погладь меня по лицу, погладь обеими руками, и когда я стал гладить, она сказала: у меня там всё расширяется. Ну да: любовь. Путь открыт.

Мне дали нехитрые ножницы, и я перерезал пуповину, как будто открывал еще непонятный самому новый жизненный путь. Тройка других женщин в халатах положила Масю на пеленальный столик, и она весьма лихо закинула руку за голову и посмотрела на мир с изумлением.

– Она что-то видит? – спросил я.

– Больше, чем мы с вами, – усмехнулись женщины в белом.

Дорогая Мася!

Мир крутится между простыми и жесткими полюсами «благодаря» и «вопреки». Этими словами меня снабдила история литературы. Мне было до тебя страшно и неуютно в этом декабре, когда меня пичкали несвежими новостями из серии бредового déjà vu. Я даже в какой-то момент был близок в отчаянию, и не только «благодаря» погоде за окном и низким небесам, не обещающим будущего, но и по той простой причине, что в эти дни сильно болела наша семейная кошка Настя и было невыносимо видеть, как она шатается при нетвердой ходьбе, и любимая (теперь уже старшая) дочка моя, 12-летняя Майка, плакала, глядя на кошкины страдания.

Но твое рождение, Мася, – преодоление безнадеги. Хочется, конечно, бежать. Бежать из большого города и куда-то спрятаться. Спрятаться, чтобы лучше тебя разглядеть. Твой дед – не прадед, не прапрадед – он родился в 1920-ом году – был светлым и обаятельным человеком, несмотря на ужас, который царил вокруг. Он даже по своей работе в сталинском Кремле был частью этого ужаса, но в конце жизни он оттолкнул от себя этот бред. Можно ли жить в бреду? В бреду рождаться? Но мы говорим жизни «да!» вопреки всему. Благодаря тебе, Мася.

66. ЗАПАХ СЛАДКИХ РОЗ

Через несколько горных дней мы со Ставрогиным явились к Великому Гопнику. Я сел в солнечной, пахнущей прогретой древесиной приемной, а Ставрогин куда-то сбежал. Сидел час. Еще полчаса. Наконец Ставрогин явился, вид у него был ошарашенный.

– Нас ждет сюрприз, – таинственно прошептал он.

– Есть запретные темы?

– Его рост и спортсменки.

С этими словами мы вошли в кабинет с тяжелыми, плотными шторами. Великий Гопник все меньше и меньше жил в Москве. Зачем там жить? Там нет снежных гор.

– А внизу, за шторами есть море? – пошутил я.

– Всё есть, – усмехнулся хозяин. – Так что же… Глупость! А что это такое?

Это прозвучало как-то по-пилатовски. В кабинете стоял чудесный аромат роз.

– Упрощение, – механически ответил я.

– Я передумал, – с какой-то потусторонней интонацией сказал он. – Глупость есть.

Я промолчал.

– Глупость участвует в каждом коллективном действии, в любом мероприятии, она проникает в свадьбы, похороны, разные ритуалы, обычаи, традиции и привычки. Она живет в каждой песне…

– Так… так… – закивал я.

– Не такай!

Куда его занесло? Я стал нетерпеливо покашливать.

– Ты чего хрюкаешь? – напустился на меня Великий Гопник.

– Я покашливаю.

– Еще хуже.

– Извините! – Я понял, что он меня сейчас выгонит.

– Если отказаться от глупости, станешь циником или одиноким. Все отвернутся.

– Вы – великий человек, – сказал я, – С вашей подачи слово *гопник* приобрело положительное значение. У нас теперь *гопники* – такой же передовой класс, как дворяне.

– Не спорю, моя заслуга, – с гордостью сказал Великий Гопник. – Благодаря *пацанам* я стал народным президентом.

– Культура – это, конечно, борьба с энтропией, но и игра с ней в поддавки, – сказал я.

– Для большого государства нужно бескрайнее пространство глупости. У нас процветает православный сталинизм. Верх абсурда? Пик глупости? А что вы хотите взамен? Люди часами стоят закрестом в Прощенное воскресенье у Матренки. Как и зачем их переделывать?

– Глупость вышла из берегов, – сказал я,

– Это там у них на Западе, – нахмурился Великий Гопник. – Это их глупость хочет войну.

– Причем тут война? – сказал я.

– Не спеши бороться с глупостью, – почесал он лицо. – Глупость сегодняшних демократий работает на нас. Северная Корея готова состязаться с США. Глупость Запада подарила нам Крым. Так поставим глупости в храме свечку!

«Это верно, – подумал я, – Мне рассказывал однажды в Гданьске Туск: Европа чуть было не обосралась. Только треть стран решилась после Крыма бросить вызов Кремлю. Ржавый механизм заскрипел».

– Я говорю об эпидемии глупости, – объяснил я. – Она разливается по миру. Вирус, который убивает. Глупость уничтожит человечество.

– Тебе что, больше всех надо? Россию глупостью не испугаешь. У нас есть свой Иван-дурак.

– Это фольклор. А я говорю о реальной эпидемии…

– Слушай, это была аморальная страна… – Великий Гопник тускло посмотрел на меня. – Ее можно спасти только строжайшей религией. И при этом эпидемию глупости некоторые называют *русской болезнью*.

В кабинете повисла тишина. Ставрогин притаился. Я видел, как у Великого Гопника заходили желваки, они так яростно заходили, что мне показалось, они издают какой-то продолговатый, тягучий звук. Желваки заполнили все лицо Великого Гопника, оно кишело желваками. У него стала подрагивать правая рука. Прошло минуты три.

– Я слышал, что это название придумали вы, – наконец со скучным видом произнес Великий Гопник.

– *Русская болезнь* – это художественный вымысел, – сказал я.

– Но вы правы! – неожиданно воскликнул Великий Гопник. – Только благодаря глупости я сижу здесь перед вами. Я – гопник с галеры. Гоп-стоп! – Он шлепнул себя по ляжкам.

Я, пораженный, снова замолчал.

– Не было бы глупости, кем бы я был? Питерским майором?

Ставрогин в ужасе смотрел на него. Великий Гопник, напротив, развеселился.

– Так что же, вы нам советуете перекрыть источник глупости, интернет?

Все знали его особенность ловко насмехаться над собеседником.

– Причем тут интернет! – попался я на крючок.

– От глупости нет вакцины, – осклабился Великий Гопник.

Как же он изменился с тех пор, когда я видел его в Париже! Не только взгляд, но и сам он стал мучнисто-стеклянным.

– Я – ничто без этой могучей русской глупости, – заявил диктатор.

– Давайте посмотрим на карту, – сказал я. – Глупость идет по прериям Штатов, по Среднему Западу, где у нее всегда было много явных и тайных союзников. Глупость взбунтовалась и лавой выплеснулась в Великобритании, стране умеренной и до недавних пор не замеченной в любви к глупости…

На лице Великого Гопника выразилось сомнение.

– Глупость штурмует Францию, где популярная ксенофобская партия...

– Мне нравится такая партия! – заявил Великий Гопник. – Это еще одно свидетельство, что либерализму пришел конец.

– Глупость обрушилась на Германию и Австрию, заставляя население считаться с неонацистами.

– Там всегда их было полно, недобитых, – пожал плечами Великий Гопник.

– Глупость хлынула в Восточную Европу. Там в советские времена шла антиселекция населения, и возращение к нормальной жизни вылилось в разброд ценностей.

– Так называемые поляки! Нам в плюс! – обрадовался за шторами Маленький Ночной Сталин.

Я вспомнил, как у Булгакова Шариков по старой памяти ненавидел кошек. Вот так же Великий Гопник ненавидел поляков, которые мешают разорвать в клочья Европу, протиснуться в дамки, разделив мир по-пацански. На поляков он повесил и Вторую мировую, и антисемитизм, и все на свете.

– Но что значит нормальная жизнь? – продолжал я. – Развитие капитализма входит в противоречии с пацифистской этикой наших дней. У капитализма – по крайней мере в сегодняшнем его виде – нет морального основания, только экономическое, а значит нет будущего. Об этом во весь голос говорит черная Америка.

– Золотые слова! – оценил Великий Гопник.

– Нужен новый Бог…

– Новый? Не дай Бог! Достаточно старого, – стремительно, по-спортивному отреагировал Великий Гопник. – Патриарх будет недоволен!

– Но мы имеем дело с системной глупостью, которая убивает людей!

– Вот вы называете это *понятк͏ой*, – кивнул Ставрогин, – а мы считаем это высшим разумом.

– Но такой высший разум и современный мир несовместимы.

– Пока мы в Кремле, – вышел из-за штор Маленький Ночной Сталин, – страна может спать спокойно.

– Глупость будет всегда, – добавил Великий Гопник в красивой белой рубашке с расстегнутым воротом, – но я подумаю!

– С уничтожением России жизнь на земле станет предельно скучной, пресной и тупой, – подхватил Ставрогин.

– Мы живем в изоляции, в сторонке, без союзников и друзей, – посетовал я.

– Да ну, брось!– разозлился Великий Гопник. – Какая на хрен сторонка! Мы – центр мира. Нам все завидуют. Друзья завидуют, враги завидуют. Ненавижу предателей, так бы и задушил своими руками. Мы живем лучше всех. Почему? Потому что мы сами лучше всех! Вокруг нас вращаются звезды, солнце, планеты, луна! Все вращается или со свистом проносится. Все страны и народы. Проносятся. Всякие подлые партнеры вращаются, мечтают завоевать, превратить в свою колонию. У каждого нашего мужика есть не только курица, но и индейка. Со времен еще Екатерины Великой. У каждой семьи свой сортир. Страна незаходящего солнца покрыта 39 миллионами дощатых сортиров, с нарезкой районной газетки для подтирки, а если нет, то можно и пальцем. Так победим!

– Причем тут сортиры? – растерялся я.

– Я не мыслю себя без России, – посмотрел мне в глаза Великий Гопник.

– А Россия не мыслит себя без вас, – вставил Ставрогин.

– Постой! Ты чего! Я тебе не колхозник Лука… – И снова ко мне: – Ну чего вы все жалуетесь! Вы посмотрите – магазины полны жратвы. На прекрасных дорогах лучшие иностранные автомобили. Москва, Питер – лучшие города в мире! Народ отдыхает на мировых курортах… Что вам еще надо?

– Свободы! – пробормотал я.

– Свободы? – иронически воскликнул Великий Гопник. – А что же вы отказались создать и возглавить либеральную партию? Он что –вам этого не предлагал?

Я молча взглянул на Ставрогина. Тот ответил мне каким-то нехорошим, жалостливым кивком.

– Ну что скажете? – наседал на меня Великий Гопник.

Я знал, с гопниками не спорят. Любой спор окончится их победой. Это я еще по детству знал. А *этот* был тем более опытный переговорщик. Глыба. Но все-таки я сказал:

– Мне кажется, что вы и свобода – это как-то несовместимо…

– Так зачем ты пришел сюда? – презрительно отмахнулся от меня Великий Гопник. – До свидания!

Запах сладких роз был божественным.

Аудиенция завершилась.

67. МАСЯ

Лицо новорожденной было совсем моим. И сразу же напомнило мне мою маму! А еще – моего блудного папу.

А когда вторая команда врачей – педиатры – стали ее пеленать, она закинула левую руку за голову, как будто на пляже.

Впрочем, я повторяюсь. Но мне плевать!

Она совсем не похожа на Артура.

– Ну как я выглядела спереди? – спросила бледная Катя, лежа на высоких подушках с раскинутыми ногами. – Порнографично?

Это было *еще то* зрелище. Я сидел прямо перед раскрытыми ногами. У нее все было раскрыто с какой-то дичайшей откровенностью и беззащитностью. Попа – тоже. Как будто дюжина арктических гиперборейцев только что засадили ей свои прославленные приборы.

– Да нет, – сказал я. – Порнография на время полностью вырубилась.

– Я так и знала. Рожать детей иногда интереснее, чем заниматься порно.

Артур ждал в коридоре. Он нервно ходил туда-сюда. Бедный Артур-два-процента. Дочка – моя! Он поймал меня за руку.

– Мы забыли, сказал он, что жизнь – хрупкая штука. Эпидемия глупости напомнила нам, что смерть – это член общества, она живет среди нас.

Он не сказал «береги своих девочек!», ему был чужд пафос, но он явно об этом подумал.

– Спасибо, – сказал я. – Давай приезжай как-нибудь на дачу, вспомним прошлое.

– О, да!... – ему хотелось высказаться. – Раньше в старые времена телесная измена была сильнее морального переживания, а теперь все наоборот. Никакого значения не имеет телесная близость, потому что она уже и не близость. Произошла банализация гейских страстей, но зато потеря Алины для меня вечная мука… Я тебе никогда не говорил, что Алина, генеральская дочка, была одержима идеей саморазрушения. Понимаешь? Я застал ее при чтении аптекарских книг о быстро действующих ядах. Зачем ты это читаешь? Она молчала. Она искала способ так умереть, чтобы не откачали. Тройка, семерка, туз. Найти такую беспроигрышную комбинацию таблеток… Зачем она это сделала? Я так с ней не договаривался.

Я вспомнил, как на Куршской косе мы копали могилу у березы. Это надо выкопать много земли, чтобы похоронить человека.

68. ИЗНАНКА МАТЕРИНСТВА

Время перевернулось. Пошло в раскоряку. За все детство девочка ни разу не задала О. ни одного глупого вопроса. Она была феноменальна. Но О. разочаровалась в материнстве. Она решила: ее надул материнский инстинкт. О. прокляла материнство – оно было утомительным, однообразным, изнуряющим. Она рычала, когда девочка кусала ей соски и множество раз по ночам требовала сисю, она трясла ребенка что есть силы и называла ее *стервой*. Ее тошнило от сказок о счастливом материнстве. Она была уверена, ребенок издевается над ней.

69. МЕТАФИЗИЧЕСКИЙ ТУПИК ВОЙНЫ

Никто, пожалуй, не обратил внимание на то, что с начала русско-украинской войны, которую в России запрещено называть войной, на самом деле случились последовательно не одна, не две, а целых три войны. Цели и задачи военных действий со стороны России подверглись со временем столь радикальным переменам, что говорить об их преемственности не имеет никакого смысла.

Идеологически зигзагообразная военная конструкция, похожая на извивающуюся змею, рождена тем, что сам ее замысел с самого начала был упорно скрыт не только от всего мира, но даже от кремлевских элит. В план войны была включена перевернутая вверх тормашками логика, продиктованная персональной ненавистью к «загулявшей» соседней стране. Это был гнев ревнивца и по сути дела рогоносца, от которого сбежала жена, не выдержав семейных испытаний и обратив свой взгляд на другие формы бытия. Вопрос о том, сама ли она сбежала или была соблазнена американским женихом с его закадычными европейскими дружками, решался брошенным мужем просто: конечно, соблазнили! Он считал свою разоренную семью своей собственностью, своей родной кровушкой, а тут обманули и обесчестили!

Это даже не метафора, а реальный, видимо, на взгляд Великого Гопника, семейный скандал.

Так вот, первая война, начавшаяся 24 февраля 2022 года, была за возвращение жены домой, в родную стихию. С политической точки зрения, это соответствовало воссозданию важной европейской части Советского Союза, ибо без Украины России не хватало сил нависнуть над Европой и вновь обернуться подлинной, страшной или по-своемубаятельной (для всех тех, кому скучно в Европе жить и хочется выскочить из объятий комфорта) сверхдержавой.

Короче, война начиналась как советская военная операция, которая должна была молниеносно поставить Украину на место. При этом, естественно, украинский президент Зеленский считался в российской ставке подставным клоуном, президентом-ширмой, за которой и прячется реальный американский жених в патриотическом цилиндре.

Понимал ли Великий Гопник, что Украина сбежала от России с целью жить лучше, наслаждаться западным обществом потребления, а может быть, просто-напросто пожелала свободы – вопрос, как ни странно, не существенный. Белоруссия тоже хотела сбежать, но ее поймал в ежовые рукавицы Лукашенко, и вот ведь получилось, вернули назад, так почему бы не попробовать с Украиной?

Тут решалась проблема не Украины, а самой России, и надо было представить дело так, что с Россией Украине лучше, потому что – следите за поразительной логикой – ее, в сущности, и нет как самостоятельной страны, она выдумана и все украинцы – такие же русские. То есть с одной стороны, она отдалась американскому жениху, а с другой – ее нет. Ее придумали.

Конечно, такой несуществующей Украины, населенной родным русским населением, действительно никогда не было. Ее побег от России объяснялся тем, что она была и есть иной. Если кратко охарактеризовать ее инаковость, то она обладает неким устойчивым гедонизмом, солнечной жизнерадостностью, связанным с ее климатом, с ее Черным морем, а также представлением о частной собственности и осмысленным личным трудом. Русская ментальность в какой-то степени заражена, напротив, антиевропейским пофигизмом, когда все размягчается до разрушения социального смысла. В советские времена разница между Россией и Украиной была более скрыта, но популярные народные песни и пляски в Украине были, конечно, не данью уважения к Советскому Союзу, а осознанным и веселым долгом перед национальной традицией.

Так что первая, советская, война с сегодняшней Украиной была проиграна еще до ее начала – не стоило было и затеваться, но тут еще хозяину Кремля поддакивали те идеологи и силовики, которые чувствовали его ненависть к соседней «псевдостране» (такая же ненависть были и к Грузии, она же перекинулась и на Польшу, но достать Польшу пока трудно – вот вернем, что называется, в родной дом Украину, доберемся и до Польши).

Откуда взялась эта ненависть? Ну, наверное, от полудетского, близкого к первобытно-общинному строю разделения мира на своих и чужих. Ну важно и то, что цель, поставленная Ельциным перед Путиным – догнать и перегнать по уровню жизни Португалию, оказалась не решенной и не решаемой, и мирная жизнь показалась Великому Гопнику пресной, скучной до зевоты.

Теперь все знают, что в походных сумках русских офицеров были парадные униформы, приготовленные на ближайший день великого праздника победы с парадом, флагами, цветами и песнями. Советский поход не задался. Да и как он мог исторически удастся, если возврата назад к сильно сгнившему доперестроечному Советскому Союзу не было и нет. Но если бы, не знаю, каким образом, все-таки советизация Украины удалась, и на верху власти оказались бы друзья кремлевского хозяина, то все равно бы Украина, уйдя в себя, сохранила свою идентичность и все равно бы из клетки смотрела с тоской на Запад. Но не случились ни эта советская клеть, ни замирающий, наверное, от сладких грез Янукович.

При отходе от Киева вдруг оказалось, что русские братья как-то не слишком корректно себя вели, и были поражены, например, тем, что украинцы даже в селах имеют туалеты прямо в домах, а не на улицах, как у нас в деревнях (впрочем, многие из них думали, что иметь туалет дома негигиенично). Перепад цивилизаций и культуры поведения был на лицо, но наши пропагандисты и власти приписывают до сих пор все промахи театральным постановкам американцев. Русский народ, глядя в телевизор, этому поверил, с этим объяснением можно легко и просто жить, не задумываясь, и Москва как в начале войны, так и сейчас живет разгульной жизнью среднего класса: рестораны, снегурочки, красота!

Второй этап войны подкрался незаметно, и, если первый был советским, то второй – историческим. Отойдя на заранее подготовленные позиции, русские друзья решили несколько перекраситься. Они вернулись к мысли, которая их посетила еще в 2014 году, когда была война за Донбасс, что есть части Украины, которые Россия по недоразумению или сдуру отдала Украине (тут был и Ленин виноват, не только Хрущев с Крымом), и что надо собрать, отжать эти земли, которые в старые времени назывались Новороссией, лишить Украину выхода не только к Азовскому, но и Черному морю. В таком случае Украина невольно была поделена на своих и чужих, а поскольку главным идеологическим лозунгом, запрятанным в русской душе, является «Мы лучше всех», то надо чужих ликвидировать беспощадно во имя своих.

Исторический смысл Новороссии к настоящему времени превратился в забытую деталь царских походов, но, прикоснувшись к этому источнику, можно привести в вибрацию многие границы Европы и Азии. Поскольку кремлевская пропаганда владеет телевизионным искусством увлекать наш народ сказочными рассказами о России как вечно разрастающейся, будто сдобное тесто, державе, то и это новороссийское объяснение проканало, да еще лучше, чем советская фикция.

Второй, исторический, этап войны ознаменовался референдумами на территории Херсонской и Запорожской областях – все дружно, конечно, под воздействием понятного страха проголосовали за Россию. Россия обрела новые границы, которые, впрочем, меняются от сражения к сражению, но в кремлевских умах уже вся Новороссия, включая Одессу, вплоть до Молдавии, обречена историей быть русской.

Ну, хорошо, допустим, что это случилось бы. А как быть тогда с нынче уже чужой, неприятельской Украиной? Очевидно, она, в конце концов, должна будет стать жертвой, вся целиком, без остатка.А как будет дрожать Польша или Румыния, когда к ним приблизится матушка-Россия! То-то потехи будет нашим патриотам!

Но пока что дело дошло не до потехи, а до мобилизации. В период мобилизации Москва поскучнела, съежилась, но вот мобилизованные две сотни тысяч отправлены в зону военных действий, к ним добавили помилованных зэков – и Москва снова повеселела.

Уже в процессе исторической войны за Новороссию стал развиваться зародыш новой третьей войны – войны метафизической. Не сразу, но постепенно осознав опасность российского завоевания Украины (и очевидно Молдавии тоже) Запад стал уже не на словах, а на деле поддерживать Украину, которая фактически превратилась в натовскую крепость, противостоящую Кремлю. Это, конечно, парадокс. Россия постоянно подчеркивает, что НАТО хотело уже много лет прийти в Украину, чтобы поставить Россию в беспомощное положение, что называется на уличном языке раком. Но вместо того, чтобы остановить НАТО, в ответ на войну случилось прямо противоположное. Финляндия и Швеция бросились в НАТО, а Украина фактически стала защитницей Европы.

Сущность метафизической войны на территории Украины состоит в том, что обе стороны осознали себя окончательно и бесповоротно добром и злом, светом и тьмой, и компромисс, какие-либо переговоры о мире в таком случае исключены. После Бучи, референдумов и прочих военных достижений России Запад признал за Украиной метафизический свет, для этого даже не надо верить в бога, а как только это случилось, вопрос о новейших танках, сверхдальных ракетах – это был только вопрос времени и русских успехов.

Метафизическая война обращает нас к религиозным текстам, к той же Библии, где апокалиптические сражения не имеют трусливых перемирий. Воют до последнего солдата. У России солдат больше, и русский солдат, как правило, боится начальства (командиров) больше, чем смерти. Это помогает в бою.

Западная военная помощь, которая, как запор, осуществляется с задержкой, болезненно, едва ли приведет Украину к победе. Великий Гопник – не трус. Когда на темном дворе гопник вынимает финку, он знает, что и его противник тоже вооружен. Надо биться до последнего, и русский лидер так биться и будет. Крым? Кто отдаст Крым? Севастополь отдать? Да вы что!

Я совершенно не исключаю, что при неблагоприятных военных обстоятельствах загнанный в угол Великий Гопник может сбросить атомную бомбу на Киев и поставить Запад в затруднительное положение. Запад настолько проникнут пафицизмом, начиная с 1945 года, что он скорее смирится с такой бомбой, чем ответит чем-то подобным. Ну, а если представить себе благополучный результат, то так и видится роскошная 140-метровая яхта Великого Гопника, под огромным флагом бороздящая просторы Средиземного моря, и сам хозяин на капитанском мостике с биноклем со слегка кислым выражением победного лица, который оглядывает покоренные берега с улыбочкой «Ну что, съели?»

Чтобы остановить метафизическую войну, которую поддерживает большинство русского народа, видящее в Великом Гопнике своего парня, свою систему жизненных понятий, можно предположить три возможности. Конечно, надо забить на «прекрасную Россию будущего» – вымысел наших славных русских либералов. Прекрасная Россия будущего обосралась. И не в первый раз. В 1917 году большевики впервые уничтожили розовую мечту либералов. Так вот, первый вариант – это l'etre et le neant (бытие и его отсутствие, как сказал бы Сартр) самого кремлевского лидера. Это гадание впустую – когда он уйдет: он будет, пока его не станет. С его уходом может появиться новый Хрущев, как тогда, после Сталина. Режим начнет искать путей выхода из изоляции (хотя сейчас все эти санкции Запада ему как укусы блохи).

Второй вариант – это краткая прагматичная смычка Китая и США, которые скажут дружно: хватит!

Невероятно?

Третий вариант – полное истощение Украины.

Нет, конечно, новый маленький Хрущев – это некий выход из метафизического тупика, но для этого еще нужно будет согласие русских элит на умеренную политику, возможно, такое согласие будет, мир переведет дыхание, метафизика кончится, но в любом случае раны останутся на многие поколения.

Сколько бы ни продолжалась эта война, ее уже сейчас можно из-за всех ее ужасов считать столетней.

Трава забвения так сразу не вырастет.

Зато для русской культуры окажется огромное поле деятельности. Мы займемся эстетикой поражения с такой страстью, с таким самобичеванием, что нас будет читать полмира, и наше кино тоже блеснет. «Когда б вы знали из какого сора растут стихи…» – писала Анна Ахматова. Вот это как раз про будущую прекрасную Россию культуры.

70. **ПРОПАЖА О.**

После 24 февраля моя младшая сестра О. неожиданно пропала. Испарилась. Пропала без вести. Ни следа, ни записки. Ничего. Я думаю, Катя вздохнула с облегчением. Мы собрались в дорогу без нее. Где она теперь, не знаю. Но думаю, ушла от меня на войну. Повисла неведанным горем. Пропала и Шурочка, моя антижена. Закатилась за диван. Смерть ушла на фронт. Нонфикшн побеждает.

71. **СЧАСТЬЕ**

Когда смотришь на то, как армия Великого Гопника ведет себя в Украине, как объясняет свое боевое присутствие там, какие задачи ставит перед собой во имя победы, вопрос о русском счастье оказывается совсем не праздным.

Ибо именно в победе над Украиной встает в очередной раз солнце русского счастья. Это злое солнце для врагов русского мира. Это – коллективное счастье для подавляющего количества русского народа.

Теперь Великий Гопник, как некогда Сталин, стал рулевым русского счастья. Ему нужна победа во что бы то ни стало. По своему характеру он совершенно не случайный человек на троне русской сказки. Правда, некоторые эстеты скажут, что он даже в кресле сидеть не умеет. Выдвигает тело, точнее заднее место, вперед и распущенно расставляет ноги – в этом есть что-то очень простонародное, если не неприличное. После революции так сидели солдаты Красной армии в захваченных барских салонах. Победители из дворни, из обиженных классов, из заплеванной подворотни. Сравните кремлевского лидера с его собеседниками, и с Запада, и с Востока. Все умеют сидеть как положено, а он инстинктивно против «как положено», «как хочу, так и сижу». В этом сидении, развалившись, в кресле уже есть заря русского счастья – пребывании в особом статусе, отдельном мире, где недалеко до того, чтобы объявить Украину во власти киевского неонацисткого режима и броситься ее освобождать.

Но ведь другие русские политики, которые умели сидеть в кресле – никто из них не подошел народу. Не подошел Горбачев, который вместе с своей женой Раисой Максимовной, воображали русское счастье как культурное сближение с Европой, как отпуск в Италии. Наш народ особенно ненавидел Раису – ему не нужно было ее счастья. Не угодил народу в конце концов и Ельцин. Правда, он пил по-свойски и в этом мало отличался от русского мужика. Но он сдавал позицию за позицией, пытаясь, по мнению народа, понравиться Западу, и его трон рухнул. Правда, напоследок он нашел себе сказочного наследника, Великого Гопника, который был призван защитить Ельцина от уголовки, сохранить счастье в его семье.

Великий Гопник с началом войны в Украине стал на Западе просто чудовищем, чертом, метафизическим злом – но не для русского народа. Он разгадал секрет народного счастья. Он понял, что ни комфорт, ни уровень жизни, ни дружба с Западом не являются приоритетом для русского народа. У русского народа другие измерения счастья.

Конечно, русский мир расколот на две неравные части. Европа знает Россию по Чехову и Пастернаку. По огромной традиции культуры, которая боролась с властями, была жертвой русской государственности. Мне сейчас даже трудно назвать великого художника или писателя России, который был полноценно лоялен властям. Даже самые покорные конформисты внутри себя порой вскипали.

Но когда началась война в Украине, вдруг отказалось, что мы сильны эстетикой поражения – русская культура всегда проигрывала битву с государством. Иногда это кончалось расстрелом, иногда половинчатым соглашением. Когда Великий Гопник открыл шлюзы народного счастья, – повторю еще раз – наши прославленные писатели превратились в картонные изображения, которые просто-напросто обмякли и распались.

Для европейской культуры России представление о счастье лаконично выразил Чехов: «Любить и быть любимым». В сущности, это подойдет для любой нации, любой культуры. Но если нырнуть в русское народное подсознание, то счастье – это оседлание энтропии.

Когда Иван-дурак, сказочный русский герой, гоняет, как на мотоцикле, на черте по полям, по лесам – вот это и есть оседлание энтропии.

Несколько лет назад на Франкфуртской книжной ярмарке молодой русский эмигрант крикнул мне из зала: «Ерофеев, что такое культура?» Я, стараясь быть лаконичным, ответил: «Культура – это борьба с энтропией».

Русское счастье не принадлежит культуре, хотя описано русской культурой довольно подробно. Русское счастье – это доминирование. В романе «Война и мир» молодые друзья Пьера Безухова считают счастьем разгул, разврат, издевательство над слабыми, бретерство и нарушение всех норм.

Вот в том-то все и дело. Русское счастье – это нарушение всех норм. Вы скажете: так нельзя воевать в Украине, это за рамками добра и зла, но для русского счастья нет пределов вседозволенности. Под флагом «мы лучше всех» – с этого начинается и этим заканчивается русская идеология – с врагами не надо считаться. Не стоит считаться и со своими потерями – в советской песни справедливо поется, что мы за «ценой не постоим». А если труп солдата-сына вернется домой с Украины, отец скажет, что сын выполнял патриотический долг и в конце концов будет счастлив. Да еще сможет на военную компенсацию купить небольшой русский автомобиль и ездить на нем вместо сына.

Слушайте, это же не в первый раз. Красная армия почему победила белую, с аристократическими офицерами? Потому что она кайфовала от разрушения старого мира. Почему поддержанное Николаем Вторым массовое движение «Черная сотня» активно занималась еврейскими погромами? Это тоже в кайф. Недаром Андрей Платонов в своем романе «Чевенгур» показал народное счастье в гражданскую войну: там и садизм, и братство, и наплевательство. Действие этого романа происходит на южных границах России, возле Украины –писатель вскрыл сущность русского удовольствия. Чевенгуровцы (солдаты Красной армии) едут по степи с винтовками, кого-то пугают так, что он писает по ногам, кого-то раздевают догола, кого-то насилуют, кого-то расстреливают. Они счастливы – они строят новый мир. А вот, пожалуйста, великий поэт и прозаик Михаил Лермонтов. В своей классической книге «Герой нашего времени» он показал, что настоящее счастье русского офицера – это обидеть женщину, убить соперника.

Но русское счастье имеет и совсем обратное измерение. Главное – подальше выйти из нормы. Роман Гончарова «Обломов» показал нам фигуру отчаянного лентяя, который ловит счастье в том, что ничего не делает. Недаром его антиподом выступает немец Штольц – тот стремится к нормальному успеху, а Обломову это кажется гадостью. А есть и другой пример русского счастья – стать святым. Уйти от нормы в блаженство, в самопожертвование (как простой крестьянин Платон Каратаев в том же романе «Война и мир») или в глобальное пьянство (это воспел мой однофамилец Венедикт Ерофеев в книге «Москва-Петушки»).

В Европе счастье – это достижение высшей нормы. Все идет по плану, но вдруг удается достичь пика – в финансах, на работе, в любви. Удержаться на этом пике невозможно, но пик нарисовался и стал понятен.

Европейское (включая, конечно, немецкое) счастье делится на несколько подвидов:

Семейное счастье – семейная гармония.

Экономическое счастье – благополучие.

Метафизическое счастье – обретение бога или его суррогата.

Чехов, как мы видели, хотел последовать за Европой (кстати, его бабушка была украинкой, и он в шутку называл себя в молодости украинским писателем и высоко отзывался о бытовой культуре крестьян, когда оказался на отдыхе в Сумской области Украины) Но вот совсем другой пример. Мой современник, еврейский писатель-эмигрант Фридрих Горенштейн последние годы жизни прожил в Берлине. Когда началась перестройка, я там встретился с ним. Мы шли по Курфюрстендаму, был обеденный час. Берлинцы обедали на свежем воздухе.

– Так хочется, – сказал прекрасный писатель, – подойти к кому-то из них, вырвать тарелку с едой и швырнуть на улицу.

Он простодушно улыбнулся. Вот тоже русское счастье.

Русский народ никогда не прошел европейскую выучку. На мой взгляд, турки или даже иранцы ближе Европе по многим показателям. Прагматики по своей сути, они – торговые нации, в них сидит мусульманская верность сделке. Откуда взялось это русское счастье, какова его генеалогия? Удивительное соединение древнего человека дремучих лесов, который борется с негарантированным земледелием, с пережитками бесчеловечной Золотой орды – это разлом цивилизаций. Русский человек полон метафизики сомнения. Ему тесно, неудобно в нормальном мире. Он тянется к энтропии, чтобы на ее основании построить новый мир. Русский человек – утопист, у него гуляет воображение.

Русский мир находится на разломе двух миров: Европы и Азии. Русское счастье тоже расколото.

Наш человек счастлив, когда разрушает. Он смутно понимает, что с миром что-то не так. Это метафизика сомнения свойственна Ивану Карамазову. Но он не доходит до предела этого понимания. А вот Ленину кажется, что он нашел истину: радикальное разрушение мира, и создание нового. Это работа воображения. Обычное нормальное счастье у нас – скучное дело.

Вся русская литература боролась с мещанским счастьем. Это – метеная изба, сиротливая герань в горшках на подоконнике, кошечка (живая и как копилка). В советском варианте это дешевый черно-белый телевизор, экран которого закрыт полотенчиком (чтобы не сломался) и на ажурной салфетке – набор белых слоников на счастье.

И кому это мещанское счастье мешало?

Может быть, из этого гнезда и родилась бы родственная Европе мелко-буржуазная культура бережливости.

Но против этой идиллии восстали все.

И темный дореволюционный хозяин-мужик, желающий повеселиться со снохой – молодой женой сына, и Чехов вместе Горьким, которые ненавидели мещанское счастье. И коммунисты – им мещанское счастье мешало строить коммунизм.

Поэт Александр Блок во время революции 1917 года высказал поэтическое предположение: «да, скифы мы, да азиаты мы с раскосыми и жадными глазами».

Кто русский народ обучал Европе?

Немного Петр Первый, который резал мужикам длинные бороды. Они считали его антихристом.

Немного Горбачев.

Демократия у нас не удержалась в 1917 году. Дайте новое, коммунизм! Но новое зацепилось за «пороки» человеческой природы. Тогда Сталин включает тему метафизического коммунизма и старается переделать человеческую природу. Улучшить ее. Как? Большой террор. Счастье большого террора. Разве такое возможно?

Еще как! История знает заядлых расстрельщиков, которые даже пропускали выходные дни, чтобы побольше людей поубивать в подвалах НКВД.

Впрочем, это не мешало таким вот расстрельщикам любить пташек. Евгений Замятин, еще один писатель-свидетель большевицкой революции, в одном из рассказов описывает революционного матросакарателя, который, увидев в трамвае озябшего воробья, берет его в ладони, пытается отогреть.

В результат вершиной русской культуры оказывается мудрый Пушкин:

На свете счастья нет,

Но есть покой и воля…

Так кто же победит в конце концов: возмущенная норма Европы или русский безжалостный Чевенгур? В свое время Платонов попросил Горького помочь напечатать эту книгу. Горькому книга понравилась, но содержание его ужаснуло. «Чевенгур» напечатали только в перестройку. Скоро, наверное, снова запретят.

Так что присмотримся внимательно к солнцу русского счастья с тем, чтобы оно не спалило Европу.

72. ЛУБЯНСКИЙ ВАНЬКА-ВСТАНЬКА

Однажды гопники сбились в волчью стаю, надели на себя погоны и стали править Россией. Они были так сильны, что переплавили в гопников даже тех своих министров иностранных и прочих дел, помощников, советников, журналистов, прокуроров, которые по природе своей вроде бы не были гопниками. В результате переплавки выражение бывших осмысленных лиц приобрело звериный оскал. Тогда же, в эпоху Великого Гопника, в связи с желанием группы воинственных гопников и некоторых гопниц с замороженными прическами вернуть памятник Дзержинскому на Лубянку, Бог вызвал Дзержинского на разговор в свой подземный бункер. В небесную резиденцию Всевышнего для атеиста и предателя своего собственного польского народа путь был, естественно, закрыт.

– Ну что, Железный? – спросил Бог. – Хочешь памятник? По глазам вижу, что хочешь!

Но все было не так просто. За время, прошедшее после смерти, Дзержинский много думал о своей прожитой жизни. Посмертное существование осложнялось тем, что черти, переодетые революционными матросами, перепоясанными пулеметными лентами, с кокаиновыми глазами расстреливали Дзержинского как заложника раз в месяц, приканчивали его штыками, потом жарили на сковороде и ели с аппетитом.

Это было больно и неприятно, и на следующий день Дзержинский просыпался с тяжелой головой и в полной депрессии. Отходняк был медленным, длился неделями. Только отойдешь – опять расстрел!

С одной стороны, он переживал, что памятник в 1991 году свалили. Но, с другой, в Преисподней у него заканчивался адский срок и в конце туннеля ему светило католическое чистилище. Там его не будут жарить, и Бог уже не будет его принимать в шикарном, но очень угрюмом бункере. Чистилище представлялось Дзержинскому туманным шведским поселением, серенькие жилища которого уютно обставлены мебелью из ИКЕА. Множество раз передумав свою жизнь, Дзержинский понимал, что он, если по-польски, popelnil bled, иначе говоря, дал маху. События после его смерти в стране, где он владел судьбами людей, пошли куда-то не туда. Уничтожение эксплуататорских классов уже казалось ему теперь неправильным. Гражданская война – ужасом. Поход на Польшу – сердечной мукой. А государственный красный террор – преступлением, за которое его не зря расстреливали в Преисподней. В свое оправдание он мог сказать, что он был честным революционером, верил Ленину и в светлое будущее трудящихся. Но коммунизм из временного морока превратился в прочный сталинский застенок. Трудящиеся испарились. Стали холопами. Какие-то шутники назвали холопов глубинным народом. Дзержинский захохотал… Новое время работало против него. Возникла ностальгия по родной Польше, по шляхетному детству в черных бархатных штанишках, по семье, дворянскому быту. В Преисподней он перешел на родной польский язык.

– Сегодняшняя игра с моим памятником не имеет ко мне никакого отношения, – сказал Дзержинский Богу. – Памятник хотят вернуть разные товарищи. Мои последователи, чекисты, сделали из меня языческий тотем. Зачем? Чтобы закрепить свою власть навечно, и чтобы их безнаказанность стала законом. Протестная турбуленция взволновала старые кадры, озверели их изношенные лица и сердца –они устроили реванш. Я их понимаю. Участие в красном терроре постепенно превратило меня в садиста. Я полюбил, грешным делом, пугать и мучить людей…

Он замялся, а я вспомнил моего деда, Ивана Петровича Ерофеева, скромного молодого бухгалтера на железной дороге Москва-Петроград, которого лично пугал Дзержинский револьвером. Он целился ему в лицо и требовал сказать, где мой дед прячет золото. Тогда большевики занимались изъятием золота у населения. У Ивана Петровича никогда не было золота, хотя он носил пенсне. Это кто-то написал ложный донос… Иван Петрович не был философом, как Бердяев, с которым, арестовав его, Дзержинскому было лестно пообщаться и затем в недельный срок вышвырнуть из страны. Ленин хотел грохнуть «Белибердяева», ведь тот до революции написал уничтожающую статью о его безграмотной работе «Материализм и эмпириокритицизм». Бердяев насчитал там сотни ошибок! Дзержинский спас Бердяева от расстрела. Пенсне деда свалилось с носа, разбилось об пол.

– Вы, может быть, тут еще и обделались, – поморщился Дзержинский.

– С вами обделаешься, – поспешно согласился Иван Петрович.

Дед не был похож ни на пассажира философского парохода, ни на попа, ни на обладателя золота. «Идите, но, если обнаружим, убью!» Дед был напуган дО смерти и – до самой смЕрти. Они с моей бабушкой тихонько возненавидели Советскую власть. Я деда не помню – он умер, когда мне было четыре года. Дзержинский тоже не помнил Ивана Петровича.

– Эта бесчеловечность – моя услада, – вздохнул Дзержинский. – Ну, как лесная земляника…

– Сука ты, Железный, – сказал Бог.

– Грешен, – признался Дзержинский. – Но ведь помимо чекистов меня хотят вернуть еще и все те, кто за мой счет хочет влезть на вершины власти, пройти в Думу, получить право на счастливое обладание садизмом. Ведь садизм в природе людей. – Дзержинский укоризненно посмотрел на Бога.

– Я не виноват в твоих грехах, – сказал Бог. – Ты забываешь о свободной воле.

– И потом, – встрепенулся Дзержинский, – я не хочу служить двум начальникам. Тот, который сейчас в Москве, очевидно отправится по моим следам, и возможно у нас будет возможность еще вдоволь наговориться. Хорошо, что РПЦ против меня. Я был атеистом вопреки всему. Но имей ввиду, я рассматривал костел как мучителя трудящихся поляков и потому вместе с ним отрицал тебя.

– Дурак! – сказал Бог.

– Кремлевский начальник не приведет меня в чистилище.

Бог невольно кивнул.

– А ты приведешь!

– Так ты корыстно воспринимаешь меня!

– Нет! – вскричал Дзержинский. – Это не я, это моя неизбывная человеческая природа, слабая и неверная. Твое изобретение. Так что между двумя начальниками я выбираю тебя и жду твоей воли относительно памятника.

– Нет, Железный, ты сам решай, – сказал Бог.

– Я подумал и решил. Второй раз мне поставят памятник, но не навсегда, а на время… на время не стоит труда… потом снова сбросят. Зачем мне это? Я не хочу быть лубянским ванькой-встанькой.

– Иди, польский пан! – усмехнулся Бог. – Эх вы, проводите его в чистилище!

Когда его выводили, Дзержинский с вывернутой головой смотрел на Бога с тоскливой благодарностью. Потом Бог взялся за телефон, куда-то позвонил и, жуя губами, сказал:

– Алло! Вы слышите меня? Что? Громче? Не слышно? Блин, ну и связь! – и он заорал в трубку: – Памятник отменить!

73. **СЛЕПАЯ ЕВРОПА ИДЕТ НА ВОЙНУ**

В полдень 9 мая 2022 года одна итальянская журналистка радостно написала мне в телефон, что война в Украине закончена. Что? Я не поверил своим глазам. И правильно сделал. Не только я, но и весь мир ждет не дождется окончания кровавой бани в середине Европы. Однако откуда моя подруга взяла эту желанную, но недостоверную информацию? – В таком ключе ее коллеги интерпретировали праздничную речь Великого Гопника на Красной площади, посвященную дню победы над нацизмом. Раз он не объявил о полной мобилизации, не переименовал военную операцию в полномасштабную войну, значит войне пришел конец.

Но когда же наступит конец европейским иллюзиям, связанным с этой войной?

Все двадцать с лишнем лет своего правления Великий Гопник неумолимо двигался к боевому столкновению с Украиной. Без Украины не существует Российской империи или ее дочерней версии в виде Советского Союза. Об этом четко говорил Бжезинский с одной стороны, с другой – сам царь-пацан, который объявил крушение Советского Союза главной геополитической катастрофой XX века. От его слов можно было бы прийти в ужас, но Запад посчитал это обычной радикальной риторикой набирающего свой политический вес правителя.

Европу поразила политическая куриная слепота по отношению к России. Она как будто поставила своей задачей не замечать четкого, последовательного марша моей страны в сторону собирания земель Советского Союза в качестве реванша за поражение в Холодной войне. «Раннего» Великого Гопника в Европе легкомысленно посчитали за своего, набрав для этого различные доводы. От его умения говорить по-немецки до согласия с Бушем насчет того, что у этого русского парня честные глаза.

Но еще в июле 2000 года в преддверье американского праздника независимости, когда госаппарат по ельцинской привычке собирался пировать в американском посольстве в Москве, Великий Гопник заявил, что это «не наш праздник», и американцы зря накрывали столы и готовили гамбургеры. А еще раньше он заявил на торжественном собрании ФСБ, что, если суммировать эту речь, власть в стране перешла в их руки. Я не вспомню ни одного дня, когда бы царь-пацан уклонился от своей исторической миссии, или, иначе говоря, реваншистской задачи, воссоздать Советской Союз. Неумолимо сокращалось пространство свободы слова, парламент становился придатком кремлевской администрации. Запад с этим смирялся. Были ужасно неприятные доказательства, большие (Вторая Чеченская война, взрывы домов в Москве) и малые, не менее чудовищные (гибель подлодки «Курск», теракт в театре на Дубровке) того, что Россия отплывает от перестроечных идеалов и от Запада, но Запад терпел, порой отделываясь словами о своей озабоченности. Ах, эта вечная, ничего не значащая озабоченность! Когда я однажды в немецкой печати сказал, что мы движемся в сторону Ирана, меня в Германии попросили не преувеличивать. Теперь мы обогнали Иран по всем параметрам особой, воинственной цивилизации, но и это кто-то сочтет за преувеличение.

В результате вялой реакции Запада на кремлевские амбиции, эти амбиции разрастались, и на Запад из Кремля стали откровенно плевать. Все чаще и чаще в Кремле хохотали над западной «озабоченностью» действиями Москвы. Главной реакцией на Европу стало глумление, издевательство над самим ее существованием. Раньше СССР признавал союзниками хотя бы рабочих и крестьян Европы, но классовые ценности кончились. Общечеловеческие ценности тоже перечеркнуты. Россия отказалась быть коммерческой державой (да это у нее, в отличие от Китая, и не получалось). Ей захотелось стать страной гордых воинов.

Гордые воины ударили по Грузии в 2008 году и отвоевали треть ее территории. Запад смолчал.

Гордые воины, переодевшись в «зеленых человечков» без опознавательных знаков, ловко присоединили к России Крым – Запад отделался ворчанием и незначительными санкциями.

Дальше – больше. Началась война на Донбассе. Запад ахнул, возмутился, ввел дополнительные санкции, которые Россия презрительно не заметила.

Почему Европа допустила войну в Украине?

Если коротко, то потому, что она любила Россию больше, чем Украину. Да, Украина после оранжевой революции нацелилась идти по европейскому пути, но настоящая Европа относилась к ней снисходительно, с какой-то брезгливостью. Почему? А вот почему: никогда не было в Украине ни Пушкина, ни газа с нефтью. Были только едущие на Запад няньки и медсестры с сомнительной репутацией. А в политическом плане какие-то фантазии, мешающие Европе общаться с Россией.

Как в Европе, так и в России очень поверхностно знают украинскую культуру. Достаточно вспомнить «расстрелянное возрождение» межвоенной украинской литературы, уничтоженное Большим Террором, или хотя бы немой фильм Довженко «Земля», чтобы перестать свысока относиться к Украине, как это делал Иосиф Бродский.

Великий Гопник, который собственную жизнь, очевидно, рассматривает как спецоперацию, с легкостью околдовал многих европейских лидеров, которые сочли его манеру говорить только приятные слова собеседникам настоящей искренностью. Теперь он буквально рычит на европейских «партнеров» – стоит ли удивляться смене тона?

Великий Гопник увидел Европу беспомощной цивилизацией, без традиционных ценностей, без религии, без современной культуры. Он отнесся к ней потребительски, что, кстати сказать, было свойственно и царской России, также считавшей себя светочем всего мира.

Когда началась война в Украине, Европа окончательно ослепла. Некоторые думают, что она, наоборот, прозрела и увидела реальные параметры *велико-гопничества*, но это едва ли.

На первых порах, в начале войны, когда западные аналитики предрекали падание Киева в течение трех дней, она слепо верила в силу русского оружия, панически боялась его. В принципе она допускала смену демократической власти в Украине на пророссийское правительство. И чем быстрее, тем лучше! Но когда война стала измеряться не днями, а неделями, в Европе возникло подспудное ощущение, что Великому Гопнику нужно отдать какую-то часть Украины, чтобы удовлетворить его аппетиты. Стали рассуждать о том, что Украина по Днепру может оказаться добычей Кремля, с которой нужно смириться. Единственно, что Европа верно поняла о Царе-пацане, так это то, что тот терпеть не может поражений.

Западные лидеры поехали в Кремль умиротворять царя и договариваться бог весть о чем – Великий Гопник встретил их семиметровым унизительным столом. Несмотря на это, они, вернувшись по европейским домам, продолжали звонить ему с желанием достучаться до его гуманности и совести – их слепота достигла каких-то космических масштабов, ибо совесть и гуманность не растут на заднем дворе Ленинграда, где в детстве воспитывался царь.

Главное оружие Царя-пацана – бесчеловечность.

Одновременно лидеры Европы трусили и ужасно боялись втягиваться в войну. Они не верили в единство ЕС, не хотели быть подчиненными болеющей за Украину Польши, уклонялись от военной помощи под разными предлогами. В этом смысле Германия ну просто вся извертелась, и ее решение все-таки поучаствовать в военной помощи оказалось запоздалым.

Да и вся политика Запада по отношению к Украине – запоздалая. Запад напрямую ответственен за то, что проворонил войну, не смог ее остановить.

На удивление всему Западу, да и не только ему, но еще и России, Украина организовала мощное сопротивление. Запад до сих пор так и не понял, откуда оно взялось. Ведь российская армия во много раз сильнее! Теперь приходится предположить, что в отличие от Запада Украина знала, что будет война и готовилась к ней. Мотивация двух армий несравнима. Но исход войны по-прежнему не предопределен.

Европа в ужасе от того, что война может перерасти в глобальную катастрофу. Она не знает, что с этим делать, потому что она не знает, на что может решиться Великий Гопник. А ведь он может решиться на все. Ведь он уже сказал, что одни сдохнут, а мы пойдем в рай. Сам он, правда, в рай пока не спешит.

Но в какой-то момент он сочтет лихой выдумкой отправиться на тот свет вместе со всем миром.

Ситуацию переломила, на счастье Украине, Буча. Там вдруг обнаружилось какое-то совсем не европейское поведение российских освободителей Украины от неонацизма. Как-то так получилось, что они решили пострелять мирных людей. Провинциальные солдаты-мальчики перепутали игровые аппараты в молодежных клубах и стрелялки в компьютерах с реальной войной и убивали ради смеха. Это даже не садизм и не вынос мозга – это его отсутствие.

Кремлевская пропаганда свалила все эти ужасы на театральную постановку своего противника. Она также постаралась выдать трагедию Мариуполя за бесчестные проделки Киева. И Кремль, возможно, убедил в этом свое население, которое, как известно, доверяет своему лидеру. Однако тут Европа уперлась и усомнилась. Всколыхнулись уже не только правительства ЕС, но и общественное мнение Европы. Хотя опять же, единство Европы эфемерно. Венгрия не похожа на Польшу, а Греция на Литву. Мне попался один дипломат во Франции, который уверял меня, что преступления в Буче совершила не русская армия, а отдельные, несознательные солдаты из Бурятии. Не обошлось и без черного-пречерного юмора. Москва разослала своим западным «партнерам» суровое предупреждение не помогать Украине, а то им будет так плохо, как еще никогда не было в истории. Дайте нам спокойно раздавить врага. Ну это почти то же самое, как если бы в Берлине в разгар второй мировой войны отправили американцам предупреждение не посылать ленд-лиз в СССР, иначе сотрем с лица земли.

Каждый в Европе слеп по-своему насчет войны в Украине. Конечно, если бы не Америка, Европа вообще-то не особенно помогла бы ей в военном отношении (но подчеркнем, конечно, гуманитарную помощь миллионам беженцам, которую можно рассматривать не только как самооправдание Европы) за исключение Польши и Балтийских стран. Однако все равно антиамериканская риторика ненамного сейчас смягчилась в общественном сознании европейцев. Америка разве лучше России? Ну разве что на чуть-чуть. Это тоже часть слепоты. Я уже не говорю о том, что больше сорока процентов традиционно, как считается, политически мыслящих французов голосовали за Марин Ле Пен, которая не скрывает свою привязанность к кремлевскому руководству.

Когда же Европа полностью прозреет в отношении России?

По-моему, никогда.

В ее сознании Россия является частью общеевропейской цивилизации. Она измеряет свою любовь к России любовью к Чехову и Пастернаку, Чайковскому и Кандинскому. Она по-прежнему удивлена, что русские, которые по определению должны быть поклонниками этих гениев, не освободились от гнета царизма-коммунизма. Европа настолько слепа, что не понимает главного: в России силовики сильнее интеллигенции, а народ никогда не знал, что такое демократия за исключением нескольких месяцев от февраля до ноября 1917 года, да и то это кончилась полным ленинским разгромом свободы.

Очень бы хотелось, чтобы война не закончилась ограниченной ядерной войной, которая в рамках противостояния Россия-Украина поставила бы Европу в безвыходное положение. А что тогда делать Европе?

Слепая Европа идет на войну, морально и в военном отношении поддерживая теперь Украину, не зная, чем это ей в конце концов обернется. В храбрости ее уж явно не заподозрить, в трусости она никогда не признается, но вот взять Украину к себе в ЕС – это уже поступок.

74. СМЕРТЬ ФИЛОСОФИИ НЕНАВИСТИ

Политическая мистика в России понесла знаковую утрату. Погибла восходящая звезда этого направления, 29-летняя журналистка Дарья Дугина. О ее насильственной смерти в результате подложенной в ее внедорожник взрывчатки слышал почти что весь мир. Каждый, в зависимости от убеждений, видит эту трагедию по-своему.

Наиболее яркой фигурой русской политической мистики считается отец Дарьи, философ и политолог Александр Дугин. Его концепция настаивает на безусловном превосходстве мифической евразийской цивилизации над западным миром. Он заразил Дарью своей мистической затеей. Она, поверив в оккультные озарения, при нем исполняла роль помощницы, пресс-секретаря.

Как всякая религиозная доктрина, семейная идеология Дугиных делит мир на свет и тьму. Политическая мистика Дугина – достаточно примитивная вещь, построенная на убеждении, что у России великое будущее. При этом анекдотично выглядит то, что англосаксы, у Дугина виноватые во всех грехах, поддерживают цивилизацию *моря*, когда как Евразия без четко очерченных границ является божественным даром суши. Все это надо принимать или не принимать на веру. Сам Дугин проделал эволюцию от антисоветчика и философствующего полудиссидента до железобетонного оплота великогопнической диктатуры. Дарья не только уверовала в доктрину отца, но стала активной проповедницей ненависти к чужому миру. С начала русско-украинской войны ненасытная ненависть стала ее религией. Она выступала на разных площадках СМИ, восторгалась новой российской бронетехникой, а затем съездила вслед за русской армией в Мариуполь и насладилась военным успехом родины (Она, возможно, и заплатила жизнью за свое ликование на заводе «Азовсталь», откуда взяли в плен его украинских защитников).

Откуда взялась у Дугиных божественная Россия будущего? В какой-то степени это можно считать психологическим ответом на несчастья и беды России до-будущной, когда стыд за нищету, обшарпанные стены домов, вымершие деревни, дощатые сортиры по всей стране хочется преодолеть романтической мечтой о преображении страны в земной рай. Для такой политической мистики Дугин взял и смешал то, что смешивается с трудом: радикально правые воззрения с радикально левыми, а именно: нежную любовь к монархии, национал-большевизм, империализм без границ, популизм, православие, суровое поклонение традиции, включающей в себя широкое, возрожденное антисемитское движение «Черная сотня» с дореволюционной историей. Для достижение этой цели Дугин призвал в своей известной в интернетовской России видеокричалке 2014 года по отношению к украинцам: убивать убивать, убивать.

Теперь многие деятели российской оппозиции, да и комментаторы в Украине, пишут, что Дугин докричался до того, что пришла ответка, и отец стал виновен в смерти дочери.

Погибла ли Дарья случайно или на ее месте должен был погибнуть ее куда более знаменитый отец – неясно. Но взрыв произошел в Одинцовском элитном районе Подмосковья, где живет кремлевское начальство, и скорее всего этот взрыв был своеобразным приветом этому начальству. Сам Дугин, несмотря на то, что его порой называют новым Распутиным при Великом Гопнике, слишком опущен в политический мистицизм, чтобы управлять хозяином Кремля. Его идеи могут идти параллельно или пересекаться с мыслью Царя-пацана о реконструкции Советского Союза, но от бредовых дугинских идей суши и моря Кремль пока что держится далеко.

Жалко ли мне Дугина-отца, ставшего очевидцем уничтожения дочери? Где та шекспировская граница, когда уже никого и ничего не жалко, если твой оппонент оказался в лагере ненависти? В любом случае, смотря на обошедшее интернет видео Дугина, схватившегося по-библейски за голову на фоне горящей машины, где обуглилась его дочь, я не могу не испытать по отношению к нему иррационального или рационального сочувствия. Сам он случайно миновал гибель, в последней момент пересев в другую машину после летнего собрания единомышленников в Подмосковье. Горе отца священно.

С другой стороны, он оказался тем, что по-русски называется Горе-Отцом, то есть отцом, сделавшим все, чтобы навредить дочери. Поощряя ненависть дочери к враждебному миру, Дугин предстал перед обществом слабым, незрелым и, наверное, неумным философом, который не учел того, что ненависть пожирает даже антиномию между добром и злом, светом и тьмой, что на ненависти далеко не уедешь, попадешь, что и случилось, в засаду. Философия ненависти самоубийственна.

Откуда берутся истоки политической мистики, которой заболела Дарья? Изначально корни Дугина можно найти в православии, которое ближе к суровому мусульманству, чем в других ветвям христианства, оно отрицает пацифизм как ересь. Началась война, и православные иерархи во главе с Патриархом Кириллом объединились с Кремлем в военной пропаганде. Если говорить о книжных корнях, то это смесь русских славянофилов и державников, среди которых особенно почитается философ конца 19 века, Константин Леонтьев, экстравагантный эстет, враг Запада.

Но были у Дугина и учителя-современники, среди них писатель Юрий Мамлеев, который, впрочем, умел общаться как с Дугиным, так и со мной. Национал-большевизм Дугин разрабатывал с писателем Эдуардом Лимоновым, анархистом и имперцем одновременно. Дугина я видел однажды, на своей цикловой телепередаче (давно закрытой начальством) «Апокриф» – я искал тогда диалога с разными направлениями отечественной мысли. Сам Дугин мне показался симпатичным, но диалога не получилось.

Дарью я не знал лично, но по отзывам и нынче по воспоминаниям она представляется мне достаточно глубоким человеком, совершившим эволюцию от постмодернистских увлечений московской молодежи до туманной галактики «архаикомодерна» своего отца. Она занималась философией Платона, училась во Франции, хорошо знала французский язык, концепции некоторых современных французских философов – но ее утащил на дно русский – как считает русская оппозиция – фашизм.

Откуда такая «идея-сила» (термин Дугина) у русских антилибералов? Говоря о гибели либерализма и о восхождении русской имперскости, они находят смысл в русском абсолютизме? Надо сказать, что Дугин не одинок. К подобному течению мысли примыкают целый ряд писателей, актеров, пропагандистов, сотрудников ФСБ и других организаций. Это далеко не только обычный конформизм. Это тот самый вызов до-будущной России, который определяется тоской по романтическому идеалу. Один из основоположников дугинской системы взглядов поэт Станислав Куняев писал еще в 1960 году:

Добро должно быть с кулаками.
Добро суровым быть должно,
чтобы летела шерсть клоками
со всех, кто лезет на добро.

Под этим могла бы подписаться, наверное, и Дарья Дугина. Жаль ли мне ее? Конечно, жаль. Она могла еще не раз изменить свои взгляды, разорвать с отцом, покаяться. Вот в семье, например, сенатора РФ

Исакова дочь выступила с антивоенными идеями. Что сделал сенатор? Отрекся от нее. Объявил предательницей, которую подкупил Запад. Затем заметался. Отказался от отречения. Воскликнул: «Это моя дочь, моя боль!» Такая история могла бы повториться и в семействе Дугиных, тем более, что дочь в отрочестве не раз собиралась покинуть отчий дом (как это бывает у молодежи).

Насильственную гибель Дарье осудили и Госдеп, и руководство ЕС. И правильно сделали. Террор в России имеет глубокие корни и может стать похожим на лесной пожар. У нас был революционный террор, красный террор Ленина, Большой Террор Сталина. Все эти ужасы не стоит повторять. Но русско-украинская война еще не дошла до предела: ни терроризм, ни ядерные взрывы не исключены.

Чем дольше длится война, тем яснее, что это война не двух стран, а двух миров, и от ее исхода зависит будущее Европы. Но парадокс в том, что идеология «русского мира», от имени которого ведется война, охватывает узкий круг людей во главе с Великим Гопником.Я фактически их перечислил, говоря о Дугине. Однако большинство русского народа на словах поддерживает войну своего императора, но к Европе не испытывает неприязни, и главным народным чувством является скорее историческое равнодушие, апатия, пофигизм. Второй же парадокс в том, что, очутившись на фронте, равнодушный обыватель оказывается настолько беспощадным воином, что это превращается в мировую легенду.

Беспощадность стала эмблемой этой войны.

На месте Великого Гопника, посоветовавшись с Патриархом Кириллом, я бы канонизировал в недалеком будущем Дарью Дугину. Для канонизации есть все основания. В каком-то смысле она могла бы стать новейшей русской Жанной Д'Арк и евразийской Марин Ле Пен в одном лице. С точки зрения кремлевских властей она – идеальный русский патриот, которая воспалилась имперской идеей и увидела в русско-украинской войне борьбу жизни со смертью, которую в данном случае олицетворяет Киев. Но со словами нельзя играть в дурака, и Дарья Дугина была уничтожена силами смерти.

Вместо канонизации Дарья посмертно получила от Великого Гопника Орден Мужества. Кремлю, в сущности, не нужна политическая отсебятина Дугиных, которая в какой-то момент могла бы перерасти в ультраправую оппозицию и которая решительно бы сопротивлялась любому замирению с Киевом, рассматривая его как измену. Кремль любит править самостоятельно. Во всяком случае Дугины представляли собой маргинальную политику.

ФСБ стремительно (видимо, опасаясь нареканий высшего начальства) раскрыла преступление, нашла якобы виновницу, украинку, якобы связанную с СБУ, умчавшуюся из России в ЕС прямо в ночь убийства (хорошие отмазки). Подрыв дорогого иностранного внедорожника (патриотка Дарья не гнушалась ездить на машине иностранной компании) взяла на себя до сих пор неизвестная (или несуществующая?) внутрироссийская боевая организация Национальная Республиканская Армия (НРА), в манифесте которой якобы записано физическое уничтожение правительственных и региональных чиновников. В оппозиции есть мнение, что ее убрали «свои», сделав «сакральной жертвой» для дальнейшей активизации репрессий. Но кто бы ни стоял за этим терактом, ясно, что война двинулась в сторону запредельной взаимной ненависти и при этом еще не достигла своего дна.

75. **ЯПОНИЯ. НАЕДИНЕ С ТОБОЙ, СЮНГА**

Бывает, думаешь: куда бежать от жужжащих и жалящих стереотипов? Где тот край, за которым гаснут однозначные команды и рождаются альтернативы? Как обрести покой и волю, завещанные поэтом? Передвигаясь по шкале культур, невольно ищешь путь освобождения.

И невольно оглядываешься на Японию. Я поехал туда впервые, напуганный напутственными предупреждениями о невозможности понять японское сознание. Мне повезло: я в первый же вечер сидел в токийской мастерской у прославленного фотохудожника Араки, затем было немало и других прославленных людей, и вдруг оказалось, что японское сознание гораздо более прозрачно, исторически, с давних пор и сейчас, напоминая горные озера, чем сознание, казалось бы, гораздо более близких цивилизаций.

Одним из таких прозрачных горных озер для меня стало японское искусство сюнга.

Ну, понятно, у них там в Японии все по-другому. Их страну родили боги, обойдясь без непорочного зачатия, в нежном и страстном совокуплении, даже не просто по взаимному согласию, а по любви. Люди, звери, природные божества, горы, вишни, клены, цветы и, конечно, рыбы, покоряющие высоты серебряных водопадов – всё высыпалось из этой корзины и превратилось в круговорот жизненных явлений. При этом сохранилась презумпция невиновности самого бытия.

Идея грехопадения не нашла в нем своего места, которое вместо него заняла чувственная мысль о красоте.

Эту чувственную мысль о красоте развило искусство сюнга.

О чем рассказывает сюнга?

Она говорит, что сердцем жизни является любовь. Без нее жизнь –не жизнь, а так, какой-то сизый мрачок. Любовь порождает любовь, разливаясь по древу жизни. Любовь преломляется в различные состояния, от блаженства и сострадания до жестокости и даже ненависти. Любовь к ненависти – тоже форма любви, ее извращенная конструкция. Но это, пожалуй, крайняя форма подобного извращения, тогда как любовь сильнее любых попыток извращения.

О том, что любовь сильнее любых попыток извращения, рассказывает сюнга.

Сюнга завелась в японской культуре давно, в старобытные времена, придя из богатого открытиями Китая, вспыхнула ярким светом в семнадцатом-девятнадцатом веках и осталась навсегда.

С ней легче жить.

Сюнга – глубоко интимное искусство, созданное для всеобщего употребления. В какой-то степени это лекарство. Лекарство от вульгарности, пошлости, мракобесия, ложного пуританства. Она – антипод и антидот лицемерия. Изображая людей в предельно откровенных положениях, с набухшими страстью телами, густыми зарослями лобков, интригующими подробностями заветных органов, то пылающих желанием влажных урочищ, то могучими башнями членов, сюнга целомудренна в том смысле, что она ничего не скрывает, не лукавит ни при каких обстоятельствах, и ее предельная открытость есть знак душевного равновесия, умной сосредоточенности.

В этом сюнга уникальна. Здесь ей нет равных в народных и авторских исполнениях других цивилизаций.

Но это не значит, что она строит дамбы и очистительные сооружении на пути желания и страсти. Для сюнга есть только одна боязнь: обеднить предмет повествования запретами и нравоучениями, растерять сложность любви.

Для сюнга любовь не только сердце, но и корень жизни. Это взаимодействие сердца и корня – гарантия разнообразия сюнга. Она многофункциональна. Она возбуждает призывами к подражанию. Она учит без дидактизма. Она оберегает жилище от пожара, солдата – от смерти. В русско-японскую войну сюнга была у солдат за пазухой. Возможно, это как-то повлияло на гибель «Варяга».

Будучи, как и сама жизнь, катастрофичной то в меньшей, то в большей степени, предчувствуя если не Хиросиму, то во всяком случае изломы национальной судьбы, сюнга не ищет успеха в государственной политике, отбирая хлеб у любой идеологии, от кровожадной до либеральной.

Погружаясь в сюнга, невольно отлетаешь с периферии новостных событий, необязательных будничных заданий куда-то в секретный, праздничный центр существования. Это не может не раздражать правителей всех времен, и сюнга не раз попадала под запрет как в самой Японии, так и на Западе.

Сюнга снижает уровень социального должествования человеческой личности, предлагая нередко даже к самом себе относиться с иронией, со смехом. Смеховая культура значительной части сюнга сближает ее, в частности, с русской заветной сказкой, а также высокой эротикой Баркова и «Гавриллиады» молодого Пушкина. Но в отличие от этих традиций, сюнга более амбивалентна.

Сюнга доказывает своим существованиям, что многие открытия на половом пути человечества были совершены задолго до сексуальных революций второй половины XX века.

Весенние картинки, как этимологически расшифровывается сюнга, зовущие к расцвету бытия, дополняются полярными значениями. Вырываясь из нижнего мира похоти, сюнга превращается в магнит, который, говоря словами Гамлета, более притягательный, чем властная драма табели о рангах. Она нежна и беспощадна, чиста и грязна, застенчива и бесстыдна, гетеросексуальна и склонна к гомофилии. Она воспевает любовь супругов и тайных любовников, страстные стоны богатых и бедняков, самураев и куртизанок, придворных и слуг. Здесь встречаются бегущая молодость и мудрость, причудливо переходящая в старческую нетерпеливость, самоутверждение и самоограничение, зубастое мастерство и девичья неопытность, воля к насилию, ужасы войны и мирные пастбища скотоложества.

Из-за дверей и в зеркала, с потолка и из-под циновки сюнга подсматривает за утехами других и сама не прочь распахнуть свое кимоно перед любопытствующими взорами. Сюнга играет в индивидуальные игры и осуществляет массовые заплывы любви. Она диалогична, в ней есть зачатки будущих комиксов и разветвленная символика средневековья. С давних пор она знает толк во взрослых игрушках, зовет на помощь дилдо, разбирается в искусном автосексе.

Сюнга не нуждается в оправданиях. Повторю, чтобы стало предельно ясно: теократы, авторитарные и тоталитарные режимы, пугливые недорасцветшие демократии напряженно относятся к сюнга, требуя окоротить ее, вплоть до запрета. Сюнга разрушает монополию подобных режимов на чувства и эмоциональные оргазмы граждан, она расстраивает их представления о суверенном патриотизме и национальных ценностях.

Однако ее защита нуждается в правильном выборе слов. Когда хранители сюнга в музее Гонолулу (прекрасная коллекция!) или кураторы ее европейских выставок от Лондона до Хельсинки требуют не смешивать ее с порнографией, находя в ней здравый секс, это тактически верно для высвобождения ее из преисподней музейных запасников, но ошибочно по существу. Сюнга не надо склонять ни грамматически, ни интертекстуально в размахе мировой культуры. Сюнга не занимается гигиеной или прополкой половых отношений. Она повествует скорее о природе человека-зверя и человека-божества, об их странных пересечениях. И если на картинках сюнга порой сползаются отталкивающие чудовища, сладострастные монстры с щупальцами осьминогов или мордами, собранными из половых органов мужчин и женщин, то такой бестиарий – не страшилка, а подсознание секса, открытое задолго до доктора Фрейда.

И вместе с тем сюнга – не картинки из маргинального подполья. Она создана великими мастерами ксилографии. Гравюры имеют художественную ценность, становясь счастьем и гордостью коллекционеров, предметом экспозиций, исследований, основой музейных коллекций. Сюнга приносит освобождение от мучительных наслоений всяческих табу. Горное озеро сюнга лучше всего видится и познается углубленным зрением. Отдавая ее читателям, я прошу сюнга оставаться со мной наедине.

76. ГЛАВНАЯ ГЕОПОЛИТИЧЕСКАЯ КАТАСТРОФА 21 ВЕКА

С официальной, кремлевской точки зрения Россия в этой войне защищает свои традиционные ценности. В отличие от Запада она знает такие тайны смысла жизни, которые делают ее население народом-богоносцем. Народ носит в себе Бога. Правда, нынешняя российская пропаганда впрямую это понятие, близкое Достоевскому, не использует, но не потому, что стесняется, а потому что тут легко запутаться. В богоносце есть все-таки что-то миролюбивое, если не блаженное, то хотя бы не настоянное на языке ненависти. В общем, солдату трудно быть богоносцем – это мешает убивать врага.

А между тем, если мы говорим именно о традиционных русских ценностях, которые воспевали наши славянофилы, то как раз тот же Достоевский сформулировал для русских понятие всечеловека, открытого для культур всего мира. Ну такие, с позволения сказать, фантазии нынешней кремлевской пропаганде категорически не подходят. Между тем, русские идеальные образы отличались кроткостью, ненавязчимым желанием помочь ближнему, заботливостью, наконец какой-то тихой, потаенной любовью. У меня в семье вот такой носительницей традиционных ценностей была родная сестра моей бабушки тетя (как мы ее звали) Лиля, скромная старушка с блеклой, но лучезарной улыбкой. Я накладываю ее образ на специальную военную операцию Великого Гопника – я думаю, она бы была потрясена всей душой от этой разрушительной затеи.

Но моя тетя Лиля – только часть русской народной правды. Русские ценности изначально очень сословны. Помещики, офицеры, аристократы, крестьяне, купцы, позднее рабочий класс – все это различные миры, раздробленная мораль. Общего национального мировоззрения не сложилось до сих пор, вот почему мы не нация, а еще весьма архаичный народ. В этой глубинной архаике много места уделяется выживанию, оно дается с трудом, это жестокое выживание. Здесь ценятся культ силы, отсутствие эмпатии, хитрость, недоверчивость, подозрительность, цинизм – все что полезно для выживания. Одновременно в этой жесткой архаике странное существование обретают «лохи», маменькины сынки, очкарики, целомудренные так называемые «тургеневские девушки» – те, кто со временем станут интеллигентами, страдателями за забитый народ.

Вот почему европейская логика далеко не всегда применима к русского миру. Это – оборотень, он мгновенно меняет свой облик в зависимости от обстоятельств. Когда Великий Гопник заявил, что крушение Советского Союза – это главная геополитическая катастрофа XX века, цивилизованный мир содрогнулся. Но если посмотреть в корень этой странной формулировки, то видно, что наш «парень» просто нашел себе цель и место в истории. Ведь он, судя по воспоминаниям олигарха Березовского, который ездил в Биарриц уговаривать Гопника (тот был там в отпуске) быть президентом, президентом вовсе не хотел быть, хотел быть начальником Газпрома. Ну да, у последнего ясные задачи и понятные деньги. А президент? Вот-вот, дракон в тумане.

Он все-таки стал президентом и сначала не знал, чем заняться, какую роль сыграть. Ему предлагали догнать Португалию по уровню жизни – это выглядело унизительно для огромной страны. Но он постепенно нащупал свою линию, вернувшись к идеологии своего бедного дворового ленинградского детства. Там во дворе надо было быть победителем (иначе беда всяческих унижений). Для этого нужно было пойти в спортивную школу восточных единоборств – здесь тоже приветствовались победители. Ну и в КГБ готовили победителей. Трижды готовый к победе, Великий Гопник вывел из своей жизни закон войны.

Великий Гопник по-человечески находит себя на дороге войны. Здесь ему комфортно и интересно. Сюда его зовет страсть к победе. И не развал Советского Союза сердечно беспокоит его, познавшего, служа в ГДР, скромный потребительский мирок, а возможность самовыражения и кайфа от власти.

Говорят, что власть развращает, а абсолютная власть развращает абсолютно. Люди, обычно рассуждающие о Великом Гопнике, не знают, что такое власть изнутри: журналисты, политологи, профессора – это не люди большой власти. Они придумывают за Гопника его идеологические пристрастия.

Сила Великого Гопника не в идеологии. На самом деле, традиционные народные ценности России весьма путанные. С одной стороны, они заложены в «Домострое» – книге православно-бытовых правил 16-го века. Здесь женщине в семье отводится самое последнее место, детей надо пороть, семью держать «в страхе Божьем». Но, с другой стороны, мы же знаем, что изначально питие было «веселием Руси» – то есть пили алкоголь вдоволь, было много языческих обычаев и верований, были жестокие драки деревенских парней, стенка на стенку, за девиц, баня была местом эротических сборищ. Путаница заканчивается, когда дело доходит до политики. Домострой требует: «Царя и князя следует бояться и служить им как представителям Бога на Земле».

Этому правилу Россия до сих пор так или иначе верна. Благодаря ему Великий Гопник ловко достиг того, что затмил собой другие ценности России и стал ее главной ценностью. Он сумел так организовать кремлевский двор, что тот полностью подчиняется ему, во всяком случае, пока наш царь выглядит победителем. Царь расставил по ключевым местам друзей и соратников по КГБ, он не скупился, дал обогатиться. Кто либеральничал или что-то шептал за спиной отстранены от дел или в тюрьме. Полезные либералы остались только в финансовом, банковском секторе власти. Тут, понимает Гопник, нужен либерализм.

Его победу над Россией прекрасно выразил спикер думы Володин. Россия – это Великий Гопник. Великий Гопник – это Россия. Гопник заставил русские ценности служить себе, но он даже не возгнал их до крутого кипятка новой идеологии. Они как-то булькают вокруг него, и он использует их только по практическому назначению. Идеология у него расплывчата, является служанкой его желаний. Если ему нужно православие – ради Бога! – он берет православие. Если Сталин живет в сердцах людей – он не против Сталина. Он выстроил русскую историю как вереницу побед – это его еще детская, дворовая мечта. Ну что поделаешь, любит этот человек войну, любит порой выпустить из себя простые слова ненависти или глумления. Он в кайфе от того, что он высшая ценность России и потерять эту позицию не хочет. Он нашел в народе схожие черты и доказал свою общность с народом особенно на примере Крыма. Страна была счастлива, он –тоже. Вот и Украину он теперь хочет подарить своему народу, но что-то пока идет не так. Во всяком случае, не так быстро, как бы ему хотелось.

В результате, лодка ценностей перевернулась: мы оказываемся примерно в той же позиции, как и при позднем брежневском коммунизме, где Генсек не служил идее, а идея прислуживала ему. Только теперь вместо одной, коммунистической, идеи нашему императору служат целый ансамбль оберточных ценностей.

Все считают, что он не пойдет на ядерный конфликт, потому что он не самоубийца. Он хочет жить и стоять первым в мировой повестке. Но не слишком ли это простодушно? Великая власть, как и философский ум, дает человеку уникальную возможность посмотреть на смерть с некоей зазеркальной точки зрения, зайти туда, куда никто не заходит. Великий Гопник же сказал, что он не видит мир без России, а если он и есть Россия (судя по Володину и не только), то он не видит мира без себя, а значит пусть мир вместе с ним и погибнет.

Какая прекрасная мысль для продолжения своего царствования – воссоздать Советский Союз. Никто не хочет вернуться в Советский Союз, даже Лукашенко тянет резину и не хочет слиться с Россией, а тут против воли всех заняться имперским проектом, который разрушил Запад. А на самом деле? Верит ли он, что Запад это разрушил? Конечно. Он из этой веры, превратившейся в твердое знание, и состоит – правда в России подчиняется желанию царей.

Ну а что делать Западу перед лицом такой правды? Запад наконец осознал, что победа Великого Гопника в Украине – это поражение всей западной цивилизации. Фактически, наиважнейшая геополитическая катастрофа 21 века. Вот такая изнанка пацанской формулировки вырисовывается. Но способен ли объединившийся Западк защите?

Отчасти.

Он может ударить по России санкциями и ждать, когда они ее придавят или отправят в каменный век. Он может снабжать Украину первоклассным оружием и ждать поворотного момента в войне. Он даже может дать понять, что ядерный удар может привести к беспощадной ответке, направленной против Великого Гопника лично.

Но что Запад не может сделать – так это изменить своих граждан. Конечно, есть армия и флот НАТО. Но западная цивилизация безвозвратно пацифична. Она-то и проспала Гопника с его военными наклонностями, нашла ему сотню оправданий, потому что она спит пацифистским сном. Но если она пробудилась с начала войны, то это не значит, что она изменит своей сущности, разве что если Царь-пацан ворвется к ней в дом, условно говоря, с гранатой. Так что растерянность, скорая усталость от войны, подспудный антиамериканизм, поверхностная солидарность и желание скорейшего перемирия – эти идейные соки Европы будут бродить до того момента, пока война не остановится. А потом можно и снова поспать.

Советники Великого Гопника нарисовали ему перед войной презрительную версию западного устройства. Она оказалась неверной. Но Запад в какой-то степени утрачивает способность к самоанализу. Он неплохо живет, назову это так, в *средней жизни*, где нет ни пропасти африканских бед, ни вершин не понятной для многих метафизики. Русский человек скорее живет вне средней жизни, он не знает ее и даже не очень стремится к ней. Ему подай бездны – высшие и низшие. Здесь возникает когнитивный диссонанс между Россией и Западом. Наложенный на войну, он обещает ее бесконечное продолжение. Главная ценность России, Великий Гопник возможно получает от этого кайф. Пока идет война, он на своем месте соискателя глобальной победы. Он – громовержец.

77. **ПАМЯТКА ДЛЯ БОЙЦА-ОСВОБОДИТЕЛЯ**

НЕ ОТРЕЗАЙ ГОЛОВУ ВРАГА БЕЗ НАДОБНОСТИ, НО, ЕСЛИ ОЧЕНЬ ХОЧЕТСЯ, ОТРЕЖЬ. ПРИ ОТРЕЗАНИИ ГОЛОВЫ СТАРАЙСЯ СОБЛЮДАТЬ МЕРЫ ПРЕДОСТОЖНОСТИ, ЧТОБЫ НЕ ОБЛИТЬСЯ КРОВЬЮ. ОТРЕЗАННУЮ ГОЛОВУ НАСАДИ НА ШТЫРЬ И ПОКАЖИ ТОВАРИЩАМ. С ОБЕЗГЛАВЛЕННОГО ВРАГА СНИМИ ВСЁ

И ВОЗЬМИ СЕБЕ. СДЕЛАЙ ВСЁ ВОЗМОЖНОЕ ДЛЯ ТОГО, ЧТОБЫ НЕ ТЫ, А САМ ВРАГ ОТРЕЗАЛ СЕБЕ ГОЛОВУ.

НЕ НАСИЛУЙ ЖЕНЩИН ВРАГА БЕЗ НАДОБНОСТИ, НО, ЕСЛИ ОЧЕНЬ ХОЧЕТСЯ, НАСИЛУЙ. ПРИ ИЗНАСИЛОВАНИИ ВЫСОКО НЕСИ ЧЕСТЬ БОЙЦА-ОСВОБОДИТЕЛЯ, ВЕСЕЛИСЬ, КОГДА ОНИ КРИЧАТ ОТ БОЛИ И РЫДАЮТ. ЕСЛИ МУЖ НАСИЛУЕМОЙ ЖЕНЩИНЫ ВОЗРАЖАЕТ И СВОИМИ ВОЗРАЖЕНИЯМИ МЕШАЕТ ТЕБЕ ЕЕ НАСИЛОВАТЬ, СКАЖИ ЕМУ, ЧТОБЫ ОН ПЕРЕСТАЛ МЕШАТЬ ИЛИ ИЗНАСИЛУЙ ЕГО В СВОЮ ОЧЕРЕДЬ. ПОСЛЕ ИЗНАСИЛОВАНИЯ ВОЗЬМИ НА ПАМЯТЬ УКРАШЕНИЯ ИЗНАСИЛОВАННОЙ.

НЕ ПЕЙ КРОВЬ МЛАДЕНЦЕВ ВРАГА, НО ЕСЛИ ОЧЕНЬ ХОТЕТСЯ, ТО ПЕЙ НА ЗДОРОВЬЕ.

НЕ СТРЕЛЯЙ В МИРНЫХ ЖИТЕЛЕЙ ВРАГА БЕЗ НАДОБНОСТИ, НО ЗНАЙ, ЧТО У ВРАГА НЕТ МИРНЫХ ЖИТЕЛЕЙ. ОНИ МИРНЫМИ ЖИТЕЛЯМИ ТОЛЬКО ПРИКИДЫВАЮТСЯ.

БУДЬ СЧАТЛИВ УМЕРЕТЬ ЗА РОДИНУ. РОДИНА ПОСТАРАЕТСЯ С ЧЕСТЬЮ НЕЗАМЕТНО ПОХОРОНИТЬ ТЕБЯ И ДАСТ ДЕНЕГ ТВОЕЙ СЕМЬЕ, ЕСЛИ СОЧТЕТ НУЖНЫМ.

НЕ СПРАШИВАЙ, КОГДА КОНЧИТСЯ ВОЙНА. ЕЕ ВООБЩЕ НЕТ, И ОНА НИКОГДА НЕ КОНЧИТСЯ, ПОТОМУ ЧТО НАША РОДИНА НЕ ИМЕЕТ ГРАНИЦ.

НЕ НАСИЛУЙ МУЖСКОЕ НАСЕЛЕНИЯ ВРАГА БЕЗ НАДОБНОСТИ, НО, ЕСЛИ ОЧЕНЬ ХОЧЕТСЯ, ДАВАЙ. НЕ ЗАБЫВАЙ КАСТРИРОВАТЬ ПЛЕННЫХ ВРАГОВ. ЭТО ДОЛГ БОЙЦА-ПАТРИОТА, И ЭТО ВЕСЕЛО.

НАШИ ПОДВИГИ ВРАГ НАЗЫВАЕТ ПРЕСТУПЛЕНИЯМИ. СДЕЛАЙ ВЫВОД: УБЕЙ ВРАГА.

ЗНАЙ, ЧТО ВСЕ, ЧТО ТЫ ДЕЛАЕШЬ НА ЗЕМЛЕ, НА ВОДЕ ИЛИ В ВОЗДУХЕ, ТЫ ДЕЛАЕШЬ ВО ИМЯ СВЯЩЕННОГО СВЕТА ПРОТИВ ПРОКЛЯТОЙ ТЬМЫ.

НЕ ОБСТРЕЛИВАЙ ОБЪЕКТЫ КУЛЬТУРЫ И ЦЕРКВИ ВРАГА БЕЗ НАДОБНОСТИ, НО ПОМНИ, ЧТО У ВРАГА НЕТ НИ КУЛЬТУРЫ, НИ РЕЛИГИИ. ВСЕ БОЛЬНИЦЫ И ПОЛИКЛИНИКИ, А ТАКЖЕ РОДИЛЬНЫЕ ДОМА ВРАГА – ЭТО ТОЖЕ МАСКИРОВКА.

ЕСЛИ НА ТВОИХ ГЛАЗАХ УБИЛИ ТВОИХ ТОВАРИЩЕЙ, ЕСЛИ ОДНОПОЛЧАН РАЗОРВАЛО В КЛОЧЬЯ, НЕ ВЕРЬ ГЛАЗАМ СВОИМ. ОНИ НЕ ПОГИБЛИ. ОНИ ПРОСТО ОТПРАВИЛИСЬ В РАЙ. ТЫ ТОЖЕ ТАМ СКОРО БУДЕШЬ.

НИ ПРИ КАКИХ ОБСТОЯТЕЛЬСТВАХ НЕ СДАВАЙСЯ В ПЛЕН ВРАГУ. ЭТО ДОРОГА В АД.

ЕСЛИ ТЫ УСЛЫШИШЬ ОТ СВОЕГО ТОВАРИЩА КЛЕВЕТУ НА РОДИНУ, ЕСЛИ ОН НАЗОВЕТ ПАТРИАРХА АНТИХРИСТОМ, ДОНЕСИ НА ЭТОГО ВРАГА И ПРЫГАЙ ОТ РАДОСТИ, ЕСЛИ ЕГО УНИЧТОЖАТ.

ЕСЛИ У ТЕБЯ САМОГО ВОЗНИКНУТ В ГОЛОВЕ КАКИЕ-ТО ВРАЖЕСКИЕ СОМНЕНИЯ, ДОНЕСИ НА СЕБЯ ИЛИ ЗАСТРЕЛИСЬ, ТВАРЬ, ПОКА НЕ ПОЗДНО.

ПРИ ЗВОНКАХ ДОМОЙ, НЕ ГОВОРИ ЖЕНЕ ПРАВДУ О ТОМ, ЧТО В АРМИИ ТЕБЕ ЛУЧШЕ, ЧЕМ ДОМА. ОНА МОЖЕТ ОБИДЕТЬСЯ И НАЧАТЬ РЕВНОВАТЬ. ЗАЧЕМ ТЕБЕ ЭТО НУЖНО?

78. СЧАСТЛИВЫЙ ЧАС ДОНОСЧИКА

В России нарождается новый национальный герой. Опора режима. Помощник Великого Гопника в борьбе против внутренних врагов. Знакомьтесь, – герой-доносчик. Он пишет доносы гордо, от своего имени, не прячась за псевдонимы и испытывая моральное удовлетворение от своей работы. Он часть коллективной системы доносительства, где учителя пишут доносы на учеников, а ученики – на вроде бы либеральных учителей, где любая либеральная, антивоенная мысль, откуда бы она ни взялась, требует доносительства и обвиняется среди прочего в оправдании нацизма.

Адреса доносительства разные, но, если писать наверх, то в основном пишут в Генеральную прокуратуру и в Следственный комитет

Российской Федерации. На доносы реагируют стремительно, открывается следственное дело, проводятся следственные мероприятия. В этой стремительности есть своя логика. Если опоздаешь ответить, на тебя тоже могут донести и завести против тебя административное или уголовное дело. Вся страна кишит доносчиками. Они считают себя патриотами, они доносят на всех тех, кто так или иначе высказался против войны в Украине. Доносы бывают письменные, а бывают и устные – достаточно вызвать в нужное место полицию.

Однако среди десятков тысяч обыкновенных доносчиков, которые стучат по долгу совести или рассчитывают на похвалу власти, есть и истинные богатыри доноса.

К ним по праву принадлежит Виталий Бородин, который не страшится писать доносы против самых знаменитых людей России, если они, по его мнению, противопоставляют себя правительственным представлениям о добре и зле. У Бородина самая похвальная биография патриота. Он родился в 1983 году в маленькой деревне на юге России, закончил военное училище, работал в уголовном розыске, был оперативником МВД. Затем ушел в бизнес, стал директором экономической безопасности в одной из строительных компаний. Он учредил некоммерческую организацию ФБПЛ – Федеральный проект по безопасности и борьбе с коррупцией. Его враги утверждают, что в 2017 году он попался на сбыте кокаина в Москве, был задержан, но неприятных последствий для него этот эпизод не имел. По своему внешнему виду это крепкий, пучеглазый мужчина, который занимался боксом. Он любит совершать длительный пробежки. Бородин рассказывает, что побывал во время войны на Донбассе, сам не воевал, но носил автомат.

Он сделался известным на всю Россию после серии доносов на знаменитостей. Он написал донос на пожилую актрису московского театра «Современник» Лию Ахеджакову, которую миллионы русских людей знают по культовыми лирическим фильмам последних лет Советского Союза. Лия известна своими независимыми взглядами уже многие годы, Эта маленькая храбрая женщина не побоялась выступить против набирающего диктаторские полномочия Путина, и с началом войны выступила против российской агрессии. Лия была вынуждена уйти из театра – она лишилась всех ролей. Донос посодействовал ее отставке. Бородин устроил скандал на федеральной телепередаче прокремлевского телеведущего Норкина, который как-то, видимо, не слишком активно разоблачал, по мнению доносчика, Ахеджакову. Бородин со скандалом ушел из студии и написал на Норкина донос.

Но, конечно, наиболее скандальным доносом стал донос Бородина на главную певицу России Аллу Пугачеву, которую доносчик обвинил в поддержке украинской армии после ее отъезда в Израиль в связи с войной. Ее шлягеры, в частности, «Миллион алых роз» на стихи поэта Андрея Вознесенского, знает вся страна, под ее песни танцует уже не первое поколение моих сограждан. Бородин был не первым, который попытался дискредитировать Пугачеву. Как всегда, такие дела связаны с оскорблениями, попыткой вымазать звезду в грязи, издевательствами и попыткой выставить звезду псевдозвездой. Обвинения, выставленные Виталием Бородиным, сами по себе тянут на серьезную уголовную статью. У нас и за два неосторожных слова о войне можно попасться. Во всяком случае, мина под Аллу подложена и может взорваться в любую секунду. Неплохой способ заставить певицу молчать.

Посчитав, что нужно бить не только звезд старших поколений, но и нынешних кумиров, Бородин обрушился с доносом на популярного российского актера Данилу Козловского – нашего секс-символа, который на какое-то время уехал в США, а затем вернулся в Россию. Доносчик посчитал, что Козловский в США остался в конце концов без денег и решил с циничной целью вернуться, чтобы подзаработать у себя на родине. На этот раз донос не остался без внимания и со стороны жертвы. Козловский подал в суд на доносчика, чем все кончится, узнаем позже.

Донос – прекрасный социальный лифт в современной России, но им надо пользоваться с осторожностью. Бородин, очевидно, становится слишком самостоятельным в своих доносах. В этом можно даже найти возрождение троцкизма – революционная отсебятина в конце концов была остановлена Сталиным по всем направлениям в конце 1920-х годов. Даже великий поэт революции Владимир Маяковский был обвинен в троцкистской самодеятельности.

Бородин, естественно, никакой не Маяковский – это политический интриган, который пытается сделать карьеру на доносах. Вся либеральная интеллигенция возненавидела его. В интернете его поносят на все лады. Я думаю, он ловит от этого кайф.

Как относятся к доносам в администрации Великого Гопника? Его верный пресс-атташе Чучуев совсем недавно высказался отрицательно относительно доносов. Возможно, доносительская карьера именно Бородина скоро закончится, кто знает, но доносы не остановить. У доносов в России есть своя генеалогия.

Наше цивилизованное общество (это те, кого до революции приятно называли «передовыми людьми»), разъехавшееся по разным странам, живущее во внутренней эмиграции на родине, чудовищно возмущено грязным потоком политических доносов – такое впечатление, что прорвало общую систему канализации, все содержимое вытекло наружу и разлилось по всей стране. Но разве это нельзя было представить себе заранее?

Получается так, что возмущенные граждане изначально не понимали, в какой действительности мы все живем. Власть год за годом, закручивая гайки, поражала протестное движение своими действиями, и каждый раз власть оказывалась быстрее, ловчее и в чем-то умнее оппозиции. Оппозиция от дерзости власти не раз застывала с открытым ртом. Действия оппозиции в основном было опаздывающим ответом на насилие власти, и это опоздание в конечном счете привело к разгрому оппозиции в России. К тому же оппозиция постоянно раскалывалась на кланы и даже за границей не пришла к какому-либо рамочному согласию. Бред какой-то! Это не может не радовать власть.

Но нынешней власти мало разгромить оппозицию. Она принялась приводить сознание страны к единому идеологическому знаменателю. Кто не с нами – тот против нас. Известный сталинский тезис снова стал действительностью, и на него отреагировали ожившие под его знаменами многочисленные доносчики, которые никогда не переводились, но которые в какой-то момент казались затаившимися кротами. Искоренение любого вида инакомыслия, охота на пятую колонну, забавная борьба пауков в банке власти (тот же Бородин и Норкин) ведется нынче под лозунгом борьбы с русофобией, за мифический русский мир. Война благословила новую эру доносительства.

Конечно, под раздачу тут мог бы теперь попасть и сам Христос со своими несвоевременными заповедями. Писать доносы на Христа? Почему бы и нет? И, может быть, он и будет осужден, административно или уголовно, несмотря на мнимое государственное православие. Но разве это первый такой исторический случай? Что-то подобное случилось и в Европе с Германией лет так девяносто назад. Но я сейчас – про нас.

Нынешняя эра российского доносительства отличается от предыдущих аналогичных явлений русской истории. Мы присутствуем при несомненной деградации моральных качеств народных масс, полюбивших нынешнюю пропаганду и ее услады.

Известный доносчик николаевского времени, современник Пушкина, писатель Фаддей Булгарин стал символом дореволюционного доносительства. Тогдашнее российское общество не нашло ему оправданий в том, что он борется за безопасность государства, солидаризируясь с тайной полицией, воюет с клеветой на государственный режим, разоблачает фейки и дискредитацию царской армии. Чаадаев, который по воле царя был объявлен сумасшедшим, конечно, отнюдь не стал признанным лидером либерального общества, но Булгарин был олицетворением морального зла.

Далее, в XX столетие Россия вошла не только с Серебряным веком русского искусства, но и с Черной сотней, массовым народным движением антисемитизма и ненависти к свободной мысли, его поддерживал последний русский царь.

Доносы при Советской власти стали предшественниками нынешним доносам, однако с оговоркой. Недаром советских доносчиков стали называть стукачами – на них так или иначе лежало моральное проклятие, они были многомиллионным (вспомним четыре миллиона доносов, по оценке русского эмигрантского писателя Сергея Довлатова), но маргинальным явлением. Историческая правда оставалась у тех, на кого доносили, а не у доносчиков, добровольных или ставших стукачами из-под палки НКВД.

Тем не менее, в сталинское время возник легендарный доносчик-мученик, юный пионер Павлик Морозов, который донес властям на своего отца, кулака, и был убит отцовскими родственниками. Настоящая греческая трагедия. В России до сих пор есть улицы и парки имени Павлика Морозова.

В наши времена моральное разрешение на донос дал себе сам созревший к этому народ. Тот самый, который по мысли либеральных идеалистов должен стать освобожденным народом прекрасной России будущего. Набрасываться всем либеральным скопом на того или иного прославившегося нынче мерзавца-доносчика – значит недооценивать масштаба катастрофы. Если кумиров всего народа разрешает опускать сам народ, то доносчик – это скорее только палач, исполнитель властного приговора при молчаливом одобрении толпы, которая всегда любила публичные казни, особенно отрезание головы у знаменитостей. Про роль судов тут речи вообще не идет.

Значит ли это, что все доносчики являются винтиками государственной машины?

Совсем не обязательно. Их кровожадность рождается не только из-за инакомыслия пятой колонны, а еще и потому, что нынешнее поколение доносчиков получают массовое удовольствие от доносов, а это доносчики разных возрастов, от мала до велика. Судя по самым ярким и по самым незаметным примерам доносительства, от поразивших всех доносов на

Аллу Пугачеву и других звезд, до вызова полиции из-за подслушанного разговора в пивной, доносители служат скорее не родине, а своей личности, они преданы не власти, а своей собственной жестокости, они уже превратились в тайных или явных садистов.

Жестокость государства Российского не проходит даром. Она преподнесла нам на блюдечке как современную власть, так и современный народ. Русское протестное движение по сути дела проморгало эволюцию народа или просто отказалась от его анализа из-за своих утопий. Мы получили то, что заслужили.

Можно ли починить канализацию и устранить вонь доносов?

Наверное, можно. Но отказаться от утопий и иллюзий как будущей власти, так и протестному движению – сложная задача, может быть, еще более сложная, чем выход из нынешнего военного апокалипсиса.

79. ТАНК ЗАСТРЯЛ В ВОРОТАХ ЦИРКА (итоги трагикомедии)

Особенность простого русского человека в том, что он, как правило, не ищет обобщений, объясняющих суть событий, зато ловко находит в них юморные детали, которые умиротворяют его сознание. Это случается во всех сферах жизни, но больше всего в политике, где юмор способствует преодолению беспомощности. «Я не понимаю, но мне смешно» – вот, пожалуй, простонародная формула оценки военной авантюры Пригожина. Народ не вник в происходящее, остался чужд распрям военных начальников, но в очередной раз усмехнулся абсурдности жизни.

Из всех событий, которые произошли в Ростове-на-Дону, особенным успехом в соцсетях пользуется эпизод с танком вагнеровцев, застрявшим в центре города в воротах цирка. Сколько хохота было по этому поводу! Само же высказывание о танке стало мемом. И в самом деле: этот мем превратился в символ провала всей операции, какой бы она ни задумывалась изначально.

Теория голландского философа Йохана Хёйзинга о «человеке играющем» наилучшим образом отражает распространенное в России отношение к жизни, только стоит добавить, что это чаще всего игра от отчаяния. Когда колонны наемников шли на Москву, строители получили команду перекопать экскаваторами дороги, и местный автомобилист, глядя на траншею, сказал со смесью любопытства и отчаяния: «Как же я доберусь домой?» Бытовой момент его волновал значительно больше, чем политические разборки. И это повсеместное явление: выход за пределы быта в размышлениях о судьбах страны в случае пригожинского мятежа в народном сознании не случился. «Это их (начальников) дело – не наше», – сказал глубинный народ, которого, по сути дела, не пробудила от политической спячки даже война с Украиной.

Но равнодушие русского народа особенно примечательно на фоне того взрыва самых различных чувств, которые испытали политически ангажированные классы как в России, так и в остальном мире. Двухдневный путч оказался хорошим рентгеном для просвечивания внутренних пороков путинской системы власти, способных стать мировой угрозой.

Кто выиграл и кто проиграл в результате мятежа?

Конечно, в настоящий момент главной жертвой мятежа отказался сам мятежник Пригожин, хотя с этим, однако, не так все просто. Повар Великого Гопника в течение последних лет создал поистине бандитскую империю зла, которая была нужна России для беспощадной борьбы с Западом и внутренним врагом – оппозицией. Методы борьбы поощрялись Кремлем огромными финансовыми вливаниями, хотя Кремль в этом не признавался, и только сейчас, в результате провального путча, он взял на себя ответственность за деструктивную деятельность ЧВК «Вагнер» во всем мире. Разоблачая Пригожина, он по сути дела публично разоблачил сам себя.

Что же касается самого Пригожина, который избежал царского наказания как предатель и перебазировался в Белоруссию, то его могут в дальнейшем как замочить, так и использовать – его опыт, не знающий моральных границ, бесценен для разрушения Запада. Найти другого такого Пригожина, который бы пользовался доверием Великого Гопника очень не просто. Но сталинский лозунг времен Великого террора «За вчерашнее спасибо, за сегодняшнее отвечай!», может быть применим и к Пригожину. Царь-пацан не прощает даже тени обид, а Пригожин в какой-то момент мятежа все же почувствовал себя хозяином положения, забыв, что в России есть только один хозяин.

Для самого же Великого Гопника провальный мятеж был отнюдь не личным провалом. Натравливая военноначальников друг на друга для укрепления самодержавия и ради «здоровой» конкуренции на фронте, он играл в опасную игру, но самодержавие в России – могучая институция, а Пригожин отнюдь не Ленин с его коммунистическими приманками. У него нет ни политического ума, ни идеологии. Великий Гопник мог даже не париться и провести дни мятежа по своему усмотрению. Слаб не Гопник, а будущий переходный период от Гопника к следующему хозяину Кремля – самодержавие Гопника имеет личностный характер и никому не передастся по наследству.

24 февраля

В пруду отражались купола Новодевичьего монастыря и плавали утки. Я стоял у кромки воды и думал тогда о будущей книге –«Великом Гопнике». Вдруг кто-то схватил меня за шею и подтолкнул к воде. Раздался смех.

– Вот так на одного писателя в России может быть меньше.

Я оглянулся.

Навальный!

– Привет! Ты чего тут делаешь?

– Да вот только что вышел из СИЗО, – сказал он. – Гуляем.

Вокруг него стояли чудесные жена и дети.

В русской оппозиции во время мятежа возникли голоса, приветствующие его. Конечно, оппозиции Великий Гопник изрядно надоел. Он настолько зверски расправился с «пятой колонной», что для оппозиции он – главный враг. Когда говорят, что Пригожин еще хуже, это не удивительно, но оппозиция рукоплескала не мятежнику, а возможности смуты, которая дала бы ей новые возможности. Впрочем, эти грезы так и остались грезами.

Украина в этом мятеже нашла тему слабости режима, но особенно на ней не настаивала, поскольку выбирать между Гопником и Пригожиным как лучшей или худшей воюющей стороной бессмысленно. Еще раз скажу, что слабость русского самодержавия настолько проверена временем, что в России за всю ее историю ничего и не было, кроме как самодержавия под разными масками. Никогда не обученная демократии, Россия воспринимает царя как народного кормильца, общенародного барина, который обязательно всех рассудит и воевать с ним – себе вредить. Русская революция 1917 года, которую Великий Гопник недобрым словом вспомнил во время путча как инструмент разрушения империи, на самом деле была государственным переворотом, закрепленным далее красным террором. Я хорошо помню, как моя бабушка, при том, что мой отец работал в Кремле, с большой теплотой вспоминала дореволюционные времена. Поменяли приличного царя на неприличного. И этой неприличности до сих пор не видно конца.

Окружение Великого Гопника не могло не задуматься над своей судьбой, если новым царем стал бы Пригожин. Во всяком случае такие мысли так или иначе посетили всех. Пригожин был для них опасной фигурой. Не зря он отправил своих наемников в Москву на расправу с Шойгу и Герасимовым. А кто мог еще вызывать его гнев? Да любой! Включая телевизионных пропагандистов. Крутой норов Пригожина, его прямолинейность, грубость, бесцеремонность, его желание ввести в России смертную казнь по требованию народных масс и перенести экономику на плановые, советские или северокорейские рельсы – все это было отвратительно. Элиты предпочитали Великого Гопника при всех его закидонах, включая даже войну. Если в армии кто-то и поддерживал Пригожина как успешного командира, то в любом случае это не было массовым явлением. Важно, однако, то, что Пригожин еще до путча разрушил все пропагандистские наработки Кремля, заявив, что Украина не угрожала России, признав ошибки руководства, слабость армии, большое количество потерь. Однако прошел мятеж, и за те слова, которые «раскупорил» Пригожин, опять стали судить и наказывать людей по всей стране.

Мятеж до сих пор по-разному оценивают во властных элитах России. Ястребы, вроде начальника Росгвардии Золотова, видят в нем международный заговор и в сущности требуют более жесткой формы войны, вплоть до использования ядерных сил, чтобы вообще стереть с лица Земли Европу. С другой стороны, министр иностранных дел Лавров назвал мятеж «передрягой» – это просторечье, призывающее к девальвации пригожинского инцидента. Великий Гопник опять получил замечательную возможность играть с двумя точками зрения.

Зарубежные лидеры были едины в том, что мятеж – внутреннее дело России. Когда об этом заявил коллективный Запад, включая Байдена, то это была понятная форма отмежевания от любого взаимодействия с мятежом. Мятеж сам по себе напугал Запад не потому, что он не знал о нем (американская разведка знала), а потому что в случае его успеха ядерное оружие огромной страны могло оказаться в непонятных руках, а в самой России мог бы начаться распад государства. Китай, понятно, тоже заявил о мятеже как внутреннем деле России, однако президент Казахстана Токаев в какой-то степени удивил всех, отмежевавшись от поддержки Великого Гопника в телефонным разговоре с ним, сославшись именно на то, что это внутреннее дело России. Я не думаю, что Гопник видел в нем и до этого верного друга, но после такого разговора многое прояснилось.

Ну и наконец Лукашенко. Вот кто больше всех выиграл от мятежа. Он, как известно, вступил в переговоры с Пригожиным и формально именно он предложил ему отказаться от взятия Москвы и приехать в Белоруссию. Конечно, можно сказать, что Лукашенко сыграл роль заказанного Москвой посредника и вряд ли что-то существенное добавил от себя. Тем не менее он создал себе образ как раз независимого и сильного переговорщика, который спас Россию и своего друга Великого Гопника по крайней мере от серьезного кровопролития. Летчиков сбитых вагнеровцами вертолетов и военного самолета не вернешь, именно они-то и оказались реальными жертвами путча, но весьма безумное наступление на Москву (инсценированное или реальное) могло закончиться мясорубкой. Успешно проведя переговоры, Лукашенко получил возможность более независимо разговаривать с Великим Гопником, по крайнем мере какое-то время, не дать России целиком поглотить Белоруссию и сохраниться у власти. Белоруссия обрела передышку как (почти что) самостоятельная страна, хотя никто не забудет Лукашенко расправы над оппозицией и причастности к войне. Впрочем, успех Лукашенко будет краткосрочным.

Мятеж многое прояснил, но почти ничего не поменял. Все в основном осталось по-прежнему. Когда, я помню, советскому цирку исполнилось 60 лет, в Москве было много праздничных афиш. А диссиденты усмехались: сами себя назвали цирком! Теперь же танк не только вагнеровцев, но и самого Великого Гопника застрял надолго в воротах цирка.

24 февраля. Жизнь сама по себе куда прекраснее, чем люди, – подумал Великий Гопник, вспоминая полеты Пригожина (ум. 23.08.23) и войны Навального (ум. 26.02.24).

80. **ВООБРАЖЕНИЕ**

Русское воображение бесконечно, безмерно. Оно не знает границ.

В русской культуре бесконечное воображение привело к великим открытиям.

В то же время оно способствовало обожествлению народа-богоносца.

В русской политике революция стала отражением русского воображения.

Русское воображение очаровывает и вызывает ужас.

При Великом Гопнике бесконечное русское воображение вообразило Россию без границ.

Море крови.

Великий Гопник воображает себя бессмертным.

Русский мужик на рыбалке мечтает поймать золотую рыбку. Его бесконечное воображение рисует золотых карасей.

Даже с самым тупым русским человеком интересно поговорить – пощупать его безграничное воображение.

Русские девки воображают без конца звездных принцев.

Русские офицеры с их характерными застенчиво-наглыми усмешками воображают бесконечные победы, генеральские погоны, бани, пикники с девками.

Русские бабы воображают конец семейной неволи.

Русские попы воображают сладкую, лоснящуюся жизнь.

Русская оппозиция бесконечно воображает прекрасную Россию будущего.

81. МАМА УХОДИТ В ГОРЫ

И было мне видение.

Великий Гопник празднует свою победу. Чтобы показать всем, что он – властелин мира, он устроил пир на весь мир.

В горы примчались бывшие президенты и послы, затосковавшие на пенсии. Их предынфарктное тщеславие разбавили международными русофилами, левыми журналистами, антиглобалистским общагом.

Утром с праздничной трибуны Великий Гопник говорит нагло и весело, повторяя и повторяясь, что мы лучше всех – но особенно, подчеркивает он, мы лучше англичан и американцев. Зал по-светски глотает его слова. Зато к вечеру наступает тема новой дружбы.

После ужина выходит в биллиардную запросто сам Великий Гопник – встречайте! Останавливается посредине большой комнаты, готовый ответить на любой вопрос. У него среди присутствующих много старых знакомых. Они почти все вышли в расход, разъехались по деревенским поместьям, засели за детскими книжками и мультиками с внуками и правнуками, а он, полный сил, боевой сперматозоид, небесный Иерусалим.

Его патлатый пресс-атташе, мой знакомец с незапамятных вегетарианских времен, Чучуев улыбнулся мне: давно не виделись! Министр

Лавров никак не может отмыть оскал боевого пса. Черного кобеля не отмоешь добела. Антихристующий Владыка Церкви скукожился в улыбке. Ставрогин стоял тут же, неглубоко засунув руки в карманы. Маленький Ночной Сталин с добродушным лицом почти не прятался, передвигаясь в складках душной занавески.

– Он не боится? – спросил я насчет царя. – Без охраны. Один против всех. Пойду, подойду к нему.

Они переглянулись, покачали головами.

– Не стоит, не надо…

Я отошел в сторонку и смотрел.

Дипломатическая толпа превращается в свору угодливых собачонок. Они подпрыгивают, бурлят, и каждый участник встречи теснит другого, чтобы пожать руку, задать вопрос, отметиться, чтобы потом рассказать. С подносом хрустальных бокалов с шампанским стоит, набычившись, прощенный повар Великого Гопника со смертельной огнестрельной дырой во лбу. Великий Гопник время от времени, посмеиваясь, поглядывает на него.

– Конец света! – иронически кривит рот Чучуев.

Хаос как раз и порождает безопасность Великого Гопника. Но в принципе это единственное место, где моя мама могла бы осуществить свою угрозу.

Ее тень отделяется от меня и скользит в сторону Великого Гопника. Мне становится жутко страшно за маму. Затерявшись в дипломатической толпе, она мне уже не видна. Вдруг раздается какой-то хлопок, слышно, как падает тело. Еще хлопок! Еще! И еще!

Мировой ах!

Дальше крики ужаса и мировое оцепенение.

– Конец света! – в апокалиптической тоске вскрикивает Чучуев.

Патлатый, он уже прозревает будущее как череду шумно падающих костяшек домино. Патлатый, он бросается в замершую от ужаса толпу. Расталкивает ее, я пробираюсь за ним.

Пол весь в крови.

– Два трупа! – слышен неожиданно спокойный голос Патлатого.

«Галина Николаевна, ну как же вы так! – стремительно проносится у меня в голове. – Мама!...». Россия – ты же единственная страна, где *конец света* звучит как комедия, почти как *чудо света*, одновременно и – как триллер, насмешливо и погребально, иронически и надрывно, презрительно и апокалиптически.

Мама! Мамы и след простыл. Из толпы выходит, задыхаясь, страшно бледный немец Генрих Ш. с трясущимися руками. Партнер по несчастному детству. Вот кто был настоящим другом Великого Гопника!

– Там еще этот… как его… Шталин… – коверкает он на немецкий лад фамилию вождя.

Ставрогин оглядывается на вбегающую впопыхах охрану, его руки глубоко заходят в карманы, он смотрит на меня, развратные ноздри дрожат, с облегчением вдыхая и выдыхая воздух:

– Наконец-то!

К нам подбегает растерянный Чучуев, на руках кровь:

– А где… где второй труп?

Ищет за занавеской… Нет. В самом деле, куда делся второй труп? Куда сбежал? Но он вернется. Я знаю: вождь переживет нас всех. Вечный двигатель и вечное возвращение. Не зря обратился он в Маленького Ночного Сталина, поселился не в Кремле, а в наших душах, отложил там свои яйца, и в наших душах он непобедим.

Но не тут-то было!

К нам в комнату с криком врывается Великий Гопник с голым торсом. И с ядерным чемоданчиком.

– Провокация удалась! – хохочет он.

Становится серьезным.

– Приказываю!

Все уставились на него.

– Уничтожить врагов! Прощай, прежде-наперво Лондон!

Цель: Вашингтон!

Цель: Париж!

Цель: Берлин!

Ну и там всякая Варшава!

Пли! Вот это реально!

Он смешно топает ножкой.

Тишина.

– Ну что же вы не кричите ура?

Тишина.

– Победа! Западный мир полностью уничтожен!!! Ура!

Молчание.

Конец

Russian original title: ВЕЛИКИЙ ГОПНИК
Записки о живой и мертвой России
Velikij Gopnyik. Zapiszki a zsivoj i mjortvoj Rosszije

Satz: ORDEN COMPANY LTD, Praha/Inna Barabash
Umschlaggestaltung: Oleg Jerofiejew

ISIA Media Verlag, Leipzig 2024
Vento Book Publisher, Berlin 2024

Printed in Germany

ISBN: 978-3-68959-777-1
ISBN: 978-3-68959-889-1 e-book